Vom gleichen Autor erschienen außerdem
als Heyne-Taschenbücher

LEON URIS

QB VII

Roman

WILHELM HEYNE VERLAG

MÜNCHEN

HEYNE-BUCH Nr. 5068
im Wilhelm Heyne Verlag, München

Titel der amerikanischen Originalausgabe:
QB VII
Deutsche Übersetzung von Evelyn Linke

6. Auflage

Genehmigte ungekürzte Taschenbuchausgabe
Copyright © 1970 by Leon Uris
Copyright der deutschsprachigen Ausgabe © 1971
by Kindler Verlag AG Zürich
Printed in Germany 1977
Umschlaggestaltung: Atelier Heinrichs, München
Gesamtherstellung: Ebner, Ulm

ISBN 3-453-00389-6

Ich widme dieses Buch meiner geliebten Frau
JILL
zu ihrem dreiundzwanzigsten Geburtstag
und
Charlie Goldberg

Aspen, Colorado
16. April 1970

ANMERKUNG DES AUTORS

Die englischen Juristen befolgen ein
außerordentlich steifes Protokoll und
eine strenge Etikette. Ich habe nicht
versucht, mich an diese ganzen Sitten
und Gebräuche zu halten, sondern habe
mich einer angemessenen literarischen
Freiheit bedient, solange der Roman
auf dem Boden der Wahrheit und
Glaubwürdigkeit bleibt.
Die handelnden Personen sind frei
erfunden.

LEON URIS

I. DER KLÄGER

1

Der Fahnenjunker-Unteroffizier trat aus dem Postenhäuschen heraus und blinzelte angestrengt über das Feld. Eine undeutliche Gestalt rannte durch das kniehohe Gras auf ihn zu. Der Posten griff nach dem Feldstecher. Der Mann trug einen schäbigen Koffer. Er winkte und stieß keuchend auf polnisch einen Gruß hervor.

Das war in diesen Tagen kein ungewohnter Anblick. Im Gefolge des Krieges war ganz Europa ein verschlungenes Gewirr von Flüchtlingsströmen geworden, die sich von Osten nach Westen und von Westen nach Osten wälzten, und die hastig errichteten Flüchtlingslager konnten dem Ansturm fast nicht standhalten. Hunderttausende befreiter polnischer Sklavenarbeiter irrten umher und versuchten verzweifelt, mit ihren Landsleuten Kontakt aufzunehmen. Für viele von ihnen war das hier in Monza stationierte 15. Freie Polnische Jagdgeschwader der Royal Air Force die Endstation.

»Hallo! Hallo!« schrie der Mann, als er aus dem Feld herauskam und eine Landstraße überquerte. Er konnte sich kaum noch auf den Beinen halten.

Der Unteroffizier ging auf ihn zu. Der Mann war hochgewachsen und schlank, und sein Gesicht mit den hohen Backenknochen wurde von einer dicken weißen Haarmähne gekrönt.

»Polen? Freie Polen?«

»Ja«, erwiderte der Posten. »Geben Sie mir Ihren Koffer.«

Der Mann hielt sich mit letzter Kraft an dem Posten fest.

»Nur ruhig, Väterchen, ruhig. Kommen Sie, setzen Sie sich ins Schilderhaus. Ich rufe inzwischen einen Krankenwagen.«

Der Posten ergriff seinen Arm und führte ihn. Der Mann blieb plötzlich stehen und starrte auf die polnische Flagge, die gleich hinter dem Tor gehißt war, und seine Augen füllten sich mit Tränen. Er setzte sich auf eine Holzbank und vergrub das Gesicht in den Händen.

Der Unteroffizier stellte den Koffer hin und drehte die Kurbel des Feldtelefons. »Hier Posten Nummer vier, schicken Sie einen Krankenwagen. — Ja, ein Flüchtling.«

Als der Mann in das Lager hineingefahren wurde, schüttelte der Posten langsam den Kopf. Zehn pro Tag? An manchen Tagen sogar hundert. Und was konnte man schon für sie tun: ihre eingeschrumpften Mägen mit ein paar heißen Mahlzeiten füllen, sie gründlich waschen, ihnen Injektionen gegen die akuten Krankheiten geben, sie mit schlecht sitzender Kleidung versehen und dann in ein Hauptlager weiterschicken, wo sie einem schrecklichen Winter entgegensahen. Wenn der Schnee kam, würde Europa ein einziges riesiges Totenhaus sein.

Am Schwarzen Brett im Offiziersklub hing täglich eine Liste der neu-angekommenen Flüchtlinge aus. Diese Freien Polen erhofften das Wunder, einen Verwandten oder auch einen alten Freund aufzu-finden. Nur ganz selten konnten alte Schulfreunde tief gerührt ein Wiedersehen feiern. Zu einem Treffen zwischen Menschen, die einan-der in Liebe verbunden waren, kam es so gut wie nie.

Noch in Fliegerjacke und pelzgefütterten Stiefeln betrat Major Zenon Myslenski den Klub. Er wurde herzlich begrüßt, denn mit 22 abge-schossenen deutschen Flugzeugen war Myslenski eines der wenigen berühmten Asse der Freien Polen und eine Legende in dieser Zeit der Legenden. Wie üblich blieb er vor dem Schwarzen Brett stehen und überflog die Tagesbefehle und die angekündigten Unterhaltungen. Es war ein Schachturnier darunter, für das er sich unbedingt anmel-den mußte. Er wollte schon weitergehen, als sein Blick auf jenen so frustrierenden Katalog fiel — die neue Flüchtlingsliste. Nur vier neue heute. Es war so sinnlos.

»He Zenon«, rief jemand von der Bar her, »du bist spät dran!«

Major Myslenski stand wie erstarrt da, die Augen auf einen Namen auf der Flüchtlingsliste geheftet. Eingetroffen am 5. November: Adam Kelno.

Zenon klopfte einmal, dann riß er die Tür auf. Adam Kelno lag halb schlafend auf dem Bett. Zuerst erkannte Zenon seinen Cousin nicht. Mein Gott, war er alt geworden. Als der Krieg begann, hatte er noch kein einziges graues Haar gehabt. Und er war so mager und erschöpft. Ganz verschwommen fühlte Adam Kelno, daß jemand da war. Müh-sam stützte er sich auf einen Ellbogen auf und blinzelte.

»Zenon?«

»Cousin —«

Oberst C. Gajanow, Kommandeur des 15. Jagdgeschwaders, schenkte sich reichlich Wodka ein und nahm sich die Blätter mit dem vorläufigen Untersuchungsbericht über Dr. Adam Kelno vor, der seine Aufnahme in die Freien Polnischen Streitkräfte beantragt hatte.

ADAM KELNO, Doktor der Medizin. Geboren 1905 in der Nähe des Dorfes Pzetzeba. Ausbildung: Universität Warschau, medizinische Fa-kultät. Begann 1934 als praktischer Arzt und Chirurg zu arbeiten.

Von seinem Cousin, Major Zenon Myslenski, lag eine Aussage vor, daß Kelno schon als Student mit nationalistischen Gruppen sympathi-sierte. Zu Beginn des Zweiten Weltkrieges, als Polen von den Deutschen besetzt worden war, gingen Kelno und seine Frau Stella sofort in den nationalistischen Untergrund.

Nach einigen Monaten kam ihnen die Gestapo auf die Spur. Stella Kelno wurde von einem Hinrichtungskommando erschossen.

Wie durch ein Wunder blieb Adam Kelno am Leben und wurde in das berüchtigte Konzentrationslager Jadwiga geschickt, das zwischen Krakau und Tornow im südlichen Teil Polens lag. Es war ein gigantischer Fabrikationskomplex der deutschen Kriegsmaschinerie, in dem Hunderttausende Sklaven arbeiteten.

In dem Bericht stand weiter, daß Kelno zu einer führenden Person unter den Gefangenen bzw. Lagerärzten wurde und viel zur Verbesserung der primitiven medizinischen Versorgung beitrug. Er selbst galt als selbstloser und hingebungsvoller Arzt.

Als in den späteren Kriegsjahren in Jadwiga Vernichtungsanlagen installiert wurden, hatte Kelno Tausende vor den Gaskammern gerettet, indem er mit Hilfe der Untergrundorganisation und durch den Einsatz seines ärztlichen Geschicks Berichte und Totenscheine fälschte.

Er wurde eine so bekannte Persönlichkeit, daß der deutsche Lagerarzt, SS-Oberst Dr. Adolph Voss, den widerstrebenden Kelno gegen Ende des Krieges in seine exklusive Privatklinik in Ostpreußen brachte.

Nach Kriegsende kehrte Kelno nach Warschau zurück, wo er eine niederschmetternde Erfahrung machen mußte. Die polnischen Kommunisten hatten das Land an die Sowjetunion verraten. Als Mitglied der nationalistischen Untergrundbewegung hatte er während seines Aufenthalts in Jadwiga ständig mit der kommunistischen Untergrundbewegung einen Kampf auf Leben und Tod führen müssen. Jetzt hatte eine Reihe kommunistisch gesinnter Ärzte, meist Juden, durch die Vorlage von Aussagen, er habe mit den Nazis kollaboriert, gegen Kelno eine Verschwörung angezettelt. Da ihm die Verhaftung drohte, floh Kelno quer durch Europa bis nach Italien, wo er mit den Freien Polen Verbindung aufnahm.

Oberst Gajanow legte den Bericht auf den Schreibtisch und rief seinen Sekretär zu sich. »In der Sache Kelno«, sagte er, »berufe ich hiermit eine Untersuchungskommission ein, die aus fünf Offizieren bestehen soll, den Vorsitz übernehme ich. Wir werden sofort bei allen Einheiten der Freien Polnischen Streitkräfte und bei allen Organisationen, die eventuell über Kelno Bescheid wissen, Auskünfte einholen und in drei Monaten über den Fall verhandeln.«

Als Polen im Zweiten Weltkrieg besiegt worden war und durch Vertrag zwischen Deutschland und der Sowjetunion aufgeteilt wurde, gelang Tausenden von Soldaten die Flucht. In London etablierte sich eine Exilregierung, und sowohl Armee- als auch Luftwaffeneinheiten wurden unter britischem Kommando zum Einsatz gebracht.

Tausende von anderen polnischen Offizieren flohen während des Krieges in die Sowjetunion, wo sie interniert und später im Wald von Katyn umgebracht wurden. Die Sowjets planten, sich Polen anzueignen, und ein nationalistisches Offizierskorps wäre für dieses Ziel eine ständige Bedrohung gewesen. Bei Kriegsende stand die Rote Armee vor den Toren von Warschau und machte keine Anstrengungen, die nationalistische Untergrundbewegung bei ihrem Aufstand zu unterstützen, sondern ließ es zu, daß sie von den Deutschen vernichtet wurde.

So blieben die Freien Polen in England, mit Recht verbittert, eine verschworene Gemeinschaft, die den Traum von einer Rückkehr in die Heimat immer wieder aufleben ließ. Als die Anfrage über Adam Kelno ausgesandt wurde, waren innerhalb kürzester Zeit alle Freie Polen informiert.

Oberflächlich betrachtet, schien alles klar zu sein. Dr. Adam Kelno war ein polnischer Nationalist, der nach seiner Rückkehr nach Warschau von den Kommunisten genauso eliminiert werden sollte, wie es dem polnischen Offizierskorps in Katyn geschehen war.

Schon wenige Tage nach dem Bekanntwerden der Anfrage trafen eidesstattliche Erklärungen und Angebote persönlicher Zeugenaussagen in Monza ein.

ICH KENNE DR. ADAM KELNO SEIT 1942, ALS ICH INS KONZENTRATIONSLAGER JADWIGA GEBRACHT WURDE. ICH ERKRANKTE UND WAR ZU SCHWACH ZUM ARBEITEN. ER VERSTECKTE MICH UND RETTETE MICH VOR DEN DEUTSCHEN. ER HAT MIR DAS LEBEN GERETTET. DR. ADAM KELNO HAT MICH OPERIERT UND MIT GRÖSSTER SORGFALT GESUND GEPFLEGT.

DR. KELNO HALF MIT, MEINE FLUCHT AUS JADWIGA VORZUBEREITEN.

DR. KELNO OPERIERTE MICH UM VIER UHR MORGENS, ALS ER SO MÜDE WAR, DASS ER SICH KAUM AUF DEN FÜSSEN HALTEN KONNTE. ICH GLAUBE NICHT, DASS ER JEMALS MEHR ALS EIN PAAR STUNDEN AUF EINMAL GESCHLAFEN HAT.

ER HAT MIR DAS LEBEN GERETTET.

Am Verhandlungstag traf Leopold Zalinski im Lager ein, eine legendenumwobene Gestalt der polnischen nationalistischen Untergrundbewegung während der Besatzungszeit. Sein Deckname, Kon, war jedem Polen ein Begriff. Kons Aussage beseitigte alle Zweifel. Er beschwor, daß Adam Kelno sowohl vor seiner Verhaftung als auch während der Jahre als Insasse und Lagerarzt in Jadwiga ein Held der nationalistischen Untergrundbewegung gewesen sei. Da noch zwei Dutzend andere gleichlautende Briefe und Aussagen vorlagen, erklärte ihn der Ausschuß für einwandfrei.

In einer ergreifenden Zeremonie, an der viele hohe Offiziere der Freien Polnischen Streitkräfte teilnahmen, wurde Dr. Adam Kelno in Monza als Hauptmann vereidigt, und sein Cousin steckte ihm die Rangabzeichen an.

Polen war für diese Männer zwar unerreichbar geworden, aber sie hörten nicht auf, sich zu erinnern und zu träumen.

2

6. Polnisches Lazarett
Foxfield Cross Camp
Tunbridge Wells, England — März 1946

Major Adam Kelno kam langsam aus dem Operationssaal heraus und zupfte an den Gummihandschuhen. Schwester Angela band ihm den Gesichtsschutz ab und tupfte sein verschwitztes Gesicht trocken.

»Wo ist sie?« fragte Adam.

»Im Besuchszimmer. Adam?«

»Ja?«

»Kommst du nachher zu mir?«

»Ja, gut.«

»Ich warte auf dich«

Er ging den langen halbdunklen Korridor entlang, und es war ihm klar, daß Angela Browns Bewunderung für ihn über das rein Berufliche hinausging. Sie arbeiteten erst seit ein paar Monaten miteinander auf der Chirurgie. Von Anfang an war sie von seiner Geschicklichkeit und von dem unermüdlichen Eifer beeindruckt gewesen, mit der er fast halb so viele Operationen mehr durchführte wie die meisten seiner Kollegen. Er hatte begnadete Hände.

Es war alles ganz einfach gekommen. Angela Brown, eine durchschnittlich aussehende Frau von etwa Fünfunddreißig, war zehn Jahre lang eine gute Krankenschwester gewesen. Ihre erste Ehe war nach kurzer Zeit geschieden worden. Ihre große Liebe, ein polnischer Flieger in der RAF, war über dem Kanal abgeschossen worden.

Adam Kelno hatte keinerlei Ähnlichkeit mit dem Piloten, und daher war es eine ganz andere Art von Liebe. Ein verzauberter Moment, als er sie über den Rand des Gesichtsschutzes hinweg ansah, während sie ihm die Instrumente reichte, seine flinken, zuverlässigen Hände und das Zusammengehörigkeitsgefühl, während sie sich gemeinsam be-

11

mühten, ein menschliches Leben zu retten. Die Hochstimmung nach einer erfolgreichen Operation. Die Erschöpfung, wenn sie eine schwere Schlacht verloren hatten.

Sie waren beide so einsam gewesen, und so war es auf eine ganz undramatische und doch wunderschöne Weise geschehen.

Adam ging in das Besuchszimmer hinein. Es war schon sehr spät. Die Operation hatte über drei Stunden gedauert. Frau Baczewskis Gesicht war in unheilvoller Vorahnung erstarrt. Sie fürchtete sich, ihn zu fragen. Adam ergriff ihre Hand, neigte sich darüber und küßte sie, dann setzte er sich neben die Frau.

»Jerzy hat uns verlassen. Ganz ohne Kampf.«

Sie nickte, wagte aber nicht zu sprechen.

»Soll ich noch irgend jemanden benachrichtigen, Frau Baczewski?«

»Nein. Er hatte nur uns. Wir sind die einzigen Hinterbliebenen.«

»Ich glaube, Sie sollten heute nacht hierbleiben.«

Sie versuchte zu sprechen, aber ihr Mund verkrampfte sich zitternd und stieß nur schwache Klagelaute hervor. »Er sagte ... bringt mich zu Doktor Kelno ... er hat mich im KZ am Leben erhalten ... bringt mich zu Doktor Kelno.«

Angela erschien und nahm sich ihrer an. Adam flüsterte, sie solle ihr eine Spritze geben.

»Als ich Jerzy zum ersten Mal sah, war er so stark wie ein Bulle. Er war ein großer Pole, einer unserer besten Dramatiker. Wir wußten, daß die Deutschen unsere gesamte Intelligenz vernichten wollten, und wir mußten ihn um jeden Preis am Leben erhalten. Die Operation war nicht so schwierig. Ein Gesunder hätte sie überstanden, aber nach zwei Jahren in diesem stinkenden Abgrund der Hölle hatte er keine Widerstandskraft mehr.«

»Liebster, du warst es doch, der mir einmal sagte, ein guter Chirurg müsse unpersönlich sein. Du hast alles getan ...«

»Manchmal glaube ich selbst nicht, was ich sage. Jerzy starb verraten und verkauft. Einsam, seine Heimat hatte man ihm genommen, und dazu die gräßliche Erinnerung an eine schier unerträgliche Schreckenszeit.«

»Adam, du hast die halbe Nacht im OP gestanden. Bitte, Liebling, trink deinen Tee.«

»Ich will einen Drink.«

Er schenkte sich einen großen Drink ein, stürzte ihn auf einen Zug hinunter und füllte nach. »Alles, was Jerzy sich wünschte, war ein Kind. Was ist das bloß für eine verdammte Tragödie, die wir spielen müssen? Was ist das für ein Fluch, der auf uns liegt? Warum dürfen wir nicht leben?«

Die Flasche war leer. Er biß sich auf die Fingerknöchel.

Angelas Finger glitten durch seine dichte weiße Haarmähne. »Möchtest du heute nacht hierbleiben?«

»Ja. Ich will nicht allein sein.«

Sie saß vor ihm auf einem Schemel und legte den Kopf in seinen Schoß. »Doktor Novak rief mich heute beiseite«, sagte sie. »Er meint, ich soll dich aus dem Lazarett herausholen, damit du dich ein bißchen erholst, sonst würdest du zusammenbrechen.«

»Was, zum Teufel, weiß August Novak schon! Ein Mann, der sein Leben damit verbracht hat, zu große Nasen zu verschönern und auf die Glatzen der feinen Leute hier Haar zu transplantieren, bloß damit er endlich geadelt wird. Gib mir noch einen Drink.«

»Mein Gott, hör endlich auf damit.«

Als er aufstehen wollte, griff sie nach seinen Händen und hielt ihn fest, dann blickte sie ihn flehend an und küßte seine Finger einen nach dem anderen.

»Weine nicht, Angela, bitte, weine nicht.«

»Meine Tante hat ein nettes kleines Wochenendhäuschen in Folkestone. Wir sind dort jederzeit willkommen.«

»Vielleicht bin ich wirklich ein bißchen müde«, sagte er.

Die Tage in Folkestone waren so schnell vorbei. Er erholte sich während der langen, ruhigen Wanderungen auf den grünbewachsenen Klippen, die sich über dem Meer erhoben. Auf der anderen Seite des Kanals konnte man ganz verschwommen die französische Küste erkennen. Hand in Hand, in stillschweigendem Gleichklang, wanderten sie auf dem von Büschen gesäumten und mit Rosmarin bewachsenen Pfad, über den der Wind dahinstrich, zum Hafen, und aus der Ferne war die Musikkapelle zu hören, die in den Marine Gardens spielte. In den engen Straßen gab es viele Bombenschäden, aber das Standbild von William Harvey, dem Entdecker des Blutkreislaufs, war unversehrt. Der Dampfer nach Calais fuhr wieder täglich, und bald würden auch wieder Feriengäste für die kurze Sommersaison herkommen, um sich zu erholen.

Ein prasselndes Feuer, das seltsame Schatten über die niedrige Balkendecke des Häuschens spielen ließ, milderte die Abendkühle. Der letzte schöne Tag war zu Ende, und morgen würden sie ins Lazarett zurückkehren.

Adam wurde plötzlich von schlechter Laune gepackt. Er trank ziemlich viel. »Schade, daß es vorbei ist«, murmelte er. »Kann mich an keine so schöne Woche erinnern.«

»Sie braucht nicht aufzuhören«, sagte sie.

»Alles muß einmal aufhören. Es gibt nichts, das mir nicht wieder genommen wird. Alle Menschen, die ich jemals geliebt habe, sind mir genommen worden. Meine Frau, meine Mutter, meine Brüder. Und wer noch da ist, lebt heute in Polen praktisch in der Sklaverei. Ich werde mich nicht mehr binden, nie wieder.«

»Ich habe dich nie darum gebeten«, sagte sie.

»Angela, ich möchte dich ja lieben, aber, siehst du, wenn ich es tue, werde ich auch dich verlieren.«

»Wo liegt der Unterschied, Adam. So verlieren wir uns doch auch, ohne daß wir es jemals versucht hätten.«

»Es ist mehr als das, und das weißt du auch. Ich habe meinetwegen, als Mann Angst. Ich habe furchtbare Angst, impotent zu sein, und das liegt nicht am Trinken. Es ist . . . es ist damals so viel geschehen.«

»Ich sorge dafür, daß du stark bleibst, Adam«, sagte sie.

Er beugte sich vor und berührte ihre Wange, und sie küßte seine Hände. »Deine Hände. Deine wundervollen Hände.«

»Angela, würdest du mir ein Kind schenken, jetzt sofort?«

»Ja, mein geliebtes Herz.«

Wenige Monate nach der Hochzeit wurde Angela schwanger.

Dr. August Novak, der Chefarzt der chirurgischen Abteilung des 6. Polnischen Krankenhauses, ging wieder in die Privatpraxis zurück, und überraschenderweise wurde Adam Kelno über die Köpfe dienstälterer Ärzte hinweg zum Direktor des Krankenhauses ernannt.

Verwaltungsarbeit war zwar nicht das, was Adam sich wünschte, aber sein enormer Aufgabenbereich im Konzentrationslager Jadwiga war ein gutes Training gewesen. Es gelang ihm, neben der Ausarbeitung von Budgets und Vorschriften auch weiterhin als Chirurg tätig zu sein.

Wie schön war es jetzt, nach Hause zu kommen. Das kleine Haus der Kelnos in Groombridge Village war ein paar Kilometer vom Krankenhaus in Tunbridge Wells entfernt. Angelas Leib rundete sich prächtig durch ihr gemeinsames Kind, und abends wanderten sie wie immer Hand in Hand und in einträchtigem Schweigen den baumbestandenen Weg nach Toad Rock entlang und nahmen in dem altmodischen kleinen Café ihren Tee. Adam trank längst nicht mehr so viel wie zu Beginn ihrer Freundschaft.

An einem Juliabend meldete er sich im Krankenhaus ab, und sein Bursche packte die Lebensmittel auf den Rücksitz des Wagens. Er fuhr in die Stadt hinein, kaufte in der Pantiles Colonade einen Strauß Rosen und machte sich auf den Weg nach Groombridge.

Angela kam nicht an die Tür, als er klingelte. Das erschreckte ihn jedesmal aufs neue. Die Angst, sie zu verlieren, ließ ihn nicht los. Adam hob den Sack mit den Lebensmitteln heraus und suchte den Hausschlüssel. Aber nein! Die Tür war nicht verschlossen. Er öffnete sie.

»Angela!«

Im Wohnzimmer saß seine Frau mit aschfahlem Gesicht auf dem Rand eines Sessels. Adam richtete den Blick auf die beiden Männer, die sich über sie beugten.

»Doktor Kelno?«

»Ja.«

»Kommissar Ewbank, Scotland Yard.«

»Kommissar Henderson«, sagte der andere Mann und zeigte seinen Ausweis vor.

»Was wollen Sie? Was machen Sie hier?«

»Ich habe einen Haftbefehl für Sie, Sir.«

»Einen Haftbefehl?«

»Ja, Sir.«

»Was soll das heißen? Soll das ein Witz sein?«

Ihre mürrischen Mienen zeigten, daß es kein Witz war.

»Mich verhaften . . . weshalb?«

»Sie werden im Gefängnis Brixton inhaftiert bis zu Ihrer Auslieferung an Polen, wo Sie sich als Kriegsverbrecher zu verantworten haben.«

3

Die Szenerie war London, aber das Zimmer hätte in Warschau sein können. Angela saß im Warteraum des Verbandes der Freien Polen, dessen Wände mit riesigen nichtssagenden Gemälden von Pilsudski, Smigly-Rydz, Paderewski und einer Galerie polnischer Nationalhelden geschmückt waren. Es war einer jener Räume in London, in denen die hunderttausend Polen, denen die Flucht geglückt war, sich einem immerwährenden Traum über Polen hingaben.

Angelas Schwangerschaft war jetzt deutlich zu sehen. Zenon Myslenski tröstete sie, während sie nervös an ihrem Taschentuch herumzerrte und -knotete. Die hohe Tür eines anschließenden Büros öffnete sich, und ein Sekretär kam auf sie zu.

Angela zupfte ihr Kleid zurecht und ging schwerfällig an Zenons Arm in das Büro, wo Graf Anatol Czerny ihnen vom Schreibtisch entgegenkam. Er begrüßte Zenon als alten Freund, küßte Angela die Hand und bat sie Platz zu nehmen.

»Ich fürchte«, sagte der adrette kleine Aristokrat, »daß durch die Kontaktaufnahme mit der Exilregierung wertvolle Zeit vergeudet worden ist. Sie wird von England nicht mehr anerkannt, und wir konnten vom Innenministerium keine Informationen erlangen.«

»Was, um Gottes willen, bedeutet das alles? Irgend jemand muß uns doch Auskunft geben, worum es geht«, sagte Angela erregt.

»Wir wissen lediglich, daß vor ungefähr vierzehn Tagen ein gewisser Nathan Goldmark aus Warschau hier eintraf. Er ist ein jüdischer

Kommunist und Sonderagent des polnischen Geheimdienstes. Er hat mehrere eidesstattliche Aussagen ehemaliger Insassen von Jadwiga, alles polnische Kommunisten, in denen diverse Beschuldigungen gegen Ihren Mann erhoben werden.«

»Was für Beschuldigungen?«

»Ich habe die Unterlagen nicht gesehen, und das Innenministerium behandelt sie als Verschlußsache. Die Briten haben die folgende Einstellung: Wenn eine ausländische Regierung, mit der sie einen Vertrag abgeschlossen haben, eine Auslieferung verlangt und glaubhafte Beweise vorlegt, behandeln sie den Fall als Routineangelegenheit.«

»Aber was könnte es denn für Anschuldigungen gegen Adam geben? Sie haben die Aussagen von der Untersuchung in Monza gelesen. Ich war selbst dort«, sagte Zenon.

»Nun, wir beide wissen doch genau, was hier gespielt wird, stimmt's?« erwiderte der Graf.

»Nein, ich verstehe überhaupt nichts«, sagte Angela.

»Die Kommunisten halten eine ständige Propagandakampagne für erforderlich, um ihre Machtergreifung in Polen zu rechtfertigen. Dr. Kelno ist als Opferlamm ausersehen. Was könnte besser sein als der Beweis, daß ein Nationalist ein Kriegsverbrecher war.

»Aber was können wir um Gottes willen tun?«

»Dagegen ankämpfen, natürlich. Wir sind nicht gänzlich hilflos. Das Innenministerium wird für die Überprüfung der Angelegenheit ein paar Wochen brauchen. Unser erster Schachzug wird sein, einen Aufschub zu erreichen. Frau Kelno, ich bitte Sie um Ihr Einverständnis, eine Anwaltfirma heranziehen zu dürfen, die uns in ähnlichen Fällen bereits sehr geholfen hat.«

»Ja, natürlich«, flüsterte sie.

»Hobbins, Newton und Smiddy.«

»Ach, mein armer Adam ... o Gott!«

»Angela, bitte.«

»Alles in Ordnung, Frau Kelno?«

»Ja ... Entschuldigen Sie bitte.« Sie preßte ihre verkrampften Hände mit den weiß schimmernden Fingerknöcheln gegen die Lippen und seufzte tief.

»Beruhigen Sie sich«, sagte Graf Czerny. »Wir sind in England. Wir haben es mit einem zivilisierten, anständigen Volk zu tun.«

Das Taxi, Marke Austin, hielt in der Mitte von Pall Mall an, fand im Gegenverkehr eine Lücke, machte rasch eine U-Kurve mit einem Wendekreis vom Umfang eines Pfennigs und stoppte vor dem Reform-Club. Richard Smiddy stülpte sich den Bowler fest auf den Kopf, klemmte den Regenschirm unter einen Arm, machte eine abgegriffene Kleingeldbörse auf und zählte den genauen Betrag sorgfältig ab.

»Und Sixpence Trinkgeld«, sagte er.

»Danke sehr«, sagte der Taxichauffeur, knipste das Freizeichen an und fuhr vom Rinnstein weg. Er schüttelte den Kopf, während er das kärgliche Trinkgeld einsteckte. Nicht, daß er sich nach dem Krieg sehnte, wohlverstanden, aber er wünschte sich die Amis zurück.

Richard Smiddy, der Sohn von George Smiddy und Enkel von Harold Smiddy von der gleichnamigen feinen alten Anwaltfirma, stieg mit festem Schritt die Stufen zum Eingang des Reform Club hinauf. Er war recht befriedigt, daß es ihm gelungen war, in weniger als acht Tagen eine Verabredung mit Robert Highsmith treffen zu können. Wie es die Etikette diktierte, schrieb sein Bürovorsteher handschriftlich an Highsmiths Sekretär im Parlament und arrangierte das Treffen. Smiddy beauftragte seinen Bürovorsteher, durchblicken zu lassen, daß die Angelegenheit ziemlich dringend sei. Einen flüchtigen Augenblick lang hatte Richard Smiddy daran gedacht, die Tradition zu umgehen und zum Telefon zu greifen, aber nur die Amerikaner wickelten auf diese Weise Geschäfte ab.

Er übergab dem Portier Regenschirm und Bowler und machte die übliche Bemerkung über das gräßliche Wetter.

»Herr Highsmith erwartet Sie, Sir.«

Smiddy stieg die Stufen bis zu der Stelle hinauf, wo Phileas Fogg seine 80-Tage-Reise um die Welt begonnen und beendet hatte, und bog dann rechts in den Klubraum ab. Robert Highsmith, ein untersetzter, unauffällig gekleideter Mann, saß in einem tiefen Sessel, dessen Leder alterszerfurcht war, und beugte sich schwerfällig vor. Highsmith war so etwas wie ein Original; er war aus einer angesehenen Gutsbesitzersfamilie ausgebrochen, um Strafverteidiger zu werden. Er war ein blendender, ungewöhnlich geschickter Anwalt und kürzlich, im Alter von 35 Jahren, ins Unterhaus gewählt worden. Von Natur aus ein echter Kreuzfahrer, schien Highsmith stets dort allgegenwärtig zu sein, wo es nach Unrecht roch. Demgemäß leitete er auch das britische Büro von Sanctuary International, eine Organisation, die sich mit der Verteidigung politischer Häftlinge befaßte.

»Hallo, Smiddy, setzen Sie sich, setzen Sie sich.«

»Nett von Ihnen, daß Sie so schnell Zeit für mich haben.«

»Nicht schnell genug. Ich mußte das Innenministerium tüchtig unter Druck setzen, um die Sache noch aufzuhalten. In Anbetracht des Zeitmangels hätten Sie mich anrufen sollen.«

»Nun, ja, ich hatte tatsächlich daran gedacht.«

Highsmith bestellte sich einen Whisky pur, Richard Smiddy Tee und Gebäck.

»Also, ich kenne den Inhalt der Beschuldigungen«, sagte Highsmith. »Sie wollen ihn für ungefähr alles, was es gibt.« Er schob die Brille auf die Nasenspitze, strich sich das zerzauste Haar zurück und las von einem Blatt Papier ab. »Gab Gefangenen tödliche Phenol-Injektionen, kollaborierte mit den Nazis, wählte Gefangene für die Gaskammern aus, beteiligte sich an chirurgischen Experimenten, wurde als Deutscher ehrenhalber vereidigt. Und so weiter und so weiter. Klingt wie ein veritables Monstrum. Wie ist er wirklich?«

»Ganz anständig. Ein bißchen plump. Eben wie ein Pole.«

»Und was haben Sie als Anwalt festgestellt?«

»Wir haben uns sehr sorgfältig mit der Sache befaßt, Herr Highsmith, und ich wette mein letztes Pfund, daß er unschuldig ist.«

»Halunken. Nun wir werden sie nicht ungeschoren davonkommen lassen.«

Sanctuary International
Raymond Buildings
Gray's Inn
London WC 1

An den
Herrn Staatssekretär
Innenministerium
Abt. Ausländer
10 Old Bailey
London EC 4

Sehr geehrter Herr Clayton-Hill,

ich habe Sie bereits von dem Interesse in Kenntnis gesetzt, das Sanctuary International an Dr. Adam Kelno hat, der zur Zeit im Gefängnis Brixton inhaftiert ist. Unsere Organisation pflegt alle Ersuchen um Auslieferung politischer Häftlinge an kommunistische Staaten als verdächtig zu betrachten. Dr. Kelno ist offensichtlich ein politisches Opfer. Nach näherer Prüfung sind wir zu der Ansicht gelangt, daß die gegen Dr. Kelno erhobenen Beschuldigungen jeglicher Grundlage zu entbehren scheinen. Die eidesstattlichen Erklärungen gegen ihn stammen entweder von polnischen Kommunisten oder von kommunistisch orientierten Personen.

In keinem einzigen Fall erklärt irgendeiner von ihnen, er habe persönlich eine von Dr. Kelno begangene Verfehlung beobachtet. Diese eidesstattlichen Erklärungen stützen sich nur auf unklare Gerüchte und würden von keinem Gericht der westlichen Welt als Beweismittel zugelassen werden. Außerdem war die polnische Regierung nicht in der Lage, auch nur ein einziges Opfer der angeblichen Grausamkeit Dr. Kelnos zu nennen.

Unserer Ansicht konnte Polen in keinerlei Hinsicht einen prima-facie-Beweis vorlegen. Diejenigen Personen, die imstande sind, über Dr.

Kelnos bewundernswertes Verhalten in Jadwiga auszusagen, können nicht nach Polen fahren, und der Mann wird unter keinen Umständen einen gerechten Prozeß bekommen. Falls dem Auslieferungsersuchen stattgegeben wird, wäre dies gleichbedeutend mit politischem Mord.

Im Namen der britischen Tradition des fair play bittet Sanctuary International dringend um die Freilassung dieses schuldlosen Mannes.

Mit vorzüglicher Hochachtung
Robert Highsmith

Hobbins, Newton & Smiddy
Rechtsanwälte
32 B Chancery Lane
London WC 2

An den
Herrn Staatssekretär
Innenministerium
Abt. Ausländer
10 Old Bailey
London EC 4

Betr.: Dr. Adam Kelno

Sehr geehrter Herr Clayton-Hill,

in der Sache Dr. Adam Kelno gestatte ich mir, im Namen unseres Mandanten weitere zwanzig Zeugenaussagen von ehemaligen Insassen des Konzentrationslagers Jadwiga vorzulegen.

Wir danken Ihnen für die Einräumung einer Frist, wodurch es uns möglich war, über einhundert eidesstattliche Erklärungen beizubringen. Wir weisen jedoch darauf hin, daß Dr. Kelno seit fast sechs Monaten im Gefängnis sitzt, ohne daß bisher ein prima-facie-Beweis gegen ihn vorgebracht wurde.

Wir wären Ihnen dankbar, wenn sie uns mitteilen würden, ob Sie die von uns vorgelegten Beweise als ausreichend betrachten und Dr. Kelnos Freilassung verfügen wollen, oder ob wir einen weiteren Aufwand an Geld und Arbeit auf uns nehmen müssen.

Ich möchte noch auf einen Ehrenausschuß hinweisen, der sich aus Vertretern aller Organisationen der Freien Polen zusammensetzt und der ihn nicht nur vollkommen entlastete, sondern ihn einen Helden nennt.

Mit vorzüglicher Hochachtung
Hobbins, Newton & Smiddy.

Im Unterhaus gewann Robert Highsmith die Unterstützung der anderen Abgeordneten und verlangte mit ständig wachsendem Nachdruck

Kelnos Freilassung. Die öffentliche Meinung wandte sich immer mehr gegen das offensichtliche Unrecht.

Aber mit gleicher Hartnäckigkeit waren die Polen darüber außer sich, daß ein verabscheuungswürdiger Kriegsverbrecher frei herumlief und von den Briten beschützt wurde. Von ihrem Standpunkt aus war das eine rein polnische Angelegenheit und England vertraglich verpflichtet, ihn auszuliefern, damit er vor Gericht gestellt werden konnte.

Gerade als es so aussah, als ob Sanctuary International es schaffen würde, fand Nathan Goldmark, der polnische Geheimdienstmann, der in England auf die Auslieferung drängte, ganz unerwartet einen Zeugen.

4

Die Silhouette von Oxford war von den Zacken Hunderter von spitzen Türmen durchbrochen. Nathan Goldmark vom polnischen Geheimdienst nagte an den Fingerknöcheln und preßte sich eng an das Fenster des Zugabteils, während die anderen Reisenden ihre Koffer vom Gepäcknetz herunterzerrten.

Oxford, so hatte er während der Fahrt von London gelesen, seit dem 12. Jahrhundert Universitätsstadt, war im Laufe der Zeit zu dem heutigen Konglomerat aus 31 Colleges, den verschiedenartigsten Kirchen, Kliniken und Instituten geworden, alle planlos durcheinander gewürfelt — ein berühmt romantischer Fluß, üppige Gotik, kannelierte Deckengewölbe, uralte viereckige Höfe und dazu die Rektoren und Dozenten, die Lektoren, Studenten und Chöre. Colleges wie Magdalen, Pembroke und All Souls rechneten ihre Geschichten und ihre Helden in Jahrhunderten; andere wie Nuffield und St. Catharine's nur in Jahrzehnten. Alles war erfüllt von der Namensliste der Unsterblichen, die das Symbol der Größe Englands war.

Nathan Goldmark fand den Taxistand und gab dem Fahrer einen Streifen Papier, auf dem Radcliffe Medical Center stand. Trotz des kalten Nieselregens drehte er das Fenster herunter, während sie auf einen Strom von Fahrrädern und übermütigen Studenten zufuhren. An eine alte Mauer waren mit roter Farbe die Worte gemalt: JESUS WAR EINE TUNTE.

In der sterilen Oase der Klinik wurde er einen langen Flur entlang geführt, vorbei an einem Dutzend Laboratorien bis zu dem kleinen, unordentlichen Büro von Dr. Mark Tesslar, der ihn erwartete.

»Gehen wir zu mir«, sagte Tesslar. »Dort können wir besser miteinander sprechen.«

Tesslars Wohnung lag ein paar Kilometer vom Stadtzentrum entfernt, schon auf dem Land, in einem umgebauten Kloster in Wytham

Abbey. Dr. Mark Tesslar und Nathan Goldmark brauchten kaum länger als einen Augenblick, um sich gegenseitig abzuschätzen, denn sie gehörten beide zu dem gleichen exklusiven Club der wenigen polnischen Juden, die Hitlers Vernichtungssturm überlebt hatten. Tesslar war auf dem Weg über das Warschauer Getto und die Konzentrationslager Majdanek und Jadwiga aufgenommen worden, Goldmark hatte Dachau und Auschwitz absolviert. Die scharf eingegrabenen Furchen und die tief eingesunkenen Augen verrieten jedem von ihnen die Vergangenheit des anderen.

»Wie haben Sie mich gefunden, Goldmark?» fragte Tesslar.

»Durch Dr. Maria Viskowa. Sie sagte mir, Sie seien in Oxford und abeiteten in der Forschung.«

Bei der Erwähnung von Maria erhellte ein Lächeln das sonst so starre, knochige Gesicht. »Maria . . . wann haben Sie sie zuletzt gesehen?«

»Vor einer Woche.«

»Wie geht es ihr?«

»Es geht ihr gut, aber sie versucht, genauso wie wir alle, herauszufinden, wo ihr Platz im Leben ist. Sie versucht zu begreifen, was geschehen ist.«

»Als wir befreit wurden und nach Warschau zurückkehrten, flehte ich sie an, Polen zu verlassen. Das ist kein Ort für Juden. Es ist ein Friedhof. Ein riesiges, braches Feld, über dem der Geruch des Todes schwebt.«

»Aber Sie sind immer noch ein polnischer Staatsbürger, Dr. Tesslar.«

»Nein. Ich habe nicht die Absicht zurückzukehren. Niemals.«

»Das ist ein großer Verlust für die jüdische Gemeinde.«

»Was für eine jüdische Gemeinde? Ein paar verirrte Geister, die in der Asche wühlen.«

»Jetzt wird alles anders.«

»Wirklich, Goldmark? Warum gibt es dann eine Sonderabteilung der Kommunistischen Partei für die Juden? Ich will es Ihnen sagen. Weil die Polen ihre Schuld nicht eingestehen wollen und den Rest der Juden in Polen eingesperrt halten müssen. Das ist es! Wir haben Juden hier. Es gefällt ihnen hier. Wir sind gute Polen. Und Leute wie Sie erledigen die schmutzige Arbeit für sie. Sie müssen eine jüdische Gemeinde in Polen haben, um Ihre eigene Existenz zu rechtfertigen. Jetzt braucht man Sie. Aber zuletzt werden Sie doch einsehen müssen, daß die Kommunisten für uns nicht besser sind als die Nationalisten vor dem Krieg. Innerhalb der Landesgrenzen sind wir Schweine.«

»Und Maria Viskowa . . . von Kind an Kommunistin?«

»Auch sie wird ernüchtert sein, bevor alles vorbei ist.«

Goldmark hätte diese Unterhaltung gern beendet. Sein Gesicht zuckte nervös, während er eine Zigarette nach der anderen rauchte. Als Tesslar seinen Angriff startete, wurde Goldmark noch unruhiger.

Leicht hinkend nahm Mark Tesslar der Haushälterin das Teebrett ab. Er brühte den Tee auf und schenkte ein.

»Der Grund meines Besuchs in Oxford«, sagte Goldmark, »betrifft Adam Kelno.«

Die Erwähnung von Kelnos Namen rief eine deutlich sichtbare Reaktion hervor. »Was ist mit Kelno?«

Goldmark grinste leicht und genoß die Wichtigkeit seiner Enthüllungen. »Kennen Sie ihn schon lange?«

»Seit unserer Studentenzeit 1930.«

»Wann haben Sie ihn zum letzten Mal gesehen?«

»Beim Verlassen des Konzentrationslagers Jadwiga. Ich hörte, daß er nach dem Krieg nach Warschau kam und dann flüchtete.«

»Was würden Sie sagen, wenn ich Ihnen verrate, daß er in England ist?«

»Frei?«

»Nicht eigentlich. Er sitzt im Gefängnis von Brixton. Wir bemühen uns um seine Auslieferung an Polen. Sie sollten ja über die Situation hier in England mit den polnischen Faschisten Bescheid wissen. Sie haben eine Cause célèbre aus ihm gemacht. Sie haben es geschafft, höheren Orts so viel Aufmerksamkeit zu erregen, daß die Engländer jetzt weder ja noch nein sagen. Sie waren in Jadwiga mit ihm gut bekannt?«

»Ja«, flüsterte Tesslar.

»Dann müssen Sie über die gegen ihn erhobenen Beschuldigungen Bescheid wissen.«

»Ich weiß, daß er an unseren Leuten experimentelle Operationen ausführte.«

»Woher wissen Sie das?«

»Ich habe es mit eigenen Augen gesehen.«

Der Statssekretär
Abt. Ausländer
Innenministerium
10 Old Bailey
London EC 4

Hobbins, Newton & Smiddy
Rechtsanwälte
32 B Chancery Lane
London WC 2

Betr.: Dr Adam Kelno

Sehr geehrte Herren,

der Minister des Innern hat mich beauftragt Ihnen mitzuteilen, daß er den gesamten Sachverhalt, einschließlich der von der polnischen

Regierung gelieferten Informationen, eingehend geprüft hat. In Anbetracht der kürzlich ausgefertigten eidesstattlichen Erklärung von Dr. Mark Tesslar ist der Minister der Ansicht, daß nunmehr ein prima-facie-Beweis gegeben ist. Wir sind nicht berechtigt, uns über Recht oder Unrecht in der polnischen Gesetzgebung zu äußern, sondern müssen uns an die mit dieser Regierung abgeschlossenen gültigen Abkommen halten.

Der Minister des Innern hat daher entschieden, dem Ausweisungsbeschluß Rechtskraft zu verleihen und Dr. Kelno an Polen auszuliefern.

Ich verbleibe
mit vorzüglicher Hochachtung

John Clayton-Hill

5

Der Wärter führte Adam Kelno in das eingeglaste Besprechungszimmer, wo er sich Robert Highsmith und Richard Smiddy gegenübersetzte.

»Ich will gleich zur Sache kommen, Kelno«, sagte Highsmith. »Wir sind in einer scheußlichen Lage. Nathan Goldmark hat eine eidesstattliche Aussage erlangt, die für Sie äußerst gefährlich ist. Was sagt Ihnen der Name Mark Tesslar?«

Es war offensichtlich, daß Kelno Angst hatte.

»Nun?«

»Ist er in England?«

»Ja.«

»Dann ist alles klar. Als die polnische Regierung einsah, daß sie kein Verfahren gegen mich in Gang setzen konnte, setzte sie einen von denen auf mich an.«

»Einen von wem?«

»Von den Kommunisten. Den Juden.«

»Und was ist mit Tesslar?«

»Vor fast zwanzig Jahren schwor er, mich zu kriegen.« Kelno ließ den Kopf hängen. »O Gott, was hat es denn für einen Sinn.«

»Nun reißen Sie sich zusammen, Mann. Für Depressionen ist jetzt nicht der richtige Zeitpunkt. Wir müssen alle einen klaren Kopf behalten.«

»Was wollen Sie wissen?«

»Wann haben Sie Tesslar kennengelernt?«

»Ungefähr 1930, an der Universität, als wir gemeinsam studierten. Er wurde relegiert, weil er Abtreibungen machte, und er behauptete, ich sei es gewesen, der ihn anzeigte. Wie dem auch sei, er hat sein

Medizinstudium irgendwo in Europa — in der Schweiz, glaube ich — beendet.«

»Haben Sie ihn vor dem Krieg wiedergesehen, als er nach Warschau zurückkam, um dort zu praktizieren?«

»Nein, aber er war als Abtreiber bekannt. Für mich als Katholiken war es immer sehr schwierig, zu einer Schwangerschaftsunterbrechung zu raten, aber in einigen Fällen war meiner Ansicht nach das Leben der Patientin bedroht, und einmal handelte es sich um eine nahe Verwandte. Tesslar wußte nicht, daß ich ihm Patientinnen schickte. Das geschah stets über eine dritte Person.«

»Weiter.«

»Durch einen makabren Scherz des Schicksals traf ich ihn in Jadwiga wieder. Sein Ruf war ihm vorausgeeilt. Ende 1942 holten die Deutschen ihn aus dem Warschauer Getto heraus und brachten ihn in das Konzentrationslager Majdanek in der Nähe von Lublin. Dort hatte er im Auftrag der SS-Ärzte dafür zu sorgen, daß die Lagerprostituierten keine Krankheiten hatten, und, wenn es nötig war, Schwangerschaftsunterbrechungen durchzuführen.«

Smiddy, der eifrig mitgeschrieben hatte, blickte auf. »Woher wissen Sie das?«

»Solche Nachrichten verbreiten sich rasch, sogar von einem Lager zum anderen. Es gab nur kleine Gruppen von Ärzten, und wenn einer mal versetzt wurde, erfuhren wir alle Neuigkeiten. Außerdem hatte ich als Mitglied des nationalistischen Untergrunds Zugang zu solchen Informationen. Jeder von uns wußte über Tesslar Bescheid, als er 1943 nach Jadwiga kam.«

»Sie waren Lagerarzt, Sie müssen also engen Kontakt mit ihm gehabt haben.«

»Nein. Das war nicht der Fall. Sehen Sie, zum Lazarettbereich gehörten sechsundzwanzig Baracken, aber in den Baracken Eins und Fünf führten die SS-Ärzte geheime Experimente durch. Tesslar wohnte und arbeitete dort. Er ist es, der vor Gericht gestellt werden sollte, nicht ich. Ich warnte ihn, daß man ihn für seine Verbrechen zur Verantwortung ziehen würde, aber er stand unter dem Schutz der Deutschen. Als der Krieg zu Ende war, wurde Tesslar Kommunist und trat als Arzt in die Geheimpolizei ein, nur um seine Haut zu retten. In dieser Zeit muß er dann auch all diese gemeinen Lügen über meine Tätigkeit in Jadwiga ausgesagt haben.«

»Beantworten Sie mir die folgende Frage sehr sorgfältig, Dr. Kelno«, sagte Highsmith eindringlich. »Haben Sie jemals Hoden und Eierstöcke exstirpiert?«

Kelno zuckte mit den Schultern. »Natürlich. Ich habe zehntausend, vielleicht auch fünfzehntausend Eingriffe gemacht. Große und kleine. Ein Hoden oder ein Eierstock kann genauso von einer Krankheit befallen werden wie jeder andere Körperteil. Wenn ich operierte, so nur, um das Leben eines Patienten zu retten. Ich erinnere mich an Fälle von Krebs und bösartigen Tumoren der Geschlechtsdrüsen. Aber Sie sehen selbst, wie man solche Dinge verzerren kann. Ich habe niemals einen Eingriff an einem Gesunden gemacht.«

»Wer hat Sie denn dessen beschuldigt?«

»Ich weiß über Tesslars Anschuldigungen Bescheid. Wollen Sie sie hören? Sie haben sich alle meinem Gedächtnis eingeprägt.«

»Nun gut«, sagte Highsmith. »Es ist uns gelungen einen Aufschub zu erreichen, damit Sie Zeit für eine Erwiderung auf Tesslars Aussage haben. Sie müssen sie sachlich, leidenschaftslos und absolut ehrlich abfassen, und bringen Sie ja nicht Ihre persönliche Abneigung gegen ihn darin zum Ausdruck. Sie müssen auf jede Anschuldigung antworten, Punkt für Punkt. Hier, diese Aussage gehen Sie noch heute abend sorgfältig durch. Wir kommen morgen mit einem Stenografen wieder, um Ihre Erwiderung aufzunehmen.«

»Ich bestreite nachdrücklich, daß ich mich Dr. Tesslar gegenüber rühmte, fünfzehntausend experimentelle Operationen ohne Betäubung durchgeführt zu haben. Zu viele Personen haben mein einwandfreies Verhalten bezeugt, als daß dies irgend etwas anderes sein könnte als die gröbste Verleumdung.

Ich bestreite nachdrücklich, daß ich jemals an einem gesunden Mann oder einer gesunden Frau einen Eingriff durchgeführt habe. Ich bestreite, daß ich jemals meinen Patienten gegenüber unmenschlich war. Ich bestreite, daß ich jemals an irgendwelchen chirurgischen Experimenten teilgenommen habe.

Es ist eine reine Erfindung, daß Dr. Tesslar mich jemals operieren sah. Er war niemals und zu keinem Zeitpunkt in einem Operationssaal, in dem ich arbeitete.

Zu viele meiner Patienten sind am Leben und haben für mich ausgesagt, als daß die Anschuldigung, ich hätte die Operationen mangelhaft durchgeführt, eine Grundlage haben könnte.

Es ist meine ehrliche Überzeugung, daß Dr. Tesslar diese Anschuldigungen vorbrachte, um sich selbst von der Last der Schuld zu befreien. Ich glaube, er wurde als Teil einer Verschwörung nach England geschickt, durch die alle noch verbliebenen Spuren des polnischen Nationalismus vernichtet werden sollen. Daß er in England um Asyl nachsuchte, ist nur ein kommunistischer Trick, eine Sache, der man nicht trauen kann.«

Als der Zeitpunkt der Entscheidung näher rückte, wurde Adam Kelno von einer tiefen Depression befallen. Selbst Angelas Besuche konnten ihn nicht aufheitern.

Sie brachte ihm Fotografien von ihrem Sohn Stephan. Adam legte sie auf den Tisch ohne einen Blick darauf zu werfen. »Ich kann nicht«, sagte er.

»Adam, laß mich das Kind herbringen, damit du es sehen kannst.«

»Nein, nicht in einem Gefängnis.«

»Er ist doch noch ein Baby. Er wird sich später nicht daran erinnern.«

»Ihn sehen . . . damit mich die qualvolle Erinnerung an ihn durch den Scheinprozeß in Warschau begleitet. Willst du mir das sagen?«

»Wir kämpfen genauso hart wie bisher. Nur . . . ich ertrage es nicht, dich so zu sehen. Wir haben uns immer gegenseitig Kraft gegeben. Glaubst du denn, für mich ist das alles leicht gewesen? Ich arbeite den ganzen Tag, versuche, allein ein Kind aufzuziehen, fahre hierher um dich zu besuchen. Adam . . . oh, Adam . . .«

»Faß mich nicht an, Angela. Es tut zu weh.«

Der Lebensmittelkorb, den sie jede Woche viermal nach Brixton mitbrachte, war inspiziert und freigegeben worden. Adam beachtete ihn nicht.

»Fast zwei Jahre bin ich jetzt hier«, murmelte er, »bewacht wie ein Verurteilter in der Todeszelle. Sie bewachen mich beim Essen, auf der Toilette. Keine Knöpfe, Gürtel, Rasierklingen. Selbst die Bleistifte nehmen sie mir abends weg. Außer Lesen und Beten habe ich nichts zu tun. Sie haben ja recht . . . ich wollte Selbstmord begehen. Nur der Gedanke, meinen Sohn als freien Mann aufwachsen zu sehen, hat mich bisher am Leben erhalten, aber jetzt . . . ist sogar diese Hoffnung vorbei.«

Staatssekretär John Clayton-Hill nahm dem Innenminister Sir Percy Maltwood gegenüber Platz, der ärgerliche Ausweisungsbeschluß lag zwischen ihnen auf dem Tisch.

Maltwood hatte Thomas Bannister, King's Counsel, für das Innenministerium mit der Prüfung des Falles Kelno beauftragt, damit festgestellt werden konnte, ob er zu einem anderen Ergebnis kam als Highsmith.

Thomas Bannister war Anfang vierzig und hatte als Anwalt das gleiche Format wie Highsmith. Er war mittelgroß, vorzeitig ergraut und hatte eine frische, typisch englische Gesichtsfarbe. Trotz seines unscheinbaren Aussehens war er im Gerichtssaal ein Mann von brillanten Fähigkeiten.

»Was wird in Ihrem Bericht stehen, Tom?« fragte Maltwood.

»Daß sowohl an Kelnos Schuld als auch an seiner Unschuld begründete Zweifel bestehen und die polnische Regierung daher verpflichtet ist, weiteres Beweismaterial vorzulegen. Ich glaube nicht, daß sie einen prima-facie-Beweis haben, denn bei Licht besehen steht nur Tesslars Wort gegen Kelnos.«

Mit einer geschmeidigen Bewegung nahm Bannister Platz und blätterte die inzwischen angeschwollene Akte durch. »Die meisten der von der polnischen Regierung vorgelegten eidesstattlichen Erklärungen stützen sich auf reines Hörensagen. Wir haben bisher nichts weiter feststellen können, als daß entweder Tesslar lügt, um sich selbst zu retten, oder daß Kelno lügt, um sich selbst zu retten. Ganz offensichtlich verabscheut einer den anderen. Was immer in Jadwiga geschah, spielte sich völlig im geheimen ab, so daß wir nicht eindeutig feststellen können, ob wir ein politisches Opfer hängen oder einen Kriegsverbrecher freilassen.«

»Was sollten wir Ihrer Meinung nach tun, Tom?«

»Ihn weiter in Brixton lassen, bis die eine oder andere Seite konkrete Beweise vorlegt.«

»Ganz unter uns«, sagte Maltwood, »Wie denken Sie darüber?«

Bannister sah von einem zum anderen und lächelte. »Aber, Sir Percy — Sie wissen, daß ich darauf nicht antworten werde.«

»Wir halten uns strikt an Ihre Empfehlungen, Tom, nicht an Ihre Mutmaßungen.«

»Ich glaube, daß Kelno schuldig ist. Ich bin zwar nicht sicher, wessen er schuldig ist, aber irgend etwas hat er getan«, sagte Tom Bannister.

Botschaft der Republik Polen
47 Portland Place
London, W 1
15. Januar 1949

An den
Herrn Außenminister

Sehr geehrter Herr Minister,

der Botschafter der Republik Polen entbietet dem Außenminister Seiner Majestät seine Grüße und hat die Ehre, ihn über die Haltung der polnischen Regierung im Fall Dr. Adam Kelno zu informieren.

Die polnische Regierung ist folgender Ansicht:

Es wurde eindeutig festgestellt, daß Dr. Adam Kelno, zur Zeit in Gewahrsam von Großbritannien im Gefängnis Brixton, im Konzentrationslager Jadwiga Chirurg war und unter dem Verdacht steht, Kriegsverbrechen begangen zu haben.

Dr. Kelno ist beim Ausschuß für Kriegsverbrechen bei den Vereinten Nationen sowie bei den Regierungen der Tschechoslowakei, der Niederlande und vor allem auch der Regierung Polens als möglicher Kriegsverbrecher registriert.

Die polnische Regierung hat der Regierung Seiner Majestät alles erforderliche Beweismaterial für einen prima-facie-Beweis übergeben.

Alles weitere Beweismaterial sollte den zuständigen polnischen Gerichten vorbehalten bleiben.

Die Regierung des Vereinigten Königreichs muß gemäß dem bestehenden Abkommen über die Auslieferung von Kriegsverbrechern nunmehr dem Ersuchen Folge leisten.

Außerdem ist die polnische Öffentlichkeit über die ungebührliche Verzögerung aufs äußerste empört.

Um die Tatsache, daß Dr. Kelno an Polen auszuliefern ist, ein für allemal zu untermauern, werden wir ein Opfer von Dr. Kelnos Brutalität nennen und gemäß den Vorschriften der britischen Gesetzgebung einen Mann vorführen, der bei einem medizinischen Experiment von Dr. Kelno brutal kastriert wurde.

Ich verbleibe
Ihr ergebener

Zygmont Zybowski
Botschafter

6

Dem ruhmvollen alten Covent Garden gegenüber lag jenes düstere graue Gebäude im Palladiostil, das Polizeigericht in Bow Street, das berühmteste der vierzehn Londoner Polizeigerichte. Die Reihe der vor dem Gebäude parkenden Limousinen, in denen die Chauffeure saßen, legte über die Bedeutung dessen Zeugnis ab, was hinter den geschlossenen Türen eines großen, zugigen und schäbigen Konferenzraumes stattfand.

Robert Highsmith war dort, er verbarg seine Spannung hinter einem ungezwungenen Gehabe. Der korrekte Richard Smiddy war dort, er kaute auf der Unterlippe. Der Polizeirichter Griffin war dort. Nathan Goldmark, der unermüdliche Jäger, war dort. John Clayton-Hill vom Innenministerium und Beamte von Scotland Yard sowie ein Stenograf waren ebenfalls dort.

Und noch jemand war dort: Thomas Bannister, K. C. Der ungläubige Thomas, sozusagen.

»Beginnen wir, meine Herren«, sagte der Polizeirichter. Alle nickten.

»Wachtmeister, bringen Sie Dr. Fletcher herein.«

Dr. Fletcher, ein unauffällig aussehender Mann, wurde hereingeführt und aufgefordert, am Ende des Tisches gegenüber dem Polizeirichter

Platz zu nehmen. Er nannte dem Stenografen Namen und Anschrift. Dann sagte Polizeirichter Griffin:

»Diese Vernehmung ist ziemlich formlos, daher wollen wir uns nicht an allzuviele Regeln halten, es sei denn, daß sich zwischen den Anwälten Streitfragen erheben. Für das Protokoll: Herr Goldmark und Herr Clayton-Hill dürfen Fragen stellen. Also, Dr. Fletcher, Sie sind zugelassener Arzt?«

»Ja, Sir.«

»Wo praktizieren Sie?«

»Ich bin leitender Arzt im Gefängnis Wormwood Scrubbs und oberster medizinischer Sachverständiger des Innenministeriums.«

»Haben Sie einen Mann namens Eli Janos untersucht?«

»Ja, gestern nachmittag.«

Der Polizeirichter wandte sich an den Protokollführer. »Zur Person: Eli Janos ist ein Ungar jüdischer Abstammung und lebt jetzt in Dänemark. Auf Betreiben der Regierung von Polen erklärte er sich bereit, nach England zu kommen. Dr. Fletcher, würden Sie uns bitte über das Ergebnis der Untersuchung berichten, insbesondere soweit es Herrn Janos' Hoden betrifft.«

»Der arme Teufel ist ein Eunuch«, sagte Dr. Fletcher.

»Das möchte ich gestrichen haben«, sagte Robert Highsmith und richtete sich plötzlich auf. »Meine Meinung nach ist es unzulässig, persönliche Beobachtungen und redaktionelle Anmerkungen wie ›armer Teufel‹ ins Protokoll aufzunehmen.«

»Er ist aber ein armer Teufel, oder vielleicht nicht, Highsmith?« sagte Bannister.

»Ich möchte den gelehrten Herrn Richter bitten, meinen gelehrten Freund darauf aufmerksam zu ... «

»All das ist ganz unnötig, meine Herren«, sagte der Polizeirichter, der plötzlich die verkörperte Autorität der britischen Justiz war. »Herr Highsmith, Herr Bannister, würden Sie bitte sofort damit aufhören?«

»Ja, Sir.«

»Bitte um Entschuldigung, Sir.«

»Bitte fahren Sie fort, Dr. Fletcher.«

»Weder im Hodensack noch im Leistenkanal finden sich Spuren der Hoden.«

»Gibt es Operationsnarben?«

»Ja. Auf beiden Seiten, gerade über dem Leistenkanal, also meiner Ansicht nach die üblichen Narben nach einer operativen Entfernung der Hoden.«

»Können Sie dem gelehrten Richter sagen«, fragte Bannister, »falls Sie sich dazu äußern können, ob die Hodenoperation bei Janos auf die normale Art und nach den Regeln der Kunst durchgeführt wurde?«

»Ja, es sieht nach einer normalen Operation aus.«

»Und«, schnappte Highsmith, »nichts deutet auf Experimente, schlechte Technik, Komplikationen und ähnliches hin?«

»Nein... Ich würde sagen, daß ich nichts gesehen habe, was darauf hindeutet.«

Highsmith, Bannister und der Polizeirichter stellten noch ein paar technische Fragen über die Art der Operation, danach dankte man Dr. Fletcher höflich und entließ ihn.

»Bringen Sie Eli Janos herein«, befahl der Polizeirichter.

Eli Janos zeigte viele der für einen Eunuchen typischen Merkmale. Er war fett. Beim Sprechen brach seine hohe Stimme. Polizeirichter Griffin brachte Janos persönlich zu seinem Platz. Ein verlegenes Schweigen griff um sich.

»Sie dürfen rauchen, wenn Sie wollen, meine Herren.«

Erleichtert suchte man in den Taschen nach dem Tabak. Pfeifen-, Zigarren- und Zigarettenrauch quoll empor und stieg zu der hohen Decke auf.

Polizeirichter Griffin überflog Janos' Aussage. »Herr Janos, ich nehme an, daß Sie die englische Sprache gut genug beherrschen, um keinen Dolmetscher zu brauchen.«

»Einigermaßen.«

»Wenn Sie irgend etwas nicht verstehen, zögern Sie nicht, uns um eine Wiederholung der Frage zu bitten. Ich bin mir auch bewußt, daß dies eine Tortur für Sie ist. Falls es Sie zu sehr aufregt, lassen Sie es mich bitte wissen.«

»Ich habe keine Tränen mehr für mich selbst«, erwiderte er.

»Gut, ich danke Ihnen. Ich möchte zuerst einige der Angaben in Ihrer Aussage überprüfen. Sie sind gebürtiger Ungar, Jahrgang 1920. Die Gestapo stöberte Sie in einem Versteck in Budapest auf und brachte Sie in das Konzentrationslager Jadwiga. Vor dem Krieg waren Sie Kürschner, und im Konzentrationslager arbeiteten Sie in einer Fabrik, in der deutsche Uniformen hergestellt wurden.«

»Ja, das ist richtig.«

»Im Frühjahr 1943 wurden Sie beim Schmuggeln ertappt und vor ein SS-Gericht gestellt. Sie wurden für schuldig befunden und zum Verlust Ihrer Hoden verurteilt. Sie wurden dann ins Lagerlazarett gebracht und in eine Unterkunft, die als Baracke III bekannt war, eingeliefert. Vier Tage später wurde die Operation in Baracke V durchgeführt. Sie wurden mit vorgehaltenem Gewehr gezwungen sich zu entkleiden, wurden von Hilfspersonal, das aus Gefangenen bestand, vorbereitet und danach von einem polnischen Gefangenenarzt kastriert, der Ihrer Überzeugung nach Dr. Adam Kelno war.«

»Ja.«

»Meine Herren, bitte richten Sie Ihre Fragen an Herrn Janos.«

»Herr Janos«, sagte Thomas Bannister, »ich möchte die Hintergrundgeschichte etwas genauer kennenlernen. Diese Anklage wegen Schmuggels. Worum handelte es sich?«

»Wir waren immer von den drei Engeln von Jadwiga umgeben — Tod, Hunger und Krankheit. Sie haben gelesen, was über diese Lager geschrieben worden ist. Ich brauche also darüber nichts weiter zu sagen. Schmuggeln war eine übliche Art zu leben ... üblich wie der Londoner Nebel. Wir schmuggelten, um am Leben zu bleiben. Obwohl die SS das Lager beherrschte, wurden wir von Kapos bewacht. Kapos waren Gefangene, die sich die Gunst der Deutschen durch Kollaboration verdienten. Die Kapos konnten so brutal sein wie die SS. Es war ganz einfach. Ich hatte ein paar Kapos nicht geschmiert, daher meldeten sie mich.«

»Ich hätte gern gewußt, ob es unter den Kapos auch Juden gab?« fragte Bannister.

»Unter hundert nur ein paar.«

»Aber die meisten Arbeiter waren Juden?«

»Fünfundsiebzig Prozent Juden. Zwanzig Prozent Polen und andere Slawen und der Rest Verbrecher oder politische Gefangene.«

»Und Sie wurden zuerst in Baracke III gebracht?«

»Ja. Ich erfuhr, daß die Deutschen in dieser Baracke das Rohmaterial für medizinische Experimente aufbewahrten ... und dann wurde ich in Baracke V gebracht.«

»Und gezwungen, sich zu entkleiden und zu duschen?«

»Ja, dann wurde ich von einem Hilfspfleger rasiert und mußte mich nackt in den Vorraum setzen.« Janos suchte nach einer Zigarette, er sprach langsamer, und seine Stimme schwankte unter dem Schmerz der Erinnerung. »Sie kamen herein, der Doktor mit einem SS-Oberst. Voss, Adolph Voss.«

»Woher wissen Sie, daß es Voss war?« fragte Highsmith.

»Er sagte es mir, und er sagte mir, daß mir als Jude meine Hoden nichts nützten, weil er alle Juden sterilisieren wollte, so daß ich der Sache der Wissenschaft dienen würde.«

»In welcher Sprache sagte er das?«

»Auf deutsch.«

»Sprechen Sie fließend Deutsch?«

»In einem Konzentrationslager lernt man genug Deutsch.«

»Und Sie behaupten«, fuhr Highsmith fort, «daß der ihn begleitende Arzt Kelno war.«

»Ja.«

»Woher wußten Sie das?«

»In Baracke III wußte und erzählte man, Dr. Kelno sei der Chef der Gefangenenärzte und habe oft im Auftrag von Voss in Baracke V operiert. Ich habe keinen anderen Arztnamen gehört.«

»Dr. Tesslar. Haben Sie jemals von ihm gehört?«

»Kurz vor meiner Genesung kam ein neuer Doktor in die Baracke III. Vielleicht war es Tesslar. Den Namen kenne ich, aber ich habe ihn nie getroffen.«

»Was geschah dann?«

»Ich wurde fast verrückt vor Angst. Drei oder vier Hilfspfleger hielten mich fest, und ein anderer gab mir eine Injektion in die Wirbelsäule. Bald wurde mein Unterkörper taub. Ich wurde auf einen fahrbaren Tisch geschnallt und in den Operationssaal gebracht.«

»Wer war dort?«

»Der SS-Oberst Dr. Voss und der polnische Doktor und ein oder zwei Assistenten. Voss sagte, er wolle die Zeit messen und die Eier sollten schnell herausgenommen werden. Ich flehte Kelno auf polnisch an, mir einen Hoden zu lassen. Er zuckte bloß mit den Schultern, und als ich schrie, schlug er mich und dann . . . nahm er sie heraus.«

»Sie hatten also reichlich Zeit«, sagte Bannister, »diesen Mann ohne Gesichtsschutz zu sehen.«

»Er trug keinen Gesichtsschutz. Er wusch sich nicht mal die Hände. Anschließend starb ich einen ganzen Monat lang fast an der Infektion.«

»Um es ganz deutlich auszudrücken«, sagte Bannister, »Sie waren ein normaler, gesunder Mann, als Sie in die Baracke V gebracht wurden.«

»Geschwächt von dem Leben im Konzentrationslager, aber sexuell normal.«

»Sie waren nie vorher mit Röntgenstrahlen oder etwas anderem behandelt worden, was Ihre Testikel hätte schädigen können?«

»Nein. Sie wollten nur sehen, wie schnell man es machen könnte.«

»Und Sie würden die Art, wie man Sie auf dem Operationstisch behandelte, alles andere als rücksichtsvoll bezeichnen.«

»Sie waren brutal zu mir.«

»Haben Sie den polnischen Arzt nach der Operation jemals wiedergesehen?«

»Nein.«

»Aber Sie sind absolut sicher, daß Sie den Mann, der Sie operiert hat, identifizieren können.«

»Ich war die ganze Zeit bei Bewußtsein. Ich werde dieses Gesicht niemals vergessen.«

»Ich habe keine weiteren Fragen«, sagte Bannister.

»Keine Fragen«, sagte Highsmith.

»Ist die Identifizierungsparade soweit?« fragte Polizeirichter Griffin.

»Ja, Sir.«

»Also, Herr Janos. Sie wissen, was eine Identifizierungsparade ist, nicht wahr?«

»Ja, man hat es mir erklärt.«

»In einem Zimmer mit einer Glaswand befindet sich ein Dutzend Männer, alle in nachgemachter Gefangenenkluft. Sie können nicht in den

Raum hineinsehen, von dem aus wir sie beobachten. Einer dieser Männer ist Dr. Kelno.«

»Ich verstehe.«

Sie verließen den Konferenzraum und gingen eine abgetretene Treppe hinunter. In allen klang Janos' Schreckensgeschichte immer noch nach. Highsmith und Smiddy, die so unermüdlich für Adam Kelno gekämpft hatten, konnten sich einer nervösen Spannung nicht erwehren. Hatte Adam Kelno sie belogen? Die Tür zur Baracke V hatte sich zum ersten Mal geöffnet und einen Blick auf die furchtbaren Geheimnisse in ihrem Innern freigegeben.

Nathan Goldmarks Brust war zum Zerreißen gespannt. Der Augenblick der Rache für den Tod seiner Familie, für die Rechtfertigung seiner Regierung war gekommen. Der Orgasmus des Sieges. Von jetzt an konnte es keine Verzögerungen mehr geben. Der Faschist würde sich fügen müssen.

Thomas Bannister beobachtete das alles mit der leidenschaftslosen Ruhe, die für seine Persönlichkeit und seine Karriere als menschlicher Kühlschrank kennzeichnend war.

Für den Mann, der am meisten gelitten hatte, bedeutete es am wenigsten. Eli Janos würde auch dann noch ein Eunuch sein, wenn alles vorbei war, und so war ihm das Ergebnis gleichgültig.

Sie setzten sich, und der Raum wurde dunkel. Vor ihnen befand sich ein durch eine Glaswand abgetrenntes Zimmer mit einem Metermaß an der rückwärtigen Wand. Die Männer in der Gefangenenkluft wurden hereingeführt. Das plötzliche grelle Licht ließ sie blinzeln. Ein Polizeibeamter wies sie an, sich mit dem Gesicht zu dem dunklen Raum hinter der Glaswand aufzustellen.

Adam Kelno war der zweite von rechts in einer Reihe von großen und kleinen, dicken und dünnen Männern. Eli Janos beugte sich vor und kniff die Augen zusammen. Er konnte keine sofortige Identifizierung machen, daher fing er am linken Ende der Reihe an.

»Lassen Sie sich ruhig Zeit«, sagte Polizeirichter Giffin.

Die Stille wurde nur durch das tiefe Keuchen von Nathan Goldmark unterbrochen, der sich nur mit Mühe beherrschen konnte, nicht aufzuspringen und auf Kelno zu zeigen.

Lange verweilten Janos' Augen auf jedem Mann und forschten nach der Erinnerung an jenen entsetzlichen Tag in Baracke V.

Die Reihe entlang. Einer, dann der nächste. Er kam bei Adam Kelno an und beugte sich vor. Der Beamte forderte die Männer auf, sich erst im Links-, dann im Rechtsprofil zu zeigen. Danach wurden sie hinausgeführt, und das Licht ging wieder an.

»Nun?« fragte Polizeirichter Griffin.

Eli Janos holte tief Atem und schüttelte den Kopf. »Ich kenne keinen von ihnen.«

»Der Wachtmeister soll Dr. Kelno herbringen«, sagte Robert Highsmith plötzlich und unerwartet heftig.

»Das ist nicht erforderlich«, sagte der Polizeirichter.

»Diese lausige Sache zieht sich jetzt über zwei Jahre hin. Ein schuldloser Mann hat im Gefängnis gesessen. Und das will ich jetzt ganz genau feststellen.«

Adam Kelno wurde hereingeführt und mußte sich vor Eli Janos aufstellen; die beiden starrten einander an.

»Dr. Kelno«, sagte Highsmith, »würden Sie bitte etwas auf Deutsch oder Polnisch zu dem Mann sagen.«

»Ich will meine Freiheit« sagte Adam auf deutsch. »Sie liegt in Ihren Händen«, schloß er auf polnisch.

»Haben Sie diese Stimme schon einmal gehört?« fragte Highsmith.

»Das ist nicht der Mann, der mich kastriert hat«, sagte Eli Janos.

Adam Kelno seufzte tief auf und ließ sich mit gesenktem Kopf von dem Wachtmeister hinausführen.

»Sind Sie bereit, das zu beeiden?« fragte Highsmith.

»Natürlich«, antwortete Janos.

In einem formellen Brief bedauerte die Regierung Seiner Majestät jede Unannehmlichkeit, die Adam Kelno durch die zweijährige Inhaftierung im Gefängnis Brixton entstanden war.

Als sich das Gefängnistor hinter ihm schloß, eilte die geduldige Angela voller Liebe in seine Arme. Hinter ihr, in dem Durchgang, der zum Eingang führte, kamen sein Cousin Zenon Myslenski und Graf Anatol Czerny, Highsmith und Smiddy. Und noch jemand war da. Ein kleiner Junge, der auf die Ermunterung von »Onkel« Zenon unsicher zauderte. Dann ging er mit kleinen Schritten vorwärts und sagte ... »Papi«.

Adam hob das Kind hoch. »Mein Sohn«, rief er »mein Sohn.« Und kurz danach traten sie aus dem Schatten der langen hohen Ziegelmauer in einen der seltenen sonnenhellen Tage von London.

Die Verschwörung war zerschlagen, doch Adam Kelno hatte ohne den Schutz der Gefängnismauern noch mehr Angst. Er war jetzt wieder draußen, und der Feind war unermüdlich und gefährlich. Er nahm Frau und Sohn und floh. Er floh in den entferntesten Winkel der Welt.

7

»Adam! Adam!« schrie Angela.

Er raste über die Veranda und riß die Fliegengitter-Tür im gleichen Moment auf, als Abun, der Hausboy, ankam. Angela hatte sich über Stephan geworfen, um das Kind vor der Kobra zu schützen, die sich dicht neben dem Bett mit vor- und zurückschnellender Zunge und im Totentanz wiegenden Kopf knäuelte.

Abun gebot Adam Kelno mit einer Handbewegung stillzustehen und zog langsam seinen Parang aus der Scheide. Seine nackten Füße huschten lautlos über die geflochtene Matte.

Hsss! Ein aufblitzender Bogen aus Stahl. Die Schlange war enthauptet. Der Kopf fiel herab, und der Körper schrumpfte nach einem letzten krampfartigen Zittern zusammen.

»Nicht anfassen! Nicht anfassen! Immer noch voll Gift!«

Angela gestattete sich die Erleichterung eines Aufschreis, dann schluchzte sie hysterisch. Der kleine Stephan klammerte sich an seine Mutter an und weinte, während Adam auf dem Bettrand saß und sich bemühte, beide zu beruhigen. Er wandte schuldbewußt den Blick von seinem Sohn ab. Die Beine des Jungen waren immer noch mit von Blutegeln hinterlassenen Striemen übersät.

Ja, Sarawak in der nördlichen Ecke von Borneo war ungefähr so weit weg, wie ein Mann rennen konnte, und so verborgen, wie ein Mann sich verstecken konnte.

Ein paar Tage nach der Entlassung aus dem Gefängnis Brixton hatte die Familie angstgepeitscht und ganz im geheimen die Passage nach Singapur gebucht, und von dort brachte ein schmutziger Trampdampfer sich durch das Südchinesische Meer bis ans Ende der Welt . . . Sarawak.

Fort Bobang, eine klassische Pesthölle, lag am Delta des Batang-Lampur-Flusses. Am Außenrand drängten sich etwa hundert schilfgedeckte Hütten auf Hartholzpfählen am Flußufer zusammen. Etwas weiter landeinwärts bestand die Stadt aus zwei schlammigen Straßen mit Chinesenläden, Lagerhäusern für die Kautschuk- und Sago-Exporte und einem Dock, das für die Fähre ausreichte, die zwischen Fort Bobang und der Provinzhauptstadt Kutsching hin und her pendelte und die Pinassen, welche die endlosen Flüsse befuhren.

Das britische Viertel war ein Durcheinander aus weißgetünchten Häusern mit fleckigen, ausgebleichten Fassaden, von der Sonne verbrannt und vom Regen zerhämmert. Innerhalb des Geländes gab es einen Gebietskommissar, eine Polizeistation, ein paar verbannte Beamte, eine Klinik und eine einklassige Schule.

Einige Monate vor dem Zwischenfall mit der Kobra hatte Adam Kelno mit Dr. MacAlister, dem Leiter des Gesundheitsdienstes von Sarawak, ein Gespräch gehabt. Kelnos Papiere waren in Ordnung. Er war ein qualifizierter Arzt und Chirurg, und Leute, die freiwillig hierherkamen, wurden sowieso nicht allzusehr über ihre Vergangenheit ausgefragt.

MacAlister begleitete die Kelnos nach Fort Bobang. Zwei Krankenpfleger, ein Malaie und ein Chinese, begrüßten den neuen Arzt ohne sonderliche Begeisterung und führten ihn durch die schäbige Klinik.

»Nicht gerade das Londoner West End«, untertrieb MacAlister.

»Ich habe schon in übleren Plätzen gearbeitet«, antwortete Adam mit gepreßter Stimme.

Adams geübtes Auge nahm sofort die magere Ausstattung an Medikamenten und anderem Inventar auf. »Was ist aus meinem Vorgänger geworden?«

»Selbstmord. Gibt es ziemlich häufig hier.«

»Nun, meinetwegen brauchen Sie sich keine derartigen Gedanken zu machen. Ich hatte die Gelegenheit dazu. Aber ich bin nicht der Typ dafür.«

Nach der Besichtigung befahl Adam, das Gebäude gründlich zu schrubben und sauber zu machen und zog sich dann in sein Quartier am anderen Ende des Geländes zurück.

Angela war enttäuscht, beklagte sich aber nicht.

»Mit ein paar Verschönerungen hier und da wird alles wunderbar sein«, sagte sie, obwohl sie selbst am wenigsten davon überzeugt war.

Von der mit Fliegengittern versehenen Veranda hatte man einen Blick auf den Fluß und über die Docks bis zu den Hügeln, die sich hinter der Stadt erhoben. Überall sah man niedrige Palmen und ein unwahrscheinlich üppiges Grün. Als die Drinks serviert wurden, erhoben sich die Geräusche und Düfte der tropischen Abenddämmerung, und ein barmherziger kühler Hauch linderte die feuchte, erstickende Hitze des Tages. Während Adam hinausstarrte, fielen die ersten Regentropfen als Vorläufer des täglichen Gusses. Der übliche Zusammenbruch des Generators auf dem Gelände ließ das Licht an und aus flackern, an und aus. Und dann kam der richtige Regenguß, der mit der Wucht eines Schmiedehammers auf die Erde trommelte, gurgelnd und hochspringend.

»Prosit«, sagte MacAlister. Seine weisen Augen studierten den neuen Mann. Der alte Mac hatte so viele von ihnen kommen und gehen sehen. Die Trinker und die Versager und jene, die von der falschen Hoffnung beseelt waren, die Menschen bessern zu können. Schon lange hatte er seinen Missionarseifer vergessen, der von seiner eigenen Mittelmäßigkeit und der amtlichen Bürokratie gedämpft und schließlich von dem heißen feuchten Dschungel und den Wilden, die am Fluß lebten, ausgelöscht worden war.

»Die beiden Boys, die Sie haben, sind recht ordentlich. Sie werden Ihnen helfen, sich hier zurechtzufinden. Jetzt, da Sarawak eine Kronkolonie geworden ist, haben wir etwas mehr Geld für die ärztliche Versorgung. Können manches ein bißchen aufpolieren.«

Adam starrte nachdenklich auf seine Hände und streckte die Finger. Es war so lange her, seit sie chirurgische Instrumente gehalten hatten.

»Ich lasse Sie wissen, was ich brauche, und was ich ändern will«, sagte er abrupt.

Ziemlich unverschämt, dachte MacAlister. Na, das wird ihm hier schon ausgetrieben werden. Er hatte zugesehen, wie sie Monat um Monat mehr zurücksteckten und brutaler und zynischer wurden, sobald sie die kaum vorstellbare Situation begriffen hatten.

»Ein kleiner Tip von einem alten Borneo-Mann. Versuchen Sie nicht, irgend etwas zu ändern. Die Leute unten am Fluß werden Ihnen jedesmal einen Strich durch die Rechnung machen. Es ist erst eine oder zwei Generationen her, daß sie Kopfjäger und Kannibalen waren. Das Leben hier ist hart genug, also genießen Sie die paar Annehmlichkeiten, die wir haben. Schließlich haben Sie ja eine Frau und ein Kind mitgebracht.«

»Danke«, sagte Adam, aber in Wirklichkeit bedankte er sich gar nicht.

Stinkendes Sarawak. Vor der Menschheit in einem Winkel Borneos verborgen. Die Bevölkerung setzte sich aus Malaien, der islamischen Gruppe, zusammen, dann aus Kajans und den Stämmen der Land-Dajaks und der Ibans — der See-Dajaks — und, natürlich den allgegenwärtigen Chinesen, den Händlern des Orients.

In die moderne Geschichte trat es vor etwa über hundert Jahren ein, als sich die Handelsschiffahrt auf dem Chinesischen Meer zwischen der britischen Kolonie Singapur und dem Sultanat Brunei auf Borneo so sehr ausdehnte, daß sie ein Lieblingsziel der Piraten wurde.

Der Sultan von Brunei wurde nicht nur von den Piraten überfallen, sondern war auch ständig von Revolten innerhalb seines eigenen Reiches geplagt. In der Person von James Brooke, einem säbelrasselnden englischen Glücksritter, zogen Gesetz und Ordnung ein. Brooke zerschlug die Revolten und jagte die Piraten davon. Zur Belohnung überließ der dankbare Sultan ihm die Provinz Sarawak, und James Brooke wurde der erste der fabulösen »weißen Radschas«.

Brooke regierte sein Reich als wohlwollender Autokrat. Es war ein feuchtigkeitsverhangenes Ländchen, in dem es nur ein paar Kilometer Landstraßen gab. Die großen Verkehrswege waren die Flüsse, die von den hügeligen dichten Wäldern in die Deltas des Südchinesischen Meeres strömten. Es war ein von tropischem Blattwerk zugedecktes Land, überschwemmt von einer Niederschlagsmenge von über fünfhundert Zentimeter pro Jahr, und Krokodile, Ratten, Schlangen, Fledermäuse und Wildschweine waren die Mitbewohner. Die Eingeborenen wurden ständig von Lepra, Elephantiasis, Würmern, Cholera, Pocken und Ödemen bedroht und dezimiert.

Elend und Unterdrückung waren ihr Los. Sie hatten erbärmlich wenig bebaubares Land, und auf die mageren Ernten machten überdies ständig Piraten und Nachbarn Jagd, oder sie wurden von der Steuer konfisziert. Sie bekriegten sich gegenseitig und zogen in prachtvollem Federschmuck in den Kampf, und der Kopf des Besiegten hing im Heim des Siegers. Wer nicht erschlagen worden war, wurde auf den Sklavenmärkten verkauft.

Eine Zeitlang sorgten James Brooke und sein Neffe, der ihm als Radscha nachfolgte, für eine gewisse Ordnung, so daß man sich nur noch mit dem Überlebenskampf gegen das Land befassen mußte.

Der dritte und letzte weiße Radscha, Sir Charles Vyner Brooke, setzte nach dem Zweiten Weltkrieg der hundertfünfjährigen Herrschaft seiner Familie ein Ende. Während des Krieges besetzten die Japaner Sarawak wegen der Ölfelder bei Miri, und als der Krieg vorbei war, trat Brooke den Staat an die britische Krone ab; so wurde Sarawak ebenso wie Brunei und Nord-Borneo eine Kronkolonie.

Sir Edgar Bates, der erste Gouverneur von Sarawak, übernahm ein Gebiet, das sich auf rund 122 000 qkm ausgedehnt und eine halbe Million Einwohner hatte. Die größte Gruppe stellten die Ibans oder See-Dajaks, die ehemaligen Kopfjäger, deren Herkunft ungewiß war. Es wird behauptet, sie seien einst seefahrende Mongolen gewesen.

Sir Edgar, der aus der gehobenen Beamtenlaufbahn kam, tat in bezug auf Erziehung und spätere Selbstregierung sein Bestes. Aber all das, was in der Ära der weißen Radschas unbeachtet geblieben war, hatte sich unauslöschlich eingeprägt. Die neue Sarawak-Orient Company bohrte nach Öl und schürfte Mineralien und versuchte, den endlosen Wald kommerziell zu nutzen. Aber der Fortschritt war nur in dem Tempo meßbar, wie die Schnecke über das Land kriecht, und blieb im Sumpf uralter heidnischer Tabus stecken.

Als Adam Kelno im Jahre 1949 eintraf, wurde er der 30. Arzt in Sarawak. Es gab fünf Krankenhäuser. Das war das ganze Gesundheitswesen für eine halbe Million Menschen.

Er wurde Fort Bobang im Zweiten Bezirk von Sarawak zugeteilt, im Lande der Ibans, der tätowierten Kopfjäger von Borneo.

8

Adam Kelnos Bootsmänner manövrierten das zehn Meter lange überdachte Kanu geschickt über die brodelnden Stromschnellen, wo der Lemanak in den Lampur mündete. Man konnte leicht erkennen, daß es das Boot des Arztes war, denn es hatte den größten Außenbordmotor von allen Booten, die auf dem Lemanak fuhren. Das Wasser wurde ruhiger, und sie glitten an einem Paar dösender Krokodile vorbei. Das Geräusch des Motors bewirkte, daß sie von der Sandbank ins Wasser schlitterten. Das Gekreisch einer Horde Affen, die von einem Baumwipfel zum nächsten sprangen, verfolgte sie.

Die ersten sechzehn Kilometer flußaufwärts standen Gruppen von langgestreckten Häusern des Ulu-Stammes der See-Dajaks. Jede dieser auf Hartholzpfählen ruhenden Wohnstätten war eine abgeschlossene

Dorfgemeinde von zwanzig bis fünfzig Familien. Die manchmal über 60 Meter langen Pfahlbauten standen dicht am Ufer. Eine Zugleiter, ursprünglich eine Verteidigungsmaßnahme gegen die Angriffe von Nachbarn, diente als Treppe zur gemeinsamen Veranda. Die lange dachlose Trocken-Plattform, die gemeinsame Küche und der als Arbeitsraum dienende Platz waren zum Fluß hin offen. Im rückwärtigen Teil eines jeden Hauses gab es kleine abgetrennte Räume für die einzelnen Familien. Das Ganze war mit Palmenblättern und Schindeln überdacht, und darunter tummelten sich Schweine und Hühner inmitten von menschlichen Exkrementen und kämpften räudige Katzen um ihre Existenz.

Fünfzehn dieser langen Häuser bildeten eine Abteilung des Stammes der Ulus, die von einem Häuptling, der nach den Sternen den Namen Bintang trug, regiert wurde.

Die Ankunft von Dr. Kelnos Boot wurde mit Gongschlägen begrüßt, dem üblichen Willkommen für jeden Besucher. Im Laufe des Tages, während Dr. Kelno Sprechstunde hielt, versammelten sich die Turahs, die Oberhäupter der anderen Wohnstätten des Stammes, zu der Beratung, deren Einberufung Bintang dem Arzt versprochen hatte.

Bis zum Abend waren alle eingetroffen, bekleidet mit leuchtend bunten, gewebten Jacken, kegelförmigen, von Federbüschen gekrönten Kopfbedeckungen und vielen Reifen an Armen und Beinen. Es waren olivfarbene, ungefähr 1,50 Meter große Männer, deren Gesichter negroide und orientalische Merkmale zeigten. Die glänzend schwarzen Haare waren zu Nackenknoten zurückgekämmt, und Schultern, Beine und Hände waren üppig tätowiert. Ein paar der älteren Turahs trugen Tätowierungen, wie sie in nicht allzu ferner Vergangenheit einem Krieger für seine Erfolge als Kopfjäger zuerkannt worden waren. Überall im Haus hingen Dutzende von sauber ausgeschabten Köpfen von den Dachbalken herab. Bintang bot jedem Turah bei der Ankunft heißen Reis und Bier an, und in einer Ecke der Dorfveranda tranken sie, kauten Betelnüsse und rauchten Zigarren.

Hinter ihnen, auf dem gemeinsamen Arbeitsplatz, gingen die Frauen ihren Beschäftigungen nach — kochen, Rohrmatten und starkfarbiges Tuch weben, Schmuckstücke anfertigen und Sago, ein aus Palmenmark gewonnenes Stärkemehl, durchsieben. Unter den nackten Brüsten schlossen Messingringe, die mit Münzen und Ketten verziert waren, den ganzen Körper wie ein Korsett ein, und die Ohrläppchen waren durch schwere Ohrringe deformiert.

Die erst so muntere Stimmung der Turahs verflog, als der streng blickende Dr. Kelno und sein Dolmetscher zu ihnen kamen. Man hegte ihm gegenüber gemischte Gefühle. Bintang lud sie ein, ihre grellbunten, verzierten Sitzmatten auf den Rohrboden zu legen. Dr. Kelno und der Dolmetscher Mudich saßen der Versammlung gegenüber, Bintang und sein oberster Zauberer Pirak, der Manang des Stammes, etwas seitlich. Pirak war einer jener Magier, die ihr Amt von ihren Vorvätern ererbt hatten, und die von den Geistern auserwählt waren, Gesundheit und die Weisheit der Götter auszuteilen. Die Manangs waren in viele Kategorien und Ränge unterteilt. Pirak, ein verschrumpelter alter Mann, gehörte zu der besonderen Klasse der Manang Bali, ein Mann in Frauenkleidung und mit weiblichem Gehabe. Er pflegte junge Männer zu verführen, war jedoch bisexuell. Pirak erhielt für die Darbietung seines mystischen Hokuspokus ungeheuerliche Mengen von Geschenken und Nahrungsmitteln. Zu alt, als daß er die Häuptlingswürde von Bintang hätte erben können, war Pirak entschlossen, seine erhabene Stellung zu behalten und war der Meinung, daß Dr. Adam Kelno eine Bedrohung verkörpere.

Man tauschte nichtssagende Höflichkeiten aus, und während die halbverhungerten Hunde nach den Resten der aufgetischten Leckerbissen schnappten, kam der Dolmetscher zur Sache.

»Dr. Adam sagen«, begann Mudich, »daß Monsunzeit fast da ist und Fluß ansteigen wird. Dr. Adam nicht kommen zurück für lange Zeit. Letztes Jahr während Monsun Cholera sehr schlimm. Dieses Jahr Dr. Adam das nicht wünscht. Er bitten Medizin durch Nadel geben, um vor Cholera zu retten. Nur zwanzig Familien in allen langen Häusern einverstanden. Warum ist das so, sagen Dr. Kelno.«

»Weil der Windgeist, Meergeist, Waldgeist und Feuergeist vom Obersten Geist Patra auserwählt worden sind, über die Krankheiten zu herrschen. Wir haben Opfervögel vorbereitet und werden vier Nächte nach dem Einsetzen des Monsuns die Gongs schlagen. Sag Dr. Adam, wir haben viele Mittel, um Krankheiten zu bekämpfen.«

»Viele, viele Mittel«, fügte Pirak, der Zauberer, hinzu und deutete auf seinen Sack voller Omina, heilenden Steinen und Kräutern.

Unter den Turahs erhob sich ein zustimmendes Gemurmel.

Adam holte tief Luft, beherrschte sich und wandte sich an den Dolmetscher. »Sag Bintang folgendes: Ich werde meine Medizin den Familien geben, die sie haben wollen. Wenn nach der Monsunzeit die Familien, die ich behandelt habe, gesund sind, aber viele andere, die meine Medizin nicht bekommen haben, am Fieber gestorben sind, würde das beweisen, daß die Götter meine Medizin gutheißen?«

Mudich tat so, als habe er nicht verstanden. Adam wiederholte seine Worte langsam. Der Dolmetscher wand sich unbehaglich, dann schüttelte er den Kopf. »Ich kann solche Fragen nicht Bintang stellen.«

»Warum nicht?«

»Wird Häuptling vor seinen Turahs verlegen machen, wenn du recht hast.«

»Ist er denn nicht für die Gesundheit und das Wohlergehen seiner Leute verantwortlich?«

»Bintang auch verantwortlich für Bestehen der Legenden. Krankheit kommt, Krankheit geht. Legende bleibt.«

Gut, dachte Adam, ich werde es also auf andere Art versuchen. Er erklärte Mudich nochmals sorgfältig die Frage, die er stellte.

»Dr. Adam sagen zu Bintang, warum ist Totenfeld so dicht am Fluß? Dr. Adam sagen, es muß verlegt werden, weil es Wasser unsauber machen, und schlechtes Wasser machen Krankheit.«

»Das stimmt nicht«, antwortete Bintang. »Geister verursachen Krankheit.«

Wieder nickten die Turahs zustimmend.

Adam sah den Zorn in Piraks Augen. Der Manang Bali war für die Bestattung der Toten verantwortlich, und diese Zermonien waren die Quelle, aus der ein Großteil seines Einkommens und seines Reichtums stammte. »Legende sagen, muß begraben auf Hügel dicht am Fluß. Friedhof an richtigem Platz jetzt. Darf nicht verlegt werden.«

»Dr. Adam sagen, Beerdigung unsauber. Leute nicht tief genug vergraben, und viele ohne Kiste, wo sie hineinlegen. Dies, Dr. Adam sagen, verderben Wasser, wenn es an Friedhof vorbeikommt. Schweine und Hunde nicht eingezäunt, so sie kommen zu Friedhof und essen Tote. Wenn wir essen Schweine und trinken Wasser, es machen Krankheit.«

»Wenn Frau verbluten, wenn bekommen Kind, sie kann nicht Sarg haben«, antwortete der Manang Bali. »Wenn Krieger sterben, er muß beerdigt werden dicht am Wasser, um seine Reise nach Sebajan leichter zu machen.«

»Aber wenn ihr ihn mit all den Lebensmitteln beerdigt, graben die Tiere sie wieder aus!«

»Wie kann er ohne Nahrung nach Sebajan reisen? Außerdem, Dr. Adam, in Sebajan hat er keine Sorgen mehr, so es ist besser, er kommt dort hin«, sagte Bintang.

»Wenn Häuptling sterben«, setzte Pirak hinzu, »er muß verbrannt und dem Feuergeist gegeben werden. Dr. Adam nicht verstehen, wir müssen beerdigen abhängig von wie jemand sterben.«

Die Verlegung des Bestattungsgrundes wurde nunmehr gleichfalls ein total sinnloses Unterfangen. Kelno wurde von einer Woge von Mystizismus und Tabus überschwemmt. Aber er gab nicht auf.

»Dr. Adam sagen, letztes Mal er kommen, er brachte Samen und Schoten von Okra, um in Feld bei Sagapalmenwald zu pflanzen. Bintang versprechen Okra zu pflanzen, weil gut ist für uns zu essen und machen uns stark.«

»Aus Zeichen von Vögeln«, sagte Pirak, »erfahren wir, daß Felder bei Sagowald verflucht sind.«

»Wie bist du denn darauf gekommen?«

»Sehr schwierig, Vogelzeichen zu lesen«, sagte Pirak, »braucht viele

Jahre zu lernen. Richtung, wo Vogel fliegen, Art, wie Vogel schreien, Art, zwei Vögel fliegen zusammen. Vögel geben so schlechte Zeichen, wir schlachten Schwein mit Zeremonie und lesen Zeichen auf Leber von Schwein. Alles sagt, Felder sind verflucht.«

»Dr. Adam sagen, wir haben nur Hälfte von Ackerland, das wir brauchen. Wir müssen es alles ausnutzen. Okra wird böse Geister von Feldern vertreiben. Okra ist heilige Nahrung«, übersetzte Mudich Kelnos Versuch, sich ihrer eigenen Tabus zu bedienen, um sein Ziel zu erreichen. Aber das enervierende Palaver ging weiter.

»Dr. Adam kaufen vier Wasserbüffel von Chinese. Warum ihr nicht gehen nach Sarebas und bringen her?«

»Büffel heiliges Omen, wie Motte und Blauvogel.«

»Aber ihr sie nicht bringen zum Essen, sondern nur zu arbeiten auf Feld.«

»Bingt Fluch, heiliges Omen arbeiten machen.«

Nach einer weiteren Stunde war Adam erschöpft. Er bat, sich vom Fest und vom Hahnenkampf zurückziehen zu dürfen und verabschiedete sich mühsam beherrscht. Pirak, der Manang Bali, war jetzt, nachdem er die Debatte für sich entschieden hatte, überaus freundlich. Dr. Adam würde nicht zurückkommen, bis der Monsun vorbei war. Während er in sein Boot stieg und den Bootsmännern barsch befahl abzulegen, winkten ihm die Ulus vom Ufer her ein lahmes Adieu zu. Als das Boot hinter der Biegung verschwand, sah Bintang Mudich an und fragte:

»Warum kommt Dr. Adam her, wenn er uns so sehr haßt?«

9

Da man im britischen Viertel von Fort Bobang dicht zusammengedrängt wohnte, waren Leute, die sich andernfalls ihr Leben lang aus dem Weg gegangen wären, gezwungen, freundschaftliche Kontakte zu pflegen. Angela war in hohem Maße fähig, sich in das eng umrissene gesellschaftliche Leben einzufügen. Adam war es nicht.

Insbesondere verabscheute er L. Clifton-Meek, den Landwirtschaftskommissar für den Zweiten Bezirk. Lionel Clifton-Meek war ein Paradebeispiel für den Schuh- oder Fahrkartenverkäufer oder den unterwürfigen Schneidergesellen, der sich emsig strebend ein Plätzchen in den weltweiten Interessensphären Seiner Majestät ergattert hatte. Es war zwar nur ein winziges Plätzchen, aber nachdem er es genau abgegrenzt hatte, gehörte es ihm und nur ihm allein. Clifton-Meek schützte sich sowohl gegen die Übernahme jeglicher Verantwortung, als auch gegen das Fällen von Entscheidungen oder Übergriffe, die von außen kamen. Er vergrub sich in einem Dickicht aus Papierkram, um dadurch den Glauben an seine eigene Bedeutung auszubauen. Auf diesem sicheren Platz konnte er ungestört ausharren, bis er seine Karriere mit einer netten Rente für seine Loyalität im Dienste der Krone abschloß.

Noch deutlicher als L. Clifton-Meek den typischen kleinen Beamten verkörperte, war seine farblose Frau Mercy, die einen Hals wie eine Truthenne hatte, das Abbild dessen, was die schwarzen und gelben Menschen, die von ihnen regiert wurden, haßten.

In England hätten die Clifton-Meeks ein eintöniges, stumpfes Leben in einem Reihenhaus aus roten Backsteinen in einer faden Kleinstadt oder in einer komfortlosen Wohnung in London geführt, wo Mercy das karge Einkommen ihres Mannes nur dadurch hätte aufbessern können, daß sie als Dienstmädchen arbeitete.

Aber das Empire tat viel für die kleinen Leute Englands. In Sarawak genossen sie Ansehen. Im ganzen Zweiten Bezirk gab es keinen anderen Beauftragten für landwirtschaftliche Angelegenheiten. Clifton-Meek hatte sowohl bei den Reisfeldern als auch bei den Kautschukplantagen viel mitzureden und verbrachte ein Gutteil seiner Zeit damit, durch sein Kleben am Dienstweg die Sarawak-Orient Company zu frustrieren. Eine Gräte im Hals des Fortschritts.

Mercy Meek hatte für ihre persönliche Bedienung zwei malaiische Hausboys, die auf der Veranda schliefen und mit einem Sonnenschirm hinter ihr herliefen, um ihren milchigweißen, sommersprossigen Teint vor der Sonne zu beschützen. Und sie hatte einen richtigen chinesischen Koch. Mit dem unechten Snobismus ihrer niedrigen Herkunft und als weiterer Ausdruck ihrer Wichtigtuerei schrieben sie ihren Familiennamen mit Bindestrich. Als Krönung des Ganzen versuchte Mercy auch noch, den Gott der Episkopalier zu diesen Heiden zu bringen. Sonntags ließ sie das ganze Viertel mit ihrer Orgelmusik und ihrem Bemühen erbeben, ihnen die Furcht vor Gott einzujagen, worauf unlustig gemurmelte Gebete antworteten.

Regierungskommissar Lambert gehörte in eine andere Kategorie. Wie Adams Vorgesetzter MacAlister kannte er sich in diesen Breiten aus, ein guter Administrator, der sich die Beschwerden der Eingeborenenhäuptlinge in aller Ruhe anhörte, nur selten darauf reagierte und dafür sorgte, daß sie mit britischen Fahnen und Porträts des Königs für ihre langen Häuser reichlich versorgt waren. Im Grunde genommen ließen er und Kelno sich gegenseitig in Ruhe.

Aber es mußte zwangsläufig so kommen, daß L. Clifton-Meek von diesem ausländischen Medizinalbeamten einmal zu oft herumgestoßen worden war und entrüstet eine Beschwerde einreichte.

Bevor Lambert die Beschwerde auf dem Dienstweg weiterleitete, hielt er eine Aussprache zwischen den beiden Parteien für geboten.

Sie begann in des Regierungskommissars brütendheißem Amtszimmer, in dem der Verputz abblätterte, unter einem müden Deckenventilator, der kaum Kühlung spendete. L. Clifton-Meeks verkniffenes blasses Gesicht zuckte, als er sich auf die Vorschriften berief, während Lambert die umfangreiche Beschwerde überflog, die der Landwirtschaftskommissar eingereicht hatte.

Lambert wischte sich über das feuchte Kinn. Eine merkwürdige Stelle zum Schwitzen, dachte Adam. »Es sieht so aus, Dr. Kelno, als hätten wir hier ein paar Mißverständnisse. Mir wäre es lieb, wenn das Ganze innerhalb dieser vier Wände bereinigt werden kann, vorausgesetzt, wir können eine Einigung erzielen.«

Clifton-Meek richtete sich steif auf, als Adam ihn voller Verachtung anstarrte.

»Sind Sie mit den Einzelheiten von Clifton-Meeks Beschwerde vertraut?«

»Ich habe sie heute früh durchgelesen.«

»Es ist ja eigentlich nichts Ernstes.«

»Meiner Ansicht nach ist es sehr ernst«, sagte Clifton-Meek mit angstbebender Stimme.

»Was ich sagen will«, besänftigte Lambert ihn, »ist, daß es um nichts geht, was wir hier nicht unter uns besprechen und in Ordnung bringen können.«

»Das hängt von Dr. Kelno ab.«

»Wollen wir mal sehen«, sagte Lambert. »Da ist zuerst die Frage der Okrafelder für die Ulus am unteren Lemanak.«

»Was ist mit den Okrafeldern?« fragte Adam.

»So wie es hier steht, haben Sie anscheinend empfohlen, bei den fünfzehn langen Häusern unter Häuptling Bintang Okra zu pflanzen, und Sie haben ihnen zu diesem Zweck Samen und Schoten mitgebracht.«

»Schuldig im Sinne der Anklage«, sagte Adam.

L. Clifton-Meek grinste und trommelte mit den dürren Fingern auf die Platte von Lamberts Schreibtisch. »Die Okra gehört zur Familie der Malvengewächse, eine Kulturpflanze, die ganz eindeutig in den Aufgabenbereich des Landwirtschaftskommissars fällt. Sie hat also nichts mit Gesundheit oder Medizin zu tun«, sagte er mit der Pedanterie des Bürokraten.

»Glauben Sie, daß Okra als Bereicherung ihrer jetzigen Ernährung gut für ihre Gesundheit oder schlecht für ihre Gesundheit sein würde?« fragte Adam.

»Mich können Sie mit Ihren Wortspielereien nicht in die Falle locken, Doktor. Die Nutzbarmachung des Landes gehört eindeutig zu meinem Aufgabenbereich, ganz eindeutig. Hier auf Seite siebenhundertzwo der Vorschriften heißt es —« und er las den langen Absatz vor, während Jack Lambert ein Lächeln unterdrückte. Clifton-Meek schloß fürs erste das Buch, das mit Papierstreifen zur Markierung gespickt war. »Sir, ich erstelle ein Gutachten für die Sarawak-Orient Company über die geeignete Nutzung des Bodens im Zweiten Bezirk im Hinblick auf die Möglichkeit der Anlage von Kautschuk-Pflanzungen.«

»Erstens«, sagte Adam, »können die Ulus keinen Kautschuk essen. Zweitens weiß ich nicht, wie Sie ein Gutachten erstellen wollen, wenn Sie nicht ein einziges Mal auf dem Lemanak gefahren sind.«

»Ich verfüge über Landkarten und andere Methoden.«

»Sie empfehlen also, wenn wir Sie recht verstehen, daß keine Okra angepflanzt werden soll?«

»Ja, Lionel«, warf Lambert ein, »was schlagen Sie eigentlich vor?«

»Ich sage nur«, sagte Clifton-Meek mit lauter werdender Stimme, »daß das Buch den Aufgabenbereich von uns beiden scharf abgrenzt. Wenn der Medizinalbeamte einfach herumreist und alles in seine eigenen Hände nimmt, kann nur ein Chaos entstehen.«

»Darf ich ganz offen sagen, daß, wenn Sie einmal den Lemanak flußabwärts gefahren wären, wie ich es Ihnen schon oft geraten habe, der gesunde Menschenverstand Ihnen gezeigt haben würde, daß es dort kein geeignetes Land für Kautschuk-Anpflanzungen gibt. Was Sie dann nämlich wissen würden, ist, daß dort überall Unterernährung herrscht, und zwar aus Mangel an bebaubarem Land. Und was den Rest Ihrer lächerlichen Beschwerde betrifft, so würde nur ein Idiot etwas dagegen haben, daß ich Wasserbüffel gekauft und neue Methoden für den Fischfang empfohlen habe.«

»Die Vorschriften besagen eindeutig, daß einzig und allein der Landwirtschaftskommissar in diesen Dingen zu entscheiden hat«, kreischte Clifton-Meek, wobei seine Halsadern anschwollen und sein Gesicht hochrot anlief.

»Aber, meine Herren«, sagte Lambert, »schließlich sind wir alle Beamte der Krone.«

»Das Verbrechen, das ich anscheinend begangen habe«, sagte Adam Kelno, »besteht darin, daß ich versuche, die Lebensbedingungen meiner Patienten zu verbessern, damit sie länger leben. Ach, nehmen Sie Ihre Beschwerde, Clifton-Meek, und scheißen Sie drauf.«

Clifton-Meek sprang auf. »Ich verlange, daß meine Beschwerde in die Hauptstadt weitergeleitet wird, Herr Lambert. Es ist ein Jammer, daß wir gewisse ausländische Elemente dulden müssen, die keine Ahnung von der Bedeutung einer ordnungsgemäßen Verwaltung haben. Guten Tag, Sir.«

Ein angeekeltes Schweigen folgte Clifton-Meeks Abgang.

»Nein, nein, sagen Sie nichts«, sagte Lambert, während er aus der Karaffe Wasser in sein Glas goß.

»Ich werde eine Sammlung von Eingeborenen-Omina, Tabus, Göttern, Geistern, Kulten und Vorschriften des Außenministeriums Seiner Majestät zusammenstellen und das Ganze ›Handbuch für Idioten‹ nennen. Die Meeks sollen die Erben des Empire sein.«

»Es mag seltsam klingen, aber wir murksen uns seit fast vier Jahrhunderten ganz gut durch«, sagte Lambert.

»Dort unten am Fluß gehen sie mit Speeren auf Fischfang und mit Blasrohren auf die Jagd und lockern ihren Ackerboden mit Astgabeln. Und wenn man schon mal eine Idee in die primitiven Köpfe hineinbringt, kommt todsicher ein Clifton-Meek, der sie in seinem Papierwust wieder zu Grabe trägt.«

»Nun mal sachte, Kelno, Sie sind noch nicht lange hier. Sie sollten wissen, daß hier alles seine Zeit braucht. All dies Stoßen und Schieben ist sinnlos. Außerdem sind die meisten Ibans ganz nette Kerle, wenn man erst einmal erkannt hat, daß sie die Dinge auf ihre eigene Art und Weise handhaben.«

»Barbaren, verdammte Barbaren.«

»Glauben Sie wirklich, daß es Wilde sind?«

»Was soll man denn sonst glauben?«

»Ziemlich merkwürdig, daß gerade Sie das sagen, Kelno.«

»Wie meinen Sie das, Lambert?«

»Wir stochern hier nicht in der Vergangenheit von Neuankömmlingen herum, aber Sie waren als Gefangener im Konzentrationslager Jadwiga. Was ich sagen will, ist, daß nach allem, was Sie in Polen durchgemacht haben und was Ihnen von einem angeblich zivilisierten Volk angetan wurde, es ziemlich schwierig sein dürfte festzustellen, wer die Barbaren dieser Welt sind.«

10

Im allgemeinen hielt Adam Kelno sich von der kleinen, geisttötenden, eintönigen und langweiligen Clique der britischen Beamten in Fort Bobang fern.

Die einzige Freundschaft, die diesen Namen verdiente, schloß er mit Ian Campbell, einem barschen Schotten, der das Hauptbüro einer Genossenschaft kleinerer Kautschuk-Plantagen in Fort Bobang leitete und die Lagerung und Verschiffung beaufsichtigte. Campbell war ein einfacher Mann, der sich jedoch in langen, einsamen Jahren profunde Kenntnisse in der klassischen und modernen Literatur angeeignet hatte. Er trank gern, spielte gern Schach, drückte sich kurz und bündig aus und hatte nichts für die blaßgesichtigen Kolonialbeamten, aber viel für die Weisheit des Dschungels und der Eingeborenen übrig.

Seine Frau, die Tochter eines französischen Pflanzers, war gestorben und hatte ihn mit vier kleinen Kindern zurückgelassen, die von einem chinesischen Ehepaar versorgt wurden. Ihn selbst versorgte eine zauberhaft aussehende Eurasierin, die noch keine zwanzig war. Die Erziehung seiner Kinder hatte er persönlich übernommen und unterwies sie mit dem Eifer eines baptistischen Missionars in Studienobjekten, für die sie zu jung waren. Seine Freundschaft mit Kelno begann, als die Kinder an den zwanglosen Schulstunden teilnahmen, die Angela für die Kinder von Fort Bobang eingerichtet hatte.

Sein jüngster Sohn hieß Terrence und war ein Jahr älter als Stephan Kelno, mit dem er augenblicklich eine Freundschaft schloß, die ein ganzes Leben lang halten sollte.

Sowohl Stephan als auch Terrence hatten sich diesem fernen Erdwinkel erstaunlich gut angepaßt, und beide waren anscheinend fähig, mit den Nachteilen fertig zu werden, welche die Trennung von der Zivilisation mit sich brachte. Sie waren wie Brüder, verbrachten den größten Teil der Zeit miteinander und träumten laut von Orten und Plätzen jenseits des Meeres.

Und während der Phasen, in denen Adam Kelno in einer tropischen Depression versank, war es immer Ian Campbell, den Angela herbeirief, um ihren Mann wieder aufzurichten.

Die Monsunzeit war da. Die Flüsse schwollen so an, daß sie nicht mehr schiffbar waren. Und mit ihr erfüllten sich MacAlisters düstere Prophezeiungen. In jenem zweiten Jahr hatte Angela ihre dritte Fehlgeburt, und sie mußte etwas unternehmen, damit sie nie wieder schwanger werden konnte.

Von der Hitze ausgedörrt, vom Regen aufgeschwemmt und in Fort Bobang eingesperrt, wurde Adam Kelno zum Trinker. Seine Nächte waren von einer Art Wahnsinn beherrscht — den immer wiederkehrenden Träumen vom Konzentrationslager. Und jenem Schreckgespenst, das er seit seiner Kindheit kannte. Es hatte immer die Gestalt eines großen Tieres, eines Bären oder eines Gorillas oder eines nicht identifizierbaren Ungeheuers, das ihn jagte, in die Falle lockte und dann zerquetschte. Der Speer oder die Waffe, die er bei sich hatte, oder seine eigene Kraft vermochte den Angriff nicht abzuwehren. Er lag da, unfähig sich zu bewegen, sein Atem ging schwerer und schwerer, und dann wachte er immer am Rande des Erstickungstodes auf, in Schweiß gebadet, mit jagendem Herzklopfen, keuchend und manchmal vor Angst schreiend. Und die Parade der Toten von Jadwiga und die Blutströme bei den Operationen hörten niemals auf.

Der unaufhörliche Regen war erbarmungslos.

Jeden Morgen brauchte er länger, um den Kopf vom Kissen zu heben, um die Nachwirkungen des Alkohols und die Pein einer neuen Schreckensnacht abzuschütteln.

Eine Eidechse flitzte über den Fußboden. Adam stocherte unlustig im Essen herum. Seine Augen blickten wäßrig und umnebelt, wie immer um diese Abendstunde, und sein Gesicht war von sechs Tage alten Bartstoppeln bedeckt.

»Bitte iß, Adam.«

Er grunzte etwas Unverständliches.

Mit einer Kopfbewegung entließ Angela die Diener. Stephan Kelno war noch ein Kind, aber er kannte schon den nach Alkohol stinkenden Atem seines Vaters und bot Adam mit einer raschen Kopfbewegung nur die Wange zum Kuß, als er vom Tisch aufstand.

Adam blinzelte und kniff die Augen zusammen, um deutlicher sehen zu können. Angela, die arme Angela, sah so bekümmert aus. Ihr Haar war schon von Grau durchzogen. Daran war er schuld, durch sein eigenes Unglück und Elend.

»Du solltest dich jetzt rasieren und baden und dich dann so weit zusammenreißen, daß du mit zu den Lamberts kommen kannst, um die neuen Missionare zu begrüßen«, sagte sie.

»Mein Herr und Gott, willst du endlich deine Versuche einstellen, den einzigen von dir gezeugten Sohn an diese Kannibalen zu verpfänden? Missionare. Glaubst du wirklich, daß Jesus in eine Gegend wie diese hier kommt? Jesus meidet solche Orte ... Konzentrationslager ... britische Gefängnisse. Jesus weiß, wie er sich aus Schwierigkeiten heraushält. Sag den Missionaren ... ich hoffe, die Kopfjäger kriegen sie.«

»Adam.«

»Geh und sing deine Hymnen mit Mercy Meek. Was für einen Freund wir an Jeehesus haben. Gegrüßt seist du, Maria. Mutter Gottes. Halt deine Nase aus Sarawak heraus.«

Angela schob ärgerlich ihren Stuhl zurück.

»Gib mir erst einen Drink. Keine Moralpredigten. Bloß einen Drink. Selbst der gottverdammte britische Gin genügt. Aha, sagt das beherrschte und leidgeprüfte Eheweib, das einzige, was du nicht brauchst, ist noch ein Drink.«

»Adam!«

»Thema der nächsten Predigt. Mein Mann hat seit über einem Monat nicht mehr mit mir geschlafen. Mein Mann ist impotent.«

»Adam, hör mir zu. Man spricht davon, daß du entlassen werden sollst.«

»Wo hast du das gehört?«

»Clifton-Meek hat mir diese Neuigkeit mit größtem Vergnügen serviert«, sagte sie. »Nachdem ich es gehört hatte, habe ich an MacAlister nach Kutsching geschrieben. Man ist dort sehr beunruhigt.«

»Hurra. Ich hab' Kannibalen und Engländer satt.«

»Aber wohin könntest du sonst gehen?«

»Solange ich die noch habe«, sagte er und hielt ihr seine Hände dicht vors Gesicht, »werde ich schon was finden.«

»Sie sind längst nicht mehr so ruhig und sicher wie früher.«

»Wo bleibt der verdammte Drink?«

»Nun gut, Adam, dann sollst du auch noch den Rest hören. Ich kann nicht mehr. Wenn sie dich hier rausschmeißen ... Wenn du dich nicht jetzt endlich zusammennimmst, werden Stephan und ich nicht bei dir bleiben.«

Er starrte sie an.

»Wir haben alles schweigend ertragen, und wir haben uns nicht über Sarawak beklagt. Adam, das einzige, woran du nie zu zweifeln brauchtest, ist meine Loyalität, und wenn es sein muß, bleibe ich für immer hier. Aber ich will nicht weiter mit einem Säufer zusammenleben, der sich selbst vollkommen aufgegeben hat.«

»Du meinst das im Ernst, nicht wahr?«

»Ja.« Sie wandte sich ab und ging zu den Lamberts.

Adam Kelno stieß einen dumpfen Laut aus und vergrub das Gesicht in den Händen. Der dichte Regenguß ließ das Haus in Dunkelheit versinken, bis die Diener es mit flackerndem Lampenlicht erhellten. Er blieb sitzen und zwang sein umnebeltes Gehirn wieder zur Vernunft, dann erhob er sich schwankend und schlurfte zu einem Spiegel. »Du blöder Hund«, sagte er zu sich selbst.

Adam ging in Stephans Zimmer. Der Junge blickte verschlafen und mißtrauisch zu ihm auf.

O mein Gott, dachte er. Was habe ich getan? Er ist doch mein ganzes Leben, dieser Junge.

Als Angela zurückkam, fand sie Adam schlafend in einem Sessel in Stephans Zimmer mit dem gleichfalls schlafenden Kind auf seinem Schoß. Ein vom vielen Vorlesen zerfleddertes Buch war auf den Fußboden gerutscht. Angela lächelte. Adam war frisch rasiert. Er wachte auf, als sie ihn küßte, und legte Stephan schweigend und behutsam ins Bett. Er zog das Moskitonetz um ihn zu, legte einen Arm um seine Frau und führte sie ins Schlafzimmer.

Gerade als er am dringendsten gebraucht wurde, kehrte Ian Campbell von einem längeren Urlaub aus Singapur zurück. Er widmete sich ganz und gar seinem Freund, um ihm den Katzenjammer einer tiefen Monsun-Depression überwinden zu helfen. Und bei den langen Schachspielen, während die Kinder sich um sie herum tummelten, geschah es dann. Schließlich und endlich, erkannte Adam, hatte Campbell es als Witwer mit vier Kindern geschafft. Und er war für immer gestählt.

»Es ist niemals so schlimm, Adam, daß man sich dazu treiben lassen sollte, aus einem seiner Kinder einen Säufer zu machen oder sie in ein Leben voller Finsternis hineinzuführen. Schließlich haben sie sich nicht darum gerissen, hier zu leben.«

Adam Kelno gelangte zu der Ansicht, daß er Ian Campbell sehr viel schuldete, und die Möglichkeit zur Rückzahlung bot sich auf dem Weg über den jungen Terrence an. Fast jeden Tag lugte Terrence Campbell mit seinen neugierigen braunen Augen und mit offenem Mund über das Fensterbrett des Behandlungszimmers.

»Komm rein, Terry. Steh nicht da wie ein Lampur-Affe.«

Dann kam der Junge ohne Scheu herein und sah stundenlang zu, wie
Dr. Adam, der magische Dr. Adam, Menschen gesund machte. Zur Belohnung bat Dr. Adam ihn dann, irgend etwas zu holen oder ihm ein
bißchen zur Hand zu gehen. Und Terry träumte davon, auch ein Arzt
zu werden.
Wenn Dr. Adam gutgelaunt war — und Terry kannte alle seine Stimmungen —, dann stellte er ihm einen endlosen Schwall von Fragen
über Medizin. Mehr als einmal wünschte Adam, an Terrys Stelle wäre
es Stephan, sein eigener Sohn. Aber Stephan war draußen und fabri-
zierte irgend etwas mit Hammer und Nägeln ... ein Floß, ein Baum-
haus.
»Gott wirkt auf seltsame Weise«, dachte Adam, der sich damit ab-
zufinden versuchte und es doch nicht konnte.
Eins war jedoch klar, nämlich daß Terrence Campbell, wenn sich
nur die kleinste Chance bot, Arzt werden würde.

11

Die Monsunzeit war vorbei. Adam Kelno war ins Leben zurückgekehrt.
Eine chirurgische Abteilung wurde eingerichtet, die für kleinere Ein-
griffe geeignet war. Zur Einweihung kam MacAlister aus Kutsching und
blieb für ein paar Tage. Was er im Operationsraum sah, war für ihn
eine Offenbarung. Mit Angelas Assistenz führte Adam eine Reihe von
Operationen aus. MacAlister beobachtete, wie Kelno sich völlig ver-
wandelte, sobald er das Skalpell in der Hand hatte. Ungewöhnliche
Geschicklichkeit, knappe Bewegungen, vollkommene Beherrschung und
Konzentration.
Kurz danach empfing der Polizeifunk eine Bitte aus der Hauptstadt
Kutsching, Dr. Kelno möge kommen, um einen dringenden Fall zu
operieren. Mit einem Sportflugzeug wurde er in Fort Bobang abgeholt.
Bald wurde es in der britischen Kolonie in Kutsching Mode, für chirur-
gische Eingriffe Adam Kelno zu holen statt nach Singapur zu reisen.
Sobald der Lemanak wieder schiffbar war, fuhr Adam flußaufwärts.
Diesmal begleitete ihn sein Sohn Stephan. Als er bei den langen Häu-
sern der Ulus ankam, mußte er feststellen, daß während des Monsuns
das Unheil in Form einer schweren Choleraepidemie zugeschlagen
hatte.
Bintang war über den Tod seiner beiden ältesten Söhne untröstlich.
Pirak hatte Wasser aus heiligen Krügen, magisches Öl und spezielle
Pfefferzubereitungen angewendet und hatte befohlen, tagelang die
Gongs und Trommeln zu schlagen, um die bösen Geister zu ver-
treiben. Aber die Cholera kam trotzdem. Auf die Durchfälle folgten

unerträgliche Krämpfe, Erbrechen, Wasserverarmung, das »Choleragesicht« mit den eingesunkenen Augen, Fieber, Schmerzen in den Beinen und das apathische Warten auf den Tod. Als die Epidemie sich immer mehr ausbreitete, flohen Bintang und die übrigen Verschontgebliebenen in die Hügel und ließen die Kranken allein sterben.

Die zwanzig Familien des Stammes, die Dr. Adams Medizin genommen hatten, lebten in sechs langen Pfahlbauten, und niemand von ihnen war krank geworden. Sein persönlicher großer Kummer bewog Bintang, seine bisherige Haltung zu ändern. Obwohl er den barschen, kalten Doktor nach wie vor nicht mochte, mußte er jetzt seine Medizin respektieren. Bintang rief seine Turahs zusammen, und da auch diese noch unter dem Eindruck der Katastrophe standen, stimmten sie einigen Änderungen zu.

Der Friedhof, eine der Hauptursachen der Seuche, wurde verlegt. Das war ein wagemutiger Schritt. Dann wurden die so lange umstrittenen Okrafelder angelegt und Büffel zum Pflügen angeschafft. Die Büffel konnten die Erde viel tiefer lockern als die bisher verwendeten primitiven Grabstockpflüge, und der Ertrag an Yamswurzeln und Gemüse verbesserte sich sowohl quantitativ als auch qualitativ. Dr. Adam holte einen Fischfangexperten aus Kutsching, dem es gelang, die Speere durch Netze zu ersetzen. Die Hühner und Schweine wurden eingezäunt und die Abfallgruben in weitem Abstand von den Wohnhäusern angelegt. Durch Dr. Adams Nadel wurde viel neue Medizin ausgeteilt.

Und im Laufe dieses Jahres bemerkte Bintang auch eine Veränderung an Dr. Adam selbst. In einer Beziehung, in der Liebe zu seinem Kind, war er dem Ulu gleich. Wenn sein Sohn und Terrence Campbell ihn begleiteten, war der Doktor viel freundlicher. Und als er zum zweiten Mal kam, brachte Dr. Adam seine Frau mit, die auch viel von Medizin verstand und dazu beitrug, daß eine Menge der Frauen ihre Scheu verloren.

Auf der vierten und letzten Reise zu den Ulus, bevor der Monsun einsetzte, fuhr Dr. Adams Boot kurz vor Einbruch der Dunkelheit um die Biegung, die zu Bintangs langem Haus führte und machte fest. Irgend etwas war anders als sonst. Zum ersten Mal fehlte die Begrüßung durch die Gongs und eine Gruppe der Dorfbewohner. Nur Mudich, der Dolmetscher, erwartete ihn.

»Schnell, Dr. Adam. Bintangs kleiner Sohn sehr krank. Krokodilbiß.«

Sie rannten den Pfad zu dem langen Haus entlang, kletterten die eingekerbten Stufen hinauf, und als sie die Veranda erreichten, konnte Adam einen leisen rythmischen Gesang hören. Er zwängte sich durch die Menge bis zu der Stelle hin, wo das stöhnende Kind auf dem Boden lag. Die Beinwunde war mit feuchten Kräutern und magischen Heilsteinen bedeckt. Pirak hatte sich mit seinem Sing-Sang in Trance gesteigert und wedelte einen Stab, an dessen Ende bunte Perlen und Federn befestigt waren, über dem Kind hin und her.

Adam kniete sich hin und legte die Wunde mit einer raschen Bewegung frei. Zum Glück war der Junge in den fleischigen Teil des Oberschenkels gebissen worden. An einer Stelle war das Fleisch weggerissen worden, und die Zähne waren tief eingedrungen. Der Puls war schwach, aber regelmäßig. Er leuchtete mit einer Lampe in die Augen des Kindes. Kein großer Blutverlust, aber die Wunde war verschmutzt, und außer der Versorgung einer Muskelverletzung waren sowohl eine Wundtoilette als auch eine Drainage der Wunde erforderlich. Temperatur ... sehr hoch, vierzig Grad.

»Wie lange liegt er schon hier?«

Mudich konnte keine genaue Anwort geben, weil die Ulus keine Zeiteinteilung nach Stunden kannten. Adam kramte in seiner Arzttasche und machte eine Penicillin-Injektion fertig. »Er soll sofort in meine Hütte gebracht werden.«

Plötzlich kehrte Pirak von seiner seelischen Vereinigung mit den Geistern in die Gegenwart zurück. Als Dr. Adam dem Jungen die Spritze gab, kreischte er vor Wut.

»Schafft mir den Kerl vom Hals«, schnappte Adam.

»Er sagen, daß du den magischen Zauber brichst.«

»Das möchte ich hoffen. Der Junge ist doppelt so krank, wie er zu sein braucht.«

Der Manang Bali hob seinen Sack hoch, der die magischen Tränke, magischen Steine, Stoßzähne, Wurzeln, Kräuter, Ingwerwurzeln und Pfefferkörner enthielt, schüttelte ihn über dem Kind hin und her und schrie, daß er mit der Behandlung noch nicht fertig sei.

Adam riß ihm den Sack aus der Hand und warf ihn über die Veranda. Pirak, dessen Ansehen durch die Choleraepidemie bereits geschwächt und dessen Machtposition im Dorf im Schwinden war, begriff, daß er sich jetzt behaupten mußte. Er griff nach Adams Tasche und warf sie gleichfalls fort.

Alle wichen zurück, als Adam sich erhob und auf den Fakir herunterblickte. Er unterdrückte den Impuls, Pirak zu erwürgen. »Sag Bintang«, sagte er mit bebender Stimme, »daß der Junge sehr krank wird. Bintang hat schon zwei Söhne verloren. Dieses Kind wird nicht am Leben bleiben, wenn man es nicht sofort in meine Behandlung gibt.«

Pirak hüpfte auf und nieder und kreischte. »Er bricht meinen Zauber. Er wird die bösen Geister zurückbringen!«

»Sag Bintang, daß Pirak ein Betrüger ist. Sag ihm das sofort. Ich wünsche, daß man ihn von dem Kind wegschickt.«

»Das kann ich nicht sagen«, antwortete Mudich. »Der Häuptling kann nicht seinen eigenen Zauberer hinauswerfen.«

»Es geht um das Leben des Kindes.«

Pirak sprach hitzig auf Bintang ein. Der Häuptling blickte verwirrt von einem zum anderen. Auf ihm lasteten jahrhundertealte soziale und kulturelle Traditionen, und er fürchtete sich vor der Entscheidung. Die Turahs würden es niemals verstehen, wenn er seinen Manang hinauswarf. Aber das Kind. Es wird sterben, sagt Dr. Adam. Die Ulus sind ungewöhnlich kinderlieb. Als seine eigenen beiden Söhne am Fieber starben, hatte er zwei kleine Chinesenmädchen adoptiert, denn die Chinesen gaben oft unerwünschte Töchter weg.

»Bintang sagen, Manang muß den Sohn auf Weise unseres Volkes heilen.«

Pirak wölbte mit arroganter Miene die Brust vor, trommelte mit den Fäusten dagegen und stolzierte umher, während ihm jemand seinen Sack mit den Steinen und Stöcken holte.

Adam Kelno wandte sich ab und ging davon.

Nackt und hilflos saß Adam unter dem Wasserfall in der Nähe des Dorfes. Er konnte die Gongs und den Gesang im langen Haus hören. Am Ufer hielten Mudich und seine Bootsleute nach Krokodilen und Kobras Ausschau. Armer Dr. Adam, dachte Mudich, er wird es nie begreifen.

Mit schweren Gliedern schleppte Adam sich zu der kleinen einzelnstehenden Hütte, in der sich das Behandlungszimmer und sein Privatraum mit der hochbeinigen Schlafpritsche über dem mattenbelegten Fußboden befand. Er entkorkte eine Flasche Gin und trank, bis das Geräusch der Gongs und Trommeln vom Hämmern des Abendregens übertönt wurde, dann streckte er sich auf der Pritsche aus und fiel stöhnend in einen Halbschlaf.

»Dr. Adam! Dr. Adam! Aufwachen! Aufwachen!« sagte Mudich.

Mit der Schnelligkeit, die den routinierten Arzt kennzeichnet, wachte er auf. Mudich beugte sich mit einer Fackel in der Hand über sein Lager.

»Kommen Sie!« drängte er.

Adam war schon auf den Füßen, knöpfte das Hemd zu und stopfte es in den Hosenbund. Im Zimmer nebenan stand Bintang mit dem Kind in seinen Armen.

»Rette meinen Sohn«, flehte Bintang.

Adam nahm ihm den Jungen ab und legte ihn auf den primitiven Untersuchungstisch. Das Fieber tobte. Sieht schlecht aus, dachte Adam, sehr schlecht. »Halt die Fackel näher.«

Als er das Thermometer in das Rektum des Kindes einführte, bekam der Junge einen Krampf.

»Seit wann hat er das? Vor oder nach Sonnenuntergang?«

»Wenn Sonne untergeht, Junge zappelt wie verrückt.«

Also drei Stunden oder länger. Er zog das Thermometer heraus. 42,5 Grad. Das Kind hatte Schaum vor dem Mund und krümmte sich. Gehirnschaden! Ein irreversibler Gehirnschaden! Selbst wenn er das Kind durchbekam, würde es schwachsinnig bleiben.

Der kleine olivhäutige Mann sah mit bettelnden Augen zu dem Arzt empor. Wie sollte man erklären, daß der Sohn des Häuptlings ein hoffnungsloser Idiot sein würde?

»Sag Bintang, daß es kaum Hoffnung gibt. Er soll draußen warten. Mudich, steck die Fackel in den Halter und warte auch draußen. Ich will allein arbeiten.«

Es gab keine andere Wahl, als das Kind einschlafen zu lassen.

Adam Kelno war wieder im Konzentrationslager Jadwiga. Die Chirurgie ... Baracke V. Er beugte sich zu dem Kind hinunter und löste wie unter einem Zwang die Schnur, die ein kleines Tuch, das die Genitalien des Jungen bedeckte, festhielt.

WENN DIESE OPERATIONEN NOTWENDIG SIND, WERDE ICH SIE DURCHFÜHREN. GLAUBEN SIE, DASS MIR DAS SPASS MACHT?

Adam spielte mit den winzigen Hoden, knetete sie mit den Fingern, fuhr mit der Hand über das Skrotum.

WENN SIE HERAUSGENOMMEN WERDEN MÜSSEN, UM DAS LEBEN DES PATIENTEN ZU RETTEN!

Er fuhr plötzlich zurück, begann heftig zu zittern, und sein Gesicht nahm einen fast irren Ausdruck an, als der Junge wieder einen quälenden Krampfanfall bekam.

Eine Stunde später kam Adam aus dem Behandlungsraum heraus und stand vor dem angstvollen Vater und einem Dutzend wartender Stammesbrüder.

»Er ist ganz friedlich entschlafen.«

Wenn ein Primitiver wie Bintang Schmerzenslaute ausstößt, dann klingt das wie der Schrei eines verwundeten Tiers. Er schrie und warf sich zu Boden, und in einem Anfall überwältigenden Schmerzes schlug er mit seinen eigenen Fäusten auf sich ein. Er jammerte seinen Kummer heraus, bis er völlig erschöpft war und mit dem Gesicht im Staub lag, blutend von der gegen sich selbst gerichteten Raserei. Erst jetzt war es Adam möglich, ihn zu betäuben.

12

Der Polizeifunk teilte Kutsching mit, daß das Flugwetter ungünstig sei, daher kam MacAlister per Boot nach Fort Bobang. Er machte am großen Kai inmitten eines kleinen Dickichts von Kanus fest, in denen

Chinesen, Malaien, Muruten, und Ibans in den verschiedensten Sprachen um die Wette schnatterten und feilschten. Am Ufer schlugen Frauen die Wäsche sauber, und andere holten Wasser, das sie in Kannen, die an Gestellen hingen, welche einem Ochsenjoch ähnelten, davonschleppten.

MacAlister sprang an Land und ging den Kai entlang, an dem großen Lagerhaus aus Wellblech vorbei, wo seine Nase dem Geruch von frisch gepreßten Rohkautschukplatten, Pfeffer und den Säcken mit Fledermausdung ausgesetzt war, der von den erfinderischen Chinesen in den Höhlen gesammelt und als Dünger verkauft wurde.

Der alte Asien-Kenner marschierte steif aufgerichtet auf der ungepflasterten Straße weiter, vorbei an den Chinesenläden und den schiefgedeckten Hütten der Malaien bis zum britischen Viertel. Er brummte irgend etwas unter seinem riesigen Schnauzbart hervor, während er sein Tempo verlangsamte, um auf den Diener mit dem Schirm zu warten, der hinter seinem Herrn herrannte, um dessen Haupt vor der Sonne zu schützen. Er trug Khakishorts, die fast bis an den Rand der Kniestrümpfe reichten, und der Spazierstock klopfte im Takt zu seinen energischen Schritten.

Adam erhob sich vom Schachtisch und begrüßte ihn. MacAlister sah mit prüfendem Blick auf das Brett, dann auf Adams Gegner, seinen siebenjährigen Sohn, der seinen Vater ganz schön in die Enge getrieben hatte. Der Junge gab MacAlister die Hand, und dann schickte Adam ihn weg.

»Der kleine Kerl spielt ausgezeichnet.«

Adam konnte kaum seinen Stolz auf Stephan verbergen, der schon jetzt Englisch und Polnisch lesen und sprechen und sich auf chinesisch und malaiisch verständlich machen konnte.

Ein Weilchen später setzten sie sich auf die abgeschirmte Veranda, die einen Blick auf die ewig grünen Flüsse Borneos bot. Die Drinks wurden serviert, und bald erhoben sich wie an jedem Abend die Geräusche und Düfte der Dämmerung, und sie spürten erleichtert das Nachlassen der Hitze. Draußen auf dem Rasen spielte Stephan mit Terrence Campbell.

»Zum Wohl«, sagte MacAlister.

»Also, Dr. MacAlister, worum geht es?« fragte Adam mit der ihm eigenen Schroffheit.

MacAlister lächelte vage. »Allem Anschein nach sind Sie in Kutsching recht erfolgreich gewesen, Kelno. Die Mandeln der Frau des Gouverneurs, der Leistenbruch des Beauftragten für Eingeborenen-Angelegenheiten, ganz abgesehen von den Gallensteinen unseres prominentesten chinesischen Mitbürgers.«

Adam hörte sich die Floskeln kommentarlos an.

»Mit anderen Worten — warum bin ich in Bobang, wie?«

»Ja, warum? Um gleich zur Sache zu kommen, Sir Edgar —« das war der Gouverneur — »und ich haben die Pläne für eine völlig neue ärztliche Versorgung von Sarawak ausgearbeitet. Wir wollen ein paar von den neueren Leuten so rasch in wichtigere Positionen versetzen, wie es uns gelingt, die Altgedienten abzuschieben. Wir möchten, daß Sie nach Kutsching übersiedeln und dort Chefarzt des Krankenhauses werden. Ich glaube, sie teilen meine Ansicht, daß das eine gute Sache ist.«

Adam trank nicht mehr so hastig wie früher. Er nahm jeden Schluck mit Bedacht.

»Traditionsgemäß«, fuhr MacAlister fort, »ist der jeweilige chirurgische Chefarzt automatisch stellvertretender ärztlicher Direktor von Sarawak. Sie scheinen allerdings nicht sonderlich begeistert über diesen Vorschlag zu sein, Kelno.«

»Das hört sich alles so politisch an, und ich bin für Verwaltungsaufgaben nicht allzu geeignet.«

»Seien Sie nicht so bescheiden. Sie waren schließlich ärztlicher Direktor des polnischen Militärkrankenhauses in Tunbridge Wells.«

»Ich habe mich nie daran gewöhnt, Formulare auszufüllen und mich um politische Belange zu kümmern.«

»Und was ist mit Jadwiga?«

Adam erblaßte etwas.

»Wir befördern Sie nicht über die Köpfe von einem Dutzend anderer Leute hinweg, die Ihnen unbekannt sind. Noch graben wir eine Vergangenheit aus, die Sie vergessen wollen, aber Sie trugen damals die Verantwortung für Hunderttausende von Menschen. Sir Edgar und ich glauben, daß sie der beste Mann sind.«

»Es hat mich fünf Jahre gekostet, das Vertrauen der Ulus zu erringen«, sagte Adam. »Zusammen mit Bintang und seinen Turahs habe ich viele neue Projekte eingeleitet, und gerade jetzt können wir anfangen, die Ergebnisse auszuwerten. Ich bin insbesondere an dem Problem der Unterernährung interessiert. Einen Chirurgen können Sie auch in Kutsching finden, und die Engländer werden niemals einen Mangel an Verwaltungsbeamten haben, aber ich bin sicher, daß meine Arbeit irgendwann wichtige Ergebnisse zutage bringen wird. Sehen Sie, Dr. MacAlister, in Jadwiga hing unser Leben ausschließlich von dem ab, was die Deutschen uns gaben. Hier, gleichgültig, wie schlecht der Boden ist, oder wie primitiv die Gesellschaft, kann man sein Los immer verbessern, und das werden wir bald beweisen können.«

»Hmm, ich verstehe. Ich nehme an, Sie haben auch berücksichtigt, daß Frau Kelno in Kutsching ein angenehmeres Leben hätte. Sie könnte zum Beispiel öfter im Jahr nach Singapur fliegen.«

»Ich kann Ihnen ganz ehrlich versichern, daß Angela von meiner Arbeit genauso fasziniert ist wie ich.«

»Und der Junge? Seine Erziehung?«

»Angela gibt ihm täglich Unterricht. Ich bin überzeugt, daß er sich mit jedem Jungen seines Alters in Kutsching messen kann.«

»Sie sind also fest entschlossen abzulehnen.«

»Ja.«

»Wollen wir doch ganz offen miteinander sein.«

»Natürlich.«

»Wieviel hat Ihre Angst, den Dschungel zu verlassen, dazu beigetragen?«

Adam stellte sein Glas hin und seufzte tief, als MacAlister seine geheimsten Ängste aussprach.

»Kutsching ist schließlich nicht das Zentrum von London. Niemand wird Sie dort finden.«

»Die Juden sind überall. Jeder von ihnen ist ein potentieller Feind.«

»Wollen Sie sich für den Rest Ihres Lebens im Dschungel vergraben?«

»Ich möchte nicht mehr darüber sprechen«, erwiderte Adam, während sich sein Gesicht mit winzigen Schweißtropfen bedeckte.

13

Stephan Kelno war der Augapfel seines Vaters und ein ungewöhnlich begabter Junge. Es gab wohl kaum etwas, das die Eingeborenen mehr beeindruckte, als wenn er mit Dr. Adam mitkam.

Bekümmert stand Adam auf dem Kai, als die Fähre nach Kutsching ablegte und Angela und sein Sohn ihm zuwinkten, bis sie außer Sicht waren. Von Kutsching würden sie per Schiff nach Singapur und dann nach Australien weiterfahren, wo Stephan seine reguläre Schulbildung in einem Internat beginnen sollte.

Adam fühlte mehr als die übliche Besorgnis eines Vaters, daß seinem Kind etwas passieren könnte. Zum ersten Mal seit Jahren betete er. Er betete um die Sicherheit des Jungen.

Um die schreckliche Leere zu füllen, vertiefte er seine Beziehungen zu Terrence. Schon als kleiner Junge gebrauchte Terry medizinische Fachausdrücke und half bei ambulanten Eingriffen. Es gab keinen Zweifel daran, daß er ein außergewöhnlich guter Arzt werden würde, und Adam machte es sich zur Aufgabe, daß er dieses Ziel erreichte. Ian Campbell war zwar ebenfalls dafür, bezweifelte jedoch, daß ein Junge aus dem Dschungel sich in der großen Welt durchsetzen konnte.

Kelno machte sich mit seiner ganzen Energie an eine Reihe neuer Programme. Er bat Bintang und die anderen Turahs des Stammes, aus jedem langen Haus einen vielversprechenden halbwüchsigen Jungen oder ein Mädchen nach Fort Bobang zu schicken. Das kostete einige Überredungskunst, denn die Älteren, die immer in einer geschlossenen

Gemeinschaft gelebt hatten, wollten auf niemanden verzichten. Schließlich gelang es Adam, sie davon zu überzeugen, daß die jungen Leute mit einer gründlichen Ausbildung für die Gemeinschaft wertvoller sein würden.

Er fing mit fünfzehn Jugendlichen an, die ein langes Haus in verkleinertem Maßstab bauten. Die ersten Ausbildungsstufen wurden sehr einfach gehalten. Zeiteinteilung, Grundzüge der Ersten Hilfe und ein Hygieneprogramm für jedes lange Haus. Von der ersten Gruppe wurden zwei Jungen für eine fortgeschrittene Schulung in die Batu Lintang Training School nach Kutsching geschickt.

Innerhalb eines Jahres hatte Angela ihnen lesen und schreiben in englischer Sprache sowie etwas Krankenpflege beigebracht. Sogar L. Clifton-Meek machte mit und stellte in unmittelbarer Nähe des britischen Viertels landwirtschaftliches Versuchsgelände zur Verfügung. Am Ende des dritten Jahres kam der große Durchbruch, als einer der Jungen mit einer Aubildung als Funker aus Batu Lintang zurückkam. Zum ersten Mal in ihrer tausendjährigen Geschichte konnten die Ulus sich mit der Außenwelt verständigen. Während des Monsuns wurde das Funkgerät ein wahrer Segen im Hinblick auf die Diagnose und Behandlung der verschiedensten Krankheiten.

Terrence Campbell entpuppte sich als das Juwel bei der Durchführung der Kurse. Seine Fähigkeit, sich mit den jungen Ulus zu verständigen, ermöglichte Dinge, die das ganze britische Viertel in Staunen versetzten. Als die Schulbücher für die fortgeschrittene Stufe eintrafen, wurden sie von Terrence förmlich verschlungen. Adam war jetzt fester den je entschlossen, Terrence für ein erstklassiges College in England vorzubereiten. Vielleicht beruhte ein Teil von Kelnos Eifer auf der Erkenntnis, daß sein eigener Sohn sich niemals für das Medizinstudium entscheiden würde. Wie auch immer, das Ergebnis war — Kelno, Lehrer und Idol zugleich, und Terry, der zielbewußte und glänzende Schüler.

Durch Massenimpfungen wurden Seuchen ausgerottet, die seit alters her unter Bintangs Leuten grassierten. Bintangs lange Häuser wurden sauberer, der Boden gab reichere Ernten, und man hatte ein bißchen mehr Zeit zu leben und gleichzeitig weniger Mühe und Plage. Bald baten auch andere Häuptlinge und Turahs Dr. Adam darum, Kinder nach Fort Bobang schicken zu dürfen, und das Ausbildungslager wuchs auf vierzig Schüler an.

Bei den Budget-Besprechungen in Kutsching wurde zwar immer heftig gefeilscht, aber im großen und ganzen erhielt Kelno von MacAlister alles, was er wollte. Es war kein Geheimnis, daß der Sultan von Brunei Dr. Adam gern zu seinem Leibarzt ernannt hätte und ihm ein hochmodernes neues Krankenhaus anbot. Zwei Jahre später bekam Kelno einen Hubschrauber, der seine Beweglichkeit um das Hundertfache steigerte. Die Ibans dichteten ein Lied über den Vogel ohne Flügel und den Doktor, der vom Himmel herabkam.

All dies war aber nur ein Tropfen auf einen heißen Stein. Adam wußte, daß sich selbst unter Ausschöpfung aller Hilfsmittel und Gelder in Wirklichkeit nur wenig ändern würde, doch jeder kleine Fortschritt bekräftigte ihn in seinem Entschluß, weiterzumachen.

Die Jahre verstrichen, die Arbeit ging weiter. Doch im Grunde genommen lebte Adam Kelno nur für Stephans Besuche während der Sommerferien. Es überraschte niemanden, daß der Junge in der Schule spielend leicht vorankam. So gut es ihm in Australien auch ging, Fort Bobang war seine Heimat, wo er gemeinsam mit seinem Vater die wundervollen Fahrten auf dem Lemanak machen konnte.

Und dann erhielt Adam eine Nachricht, die ihn mehr erschütterte, als er es für möglich gehalten hätte. MacAlister ging in Pension und wollte nach England zurückkehren. Zwischen den beiden Männern hatte es weder Vertrautheit noch Zuneigung gegeben, und Adam fragte sich, warum ihn diese Neuigkeit so tief traf.

Die Kelnos flogen nach Kutsching, wo das Abschiedsbankett für Mac-Alister und den Gouverneur, Sir Edgar Bates, stattfand, der zur Krönung der jungen Königin nach England reiste. Auch Sir Edgar würde in England bleiben, und für Sarawak sollte ein neuer Gouverneur ernannt werden.

Die Briten verstanden es, selbst in einem so fernen Winkel feierliche Anlässe mit Pomp und Paukenschlag zu begehen. Der Ballsaal erglänzte im Weiß der Kolonialuniformen, und die Schärpen und Orden bildeten die Farbtupfer.

Es gab viele Trinksprüche, die teils echte, teils vorgetäuschte Gefühle ausdrückten. Man lebte in einer Zeit rascher Veränderungen. Die Sonne ging über jenem Empire unter, in dem sie angeblich niemals untergehen konnte. In Asien, Afrika und Amerika stürzte es wie ein Kartenhaus zusammen. Auch die Malaien in Sarawak spürten den Wind der Freiheit.

Als der Abend seinen Höhepunkt erreichte, wandte Adam Kelno sich seiner Frau zu und griff nach ihrer Hand. »Ich habe eine Überraschung für dich«, sagte er. »Wir fahren morgen nach Singapur und fliegen von dort nach Australien, um Stephan zu besuchen und vielleicht auf Neuseeland ein paar Tage Urlaub zu machen.«

Die lange Nacht des Adam Kelno näherte sich ihrem Ende.

14

Der neue Gouverneur war ein redegewandter Mann und brachte Adam dazu, das Amt des leitenden Medizinalbeamten für den Zweiten Bezirk anzunehmen. In dem Maße, in dem sich der Freiheitsgedanke ausbreitete, verstärkte sich das Bestreben, mit Macht vorwärtszudrängen. Die Ausbildung von Beamten und die Förderung von medizinischen und pädagogischen Einrichtungen gewannen Vorrang. Parallel zu dem Zufluß neuer Lehrer und Krankenschwestern und der Errichtung neuer Flugplätze und Hafenanlagen verlief die Erschließung der Wälder und Bodenschätze durch die Sarawak-Orient Company.

In seinem neuen Amt konnte Adam zwar in Fort Bobang bleiben, doch war er jetzt für weitere 100 000 Menschen, überwiegend Ibans sowie chinesische und malaiische Bevölkerungsgruppen in den dichtbesiedelten Gebieten, zuständig. Adam verfügte über vier Ärzte und ein Dutzend Krankenschwestern und Helfer und natürlich Terrence Campbell und ferner über primitive Hilfsstationen bei den langen Häusern. Das war angesichts der Variationsbreite der Krankheiten und Probleme völlig unzureichend, trotzdem war seine Lage günstiger als die der anderen ärztlichen Bezirksdirektionen, die nur einen Arzt für 35 000 Menschen zur Verfügung hatten.

Sein Hauptanliegen war nach wie vor die Nutzbarmachung des Bodens. Es gab einfach nicht genug Weide- oder Ackerland, und daher drohte immer die Gefahr einer Hungersnot. So viele Tabus er auch brechen konnte, er war machtlos gegenüber denen, die den Verzehr von Wild und Ziegen verboten. Nach dem Glauben der Ibans waren diese Tiere Reinkarnationen ihrer Vorfahren. Ebensowenig konnte er die Eingeborenen davon abbringen, Ratten zu essen.

Durch das Studium der von den Vereinten Nationen herausgegebenen Berichte und anderer Publikationen entdeckte Adam, daß in dem neuen Staat Israel ähnliche Projekte im Gange waren, die sein ganzes Interesse erweckten. Zwar waren Israel und Sarawak in nahezu jeder Hinsicht voneinander verschieden, doch war ihnen die Knappheit an landwirtschaftlich nutzbarem Boden und der akute Mangel an Rindern und Eiweißquellen gemeinsam.

Israel hatte die Lücke in der Eiweißversorgung durch den Anbau von Kulturpflanzen, die sehr wenig Land erforderten, geschlossen, ferner durch Hühnerfarmen, die auf einer 24-Stunden-Basis betrieben wurden. Diese Idee war für die Ibans nicht geeignet. Man brauchte in den Gebäuden elektrisches Licht, damit die Hennen den ganzen Tag hindurch Eier legten. Außerdem waren die Hühner der Ibans anfällig gegen Krankheiten, so daß die Zucht Spezialkenntnisse erforderte.

Es war die zweite Idee, die Kelnos Aufmerksamkeit fesselte, nämlich die der Fischteiche. Israel hatte ein Konsulat in Burma, die erste diplomatische Vertretung im Fernen Osten, und eine Anzahl landwirtschaftlicher Experten war dort hingeschickt worden, um Versuchsfarmen anzulegen. Er war stark versucht, nach Burma zu reisen und sich über die Fischzucht zu informieren, aber die Angst, von einem Juden erkannt zu werden, hielt ihn zurück.

Er beschaffte sich die verfügbare Literatur und ließ seine Schüler in der Nähe von Fort Bobang ein halbes Dutzend Teiche anlegen, die mit Wasser aus natürlichen Quellen gespeist wurden und einfache Zufluß- und Abflußkanäle hatten. In jedem Teich wurde eine andere Fischart ausgesetzt und mit Spaltalgen und Plankton gefüttert.

Es kostete ein halbes Dutzend Jahre ständiger Versuche und Fehlschläge, bis man herausfand, welche Fischarten am robustesten waren. Am besten geeignet waren einige Arten des asiatischen Karpfens sowie aus Neuseeland importierter Hummer, der sich im Süßwasser prächtig entwickelte.

Und danach kamen die Jahre der Überredungsversuche, ehe endlich nahe den Äckern der Ulus am Lemanak ein Fischteich nach dem anderen entstand.

Mein lieber Kelno (schrieb MacAlister),

in Budleigh-Salterton gibt es nicht viel Neues. Ich bin so froh, daß wir in brieflicher Verbindung geblieben sind. Kaum zu glauben, daß Sie schon über zehn Jahre in Fort Bobang leben.

Ich habe Ihre Arbeit über die Fischteiche und Ihre neuen Experimente gelesen, minderwertige Seefische zu zermahlen und als Eiweißlieferanten zu verwenden. Ich möchte Ihnen sagen, daß dies meiner Meinung nach eine der meistversprechenden Möglichkeiten ist, mit dem dringendsten Problem von Sarawak fertigzuwerden. Ich bin jetzt froh, daß ich Sie nicht dazu überreden konnte, das Krankenhaus in Kutsching zu übernehmen.

Ich bin ganz Ihrer Ansicht, daß Ihre Arbeit der Britischen Akademie vorgetragen werden sollte. Ich kann mich allerdings nicht mit Ihrer Idee befreunden, daß der Name des Autors hinter der Anonymität eines »Forschungsteams« verschwinden soll. Der Bericht soll und muß mit Ihrem Namen gezeichnet sein.

Ich bin deswegen schon mehrmals nach London gefahren, wo ich mit alten Freunden von Scotland Yard und im Außenministerium unauffällige Nachforschungen über die unerfreulichen Erfahrungen anstellte, die Sie vor Jahren mit den polnischen Kommunisten durchmachen mußten.

Es gelang uns sogar, durch unsere diplomatische Vertretung in Warschau in Polen selbst Auskünfte einzuholen. Sämtliche Ergebnisse sind durchaus positiv. Alle Polen, die damals in der Londoner Botschaft waren, sind schon lange nicht mehr hier, und da Sie jetzt britischer Staatsangehöriger sind, kann kein Auslieferungsantrag wegen irgendwelcher Kriegsverbrechen gestellt werden.

Außerdem habe ich mit Graf Anatol Czerny gesprochen, einem ganz reizenden Mann, und auch er meinte, daß das alles längst vergessen ist und Sie nichts mehr zu befürchten haben.

Es freut mich zu hören, daß Stephan sich »unter dem Kreuz des Südens« so gut entwickelt. Graf Czerny hat mir auch versichert, daß Terrence Campbell angesichts seiner hervorragenden Leistungen bei Sonderprüfungen und der Tatsache, daß Sie ihn schon vor Jahren angemeldet haben, im Magdalen College aufgenommen wird. Meiner Meinung nach ist es das schönste in ganz Oxford, es geht bis auf das 15. Jahrhundert zurück.

Lieber Kelno, bitte erfüllen Sie meinen Wunsch, daß ich den Bericht in Ihrem Namen der Akademie vortragen darf. Meine besten Empfehlungen an Ihre bezaubernde Frau.

Mit herzlichen Grüßen
Dr. med. J. J. MacAlister

Es kostete Adam nicht allzuviel Überwindung, MacAlister zu gestatten, sein Referat vorzutragen. Er war inzwischen oft in Singapur, Neuseeland und Australien gewesen, ohne daß es einen Zwischenfall gegeben hatte. Die Alpträume gehörten so gut wie ganz der Vergangenheit an. Seine Liebe zu Stephan gab den letzten Ausschlag. Er wollte, daß sein Sohn stolz auf ihn sei, und dieser Wunsch überwog seine Angst. Er schuldete es auch Angela. Und so wurde der Bericht unter dem Namen von Dr. Adam Kelno vorgetragen.

Dies war das Zeitalter der neuen Erkenntnisse, in dem es für den weißen Mann Mode wurde, über die unproduktiven Äcker, das elende Leben von schwarzen und gelben Menschen und über den Hungertod von Millionen nachzudenken. Sein Gewissen rührte sich viel zu spät und viel zu schwach, als daß mehr als gerade die Hälfte der Hungernden dieser Welt hätte gerettet werden können. Adam Kelnos Bericht erregte in Fachkreisen große Aufmerksamkeit.

Als reiner Wissenschaftler mußte er sich einer Methode bedienen, die viele für höchst grausam hielten. Die Hälfte der langen Häuser der Ulus erhielt seine Medizin, Fischteiche, sanitäre Einrichtungen, neue Nahrungspflanzen und Bebauungsverfahren. Die andere Hälfte bekam nichts davon, um statistische Vergleichswerte zu liefern. Die höhere Sterblichkeit, niedrigere Lebenserwartung und das Niveau der körperlichen Entwicklung und Leistungsfähigkeit waren ein dramatischer Beweis für die Wirkung seines Programms.

Die Verwendung menschlicher Meerschweinchen war etwas, das die Wissenschaftler nicht mochten, jedoch verstanden. Ein Unterabschnitt des Berichts, der sich mit der Überwindung uralter Tabus befaßte, war für alle diejenigen, die sich jemals in den Kolonien abgemüht hatten, von besonderem Interesse.

Der Vortrag wurde vielerorts veröffentlicht und gelobt und wurde ein Standardleitfaden für die Gruppen von Ärzten, Wissenschaftlern und Landwirtschaftsexperten, die gegen den Hunger in der Welt kämpften. Das allerbeste war, daß Kelnos Name keinerlei unliebsame Reaktionen hervorrief.

Achtzehn Monate nach der Veröffentlichung von »Die Fischzucht und ihr Einfluß auf die Ernährung und die Gesundheit primitiver Völker: Die Verwendung von zermahlenem minderwertigem Seefisch als Proteinquelle: Vergleichende Diagramme über Ernährung und Impfungen« traf ein internationales UNESCO-Team in Sarawak ein und fuhr nach Fort Bobang, um Adam Kelnos Arbeit selbst in Augenschein zu nehmen. Einen Monat später wurde ein Bericht vorgelegt, demzufolge »zur Unterstützung der Forschungsarbeiten Fort Bobang Gelder und Personal der Vereinten Nationen zugewiesen werden sollten.«

Adam freute sich auf jede Reise nach Singapur, wo die beglückenden Treffen mit Stephan stattfanden. Diesmal war es von ganz besonderer Bedeutung. Stephan war von der Harvard University angenommen worden und würde bald nach Amerika reisen, um dort Architektur zu studieren.

»Ich habe Neuigkeiten für dich, mein Sohn«, sagte Adam, der sich nicht länger zurückhalten konnte. »Mutter und ich haben alles gründlich besprochen. Fünfzehn Jahre im Dschungel sind vollauf genug. Wir werden nach England zurückgehen.«

»Vater, ich bin sprachlos! Das ist wundervoll, einfach wundervoll. Seltsam, wie sich alles regelt. Terry bei dir in England. Ich in Amerika.«

»Ein Arzt und ein Architekt aus Fort Bobang. Nicht schlecht«, sagte Adam mit einem Anflug von Traurigkeit. »Die Leute von den Vereinten Nationen haben praktisch alles in Fort Bobang übernommen. Meine Arbeit ist sozusagen getan. Das Gesundheitswesen in Sarawak ist mehr als doppelt so leistungsfähig geworden und entwickelt sich weiter. Ich darf behaupten, daß nach dem Beitritt von Sarawak zur Malaiischen Föderation der kommende Premierminister, Sir Abdel Hadschi Mohamed, mich gern behalten würde.«

»Die sind ja nicht dumm.«

Stephan wußte, es war der Wunschtraum seines Vaters, daß sie immer zusammenblieben, und er wollte die frohe Stimmung nicht trüben, aber tief im Innern fühlte er, daß es für ihn besser war, seine Gesellenzeit in einem weitentfernten Land abzuleisten.

Die Kelnos reisten in bester Laune von Singapur nach Kutsching. Die Hauptstadt wirkte wie eine Szenerie aus einem Roman von Somerset Maugham. Lady Grayson, die Frau des Gouverneurs, schickte den Kelnos eine Einladung zum offiziellen Gartenfest zu Ehren des Geburtstages der Königin.

Als sie vor dem Amtssitz des Gouverneurs eintrafen, kam ihnen Lord Grayson entgegen und führte sie in den hell erleuchteten Garten, in dem die höheren Regierungsbeamten in ihren weißen Uniformen und die Malaien und Chinesen, die bald die Staatsverwaltung übernehmen würden, versammelt waren. Bei ihrem Erscheinen breitete sich Schweigen aus, und alle starrten auf Adam.

Der Gouverneur nickte, und das Eingeborenenorchester spielte einen zeremoniellen Tusch.

»Was hat das zu bedeuten, Lord Grayson?« fragte Adam.

Der Gouverneur lächelte. »Meine Damen und Herren, ich bitte, die Gläser zu füllen. Gestern abend teilte mir das Kolonialministerium mit, daß die Geburtstagsliste der Königin veröffentlicht worden ist. Unter denjenigen, die für ihre Leistungen im Dienste des Empire ausgezeichnet wurden, ist Dr. Adam Kelno der Orden of Knight's Bachelor verliehen worden.«

»O Adam, Adam.«

»Meine Damen und Herren. Ein Toast. Auf Sir Adam Kelno.«

»Er lebe hoch!«

15

Außerhalb der Grenzen von Großlondon sind England und Wales in verschiedene Rechtsbezirke eingeteilt, und mehrere Male im Jahr verlassen die Richter London, um auf einer Rundreise Gericht zu halten.

Dieses System der Rundreisen wurde im elften Jahrhundert nach der normannischen Eroberung eingeführt, als die Könige mit der Sitte begannen, ihre Richter in die Provinzstädte zu entsenden.

Im 12. Jahrhundert formalisierte Heinrich II., der erste große Legalist und Reformer, das Assisen-System, und die späteren Herrscher verfeinerten es weiter.

Ein derartiges System ist deshalb möglich, weil England London als den Sitz der königlichen Macht und einheitliche Gesetze für das ganze Land akzeptiert. In Amerika gibt es zum Beispiel fünfzig verschiedene staatliche Gesetzgebungen, und ein Einwohner des Staates Louisiana würde kaum damit einverstanden sein, daß ein Richter aus Utah bei seinem Prozeß den Vorsitz hat.

Mehrere Male im Jahr reisen die Richter in die Grafschaften, sprechen im Namen der Königin Recht und entscheiden die schwierigsten und gewichtigsten Rechtsfragen.

So kam auch Anthony Gilray, der vor fünfzehn Jahren geadelt und zum Richter des Oberhofgerichts ernannt worden war, nach Oxford, um Gericht zu halten.

Gilrays Ernennung erfolgte durch einen Brief der Königin, der das Großsiegel trug, und er reiste mit seinem eigenen Marshal, Schriftführer, Koch und Kammerdiener. Es war ein Anlaß für Pomp und Zeremoniell. Am ersten Tag in Oxford wohnten Gilray und ein anderer Richter einem für das Gericht stattfindenden Gottesdienst in der Kathedrale bei und betraten die Kirche nach dem stellvertretenden Vollzugsbeamten der Grafschaft, dem Pfarrer des obersten Vollzugsbeamten, dem obersten Vollzugsbeamten in Militäruniform, den Schriftführern der Richter im schwarzen Rock mit gestreifter Hose, und dann kamen die Richter selbst mit ihren großen Perücken und den heremlinbesetzten scharlachfarbenen Talaren.

Hier beteten sie um Erleuchtung bei der Vollstreckung der Gerechtigkeit.

Der Gerichtssaal. Das Zeremoniell geht weiter.

Alle erheben sich, und das Gericht ist eröffnet. Der oberste Vollzugsbeamte, sein Stellvertreter und der Pfarrer sitzen zur Rechten Gilrays, der Schriftführer zu seiner Linken. Vor ihm liegt der traditionelle Dreispitz, und der Schriftführer, ein beleibter und distinguierter Mann, verliest die Ernennungsurkunde, wobei er die vollen und umständlichen Titel der »geliebten und treuen Staatsräte, des königlichen Geheimsiegelbewahrers und des Lordoberrichters, unserer teuren Berater und edlen Ritter« zitiert.

Der Schriftführer verneigt sich vor dem Richter, der für einen Augenblick den Dreispitz aufsetzt, und liest dann weiter, daß jeder, der einen Grund zur Klage hat, nunmehr angehört wird.

»Gott schütze die Königin«, und das Gericht beginnt seine Arbeit.

In einer der hintersten Reihen des Gerichtssaals hält ein eifriger junger Vorkliniker namens Terrence Campbell seinen Bleistift schreibbereit. Beim ersten Fall handelt es sich um eine Klage wegen eines ärztlichen Kunstfehlers, die er für sein Referat »Die Medizin und das Gesetz« verwerten will.

Vor dem Gerichtssaal drängen sich Zuschauer, Anwälte, Journalisten und Geschworene, die zu der aufgeregten Stimmung, welche den Beginn der Gerichtssitzung kennzeichnet, beitragen.

Gegenüber auf der Straße bleibt Dr. Mark Tesslar einen Augenblick lang stehen und betrachtet die Szene und die Reihe der pompösen alten, auf Hochglanz polierten und Stander-tragenden Amtsfahrzeuge, die vor dem Gerichtsgebäude parken.

Tesslar ist mittlerweile britischer Staatsbürger und gehört zum Stab des Radcliff Medical Center in Oxford. Wie unter einem Zwang überquert er die Straße und betritt den Gerichtssaal. Für einen Moment bleibt er an der Tür stehen, als Anthony Gilray den perückentragenden Anwälten in den schwarzen Talaren mit einem Kopfnicken das Wort erteilt.

Tesslar betrachtet die eifrigen Studenten, die bei derartigen Prozessen immer anwesend sind, dreht sich um und hinkt aus dem Gebäude.

16

Angela Kelno, die in London geboren und aufgewachsen war, hatte sich am meisten auf die Heimkehr gefreut und war nun am meisten schockiert. Kein plötzlicher arktischer Windstoß hätte eisiger sein können.

ZUERST SCHIEN ALLES IN ORDNUNG ZU SEIN, ALS WIR IN SOUTHAMPTON ANKAMEN. ICH GLAUBE, ICH HABE WÄHREND DER GANZEN FAHRT NACH LONDON GEWEINT. BEI JEDEM KILOMETER, DEN WIR ZURÜCKLEGTEN, ERINNERTE ICH MICH AN ETWAS ANDERES, UND MEINE SPANNUNG WUCHS. ENDLICH HATTEN WIR LONDON ERREICHT. MEIN ERSTER EINDRUCK WAR, DASS SICH IN DEN VERGANGENEN FÜNFZEHN JAHREN NUR WENIG GEÄNDERT HATTE.

NA JA, ES GAB HIER UND DA EIN PAAR NEUE WOLKENKRATZER UND EINE NEUE BREITE, DOPPELSPURIGE ZUFAHRTSSTRASSE UND EIN PAAR HYPERMODERNE GEBÄUDE, BESONDERS DORT, WO DIE STADTMITTE VON BOMBEN ZERSTÖRT WORDEN WAR. ABER DAS ALTVERTRAUTE WAR NOCH DA. DER PALAST, DIE KATHEDRALEN, PICCADILLY, MARBLE ARCH UND BOND STREET. DARAN HATTE SICH NICHTS GEÄNDERT.

ALS ICH ZUM ERSTEN MAL DIE JUNGEN LEUTE SAH, WAR DIE ERINNERUNG WIE ABGEBROCHEN. ALS OB DIES GAR NICHT LONDON SEI. FREMDE MENSCHEN AUS EINER WELT, DIE ICH NICHT KANNTE, HIERHER VERPFLANZT. IRGENDEINE WAHNWITZIGE UMWÄLZUNG HATTE STATTGEFUNDEN. IN ENGLAND MERKT MAN SOWAS GLEICH. FRÜHER WAR ALLES SOLIDE GEWESEN.

NUN BIN ICH JA SEIT DREISSIG JAHREN KRANKENSCHWESTER, UND MICH WIRFT NICHTS SO SCHNELL UM. ZUM BEISPIEL NACKTHEIT AUF DER STRASSE. IN SARAWAK WAR NACKTHEIT MIT DER HITZE UND DER HAUTFARBE DER EINGEBORENEN GEKOPPELT. ZIEMLICH ALBERN, DAS MIT DER LILIENWEISSEN BLÄSSE DER ENGLISCHEN MÄDCHEN IM KÜHLEN, GESITTETEN LONDON GLEICHZUSETZEN.

UND DIE KLEIDUNG. IN SARAWAK WAR SIE TRADITION UND KLIMA-ANGEPASST, ABER HIER IST SIE RICHTIG SINNLOS. DIE HOHEN LE-DERSTIEFEL KÖNNEN EINEN NUR AN DIE PEITSCHENSCHWINGENDEN SADISTEN IN DEN PARISER BORDELLEN DES 17. JAHRHUNDERTS DENKEN LASSEN. DIE WEISSEN OBERSCHENKEL, DIE IN DER BEISSEN-DEN KÄLTE BLAU VERFROREN UND GÄNSEHÄUTIG SIND, NUR WEIL DIE RÖCKE DER MODE WEGEN UNTER DEM GESÄSS AUFHÖREN. WAS WIR IN DIESER GENERATION DER GEFRORENEN POBACKEN HERAN-ZÜCHTEN, IST DIE ZUKÜNFTIGE GESCHICHTSPERIODE DER ENGLI-SCHEN HÄMORRHOIDEN. AM LÄCHERLICHSTEN SIND DIE BILLIGEN WEBPELZE, DIE NICHT MAL DEN HINTERN BEDECKEN. DIESE DÜNNEN WEISSEN BEINE, DIE WIE STECKEN AUS DEN SCHEUSSLICHEN ROSA UND LAVENDELFARBENEN BÜNDELN RAUSGUCKEN. SIE SEHEN WIE SO EINE ART MARS-EI AUS, AUS DEM GERADE DAS JUNGE AUS-SCHLÜPFT.

IN SARAWAK HAT AUCH DER PRIMITIVSTE IBAN SEIN HAAR ORDENT-LICH GEKÄMMT UND IN EINEN KNOTEN GESCHLUNGEN. DIESES BE-WUSSTE BEMÜHEN, SCHLAMPIG UND UNSCHÖN ZU SEIN, IST AN-SCHEINEND EINE ART PROTEST GEGEN DIE ÄLTERE GENERATION. UND DOCH WIRKEN SIE TROTZ DIESER MANIE, IHRE INDIVIDUALI-TÄT ZU PROKLAMIEREN UND MIT DER VERGANGENHEIT ZU BRE-CHEN, ALS OB SIE ALLE AUS DER GLEICHEN FORM GEGOSSEN SIND. DIE JUNGEN SEHEN WIE MÄDCHEN AUS, UND DIE MÄDCHEN SEHEN UNGLAUBLICH MONOTON AUS. EIN ZIEMLICH OFFENSICHTLICHES BESTREBEN HÄSSLICH AUSZUSEHEN, WEIL SIE SICH HÄSSLICH FÜH-LEN, UND EIN INSICHVERKRIECHEN, DAMIT MAN SIE NICHT DURCH IHR GESCHLECHT UNTERSCHEIDEN KANN. EINE EINZIGE MASSE VON NEUTREN.

DIE ÜBERTRIEBENE KLEIDUNG DER MÄNNER MIT DEN TROMPE-TENHOSEN UND RÜSCHEN UND MODESCHMUCK KOMMT EINEM WIE EIN HILFESCHREI VOR.

ADAM SAGT MIR, DASS DAS, WAS SICH IN SEINER KLINIK ABSPIELT, AUF EINEN TOTALEN ZUSAMMENBRUCH DER ALTEN MORALBEGRIFFE SCHLIESSEN LÄSST. SIE HABEN DIE SEXUELLE FREIHEIT MIT DER FÄ-HIGKEIT, LIEBE ZU GEBEN UND ZU EMPFANGEN, VERWECHSELT. UND AM TRAURIGSTEN VON ALLEM IST, DASS DER BEGRIFF DES FAMI-LIENVERBANDES KAPUTT GEHT. ADAM SAGT MIR, DASS DIE ZAHL DER SCHWANGEREN UNTER ZWANZIG UM FÜNF- ODER SECHSHUN-DERT PROZENT GESTIEGEN IST, UND DASS DIE STATISTIKEN ÜBER SCHLAFMITTELMISSBRAUCH UND RAUSCHGIFT ERSCHRECKEND SIND. AUCH DAS SCHEINT DARAUF HINZUWEISEN, DASS DIE JUNGEN LEU-TE DEN ÜBERWÄLTIGENDEN DRANG HABEN, SICH IN EINE TRAUM-WELT ZURÜCKZUZIEHEN, WIE ES AUCH DIE IBANS IN NOTZEITEN TUN.

DIE MUSIK IST EINFACH UNGLAUBLICH. ADAM SAGT MIR, DASS ES VIELE FÄLLE VON UNHEILBAREN GEHÖRSCHÄDEN GIBT. DER VERMANSCHTE INHALT UND DIE ZWEIDEUTIGKEITEN DER SCHMUTZIGEN TEXTE SIND VIEL UNVERSTÄNDLICHER ALS DIE SÄNGER DER IBANS. DIE MONOTONEN UND ELEKTRISCHEN INSTRUMENTE SIND EIN WEITERER VERSUCH, DIE WIRKLICHKEIT ZU ÜBERTÖNEN. BEIM TANZEN GLAUBT MAN, PATIENTEN AUS EINEM IRRENHAUS VOR SICH ZU HABEN.
IST DAS WIRKLICH LONDON?
ALLES, WAS IN MEINER JUGEND WERT HATTE, WIRD LÄCHERLICH GEMACHT, UND ES SCHEINT SO, ALS WÜRDE MAN GAR NICHT VERSUCHEN, DIE ALTEN BEGRIFFE DURCH NEUE ZU ERSETZEN. DAS SCHLIMMSTE IST, DASS DIE JUNGEN MENSCHEN NICHT GLÜCKLICH SIND. SIE HABEN ABSTRAKTE GEDANKEN ÜBER DIE LIEBE, DIE MENSCHHEIT UND DIE BEENDIGUNG VON KRIEGEN, ABER SIE SCHEINEN DEN LOHN DES LEBENS ZU WOLLEN, OHNE DAFÜR ZU ARBEITEN. SIE LACHEN ÜBER UNS, ABER WIR ZAHLEN FÜR SIE. SIE BRINGEN ERBÄRMLICH WENIG LOYALITÄT FÜREINANDER AUF, UND OBWOHL SIE GRUPPENSEX TREIBEN, VERSTEHT KEINER VON IHNEN DIE ZÄRTLICHKEIT EINER DAUERNDEN VERBINDUNG.
KONNTE ALLES DAS IN FÜNFZEHN JAHREN GESCHEHEN? DIE DEMONTAGE EINER JAHRHUNDERTEALTEN ZIVILISATION UND TRADITION. WARUM IST ES SO GEKOMMEN? UM STEPHANS UND TERRYS WILLEN MUSS MAN NACH DER ANTWORT SUCHEN.
IN VIELER BEZIEHUNG IST LONDON GENAUSO, WIE MIR SARAWAK ZUERST VORKAM. EIN DSCHUNGEL, DER VON SELTSAMEN GERÄUSCHEN UND SITTEN ERFÜLLT IST. BLOSS SIND SIE NICHT SO GLÜCKLICH WIE DIE IBANS. ES IST KEIN HUMOR DABEI, NUR VERZWEIFLUNG.

17

Man hätte annehmen sollen, daß Adam Kelno aus seiner Erhebung in den Adelsstand Kapital geschlagen und sich eine exklusive Praxis im West End aufgebaut hätte. Statt dessen wurde er Mitglied des staatlichen Gesundheitsdienstes und eröffnete in einem Arbeiterviertel von Southwark eine kleine Poliklinik gleich neben »Elephant and Castle«, mitten in einer Reihe von einfachen Mietshäusern nahe der Themse, wo die meisten seiner Patienten Lagerarbeiter, Hafenarbeiter und Rückwanderer waren, die aus Indien, Jamaika und Westindien ins Land strömten.
Es war, als ob Adam Kelno nicht an seiner Freilassung aus Sarawak

glaubte und seine Anonymität dadurch bewahren wollte, daß er in bescheidener Abgeschlossenheit in der Nähe seiner Klinik lebte.

Angela und ihre Cousine liefen sich in jenem magischen Viereck müde, dessen Grenzen von der Oxford, Regent und Bond Street und Piccadilly gebildet werden, und wo sich jetzt in der Vorweihnachtszeit Hunderttausende von Kunden in den riesigen Kaufhäusern und in den winzig kleinen Läden drängten.

Obwohl sie schon seit über einem Jahr wieder in England lebte, litt Angela unter dem beißend-naßkalten Dezemberwetter. Die Jagd auf ein Taxi war vergeblich. Vor den Geschäften und an den Omnibus-Haltestellen warteten ordentlich aufgereihte Menschenschlangen mit typisch britischer Geduld.

Also hinunter in die Untergrundbahn.

Die Untergrundbahn kreuzte unter der Themse durch zu »Elephant and Castle«, und beladen mit einem kleinen Päckchenberg ging sie zu Fuß nach Hause.

Oh, diese wundervolle Müdigkeit, dieses wundervolle Tempo der Vorweihnachtszeit in England. Alle diese Puddings und Pasteten, und Soßen und Lichter und Lieder.

Frau Corkory, die Haushälterin, nahm ihr die Päckchen ab. »Herr Doktor ist in seinem Arbeitszimmer, Madam.«

»Ist Terrence schon da?«

»Nein, Madam. Er rief aus Oxford an und sagte, er würde einen späteren Zug nehmen und erst nach sieben hier sein.«

Sie schaute kurz in Adams Arbeitszimmer hinein, wo er wie üblich damit beschäftigt war, lange Berichte zu kritzeln.

»Hallo, Liebling, ich bin wieder da.«

»Hallo, mein Liebes. Hast du London leergekauft?«

»Fast. Ich helfe dir später bei den Berichten.«

»Ich glaube, dieser Papierkram für den Gesundheitsdienst ist schlimmer als der für das Kolonialministerium.«

»Vielleicht solltest du eine Sekretärin für ganztags engagieren. Wir können es uns wirklich leisten, Adam. Und ein Diktiergerät.«

Adam zuckte mit den Schultern »Ich bin an derartigen Luxus nicht gewöhnt.«

Sie sah die Post durch. Drei Bitten um Vorträge waren darunter. Eine kam vom Verband afrikanischer Medizinstudenten, eine andere von der Universität Cambridge. Auf jede hatte er die Notiz geschrieben: »Mit dem üblichen Bedauern absagen.«

Angela war damit nicht einverstanden. Es war, als ob Adam sein bißchen Ruhm abwerten wollte. Vielleicht hatte er genug von Schwarzen und Braunhäutigen. Aber warum zog er es dann vor, in Southwark zu praktizieren, wenn die Hälfte der in London lebenden Polen über einen geadelten polnischen Arzt in Begeisterung geraten wäre. Typisch Adam. Nach all den Jahren ihrer Ehe hatte sie sich allmählich damit abgefunden, obwohl sie sich über seinen Mangel an persönlichem Ehrgeiz ärgerte, allerdings nur seinetwegen. Sie gehörte bestimmt nicht zu den Ehefrauen, die den Mann ständig antreiben.

»Wir sind auf die Invasion aus Oxford vorbereitet«, sagte Angela. »Hat Terrence übrigens gesagt, wie viele Freunde er mitbringt?«

»Wahrscheinlich das übliche Kontingent an heimwehkranken Australiern, Malaien und Chinesen. Ich werde ein Musterbeispiel polnischer Höflichkeit sein.« Sie küßten sich flüchtig, und er wandte sich wieder seiner Arbeit zu, dann warf er plötzlich den Federhalter hin. »Bei Gott, du hast recht. Ich werde mir eine Sekretärin und ein Diktiergerät zulegen.«

Das Telefon läutete, und Angela hob ab. »Es ist Herr Kelly. Er sagt, daß seine Frau regelmäßig alle neun Minuten Wehen hat.«

Adam stand rasch auf und zog die Hausjacke aus. »Das ist ihr sechstes, es wird also pünktlich kommen. Er soll sie in die Klinik bringen, und dann sag bitte der Hebamme Bescheid.«

Es war fast Mitternacht, bevor Frau Kelly entbunden hatte und für die Nacht in der Klinik untergebracht war. Angela war im Wohnzimmer eingenickt. Adam küßte sie sanft, und sie erhob sich automatisch und ging in die Küche, um das Teewasser aufzusetzen.

»Wie ist es gegangen?«

»Ein Junge. Er soll Adam heißen.«

»Wie nett. Na, damit haben wir in diesem Jahr vier Babys, die nach dir Adam heißen. In späteren Jahren werden die Leute sich fragen, wieso jedes männliche Wesen aus Southwark den Namen Adam trägt.«

»Ist Terrence gekommen?«

»Ja.«

»Es ist ziemlich ruhig für fünf junge Männer.«

»Er ist allein gekommen. Er ist oben in deinem Arbeitszimmer und wartet auf dich. Ich bringe auch Tee hinauf.«

Terrence schien reserviert zu sein, als sie sich umarmten.

»Wo sind denn deine Freunde?«

»Die kommen einen Tag später. Darf ich zuerst mit Ihnen über etwas sprechen?«

»Aus dir wird nie ein guter Politiker. Die grimmige Miene habe ich deuten können, seit du geboren bist.«

»Sir«, sagte Terrence zögernd, »Sie wissen ja, wie es mit uns gewesen ist. Durch Ihren Einfluß habe ich mich im Herzen immer als Arzt gefühlt, so lange ich mich erinnern kann. Und ich weiß, wie gut Sie zu mir waren. Meine ganze Erziehung, und wie nahe wir uns stehen.«

»Und was bedrückt dich jetzt?«

»Nun, Sir, mein Vater erwähnte ein paar Einzelheiten, zum Beispiel daß Sie im Gefängnis waren und auch, daß Sie mal deportiert werden sollten, aber ich habe nie gedacht ... mir ist nie der Gedanke gekommen ...«

»Was?«

»Ich habe nie gedacht, daß Sie jemals etwas Unrechtes getan haben könnten.«

Angela kam mit dem Teetablett herein. Schweigend schenkte sie ein. Terrence sah auf den Fußboden und fuhr sich mit der Zunge über die Lippen, während Adam vor sich hin starrte, die Hände um die Sessellehnen gekrallt.

»Ich habe ihm gesagt, daß du genug gelitten hat«, sagte Angela, »und daß er nicht in Dingen herumschnüffeln soll, die wir vergessen wollen.«

»Er hat genauso viel Recht darauf, alles zu erfahren, wie Stephan.«

»Ich habe nicht herumgeschnüffelt. Ein anderer hat das getan. Dieses Buch hier, *The Holocaust* von Abraham Cady. Haben Sie jemals davon gehört?«

»In Amerika ist es ziemlich bekannt. Ich selbst habe es nicht gelesen«, sagte Adam.

»Nun, das verdammte Ding ist gerade in England erschienen. Ich fürchte, ich muß Ihnen das zeigen.« Er reichte Dr. Kelno das Buch. Seite 167 war durch einen Papierstreifen markiert. Adam hielt das Buch unter eine Lampe und las:

Von allen Konzentrationslagern war keins berüchtigter als Jadwiga. Hier richtete der SS-Oberst Dr. Adolph Voss eine Versuchsstation zum Zweck der Entwicklung von Methoden für die Massensterilisation ein, unter Verwendung menschlicher Meerschweinchen, und hier führten der SS-Oberst Dr. Otto Flensberg und sein Assistent ebenso entsetzliche andere Versuche an Gefangenen durch. In der verrufenen Baracke V gab es eine geheime chirurgische Abteilung unter der Leitung von Dr. Kelno, der fünzehntausend oder mehr experimentelle Operationen ohne den Gebrauch von Betäubungsmitteln ausführte.

Draußen stellte sich ein Dutzend Weihnachtssänger dicht vor das Fenster und sang mit frostigem Atemhauch:

»Wir wünschen euch fröhliche Weihnachten,
Wir wünschen euch fröhliche Weihnachten,
Wir wünschen euch fröhliche Weihnachten
und ein glückliches Neues Jahr.«

18

Adam klappte das Buch zu und legte es auf den Schreibtisch. »Und glaubst du, daß ich das getan habe, Terrence Campbell?«

»Natürlich nicht, Herr Doktor. Ich komme mir selbst so gemein vor. Gott weiß, daß ich Sie nicht verletzen möchte, aber es ist nun mal veröffentlicht worden, und Hunderttausende, wenn nicht gar Millionen, werden es lesen.«

»Vielleicht habe ich unser Verhältnis zueinander für so eng gehalten, daß ich nie das Bedürfnis verspürte, dir alles zu erklären. Wahrscheinlich war das falsch.« Adam ging zum Bücherschrank hinüber, schloß eine der Schubladen im Sockel auf und entnahm ihr drei große Pappschachteln, die mit Zeitungen, Akten, Presseausschnitten und Briefen gefüllt waren. »Jetzt ist es wohl an der Zeit, daß du alles erfährst.« Adam begann mit der Vorgeschichte.

»Ich glaube, es ist unmöglich, jemandem richtig klarzumachen, was ein Konzentrationslager ist, oder daß ein Unbeteiligter begreift, daß es so etwas tatsächlich gab. Vier Jahre lang sahen wir keinen Baum und keine Blume, und ich kann mich auch nicht daran erinnern, daß die Sonne jemals schien. Ich träume immer noch davon. Ich sehe ein weites Rund vor mir, mit Hunderten von Sitzreihen, und jede Reihe ist mit leblosen Gesichtern, blicklosen Augen, kahlrasierten Schädeln und gestreiften Häftlingsjacken vollgepfercht. Und hinter der letzten Reihe erhebt sich die Silhouette der Verbrennungsöfen, und ich kann den Rauch riechen, der von menschlichem Fleisch aufsteigt. Es gab niemals genug zu essen, niemals genug Medikamente. Tag und Nacht sah ich vom Behandlungszimmer aus, wie sich eine endlose Reihe von Gefangenen zu mir hinschleppte.«

»Herr Doktor, ich weiß nicht, was ich sagen soll.«

Adam erzählte von der gegen ihn angezettelten Verschwörung, von den im Gefängnis Brixton durchgemachten Qualen, daß er seinen eigenen Sohn Stephan in dessen ersten zwei Lebensjahren nicht ein einziges Mal sah, von der Flucht nach Sarawak, den Alpträumen, den alkoholischen Dämmerzuständen, alles. Beiden liefen die Tränen über die Wangen, während er mit monotoner Stimme weitersprach, bis das erste Tageslicht das Zimmer in ein fahles Grau tauchte und man die ersten Geräusche der erwachenden Stadt hören konnte. Die nassen Autoreifen zischten über den Fahrdamm, und sie saßen schweigend da, ohne sich zu rühren.

Terry schüttelte den Kopf. »Ich begreife es nicht. Ich begreife es einfach nicht. Aus was für einem Grund sollten die Juden Sie so sehr hassen?«

»Du bist naiv, Terry. Vor dem Krieg lebten ein paar Millionen Juden in Polen. Wir hatten nach dem Ersten Weltkrieg gerade erst unsere eigene Freiheit gewonnen. Die Juden waren immer Fremde in unserem

Land, immer bemüht, uns wieder in die Knechtschaft zu treiben. Sie waren die Triebfeder der kommunistischen Partei, und sie sind auch schuld daran, daß Polen wieder an Rußland fiel. Von Anfang an war es ein ständiger Kampf auf Leben und Tod.«

»Aber warum?«

Adam zuckte mit den Schultern. »In meinem Dorf hatte jedermann Schulden bei den Juden. Weißt du, wie arm ich war, als ich nach Warschau kam? In den ersten zwei Jahren bestand meine Bleibe aus einem großen Schrank, mein Bett aus Lumpen. Ich mußte mich im Badezimmer einschließen, wenn ich ungestört lernen wollte. Ich wartete und wartete auf meine Zulassung für die Universität, aber ich bekam keinen Platz, weil die Juden verlogene Angaben über sich machten, damit sie sich um die Quote herumdrücken konnten. In deinen Augen ist ein Quotensystem ungerecht. Aber wenn es keins gegeben hätte, dann würden sie jeden Platz in jeder Vorlesung aufgekauft haben. Sie sind so raffiniert, daß es die Vorstellungskraft übersteigt. Die jüdischen Professoren und Dozenten versuchten, jeden Aspekt des Universitätslebens unter ihre Kontrolle zu bringen. Sie drängten sich überall hinein. Ich schloß mich der nationalistischen Studentenbewegung an und war stolz darauf, weil das ein Mittel war, sie zu bekämpfen. Und nachher war es immer ein jüdischer Arzt, der die beste Stellung bekam. Ja, und mein Vater trank sich zu Tode, und meine Mutter schuftete sich in ein frühes Grab hinein, um den jüdischen Geldverleiher bezahlen zu können. Ich habe mich immer, bis zum Ende, für den polnischen Nationalismus eingesetzt, und deshalb mußte ich durch eine Hölle gehen.«

Der junge Mann blickte seinen Mentor an. Terry kam sich gemein vor. Er sah vor seinem geistigen Auge, wie Adam Kelno liebevoll ein ängstliches Ulu-Kind beruhigte und der Mutter Zuversicht gab. Lieber Gott, es war einfach nicht möglich, daß Dr. Kelno die medizinische Wissenschaft mißbrauchte.

»The Holocaust« lag auf dem Schreibtisch. Ein dickes Buch mit einem grauen Einband, die roten Buchstaben des Titels und der Name des Verfassers hatten die Form züngelnder Flammen.

»Zweifellos ist der Autor Jude«, sagte Adam.

»Ja.«

»Nun, es ist gleichgültig. Ich bin auch in anderen Büchern von ihnen erwähnt worden.«

»Aber dies ist etwas anderes. Es ist kaum erschienen und schon haben mich ein halbes Dutzend Leute wegen dieser Sache angesprochen. Es ist nur eine Frage der Zeit, bis irgendein findiger Journalist darüber stolpert. Und da Sie auch noch geadelt worden sind, gibt das eine wirkliche Bombenstory.«

Angela, in einen altmodischen Bademantel gehüllt, kam ins Zimmer.

»Was soll ich denn tun«, fragte er, »wieder in einen Dschungel fliehen?«

»Nein. Sich stellen und kämpfen. Den Verkauf des Buches unterbinden und der Welt beweisen, daß der Autor ein Lügner ist.«

»Du bist noch sehr jung und unerfahren, Terry.«

»Sie und mein Vater bedeuten alles für mich, Dr. Kelno. Haben Sie fünfzehn Jahre in Sarawak verbracht, nur um sich das Vorrecht zu erwerben, diesen Schimpf mit ins Grab zu nehmen?«

»Hast du denn überhaupt eine Vorstellung davon, was das bedeuten würde?«

»Ich muß Sie fragen, Herr Doktor, ob an all dem irgend etwas Wahres ist?«

»Wie kannst du es wagen!« rief Angela. »Wie kannst du es wagen, das zu sagen!«

»Ich glaube es ja selbst nicht. Kann ich Ihnen helfen, dagegen anzukämpfen?«

»Bist du wirklich auf den Skandal gefaßt und auf die endlose Kette von professionellen Lügnern, die sie vor Gericht aufziehen lassen werden? Bist du ganz sicher, daß es nicht viel ehrenvoller wäre, mit Würde zu schweigen?« fragte Angela.

Terrence schüttelte den Kopf und ging aus dem Zimmer, um seine Tränen zu verbergen.

Viel Bier und Gin wurden von Terrys Freunden konsumiert, viele freche Lieder wurden gesungen und über viele der brennenden Streitfragen dieser Welt mit dem gerechten Zorn debattiert, der das Vorrecht der Jugend ist.

Terry hatte einen Schlüssel zu Dr. Kelnos Klinik, die nur ein paar Häuserblocks von der Wohnung entfernt lag, und wenn die Sprechstunde vorbei war, befreiten sich seine Kumpane von anderen Frustrationen, indem sie mit zahlreichen jungen Damen auf dem Untersuchungstisch und auf den Liegen Liebesspiele trieben, umgeben von den Düften der Desinfektionsmittel. Das war aber nur ein kleines Übel.

Der Weihnachtsabend kam, Puten und Gänse wurden verschlungen, und jeder Gast erhielt ein bescheidenes, aber treffend ausgesuchtes und spaßiges Geschenk. Dr. Kelno packte viele nutzlose und doch rührende Gaben von seinen Patienten aus.

Die Stimmung war weihnachtlich genug, und keiner der Gäste spürte die unterschwellige Spannung. In bester Laune fuhren sie nach Oxford zurück.

Terry und Adam verabschiedeten sich kühl voneinander. Der Zug fuhr ab. Angela hakte sich bei ihrem Mann ein, als sie die riesige viktorianische Halle von Paddington Station verließen.

Eine Woche verging, dann zwei, dann drei. Die Inaktivität des Studenten fand ihr Gegenstück in der Inaktivität und gereizten Stimmung von Adam Kelno.

Noch nie war die Verbindung zwischen ihnen so lange unterbrochen gewesen.

Und Adam dachte immer wieder an das Kanu, das sich den Lemanak flußaufwärts kämpfte, mit Stephan am Ruder und Terry vorn am Bug, während sie sich mit dem Bootsmann in der Ibansprache unterhielten. Wie herzlich die Ulus die beiden Jungen begrüßten. Und die Sommerferien, als Stephan elf Jahre alt war und Bintang den beiden die Stammestracht schenkte und sie in den Stamm aufnahm, und wie sie mit dem Häuptling tanzten, geschmückt mit den zeremoniellen Federn und aufgemalten »Tätowierungen«.

Terrys wache Augen über dem Rand des Gesichtsschutzes, wenn Adam operierte. Und Adam sah immer wieder zu ihm hinüber. Wenn der Junge dabei war, konnte er viel besser arbeiten.

Wenn die anstrengenden Arbeitstage bei den langen Häusern vorbei waren, gingen sie alle zum Fluß, badeten oder saßen unter dem Wasserfall, und nachts schliefen sie alle zusammen, ohne Angst vor den Geräuschen des Dschungels.

All das beschäftigte ihn in Gedanken bei Tag und Nacht, bis er es nicht mehr ertragen konnte. Es war nicht nur Terrence, an den er dachte. Was würde geschehen, wenn Stephan in Amerika davon erfuhr?

Sir Adam Kelno ging die schmale Chancery Lane entlang, jene Pulsader des britischen Rechts, die auf der einen Seite vom Gebäude des Anwaltsverbandes, auf der anderen von Sweet and Maxwell, die juristische Bücher verlegten und verkauften, flankiert wurde. Das Schaufenster von Ede and Ravenscort, Ltd., den Schneidern der Zunft, zeigte die übliche düstere Auswahl an schwarzen Talaren für Universitätslehrer und Anwälte, unverändert im Stil, so lange man zurückdenken konnte, und war mit grauen Anwaltsperücken garniert.

Vor dem Haus 32 B Chancery Lane blieb er stehen. Es war ein schmalbrüstiges vierstöckiges Gebäude, eines der wenigen, das die großen Feuersbrünste vergangener Jahrhunderte überdauert hatte. Ein krummes und mißgestaltetes Überbleibsel aus der Zeit Jakobs I.

Kelno überflog das Türschild. Im zweiten und dritten Stock befand sich die Kanzlei von Hobbins, Newton und Smiddy. Er trat ein und verschwand auf den knarrenden Treppenstufen nach oben.

II. DIE ANGEKLAGTEN

1

Der Autor von »The Holocaust« war ein amerikanischer Schriftsteller namens Abraham Cady, Ex-Journalist, Ex-Flieger, Ex-Ballspieler.

Um die Jahrhundertwende verbreitete sich die zionistische Bewegung wie ein Waldbrand über das jüdische Siedlungsgebiet im zaristischen Rußland. Seit Jahrhunderten unterdrückt und Progromen ausgesetzt, fand die brennende Sehnsucht der Juden, Rußland zu verlassen, ein Ziel in der Wiedererrichtung des alten Stammlandes. Das kleine jüdische Dorf Prodno übernahm die Kosten für die beiden Brüder Morris und Hyman Cadyzynski, damit sie als Pioniere nach Palästina gehen konnten. Als sie in den Sümpfen des Oberen Galiläa bei der Landgewinnung arbeiteten, litt Morris Cadyzynski immer wieder unter Malaria- und Ruhrattacken, bis man ihn nach Jaffa ins Krankenhaus brachte. Man riet ihm, Palästina zu verlassen, weil er zu denen gehörte, die sich nicht an die schwierigen Lebensbedingungen gewöhnen konnten. Sein älterer Bruder Hyman blieb dort.

In jenen Tagen war es üblich, daß Verwandte in Amerika sich verpflichtet fühlten, so viele Familienmitglieder wie möglich aus der alten Heimat herüberzuholen. Onkel Abraham Cadyzynski, nach dem der Autor später genannt wurde, hatte eine kleine jüdische Bäckerei in der Church Street im Getto von Norfolk, Virginia.

Morris' Familienname wurde von einem verwirrten Beamten, der sich abmühte, die über hundert verschiedenen »skis« auseinanderzuhalten, welche mit dem gleichen Schiff ankamen, zu Cady verkürzt.

Beide Töchter von Onkel Abraham heirateten Männer, die an der Bäckerei kein Interesse hatten, und so fiel sie an Morris, als der alte Mann gestorben war.

Die jüdische Gemeinde war klein und eine in sich geschlossene Einheit, in der man zusammenhielt und unfähig war, die Getto-Mentalität abzuschütteln. Morris lernte Molly Segal kennen, die gleichfalls als Mitglied der zionistischen Bewegung eingewandert war, und im Jahre 1909 heirateten sie.

Aus Ehrerbietung gegenüber seinem Vater, dem Rabbi von Prodno, ließen sie sich in der Synagoge trauen. Die anschließende Feier in der Arbeiter-Festhalle zog sich nach guter jiddischer Tradition bis tief in die Nacht hinein, eine endlose Kette aus Schmausereien, Hora-Reigentänzen und *mazel torfs*.

Keiner von beiden war religiös, aber sie brachten es nicht fertig, mit den Gewohnheiten der alten Heimat zu brechen, also jiddisch zu sprechen und zu lesen und überwiegend koscher zu kochen.

Das erste Kind war Ben, der 1912 geboren wurde, und zwei Jahre später, als Europa in Flammen aufging, kam Sophie. Während des Ersten Weltkrieges blühte das Geschäft. Da Norfolk ein wichtiger Hafen für die Verschiffung von Truppen und Nachschub nach Frankreich war, nahm die Regierung Morris' Bäckerei unter Vertrag, um die überlastete Versorgungskapazität zu vergrößern. Die Bäckerei verdreifachte und vervierfachte ihre Produktion, aber dadurch verlor sie ihre jüdische Eigenart fast ganz. Früher waren Brot und Kuchen nach alten Familienrezepten gebacken worden, jetzt mußte man sich nach den amtlichen Vorschriften richten. Nach dem Krieg kehrte Morris zu den alten Spezialitäten zurück. Seine Waren erfreuten sich in ganz Norfolk solcher Beliebtheit, daß er anfing, Delikatessengeschäfte zu beliefern, von denen einige in völlig nichtjüdischen Vierteln lagen.

Abraham Cady wurde 1920 geboren. Obwohl die Familie jetzt wohlhabend war, fiel es ihr schwer, sich von dem kleinen Reihenhaus mit der weißen Veranda in der Holt Street zu trennen, wo alle Kinder auf die Welt gekommen waren.

Die jüdische Wohngegend begann in den Hunderter-Hausnummern bei der Sankt-Marien-Kirche in der Church Street und erstreckte sich über sieben Häuserblocks bis zur Booker-T.-Apotheke, wo das Farbigenviertel anfing. Die Straßen waren von kleinen Läden gesäumt, die genauso aussahen wie die in der alten Heimat, und die Kinder erinnerten sich ihr ganzes Leben lang an die verschiedenen Düfte und Geräusche. Da waren die hitzigen, auf jiddisch geführten Debatten zwischen den Verfechtern der beiden Zeitungen, der »Freiheit« und dem New Yorker »Vorwärts«. Und da waren der köstliche Ledergeruch aus Vetter Herschels Schusterwerkstatt und das scharfe Aroma aus dem Keller des »Pickles«-Mannes, wo man unter sechzig verschiedenen Sorten von Pickles und in Essig eingelegte Zwiebeln aus verkrusteten alten Fässern wählen konnte. Sie kosteten einen Penny das Stück, besondere Leckerbissen zwei Cents.

Im Hof hinter Finkelsteins »Feinsten und erstklassigen koscheren Fleischwaren« sahen die Kinder gern zu, wie der *shochet* für fünf Cent pro Stück die Hühner streng nach den religiösen Vorschriften abstach.

Endloses Gefeilsche herrschte an den Gemüseständen und in Max Lipshitz' »Kleidermarkt der Superklasse«; Max selbst, Zentimetermaß um den Hals, zog potentielle Kunden von der Straße in den Laden hinein, und ein kleines Stückchen weiter bot Sols Leihhaus eine traurige Sammlung von allem möglichen Schund, meist von farbigen Kunden. Ein beträchtlicher Teil von Morris Cadys Einkommen ging entweder an die Verwandten in der alten Heimat oder nach Palästina. Außer dem schwarzen Essex, der vor dem Haus parkte, gab es wenig, was auf seinen bescheidenen Wohlstand hinwies. Da Morris nicht an der Börse spekulierte, hatte er, als der große Krach kam, genug Bargeld, um zwei pleite gehende Bäckereien günstig zu einem Drittel ihres eigentlichen Werts zu kaufen.

Obwohl sie bescheidene Menschen waren, forderte der wachsende Reichtum seinen Zoll, und nach einem Jahr ständiger Diskussionen kauften sie ein großes Zehnzimmerhaus mit einem Ziegeldach auf einem 4000 Quadratmeter großen Grundstück an der Ecke Gosnold und New Hampshire Street, mit Blick auf die Bucht. Ein paar jüdische Familien, Kaufleute der gehobenen Mittelklasse und Ärzte, waren bis zum Colonial Place vorgedrungen, aber nicht über die Linie Colley Street und Einunddreißigste Straße hinaus. Die Cadys waren in ein nichtjüdisches Viertel übersiedelt.

Nicht daß die Cadys Farbige waren, aber richtig weiß waren sie auch nicht. Ben und Abe waren »die Judenjungs«. Die Jiddlachs, die Itzigs, die Judenschweine. Auf dem großen Sportplatz an der Pennsylvania und Delaware Street in der Nähe der Pumpstation, wo sie Ball spielten, lagen die Dinge ganz anders. Ben Cady war sehr flink mit seinen Fäusten, und mit ihm war nicht gut Kirschen essen. Nachdem Ben auf diese Weise ein vernünftiges Verhältnis zu den Kindern aus der Nachbarschaft hergestellt hatte, entdeckten diese die nie endenden Genüsse, die aus dem Backofen in Mollys Küche strömten.

Abe mußte das Ganze in der Grammar School von J. E. B. Stuart noch einmal durchmachen, deren Schüler aus dem Turneyschen Knabenheim kamen, meist schwererziehbare Kinder aus mißlichen Verhältnissen. Das einzige, was sie anscheinend wollten, war kämpfen. Abe mußte ständig eine ihm unbegreifliche Ehre verteidigen, bis sein Bruder Ben ihm »all die schmutzigen jüdischen Tricks« beibrachte, damit er mit ihnen fertigwerden konnte.

In der Blair Junior High School machten die Faustkämpfe zwar einer anderen Form des Antisemitismus Platz, aber als Abe ein Teenager geworden war, verfügte er über ein umfangreiches Vokabular in bezug auf die unerfreulichen Aspekte seiner Geburt.

Es war Ben, der ihnen Ehre machte, als er sich in der Maury High School zu einem Starathleten entwickelte, der im Frühling Baseballs bis außer Sichtweite schmetterte und im Herbst und Winter im Weit- und Hochsprung Beachtliches leistete.

Nach einer Weile sprachen die Nachbarn mit einem gewissen seltsamen Stolz von der jüdischen Familie. Das waren gute Juden. Sie kannten ihre Grenzen. Aber das Gefühl der Fremdheit, das sie beim Betreten eines nichtjüdischen Hauses empfanden, wich niemals ganz.

Woran Abe Cady sich am deutlichsten erinnerte, wenn er an seinen Vater dachte, war dessen Anhänglichkeit an die Familie in der alten Heimat und seine unablässigen Bemühungen, sie alle aus Polen herauszuholen. Morris ließ ein halbes Dutzend Vettern nach Amerika kommen und bezahlte für ein weiteres halbes Dutzend die Reise nach Palästina. Aber so sehr er es auch versuchte, er konnte weder seinen Vater, den Rabbi von Prodno, noch seine beiden jüngeren Brüder dazu bewegen, Polen zu verlassen. Der eine war Arzt, der andere ein erfolgreicher Kaufmann, und sie sollten bis zum bitteren Ende in Polen bleiben.

Sophie, die Tochter, war ein unscheinbares Mädchen. Sie heiratete einen unscheinbaren jungen Mann mit einer aussichtsreichen Vertretertour in Baltimore, wo sich die meisten Mitglieder der Familie Cadyzynski niedergelassen hatten. Es machte Spaß, zu Familientreffen nach Baltimore zu fahren. Man hatte keinen Grund zum Klagen. Amerika war gut zu ihnen gewesen. Sie verdienten alle genug und hielten zusammen, wenn es hart auf hart ging, ungeachtet der üblichen Familienstreitigkeiten und Auseinandersetzungen.

Es war Ben, der Morris und Molly Kummer bereitete. Sie waren stolz genug auf ihren Sohn, den großen Athleten. Er hatte ihnen viel Ehre gemacht, das konnten sie nicht abstreiten. Sogar nachdem er die Schule verlassen hatte, ertönte der ihm geltende Anfeuerungsruf weiter. RAN UND RENN, BEN, BEN, BEN.

Ben Cady war ein Produkt der dreißiger Jahre. Er konnte keinen Farbigen sehen, ohne schmerzliches Mitleid zu fühlen. Er reagierte empfindlich auf die Leiden im Gefolge der Depression, verachtete die ignorante Überheblichkeit der Südstaatler und hörte mehr und mehr auf die redegewandten und fanatischen Stimmen, die der schwer um ihre nackte Existenz kämpfenden Masse die Befreiung vom Joch versprachen. Das erschien ihm einleuchtender als alles andere auf der Welt. Leute wie Earl Browder und Mother Bloor und James Ford, die aus dem Norden kamen und es wagten, vor einem Publikum aus Weißen und Schwarzen in den kleinen dunklen Sälen des Negerviertels ihr Evangelium zu predigen.

»Hör zu, mein Sohn«, sagte Morris zu Ben, »du willst kein Bäcker werden, und ich habe nichts dagegen einzuwenden. Ich will nicht, daß meine Söhne Bäcker werden. Wir können einen Vorarbeiter einstellen, wir können Buchhalter einstellen, also sollte das Geschäft immer etwas abwerfen. Du brauchst mir keinen Gefallen zu tun. Du brauchst kein Bäcker zu werden. Aber sieh mal, Ben, neun Colleges, einschließlich der Universität von West Virginia, betteln demütig auf den Knien darum, dir ein Sportstipendium geben zu dürfen.«

Ben Cadys Augen und Augenbrauen waren ebenso schwarz wie sein Haar, und wenn sich seine Intensität nicht auf dem Sportplatz entladen konnte, dann kam sie auf eine Art und Weise zum Ausdruck, die niemand mißverstehen konnte.

»Ich möchte ein paar Jahre lang in der Welt herumstromern, Vater. Mir mal alles ansehen, verstehst du. Vielleicht auf einem Schiff anheuern.«

»Du willst also ein Vagabund werden.«

Abe drehte die Jack-Benny-Show ab, weil sie im Nebenzimmer anfingen, die Stimmen zu erheben. Seine dürre Gestalt erschien in der Tür. Er wirkte im Vergleich zu Ben wie eine halbe Portion.

»Abe, geh Schularbeiten machen.«

»Wir haben Juli, Papa. Da gibt es keine Schularbeiten.«

»Du fühlst dich also verpflichtet zu erscheinen und Bens Partei zu ergreifen und dich mit ihm gegen mich zu verbünden.«

Und dann erzählte Morris Cady die Geschichte seiner Jugend in Polen und seines Kampfes in Palästina und des ständigen Kampfes für das Glück seiner Familie. All das gipfelte in Molly, der wunderbarsten Frau, die Gott je erschaffen hatte, und dann kamen die Kinder an die Reihe. Zuerst Sophie, was gibt es da zu klagen? Ein unscheinbares Mädchen mit einem unscheinbaren Mann. Erst drei Jahre verheiratet und schon zwei prächtige Kinder. Solche *nachas* kriege ich von meinen Enkeln. Vielleicht ist Jack, ihr Mann, ein *putz*, aber er sorgt anständig für seine Familie und behandelt Sophie, als ob sie aus purem Gold sei.

Dann Abe, sieh dir mal seine Zeugnisse an. Niemand in der Familie bestreitet, daß Abe ein Genie ist. Eines Tages wird er ein großer jüdisch-amerikanischer Schriftsteller sein.

»Ben«, versuchte Morris zu handeln, »Ben, laß uns den *tochis afn tisch* legen. Du hast durch eine einzige Methode die Schule geschafft, durch reine Brachialgewalt. Du willst also kein Bäcker werden. Na meinetwegen. Aber wenn fünfzehn Colleges einschließlich der Universität von West Virginia demütig um dein wertes Erscheinen betteln, solltest du doch um Gottes willen irgendein Examen machen. Verlange ich zuviel, wenn ich will, daß du dich weiterbildest?«

Bens Gesicht war wie eine Gewitterwolke.

»Was glaubst du wohl, wie deiner Mutter und mir zumute ist, wenn du zu diesem *gojischen* Flughafen fährst und mit einem Flugzeug lauter verrückte Sachen machst? Mit Rauch Namen in den Himmel schreiben. Haben wir vielleicht dafür so geschuftet? Ich will dir sagen, Ben, du solltest das Gesicht deiner Mutter sehen, wenn sie darauf wartet, deinen Schritt auf der Veranda zu hören. Deine Mutter stirbt jede Minute, die du da oben bist. Feine Rücksichtnahme. Sie kocht das Essen, und sie sagt zu mir, Morris, ich weiß, daß Ben es niemals essen wird. Sieh mich an, mein Sohn, wenn ich mit dir rede.«

Sowohl Abe als auch Ben ließen die Köpfe hängen und kneteten ihre Hände.

»Was bedrückt dich, mein Sohn?«

Ben hob langsam den Kopf. »Armut«, sagt er, »Faschismus, soziale Ungerechtigkeit.«

»Glaubst du, ich hätte dieses ganze kommunistische Gewäsch nicht schon in Polen gehört? Du bist Jude, Ben, und letzten Endes werden die

Kommunisten dich verraten. Ich weiß aus erster Hand, was für Schlächter sie in Rußland sind.«

»Vater, hör auf, auf mir herumzuhacken.«

»Nicht bis du dich selbst erziehst. Also gut, mein Sohn, es ist bei den jungen Leuten Mode, ins Negerviertel zu gehen und mit den Schwarzen zu tanzen. Zuerst tanzt du mit ihnen, dann bringst du sie ins Haus deiner Mutter.«

Morris gebot mit einer Handbewegung Schweigen, bevor Ben antworten konnte.

»Was sind das bloß für Sachen. Fliegen. Kommunist werden, sich mit Farbigen verbrüdern. Ben, ich hab keine Unze Vorurteil in mir. Ich bin ein Jude aus dem alten Land. Glaubst du denn, ich weiß nicht, wie diese Farbigen leiden. Wer sind denn schließlich die Leute mit der liberalsten Gesinnung, und wer benimmt sich den Farbigen gegenüber am anständigsten? Die Juden. Und wenn irgend etwas schiefgeht, wenn die Farbigen explodieren ... was meinst du wohl, gegen wen sie losgehen ... gegen uns.«

»Bist du fertig, Vater?«

»Taube Ohren«, stellte Morris fest. »Ich rede bereits gegen die Wand.«

2

WIR ERFUHREN DEN TOD MEINES BRUDERS BEN NICHT DURCH EIN TELEGRAMM ODER ETWAS DERARTIGES. WIR ERHIELTEN EINEN BRIEF VON EINEM SEINER FREUNDE VON DER STAFFEL LACALLE, EINER GRUPPE AMERIKANISCHER FREIWILLIGER, DIE ALS FLIEGER FÜR DAS LOYALISTISCHE SPANIEN KÄMPFTEN. EINIGE VON IHNEN WAREN SÖLDNER, ANDERE, WIE ZUM BEISPIEL BEN, ECHTE ANTIFASCHISTEN. ES WAR EIN ZUSAMMENGEWÜRFELTER HAUFEN. WIE DEM AUCH SEI, ES WAR EIN BISSCHEN MERKWÜRDIG, DASS IN DEM BRIEF MEHR ÜBER DIE SACHE STAND, FÜR DIE ER GESTORBEN WAR, UND AUCH DARÜBER, DASS DIE FASCHISTISCHEN FLIEGER FEIGLINGE SEIEN.

BEN FLOG EINEN RUSSISCHEN DOPPELDECKER, MODELL CHATOS. ES WAR VERALTET, UND AUSSERDEM WAREN SIE DEN SCHWÄRMEN DEUTSCHER HEINKEL UND ITALIENISCHER FIATS ZAHLENMÄSSIG IMMER UNTERLEGEN. BEI DIESEM LETZTEN EINSATZ HATTE BEN EIN BOMBENFLUGZEUG VOM TYP JUNKERS ABGESCHOSSEN, ALS SIE ZU EINEM KURVENKAMPF GEZWUNGEN WURDEN. DREI AMERIKANISCHE MASCHINEN WURDEN VON FÜNFUNDDREISSIG HEINKELS ANGEGRIFFEN, HIESS ES IN DEM BRIEF.

BENS TOD WURDE SPÄTER VON EINEM BURSCHEN BESTÄTIGT, DER

UNS IN NORFOLK BUSUCHTE UND DER ALS FREIWILLIGER IM BATAIL-
LON LINCOLN DER INTERNATIONALEN BRIGADE GEKÄMPFT HATTE.
ER WAR VERWUNDET WORDEN, HATTE EINEN ARM VERLOREN UND
WURDE ALS WERBER IN DIE STAATEN ZURÜCKGESCHICKT.

ALLE VERWANDTEN KAMEN AUS BALTIMORE ANGEREIST, ALS SIE
HÖRTEN, DASS BEN GEFALLEN WAR, UND AUCH ALLE ALTEN FREUNDE
AUS DER CHURCH STREET KAMEN. DAS HAUS WAR TAG UND NACHT
VOLLER BESUCH.

AUCH ANDERE LEUTE KAMEN. EIN PAAR VON BENS LEHRERN UND
TRAINERN, KLASSENKAMERADEN UND NACHBARN, DARUNTER EINI-
GE, DIE UNS NIE ZUVOR GEGRÜSST ODER JEMALS UNSER HAUS BE-
TRETEN HATTEN. SOGAR ZWEI GEISTLICHE, EIN BAPTISTENPREDIGER
UND EIN KATHOLISCHER PRIESTER, MACHTEN BEI MAMA UND PAPA
BESUCH. PAPA GAB IMMER ALLEN KIRCHEN IM NAMEN DER FIRMA
SPENDEN.

IN DEN BEIDEN ERSTEN WOCHEN STAND MAMA UNUNTERBROCHEN
AM HERD. IMMER WIEDER SAGTE SIE, DASS DIE BESUCHER NICHT VER-
HUNGERN SOLLTEN. ABER JEDER VON UNS WUSSTE, DASS SIE NUR
IHRE NERVOSITÄT ABREAGIEREN UND STÄNDIG MIT ETWAS BE-
SCHÄFTIGT SEIN WOLLTE, DAMIT SIE NICHT AN BEN DENKEN KONNTE.
UND DANN BRACH SIE ZUSAMMEN UND MUSSTE BERUHIGUNGSTA-
BLETTEN EINNEHMEN. SIE UND PAPA FUHREN AUF EINEN LANGEN
ERHOLUNGSURLAUB ZU SOPHIE NACH BALTIMORE UND SPÄTER IN
DIE CATSKILLS UND NACH MIAMI. ABER JEDESMAL, WENN SIE NACH
NORFOLK ZURÜCKKEHRTEN, WAR ES, ALS OB SIE EIN TOTEN-
HAUS BETRETEN HÄTTEN. MAMA UND PAPA GINGEN IN BENS ZIM-
MER UND BETRACHTETEN STUNDENLANG DIE FOTOS AUS SEINER
SCHULZEIT UND DIE SIEGESTROPHÄEN UND LASEN IMMER WIEDER
SEINE BRIEFE.

ICH GLAUBE NICHT, DASS SIE NACH BENS TOD JEMALS WIEDER GANZ
DIE ALTEN WAREN. ES SCHIEN, DASS SIE AN JENEM TAG, AN DEM SIE
DIE NACHRICHT ERHIELTEN, ZU ALTERN BEGANNEN. KOMISCH, BIS
DAHIN HATTE ICH NIEMALS GEDACHT, DASS MEINE ELTERN ALT
WERDEN KÖNNTEN.

EIN PAAR KOMMUNISTISCHE FREUNDE VON BEN KAMEN IN UNSER
HAUS UND SAGTEN ZU MAMA UND PAPA, DASS BEN NICHT VERGEB-
LICH GESTORBEN SEI. SIE ÜBERREDETEN SIE, AN EINER IN WASHING-
TON STATTFINDENDEN VERSAMMLUNG FÜR DAS LOYALISTISCHE
SPANIEN TEILZUNEHMEN. ICH BEGLEITETE SIE. BENS NAME WURDE
EHRENVOLL ERWÄHNT, UND SIE GLORIFIZIERTEN MAMA UND PAPA,
WEIL SIE FÜR DIE SACHE DES ANTIFASCHISMUS EINEN SOHN GEOP-
FERT HATTEN. ES WAR UNS KLAR, DASS SIE UNS LEDIGLICH FÜR IHRE
ZWECKE BENUTZTEN, UND WIR GINGEN NIEMALS WIEDER ZU EINER
DERARTIGEN VERSAMMLUNG.

ICH GLAUBE, MEIN BRUDER BEN IST DER WICHTIGSTE MENSCH IN MEINEM LEBEN GEWESEN.

ICH ERINNERE MICH AN SO VIELE DINGE ÜBER IHN.

HALES BESTATTUNGSUNTERNEHMEN HATTE DIESES GROSSE SCHIFF, DAS VIERZIG ODER FÜNFZIG PASSAGIERE FASSTE. MAN KONNTE ES FÜR FÜNFZEHN DOLLAR PRO TAG MIETEN UND DANN EINE GESELL-SCHAFT ZUSAMMENTROMMELN UND IN DER CHESAPEAKEBAI KREU-ZEN. OBWOHL ICH BLOSS DER KLEINE BRUDER WAR, NAHM ER MICH IMMER MIT. ES WAR AUF EINEM DIESER AUSFLÜGE, DASS ICH ZUM ERSTEN MAL WHISKY TRANK. MIR WURDE FÜRCHTERLICH ÜBEL.

AM HINTEREN ENDE UNSERES GRUNDSTÜCKS BEFAND SICH EINE GA-RAGE UND DARÜBER LAG EINE KLEINE WOHNUNG. DIE LEUTE, DENEN DAS HAUS VOR UNS GEHÖRTE, HATTEN DORT EIN FARBI-GES EHEPAAR UNTERGEBRACHT. ABER MAMA MACHTE DIE HAUS-ARBEIT LIEBER ALLEIN UND HATTE NUR EINMAL IN DER WOCHE EINE AUFWARTEFRAU, UND SO BENÜTZTEN WIR DIE WOHNUNG ALS EINE ART VERSTECK.

WENN BEN NICHT AUF DEM FLUGPLATZ WAR, SPIELTE ER ALS SEMI-PROFESSIONAL FÜR DIE NORFOLK CLANCY'S IM OLD LAGUE PARK FOOTBALL. MANN, ICH WERDE DEN TAG NIE VERGESSEN, ALS ER GE-GEN DIE GÄSTE, DIE RED GRANGE ALLSTARS, ZWEIMAL HANDDRAUF MACHTE UND GRANGE VERNICHTEND SCHLUG, INDEM ER DREI- ODER VIERMAL DEN GEGNER ZU BODEN WARF. BEN WAR WIRKLICH EINE WUCHT. DIE MEISTEN JUNGS FUHREN ZUM SCHMUSEN ZUM MAY-FLOWER DRIVE AM LAFAYETTE-FLUSS, ABER WIR HATTEN DIE KLEINE WOHNUNG FÜR UNS UND FEIERTEN DORT EIN PAAR WIRKLICH GROSSARTIGE PARTIES.

DER HOF VOR DER GARAGE WAR ZIEMLICH GROSS, UND DORT WAR-FEN WIR UNS FLUG- UND BODENBÄLLE ZU. WIR BENÜTZTEN DIE MAUER DER GARAGE ALS FÄNGER, UND BEN BRACHTE MIR DEN AUF-SCHLAG BEI. ALS ZIELPUNKT MALTE ER EINEN SCHLÄGER AN DIE MAUER UND LIESS MICH DANACH WERFEN, BIS MIR DER ARM FAST AUS DEM GELENK RUTSCHTE. ER HATTE WIRKLICH EINE ENGELS-GEDULD.

WIE OFT LEGTE ER MIR DIE HAND AUF DIE SCHULTER UND ERKLÄRTE MIR TECHNISCHE FRAGEN DES BASEBALLS. WENN BEN MICH BE-RÜHRTE, DANN WAR ES, ALS OB GOTT SELBST MICH BERÜHRTE.

»SIEH MAL, ABE«, SAGTE BEN EINMAL, »MIT DEINER SCHNELLIGKEIT WIRST DU NIEMANDEN BLENDEN ODER IN RAGE VERSETZEN. ALSO MUSST DU BEIM WERFEN DEIN JÜDISCHES KÖPFCHEN BENÜTZEN.« ER BRACHTE MIR MEHRERE ARTEN VON LANGSAMEN KURVEN- UND WECHSELBÄLLEN BEI UND WIE MAN EINEN DREHBALL SCHLÄGT. BEN LEHRTE MICH, EIN FIXER PITCHER ZU SEIN, DER EINEM SCHARFEN BALL GERADE SO VIEL PFEFFER GAB, DASS DER SCHLÄGER SAUBER

BLIEB. ICH WAR NIEMALS EIN ÜBERWÄLTIGEND GUTER PITCHER, ABER ICH LERNTE VON BEN GENUG, UM FÜR MAURY HIGH DER SPIELMACHER ZU SEIN UND VON DER UNIVERSITÄT VON NORTH CAROLINA EIN STIPENDIUM ZU BEKOMMEN. OFT ÜBTEN WIR, BIS ES DUNKEL WURDE, UND MACHTEN DANN IM LICHT DER STRASSEN-BELEUCHTUNG WEITER.

DORT, WO DIE GRANBY STREET IN DER NÄHE DES FRIEDHOFS BEI DER DEAN MAN'S CORNER EINEN KNICK MACHTE, BEVOR SIE WEI-TER ZUM STRAND NACH OCEAN VIEW VERLIEF, LAG EIN UNBETO-NIERTER FLUGPLATZ. DAS GANZE GELÄNDE WAR IN GEMÜSEFELDER AUFGETEILT, SO DASS MAN NUR AUF DEM WEG ÜBER DIE GRÄBER DORTHIN GELANGTE. HEUTE GEHÖRT ALLES ZUM MARINESTÜTZ-PUNKT, ABER EIN ODER ZWEI DER ALTEN GEBÄUDE STEHEN NOCH. NA, JEDENFALLS GAB ES DA DIESEN REICHEN JÜDISCHEN KAUFHAUS-BESITZER NAMENS JAKE GOLDSTEIN, DER BEN SEHR BEWUNDERTE UND DEM ZWEI FLUGZEUGE GEHÖRTEN; EINS DAVON WAR EINE WACO TAPERWING. DIE SCHÜTTELTE EINEM ZWAR MANCHMAL DIE ZÄHNE DURCHEINANDER, ABER FÜR DEN KUNSTFLUG WAR SIE GROSSARTIG. BEN BEGANN MIT DER WACO ZU FLIEGEN, UND ICH BEGANN, MICH AUF DEM FLUGPLATZ HERUMZUTREIBEN.
BEN WAR DER EINZIGE JÜDISCHE PILOT AUSSER HERRN GOLDSTEIN, ABER ALLE HATTEN RESPEKT VOR IHM. ER WAR EINER VON IHNEN. EBEN EINE BESONDERE RASSE, DAHER MACHTE ES NICHTS AUS, DASS ER JUDE WAR, UND WIR BRAUCHTEN NICHT NOCH EINMAL ALL DIESE KÄMPFE DURCHZUMACHEN.
JAKE GOLDSTEIN FINANZIERTE BEN BEI VIELEN FLUGWETTBEWERBEN, UND AUSSERDEM GAB BEN AUF MESSEN VORSTELLUNGEN ALS KUNSTFLIEGER. WENN ER NICHT DA WAR, ERLEDIGTE ICH ALLERLEI KLEINIGKEITEN FÜR DIE PILOTEN, SCHOB BREMSKLÖTZE UNTER, UND DANN BEGANN ICH, AN DEN MOTOREN KLEINE REPARATUREN ZU MACHEN UND ERHIELT AB UND ZU DIE ERSEHNTE BELOHNUNG, EINEN FLUG.
BEN LIESS MICH MANCHMAL DEN STEUERKNÜPPEL NEHMEN, UND WIE ALLES ANDERE BRACHTE ER MIR AUCH DAS FLIEGEN BEI. ABER WENN ER WEG WAR, DANN DREHTEN EIN PAAR VON DEN ANDEREN PILOTEN MICH RICHTIG DURCH DIE MANGEL. ICH WUSSTE, DASS SIE NUR SPASS MACHTEN, ABER SIE MACHTEN LOOPINGS UND GERIS-SENE ROLLEN UND HÖRTEN NICHT AUF, BIS ICH FAST OHNMÄCH-TIG WAR. DANN STOLPERTE ICH AUS DER KANZEL, RASTE IN DIE NÄCHSTGELEGENE TOILETTE UND KOTZTE MIR DIE GEDÄRME AUS.
EIN EINZIGER ANTISEMIT WAR IN DER GRUPPE. EIN KERL NAMENS STACY. EINMAL, ALS BEN NICHT DA WAR, WIRBELTE ER MICH HERUM, BIS ICH DAS BEWUSSTSEIN VERLOR. EIN PAAR VON DEN

ANDEREN SAGTEN ES BEN, UND DANN FINGEN BEN UND ICH IN ALLER STILLE ZU ARBEITEN AN. ER BRACHTE MIR JEDEN ERDENKLICHEN TRICK BEI.

UND EINES TAGES SAGTE BEN: »HE, STACY, WARUM BEGLEITEST DU ABE NICHT MAL? ICH GLAUBE, ER IST SO WEIT, DASS ER ALLEIN FLIEGEN KANN, UND VIELLEICHT SOLLTEST DU DIE LETZTE KONTROLLE MACHEN UND NICHT ICH.« STACY GING GLATT IN DIE FALLE. WIR KLETTERTEN IN DIE WACO MIT DER DOPPELSTEUERUNG, ABER WAS STACY NICHT WUSSTE, WAR, DASS WIR SEINE INSTRUMENTE AUSGESCHALTET HATTEN.

BEN TROMMELTE ALLE ZUSAMMEN, DAMIT SIE ZUSEHEN KONNTEN. PENG! BUMM! ZSCHSCH! DEM MISTKERL GAB ICH ES. ICH KIPPTE DIE MASCHINE AUF DEN RÜCKEN, DREHTE HART ÜBER DER LANDEBAHN EINE ROLLE UND ZOG SIE DANN SO STEIL HOCH, DASS SIE MIT DREI G'S DIREKT ÜBER DEM HANGAR ABWÜRGTE. ICH SAH NACH HINTEN. ICH DACHTE, STACY WÜRDE SICH GLEICH IN DIE HOSEN KACKEN. JEDENFALLS MACHTE ICH WEITER, BIS ER MICH ANFLEHTE ZU LANDEN. ABER ICH LIESS IHN ERST NOCH EIN BISSCHEN MEHR HABEN, EIN PAAR LOOPINGS VORWÄRTS.

STACY LIESS SICH NIE WIEDER AUF DEM FLUGPLATZ BLICKEN.

ICH WAR DER JÜNGSTE FLIEGER DER GRUPPE, UND ALLES GING PRIMA, BIS ICH EINES TAGES IN EINEM GETREIDEFELD BAUCHLANDEN MUSSTE, WEIL DER MOTOR AUSGESETZT HATTE. DEN GANZEN WEG NACH UNTEN HATTE ICH KEINE ANGST GEHABT, BIS DAS FLUGZEUG STILLSTAND UND SICH AUF DIE SCHNAUZE STELLTE. ERST ALS ICH HERAUSGEKLETTERT WAR, BEKAM ICH ANGST UND SCHLUCHZTE: »BITTE SAGT MAMA UND PAPA NICHTS.«

ICH WAR GANZ SCHÖN ZUGERICHTET UND TISCHTE IHNEN EINE KOLOSSALE LÜGENGESCHICHTE AUF, DASS ICH VOM GARAGENDACH HERUNTERGEFALLEN SEI, ABER SIE ERFUHREN VON DEM SCHADENSGUTACHTER DER VERSICHERUNGSGESELLSCHAFT UND VON DEN ERMITTLUNGSBEAMTEN DIE WAHRHEIT.

MEIN GOTT, WAR PAPA WÜTEND!

»WENN DU DEINEN EIGENEN GOTTVERDAMMTEN HALS BRECHEN WILLST, BEN, HABE ICH NICHTS DAGEGEN, ABER WENN DU AUS EINEM SO SENSIBLEN KIND WIE ABE EINEN GANGSTER MACHEN WILLST, DANN VERBIETE ICH DIR DAS!«

MEIN PAPA, GOTT HAB IHN SELIG, HATTE SEIN GANZES LEBEN LANG KAUM JEMALS ETWAS VERBOTEN. SEINE BÄCKEREI WAR DIE ERSTE, WELCHE DIE GEWERKSCHAFTSVORSCHRIFTEN AKZEPTIERTE, UND ZWAR OHNE STREIK UND BLUTVERGIESSEN, WEIL ER EBEN EINE LIBERALE EINSTELLUNG HATTE. DIE ANDEREN BÄCKEREIBESITZER HÄTTEN IHN AM LIEBSTEN GELYNCHT, ABER PAPA LIESS SICH NICHT SO LEICHT INS BOCKSHORN JAGEN. UND ER WAR DER ERSTE, DER EINEN

FARBIGEN BÄCKER EINSTELLTE. HEUTE KANN MAN SICH KAUM VOR-
STELLEN, WIEVIEL MUT DAS DAMALS ERFORDERTE.
JEDENFALLS BIN ICH NACH DIESEM ZWISCHENFALL LANGE ZEIT NICHT
MEHR GEFLOGEN. NICHT BIS BEN IN SPANIEN GETÖTET WURDE.
DANN MUSSTE ICH EINFACH WIEDER FLIEGEN, UND PAPA VERSTAND.
WAS MIR WOHL AM MEISTEN VON MEINEM BRUDER BEN IM GE-
DÄCHTNIS GEBLIEBEN IST, WAREN JENE RUHIGEN TAGE, AN DENEN
WIR EINFACH HERUMSTROLCHTEN. MANCHMAL GINGEN WIR IN DAS
SUMPFGELÄNDE HINTER DER J. E. B. STUART-SCHULE UND FINGEN
EIN PAAR FRÖSCHE. FAST IMMER WAREN AUCH JUNGEN AUS DEM
TURNEY-HEIM DA, UND DANN VERANSTALTETEN WIR EIN FROSCH-
WETTRENNEN ... ODER WIR SPIELTEN AN DER ALTEN BUSH STREET
ALLEY EIN PAAR PARTIEN KLEINKEGEL. DAS WAR DAS EINZIGE, WAS
ICH BESSER KONNTE ALS BEN.
AM SCHÖNSTEN WAREN DIE STUNDEN, DIE WIR AM BACH VER-
BRACHTEN. WIR STANDEN GANZ FRÜH AUF, RADELTEN HINUNTER
ZUM HAFEN UND KAUFTEN UNS FÜR FÜNF CENTS EINE WASSERME-
LONE. DIE WURDEN NÄMLICH BILLIG AN KINDER VERKAUFT, WEIL SIE
BEIM TRANSPORT GEBORSTEN WAREN.
DANN FUHREN WIR ZUM BACH. ICH HATTE IN MEINEM GEPÄCKKORB
MEINEN HUND, UND BEN DIE WASSERMELONE IN DEM SEINEN. WIR
SASSEN AM UFER, LEGTEN DIE MELONE ZUM KÜHLEN INS WASSER
UND GINGEN WÄHRENDDESSEN ZU EINEM KLEINEN DAMM, VON WO
AUS WIR NACH FRISCH GEHÄUTETEN BLAUKREBSEN FISCHTEN. WIR BE-
FESTIGTEN EIN STÜCKCHEN FAULIGES FLEISCH AN EINER SCHNUR,
HIELTEN ES DIREKT AUF DIE OBERFLÄCHE DES WASSERS, UND WENN
EIN KREBS DARAUF ZUSCHWAMM, HOLTE BEN IHN MIT EINEM NETZ
HERAUS. DIE KREBSE WAREN JA SO DUMM.
MAMA KOCHTE ZWAR NICHT STRENG KOSCHER, ABER SIE ERLAUBTE
NICHT, DASS WIR DIE KREBSE MIT NACH HAUSE NAHMEN, UND SO
KOCHTEN WIR SIE ZUSAMMEN MIT MAISKOLBEN ODER KARTOFFELN
GLEICH AM UFER, ASSEN DIE WASSERMELONE ZUM NACHTISCH, LA-
GEN IM GRAS, SAHEN IN DEN HIMMEL UND REDETEN ÜBER ALLES
MÖGLICHE.
SEHR OFT SPRACHEN WIR ÜBER BASEBALL. DAS WAR LANGE BEVOR
BEN MIT DEM FLIEGEN ANFING. WIR KANNTEN VON JEDEM SPIELER
DER FÜHRENDEN KLUBS DIE DURCHSCHNITTLICHE PUNKTZAHL. DA-
MALS GAB ES PHANTASTISCHE SPIELER. JIMMY FOX UND CARL HUB-
BELL WAREN MEINE IDOLE. MANCHMAL LAS BEN EINE GESCHICHTE,
DIE ICH GERADE SCHRIEB.
WIR ASSEN IMMER SO VIEL, DASS WIR BAUCHWEH BEKAMEN, UND
MAMA SCHIMPFTE FÜRCHTERLICH, WEIL WIR ABENDS NICHTS MEHR
ANRÜHRTEN.
AUCH ALS WIR ÄLTER WURDEN, GINGEN WIR GERN MITEINANDER

AN DEN BACH. DORT ERZÄHLTE MIR BEN AUCH ZUM ERSTEN MAL,
DASS ER KOMMUNIST WERDEN WOLLTE.

»DAS WIRD PAPA NATÜRLICH NIEMALS VERSTEHEN. ER MACHTE ES
ANDERS, ALS ER JUNG WAR. ER VERLIESS SEIN ELTERNHAUS, UM IN
DEN SÜMPFEN VON PALÄSTINA ZU ARBEITEN. ABER ICH MUSS MEI-
NEN EIGENEN WEG GEHEN.«

BEN LITT MIT DEN FARBIGEN, UND ER WAR ÜBERZEUGT DAVON, DASS
DER KOMMUNISMUS DIE EINZIGE ANTWORT SEI. IMMER WIEDER
SPRACH ER MIT MIR ÜBER DEN TAG, AN DEM ENDLICH GLEICHES
RECHT FÜR ALLE HERRSCHEN WÜRDE UND ATHLETEN WIE JOSH GIB-
SON UND SATCHEL PAIGE IN DER OBERLIGA SPIELEN DÜRFTEN, DER
TAG, AN DEM ES IN DEN KAUFHÄUSERN VON RICE UND SMITH UND
WELTON FARBIGES VERKAUFSPERSONAL GÄBE UND DIE NEGER IN DEN
GLEICHEN RESTAURANTS ESSEN DÜRFTEN UND IM OMNIBUS NICHT
GANZ HINTEN SITZEN MÜSSTEN, UND IHRE KINDER WÜRDEN WEISSE
SCHULEN BESUCHEN, UND SIE DÜRFTEN IN WEISSEN VIERTELN WOH-
NEN. MITTE DER DREISSIGER JAHRE FIEL ES EINEM ZIEMLICH SCHWER,
AN BENS TRÄUME ZU GLAUBEN.

ICH ERINNERE MICH AN DAS LETZTE MAL, DAS ICH BEN SAH.
ER BEUGTE SICH ÜBER MEIN BETT, TIPPTE MIR AUF DIE SCHULTER,
LEGTE DANN DEN FINGER AN DIE LIPPEN UND FLÜSTERTE, DAMIT
MAMA UND PAPA NICHT AUFWACHTEN.

»ICH GEHE WEG, ABE.«

ICH WAR NOCH GANZ SCHLAFTRUNKEN UND VERSTAND IHN ZUERST
NICHT. ICH DACHTE, ER HABE EINEN FLUG VOR. »WOHIN WILLST DU?«

»DU DARFST ABER NICHT DARÜBER SPRECHEN.«

»KLAR.«

»ICH GEHE NACH SPANIEN.«

»NACH SPANIEN?«

»UM GEGEN FRANCO ZU KÄMPFEN. ICH WERDE FÜR DIE LOYALISTEN
FLIEGEN.«

ICH GLAUBE, ICH BEGANN ZU WEINEN. BEN SASS AUF DEM BETT-
RAND UND DRÜCKTE MICH AN SICH. »DENK IMMER AN EINIGES VON
DEM, WAS ICH DIR BEIGEBRACHT HABE, VIELLEICHT KANN ES DIR IM
LEBEN HELFEN. DAS WICHTIGSTE IST ABER, DASS PAPA RECHT HAT.
DU MUSST WEITERSCHREIBEN.«

»ICH WILL NICHT, DASS DU WEGGEHST, BEN.«

»ICH MUSS, ABE. ICH MUSS IRGEND ETWAS GEGEN ALL DAS TUN.«

MERKWÜRDIG, NICHT? ICH KONNTE NACH BENS TOD NICHT WEINEN.
ICH WOLLTE, ABER ICH KONNTE NICHT. DAS KAM ERST SPÄTER, ALS
ICH BESCHLOSS, EIN BUCH ÜBER MEINEN BRUDER BEN ZU SCHREIBEN.

ICH NAHM DAS STIPENDIUM DER UNIVERSITÄT VON NORTH CARO-
LINA AN, WEIL SIE DORT EINEN KURS ÜBER JOURNALISMUS UND

THOMAS WOLFE UND ALL DIE ANDEREN SCHRIFTSTELLER HATTEN, UND KONNTE DADURCH ZWEI MEINER AMBITIONEN VERWIRKLICHEN, NÄMLICH DIE, ZU SCHREIBEN UND BALL ZU SPIELEN. CHAPEL HILL HATTE DEN SCHÖNSTEN CAMPUS, DEN MAN SICH VORSTELLEN KANN.

ICH WAR IM TEAM DER ANFANGSSEMESTER DER EINZIGE JÜDISCHE SPIELER, UND IRGEND JEMAND VERSUCHTE IMMER, MIR EINEN SCHARFEN BALL AUFS OHR ZU SCHLAGEN ODER MICH MIT DEN SPIKES IN STÜCKE ZU SCHNEIDEN.

DER TRAINER WAR EIN ABGEHALFTERTER RED NECK, DER ES NIEMALS ÜBER DIE B-LIGA HINAUS GESCHAFFT HATTE UND SOGAR SEINEN TABAK WIE EIN ALTER GAUL KAUTE. ER MOCHTE MICH NICHT. ER MACHTE ZWAR IN MEINER GEGENWART NIEMALS EINE ANTISEMITISCHE BEMERKUNG, ABER DIE ART UND WEISE WIE ER »ABIE« SAGTE, GENÜGTE. ICH WAR DIE ZIELSCHEIBE ALLER WITZE, DIE IM UMKLEIDERAUM GEMACHT WURDEN, UND BEKAM ALLE GEMEINEN BEMERKUNGEN MIT, AUCH WENN DIE ANDEREN SO TATEN, ALS OB ICH AUSSER HÖRWEITE SEI.

ICH WAR DER BESTE PITCHER DER UNTEREN SEMESTER, UND ALS DIE ANDEREN BEGRIFFEN HATTEN, DASS ICH SOWOHL AUF DEM SPIELFELD ALS AUCH SONST RECHT FEST AUF DEN FÜSSEN STAND — DANK BEN —, WURDE ES BESSER. SELBST DER WIDERLICHE TRAINER WUSSTE, DASS ER MICH ZART BEHANDELN MUSSTE, WEIL DIESE HORDE VON SCHAFSKÖPFEN OHNE MICH AM ENDE DER TABELLE RANGIEREN WÜRDE.

DAS TEAM SCHUBSTE MICH ZWAR HERUM, ABER ES WAREN UNSERE GEGNER, DIE MICH SCHLIESSLICH FERTIGMACHTEN. ICH SAH ZWAR AUS, ALS OB MAN MICH LEICHT TREFFEN KÖNNTE, ABER DAS STIMMTE NICHT. ICH HATTE MICH IN NORFOLK ALS SEMI-PROFESSIONELLER GEGEN EINE MENGE VON KERLEN GANZ ORDENTLICH GEHALTEN, DIE MAL PROFIS GEWESEN WAREN, UND DIESE COLLEGEANFÄNGER KNALLTEN BLOSS WIE DIE VERRÜCKTEN UM SICH UND SCHLUGEN DEN BALL IN RICHTUNG AUF DIE UMZÄUNUNG. SIE BLÖKTEN VOR ENTTÄUSCHUNG, WENN SIE WEDER MEINE HARTEN NOCH MEINE WEICHEN BÄLLE ERWISCHEN KONNTEN. WENN ICH SIE ZWEIMAL BEIM SCHLAGEN BEOBACHTET HATTE, KONNTE ICH SIE MEIST NACH MEINER PFEIFE TANZEN LASSEN

JEDENFALLS WURDE MEIN KOPF ZUM BELIEBTESTEN ZIEL AUF DEM SPIELFELD. IN DEN ERSTEN VIER SPIELEN — ICH GEWANN ALLE, INDEM ICH DEN GEGNER KEINEN PUNKT MACHEN LIESS — WURDE ICH SECHSMAL VON GEGNERISCHEN SCHLÄGERN GETROFFEN. ZUM GLÜCK TRAFEN SIE NUR MEINE BEINE UND RIPPEN. ABER NIEMAND KONNTE MICH VON DER MATTE VERDRÄNGEN. MAN KÖNNTE SAGEN, ICH FORDERTE SIE DIREKT HERAUS, MICH ZU TREFFEN.

»ABIE«, SAGTE DER EHEMALIGE RED NECK, »DU BIST EIN RECHTS-
HÄNDIGER WERFER UND EIN LINKSHÄNDIGER SCHLÄGER. WENN DU
AUF DIE MATTE ZUSTÜRMST, EXPONIERST DU DEINEN WURFARM. ICH
WILL ABER GAR NICHT, DASS DU EIN HELD BIST. GEH NICHT ZU
DICHT AN DIE MATTE RAN. DU WIRST FÜRS WERFEN BEZAHLT, NICHT
FÜRS SCHLAGEN.«

ACH, ZUM TEUFEL, ICH WUSSTE, DASS ICH EIN LAUSIGER SCHLÄGER
WAR. MEIST REICHTE ES NUR BIS ZUM ERSTEN STANDMAL, GELEGENT-
LICH AUCH BIS ZUM ZWEITEN, TROTZDEM VERSUCHTE ICH ES IMMER
WIEDER. UND SO GESCHAH DENN, WAS GESCHEHEN MUSSTE. EINES
TAGES VERPASSTE MIR EIN MUSKELBEPACKTER, WILD HERUMFUCH-
TELNDER LINKSHÄNDER VON DUKE EINEN MORDSHIEB DIREKT ÜBER
DEM ELLBOGEN UND ZERTRÜMMERTE DEN KNOCHEN.

ALS ICH DEN GIPSVERBAND WIEDER LOS WAR, ÜBTE ICH, BIS MIR DIE
AUGEN ÜBERLIEFEN. DIE VERLETZUNG HEILTE ZWAR GANZ AUS,
ABER ICH KONNTE MEINE HAARSCHARFE ZIELSICHERHEIT NICHT
MEHR WIEDERERLANGEN. ALL DIE BÄLLE, DIE ICH GEGEN DIE GARA-
GENTÜR GEWORFEN HATTE, ALL DIE TAGE, AN DENEN ICH MIT BEN
WERFEN UND FANGEN GEÜBT HATTE, WAREN JETZT VERGEUDET.
DIE SPORTABTEILUNG TEILTE MIR LIEBENSWÜRDIG MIT, DASS MIR
DAS STIPENDIUM NICHT MEHR ZUR VERFÜGUNG STÜNDE.

PAPA WOLLTE, DASS ICH IM COLLEGE BLIEB, ABER ICH KAM IMMER
MEHR ZU DER ÜBERZEUGUNG, DASS MAN DAS SCHREIBEN NICHT
VON COLLEGE-PROFESSOREN LERNEN KANN. INSBESONDERE VON
PROFESSOREN, DIE WEDER IRGEND ETWAS ÜBER MEINEN BRUDER
BEN WUSSTEN, NOCH ÜBER DIE DINGE, ÜBER DIE ICH SCHREIBEN
WOLLTE. UND MEINE KARRIERE ALS BASEBALLSPIELER WAR ZU
ENDE, WAS KEIN GROSSER VERLUST WAR.

SO HÖRTE ICH NACH DEM ERSTEN JAHR AUF, UND NACHDEM ICH
EINE MENGE ZEITUNGSREDAKTIONEN GEPLAGT HATTE, WURDE ICH
MIT EINEM GEHALT VON DREISSIG DOLLAR BEIM »VIRGINIA PILOT«
ALS REDAKTEUR FÜR LUFTFAHRTANGELEGENHEITEN EINGESTELLT.
NACHTS SCHRIEB ICH UNTER DEM NAMEN HORACE ABRAHAM GEGEN
EIN HONORAR VON EINEM PENNY PRO WORT FÜR SCHUNDHEFTE
WIE »DOC SAVAGE« UND »DIME WESTERN«.

UND EINES TAGES HATTE ICH DIE GROSCHENHEFTE SATT UND BE-
GANN EINEN ROMAN ZU SCHREIBEN — MEINEN ROMAN ÜBER BEN.

3

David Shawcross war mehr als ein Verleger. Er war ein Herausgeber von fast legendärem Format und leitete eine Firma, die praktisch ein Ein-Mann-Betrieb war. Er hatte sich in der englischen Verlegerdynastie von der Pike auf hochgearbeitet, fing als Botenjunge mit fünf Schilling die Woche an und hatte es zwei Jahrzehnte später zum Cheflektor gebracht.

Im Alter von einundzwanzig Jahren war er Leiter der Abteilung Unterhaltungsliteratur, wofür man ihn mit der ansehnlichen Summe von dreißig Schilling die Woche entlohnte. Um existieren zu können, arbeitete er nebenbei schwarz, indem er für andere Verlage Inhaltsangaben von neuen Manuskripten machte.

Es war einzig und allein seine glänzende Begabung als Lektor, die David Shawcross das alles überleben ließ. Er lehnte es ab, eine leitende Stellung in der Firma zu übernehmen, obwohl man ihn in die Geschäftsführung berufen wollte.

Als er den richtigen Zeitpunkt für gekommen hielt, kündigte er und baute einen eigenen kleinen Verlag auf.

Shawcross brachte selten mehr als ein Dutzend Bücher im Jahr heraus, aber alle zeichneten sich durch irgend etwas Besonderes aus, und es sah ganz so aus, als ob jedes Jahr einer der von ihm veröffentlichten Titel auf der Bestsellerliste stehen würde. Sein Verlag war für gute Autoren attraktiv, weil er den Ruf hatte, auf Qualität zu achten, und weil sie David Shawcross als Redakteur haben wollten.

Als kleiner Verleger konnte er sich nur durch neue Talente über Wasser halten, was nicht nur einen guten Riecher, sondern auch endloses Suchen erforderte. Die meistgelesenen Autoren in der Welt waren Amerikaner, aber mit den großen britischen Verlagen konnte er nicht konkurrieren. Er mußte also einen anderen Weg gehen.

Durch eine objektive Analyse der Situation war er zu der Erkenntnis gekommen, daß die Lektoren der führenden amerikanischen Verlage in einer Tretmühle steckten, die ihnen nur wenig oder gar keine Zeit ließ, neue Talente aufzuspüren und zu entwickeln, und daß außerdem kein amerikanischer Verlag über ein adäquates System verfügte, unaufgefordert eingesandte Manuskripte auszuwerten und hoffnungsvollen Nachwuchs zu fördern.

Die leitenden Lektoren waren mit den Manuskripten ihrer Stammautoren, endlosen Vertriebsbesprechungen und Vertragsverhandlungen voll ausgelastet, mußten auf unzähligen Cocktailparties die Runde machen, sich bestimmte Broadway-Stücke ansehen und für Krethi und Plethi den Gastgeber spielen. Die jüngeren Lektoren hatten so gut wie keine Möglichkeit, ein vielversprechendes Manuskript durchzuboxen. Außerdem führte die hektische Atmosphäre New Yorks meist zu zwei oder drei Martinis zum Lunch und dämpfte jeglichen Wunsch, sich mit den unveröffentlichten Manuskripten unbekannter Autoren zu befassen. David Shawcross pflegte zu sagen, daß das Verlegen von Büchern das einzige Geschäft in der Welt sei, das nicht automatisch weiterlief. Jedem Verleger war es schon passiert, daß ihm spätere Bestseller durch die Finger geschlüpft waren, meistens aus Dummheit.

In jedem Stapel unbeachteter Manuskripte lag eins, das zur Veröffentlichung geeignet oder von einem Autor geschrieben war, der nur eine hilfreiche Hand brauchte, um den Sprung nach oben zu schaffen. Deshalb fuhr Shawcross Jahr für Jahr nach Amerika und buddelte. Innerhalb eines Jahrzehnts hatte er ein halbes Dutzend neue amerikanische Autoren entdeckt, darunter den sensationellen Neger James Morton Linsey, der zu einer vielbeachteten Persönlichkeit in der modernen Literatur wurde.

Abraham Cadys Manuskript lag zufällig auf dem Schreibtisch eines literarischen Agenten, den David Shawcross besuchte. Der Agent hatte es auf die Empfehlung eines Autors angenommen, der als Kolumnist für den »Virginia Pilot« arbeitete, wo Abraham Cady als Redakteur für das Ressort Luftfahrt angestellt war. Das Buch war siebenmal mit sieben verschiedenen Begründungen abgelehnt worden.

Am gleichen Abend stopfte sich David Shawcross in seinem Zimmer im Algonquin Hotel ein halbes Dutzend Kissen in den Rücken, stellte sich die Lampe zum Lesen hin und baute einen Vorrat an Tabakwaren vor sich auf. Er klemmte sich die Brille auf die Nase und stützte das blau eingebundene Manuskript auf dem Bauch auf. Während er umblätterte, ließ er Aschehäufchen auf seine Brust fallen, ein geistesabwesender Zigarrenraucher, der eine unverwechselbare Visitenkarte in Form von Streichhölzern, Asche, Brandlöchern und ab und zu einem kleinen Feuerchen im Papierkorb zurückzulassen pflegte. Um vier Uhr morgens klappte er Abraham Cadys Manuskript *The Brothers* zu. Er hatte Tränen in den Augen.

Abe holte tief Atem, als er in die Halle des Algonquin Hotels trat, jener berühmten getäfelten Domäne von Schriftstellern und Schauspielern. Seine Stimme schwankte, als er nach Herrn Shawcross' Suite fragte.

Abe klopfte an die Tür von 408.

»Treten Sie ein.« Ein rundlicher, rotbackiger und gutgekleideter Engländer nahm ihm den Regenmantel ab und hängte ihn an einen Haken.

»Aber Sie sind ja fast noch ein Kind«, sagte er und plumpste auf einen hochlehnigen Stuhl; das aufgeschlagene Manuskript lag auf einem kleinen Tisch vor ihm. Er blätterte es Seite um Seite durch, ließ Asche fallen, wischte sie weg, betrachtete den jungen Mann, der wie festgeklebt in der Ecke des Sofas saß, und nahm bedächtig die Brille ab.

»In dieser Welt kommen auf jeden echten Schriftsteller eine Million

Schreiberlinge«, sagte er, »weil sie dickköpfig und zu sehr in ihre eigenen Worte verliebt sind, als daß sie auf einen hören würden. Ich glaube, daß dieses Manuskript hier recht vielversprechend ist, aber es muß noch überarbeitet werden.«

»Ich bin hergekommen, um zuzuhören, Herr Shawcross. Ich will versuchen, nicht dickköpfig zu sein, aber vielleicht bin ich es — ich weiß nicht.«

Showcross lächelte. Cady hatte seinen eigenen Kopf, nun gut.

»Ich werde ein paar Tage mit Ihnen arbeiten. Alles andere hängt von Ihnen ab.«

»Danke, Sir. Ich habe mir für alle Fälle von meiner Zeitung Urlaub geben lassen.«

»Ich möchte Sie aber gleich warnen, junger Mann, und Ihnen sagen, daß ich es schon oft versucht habe und selten Erfolg hatte. Die meisten Schriftsteller nehmen Kritik übel, und diejenigen, denen es nichts ausmacht und die zu begreifen scheinen, was ich meine, sind nicht fähig, es richtig zu verarbeiten und in eine für die Veröffentlichung geeignete Form zu bringen. Das alles ist sehr, sehr schwierig.«

»Nehmen Sie an, daß ich es schaffen werde«, sagte Abe.

»Also gut, ich habe für Sie ein paar Türen weiter ein Zimmer reservieren lassen. Packen Sie Ihre Sachen aus, und dann wollen wir anfangen.«

Für Abraham Cady war es ein genußvolles Erlebnis. David Shawcross demonstrierte, weshalb er einer der besten Lektoren der Welt war. Er wollte nicht mit Cadys Feder schreiben, sondern das Beste aus ihm herausholen. Was die meisten Autoren niemals erlernen, ist, einfach eine Geschichte zu erzählen. Laß den Helden einen Baum hinaufklettern und brich hinter ihm den Ast ab. Tempo. Beende ein Kapitel, wenn ein Moment höchster Spannung erreicht ist. Zu breites Auswalzen, die schlimmste Untugend aller Anfänger. Zu kurzes Zusammenfassen ... mit zwei Zeilen eine Situation vergeuden, die mehrere Kapitel füllen könnte. Belehrungen sind in Ordnung, solange sie unauffällig an den Leser gebracht werden, aber sie dürfen niemals den Fluß der Erzählung stören.

Und dann der Haupttrick, den nur wenige Romanautoren kennen. Ein Romanautor muß wissen, was im letzten Kapitel gesagt werden soll, und muß auf die eine oder andere Weise auf dieses letzte Kapitel hinarbeiten. Zu viele Schriftsteller fangen mit einer guten Idee an, die sie auch durch die ersten Kapitel weitertragen können, aber dann verzetteln sie sich, weil sie keine Ahnung haben, wo der Höhepunkt eigentlich hingehört.

Abraham Cady hörte drei Tage lang aufmerksam zu und stellte Fragen, ohne in Zorn zu geraten. Dann fuhr er nach Norfolk zurück und begann, das Manuskript umzuschreiben. Gerade dies, hatte Shawcross ihm gesagt, das Umschreiben und wieder Umschreiben sei es, was die Schriftsteller von den Schreiberlingen unterscheidet.

Wenn ein junger Mann sich auf den Ozean der Schriftstellerei hinauswagt, ist er auf sich selbst gestellt und weiß nicht viel über die Winde und die Gezeiten, den Wellengang und die Stürme. Es gibt so viele Fragen, die nur durch zähe Ausdauer beantwortet werden können. So machte Abe alles noch einmal durch, die schreckliche Einsamkeit, die Erschöpfung und die seltenen Augenblicke der Schöpferfreude. Und auf diese Weise wurde sein Buch fertig.

Eines Tages rief Morris ihn an. »Abe, es ist ein Telegramm für dich gekommen.«

»Lies es mir vor, Papa.«

»Gut. Der Text lautet: ›Manuskript erhalten und gelesen. Gute Arbeit. Ich werde es mit Freude sofort herausbringen. Grüße und Glückwünsche. Unterschrift, David Shawcross.‹«

The Brothers von Abraham Cady war in England ein großer Erfolg. Der alte Shawcross hatte mal wieder ein verborgenes Talent aufgespürt. Es war eine einfache Geschichte, der Autor schrieb keinen geschliffenen Stil, aber er rührte einem ans Herz. In dem Roman stand, es würde einen großen Krieg geben, weil die Westmächte das loyalistische Spanien verraten hatten. Der Preis der diplomatischen Heuchelei würde mit dem Blut von Millionen von Engländern, Franzosen, und Amerikanern bezahlt werden.

In Amerika wurde The Brothers von einem Verlag herausgebracht, der das Buch ursprünglich abgelehnt hatte (mit der Begründung, daß es zu nichtssagend sei) und fand noch mehr Beifall, denn es erschien kurz vor dem Ausbruch des Zweiten Weltkrieges.

4

SEIT DEM SCHÄBIGEN HANDEL VON MÜNCHEN HATTE PAPA ALLES VERSUCHT, UM SEINE VERWANDTEN AUS POLEN HERAUSZUHOLEN, ABER ES WAR UNMÖGLICH. AUSSER SEINEM VATER UND ZWEI BRÜDERN HATTE ER NOCH ÜBER DREISSIG COUSINS, COUSINEN, TANTEN UND ONKEL DORT. UND DANN WURDE POLEN VON DEUTSCHLAND ÜBERFALLEN. ES WAR EIN ALPTRAUM. FÜR KURZE ZEIT ATMETEN WIR LEICHTER, ALS DIE SOWJETUNION DEN ÖSTLICHEN TEIL POLENS ANNEKTIERTE, IN DEM DIE STADT PRODNO LAG. ABER DIESE HOFFNUNG ERSTARB, ALS DEUTSCHLAND AUCH RUSSLAND ANGRIFF UND PRODNO IN DIE HÄNDE DER DEUTSCHEN FIEL.

PAPAS EINSTELLUNG ZUM FASCHISMUS ÄNDERTE SICH. BENS TOD

UND DIE ANGST UM SEINE FAMILIE HATTEN EINEN MILITANTEN GEGNER AUS IHM GEMACHT. ICH WUSSTE, WIE SCHRECKLICH ES FÜR MEINE ELTERN SEIN WÜRDE, WENN ICH MEINEN ENTSCHLUSS, IN DEN KRIEG ZU ZIEHEN, IN DIE TAT UMSETZTE, ABER ICH KONNTE NICHT WARTEN.

IM HERBST 1941 TRAT ICH ALS FREIWILLIGER IN DIE KANADISCHE LUFTWAFFE EIN, UM AUF DIESE ART NACH ENGLAND ZU KOMMEN UND MICH DORT DER AUS AMERIKANISCHEN FREIWILLIGEN AUFGESTELLTEN EAGLE-STAFFEL ANZUSCHLIESSEN. DAS WAR, GENAU WIE BENS STAFFEL LACALLE, EINE VERSCHWORENE GEMEINSCHAFT VON DRAUFGÄNGERN, BLAKESLEE, GENTILE, CHESLEY PETTERSON UND VIELE ANDERE, DIE SICH ALS JAGDFLIEGER EINEN NAMEN MACHTEN. DAS ULKIGE DARAN WAR, DASS EINE GANZE REIHE VON IHNEN WEGEN UNTAUGLICHKEIT AUS DEM AMERIKANISCHEN HEERESFLIEGERKORPS ENTLASSEN WORDEN WAR.

PAPA PROTESTIERTE EIN WENIG UND WANDTE EIN, DASS AMERIKA SOWIESO BALD IN DEN KRIEG EINTRETEN WÜRDE, WARUM SOLLTE ICH ALSO WEGGEHEN UND DER GEFAHR NACHLAUFEN. MIT MAMA WAR ES SCHLIMMER. SIE HATTE ANGST, DASS SIE AM ENDE BEIDE SÖHNE VERLOREN HABEN WÜRDE. ABER SIE GABEN NACH. PAPA GESTAND MIR SOGAR IM VERTRAUEN, DASS ER STOLZ SEI, UND MAMA MACHTE BEMERKUNGEN WIE »PASS AUF DICH AUF UND VERSUCHE JA NICHT, EIN HELD ZU SEIN.«

MIR ZITTERTEN DIE KNIE, ALS ICH SIE ZUM ABSCHIED KÜSSTE UND IN DEN ZUG NACH TORONTO EINSTIEG. EIN PAAR MONATE NACHDEM ICH MEINE AUSBILDUNG ALS SPITFIRE-PILOT BEGONNEN HATTE, WURDE AMERIKA IN PEARL HARBOR ÜBERFALLEN.

19. August 1942

Im Zuge eines taktischen Aufklärungsangriffs strömten siebentausend Mann kanadische und britische Kommandotruppen in der Nähe des französischen Badeorts Dieppe an Land, um die Stärke der deutschen Küstenverteidigung zu erkunden.

Pioniere, die nach der Infanterie kamen, erreichten und vernagelten ein paar schwere deutsche Geschütze, aber kurz darauf gerieten die Einsatztruppen in ernste Schwierigkeiten. Eine Flanke wurde von einer deutschen Flotille beschossen, im Zentrum blieben kanadische Panzer am Seewall stecken, und dann verwandelte der deutsche Gegenangriff das ganze Unternehmen in eine Katastrophe.

Am Himmel lieferten sich Schwärme von Spitfires und Messerschmitts erbitterte Duelle, während andere alliierte Maschinen im Tiefflug in das Chaos auf dem Strand eingriffen. Unter den letzteren befanden sich auch die American Eagles und ihr jüngster Pilot, der 22jährige Abraham Cady, der seinen fünften Einsatz flog.

Als in den Flugzeugen Brennstoff und Munition knapp wurden, rasten sie nach England zurück, um aufzutanken, neue Munition an Bord zu nehmen, und flogen wieder in den Einsatz. Abe machte an diesem Tag schon seinen dritten Feindflug nach Dieppe, wo die Flugzeugbesatzungen verzweifelt versuchten, den deutschen Gegenangriff zum Halten zu bringen.

Hart über den Baumwipfeln fliegend, griff er eine deutsche Kompanie, die aus dem Wald hervorschlich, immer wieder an. Die Funkverbindungen waren größtenteils ausgefallen, die Geschwader über den ganzen Himmel verstreut, und es wurde immer schwieriger, Kameraden zu warnen, die in Gefahr waren. Jeder war auf sich selbst gestellt.

Abe stieß auf eine Brücke hinunter und fegte sie mit dem Maschinengewehr vom Feind frei, als drei Messerschmitts aus einer Wolke hervorschossen und sich ihm ins Genick setzten. Er drehte geschickt ab, um ihnen zu entkommen, und gerade als er glaubte, es geschafft zu haben, wurde seine Maschine vom Einschlag einer Maschinengewehrsalve heftig erschüttert. Der Stoß riß ihm fast die Arme aus den Gelenken, und er begann abzutrudeln. Unter Aufbietung aller Kräfte bekam Abe die Maschine wieder unter Kontrolle, aber sie drehte sich so verrückt wie ein Spielzeugflieger in einem Sturm.

GERECHTER CHRISTUS, DIE HABEN MIR DEN SCHWANZ WEGGESCHOSSEN! NOTLANDEN? ZUM TEUFEL, NEIN, NICHT AUF DEM WASSER. AB WIE 'NE GESENGTE WILDSAU NACH ENGLAND. LIEBER GOTT, GIB MIR NOCH DREISSIG MINUTEN.

Abe manövrierte seine hin und her schwankende Maschine ein paar hundert Fuß über dem Kanal in Richtung England. Fünfzehn Minuten bis zur Landung, zehn ...

»Bodenstelle, Bodenstelle, hier Dog-zwo-Dog, Alarmstufe Rot. Ich bin übel zerschossen.«

»Hallo, Dog-zwo-Dog. Hier Zenit. Was wollen Sie machen?«

HURENSOHN!

Hinter Abe tauchte plötzlich eine Messerschmitt auf. Mit äußerster Kraftanstrengung überzog er die Maschine absichtlich. Der überraschte Deutsche konnte das Manöver nicht nachahmen und flog unter ihm durch. Abe setzte zum Sturzflug an und drückte auf den Abzug des Maschinengewehrs.

»Ich hab ihn! Ich hab ihn erwischt!«

MACH WEITER. GOTT SEI DANK ... DIE ENGLISCHE KÜSTE. JESUS CHRISTUS, ICH KANN MEINE HÖHE NICHT HALTEN. LANGSAM, BABY, LANGSAM, DU REISST MIR JA DIE ARME AUS.

Er drehte in scharfem Winkel auf das Festland ab.

»Hallo, Dog-zwo-Dog. Hier ist Drewerry. Wir können Sie jetzt sehen. Wir raten Ihnen auszusteigen.«

»Ich kann nicht. Ich bin zu niedrig zum Aussteigen. Ich muß die Kiste landen.«

»Klar zur Landung.«

Die Sirenen von Drewerry lösten eine hektische Aktivität aus. Löschwagen, eine Ambulanz und eine Rettungsmannschaft fuhren langsam auf den Abstellplatz, welcher der Landebahn am nächsten lag, als der lahmgeschossene Vogel hereinhinkte.

»Der arme Teufel, der hat wirklich keine Kontrolle mehr.«

»Bleib oben, Yankee.«

VERDAMMT, MIR GEFÄLLT DIESER WINKEL NICHT. MIR GEFÄLLT ER GAR NICHT. NA LOS, HERZCHEN, JETZT MAL SCHÖN AUF DIE LANDEBAHN EINSCHWENKEN. SO IST'S BRAV. UND JETZT SO BLEIBEN.

Dreihundert, zweihundert, Motor abstellen, gleiten, gleiten.

»Schaut euch an, wie er reinkommt!«

NA LOS, BODEN, ICH WILL DICH FÜHLEN. MACH SCHON BODEN. JUNGE, JUNGE, TUT DAS GUT . . . JESUS! DAS BESCHISSENE FAHRWERK IST HIN.

Abe zog das Fahrwerk wieder ein und machte eine Bauchlandung. Die Spitfire rutschte mit Seitenneigung von der Landebahn, einen Funkenschweif hinter sich her ziehend. Im letzten Moment konnte er noch einer Baracke ausweichen, raste auf den Wald zu und kam krachend zwischen den Bäumen zum Halt. Das Sirenengeheul kam näher. Abe schob das Kanzeldach zurück und kroch auf die Tragfläche. Nach einer Sekunde absoluter Stille erfolgte eine donnernde Explosion, und dann schossen lodernde Flammen hervor.

5

O MEIN GOTT! ICH BIN TOT! ICH WEISS, DASS ICH TOT BIN! GOTT! ICH KANN NICHT SEHEN! ICH KANN MICH NICHT BEWEGEN! ICH KANN NICHT DENKEN.

»Hilf mir!« schrie Abe.

»Leutnant Cady.« Eine Frauenstimme durchdrang die Dunkelheit »können Sie mich hören?«

»Hilf mir«, schrie er, »wo bin ich? Was ist mit mir geschehen?«

»Leutnant Cady«, sagte die Stimme wieder. »Wenn Sie mich hören, sagen Sie es bitte.«

»Ja«, keuchte er.

»Ich bin Schwester Grace, eine Krankenschwester, und Sie sind im RAF-Lazarett bei Bath. Sie sind schwer verletzt.«

»Ich bin blind. O Gott, ich bin blind!«

»Bitte versuchen Sie sich etwas zu beherrschen, damit wir miteinander sprechen können.«

»Fassen Sie mich an, damit ich weiß, daß Sie hier sind.«

Er zwang sich mit aller Kraft zur Ruhe.

»Sie haben eine schwere Operation hinter sich«, sagte Schwester Grace, »und jetzt haben Sie überall Verbände. Sie dürfen keine Angst haben, weil Sie nicht sehen oder sich bewegen können. Und jetzt werde ich den Arzt holen, der Ihnen alles erklären wird.«

»Bitte bleiben Sie nicht zu lange weg.«

»Ich komme gleich zurück. Sie dürfen sich jetzt nicht aufregen.«

Er sog tief die Luft ein und zitterte vor Angst.

»Sie sind also bei Bewußtsein«, sagte eine energische britische Stimme. »Ich bin Dr. Finchley.«

»Sagen Sie mir, Doktor, sagen Sie mir, ob ich blind bin.«

»Nein«, antwortete der Arzt. »Wir haben Sie mit Betäubungsmitteln vollgepumpt, und daher können Sie noch nicht klar denken. Können Sie mich verstehen?«

»Ja, in meinem Kopf geht es zwar drunter und drüber, aber ich verstehe Sie.«

»Nun gut«, sagte Finchley und setzte sich auf den Bettrand. »Sie haben die Sehkraft Ihres rechten Auges verloren, aber das andere Auge können wir retten.«

»Wissen Sie das genau?«

»Ja, wir sind ganz sicher.«

»Was ist geschehen?«

»Ich will es Ihnen mit ganz einfachen Worten erklären. Kurz nachdem Sie in den Wald hineingerast waren, ist Ihr Flugzeug explodiert. Sie krochen in diesem Moment gerade auf die Tragfläche, und als die Explosion erfolgte, rissen Sie die Hände vor Ihr Gesicht, um es zu schützen.«

»Daran kann ich mich noch erinnern.«

»Ihre Handrücken bekamen das meiste ab und wurden schwer verbrannt. Verbrennungen dritten Grades. Jede Hand hat vier Sehnen, mit denen die Finger wie mit Gummibändern bewegt werden. Es ist möglich, daß diese Sehnen verletzt worden sind. Wenn die Brandwunden nicht gut verheilen, müssen wir eine Hautverpflanzung machen, und wenn die Sehnen verletzt sind, werden wir ein paar Sehnenüberpflanzungen machen. Haben Sie mich soweit verstanden?«

»Ja, Sir.«

»Auf jeden Fall können wir die volle Funktionsfähigkeit beider Hände wiederherstellen. Das dauert vielleicht eine Weile, aber wir haben sowohl mit Haut- als auch mit Sehnentransplantationen sehr schöne Erfolge.«

»Und was ist mit meinen Augen?« flüsterte Abe.

»Der Explosionsdruck hat winzige Partikel in Ihre Augen geschleudert, welche die Hornhaut perforiert haben. Die Hornhaut ist eine dünne Membran, die das Auge bedeckt. Jedes Auge ist mit einer Substanz gefüllt, die so ähnlich aussieht wie flüssiges Eiweiß und die durch ihren Druck die Wölbung des Augapfels erhält, also die gleiche Wirkung hat wie Luft in einem Gummireifen. In Ihr rechtes Auge sind die Fremdkörper so tief eingedrungen, daß die Flüssigkeit aussickerte und der ganze Augapfel zusammenschrumpfte.

Ihr anderes Auge ist intakt geblieben, bis auf die Perforation der Hornhaut. Wir mußten sie also ersetzen. Das haben wir getan, indem wir von Ihrem oberen Augenlid die oberste Membran abhoben, über das ganze Auge zogen und am Unterlid angenäht haben. Die Fäden sind feiner als ein menschliches Haar.«

»Wann werde ich wissen, ob ich sehen kann?«

»Ich kann Ihnen versprechen, daß Sie mit dem linken Auge sehen können, aber es gibt zwei Probleme, über die Sie sich im klaren sein müssen. Durch die Gewebezerstörung an Ihren Händen kann sich eine Fettembolie bilden, zu Ihrem Auge hinaufwandern und dort weitere Schäden anrichten. Außerdem haben Sie durch die Explosion eine ziemlich schwere Gehirnerschütterung davongetragen, die sowieso vorübergehende Sehstörungen zur Folge hat. Wir werden Sie jeden Tag ein paar Minuten sehen lassen, wenn wir die Verbände wechseln und Ihre Augen und Hände behandeln.«

»Okay«, sagte Abe. »Ich werde brav sein ... und vielen Dank, Herr Doktor.«

»Keine Ursache. Ihr Verleger, Herr Shawcross, sitzt seit fast drei Tagen hier und wartet.«

»Herein mit ihm«, sagte Abe.

»Na, Abe«, sagte Shawcross, »man hat mir erzählt, mit was für Kniffen Sie es über den Kanal geschafft haben, und was für ein großartiges Kunststück es war, das Fahrwerk einzuziehen und an der Baracke vorbeizukommen.«

»Ja, ich bin ein toller Hecht.«

»Darf ich rauchen, Herr Doktor?«

»Natürlich.«

Abe mochte den Geruch von Shawcross' Zigarre. Er erinnerte ihn an jene Zeit in New York, als sie Tag und Nacht über seinem Manuskript gesessen hatten.

»Wissen meine Eltern, was passiert ist?«

»Ich habe die Leute hier überreden können, Ihren Eltern nichts mitzuteilen, bis Sie so weit sind, daß Sie es ihnen selber schreiben können.«

»Danke. Herrje, da hab ich mir was Feines eingehandelt.«

»Wie bitte?« fragte Dr. Finchley.

»Er will damit sagen, daß er ganz schön was abgekriegt hat.«

»Da kann ich nur beipflichten.«

Liebe Mama, lieber Papa,

ihr braucht nicht zu erschrecken, weil ich diesen Brief nicht selbst geschrieben habe. Ich kann nämlich in der nächsten Zeit nicht selbst schreiben, ich hatte einen leichten Unfall und meine Hände sind ein bißchen verbrannt.

Ich kann euch aber versichern, daß es mir ansonsten gutgeht; ich bin in einem erstklassigen Lazarett und werde keine bleibenden Schäden zurückbehalten. Sogar das Essen hier ist gut.

Ich hatte ein paar Schwierigkeiten bei einer Landung und so weiter. Wahrscheinlich werde ich nie mehr fliegen, weil die ja so pingelige Vorschriften über vollkommene Tauglichkeit haben.

Hier ist eine nette junge Dame, der ich diktieren kann und die gern alle paar Tage einen Brief für mich schreibt.

Die Hauptsache ist, daß ihr euch nicht eine Minute lang Sorgen um mich macht.

Grüßt Sophie und alle anderen.

Euer euch liebender Sohn
Abe.

6

GEDULD.

WENN ICH DIESES WORT NOCH EINMAL HÖRE, REISSE ICH MIR EINFACH DAS AUGENLID AUF. GEDULD, DAS BETEN SIE MIR ZWANZIG MAL AM TAG VOR. GEDULD.

ICH LIEGE IN VÖLLIGER DUNKELHEIT BEWEGUNGSLOS AUF DEM RÜCKEN, UND WENN DIE WIRKUNG DER MEDIKAMENTE NACHLÄSST, WERDEN DIE SCHMERZEN IN MEINEN HÄNDEN UNERTRÄGLICH. ICH STELLE MIR SPIELE VOR. ICH EXERZIERE EIN BASEBALLSPIEL WURF FÜR WURF DURCH. ICH BIN PITCHER FÜR RED SOX. IN EINEM SPIEL HABE ICH DIE GANZE MANNSCHAFT DER YANKEES MATTGESETZT. RIZZUTO, GORDON, DICKEY, KELLER. DIMAGGIO WAR DER LETZTE. WIR WAREN BIS ZU DREI UND ZWEI GEKOMMEN. ER TAT ALLES, UM DEN RUF DER YANKEES ZU RETTEN. ICH HALTE IHN GANZ SCHÖN

IN ATEM UND SERVIERE EINE LANGSAME KURVE. MAN BRAUCHT MUT, UM IN EINER DERARTIGEN SITUATION EINEN SOLCHEN WURF ZU MACHEN. DIMAGGIO BRACH SICH FAST DIE WIRBELSÄULE, ALS ER DEM BALL NACHJAGTE. NEUN ERSTKLASSIGE YANKEES. DAS IST EINE LEISTUNG, DIE NOCH JAHRELANG IN DEN TABELLEN STEHEN WIRD.

ICH DENKE AN DIE MÄDCHEN, MIT DENEN ICH GESCHLAFEN HABE. ICH BIN JA NOCH JUNG, DA IST EIN DUTZEND GAR NICHT SO SCHLECHT. ABER AN DIE MEISTEN NAMEN KANN ICH MICH NICHT MEHR ERINNERN.

ICH DENKE AN BEN. O GOTT, ICH VERMISSE BEN. WAS BIN ICH DOCH FÜR EIN ERFOLGSMENSCH! ICH WOLLTE IMMER DREI DINGE ER-REICHEN: BASEBALL SPIELEN, FLIEGEN UND SCHREIBEN. ZWEI SIND AUF EWIG FUTSCH, UND WIE KANN ICH SCHREIBEN, MIT DEM EINEN AUGE?

JEDENFALLS SIND DIE LEUTE HIER WIRKLICH GROSSARTIG. SIE BE-HANDELN MICH WIE EINE PORZELLANPUPPE. WAS IMMER ICH TUE, WIRD ZU EINER KOMPLIZIERTEN ANGELEGENHEIT. WENN MICH JE-MAND INS BADEZIMMER FÜHRT UND MICH AUF DEN THRON SETZT, KANN ICH ZWAR MEIN GESCHÄFT ERLEDIGEN, ABER DANN MUSS JEMAND MICH ABWISCHEN. ICH KANN NICHT MAL BEIM PINKELN ZIELEN. ICH MUSS DABEI SITZEN, WIE EINE FRAU. ES IST EINFACH DEMÜTIGEND.

JEDEN TAG LASSEN SIE MICH FÜR EIN PAAR MINUTEN AUS MEINER MUMIENHÜLLE RAUS. MEIN GESUNDES AUGE IST MEISTENS FEST ZUGEKLEBT. BIS ICH ENDLICH ETWAS SEHEN KANN, WERDE ICH SCHON WIEDER EINGEWICKELT. ICH SAGE MIR IMMER WIEDER VOR, DASS ES SCHLIMMER SEIN KÖNNTE. MIT JEDEM TAG IST DIE SICHT WENIGER VERSCHWOMMEN, UND ICH KANN JETZT AUCH DIE HÄNDE ETWAS BEWEGEN.

EIN- ODER ZWEIMAL IN DER WOCHE KOMMT DAVID SHAWCROSS AUS LONDON HER. LORRAINE, SEINE FRAU, BRINGT MIR JEDESMAL ETWAS ZU ESSEN MIT. SIE IST GENAUSO SCHLIMM WIE MAMA. ICH WEISS, DASS SIE DAS WERTVOLLE LEBENSMITTELMARKEN KOSTET, UND ICH VERSUCHE IHR KLARZUMACHEN, DASS ICH HIER KÖNIG-LICH VERPFLEGT WERDE.

WIE ICH MICH ÜBER DEN GERUCH DIESER STINKENDEN ZIGARRE FREUE. SHAWCROSS HAT SEINE VERLEGERISCHE ARBEIT FAST GANZ EINGESTELLT, UM FÜR DIE REGIERUNG MIT DEN RUSSEN WEGEN EINES BÜCHERAUSTAUSCH-PROGRAMMS ZU VERHANDELN. SEINE ER-ZÄHLUNGEN ÜBER DIE PARANOIKER IN DER SOWJETBOTSCHAFT SIND ÜBERWÄLTIGEND KOMISCH.

MANCHMAL BEKOMME ICH BESUCH VON MEINEN KAMERADEN, ABER DAS IST EINE LANGE REISE FÜR SIE. DIE EAGLE-STAFFEL IST AUS DER

RAF IN DIE AMERIKANISCHE LUFTWAFFE VERSETZT WORDEN. JETZT WEISS ICH ÜBERHAUPT NICHT MEHR, WAS ICH BIN. NA, JEDENFALLS HABE ICH FÜR NIEMANDEN SONDERLICH VIEL WERT.

EIN MONAT VERGEHT. GEDULD, SAGEN SIE MIR. JESUS, ICH HASSE DIESES WORT. JETZT WOLLEN SIE BALD MIT DEN HAUTVERPFLAN-ZUNGEN ANFANGEN.

UND DANN GESCHAH ETWAS, UND DIE TAGE KAMEN MIR NICHT MEHR SO LANG ODER QUALVOLL VOR. SIE HEISST SAMANTHA LINSTEAD, UND IHR VATER HAT IN DEN MINDIP HILLS NICHT WEIT VON BATH EIN GUT, DAS DER FAMILIE SEIT GENERATIONEN GEHÖRT. SAMANTHA IST ZWANZIG JAHRE ALT UND FREIWILLIGE SCHWE-STERNHELFERIN BEIM ROTEN KREUZ. ZUERST ERLEDIGTE SIE NUR ROUTINEMÄSSIGE ARBEITEN WIE BRIEFE SCHREIBEN ODER MICH MIT WARMEM WASSER ABREIBEN. WIR GERIETEN IN LANGE GESPRÄCHE, UND NACH KURZER ZEIT BRACHTE SIE EINEN PLATTENSPIELER, SCHALLPLATTEN UND EIN RADIO MIT. SIE VERBRACHTE JEDEN TAG VIELE STUNDEN BEI MIR, FÜTTERTE MICH, HIELT MEINE ZIGARETTE UND LAS MIR VIEL VOR.

KANN EIN MANN SICH IN EINE STIMME VERLIEBEN?

ICH SAH SIE KEIN EINZIGES MAL. SIE KAM IMMER ERST NACH DER MORGENDLICHEN BEHANDLUNG. ALLES WAS ICH KANNTE, WAR IHRE STIMME. ICH VERBRACHTE DIE HÄLFTE MEINER ZEIT DAMIT, MIR IHR ÄUSSERES AUSZUMALEN. SIE BEHAUPTETE, SIE SEI VÖLLIG UNSCHEINBAR.

UNGEFÄHR EINE WOCHE, NACHDEM SIE ZUM ERSTEN MAL GEKOM-MEN WAR, KONNTE ICH IN IHRER BEGLEITUNG DIE ERSTEN KURZEN SPAZIERGÄNGE MACHEN, UND SIE FÜHRTE MICH AUF DEM LAZARETT-GELÄNDE UMHER. UND DANN BEGANN SIE, MICH IMMER ÖFTER ZU BERÜHREN.

»Gib mir Feuer, Sam«, sagte Abe.

Samantha saß am Bett und hielt sorgsam die Zigarette fest, während er daran zog. Als sie dann die Zigarette ausgedrückt hatte, schob sie die Hand in seine Pyjamajacke und strich hauchzart mit den Fingern über seine Brust.

»Sam, ich habe nachgedacht. Vielleicht wäre es besser, wenn du nicht mehr zu mir kämst.« Sie zog abrupt ihre Hand weg. »Ich mag es nicht, daß irgend jemand Mitleid mit mir hat.«

»Und du glaubst, daß ich nur deshalb herkomme?«

»Wenn man Tag und Nacht immer im Dunklen daliegt, dann verrennt man sich manchmal in etwas. Ich fange allmählich an, die Dinge ernster zu nehmen, als sie sind. Du bist ein wundervolles Mädchen und solltest nicht ein Opfer meiner Phantasie werden.«

»Abe, weißt du nicht, wie sehr ich es genieße, bei dir zu sein? Wenn wir uns richtig sehen können, dann wirst du dir vielleicht nichts mehr aus mir machen, aber jetzt will ich noch nicht, daß sich irgend etwas ändert. Außerdem wirst du mich nicht so leicht los, und du bist wirklich noch nicht in der Verfassung, etwas dagegen zu unternehmen.«

Samanthas Wagen bog in die runde Auffahrt vor Linstead Hall ein. Die Reifen knirschten über den Kies und kamen vor einem kleinen, zweihundert Jahre alten Gutshaus zum Stehen.

»Das sind Mutti und Vati. Dies ist Abe. Ihr könnt zwar nicht viel von ihm erkennen, aber auf den Fotos sieht er recht gut aus.«

»Willkommen in Linstead Hall«, sagte Donald Linstead.

»Verzeihen Sie, daß ich die Handschuhe anbehalte«, erwiderte Abe und hielt seine verbundenen Hände hoch.

Sie führte ihn vorsichtig durch ein Wäldchen bis zu einem geschützten Platz auf einer Wiese, von wo aus man einen Blick auf das Gutshaus hatte, und sie beschrieb ihm die Szenerie.

»Ich kann Kühe und Pferde und Rauch riechen und alle möglichen Blumensorten. Es muß hier wunderschön sein. Ich kann die Blumen nicht voneinander unterscheiden.«

»Hier gibt's Heidekraut und Rosen, und der Rauch kommt aus dem Torfmoor.«

O Abe! dachte sie. Ich liebe dich so sehr.

Beim dritten Besuch in Linstead Hall erfuhr die Familie die glückliche Nachricht, daß man Abe jetzt jeden Tag für ein paar Stunden den Augenverband abnehmen würde.

Samantha schien nervös zu sein, als sie spazierengingen. Im Dunkeln kann man manches überdeutlich spüren. Ihre Stimme klang anders, irgendwie gepreßt.

Es war ein langer Tag gewesen, und Abe war müde. Aus dem Dorf kam ein Krankenpfleger, der ihn badete und wieder anzog. Nachher streckte er sich auf dem Bett aus und verwünschte seine eingebundenen Hände. Geduld. Wieder fähig zu sein, mich selbst zu rasieren, mir die Nase zu putzen, lesen zu können.

Fähig sein, Samantha zu sehen.

Er hörte, wie die Tür sich öffnete und wieder schloß, und die Art, wie der Türknopf herumgedreht wurde, verriet ihm, daß es Samantha war.

»Hoffentlich habe ich dich nicht aufgeweckt.«

»Nein.«

Die Matratze gab nach, als sie sich neben ihn setzte. »Das wird ein großes Ereignis sein, wenn sie den Verband von deinen Augen abnehmen. Ich meine, von deinem Auge. Du bist sehr tapfer gewesen.«

»Als ob mir etwas anderes übriggeblieben wäre. Na, jetzt wissen wir wenigstens, was Demut ist.«

Abe hörte das leise Schluchzen, das sie zu unterdrücken versuchte. Er wollte nach ihr greifen, wie er es schon hundert Mal gewollt hatte. Wie sie sich anfühlte. Ob ihre Brüste groß oder klein waren. Ob ihre Lippen sinnlich waren.

»Warum, zum Teufel, weinst du?«

»Ich weiß nicht.« Aber sie wußten es beide. Auf eine traurige, seltsame Art hatten sie beide etwas ganz Einzigartiges erlebt, das jetzt zu Ende ging, und keiner von ihnen wußte, ob dieses Ende ein Schlußpunkt oder der Funke zu einem neuen Anfang sein würde. Samantha hatte Angst davor, zurückgewiesen zu werden.

Sie lag neben ihm, wie früher nach den ersten Spaziergängen, ihre Finger knöpften sein Hemd auf, sie legte ihre Wangen auf seine Brust, und dann huschten ihre Hände und Lippen wie ein zartes Flüstern über seinen Körper.

»Ich habe den Arzt gefragt«, sagte sie. »Er meinte, es würde dir nicht schaden«, und sie schob eine Hand zwischen seine Schenkel. »Du brauchst dich nicht zu bewegen, ich mache alles.«

Sie zog ihn aus, warf ihre Kleidung ab und verschloß die Tür. O phantastische Dunkelheit! Jede Empfindung war so lebendig, die sachten Schläge, die Küsse auf seinen Füßen, das federleichte Streicheln ihres Haars. Samantha war voll beherrschter Erregung, als er sich ihr unterwarf.

Und dann schrie sie auf und sagte ihm, sie sei noch nie so glücklich gewesen, und Abe sagte, normalerweise sei er ein besserer Liebhaber, aber unter den gegebenen Umständen sei er froh, daß wenigstens ein Teil seines Körpers funktioniere. Und dann wurde ihr Liebesgeflüster albern, und sie lachten, weil es wirklich so komisch war.

7

David Shawcross' Telefon schrillte zornig. Er langte nach der Nachttischlampe und setzte sich gähnend auf. »Guter Gott«, murmelte er, »es ist drei Uhr morgens.«

»Hallo!«

»Herr Shawcross?«

»Feldwebel Richardson von der Militärpolizei im Polizeirevier Marylebone.«

»Richardson, es ist drei Uhr morgens. Also machen Sie's kurz.«

»Entschuldigen Sie die Störung, Sir. Wir haben einen Offizier arretiert, von der RAF, einen Leutnant Abraham C-A-D-Y, Cady.«

»Abe ist in London?«

»Ja, Sir. Er stand erheblich unter Alkoholeinfluß, als wir ihn auflasen. Besoffen wie ein Seelord, wenn ich so sagen darf, Sir.«

»Ist er in Ordnung, Richardson?«

»Sozusagen ja, Sir. An seiner Uniform war ein Zettel angesteckt. Soll ich ihn vorlesen, Sir?«

»Ja, natürlich.«

»›Ich heiße Abraham Cady. Falls ich ihnen betrunken vorkomme, lassen Sie sich nicht verwirren. Ich bin nur durch meine unterirdische Arbeit an einem streng geheimen Projekt etwas berauscht und muß langsam und stufenweise vom Druck entlastet werden. Deponieren Sie meinen Körper bei David Shawcross, 77 Cumberland Terrace, NW 8.‹ Nehmen Sie ihn an, Herr Shawcross? Wir wollen ihn nicht unter Anklage stellen, so frisch aus dem Lazarett entlassen und so weiter.«

»Anklage. Weshalb?«

»Nun ja, Sir, als wir ihn fanden, schwamm er im Springbrunnen auf dem Trafalgar Square . . . nackt.«

»Bringen Sie den Burschen her, ich nehme ihn an.«

»Sie waren also ein deutsches U-Boot, wie?« spöttelte Shawcross.

Abe trank stöhnend noch eine Tasse schwarzen Kaffee. Zumindest nennen die Engländer sowas Kaffee. Puh!

»Ihren ausgefahrenen Schnorchel in der Mitte unserer Prunkfontäne zu paradieren. Nein wirklich, Abraham.«

»Shawcross, machen Sie die gottverdammte Zigarre aus. Sehen Sie denn nicht, daß ich sterbe?«

»Mehr Kaffee, lieber Freund?« fragte Lorraine.

»Großer Gott, nein. Ich meine, nein danke.«

Sie klingelte nach dem Mädchen und half beim Abräumen. »Ich muß jetzt weg. Die Schlangen sind immer noch gräßlich, und ich muß verschiedenes einkaufen. Morgen kommen unsere Kleinen aus Manchester.« Sie küßte Abe auf die Wange. »Ich hoffe, Sie fühlen sich jetzt besser, mein Lieber.«

Als sie gegangen war, murrte David: »Ich liebe meine Enkel bestimmt so, wie es sich für einen Großvater gehört, aber ehrlich gesagt, sie sind verzogene Bälger. Ich schreibe Pam immer wieder, wie gefährlich es hier in London ist, aber ich predige tauben Ohren. Wie dem auch sei, ich denke ernsthaft daran, Geoff nach dem Krieg ins Geschäft zu nehmen. So, und was soll all der Unsinn über sie und dieses Mädchen bedeuten, Pinhead, Greenbed —«

»Linstead. Samantha Linstead.«

»Sind Sie in sie verliebt oder was sonst?«

»Ich weiß nicht. Ich habe sie noch nie gesehen. Ich habe mit ihr geschlafen, aber ich habe sie niemals gesehen oder berührt.«

»Das ist gar nicht so seltsam. In irgendeiner Beziehung ist jeder Liebende blind. Ich habe sie gesehen. Sie ist recht attraktiv, ein bißchen der Typ eines Landkindes. Robust.«

»Sie ist nicht mehr ins Lazarett gekommen, seit ich den Verband los bin. Sie hatte Angst, sie würde mir nicht gefallen. Ich bin in meinem ganzen Leben noch nicht so unglücklich gewesen. Erst hätte ich am liebsten die Tür von ihrem Elternhaus eingeschlagen und sie einfach geholt, aber dann hat auch mich die Unsicherheit gepackt. Wenn sie nun wirklich häßlich wäre? Oder wenn sie der erste richtige Blick auf mich ernüchtern würde? Blöd, nicht?«

»Sehr. Nun, früher oder später werdet ihr euch ansehen müssen. Haben Sie bis dahin irgend jemand anderen, in dessen Gesellschaft Sie Samantha vergessen können?«

»Nein, ich habe keine Verbindungen mehr in London«, sagte Abe. »Von den vieren, die ich gestern abend als erste anrief, sind zwei verheiratet, eine schwanger, und bei der vierten nahm ein Mann den Hörer ab.«

»Wollen mal sehen«, sagte Shawcross, fischte mit den Wurstfingern in der Weste herum und brachte ein Adreßbuch zum Vorschein. Während er es durchblätterte, grunzte er ein paar Mal entzückt auf. »Treffen Sie mich um zwei Uhr zum Lunch im Mirabelle. Irgend etwas wird uns schon einfallen.«

Abraham Cady, nüchtern und wieder in normaler Verfassung, bog um die Ecke der Curzon Street, die von der elektrisierenden Atmosphäre erfüllt war, wie sie das London der Kriegsjahre kennzeichnete, und betrat die Plüsch-Oase des Mirabelle. Der Maître d'hôtel erwartete ihn. Abe blieb einen Augenblick stehen und sah durch den Raum zu Shawcross' Stammtisch hinüber. Er hatte einen Rotschopf mitgebracht. Ausgesprochen englischer Typ. Nette Figur, soweit er das erkennen konnte. Sah nicht allzu dumm aus. Schien nervös zu sein. Das war normal. Jeder ist nervös, bevor er einen Schriftsteller trifft, und hinterher meistens enttäuscht. Man erwartet eben, daß das brillante Gehirn eines Schriftstellers laufend Juwelen und nichts als Juwelen produziert.

»Ah, Abraham«, sagte Shawcross und erhob sich schwerfällig.

»Dies ist Cynthia Greene. Cynthia ist Sekretärin bei einem Kollegen von mir und eine Bewunderin Ihres Buches.«

Abe umschloß die Hand des Mädchens mit warmem Druck, wie er die Hand einer Frau immer zu drücken pflegte. Die Hand war vor Nervosität etwas feucht, gab den Druck aber fest zurück. Ein Händedruck war so aufschlußreich. Er verabscheute die Art vieler Frauen, einem statt einer Hand einen schlaffen feuchten Fisch entgegenzustrecken. Sie lächelte. Der Kontakt war da. Er nahm Platz.

Gut gemacht, Shawcross, dachte Abe.

»Ober, wir brauchen eine kleine Aufmunterung für meinen Freund hier.«

»Whisky mit Eis«, bestellte Abe.

Shawcross meinte, daß Eis barbarisch sei, und Abe erzählte von einem englischen Mädchen, das er kannte und das jeden Tag, den Gott werden ließ, anderthalb Liter Scotch trank, aber immer ohne Eis, weil es Angst hatte, Eis könnte seine Leber ruinieren.

Prost. Sie tranken und studierten die magere Speisenkarte. Abe betrachtete Fräulein Greene. Das erste, was ihm außer ihrem Aussehen und dem festen Händedruck an ihr gefiel, war, daß sie offensichtlich eine englische Lady war und den Mund halten konnte. Jede Frau hat im Innern einen Vulkan. Manche davon eruptierten mit endlosem Geplapper durch den Mund. Andere Frauen hielten ihren Vulkan unter Kontrolle und ließen ihn im richtigen Zeitpunkt und auf die richtige Art und Weise explodieren. Abe mochte ruhige Frauen.

Der Oberkellner überbrachte David Shawcross eine Botschaft. Er rückte sich die Brille zurecht und brummte: »Ich weiß, daß das wie ein abgekartetes Spiel aussieht, um euch beide allein zu lassen, aber die Russen wollen mich sprechen. Unzivilisierte Strolche. Also seht zu, wie ihr ohne mich fertig werdet. Und versuchen Sie ja nicht, meinen Autor für Ihre Firma abzuwerben. Der ist nämlich demnächst für ein gutes Buch fällig.«

Sie waren allein.

»Seit wann kennen Sie Shawcross?« fragte Abe.

»Seit er Sie zum ersten Mal im Lazarett besucht hat.«

Die Stimme war unverkennbar. »Samantha?«

»Ja, Abe.«

»Samantha.«

»Herr Shawcross liebt dich wie einen Sohn. Er rief mich heute früh an und sagte mir, daß du die halbe Nacht geweint hast, Es tut mir leid, daß ich weggelaufen bin. Nun, hier bin ich. Ich weiß, daß du schrecklich enttäuscht bist.«

»Nein . . . nein . . . du bist einfach bezaubernd.«

8

Von einer Wiese in den Mindip Hills aus beobachteten Abe und Samantha, wie eine Welle von Flugzeugen nach der anderen dem Kontinent entgegenflog. Der Himmel war schwarz vor Flugzeugen. Schwerfällige Bomber und Schwärme von Jagdmaschinen. Sie flogen vorüber, der Motorenlärm verklang, und der Himmel war wieder blau. Abe starrte nachdenklich auf Linstaed Hall hinunter.

Samantha fröstelte plötzlich. Sie legte sich den Pullover um die Schultern. Die Blumen wogten im leichten Wind, und Samanthas rote Locken tanzten. Sie paßte so gut in die Landschaft. Samantha sah aus, als ob sie schon mit einem Pferdesattel geboren worden wäre.

Im Lazarett hatte man Abe erlaubt, Urlaub zu nehmen, vorausgesetzt, daß er zweimal in der Woche zur Behandlung erschien. Dr. Finchley riet Abe auch nachdrücklich, London zu meiden. Er brauchte den Frieden von Linstaed Hall. Heidekraut und Pferdedung. Aber das tägliche Vorbeirauschen der Flugzeuge erinnerte ihn immer wieder daran, daß Krieg war.

»So nachdenklich«, sagte Samantha.

»Der Krieg geht an mir vorbei«, sagte er.

»Ich weiß, daß du keine Ruhe hast, aber schließlich und endlich bist du doch für keinen anderen Beruf geboren als für den des Schriftstellers. Ich bin sicher, daß du in deinem Innern ein neues Buch mit dir herumträgst.«

»Meine Hände. Schon nach ein paar Minuten fangen sie an weh zu tun. Vielleicht ist noch eine weitere Operation nötig.«

»Abe, hast du nie daran gedacht, daß ich deine Hände ersetzen könnte?«

»Ich weiß nicht, ob man auf diese Art ein Buch schreiben kann ... Ich weiß es einfach nicht.«

»Versuchen wir es doch.«

Der Gedanke daran erweckte Abraham Cady zu neuer Aktivität. Anfangs war es sehr peinlich und schwierig für ihn, seine Gedanken mit jemandem zu teilen. Aber mit jedem Tag gelang es ihm besser, seinen Verstand zu disziplinieren. Er lernte die Kunst des Diktierens, bis er fähig war, einen ununterbrochenen Strom von Worten von sich zu geben.

Der Urlaub ging zu Ende. Abe wurde aus der Luftwaffe entlassen. Eine rauschende Abschiedsparty mit seinen alten Kameraden im Offiziersklub und dann zurück nach Linstead Hall, um weiterzuschreiben.

Samantha wurde nicht nur seine stille Partnerin, sondern hatte auch das Vorrecht, ein einzigartiges Geschehnis beobachten zu können — das Werden eines Romans. Sie sah, wie Abe sich von der Welt der Wirklichkeit loslöste und in eine zweite, von ihm selbst geschaffene Welt eintauchte und allein durch sie hindurchwanderte. Es hatte nichts mit Magie zu tun. Es gab keine Inspiration, wie die Leute sie bei einem Schriftsteller voraussetzen und zu finden glauben. Was es gab, war eine unbarmherzige Plackerei, die eine besondere Art von Ausdauer erfordert, welche mit ein Grund dafür ist, daß es so wenige gute Schriftsteller gibt. Natürlich gab es auch Augenblicke, in denen alles einen natürlichen Rhythmus annahm und, noch seltener, jenen Moment des schieren Fliegens durch die schöpferische Hochstimmung.

Aber was Samantha meist mit ansah, war die Ungewißheit, die Leere, die depressiven Stimmungen, die Erschöpfung. Dann hatte Abe nicht mehr die Kraft zu essen oder sich ohne Hilfe auszuziehen.

David Shawcross stand abwartend beiseite, ein frohgestimmter Mann, der genau wußte, wann Abe abschalten mußte und eine explosive Entspannung in London brauchte. Eine brausende Sauftour. Sich mal richtig ausspülen und dann zurück zu dem Stoß leeren Papiers. Er sagte Samantha, daß Abe eine ausschlaggebende Vorbedingung für wahre Größe erfülle. Er sei sich sowohl seiner Schwächen als auch seiner Stärken als Schriftsteller bewußt; Shawcross sagte weiter, daß nur wenige Schriftsteller die Fähigkeit zur Selbstkritik hätten, weil sie zu eitel seien, eine Schwäche einzugestehen. Das war Abraham Cadys Stärke, und er beherrschte seinen zweiten Roman. Er war in den Zwanzigern und schrieb wie ein Sechzigjähriger.

The Jug (ein Spitzname für die P-47 Thunderbolt) war eine einfache und klassische Geschichte über Männer im Krieg. Die Hauptperson war Generalmajor Vincent Bertelli, der sich, genauso wie die Generation vor ihm, als Junge mit den Fäusten durchsetzen mußte. Anfang der dreißiger Jahre wurde er Offizier und machte dann im Krieg, der sich immer mehr auf den Luftkampf konzentrierte, rasch Karriere. Bertelli war ein gnadenloser und anscheinend herzloser Antreiber, der gewillt war, bei gefährlichen Angriffen aufgrund der These »Krieg ist Krieg« ...iwere Verluste hinzunehmen.

Sal, der Sohn des Generals, flog als Staffelkapitän unter dem Befehl seines Vaters. Die tiefe Liebe zwischen ihnen wird durch einen anscheinend offensichtlichen Vater-Sohn-Haß verdeckt.

General Bertelli befiehlt einen Bombenangriff und teilt der Staffel seines Sohnes ein Selbstmordkommando zu. Die Nachricht von Sals Tod wird von Barney, dem einzigen Überlebenden der Staffel, überbracht.

Bertelli hört ohne eine Gefühlsregung zu und wird von Barney angespuckt.

»Sie sind müde«, sagte der General, »deshalb will ich es vergessen.«

Barney wandte sich abrupt zum Gehen. »Barney!« sagte der General hart, und er blieb stehen. Bertelli hatte den brennenden Wunsch, ihm den Versetzungsbefehl für seinen Sohn zu zeigen und ihm zu erzählen, wie er seinen Sohn angefleht hatte, aufzuhören. Aber der Junge hatte abgelehnt, obwohl jeder ganz deutlich sehen konnte, daß er am Ende seiner Kräfte war.

»Ach, nichts«, sagte General Bertelli.

Und plötzlich begriff Barney. »Tut mir leid, Sir. Er mußte sich wohl immer wieder selbst bestätigen, als hätte er keine andere Wahl.«

»Dieser Scheißkrieg«, antwortete der General, »der so viele Menschen unglücklich macht. Ruhen Sie sich aus, Barney. In ein paar Stunden sind Sie wieder dran. Wichtiges Ziel. U-Boot-Bunker.«

Die Tür fiel ins Schloß. General Bertelli zog die oberste Schreibtisch-Schublade auf und schluckte eine Nitrotablette gegen die Angina-pectoris-Attacke, die er kommen spürte. »Sal«, sagte er, »ich habe dich lieb gehabt. Warum konnte ich dir das nicht sagen.«

»Ende«, krächzte Abe heiser. Er stand hinter Samantha und sah zu, wie sie dieses herrliche letzte Wort tippte.

»O Abe«, rief sie, »es ist wundervoll.«

»Jetzt muß ich mich mal richtig austoben«, sagte er.

Als sie gegangen war, setzte er sich an die Schreibmaschine und hackte mit steifen Fingern »Samantha in Liebe gewidmet« und dann die Worte: »Willst du meine Frau werden?«

9

Mit der Zeit gewann Abe die volle Beweglichkeit der Hände zurück. Die leere Augenhöhle wurde von einer Klappe verdeckt. Abraham Cady war ein einäugiger Adler mit gebrochenen Schwingen, aber trotzdem immer noch ein Adler. Nachdem er entlassen worden war und sein Buch The Jug sich als Erfolg erwies, nahm er bei United Press in London eine Stellung an.

London war ein wichtiger Platz, der Herzschlag der freien Welt, der immer stärker anschwoll, bis er auf den europäischen Kontinent übergreifen konnte, eine Stadt, die sich ihrer Bedeutung bewußt war und in den Farben der alliierten und britischen Militärs und der Truppen der Exilregierungen prangte. Die Nächte in den U-Bahn-Schächten waren zwar vorbei, aber immer noch mußte man anstehen, gab es die ewigen britischen Menschenschlangen und Sandsäcke und Ballonsperren und die Verdunkelung und dann die V-Bomben.

Abraham Cady schloß sich der Bruderschaft der Männer an, deren Aufgabe es war, über die Begebenheiten jener Zeit zu berichten, und damals waren in London alle berühmten Namen vertreten, von Quentin Reynolds bis Edward R. Murrow, die ständig auf dem Nachrichtenpfad von der amerikanischen Botschaft zur Downing Street und weiter zum BBC-Haus und dem großen Pressezentrum der Fleet Street hin und her pendelten.

Die Linsteads hatten seit vielen Jahren ein kleines Stadthaus in London, und zwar in den Colchester Mews in der Nähe des Chelsea Square. Ursprünglich waren die Mews Stallungen und Dienerschaftsquartiere hinter den fünfstöckigen Herrschaftshäusern gewesen, die Londons grüne Plätze säumten. Nach dem Erster Weltkrieg, als die Pferde aus dem Straßenbild verschwanden, wurden die Mews in Kleinstwohnungen umgewandelt, die besonders bei Schriftstellern, Musikern, Schauspielern und als Stadtquartier für Gutsbesitzer beliebt waren.

Nach der Hochzeit in Linstead Hall übersiedelten Abe und Samantha in die Mews, und er begab sich auf die Suche nach dem Stück Krieg, das für ihn übriggeblieben war.

In einer Zeit und in einer Stadt, wo brillanter Journalismus gang und gäbe war, gelang es Abe Cady, sich einen Namen als Luftkriegsberichterstatter zu machen.

Nach den ersten Tagen der Unsicherheit in der Schlacht um England wurde praktisch das ganze Land zu einem einzigen Flugplatz. Den Engländern gehörte die Nacht, die amerikanische 8. Luftflotte beherrschte den europäischen Himmel bei Tag, und sie trugen ihre Angriffe, jetzt unter dem Geleitschutz von Mustang-Jägern, tief nach Deutschland hinein vor.

Abe flog nachts in den Halifax-Bombern mit, tagsüber in den Fliegenden Festungen, und er berichtete von einem Krieg, der fast etwas Unwirkliches hatte, von den scheinbar harmlosen Rauchbällchen in der »Flak-Allee« und den großen schwungvollen Balletts der Kurvenkämpfe. Er schrieb über die köstliche Betäubung der völligen Erschöpfung, in die man von dem Gesang von fünftausend dröhnenden Motoren gewiegt wurde. Und über Blut. Ein Heck- oder Kanzelschütze, der von einer Salve durchlöchert worden war, und die Männer, die sich verzweifelt bemühten, ihn aus dem Gefängnis des Geschützstandes zu befreien. Über lange Rauchfahnen und zerschossene Vögel, die mit letzter Kraft darum kämpften, die Erde wiederzufinden. Über die sentimentalen Lieder, die an jeder Theke gesungen wurden, und über die stummen Blicke auf leer bleibende Kojen. Über Stabsoffiziere, die sich über stark vergrößerte Landkarten von Deutschland beugten, und über die nüchterne Sachlichkeit ihrer Sprache. Und über den Blick vom Himmel, wenn die tödliche Fracht auf jene Miniatursiedlungen hinunterregnete, die in Wirklichkeit die großen Städte Deutschlands waren.

IN EINER HALBEN STUNDE WERDEN WIR ÜBER BERLIN SEIN. UM UNS HERUM SCHWIRREN DIE JÄGER AUS DEM GROSSEN WOLFSRUDEL, DIE WIE PFEILSPITZEN VORAUSEILEN, UM DIE BOMBER ZU SCHÜTZEN. EINE VERBLÜFFENDE ENTDECKUNG. »PASS AUF, TONY, MESSERSCHMITTS LINKS UNTEN.«

EIN KURZER, WILDER KURVENKAMPF UNTER UNS. EIN MUSTANG MIT SCHARLACHROTER NASE STÖSST RAUCHWOLKEN AUS UND TRUDELT IN SPIRALEN DER ERDE ZU, HART VERFOLGT VON EINER MESSERSCHMITT. UNSER PILOT MUSS EIN ANFÄNGER GEWESEN SEIN. DIE MESSERSCHMITTS SIND DEN MUSTANGS NICHT GEWACHSEN. DER KRAUT MUSS EIN KÖNNER SEIN, SONST HÄTTE ER NICHT SO LANGE ÜBERLEBT. DER MUSTANG EXPLODIERT. ES IST VORBEI. KEIN FALLSCHIRM.

SPÄTER ERFUHR ICH, DASS DER PILOT INGENIEURSTUDENT IM ZWEITEN STUDIENJAHR AN DER TECHNISCHEN HOCHSCHULE VON GEORGIA GEWESEN WAR. WIE WIRD ES MORGEN IN ATLANTA SEIN, WENN DAS TELEGRAMM EINTRIFFT UND SICH ÜBER DAS LEBEN VON

EINEM DUTZEND MENSCHEN EIN GRAMVOLLES SCHWEIGEN HER-
NIEDERSENKT? ER WAR DER EINZIGE MÄNNLICHE NACHKOMME.
DERJENIGE, DER DEN FAMILIENNAMEN AN DIE NÄCHSTE GENERA-
TION WEITERGEBEN SOLLTE.

DIE KRAUTS SIND ABGEWEHRT WORDEN. DAS KOSTETE UNS VIER
MUSTANGS UND ZWEI BOMBER. BOMBER STERBEN LANGSAMER. SIE
ZUCKEN IM TODESKAMPF, DREHEN SICH UND ROLLEN SCHWER-
FÄLLIG. VERZWEIFELTE MÄNNER ZERREN AM KABINENDACH. UND
DANN ZERBIRST ALLES ZU NICHTS.

JE MEHR WIR UNS BERLIN NÄHERN, DESTO ANGESPANNTER UND
WACHER WERDE ICH. ALLE AUSSER DEM KOPILOTEN SCHLAFEN, ZU-
SAMMENGERINGELT WIE BREZELN, WIE ES NUR JUNGE MENSCHEN
FERTIGBRINGEN. ICH WERDE FREUNDLICH AUFGEFORDERT, DIE KON-
TROLLEN ZU ÜBERNEHMEN.

MEINE HÄNDE ZITTERN VOR FREUDE, ALS ICH DIE STEUERUNG ÜBER-
NEHME. DIE BOMBEN SCHWEBEN LANGSAM ERDWÄRTS, WIE EIN
MANTEL AUS SCHWARZEM SCHNEE, UND DANN STEIGEN AUS DER
GEPEINIGTEN STADT GROSSE ORANGEFARBENE FEUERSTÖSSE AUF.

ICH VERABSCHEUE MICH MEINES EIGENEN BEGEISTERUNGSRAUSCHES
WEGEN, ALS UNSERE ANGESCHLAGENE FLOTTE ZURÜCKHINKT.
WARUM BENUTZT DER MENSCH SEINE GRÖSSTE ENERGIE UND BE-
GABUNG FÜR DIE VERNICHTUNG?

ICH BIN DER BERICHTERSTATTER. ICH MACHE AUS DEM GANZEN EIN
MORALITÄTEN-SCHAUSPIEL. WIR HIER OBEN SIND DIE REINEN, WIE
ENGEL. UND DIE DA UNTEN SIND SCHWARZ WIE DIE TEUFEL, MÖGEN
SIE IN DER HÖLLE BRATEN!

UND DANN FRAGE ICH MICH, WEN ICH HEUTE UMGEBRACHT HABE.
EINEN INGENIEUR WIE DEN JUNGEN AUS GEORGIA, EINEN MUSIKER,
EINEN ARZT ODER EIN KIND, DAS NICHT EINMAL DIE CHANCE GE-
HABT HATTE, ZUKUNFTSPLÄNE ZU HEGEN. WELCHE VERGEUDUNG.

Samantha legte den Telefonhörer hin und seufzte niedergeschlagen. Sie
vertrug die Schwangerschaft schlecht. Den ganzen Tag lang hatte sie
Übelkeit verspürt. Sie stieg die schmale Treppe zu dem kleinen Schlafzimmer hinauf, wo Abe erschöpft dalag. Einen Augenblick lang dachte
sie daran, nichts von dem Anruf zu sagen, aber dann würde er nachher
sehr böse sein. Sie tippte ihm auf die Schulter.

»Abe.«

»Jaaa.«

»Geschwaderkommodore Parsons aus Breedsford hat angerufen. Du
sollst um vierzehn Uhr dort sein.«

Ich kann es förmlich riechen, dachte Abe. Zehn zu eins wollen sie sich
die Kugellagerfabrik bei Hamburg vornehmen. Das wird ein tolles
Schauspiel geben. Die Nachtangriffe waren aufgrund des scharfen

Schwarz-weiß-Kontrasts viel eindrucksvoller. Und danach der rote Feuerteppich über dem Ziel. Abe schwang sich aus dem Bett und sah auf die Uhr. Noch Zeit zum Rasieren und Baden.

Samantha sah verärgert und erschöpft aus. Hier in London wirkte sie noch blasser als sonst. »Du mußt pünktlich sein«, sagte sie. »Ich lasse dir das Bad ein.«

»Mit dir ist doch alles in Ordnung, nicht wahr, Liebes? Ich meine, weil wir eigentlich ausgehen wollten. Es handelt sich bestimmt um eine große Sache, sonst hätte Parsons nicht angerufen.«

»Ehrlich gesagt, ich bin nicht in Ordnung. Nett von dir, daß du gefragt hast.«

»Okay, dann red schon«, schnappte Abe.

»Es wäre mir lieb, wenn du nicht einen Ton anschlagen würdest, als ob ich vom Oberst einen Anpfiff kriege.«

Abe stieß einen Grunzlaut aus und band den Gürtel des Bademantels zu. »Was ist los, Liebes?«

»Seit zwei Wochen ist mir jeden Morgen schlecht, aber das war wohl zu erwarten. Meine einzige Fluchtmöglichkeit aus dem Gefängnis dieser vier Wände besteht darin, daß ich stundenlang Schlange stehe oder vor den V-Bomben ums liebe Leben in eine U-Bahn-Station renne. Und nachdem ich jetzt lange genug von den schäbigen Resten gelebt habe, sehne ich mich nach Linstead Hall zurück. Wahrscheinlich wäre alles leichter zu ertragen, wenn ich gelegentlich etwas von meinem Mann hätte. Du kommst müde reingekrochen, schreibst deine Geschichte und fällst ins Bett, bis das Telefon klingelt und den nächsten Angriff ankündigt. Und an den wenigen Abenden, die du in London bist, scheinst du nur von dem Wunsch besessen zu sein, die ganze Nacht durch mit Shawcross oder in einer Kneipe in der Fleet Street zu fachsimpeln.«

»Fertig?«

»Noch nicht ganz. Ich langweile mich und bin unglücklich, aber das macht dir wohl nicht viel aus.«

»Nun halt mal die Luft an, Samantha. Ich bin zufällig der Meinung, daß wir verdammt Glück gehabt haben. Wenn man bedenkt, daß dieser Krieg fünfzig Millionen Männer und Frauen voneinander getrennt hat, dann haben wir wirklich Glück, ein paar Stunden zusammen sein zu können.«

»Vielleicht würde das stimmen, wenn du es dir nicht in den Kopf gesetzt hättest, jedesmal dabeizusein, wenn in England Bombenflugzeuge starten.«

»Das ist mein Job.«

»Oh, jeder sagt, daß du deinen Job liebst. Jeder sagt, daß du der beste Bombenschütze beider Luftwaffen bist.«

»Jetzt hör aber auf. Ab und zu lassen sie mich als freundliche Geste mal an die Kontrollen ran.«

»Kommodore Parsons ist anderer Ansicht. Es gilt als gutes Omen, wenn der einäugige Adler sie anführt. Abraham der Zuverlässige, im ganzen Land war er bekannt.«

»Mein Gott, Samantha! Was, zum Teufel, ist denn so kompliziert, daß du es nicht begreifen kannst. Ich hasse den Faschismus. Ich hasse Hitler. Ich hasse alles, was die Deutschen den Juden angetan haben.«

»Abe, schrei nicht so!« Samantha erstarrte und brach den Angriff ab, indem sie auf die nüchterne männliche Logik mit Zittern und Schluchzen reagierte. »Ich fühle mich so einsam!« weinte sie.

»Liebes, ich . . . ich weiß nicht, was ich sagen soll. Die Einsamkeit ist die Schwester des Krieges und die Mutter aller Schriftsteller. Er bittet seine Frau, es mit Würde zu ertragen, weil sie eines Tages erkennen wird, daß ihre Fähigkeit des Ertragenkönnens ihre größte Gabe sein kann.«

»Ich verstehe dich nicht, Abe.«

»Ich weiß.«

»Tu gefälligst nicht so, als ob ich eine Art Trottel bin. Immerhin haben wir uns gemeinsam durch ein Buch durchgekämpft.«

»Ich hatte keine Hände, deshalb gehörte ich dir. Du hattest ganz und gar von mir Besitz ergriffen. Als ich nicht sehen konnte und wir uns liebten, warst du am glücklichsten, weil du mich auch damals vollständig besäßest. Aber jetzt habe ich wieder Hände und Augen, und du willst mich mit nichts anderem teilen oder begreifen, worin dein Anteil besteht. Und so wird es sein, so lange wir leben, Samantha. Immer wieder werden uns beiden Opfer und Einsamkeit auferlegt werden.«

»Du kannst die Dinge großartig verdrehen, bis ich ganz klein und häßlich dastehe.«

»Wir fangen unser gemeinsames Leben gerade erst an, Liebes. Hüte dich vor dem Fehler, dich zwischen mich und meine Arbeit zu stellen.«

Samantha kehrte nach Linstead Hall zurück. Schließlich und endlich war sie schwanger, und das Leben in London war nicht leicht. Abe versicherte ihr, daß er sie verstünde, und dann widmete er sich wieder dem Krieg.

Am Tage der anglo-amerikanischen Landung in der Normandie wurde Ben Cady in Linstead Hall geboren. Sein Vater Abraham schrieb am Pult des Beobachters eines B-24-Liberator-Bombers, der im Zusammenhang mit der Invasion für einen Großangriff aus Italien abgestellt worden war.

10

So etwas wie Milton J. Mandelbaum gibt es gar nicht, dachte Abe. Das ist nur ein Gespenst aus einem schlechten Hollywood-Roman. Er versucht nur, sich wie ein richtiger Milton J. Mandelbaum zu benehmen.

Mandelbaum, das junge »Produzenten-Genie« der American Global Studios, traf in London ein, um die Herzen der Menschen zu rühren und nach Abraham Cadys Roman *The Jug* den größten Flieger-Film aller Zeiten zu drehen.

Er ließ sich im Savoy in einem Appartement nieder, das drei Schlafzimmer hatte; die Oliver-Messel-Suite im Dorchester hatte er wegen all der Etappenhengste, Könige im Exil und anderer minderer Sterblicher nicht bekommen können.

Er packte die Zimmer bis an die Decke voll mit Schnaps und flotten Bienen und anderen Sachen, welche die Engländer seit dem Kriegsausbruch vor fünf Jahren nicht mehr gesehen hatten.

Bei der Musterung als untauglich abgelehnt (Magengeschwüre, Sehschwäche, Asthma psychosomatischen Ursprungs), hatte er sich den Status eines »technischen Kriegsberichterstatters« verschafft und von einem Schneider in der Savile Row ein halbes Dutzend Offiziersuniformen anfertigen lassen.

»Schließlich und endlich, Abe«, erklärte er, »sitzen wir ja alle im gleichen Boot.«

Abe meinte, wenn das der Fall sei, wäre es gut, wenn Milton bei ein paar Einsätzen mitfliegen würde, um einen Eindruck aus erster Hand zu gewinnen.

»Jemand muß hier die Festung halten und die Produktion ins Rollen bringen«, begründete Milton die Ablehnung von Abes freundlichem Angebot.

Milton erwähnte immer zuerst seinen eigenen Film, den, der einen Oscar gewonnen hatte, wobei er stets die Tatsache überging, daß dieser Film mit dem besten Regisseur und Drehbuchautor von Hollywood nach einem Roman von Hemingway gedreht worden war, und daß er selbst fast während der ganzen Drehzeit mit einem Magengeschwür im Krankenhaus gelegen hatte. Die eigentlichen Aufgaben des Produzenten waren von einem Assistenten ausgeführt worden (der kurz nach Fertigstellung des Films wegen Illoyalität entlassen wurde).

Er erging sich des Langen und Breiten über seine schöpferischen Qualitäten, seine Integrität, seine Bedeutung, die Frauen, mit denen er geschlafen hatte (darunter fast alle berühmten Schauspielerinnen), seinen untadeligen Geschmack in allen Dingen, seine gute Spürnase für eine Story (wenn die Filmgesellschaft mich bloß in Ruhe ließe, würde ich wieder schreiben. Sie und ich sind Schriftsteller, Abe, wir wissen, wie wichtig die Story ist), sein Haus in Beverly Hills (Schwimmbad, flotte

Bienen, Limonade, flotte Bienen, Sportwagen, flotte Bienen, Dienerschaft, flotte Bienen), die vielen Anzüge, die er besaß, die extravaganten Geschenke (auf Spesen), seine Frömmigkeit (als ich für meinen geliebten Vater in der Synagoge ein Fenster stiftete, habe ich dem Tempel außerdem noch fünftausend gespendet), die Leute, die er beim Vornamen nannte, die Leute, die ihn beim Vornamen nannten, die Art und Weise, wie sich die Filmgesellschaft bei wichtigen Entscheidungen auf ihn stützte, seine hohen Moralbegriffe, seine Fertigkeit beim Gin-Rommé und natürlich über seine Bescheidenheit.

»Abe, wir werden sie mit den Jungs da oben zum Lachen, Weinen und Sterben bringen. Ich bemühe mich um Cary (Grant), Clark (Gable) oder Spencer (Tracy) für die Hauptrolle.«

»Aber, Milt. Vielleicht Tracy, aber Grant und Gable entsprechen nicht meiner Vorstellung von einem italienischen Vater.«

»Cary und Clark spielen doch keine Vaterrollen. Man muß die Schauspieler kennen, mein Junge. Die wollen nicht alt werden. Eigentlich hatte ich vor, Cary die Rolle von Barney zu geben.«

»Cary Grant als dreiundzwanzigjähriger Jude aus den Slums von New York?«

»Wir müssen das Ganze etwas modernisieren. Ich habe über die Rolle dieses Generals Bertelli nachgedacht. Liest sich im Buch sehr nett, aber wollen wir wirklich Makkaronifresser glorifizieren, wenn wir gegen sie kämpfen?«

»Bertelli ist gebürtiger Amerikaner . . .«

»Sicher. Ich weiß es, Sie wissen es. Aber für die Leute im großen amerikanischen Mittelwesten ist er immer noch ein Makkaronifresser. Wenn wir aus den Bertellis Helden machen, trifft die Jungs in der Zentrale in New York der Schlag. Schließlich müssen sie für die Finanzierung und den Verleih des Streifens sorgen. Da gibt es Regeln. Verherrliche niemals Makkaronifresser, Nigger müssen dumm wie Tiere sein, Krauts komisch, und vor allem sage niemals auf der Leinwand, daß du Jude bist.«

»Aber Barney ist Jude.«

»Schauen Sie, Abe, und das sage ich mit aller Offenheit und erinnere mich dabei an eine ähnliche Sache, die ich bei dem Hemingway-Film zurechtstutzen konnte, wir wollen doch diese Vater-Sohn-Geschichte nicht die Handlung vermasseln lassen. Aufgrund meiner Erfahrungen kann ich Ihnen das ganz ehrlich sagen. Barney als Jude — das geht nicht.«

»Das Buch handelt von zwei Italienern und einem Juden.«

»Ja, ja. Genau das müssen wir ausmerzen. Das kommt einfach nicht an. Das Publikum mag . . . Iren. Was wir brauchen, ist ein großer starker Ire mit einem verdrehten kleinen Adlatus. Typ Frank McHugh. So wie ich es sehe, hat Cary (Grant) oder Jim (James Cagney) oder

Duke (John Wayne) als toller Pilot immer an seinem Oberst etwas herumzumeckern, einem feinen Charakterdarsteller wie Alan (Hale).« So ging es ein paar Wochen lang, und eines Tages sagte Abe: »Milton, beiß dich selber in den Hintern.«

Was Cady nicht wußte, war, daß Mandelbaum um seine Existenz kämpfte. Nach einem Dutzend Mißerfolge, enormen und fragwürdigen Unkosten zu Lasten der Produktion und einem Skandal mit einem sechzehnjährigen Filmsternchen stand der Mann, der sich selbst zum Retter der American Global Studios proklamierte, auf der Abschußliste. The Jug sollte sein letzter Job als Produzent sein. Cady konnte schreiben. Mandelbaum konnte nicht lesen. In London gab es keinen Knopf, auf den man einfach drücken konnte, um das Manuskript von einem erfahrenen und abgebrühten Lohnschreiber bearbeiten zu lassen. Er mußte es mit Cady schaffen, sonst war er geliefert.

Als Abe aus der Suite hinausstürmen wollte, sagte der aufrichtige und ethische Milton Mandelbaum: »Setzen Sie sich. Kein Grund zur Feindschaft. Wir wollen das Ganze in Ruhe besprechen.«

»Wer kann denn etwas besprechen, wenn Sie im gleichen Zimmer sind? Es sind schmierige Knülche wie Sie, die mit ihren Lügen und Betrügereien Hollywood zu einer Kitschfabrik für geistig Minderbemittelte gemacht haben. Besorgen Sie sich einen anderen Autor.«

J. Milton zischte wie eine Schlange: »Setzen Sie sich Abe. Wir haben einen Vertrag, mein Bester, und wenn Sie ein solches Kraftstückchen abziehen wollen, kommen Sie lebenslänglich auf die Schwarze Liste. Und außerdem werden Sie niemals mehr ein Buch verkaufen.«

»Aber, Milton, Sie haben mir doch gesagt, wann immer ich mich unglücklich fühle und Schluß machen will, brauche ich bloß durch die Tür hinauszugehen.«

»Nun mal langsam, Cady. Es hat mich viel Mühe gekostet, Sie anzubringen. Das Komitee weiß, daß Ihr Bruder Kommunist war.«

»Sie dreckiger Lump.«

Er packte Mandelbaum bei den Revers seiner Kriegsberichterstatter-Jacke und schüttelte ihn mit solcher Wut, daß dem anderen die Brille wegflog. Er warf ihn zu Boden, wo Milton wie ein Blinder herumkroch, seine Brille fand, sich vor Schmerzen krümmte wegen seines Magengeschwürs und zu weinen anfing.

»Abie, lassen Sie mich nicht im Stich! Meine Feinde im Studio würden mich in der Luft zerfetzen. Wir haben achthunderttausend Dollar aufgebracht, alle Termine, Schauspieler, Ateliers und Kostüme sind festgelegt. Mein ganzes Leben lang habe ich mich bemüht, mein Bestes zu geben, und ausgerechnet mich will man immer fertigmachen.«

So arbeitete Abe weiter an dem Film. Seltsamerweise ließ Mandelbaum ihn schreiben, was er wollte. Er konnte allerdings nicht wissen, daß Mandelbaum zwei Schreiberlinge aufgetrieben hatte und ihnen ein paar

Tausend Dollar zahlte, damit sie hinter Abes Rücken alles umschrieben. Die beiden würden anonym bleiben und Cadys Szenen zu Mandelbaums Kauderwelsch verzerren.

Als Abe mit dem Film fertig war, fühlte er sich unendlich erleichtert.

»Jedes große Drehbuch, jeder große Film«, sagte Milton J. Mandelbaum, »wird mit Schweiß geschrieben. Dabei muß es immer ein paar kleine Kräche geben. Nein, Abe, es ist besser, wenn Sie nicht ins Atelier kommen. Ihre Arbeit ist getan. Jetzt sind wir an der Reihe. Jeder Regisseur wird nervös, wenn der Autor in seiner Nähe ist. Sind eben alle verdammte Primadonnen. Aber . . . wir können nicht ohne sie auskommen. Und die lausigen Schauspieler sind noch schlimmer. Die Leute haben keine Ahnung, wie man einen Autor mit Respekt behandelt — so wie ich es tue.«

Zum Glück wurde der Titel des Films in *The Screaming Eagles* abgeändert, und niemandem kam richtig zu Bewußtsein, daß er nach Cadys Roman gedreht worden war. Abe zog, ohne Aufhebens davon zu machen, seinen Namen zurück. Der Film machte Geld. Es war die Zeit, in der jeder Luftkampf mit Flynn oder Cagney als Pilot die Kassen klingeln ließ. Und so, vom Erfolg übersonnt und mit neuem Lebensmut, kehrte Mandelbaum nach Hause zurück, um seine ehrenwerte Karriere wieder aufzunehmen.

11

ICH ERTRUG JENEN SCHRECKLICHEN AUGENBLICK, ALS ICH NACH DEM KRIEG NACH NORFOLK ZURÜCKKEHRTE, UND ERKANNTE, DASS MAMA UND PAPA SEHR ALT GEWORDEN WAREN. SIE BEWEGTEN SICH LANGSAMER, IHRE BRILLENGLÄSER WAREN DICKER, IHR HAAR GRAUER, UND MANCHMAL WAREN SIE VÖLLIG GEISTESABWESEND. OFT NANNTE MAMA MICH »BEN.«

NORFOLK WAR KLEINER GEWORDEN. DIE LANGE ABWESENHEIT HATTE MIR TRUGBILDER VORGESPIEGELT. DAS HAUS, AN DAS ICH MICH ALS SO GROSS UND GERÄUMIG ERINNERT HATTE, WAR IN WIRKLICHKEIT KLEIN, UND MEIN ZIMMER WAR WINZIG. DIE ENTFERNUNGEN INNERHALB DER STADT WAREN KURZ, INSBESONDERE IM VERGLEICH ZU DER RIESENFLÄCHE VON LONDON.

SAMANTHA WAR WIE EIN FISCH AUSSERHALB SEINES ELEMENTS, UND ALLMÄHLICH GELANGTE ICH ZU DER ÜBERZEUGUNG, DASS IHRE BEMÜHUNGEN, SICH IN AMERIKA EINZUGEWÖHNEN, NICHT GANZ AUFRICHTIG WAREN. TROTZDEM FREUTEN WIR UNS AUF UNSER GEMEINSAMES LEBEN. EIN KIND, EIN PAAR TAUSEND DOLLAR AUF DER BANK, EIN NEUES AUTO. SHAWCROSS HATTE EINE BUCHAUSGABE DER KRIEGSBERICHTE HERAUSGEBRACHT, DIE ICH FÜR

UNITED PRESS GESCHRIEBEN HATTE, UND SIE VERKAUFTE SICH BES-
SER, ALS WIR ERWARTET HATTEN.

JEDENFALLS WÜRDEN SAMANTHA UND DAS BABY UND ICH UNSE-
REN PLATZ FINDEN. DER SÜDEN KAM NICHT IN FRAGE. BENS TRAUM
HATTE SICH NICHT VERWIRKLICHT. ES GAB ZWAR EIN PAAR
SCHWACHE ANZEICHEN. EINIGE HUNDERTTAUSEND FARBIGE HATTEN
DURCH DIE BEIHILFE, WELCHE DIE REGIERUNG AN DEMOBILISIERTE
SOLDATEN ZAHLTE, ERSTMALS DIE CHANCE FÜR EINE BESSERE AUS-
BILDUNG, UND SIE WÜRDEN NIEMALS WIEDER IN IHR FRÜHERES
LEBEN ZURÜCKSINKEN. AM ENDE DES ZWEITEN WELTKRIEGES LAG
ZWAR DIE FREIHEIT NOCH NICHT IN DER LUFT, ABER ICH WAR
ÜBERZEUGT DAVON, DASS ES NOCH ZU MEINEN LEBZEITEN GESCHE-
HEN WÜRDE, UND DANN WOLLTE ICH WIEDER IN DEN SÜDEN GEHEN
UND DARÜBER SCHREIBEN.

AM GLEICHEN TAG, AN DEM DER KRIEG AUFHÖRTE, BEGANNEN PAPA
UND SEIN BRUDER HYMAN IN PALÄSTINA EINE VERZWEIFELTE SUCH-
AKTION NACH IHREM VATER, IHREN BEIDEN BRÜDERN UND ÜBER
ZWEI DUTZEND VERWANDTEN, VON DENEN SIE VOR SECHS JAHREN
DIE LETZTE NACHRICHT AUS POLEN ERHALTEN HATTEN.

ALS ICH MIT SAMANTHA UND DEM BABY AUS ENGLAND ZURÜCK-
KEHRTE, WAREN SCHON EIN PAAR EINZELHEITEN DER SCHRECKENS-
GESCHICHTE BEKANNT GEWORDEN. PRODNO, DIE HEIMATSTADT
MEINES VATERS, WAR ALS GETTO ABGESPERRT WORDEN. SPÄTER
HATTE MAN DIE JUDEN WIE VIEH ZUSAMMENGETRIEBEN UND IM
KONZENTRATIONSLAGER JADWIGA ABGESCHLACHTET.

NACH EINIGER ZEIT TRAF VON DEN WENIGEN JÜDISCHEN ÜBER-
LEBENDEN DIE BESTÄTIGUNG EIN, DIE ALLE HOFFNUNG ZUNICHTE
MACHTE. MAN HATTE SIE ERMORDET, ALLE. MEINEN GROSSVATER,
DEN RABBI VON PRODNO, DEN ICH NIE GESEHEN HATTE, MEINE
ONKEL UND DREISSIG WEITERE FAMILIENMITGLIEDER.

NUR EIN CADYZYNSKI, EIN VETTER, ÜBERLEBTE ALS KÄMPFER IN
EINER PARTISANENEINHEIT. NACH DEM INFERNO MUSSTE ER EINE
ALPTRAUMHAFTE ODYSSEE DURCHMACHEN, ALS ER VERSUCHTE, DEN
EINZIGEN ORT AUF DER WELT ZU ERREICHEN, WO MAN IHN AUF-
NEHMEN WÜRDE, DAS JÜDISCHE PALÄSTINA. ER WOLLTE MIT EINEM
SCHLEPPER DIE BRITISCHE BLOCKADE DURCHBRECHEN, WURDE JE-
DOCH ZUR UMKEHR GEZWUNGEN UND IN DEUTSCHLAND INTER-
NIERT. BEIM DRITTEN VERSUCH SCHAFFTE ER ES.

ALS 1948 DER STAAT ISRAEL PROKLAMIERT WURDE, ZOGEN DREI
SÖHNE VON ONKEL HYMAN IN DEN KRIEG. EINER VON IHNEN FIEL
BEI DEN KÄMPFEN UM JERUSALEM.

DER GRAM, DEN MEIN VATER ÜBER DAS FURCHTBARE GESCHEHEN
EMPFAND, SOLLTE IHN BIS ZUM ENDE SEINES LEBENS NICHT VER-
LASSEN.

NACHDEM ICH KREUZ UND QUER DURCH AMERIKA GEREIST WAR
UND MEINE HEIMAT ZUM ERSTENMAL KENNENGELERNT HATTE, VER-
LOR ICH MEIN HERZ AN SAN FRANCISCO UND DIE GOLFKÜSTE.
MONTEREY, MARIN, ALL DAS. EIN MAGNET FÜR SCHRIFTSTELLER,
VON JACK LONDON BIS STEINBECK, VON SAROYAN BIS MAXWELL
ANDERSON. DAS WAR DER RICHTIGE ORT, UND ZWAR DACHTE ICH
AN SAUSALITO. HOCH OBEN IN DEN HÜGELN MIT DEM BLICK AUF
DEN OZEAN UND ÜBER DEN GOLF HINWEG AUF DIE WIE AUS ELFEN-
BEIN GESCHNITZTE SILHOUTTE VON SAN FRANCISCO.
SAMANTHA WAR DIE FRAU, DEREN GEFÜHLE ICH WIE MEINE EIGENEN
KANNTE. SIE LITT SEHR UNTER DER TRENNUNG VON LINSTEAD HALL.
ICH DACHTE, VIELLEICHT SOLLTE ICH LIEBER EINEN KOMPROMISS
SCHLIESSEN, UND BEGANN MICH NACH EINEM GRUNDSTÜCK IM
CARMEL VALLEY UMZUSEHEN. DAS WAR EIN GUTER TAUSCH. DAS
TAL WAR VOLLER WEISSEICHEN, UND ES GAB MASSIVE RANCH-
HÄUSER IM SPANISCHEN STIL, IN DENEN ES SELBST IM HOCHSOMMER
KÜHL WAR. DIE KÜSTE FIEL ÜBER MIT WILDEN BLUMEN UND WIND-
ZERZAUSTEN ZYPRESSEN BEWACHSENE ABHÄNGE STEIL ZUM TOSEN-
DEN MEER AB. CARMEL WAR UNVERKENNBAR EINE KÜNSTLERKOLO-
NIE, UND DIE KNARRENDEN FISCHERBOOTE VON MONTEREY GE-
MAHNTEN AN STEINBECK UND DIE GLORIOSEN DÜFTE DER STRASSE
DER ÖLSARDINEN. UND DAS ALLES WAR NUR EINEN KATZENSPRUNG
VON SAN FRANCISCO ENTFERNT. NUN, SAMANTHA . . . WIE WÄRE ES.

SO ARGUMENTIERTE ICH MIT MIR SELBER. KEINE EHE IST VOLLKOM-
MEN, STIMMT'S? AUSSERDEM LIEBTE ICH MEINE FRAU, TROTZ IHRES
GEJAMMERS. UND GOTT IST MEIN ZEUGE, DASS ICH NIEMALS AUCH
NUR DARAN DENKEN WÜRDE, MICH VON MEINEM SOHN ZU TREN-
NEN.
SAMANTHA HATTE EINEN STICHHALTIGEN GRUND. IHR EINZIGER
BRUDER WAR IN FRANKREICH GEFALLEN. SIE WAR DIE ERBIN VON
LINSTEAD HALL, UND NACH IHR KAM UNSER KLEINER BEN. IHRE
ELTERN WAREN NICHT MEHR DIE JÜNGSTEN, UND DER GEDANKE,
DASS DIE ZWEIHUNDERTJÄHRIGE FAMILIENTRADITION IN LINSTEAD
HALL ZU ENDE GEHEN SOLLTE, HATTE ETWAS TRAGISCHES.
NA, WIRD ES KLAR? ICH REDE MICH SELBST IN ETWAS HINEIN.
ZUGEGEBEN, ICH MAG PFERDE NICHT. ALLES, WAS DIE WOLLEN, IST
IHR FUTTER. ZUM DANK SIND SIE TREULOS, TRETEN EINEM DEN
SCHÄDEL EIN, WERFEN EINEN AB UND LASSEN ÜBERALL PFERDE-
ÄPFEL FALLEN. ABER ICH MUSS JA NICHT MIT IHNEN SCHLAFEN,
NICHT EINMAL IN LINSTEAD HALL. ICH WERDE MIR EIN MOTORRAD
ANSCHAFFEN.
DIE VORSTELLUNG, DASS BEN AUFWACHSEN SOLL, OHNE DIE SCHÖN-
HEIT DES BASEBALLSPIELS ZU KENNEN, IST EIN WENIG ÄRGERLICH.

ABER ICH WILL VERDAMMT SEIN, WENN ER MIT SECHZEHN NICHT FLIEGEN' KANN. UND DAVON WERDEN MICH SELBST SAMANTHAS TRÄNENSTRÖME NICHT ABBRINGEN.

SCHLIESSLICH UND ENDLICH — WAS SPRICHT DENN EIGENTLICH GEGEN ENGLAND? ICH LIEBTE ES FAST SO SEHR WIE AMERIKA. LONDON? DIE GROSSARTIGSTE STADT DER WELT. UND WENN MAN ES GENAU BETRACHTET, HABE ICH DIE MEISTEN MEINER ARBEITEN IN ENGLAND GESCHRIEBEN, UND ES IST MEIN WUNSCHTRAUM, EINES TAGES EIN BUCH ÜBER ISRAEL ZU SCHREIBEN.

LANGE SCHWANKTE ICH UNENTSCHIEDEN HIN UND HER. AN MANCHEN TAGEN WAR ICH BEI DEM GEDANKEN, DASS SAMANTHA DAS RECHT HATTE, EINEM SCHRIFTSTELLER VORZUSCHREIBEN, WO ER ARBEITEN SOLLE, AUSSER MIR VOR WUT. UND DANN RIEF MEINE SCHWESTER SOPHIE AN UND SAGTE, DASS MAMA IM SCHLAF EINEM SCHLAGANFALL ERLEGEN SEI, UND WIR FUHREN IN HÖCHSTER EILE NACH NORFOLK ZURÜCK.

ICH KONNTE PAPA KLARMACHEN, DASS ER NICHT GANZ ALLEIN IN DEM HAUS HERUMSCHUSSELN SOLLTE. SOPHIE ERKLÄRTE SICH ZWAR BEREIT, IHN ZU SICH NACH BALTIMORE ZU NEHMEN, ABER ES WAR EIN REICHLICH LAUWARMES ANGEBOT. ICH MUSS SAGEN, DASS SAMANTHA EINE GUTE SCHWIEGERTOCHTER WAR. SIE BESTAND DARAUF, DASS ER MIT UNS NACH ENGLAND FUHR. IN LINSTEAD HALL WAR REICHLICH PLATZ, UND ER KÖNNTE SEIN EIGENES HÄUSCHEN HABEN.

DER GEDANKE, JEMANDEM ZUR LAST ZU FALLEN, MACHTE PAPA ÜBEREMPFINDLICH, ABER DER VORSCHLAG WAR VERNÜNFTIG.

ALS ER WÄHREND DES KRIEGES DIE BÄCKEREI VERKAUFTE, WAR ER AUF EIN PAAR UNFÄHIGE STROLCHE HEREINGEFALLEN, DIE DAS GESCHÄFT RUINIERTEN UND BALD BANKROTT MACHTEN. DAS BISSCHEN GELD, DASS PAPA GEHABT HATTE, WAR AUSGEGEBEN. ER HATTE SEIN GANZES LEBEN LANG DAS MEISTE FÜR SEINE VERWANDTEN UND DIE JUDEN IN PALÄSTINA WEGGEGEBEN.

EINE ZEITLANG GING ALLES GUT. WIR GEWÖHNTEN UNS WIEDER IN ENGLAND EIN, UND ICH BEGANN EINEN NEUEN ROMAN, DER MEIN BESTER WERDEN SOLLTE. DIE LINSTEADS WAREN WUNDERVOLL ZU UNS, UND PAPA WURDE ZUM GROSSVATER DER GANZEN FAMILIE.

1947 GEBAR SAMANTHA EINE TOCHTER. ICH HÄTTE SIE GERN NACH MAMA GENANNT, ABER ICH HATTE JA SCHON BEI BEN MEINEN WILLEN GEHABT, DAHER STRÄUBTE ICH MICH NICHT ALLZUSEHR. VANESSA CADY. NICHT SCHLECHT.

ALS ICH MEIN BUCH ZUR HÄLFTE FERTIG HATTE, MACHTE ICH DIE FESTSTELLUNG, DASS PAPA FROMM WURDE. DAS PASSIERT VIELEN JUDEN, DIE SICH VOM GLAUBEN ABGEWANDT HABEN. ZUM SCHLUSS

IST ES ANSCHEINEND IHR EINZIGER WUNSCH, WIEDER JUDE ZU SEIN. SO SCHLIESST SICH DER KREIS.

ALS ICH IHM DEN VORSCHLAG MACHTE, NACH ISRAEL ZU GEHEN, BRACH ER ZUSAMMEN UND WEINTE. ICH HATTE MEINEN VATER NOCH NIEMALS WEINEN GESEHEN, NICHT EINMAL BEIM TOD VON BEN UND MAMA. ICH VERSICHERTE IHM, DASS ES FÜR MICH KEIN OPFER SEI. ONKEL HYMAN HATTE EIN HAUS IN TEL AVIV, UND MAN WÜRDE IHN MIT OFFENEN ARMEN AUFNEHMEN.

IN WIRKLICHKEIT STAND ES IN LINSTEAD HALL NICHT ZUM BESTEN. ICH BIN NICHT DER TYP, DER AN DER SCHOLLE HÄNGT. AM LIEBSTEN HÄTTE ICH DAS GANZE IN BRAND GESTECKT UND DIE VERSICHERUNGSSUMME KASSIERT, ABER SCHLIESSLICH HARRT MAN DOCH AUS. IN ENGLAND STERBEN TRADITIONEN LANGSAM. UND, O GÜTIGER HIMMEL, BIN ICH VIELLEICHT MIT EINER TRADITION BEHAFTET! SO BORGE ICH UND SCHUFTE AN MEINEM ROMAN WEITER. ICH KOMME MIR NICHT BESONDERS EDEL VOR, WEIL ICH MEINEN VATER NACH ISRAEL SCHICKE. ER HAT SEIN GANZES LEBEN LANG ANDEREN GEGEBEN, UND ER HAT ES VERDIENT. ICH BUCHTE DIE REISE FÜR IHN, KAUFTE IHM EINE KLEINE WOHNUNG UND SORGTE DAFÜR, DASS ER GENUG GELD ZUM LEBEN HATTE.

ICH MÖCHTE HIER ETWAS SAGEN. DAS, WAS PAPA LANGSAM AUFFRASS, BRACHTE AUCH MICH UM. ES BRANNTE MIR IN DEN GEDÄRMEN, RISS AN MEINEN AUGEN, ZERSCHNITT MICH TAG UND NACHT WIE MIT SCHARFEN MESSERN. MEIN HERZ BLUTETE BEI DEM GEDANKEN DARAN, WAS DEN JUDEN IN POLEN UND DEUTSCHLAND GESCHEHEN WAR.

DAS WAR ES, WORÜBER ES MICH MIT ALLER MACHT ZU SCHREIBEN DRÄNGTE. SOBALD DER NEUE ROMAN FERTIG WAR, WÜRDEN WIR AUS DER KLEMME HERAUS SEIN, UND DANN WOLLTE ICH NACH ISRAEL FAHREN, DORT LEBEN UND DARÜBER SCHREIBEN. O GOTT, WIE ICH DAS WOLLTE! O GOTT, WIE ICH DAS WOLLTE!

GERADE ALS ICH MIT DEM BUCH FERTIG WAR, STARB PAPA IM SCHLAF. ONKEL HYMAN SCHRIEB MIR, DASS ES IHM VERGÖNNT GEWESEN WAR, IN FRIEDEN HEIMZUGEHEN, WEIL ER DIE WIEDERGEBURT ISRAELS GESEHEN HATTE.

AM GRAB MEINES VATERS SCHWOR ICH EIN BUCH ZU SCHREIBEN, DAS DAS GEWISSEN DER MENSCHEN AUFRÜTTELN WÜRDE.

UND DANN KAM DIE KATASTROPHE. MEIN ROMAN »THE PARTISANS« ERSCHIEN UND WAR EINE PLEITE. DIE GANZEN DREIEINHALB JAHRE UND DIE SECHSHUNDERTZWANZIG SEITEN WURDEN SOWOHL VON DEN REZENSENTEN ALS AUCH VON DEN LESERN ZERFETZT. ABRAHAM CADY SASS ZWISCHEN SÄMTLICHEN STÜHLEN.

12

WENN SAMANTHA EIN BESONDERES TALENT HATTE, SO WAR ES IHR GESCHICK, MICH ZUR RASEREI ZU TREIBEN. IMMER WIEDER SAGTE SIE, DASS SIE ES NICHT VERSTEHEN KÖNNE, WIESO »THE PARTISANS« EIN REINFALL SEI. SCHLIESSLICH GEFIELE ES IHR DOCH VON ALLEN MEINEN BÜCHERN AM BESTEN.

ICH WEISS, WESHALB ES IHR GEFIEL. ES WAR EIN MISSERFOLG UND DRÜCKTE MICH AUF IHR EIGENES NIVEAU DER MITTELMÄSSIGKEIT HERUNTER. ES ERFORDERTE VIELE JAHRE, HAUSHOHE SCHULDEN UND ZWEI PRÄCHTIGE KINDER, BIS ICH ES ENDLICH VOR MIR SELBST ZUGEBEN KONNTE, DASS SAMANTHA EINE LANGWEILIGE FRAU WAR, MIT EINEM MINDWERTIGKEITSKOMPLEX SO TIEF WIE DER GRAND CANYON UND GENAUSO UNMÖGLICH AUFZUFÜLLEN. SIE WAR UN-FÄHIG, ETWAS ZUM INTELLEKTUELLEN GEHALT EINES GESPRÄCHS ODER EREIGNISSES BEIZUSTEUERN, UND AUSSERHALB DER VERTRAU-TEN UMGEBUNG VON LINSTEAD HALL WAR SIE ÄNGSTLICH UND UN-SICHER.

SCHON SEHR BALD NACH DER HOCHZEIT HÖRTE SIE AUF, SICH WEITERZUENTWICKELN, WAR JEDOCH NICHT FÄHIG, SICH IHRE EIGENE DÜRFTIGKEIT EINZUGESTEHEN, UND SO KONNTE SIE NUR DADURCH GRÖSSER WERDEN, DASS SIE MICH KLEIN MACHTE. MICH HERABZUSETZEN, WO SIE NUR KONNTE, DAS WAR IHRE UNRED-LICHE LEBENSHALTUNG.

WIE ES IHREM CHARAKTER ENTSPRACH, ERRICHTETE SIE EINE HOHE ABWEHRMAUER UM SICH SELBST UND SCHLUG NACH ALLEM AUS, DAS DEN LEISESTEN HAUCH VON KRITIK AN SICH HATTE. BAR JEG-LICHEN TALENTS ZUR SELBSTKRITIK, WAR SIE UNFÄHIG, FEHLER ODER IRRTÜMER ZUZUGEBEN.

TROTZDEM LIEBTE ICH SIE. ES WAR PARADOX, DASS EIN SOLCHES GEISTIGES FEDERGEWICHT ZWISCHEN DEN LAKEN EINES BETTS EIN HINREISSENDES NATUREREIGNIS SEIN KONNTE. UND DAS GLEICHT SO MANCHES AUS.

MERKWÜRDIG, DASS MANCHE KLUGEN BERUFSTÄTIGEN FRAUEN, SO VOM TYP RECHTSANWÄLTIN, IM BETT SO LAUSIG SIND. ALS OB MAN SEINEN STÖSSEL IN GLASSPLITTER STECKT. UND IM VERGLEICH DAZU DIE GUTE ALTE SAMANTHA, DIE KÖNIGIN ALLER BETTORGIEN.

SAMANTHA HATTE NOCH EINE ANDERE BEZAUBERNDE EIGENSCHAFT, NÄMLICH DIE GERADEZU UNHEIMLICHE GABE, STETS NIEDERGE-SCHLAGENER ZU SEIN ALS ICH UND MICH NIE ZU ERMUTIGEN. IN JEDER SCHWIERIGEN SITUATION WAR SIE TRAURIGER, KRÄNKER UND DEPRIMIERTER ALS ICH.

NACH DEM REINFALL VON »THE PARTISANS« WAR ICH VÖLLIG NIEDERGESCHMETTERT. SAMANTHA KONNTE DAS EINFACH NICHT

BEGREIFEN. WIE DEM AUCH SEI, MEINE SAUFTOUR BEGANN AUF EINEM TREFFEN VON RAF-VETERANEN IN LONDON UND ENDETE DREI TAGE SPÄTER IN EINEM BORDELL IN SOHO. MEINE TASCHEN WAREN LEER, MEIN WAGEN WAR VON DER POLIZEI SICHERGESTELLT WORDEN. OHNE DIE GROSSZÜGIGKEIT EINES GUTMÜTIGEN KIFFERS HÄTTE ICH NICHT EINMAL DAS TAXI ZU DAVID SHAWCROSS BEZAHLEN KÖNNEN.

WIEDER ZURÜCK IN LINSTEAD HALL, UMFING MICH GRABESSTILLE. ACHT TAGE ABSOLUT NICHTS, BIS ES LOSKRACHTE.

UND DANN WURDE ICH AUF SELTSAME WEISE ERLÖST, UND ZWAR IN DER GESTALT VON RUDOLPH MAURER, SOHN RUMÄNISCHER EINWANDERER, MIT EINER ERDBEERNASE UND MAULWURFAUGEN, DER EINE GROSSE TALENTAGENTUR IN HOLLYWOOD VERTRAT. UND SIEHE DA, DIE AMERICAN GLOBAL STUDIOS WOLLTEN DIE FILMRECHTE AN »THE PARTISANS« KAUFEN, UND DER PRODUZENT LIESS ANFRAGEN, OB MEINE DIENSTE ALS DREHBUCHAUTOR ZUR VERFÜGUNG STÜNDEN.

ICH BRAUCHTE NICHT LANGE, UM DIE ENDSUMME AUSZURECHNEN. DAMIT KONNTE ICH SAMANTHAS GOTTVERDAMMTE RÖSSER FÜNF JAHRE LANG MIT HEU VERSORGEN.

DAVID SHAWCROSS WANDTE SICH HEFTIG DAGEGEN, DASS ICH NACH HOLLYWOOD GING, UND SEINE GRÜNDE ERWIESEN SICH SPÄTER ALS RICHTIG. ABER EHRLICH GESAGT, NACH DER PLEITE MIT DEM ROMAN WAR ICH FLINTENSCHEU GEWORDEN, TRANK ZUVIEL UND WAR VERDAMMT FROH, EINE MÖGLICHKEIT GEFUNDEN ZU HABEN, AUS DEM ALLEM HERAUSZUKOMMEN.

MAMA PFLEGTE MICH IMMER ZU ERMAHNEN: »ABE, WENN DU NICHTS NETTES ZU SAGEN HAST, DANN HALTE DEN MUND.« NUN, ICH WERDE NICHT VIEL ÜBER DIE JAHRE IN JENEM PELZGEPOLSTERTEN IRRENHAUS SAGEN.

ICH LIEBE DEN FILM, UND ICH GLAUBE AN DAS MEDIUM. HOLLYWOOD KANN SICH DER GRÖSSTEN KONZENTRATION VON TALENTEN RÜHMEN, DIE ES AUF DER WELT GIBT, SAMT DEN SCHAREN GESCHMEIDIGER REPRÄSENTANTEN UND DERJENIGEN, DIE MAN ALS KÜNSTLER IM KLEINFORMAT BEZEICHNEN KANN.

ABER DER ENDEFFEKT VON ALL DEM IST EINE DREISTE MISSACHTUNG DER SCHRIFTSTELLER, DES GESCHRIEBENEN WORTS, UND DAS WIRD EINES TAGES DAS SANDSCHLOSS ZERFRESSEN, UND DANN KÖNNEN SIE ALLE INS TODESTAL FAHREN UND IN DER AUGUSTSONNE VERSCHMOREN.

ES IST HEUTE BITTERSCHWER FÜR MICH, ÜBER DIE MITTEL ZUM ZURÜCKSCHLAGEN ZU VERFÜGEN UND STATT DESSEN MIT WÜRDE ZU SCHWEIGEN. ICH HALTE ES FÜR EINE ÜBLE SACHE, DIE SCHREIBMASCHINE FÜR EINE PERSÖNLICHE RACHE ZU GEBRAUCHEN, UND DER

SCHRIFTSTELLER, DER DAS TUT, BEGIBT SICH DAMIT AUF DAS NIVEAU SEINER PEINIGER.

ABER ICH WERDE WOHL NIE FÜR EINE HEILIGSPRECHUNG IN FRAGE KOMMEN UND HABE EIN RECHT AUF MEINE AUTOBIOGRAPHIE. DARIN HABE ICH ÜBER JENE JAHRE BERICHTET UND DIE AUFZEICHNUNGEN VORLÄUFIG WEGGESCHLOSSEN. MEINE ERINNERUNG AN JEDES EINZELNE DIESER UNGEHEUER IST SEHR LEBENDIG. SOLLEN SIE RUHIG SCHWITZEN. AM ENDE WIRD ABE CADY DAS LETZTE WORT HABEN.

EIN JAHRZEHNT LANG TEILTE ICH MEINE ZEIT ZWISCHEN ENGLAND UND HOLLYWOOD. IRGENDWANN IN JENEN JAHREN STARBEN SAMANTHAS ELTERN. ICH VERMISSE SIE IMMER NOCH. SIE WAREN SEHR LIEBE MENSCHEN UND SO GÜTIG ZU MEINEM VATER GEWESEN. ES GELANG MIR, EINEN GUTEN VERWALTER ZU ENGAGIEREN, WAS SAMANTHA DAVON ABHIELT, LINSTEAD HALL ZU RUINIEREN. NACH ZWEI GROSSEN KASSENERFOLGEN HINTEREINANDER GAB ES WIEDER GELD AUF DER BANK UND DER ALTE FAMILIENSITZ WAR AUS DEN :OTEN ZAH EN HERAUS. ICH MUSS GESTEHEN, DASS ES MIR EIN BOSHAFTES VERGNÜGEN BEREITETE, MEINEM HOLLYWOOD-AGENTEN ZU SAGEN, WAS ER MICH MAL KÖNNE UND WIE.

ICH WAR WIEDER ZU DEM ZURÜCKGEKEHRT, WAS ICH DIE GANZE ZEIT ÜBER HÄTTE TUN SOLLEN — ROMANE SCHREIBEN. ICH BEGANN DEN NEUEN MIT DEM FESTEN VORSATZ, DIE FEHLER VON »THE PARTISANS« NICHT ZU WIEDERHOLEN.

13

»Ich komme früh nach Hause, Liebes«, sagte David Shawcross am Telefon zu seiner Frau, mit einer Stimme, die buchstäblich vor Aufregung bebte.

»Ist alles in Ordnung, David?«

»O ja. Und wie. Ich habe gerade Abrahams neues Manuskript bekommen.«

Noch vor Ablauf einer Stunde zwängte Shawcross sich aus dem Rücksitz seines Jaguars heraus und stürmte an dem Chauffeur vorbei. Lorraine machte ihm die Tür auf.

»Schau her!« sagte er und hielt ihr einen Pappkarton entgegen. »Beim heiligen Nepomuk, über ein Jahrzehnt hat es gedauert, bis ich das gekriegt habe. Manchmal glaubte ich schon, er würde es nie mehr schaffen. Stell das verdammte Telefon ab. Keine Anrufe, keine Störungen.«

»Es ist schon alles bereit, mein Lieber.«

Um seinen Lesesessel herum waren Notizblocks, gespitzte Bleistifte, Tabak und Getränke arrangiert, die Lampe stand am richtigen Platz, auch die Lesebrille lag da. Während sie ihm die Schuhe auszog und seine

Füße in weiche Hausschuhe steckte, zerrte er ein voluminöses Manuskript von über 1000 Seiten Umfang hervor. In der öden Tretmühle, die das tagtägliche Lesen mittelmäßiger Manuskripte bedeutete, war ein neues Buch von Cady eine wahrhaft königliche Belohnung. Lorraine hatte ihn seit einigen Jahren nicht mehr so glücklich und aufgeregt gesehen wie heute.

»The Place« von Abraham Cady.

Lange nach Mitternacht wachte Lorraine aus ihrem leichten Schlummer auf, die Illustrierte war auf den Fußboden gerutscht. Es war totenstill. Kein Laut aus dem Arbeitszimmer nebenan. Für gewöhnlich pflegte David in seiner Klausur loszubrüllen, wenn ihm etwas mißfiel, oder schallend zu lachen oder hörbar auf das zu reagieren, was er las. Heute nacht war nicht ein Laut zu hören.

Sie zog den Hausmantel über, ging zur Tür des Arbeitszimmers und klopfte leise an. Keine Antwort. Sie schob die Tür auf. Der Ledersessel war leer, das Manuskript zum größten Teil gelesen. David Shawcross stand am Fenster, die Hände auf dem Rücken verschränkt.

»David?«

Er wandte sich um. Sie sah, daß er blaß war und feuchte Augen hatte. Er ging langsam zum Schreibtisch und saß mit vor das Gesicht geschlagenen Händen da.

»Wie schlimm ist es?«

»Zuerst konnte ich es nicht glauben. Nicht von Abraham. Ich redete mir ein, daß er uns nur aufs Glatteis führt. Der richtige Cady würde bald zum Vorschein kommen.«

»Woran liegt es?«

»Das ist aalglatter pornografischer Unrat, der nur um der Pornografie willen geschrieben wurde. Abraham hat immer sehr ursprünglich geschrieben, voller Ungestüm, und man wurde von seiner Leidenschaft überwältigt. Er hat seine Lektion in Kalifornien gut gelernt. Er ist geschniegelt und glatt und plastisch geworden. Das ganze Buch ist verlogen, aber das Tragische daran ist, daß es ein krachender Bestseller wird, dessen Filmrechte ein Vermögen einbringen werden. Und die Rezensenten werden in Begeisterungsstürme ausbrechen — schmutzig genug ist es.«

»Aber warum? Warum denn nur?«

»Warum führen sie alle früher oder später ihren Matratzentanz auf Papier auf? Das Geld ist einfach zu verlockend. Jetzt, da es ihnen gelungen ist, jegliche moralische Fesseln abzustreifen und alles gestattet ist, masturbieren sie in aller Öffentlichkeit hinter der Maske neuer Freiheiten und der Kunst. Die sind doch alle nichts als gewinnsüchtige Huren. Und die verdammten Kritiker sind genauso verlogen. Ich möchte am liebsten sterben . . .«

Er ging müde durch das Zimmer und streckte sich auf dem Sofa aus.

Lorraine wußte, daß er diese Nacht keinen Schlaf finden würde. Sie deckte ihn mit einem Hausmantel zu. »Tee oder Brandy?«

»Nein, Liebes.«

»Wirst du es herausbringen?«

»Natürlich. Es ist für Shawcross Limited eine große Ehre, die Rückkehr von Abraham Cady, jenes bemerkenswerten Talents, auf den literarischen Schauplatz bekanntzugeben . . .«

»David, Abraham hat angerufen. Er erwartet dringend deine Reaktion. Er ist aus Linstead Hall hergekommen und möchte dich morgen sprechen.«

»Ja, bringen wir es hinter uns. Ruf morgen früh im Büro an und sag ihnen, daß ich zu Hause arbeite.«

»Sie sehen abgespannt aus«, sagte Abe. »Das ist eine ganz schöne Dosis zum Schlucken, wenn man sie auf einmal nimmt. Ich habe drei Wochenende gebraucht zu schaffen«, witzelte er. »Also Shawcross, wie ist Ihr Urteil?«

Shawcross starrte Cady über den Schreibtisch hinweg an. Cady sah genauso aus und war genauso gekleidet, wie er schrieb . . . geschniegelt . . . als ob man ihn aus dem Hintern eines Savile-Row-Schneiders gepflückt hätte.

»Wir werden es im Herbst herausbringen«, sagte Shawcross. »Ich habe in New York angerufen und mich mit Ihrem amerikanischen Verleger abgestimmt.«

»Und wie lautet die frohe Kunde?«

»Ich habe geraten, mit der ersten Auflage in den Staaten auf hunderttausend Exemplare zu gehen. Ich selbst bestelle für fünfzigtausend Papier.«

Abe klammerte sich an der Schreibtischkante an, seufzte tief und schüttelte den Kopf. »Jesus Christus. Ich hätte nie gedacht, daß es so gut ist.«

»Ist es auch nicht. Es ist so schlecht.«

»Wie bitte?«

»Sie haben mir gesagt, daß Sie in diesem Leben drei Dinge tun wollten — schreiben, fliegen und Baseballspielen. Meiner Meinung nach beherrschen Sie keins davon.«

Abe sprang auf. »Sie sind ein Heuchler. Ich wußte, daß es eines Tages so weit kommen würde, Shawcross. Ihr Problem, mein Alter, ist, daß Sie keinen Kontakt mit dem zwanzigsten Jahrhundert haben.«

»Abraham, Sie dürfen sich ganz nach Belieben in einen Wutanfall hineinsteigern. Sie dürfen mich auch ruhig beschimpfen, aber versuchen Sie doch um Gottes willen nicht, dieses Geschmiere irgendwie zu rechtfertigen.«

»Verdammt nochmal, Sie brauchen es ja nicht zu verlegen!«

»Solange Sie nichts dagegen haben sich zu prostituieren, dürften es Sie auch nicht stören, wenn ich für Sie den Zuhälter spiele.«

Abes Gesicht war tiefrot angelaufen. Er hielt Shawcross die Faust vor die Nase und bebte vor Begierde, ihn niederzuschlagen, dann warf er abrupt die Hände hoch. »Ach, zum Teufel, das wäre dasselbe, als ob ich meinen Vater schlagen würde.«

»Sie haben mich zutiefst verletzt. Ich war eigentlich nicht überrascht über die anderen Autoren, die sich diesem Genre verschrieben haben, aber von Ihnen hätte ich das nie geglaubt. Wenn Sie zu einem anderen Verlag gehen wollen, meinetwegen, ich halte Sie nicht. Ich werde für Sie einen eifrigen jungen Redakteur finden, der Ihnen das sagt, was Sie hören wollen: was für neue Gebiete Sie erschlossen haben, wie sauber und präzise Sie sich ausdrücken, wie fabelhaft Ihre Charakterisierungskunst und der dramatische Aufbau ist.«

»Aufhören . . . aufhören . . . aufhören. Vielleicht bin ich etwas weit gegangen, aber schließlich ist das der neue Trend. Herrgott, wenn ich bloß von Linstead Hall weg könnte!«

»Geben Sie jetzt bloß nicht Samantha die Schuld an diesem schaurigen Machwerk.«

»Teilweise. O ja, teilweise. Sie sagt immer, sei nicht so grimmig, Abe, die Welt braucht etwas zum Lachen. Das und die verfluchten Pferde und das gottverdammte Heu, das sie fressen. Wenn ich eine Frau hätte, die bereit wäre, ein Opfer zu bringen, hätte ich mich vielleicht an etwas anderes gewagt. Also gut, Shawcross, Sie haben es mir reichlich gegeben. Ich wollte ganz einfach nicht noch einmal so etwas schreiben wie ›The Partisans‹.«

»Auf das Buch war ich stolz. Es hat uns beide etwas gekostet, aber anscheinend Sie mehr als mich. Ihren Mut, Ihre Empörung.«

»Ach, Sie reden wie einer von diesen miesen Literaturprofessoren. Verhungere, Dichter, verhungere.«

»Sie haben Angst, Abraham, daher schreiben Sie wie jemand, der sich fürchtet.«

Abe ließ die Schultern hängen und senkte den Kopf. »Sie haben recht. Zehn Jahre in der Stadt der Alpträume. O Gott, was wollte ich aus meiner Fähigkeit machen! Jetzt ekeln Sie sich vor mir.«

»Den eigenen Sohn liebt man immer«, erwiderte Shawcross. »Ich hoffe nur, daß Sie sich noch vor sich selber ekeln können.«

»Ich brauche ein paar Wochen Ruhe zum Nachdenken. Ich sehne mich nach etwas Sonnenschein.«

»Ausgezeichnete Idee.«

»Bitte sprechen Sie mit Samantha, ja? Ich will mich nicht mit ihr herumzanken. Sie begreift nicht, daß ich manchmal Abstand brauche. Sie tut immer, als ob ich versuche, von ihr wegzulaufen.«

»Stimmt das nicht?«

»Vielleicht. Sagen Sie ihr, daß ich mich leergeschrieben habe und einfach mal heraus muß.«

»Gut. Ich gebe heute abend im ›Les Ambassadeurs‹ eine Cocktailparty für einen neuen Autor. Ein paar interessante Frauen werden auch dasein. Sie sind hiermit eingeladen.«

»Bis heute abend, Shawcross.«

14

»Les Ambassadeurs«, ein exklusives privates Restaurant mit Spielkasino, befand sich in einem umgebauten alten Herrschaftshaus am Hamilton Place, Park Lane. Der Maître d'Hôtel begrüßte Abraham Cady mit der in ganz London bekannten Augenklappe sehr höflich.

»Die Party von Herrn Shawcross findet im Hamilton-Saal statt, Herr Cady.«

»Danke.«

Er holte tief Luft und trat ein. Er wurde von einem endlosen Stimmengewirr begrüßt. Abe blickte forschend durch den Raum, wie ein Zyklope auf der Suche nach einem freundlichen Gesicht, das eine lohnende Unterhaltung verhieß, als sein Auge plötzlich von einer eleganten, graziösen schwarzhaarigen Schönheit von etwa fünfunddreißig Jahren gefesselt wurde. Ob sie mir auch noch so gut gefällt, fragte sich Abe, wenn sie den Mund aufmacht und redet?

»Oh, hallo, Abraham.«

»'n Abend, Shawcross.« Abe machte eine Kopfbewegung in Richtung auf die Frau. »Wer ist das?«

»Laura Margarita Alba. Ein bezauberndes und charmantes Mädchen. Gehört zum internationalen Jet-Set. Wie ich höre, haben ihre Gunstbezeigungen ihr eine hübsche Juwelensammlung eingebracht. Man sieht sie meist am Arm eines griechischen Reedermagnaten oder eines Waffenfabrikanten oder etwas ähnlichem.«

»Ist sie allein hier?«

»Von Zeit zu Zeit kommt sie als Repräsentantin von Kunden und Gönnern nach London, um auf den Auktionen bei Christie und Sotheby auf bestimmte Antiquitäten, Juwelen und Kunstwerke zu bieten. Offen gesagt, Abe, ich glaube, sie ist für Leute wie uns ein bißchen zu kostspielig. Möchten Sie sie trotzdem kennenlernen?«

»Das muß ich mir erst einmal überlegen.«

Gerade in diesem Augenblick wurden sowohl Shawcross als auch Cady in verschiedene Gesprächsgruppen und damit in ein endloses Geschnatter hineingezogen. Abe tat so, als höre er aufmerksam zu, und dachte nach. Und dann lächelte sie ihm vom anderen Ende des Raums her zu und nickte.

Es gab verschiedene Möglichkeiten zum Angriff, dachte er. Ob Herumtreiberin, Säuferin oder Hure, man muß sie immer als Damen behandeln. Bei der großen Gruppe der durchschnittlichen Frauen, der arrivierten Schauspielerin, der aufgeregten Hausfrau, der sexhungrigen Sekretärin, dem ehrgeizigen Filmsternchen, mußte man ein albernes Spielchen mit versteckten Anspielungen, Nuancen, geistreichen Redensarten und Versprechen, die keine waren, treiben.

Aber dies hier war eine große Dame. Laura Margarita Alba war eine jener seltenen Kurtisanen, für die Männer teuer bezahlten, um mit ihr gesehen zu werden, in der festen Überzeugung, daß es die bestangelegten Hunderttausend gewesen seien, die sie je ausgegeben hatten. Abe beschloß, alles auf eine Karte zu setzen. Langsam entschlüpfte er der Falle, in der er steckte, und bewegte sich unauffällig auf sie zu. Sie unterhielt sich mit einem jungen Gecken mit hochblond getöntem Haar, einem kräftig vorgeschobenen Kinn und durchdringenden blauen Augen, der einen Samtanzug mit Rüschenhemd trug. Sie war höflich gelangweilt und beobachtete aus dem Augenwinkel, wie Abe näherkam. Abe machte den Namen des jungen Gecken ausfindig, tippte ihm auf die Schulter und sagte ihm, daß Shawcross ihn sprechen wolle.

»Madame Alba«, sagte er, »ich bin Abraham Cady. Ich würde Sie gerne ficken.«

»Eine bezaubernde Idee«, antwortete sie. »Hier ist mein Wohnungsschlüssel. Harlequin-Suite auf dem Dachgarten des Dorchester.«

Abe starrte auf den Schlüssel. »Das ist nicht Ihr Ernst«, sagte er.

»Ich habe selbst das Gelände erkundet, bevor ich herkam. Wenn Sie mich nicht aufgefordert hätten, dann hätte ich es getan . . ., oder wären Ihnen ein paar Tage Vorspiel lieber, bevor Sie an die Eroberung gehen?«

»Sie sind einfach unglaublich.«

»Ich habe Sie bewundert, als Sie noch ein Schriftsteller waren.«

»Sehr komisch. Hat Shawcross Ihnen das beigebracht?«

»Nein. Ich habe Ihre Bücher gelesen und dann Ihre Filme gesehen. Ich gehe in einer halben Stunde. Wie wäre es, wenn Sie in einer weiteren halben Stunde nachkämen? Ich erwarte Sie.«

Der junge hochblonde Geck platzte in das Gespräch hinein. »Hören Sie mal, Shawcross wollte mich gar nicht sprechen. So eine Frechheit«, sagte er aufgebracht.

Abe drehte Madam Alba den Rücken zu und stellte sich dicht vor den jungen Gecken. Er schob die Augenklappe hoch, und die leere Augenhöhle bot einen scheußlichen Anblick. »Und was haben Sie jetzt vor, Kleiner?« fragte er.

Der Geck floh.

»Gerechter Christus«, sagte Abe, »lavendelfarbene Wände, lavendelfarbener Teppich, lavendelfarbene Bettdecke.«

»Ich liebe diese Suite. Sie paßt zu meinem schwarzen Haar.«

»Wie wäre es, wenn Sie mir einen Drink anbieten würden, bevor ich Sie von den Füßen wirble?«

Abe starrte auf den Teppich, trank einen Schluck und sah dann zu dem Ruhebett hinüber, auf dem sie in weich fließende Spitzen gehüllt dalag.

»Hast du was dagegen, wenn ich dich Maggie nenne?«

»Nein, das gefällt mir.«

»Weißt du, Maggie, nichts auf der Welt ist so langweilig wie ein Mensch mit einer langen traurigen Vorgeschichte, und genau die habe ich. Ich fürchte, du hast dir einen lausigen Partner ausgesucht. Eigentlich sollte ich mit einem Kiffer in Soho sein. Ich kann mir dich nicht leisten.«

»Ich lege mich immer nur aus einem von zwei Gründen hin. Meistens für Brillanten, wie du weißt. Mein let** ** r Gönner, ein französischer Flugzeughersteller, war aus Eifersucht   st unfranzösisch und hielt mich zwei Jahre lang buchstäblich hinter   oß und Riegel.«

»Ein Hoch auf alle Luxusgefängnisse der M. schheit. Aber warum gerade mich, Maggie?«

»Du weißt natürlich genau, wie attraktiv du bist. Außerdem sind Schriftsteller meine schwache Seite. Das sind alles kleine Jungen, die bemuttert werden müssen, und du bist der traurigste kleine Junge, den ich je gesehen habe.«

»Wirst du mich die ganze Nacht in den Armen halten und mir sagen, daß ich keine Angst haben soll und all das andere, das ich immer so gerne von meiner Frau gehört hätte?«

»Ja.«

»O Gott, dieser Dialog ist schlimmer als das Buch, das ich gerade geschrieben habe.«

»Was die Kritiker anscheinend nie begreifen können, ist, daß die Welt von ein paar Dutzend Klischees beherrscht wird. Wir verbringen unser Leben damit, uns ständig zu wiederholen.«

»Wir schreiben bereits 1962«, sagte Abe. »Ich bin zweiundvierzig Jahre alt. Ich habe einen achtzehnjährigen Sohn und eine fünfzehnjährige Tochter. Ich bin seit fast zwanzig Jahren mit einer anständigen Frau verheiratet, die niemals einen Schriftsteller hätte heiraten sollen. Man kann in keinen Menschen etwas hineinzaubern, was Gott ihm nicht gegeben hat. Sie hat mich bitter enttäuscht. Ich habe viele Affären gehabt und empfinde schon seit langem kein Schuldgefühl mehr, aber ich weiß, daß wir alle für unsere Taten bezahlen müssen, und eines Tages wird es auch mich treffen. All meine Affären haben mir jedoch nie Befriedigung verschafft, weil ich im Grunde genommen nicht nur hinter irgendeinem Körper her bin. Ich suche Frieden und die Möglichkeit, das zu schreiben, was ich wirklich schreiben will.

Ich war zwanzig Jahre alt, als ich meinen ersten Roman schrieb. Gestern, zweiundzwanzig Jahre danach, habe ich ein Manuskript abgeliefert, das reiner, unvergorener Mist ist. Das bißchen Würde und Selbstachtung, das ich hatte, habe ich weggeworfen, als ich dieses Buch schrieb. Schau mich an, Maggie, mit meinem Luxushemd und der spezialgefertigten Augenklappe. Weißt du, vor zwei Tagen war Jom Kippur, ein jüdischer Feiertag, der Versöhnungstag, an dem wir über uns selbst und unser Leben nachdenken sollen. Mein Vater, Gott hab ihn selig, starb am Jom Kippur. Ich versprach ihm etwas, und ich habe gelogen. Ja, schau dir nur mein gottverdammtes Luxushemd an.«

Am Morgen war es Laura, die nachdenklich und in weicher Stimmung war. Sie goß ihm Kaffee ein. »Nichts ist köstlicher, als sich mit dem Gedanken an eine Liebesaffäre zu tragen«, sagte sie, »und nichts ist ernüchternder, als sie zu verwirklichen, es sei denn, man trifft auf einen Abraham Cady. Es ist wundervoll, einen Mann zu haben, der weiß, wie er mit einem umzugehen hat. Das hast du mir schon zu verstehen gegeben, als du auf der Cocktailparty gestern abend durch mich hindurch gesehen hast.«

Abe zuckte mit den Schultern. »Schließlich muß man klar zeigen, wer der Boß ist.«

»Bisher war nur ein anderer Mann fähig, mich so zu behandeln, der Mann, mit dem ich verheiratet war. Ich war sehr jung, gerade zwanzig, und Carlos war fünfzig, als wir uns kennenlernten. Ich hatte schon mein unstetes Leben begonnen. Ich dachte, die Ehe würde langweilig, aber das Gefühl der Geborgenheit wert sein. Aber das Bett war ein Schlachtfeld, und in dieser Art der Kriegführung war er ein Meisterstratege. Abe, ich habe in Marbella an der Costa del Sol eine wunderschöne Villa und zwei Wochen, in denen ich nichts vorhabe. Laß mich dich verwöhnen.«

»Ich habe etwas gegen Spanien«, sagte er.

»Dein Bruder ist fast fünfundzwanzig Jahre tot. Vielleicht wäre es eine gute Idee, sein Grab zu besuchen.«

»So nach und nach scheine ich wirklich die meisten meiner Ideale aufgegeben zu haben. Selbst mit einer Frau wie dir zusammen zu sein, ist unrecht. Gefährtin von Waffenhändlern und noch Witwe eines führenden Faschisten.«

»Ich weiß. Es ist der unterschwellige Haß, der uns gegenseitig so aufreizt. Weißt du, wer mir von dir erzählt hat? Eine deutsche Schauspielerin, die deine Geliebte war. Wie erregend ist doch das Hin und Her der Empfindungen bei einem Zusammenspiel von Liebe und Haß. Liebling, ich habe dich um etwas gebeten. Wir brauchen die Villa überhaupt nicht zu verlassen.«

»Also gut, fahren wir hin.«

»Morgen, die Mittagsmaschine nach Madrid. Ich habe dort einen Wagen.

Wir fahren bis Malaga, übernachten dort, und dann geht's weiter die Küste entlang nach Marbella.«

Ein Schauer überlief ihn beim Klang der Namen dieser spanischen Städte, und der Gedanke, sie bald selbst zu sehen, rief eine unerklärliche Erregung in ihm hervor.

»Ich muß jetzt gehen«, sagte sie. »Nach dem Lunch wird bei Sotheby ein berühmtes Gemälde versteigert.«

Er griff nach ihrem Handgelenk. »Du kannst jemanden telefonisch beauftragen, für dich zu bieten. Du gehst jetzt wieder mit mir ins Bett.«

Sie starrten sich eine ganze Weile an, keiner von ihnen gab nach. »Wie du willst«, sagte sie endlich.

15

Die Villa Alba bei Marbella erhob sich über dem trägen Meer wie das kunstvolle Teilstück eines massiven Felsens, über unzähligen Stufen und kleinen Höhlungen, in denen Wasserfälle in schimmernde Miniaturteiche sprudelten, und die typisch spanischen weißen Rundbögen und die roten Dachziegel und Bodenfliesen kamen durch die großzügigen Grasflächen, die zurückstrebenden Seitenflügel und vortretenden Patios noch besser zur Geltung. Es war ein Haus mit starkleuchtenden Farben, in dem die Farbigkeit moderner Kunstwerke jäh durch einen alten Wandteppich oder eine das Leid verkörpernde religiöse Statuette gedämpft wurde.

Die Villa stand inmitten einer von der Sonne ausgedörrten Terrassenlandschaft, die von den Kegelwipfeln hoher Zypressen abgegrenzt wurde, welche sich bis an die zerklüftete Küste mit den langen goldenen Stränden hinzogen. Dieser Sand war von den Horden Hannibals und von den Horden bikinibekleideter Touristen zertrampelt worden. Ein Stück Erde, das von Überlieferungen und römischen Mauern und den Jachten einer hektischen internationalen High Society förmlich überschwemmt war, das die Raubzüge und Gewalttaten der Goten und Araber und die Orgien einer neueren Zeit erlebt hatte.

Trotz all der Pracht dieses Hauses fand Abe, daß ein Hauch von Trauer darüber lag, denn nirgendwo konnte man ein Bild oder eine Erinnerung an einen anderen Menschen entdecken. Das war Laura Margarita Alba, geheimnisvoll und einsam wie das Meer.

Ganz in der Nähe hatte der inhaltlose Trubel der großen Gesellschaft seinen Mittelpunkt im Marbella-Club des Prinzen Alfonso zu Hohenlohe-Langenburg. Schon oft hatte Laura dort eine prominente Rolle gespielt und war eine überaus faszinierende Gastgeberin für bronzebraune Sonnensucher und dekadente Hocharistokraten gewesen, deren unglaubliches Gewäsch kaum über das Thema, wer mit wem schlief, hinausging.

Aber jetzt wollte sie nur Abe. Mit einer beherrschten Gier, die aus körperlichem und seelischem Hunger geboren wurde, fielen sie übereinander her. Die langen Jahre der Leere fanden plötzlich ihre Erfüllung, und sie verströmten sich, bis sie vor Erschöpfung nur noch in einem Zustand der köstlichsten Betäubung lebten. Die selbstsüchtige Frau beschenkte ihn jetzt ganz selbstlos, ihr Wille hatte sich dem seinigen unterworfen.

Manchmal, wenn sie keine Ruhe finden konnten, saßen sie des nachts im flachen Ende des Swimming-pools und sahen dem Spiel der Wellen zu, oder sie gingen zu der strohgedeckten Hütte hinunter, die an einer kleinen geschützten Bucht stand, und sprachen bis zum Morgengrauen. Und am Vormittag lagen sie in einem halbverdunkelten Zimmer, in dem der sanfte Wind, der über ihre Körper strich, der einzige Eindringling aus der Außenwelt war.

In der Mitte der zweiten Woche rührte sich in beiden erstmals der Gedanke, warum es nicht ewig so bleiben sollte, obwohl keiner von ihnen darüber sprach.

Diese Abgeschiedenheit wurde von Lou Pepper durchbrochen, dem Geschäftsführer der Firma International Talent Associates, einer Mammutagentur, die den Löwenanteil aller im Showbusiness schöpferisch Tätigen vertrat.

Lou war ein hochgewachsener, dürrer Mann mit einem schläfrigen Gesicht, und er war dafür berühmt, daß er siebzig Sy-Devore-Anzüge – alle aus dunklem Tuch – sein eigen nannte.

»Maggie, das ist Lou Pepper, eine Warze am Arsch der Menschheit.«

»Heben Sie sich Ihren unglaublich komischen Dialog für Ihre nächste Filmstory auf. Ich bin schließlich nicht hierher gekommen, weil Sie mein goldhaariger Liebling sind. Na, wollen Sie mir denn keinen Drink anbieten?«

»Gib ihm ein Glas Wasser. Wie haben Sie mich gefunden?«

»Die meisten Schriftsteller haben zwei Augen, deshalb erkennt man sie nicht in der Öffentlichkeit. Aber jeder kennt die Augenklappe.«

»Wir wollen auf den Patio hinausgehen. Komm mit, Maggie. Ich möchte, daß du dabei bist. Herr Pepper ist ein sehr bedeutender Manager. Er reist nicht Tausende von Kilometern, nur um mit einem simplen Schriftsteller zu sprechen.«

»Sehen Sie, Señora Alba, Abe und ich schieden nicht gerade im besten Einvernehmen voneinander, als er vor zwei Jahren mit Karacho aus Hollywood verschwand, nachdem ihm der beste Kontrakt, der jemals einem Schriftsteller angeboten worden ist, für drei Filme vorgelegt worden war.«

»Erzählen Sie Maggie, daß Sie mir sagten, Sie würden den Vertrag, den

Sie mir abgepreßt hatten, jederzeit zerreißen, sobald ich auf Ihre Dienste verzichten wollte.«

»Abe hat ein gutes Gedächtnis, aber sogar Agenten müssen leben.«

»Wozu?«

»Jedenfalls habe ich noch immer die Rechte an Ihrem neuen Roman.«

Laura blickte von Abe zu Lou Pepper, voller Unbehagen über den harten Wortwechsel und die feindselige Atmosphäre und ärgerlich über die Störung. Selbst vor Abe, der ihn so unverhüllt verabscheute, mußte Lou Pepper zuerst eine egozentrische Selbstbeweihräucherung von sich geben, bevor er auf die Einzelheiten zu sprechen kam. Er setzte sich mit dem Drink in der Hand bequem zurecht und hielt seinen Monolog.

»Sobald Milton Mandelbaum Chef der American Global Studios geworden war, rief er mich. ›Lou‹, sagte er, ›ich brauche unbedingt Ihre Hilfe.‹ Milt hat eine sehr hohe Meinung von Ihnen, Abe, seit er Sie kennenlernte. Er erzählt immer wieder von den herrlichen Zeiten, die Sie während des Krieges in London zusammen verlebten, von den Einsätzen, die er _____ ____, den ganzen Schmäh. Ich sagte ihm, daß demnächst ein neuer Cady erscheint. Er legte nur für das Recht, das Buch lesen zu dürfen, und für die erste Option zehntausend auf den Tisch. Darf ich mein Jackett ausziehen?«

Auch die Manschettenknöpfe wurden entfernt. Abe wußte, daß es sich um eine große Sache handelte, denn Lou pflegte sich immer selbst zu verraten. Es waren seine Achselhöhlen, die den Hinweis gaben. Erst wenn es ums Geschäft ging, wurden aus Agenten Männer. Lou blieb ruhig. Das zeigte, daß er seiner Sache sicher war. Das Betteln, Flehen und gegen-die-Brust-Schlagen würde erst später kommen.

»Milt ist an Ihnen als Mensch interessiert. Er will, daß Sie Erfolg haben. Er schlägt eine Gewinnbeteiligung vor.«

»So wie diese Gesellschaft ihre Bücher führt, hätte sie nicht einmal dann einen Gewinn gehabt, wenn sie *Vom Winde verweht* produziert hätte.«

»Als Autor und Produzent sieht die Sache anders aus.«

»Aber, Pappilein, ich will ja gar kein Produzent sein.«

»Sie sind ein Heuchler, Abe. Wofür, zum Teufel, haben Sie denn diesen Mist geschrieben, für die Nachwelt? Von Schlafzimmerszene Nummer eins bis durchgehend Nummer fünfzig schweben über dem Ganzen nur Dollar-Zeichen. Wollen Sie die Bedingungen hören oder nicht?«

Abe war von seinem hohen Roß gestoßen worden, plötzlich und brutal. *The Place* würde niemanden täuschen können. »Was schlägt Mandelbaum vor?« fragte er fast flüsternd.

»Zweihunderttausend für *The Place* plus eine Gleitklausel je nach den Verkaufssummen. Zweihunderttausend für Ihre Dienste als Autor und Produzent und eine zehnprozentige Gewinnbeteiligung. Wir werden auch Ihren Verlegern ein paar Bröckchen zukommen lassen, damit das Buch auf der Bestseller-Liste bleibt.«

Abe schob die Hände in die Hosentaschen, ging bis an den Rand des Steilhangs und blickte hinunter auf das ruhige Meer, das nur sanft über die Steine vor- und zurückschwappte. »Das macht mich wohl zu einem der höchstbezahlten Schreiberlinge der Welt«, murmelte er vor sich hin.

Lou Pepper, der die nahe Kapitulation förmlich roch, stieß sofort nach. »Sie kriegen einen Produzenten-Bungalow mit eigener Toilette und Bar, dürfen im Kasino der Geschäftsleitung essen und bekommen einen Parkplatz auf dem reservierten Gelände.«

»Ich bin zutiefst gerührt.«

Lou redete weiter gegen Abes Rücken. »Ferner die Reisekosten erster Klasse nach Los Angeles und zweitausendfünfhundert pro Monat Spesen. Samantha ist einverstanden, Sie nach L. A. zu begleiten.«

Abe fuhr herum. »Wer zum Teufel hat Ihnen erlaubt, zu ihr zu gehen? Sie sind reichlich anmaßend.«

»Zufällig wohnen Sie in England, wo sollte ich sonst hingehen, nach China?«

Abe lächelte traurig, ging zu seinem Stuhl zurück und schlug mit einer Faust auf die andere. »Lou Pepper reist nicht für eine Provision von mickrigen vierzigtausend Dollers um den halben Erdball. Wen haben Sie sonst noch in diesen Handel mit einbezogen — den männlichen Star, den weiblichen Star, den Regisseur, den Kameramann, den Komponisten . . . alle, die rein zufällig mit Ihrer Agentur einen Vertrag haben.«

»Jetzt tun Sie nicht so, als ob das verwerflich ist. Keine Filmgesellschaft hat gern große Stars auf ihrer Gehaltsliste. Es ist Sache der Agenturen, das ganze Paket zusammenzustellen und es den Gesellschaften in den Schoß zu legen. Mandelbaum war an einem kompletten Handel interessiert, den er seinem Aufsichtsrat vorlegen kann.«

»Und du glaubst, daß es in deiner Clique hoch hergeht, Maggie. Was Herr Pepper hier hat, ist ein Geschäft im Wert von zwei Millionen Dollar. Das ergibt zweihunderttausend Dollar Provision plus ein paar Prozent Gewinnbeteiligung. Aber die Sache hat einen Haken. Kein Star oder Regisseur verpflichtet sich für ein Projekt, ohne daß das Drehbuch vorliegt . . . das heißt, wenn Lou Pepper nicht den erfolgreichsten Autor der Branche liefern kann, nämlich mich. So zieht er sich also zweihunderttausend als Provision an Land, wovon fünfzigtausend an die Niederlassung von International Talent Associates in Genf gezahlt werden, die dann schließlich ihren Weg auf ein Nummernkonto finden, das J. Milton Mandelbaum gehört.«

»Sie haben eine blühende Phantasie, Abe, und das ist es ja, was Sie zu einem so großartigen Autor macht. Reiche einem Menschen eine halbe Million Dollar auf dem Präsentierteller, und er wird auf dich spucken, als ob du der letzte Dreck seist.«

»Haben Sie Mandelbaum eine Option auf mein nächstes Buch einge-
räumt?«

»Auf die nächsten drei, Abe. Wie ich ihnen schon sagte, Mandelbaum
mag Sie rein menschlich. Wir alle wünschen, daß Sie ein reicher Mann
werden. Ich muß jetzt nach L. A. und New York telefonieren. Ich wohne
im Marbella-Club. Inzwischen dürfen Sie sich allein mit diesen Fragen
abquälen. Ich sage Ihnen morgen wegen der Termine Bescheid.«

Abe ging ruhelos auf und ab, stieß Verwünschungen aus und sackte
plötzlich zusammen. »Er weiß, daß ich nicht den Mut habe, dieses Geschäft platzen zu lassen. Und wenn ich es täte, würde er dafür sorgen,
daß *The Place* niemals von einer anderen Filmgesellschaft gekauft wird.
Jedenfalls werde ich jetzt doch noch die Art von Schriftsteller, wie
Samantha es sich immer vorgestellt hat.« Er goß ein Whiskyglas bis
zur Hälfte mit Scotch voll.

Laura nahm ihm das Glas aus der Hand. »Du darfst dich heute abend
nicht betrinken.«

»Mich zerreißt's einfach! Laß uns die Küste entlang fahren.«

»Du wirst uns beide umbringen.«

»Vielleicht will ich — ich fahre allein.«

»Nein, ich komme mit. Ich will nur noch ein paar Sachen für die Nacht
packen.«

Sie kehrten erst spät am nächsten Abend nach einer wilden Fahrt in
ihrem Porsche, die sie auf der gefährlichen kurvenreichen Küstenstraße
bis nach Malaga geführt hatte, wieder zur Villa zurück. Ein Dutzend
Nachrichten lagen da, daß Lou Pepper auf einen Anruf wartete.

Laura stieß die Tür zum Wohnzimmer auf, in dem ein übernächtiger
David Shawcross saß und wartete.

»Was, zum Teufel, ist das hier«, sagte Abe, »die Vollversammlung der
Vereinten Nationen?«

»Ich habe David gestern abend angerufen, bevor wir abfuhren.«

»Ich muß sagen, Abraham, daß ich sogar von deutschen Kriegsgefan-
genen freundlicher begrüßt worden bin.«

»Hat Maggie Ihnen die ganze Geschichte erzählt?«

»Ja.«

»Irgendein Kommentar?«

»Ihr Benehmen ist schon Kommentar genug. Sehen Sie, Laura, er liebt
seine Familie und würde für immer und ewig mit seiner Frau zusam-
menbleiben, wenn sie es zuließe, daß er sich dem Thema widmet, das
ihn unablässig verfolgt. Er ist Jude, und er will über die Juden schreiben.
Er haßt die verpestete Luft der Ateliers. Ich habe schon viele Autoren
gesehen, die in dieser Falle gefangen wurden. Eines Tages hören sie einfach auf zu schreiben. Abe ahnt, daß auch für ihn dieser Tag nahe ist.
Das wäre sein Todesurteil, und er weiß es.«

»Wie sieht es mit der Alternative aus, Shawcross. Die Filmrechte an *The Place* können nie verkauft werden. Dafür wird Lou Pepper sorgen. Samantha wird niemals mit einem Buch einverstanden sein, für das ich zwei Jahre lang außerhalb von England Material sammeln muß. Wenn wir damit fertig sein werden, unser Geld unter die Rechtsanwälte zu verteilen, bin ich wieder auf dem Nullpunkt angelangt. Was sollen wir also machen, etwa Maggie darum bitten, ihre Brillanten zu versetzen?«

»Ich habe mit meiner Bank und Ihrem amerikanischen Verleger gesprochen. Auf irgendeine Weise werden wir Sie schon über Wasser halten.«

»Würden Sie das wirklich tun?«

»Ja.«

»Und Sie glauben, daß ich noch genug Mumm dafür habe?«

»Sie schreiben, ich bezahle die Rechnungen.«

Abe wandte sich ab. »Vielleicht ist es schon eine Minute nach zwölf«, sagte er. »Vielleicht lasse ich Sie im Stich. Ich weiß es nicht, Shawcross, ich weiß es einfach nicht.«

»Ich war immer überzeugt davon, daß Sie einer von den Juden sind, die sich nicht lebend in die Gaskammer schleppen lassen.«

Der Hausdiener kam herein und meldete, daß Herr Pepper wieder angerufen habe.

»Was werden Sie ihm sagen?« wollte Shawcross wissen.

»Wenn ich ehrlich sein soll, so viel Angst hatte ich nicht mal damals, als ich meine Spitfire bauchlanden ließ.«

Abe wischte sich die feuchte Handfläche trocken, nahm den Hörer auf und holte tief Atem, um sein hämmerndes Herz und seine zitternden Glieder unter Kontrolle zu bekommen.

»Abe, ich habe heute vormittag mit Milt gesprochen. Er möchte Ihnen beweisen, daß er es ehrlich meint. Nochmals fünfundzwanzigtausend für die Filmrechte.«

Abe fühlte sich stark versucht, das Ganze mit einem Kraftausdruck zu beenden. Er blickte von Shawcross zu Laura. »Kommt nicht in Frage«, sagte er leise und legte auf.

»Oh, ich liebe dich, Abe. Bitte mich, mit dir zu gehen. Befiehl mir, nicht mit dem anderen fortzugehen.«

»Glaubst du denn, ich hätte nicht darüber nachgedacht? Wir durften einen Blick ins Paradies werfen. Nur ein verdammter Narr könnte glauben, daß er sein ganzes Leben auf diese Weise verbringen dürfte. Alles was wir erwarten können, ist ein Augenblick des Friedens zwischen zwei Schlachten. Das haben wir gehabt. In den Gegenden, wo ich jetzt hinfahre, ist es heiß und stickig. Nach einem Weilchen würde es dir dort nicht mehr gefallen. Wenn es überhaupt von Bedeutung ist — ich liebe dich auch.«

SAMANTHA BESASS GENUG ANGEBORENE WEIBLICHE SCHLAUHEIT, UM MICH DAZU ZU BRINGEN, ZWANZIG JAHRE NACH IHRER PFEIFE ZU TANZEN. SIE HIELT MICH NICHT DURCH MITGEFÜHL, OPFERBEREITSCHAFT ODER DURCH EIN AKTIVES INTERESSE AN MEINER ARBEIT.

SIE HIELT MICH DURCH ERPRESSUNG.

SIE BEGRIFF, DASS ICH DIE EINSAMKEIT AM MEISTEN FÜRCHTETE. EINSAMKEIT HATTE MICH IN DIE ARME VON FRAUEN GETRIEBEN, AUS DENEN ICH MIR NICHTS MACHTE, MIT DENEN ICH NICHT EINMAL EINEN ABEND VERBRINGEN WOLLTE ... NUR DAMIT ICH NICHT ALLEIN SEIN MUSSTE.

SIE BEGRIFF AUCH, DASS MEINE GRÖSSTE LIEBE MEINEM SOHN UND MEINER TOCHTER, BEN UND VANESSA, GEHÖRTE. SAMANTHA FUNKTIONIERTE SOWOHL DIESE MEINE LIEBE ALS AUCH MEINE FURCHT ZU DER STÄNDIG ÜBER MIR HÄNGENDEN DROHUNG UM, DASS ICH EINES TAGES ALLEIN UND OHNE MEINE KINDER SEIN WÜRDE.

SIE WAR SICH IHRER SACHE SO SICHER, DASS SIE IMMER WIEDER PRAHLTE, ES STÜNDE MIR JEDERZEIT FREI ZU GEHEN, OHNE DASS SIE IRGEND ETWAS VERLANGEN WÜRDE. ICH KÖNNTE SIE GENAUSO VERLASSEN, WIE ICH MICH VON LOU PEPPER UND MILTON MANDELBAUM BEFREIT HATTE.

WENN ICH GANZ AM BODEN WAR, WENN ICH ÜBER DIE RICHTUNG, DIE MEIN LEBEN NAHM, DEPRIMIERT UND ANGEEKELT WAR, HATTE SIE DIE STANDARDTAKTIK, MICH INS BETT ZU LOCKEN UND MICH WILD UND HEMMUNGSLOS ZU LIEBEN. DAS WAR EINE BERUHIGUNGSTHERAPIE, GENAUSO ALS OB MAN EINEN HUND AUF DER BRUST KRAULT. ABER SAMANTHA WAR IM BETT WIRKLICH GROSSARTIG, UND NUR SELTEN MISSLANG ES IHR, MEINEN ZORN ZU BESÄNFTIGEN. ZWEI JAHRZEHNTE LANG BETETE ICH UM EIN WUNDER, DAS ALLES ÄNDERN WÜRDE, UND DARUM, DASS SIE MIR EINES TAGES SAGEN WÜRDE, SIE HABE BEGRIFFEN, DASS ICH UNGLÜCKLICH SEI, DASS ICH HINAUSZIEHEN UND GEGEN WINDMÜHLEN KÄMPFEN SOLLE, UND DASS SIE AN MEINER SEITE STEHEN WÜRDE.

ALS ICH VÖLLIG AUSGELAUGT AUS HOLLYWOOD ZURÜCKKAM, FLEHTE ICH SIE AN, LINSTEAD HALL ZU VERPACHTEN. NIMM DIE KINDER UND GEH MIT MIR IN FERNE LÄNDER, WELCHE DIE VORSTELLUNGSKRAFT EINES SCHRIFTSTELLERS ANREIZEN.

WEM MACHTE ICH EIGENTLICH ETWAS VOR?

AUF DEN WENIGEN REISEN, DIE SAMANTHA MIT MIR ZUSAMMEN UNTERNAHM, WAR SIE WEGEN DER UNBEQUEMLICHKEITEN, WEGEN MEINES REISEPLANS UND WEGEN DER GESELLSCHAFTLICHEN VERPFLICHTUNGEN STÄNDIG UNGLÜCKLICH GEWESEN. SIE VERBRACHTE

DIE ZEIT MIT EINKAUFBUMMELN. AN DEN ABENDEN BEDRÜCKTE MICH DER GEDANKE AN DIE ARME GELANGWEILTE SAMANTHA, DIE GANZ ALLEIN IM HOTEL WAR, WÄHREND ICH DIE VERSCHIEDENSTEN LEUTE INTERVIEWTE, SO SEHR, DASS ICH NICHT VERNÜNFTIG ARBEITEN KONNTE. MAN MUSSTE IHR ALLES UND JEDES MIT EINER ENTSCHUL-DIGUNG PRÄSENTIEREN.

ICH WOLLTE IN LINSTEAD HALL SCHREIBEN. AUCH DIESE MISSGEBURT, »THE PLACE«. ABER SAMANTHA BEHAUPTETE HARTNÄCKIG, DASS MEINE ANWESENHEIT ZU HAUSE DIE ROUTINE STÖRE UND SIE ZU SEHR IN ANSPRUCH NEHME. ES WAR FÜR SIE IMMER EINE QUAL, FÜR MEINE KOLLEGEN UND GESCHÄFTSFREUNDE DIE GASTGEBERIN ZU SPIELEN.

UND JETZT HÖRTE ICH IHR FASSUNGSLOS VOR STAUNEN ZU. SIE HATTE IN ZWANZIG JAHREN NICHTS DAZUGELERNT.

»Man muß«, sagte Samantha, »Gott für gute Freunde wie Lou Pepper dankbar sein. Dein Benehmen ist schuld daran, daß er mit einer schwe-ren Kolitis in London im Krankenhaus liegt.«

MIR WAR ZWAR NEU, DASS MAN AUCH IM MUND EINE KOLITIS KRIEGEN KANN, ABER IM FALL LOU PEPPER WAR DAS DURCHAUS FOLGERICHTIG. ER WAR VOR MIR NACH LONDON ZURÜCKGEKEHRT UND HATTE SIE GRÜNDLICH BEARBEITET, VOR ALLEM MIT ERZÄH-LUNGEN ÜBER LAURA. ER HATTE IHR GESAGT, DASS DIESER AUF-TRAG DAS WICHTIGSTE EREIGNIS IN MEINEM LEBEN SEI, UND IHR DIE GENAUEN SUMMEN GENANNT. FALLS SIE MICH VOR WEITEREN LAURA ALBAS BEWAHREN WOLLE, DÜRFE ICH NICHT ALLEIN NACH LOS ANGELES FAHREN. WAS ER DAMIT IN WIRKLICHKEIT BEZWECKTE, WAR NATÜRLICH DIE ANWERBUNG EINER ZUVERLÄSSIGEN BUNDES-GENOSSIN, DIE IMMER BEREIT WAR, SICH AUF MEINEN KOPF ZU SETZEN, FALLS ICH AUS DER REIHE TANZTE.

UND SO WAR SAMANTHA GEWILLT, MIR ZU VERGEBEN UND DAS OPFER ZU BRINGEN, MICH ZU BEGLEITEN UND MIT MIR IN EINER LUXUSVILLA IN BEVERLEY HILLS ZU LEBEN. SIE RUNDETE IHREN VOR-TRAG MIT EINEM AUSFÜHRLICHEN HINWEIS DARAUF AB, WIE ANGE-GRIFFEN IHRE GESUNDHEIT SEI, WIE SCHWER SIE ARBEITE, WIE AN-SPRUCHSLOS SIE SEI UND WIE SIE MIR STETS ZUR SEITE GESTANDEN UND MICH BEI MEINER ARBEIT ERMUTIGT HABE.

EIN WUTANFALL WÜRDE MIR NICHTS NÜTZEN. DAS HABE ICH SCHON AUSPROBIERT. ICH SAH SIE AN UND ERKANNTE, DASS SIE SICH NIE-MALS ÄNDERN WÜRDE. SAMANTHA WAR SO EINFÄLTIG WIE IHRE PFERDE, UND ICH GESTAND MIR JETZT EIN, DASS ICH NICHT ETWA IHRETWEGEN EIN SCHRIFTSTELLER GEWORDEN, SONDERN DASS ICH TROTZ MEINES LEBENS MIT IHR EINER GEBLIEBEN WAR.

»Ich möchte mich scheiden lassen«, sagte ich.

ZUERST VERSUCHTE SAMANTHA AUF GÜTLICHEM WEGE, MICH DA-
VON ABZUBRINGEN. ICH HÄTTE EINEN LANGEN FLUG HINTER MIR,
SEI MÜDE UND SO WEITER, UND SO WEITER. ICH LIESS NICHT
LOCKER. DA GRIFF SIE ZU DER TAKTIK, MIR ANGST EINZUJAGEN. ICH
WÜRDE GANZ ALLEIN SEIN. DIE KINDER WÜRDEN SICH GEGEN MICH
STELLEN. DAS SCHULDGEFÜHL WÜRDE MICH ÜBERWÄLTIGEN.
ALS SIE ERKANNTE, DASS ICH FESTBLEIBEN WÜRDE, VERLOR SIE
JEDE HOFFNUNG.

»Ich ertrinke, Samantha. Wenn ich so weiterlebe, bin ich erledigt. Ich
Ich habe mich für die einzige Alternative entschlossen, nämlich käm-
pfend unterzugehen.«

AN DIESEM PUNKT DES GESPRÄCHS DROHTE SAMANTHA, DIE DOCH
NIE ETWAS FÜR SICH WOLLTE, MIR AUCH DEN LETZTEN SCHILLING
WEGZUNEHMEN.

»Ich will es dir sehr leicht machen«, sagte ich. »Du kannst alles haben,
einschließlich der Rechte an *The Place*, das, so möchte ich meinen tatsächlich von dir inspiriert worden ist. Ich gehe ohne einen Penny in der
Tasche von hier weg. Es gehört dir . . . alles und jedes.«

DANN MUSSTE ICH BEN UND VANESSA SAGEN, WAS GESCHEHEN WAR.
ICH SAGTE IHNEN, DASS ICH BALD NACH OSTEUROPA FAHREN
WÜRDE, UND WENN ALLES GUTGING, WOLLTE ICH IM NÄCHSTEN
SOMMER IN ISRAEL SEIN, UND DASS SIE NACHKOMMEN SOLLTEN.
ETWAS MERKWÜRDIGES PASSIERTE. SIE BESTANDEN DARAUF, MIT MIR
NACH LONDON ZU FAHREN UND MICH ZUM FLUGPLATZ ZU BE-
GLEITEN.
ALS ICH LINSTEAD HALL VERLIESS, WAR ES SAMANTHA, DIE ALLEIN-
BLIEB.

17

Abraham Cadys Odyssee begann in der Sowjetunion, wo man ihm auf
der üblichen Besichtigungstour Musterbetriebe, neue Siedlungen, das
Ballett, Museen und Heime der Jungpioniere zeigte und ihm beim
Schriftstellerverband dialektische Akrobatik bot.
In den Untergrundbahnen, vor laut plärrenden Radios und in den An-
lagen fanden heimliche Treffen mit Juden statt.

Sein Antrag, Prodno besuchen zu dürfen, ging im Labyrinth der Bürokratie verloren. Er fuhr nach Kiew zu den berüchtigten Massengräbern von Babi-Jar, wo fünfunddreißigtausend Juden zusammengetrieben und unter den Jubelrufen von Ukrainern ermordet worden waren. Die ziemlich große Gruppe der jüdischen Minderheit in Kiew, die ständig verfolgt wurde, war schon eher bereit, mit Cady zu sprechen.

Sein Besuch fand ein plötzliches Ende, als er aufgefordert wurde, Rußland zu verlassen.

Von Paris aus reiste er mit einem neuen Paß nach Warschau, wo man ihn unbedingt davon überzeugen wollte, daß die Polen an der Ausrottung der Juden keine Schuld gehabt hätten und daß es unter dem Kommunismus jetzt eine neue und liberale Einstellung gäbe.

Abraham unternahm eine trauervolle Pilgerfahrt zum Konzentrationslager Jadwiga, jenem Ort, an dem fast die ganze Familie Cadyzynski ermordet worden war. Das Lager war in unverändertem Zustand, ein nationaler Schrein. Und dieser Besuch rief Jahre der Schrecknisse von Gaskammer und Krematorium zurück, als er die Vergangenheit sowohl aus dem Blickwinkel der SS-Mörder als auch aus dem der ermordeten Juden betrachtete.

Er ging durch die Lazarettbaracken, wo die wahnwitzigen chirurgischen Experimente stattgefunden hatten.

Wieder sprach er mit zu vielen Leuten, und zu viele waren bereit, mit ihm zu sprechen. Mitten während einer Mahlzeit wurde er im Hotel Bristol in Warschau verhaftet, drei Tage lang in der Zentrale der Geheimpolizei als zionistischer Spion festgehalten und dann aus Polen ausgewiesen.

In Ostberlin war es nicht anders; dort besagte die offizielle Propaganda, die Ostdeutschen hätten sich von der Schuld reingewaschen, indem sie sich dem Kommunismus zugewandt hatten, während die Westdeutschen nach wie vor Nazis seien. Auf seiner dritten Fahrt nach Ostberlin warnte man ihn davor, noch einmal herzukommen.

Als nächstes folgte Abraham Cady dem Weg der überlebenden osteuropäischen Flüchtlinge des Zweiten Weltkrieges bis zum großen Auffangplatz Wien. Von dort weiter zu den Lagern in Italien und Frankreich, immer an der Küste entlang, wo die illegalen Einwanderungsagenten undichte, veraltete und ungeeignete Boote gekauft und versucht hatten, trotz der britischen Blockade damit quer durch das Mittelmeer nach Palästina zu kommen.

Er wanderte auf der sagenumwobenen Insel Zypern herum wie einst der wiederauferstandene Lazarus, denn hier hatten die Engländer riesige

Internierungslager eingerichtet, in denen jene Flüchtlinge hausten, die vor der Küste Palästinas abgefangen worden waren.

Er fuhr nach Deutschland und interviewte Dutzende ehemaliger Nazis, von denen keiner den Text des Horst-Wessel-Liedes kannte. Noch hatte irgend jemand, der in der Nähe von Dachau lebte, jemals seltsame Gerüche wahrgenommen.

In den Straßen von München und Frankfurt und Berlin ließ er vor seinem Auge die Kristallnacht wiedererstehen, jenen furchtbaren Massenüberfall der Braunhemden auf die deutschen Juden.

Nach sieben Monaten kam Abraham Cady in Israel an, um dort seine wenigen übriggebliebenen Verwandten zu besuchen und dann innerb des winzigen Staates 34 000 Kilometer herumzureisen. Er machte über tausend Interviews und sammelte dreitausend Dokumentarfotos. Er verbrachte mehrere Hundert Stunden in den Archiven des Todes. Er trug einen Berg von Büchern und Dokumenten zusammen und las, bis sein Auge fast den Dienst versagte.

Und seine ....ei David Shawcross stiegen immer weiter an.

Im ersten Sommer trafen Vanessa und Ben ein. Abe war darüber froh, weil er von seiner höchst temperamentvollen ungarischen Geliebten genug hatte, die voller Wut über diesen Einbruch in ihr »Territorium« davonstürmte.

Als der Sommer vorüber war, verkündeten die beiden ohne Umschweife, daß sie nicht nach England zurück wollten.

»Warum? Was wird eure Mutter dazu sagen?«

»Mutti ist ihrer aufopfernden mütterlichen Pflichten ein wenig müde, sie wird nichts dagegen haben«, sagte Vanessa.

»Red keinen Unsinn, Vinny«, sagte Ben. »Der Grund für unser Hierbleiben ist, daß wir das gefunden haben, von dem du hoffst, daß andere es mit Hilfe deines Buches finden werden.«

Es war ziemlich schwierig, gegen diesen Entschluß Argumente vorzubringen, obwohl Abe wußte, daß sein Sohn in die israelische Luftwaffe eintreten wollte. Der wirkliche Grund — und das fühlte er ganz deutlich — war jedoch, daß die Kinder ihn nicht allein lassen wollten, während er das Buch schrieb. Das Quellenmaterial war zusammengestellt und durchgearbeitet, und man konnte spüren, wie die Spannung stieg, als die Zeit für den Beginn des eigentlichen Schreibens reif war.

In den nächsten sechzehn Monaten brachte Abraham Cady über zwei Millionen Worte zu Papier, die er immer wieder änderte und umschrieb.

Herrn
David Shawcross
77 Cumberland Terrace
London NW 8

15. Dezember 1964

Lieber Onkel David,

ich habe einige beunruhigende Nachrichten zu melden, aber zum Glück
wendet sich jetzt alles zum Guten. Vor einer Woche fanden wir Vater
am Strand, wo er vor Erschöpfung zusammengebrochen war. Er erholt
sich jetzt in einer Klinik in Tel Aviv von einem kleinen Herzanfall,
wie die Ärzte es nennen. Richtig betrachtet, war das Ganze sogar ein
Glück, denn es diente als deutliches Warnzeichen.

In den vergangenen drei Monaten hat Vater wie ein Wahnsinniger geschrieben und war seiner Umwelt fast völlig entrückt. Er ist von diesem
Buch besessen und machte nur dann eine Pause, wenn seine Finger
erlahmten und er nicht mehr klar denken konnte. Mehr als einmal
schlief er über der Schreibmaschine ein.

Wir werden diese Zeit niemals vergessen. Jeden Tag, wenn die Sonne
sich neigte, gingen wir hinaus auf die Terrasse, und Vanessa las das
Tagespensum vor. Vater pflegte wortlos zuzuhören und sich Notizen
für Änderungen zu machen. Ein klein wenig konnten auch wir den
emotionellen Aufruhr fühlen, den er durchmachte.

Das Manuskript ist bis auf die drei letzten Kapitel fertig, die Vater
umschreiben will. Ich schicke es Dir, mit Ausnahme dieser drei Kapitel, mit getrennter Post.

Ich mache im Hebräischen gute Fortschritte. Hoffentlich bin ich bald
so weit, daß ich mit der Pilotenausbildung anfangen kann. Vanessa
hat die Abschlußprüfung am englisch-sprachigen Gymnasium bestanden und wird vielleicht eine einjährige Dienstzeit bei der Armee ab-
leisten. Eigentlich brauchte sie das nicht, aber ich glaube nicht, daß
irgend etwas sie davon abhalten kann.

Bitte mache Dir um Vater keine Sorgen. Er wird gut gepflegt.

Grüße Tante Lorraine von uns.

Ben Cady

NACHTTELEGRAMM
ABRAHAM CADY
KFAR SCHMARJAHU BET
ISRAEL

15. Januar 1964

HABE IHR MANUSKRIPT GELESEN STOP ICH GLAUBE SIE HABEN ER-
REICHT WAS JEDER AUTOR ANSTREBT UND NUR WENIGE VERWIRK-

LICHEN STOP SIE HABEN EIN BUCH GESCHRIEBEN DAS BESTAND HAT NICHT NUR ÜBER IHR EIGENES LEBEN HINAUS SONDERN FÜR ALLE ZEITEN.

IHR TREUER FREUND DAVID SHAWCROSS.

Abe war seit weit über einem Jahr in Israel, aber bisher hatte er einen Besuch auf dem Friedhof von Haifa gescheut. Nachdem er das Telegramm von Shawcross erhalten hatte, fühlte er, daß er endlich zu seinem Vater gehen konnte.

18

»THE HOLOCAUST« WURDE IM SOMMER 1965 VERÖFFENTLICHT. EIN GANZES LEBEN LANG HATTE ICH ARBEITEN MÜSSEN, UM NUN ÜBER NACHT BERÜHMT ZU WERDEN. JETZT, DA ICH MIT MEINEM EIGENEN HERZBLUT GESCHRIEBEN HATTE, STRÖMTEN DIE AASGEIER UND PARASITEN IN SCHAREN HERBEI, UM SICH IHREN ANTEIL ZU HOLEN. ANGEFÜHRT WURDEN SIE VON LOU PEPPER, DER BEREIT WAR, DAS GESCHEHENE ZU VERGESSEN.
NACHDEM ICH DAS MANUSKRIPT ANFANG DES JAHRES ABGELIEFERT HATTE, PACKTE MICH EINE UNWIDERSTEHLICHE SEHNSUCHT, NACH AMERIKA ZURÜCKZUKEHREN. ICH UNTERSCHRIEB EINEN LANGFRISTIGEN MIETVERTRAG FÜR EIN WUNDERSCHÖNES GEBILDE AUS GLAS UND HOLZ IN DEN HÜGELN VON SAUSALITO, MIT EINEM ATEMBERAUBENDEN BLICK ÜBER DIE BUCHT VON SAN FRANCISCO. DIESER DRANG, NACH AMERIKA ZURÜCKZUKEHREN, WAR MIT DEN IMMER STÄRKER WERDENDEN SORGEN GEWACHSEN, DIE ICH MIR ÜBER DAS MACHTE, WAS JEDEN VON UNS AN JEDEM ORT DER WELT UNMITTELBAR BETRAF, DIE FÄHIGKEIT ODER UNFÄHIGKEIT DES MENSCHEN NÄMLICH, AUF DEM PLANETEN ERDE WEITERHIN EXISTIEREN ZU KÖNNEN.
DAS LAND AN DER BUCHT WAR ZU EINEM ZENTRUM GEWORDEN, WO SICH VIELES VON DEM ABSPIELTE, WAS UNS ALLE ANGING, UND VON WO AUS MAN EIN GUTTEIL DER ZUKUNFT ANDERER ORTE VORHERSAGEN KONNTE.
UM IN DIESEN ZEITEN IN EINE TIEFE DEPRESSION ZU FALLEN, BRAUCHTE MAN NUR AN DIE MASSIVE VERSEUCHUNG DER ERDE, DER LUFT UND DES WASSERS ZU DENKEN, AN DIE MORALISCHE VERKOMMENHEIT, DIE GIER, DIE KORRUPTION UND DIE ENDLOSE LISTE MENSCHLICHEN VERSAGENS, DIE UNS PLÖTZLICH VIEL DEUTLICHER BEWUSST WURDE.
DER MENSCHLICHE RÄUBER, PLÜNDERER UND ZERSTÖRER MUSSTE ALLMÄHLICH FÜR DIE JAHRTAUSENDE DER SÜNDEN UND VERBRE-

CHEN BEZAHLEN, UND NOCH IN DIESEM JAHRHUNDERT WÜRDE ES EIN ARMAGEDDON, EIN JÜNGSTES GERICHT, GEBEN. ALLES STREBTE IN RASENDER EILE EINEM SCHRECKLICHEN HÖHEPUNKT ZU.

WENN WIR ALL DIE SCHANDTATEN DER MENSCHLICHEN RASSE KATA-LOGISIEREN UND IN RECHNUNG STELLEN WÜRDEN, WENN WIR AUS-RECHNEN WÜRDEN, WAS DER MENSCH GENOMMEN HATTE UND WAS ER SCHULDIG WAR, MÜSSTE ER SEINEN BANKROTT ERKLÄREN.

WIR WAREN JETZT VOR DIE FURCHTERREGENDE FRAGE GESTELLT, OB WIR UNS DEM ENDE UNSERER LEBENSFÄHIGKEIT NÄHERTEN ODER NICHT. DIE ALTEN GÖTTER UND WEISHEITEN KONNTEN KEINE ANT-WORT DARAUF GEBEN. UND UNTER DER JUNGEN GENERATION BREITETE SICH EIN SCHRECKLICHES GEFÜHL DER SINNLOSIGKEIT UND VERZWEIFLUNG AUS.

GROSSE UND GROSSARTIGE KRIEGE GEHÖRTEN DER VERGANGENHEIT AN. ES GAB ZWEI SUPERMÄCHTE IN DER WELT, VON DENEN JEDE DIE TOTALE VERNICHTUNG HERABREGNEN LASSEN KONNTE. DESHALB WÜRDEN ZUKÜNFTIGE KRIEGE INNERHALB SCHARF DEFINIERTER UND ENGGEZOGENER GRENZEN UND NACH STRENGEN REGELN AUSGE-FOCHTEN WERDEN MÜSSEN.

JETZT, DA EIN GROSSER KRIEG AUSGESCHLOSSEN SCHIEN, BRAUCHTE DER MENSCH ANSCHEINEND ETWAS, WOMIT ER DEN KRIEG ERSETZEN KONNTE. DER KERNPUNKT DES PROBLEMS IST DER, DASS DIE MENSCH-LICHE RASSE EINEN FUNDAMENTALEN DEFEKT HAT, NÄMLICH DEN UNAUSROTTBAREN DRANG ZUR SELBSTVERNICHTUNG.

SO HAT ER DEN KRIEG DURCH DINGE ERSETZT, DIE GENAUSO TÖD-LICH SIND. ER HAT NUNMEHR DIE ABSICHT, SICH DADURCH ZU VER-NICHTEN, DASS ER DIE LUFT, DIE ER ATMET, VERGIFTET, DASS ER BRÄNDE LEGT, AUFSTÄNDE MACHT UND PLÜNDERT, DASS ER DIE RICHTLINIEN UND GESETZE DER VERNUNFT INS GEGENTEIL VER-KEHRT, DASS ER GANZE TIERARTEN GEDANKENLOS AUSROTTET UND DIE GABEN DES BODENS UND DES MEERES ZERSTÖRT, DASS ER SICH SELBST MIT MEDIKAMENTEN UND RAUSCHGIFT IN EIN LANGSAMES STERBEN HINEINTREIBT.

DIE KRIEGE, WIE MAN SIE BISHER KANNTE, HABEN EINEM KRIEG GEGEN UNS SELBST UND UNSERE NÄCHSTEN PLATZ GEMACHT, DER DIE ARBEIT VIEL SCHNELLER SCHAFFT, ALS ES JE AUF EINEM SCHLACHTFELD GESCHEHEN IST.

DIE JUGEND HAT VIELE ALTEN SITTEN UND ETHISCHE GRUNDSÄTZE BEISEITE GESCHOBEN UND ZERTRAMPELT. IN VIELEN FÄLLEN WAR ES HÖCHSTE ZEIT, DASS UNSERE GESELLSCHAFT VON HEUCHELEI UND RASSISMUS UND FALSCHEN SEXUALBEGRIFFEN BEFREIT WURDE. ABER BEI IHREM WÜTENDEN ANSTURM GEGEN DAS ALTE HAT DIE JUGEND AUCH DIE GROSSEN WERTE UND WEISHEITEN ZU FALL GEBRACHT, OHNE SIE DURCH ETWAS NEUES ERSETZEN ZU KÖNNEN.

WAS KANN ICH ALS SCHRIFTSTELLER DAGEGEN TUN? SEHR WENIG, FÜRCHTE ICH. SO HABE ICH ZUSEHEN MÜSSEN, WIE MAN MIT EINER ART WAHNWITZIGER BESESSENHEIT DIE LITERATUR, DIE KUNST UND DIE MUSIK PERVERTIERT, UM FALSCHES LOB VON FALSCHEN PROPHETEN ZU ERRINGEN, VIELES DAVON TRÄGT DIE SYMBOLE DER VERZWEIFLUNG UND VERWIRRTHEIT. MAN BRAUCHT JA NUR EINMAL BEIM TANZEN ZUZUSEHEN UND DIE KÖSTLICHE MUSIK ZU HÖREN. NUN, MEINE SACHE IST ES, ZU SCHREIBEN. ALLES, WAS ICH BESTENFALLS ERREICHEN KANN, IST, EIN EINZIGES LECK IN EINEM DAMM MIT EINER MILLION RISSE ZU VERSTOPFEN.

WENN ICH EIN FIKTIVE AMERIKANISCHE STADT ERSCHAFFEN KÖNNTE UND AUS JEDEM NUR ERDENKLICHEN BLICKWINKEL ÜBER IHRE GESCHICHTE UND IHRE MENSCHEN SCHREIBEN WÜRDE, VON DEN ANFÄNGEN BIS ZU IHREM AUFSTIEG UND FALL, DANN KÖNNTE DAS MEIN WERTVOLLSTER BEITRAG SEIN. WAS ICH IN MEINER PHANTASIE ERREICHEN WOLLTE, WAR, EINE KOMPLETTE EINHEIT VON DER UMWELT ZU ISOLIEREN UND ZU UNTERSUCHEN UND DURCH DIE BETRACHTUNG DIESES EINEN TEILSTÜCKS EINEN EINBLICK IN DIE TAUSEND ANDEREN TEILSTÜCKE ZU GEWINNEN.

ALL DAS WIRD DREI ODER VIER JAHRE QUELLENFORSCHUNG ERFORDERN UND DANN IN FORM EINES ROMANS SEINEN AUSDRUCK FINDEN. VANESSA WIRD BALD IHREN MILITÄRDIENST IN ISRAEL ABGELEISTET HABEN, ZU MIR NACH SAUSALITO KOMMEN UND IN BERKELEY AUFS COLLEGE GEHEN, DAS ÜBRIGENS EINE FUNDGRUBE FÜR MEINE EIGENEN FORSCHUNGSARBEITEN GEWORDEN IST.

BEN? BEN IST JETZT SEREN MISHNE (LEUTNANT) CADY VON DER ISRAELISCHEN LUFTWAFFE. ICH BIN STOLZ. ICH HABE ANGST. ABER ICH GLAUBE, DASS ER BEI DER AUSBILDUNG, DIE ER ABSOLVIERT HAT, DER BESTE PILOT VON UNS DREIEN IST.

ES IST TRÖSTLICH ZU WISSEN, DASS DIE KINDER DADURCH, DASS SIE ISRAEL FANDEN, FÜR IMMER EIN REINES UND KLARES ZIEL VOR AUGEN HABEN, DAS ÜBERLEBEN UNSERES VOLKES.

SCHLIESSLICH GIBT ES JA NUR EINEN WEG, WIE DIE MENSCHHEIT GERETTET WERDEN KANN, WENN NÄMLICH GENUG MENSCHEN IHR LEBEN ETWAS ODER JEMAND ANDEREM ALS SICH SELBST WEIHEN.

ICH BIN ZU EINEM BELIEBTEN VORTRAGSREDNER GEWORDEN. ICH WURDE ZU EINER ARBEITSTAGUNG DER SCHRIFTSTELLER EINGELADEN, UND MAN STELLTE MIR DREI TAGE LANG FRAGEN.

»SICHER, JEDER KANN SCHREIBEN. ICH KANN SIE SOFORT INS GESCHÄFT BRINGEN. HIER IST EIN BLATT PAPIER.«

»WIE? INDEM SIE DIE UNTERE FLÄCHE IHRER HOSE MIT DER OBEREN FLÄCHE EINES STUHLS VERBINDEN.«

ODER

»ICH BIN AUCH SCHRIFTSTELLER, HATTE ABER NICHT SO VIEL GLÜCK WIE SIE, HERR CADY.«

DANN WAR ES SOWEIT, DASS ICH BEIM BANKETT MEINE REDE HALTEN SOLLTE. AUF DEM WEG ZUR REDNERBÜHNE STUDIERTE ICH DIE GESPANNTEN, EIFRIGEN GESICHTER. »WER VON DEN ANWESENDEN MÖCHTE EIN SCHRIFTSTELLER SEIN?« FRAGTE ICH. ALLE HOBEN DIE HAND. »WARUM, ZUM TEUFEL, SIND SIE DANN NICHT ZU HAUSE UND SCHREIBEN?« SAGTE ICH UND VERLIESS DAS PODIUM. DAS SETZTE MEINER KARRIERE BEI SCHRIFTSTELLERTAGUNGEN EIN ENDE.

ABER AUCH DIE JUDEN HATTEN MICH ENTDECKT. WOHLTÄTIGKEIT FÜR JUDEN HATTE FÜR MEINEN VATER UND MEINER FAMILIE IMMER ZUM LEBEN GEHÖRT. FÜR DIE UNSRIGEN ZU SORGEN, IST STETS DER SCHLÜSSEL FÜR UNSER ÜBERLEBEN GEWESEN. DAS IST DAS INNERSTE WESEN VON ISRAEL. ICH ERINNERE MICH, DASS ES IN MEINER KINDHEIT IN DEN JÜDISCHEN GESCHÄFTEN AN DER CHURCH STREET VON NORFOLK IMMER EINEN »PUSCHKE« GAB — EINE KLEINE SAMMELBÜCHSE FÜR IRGENDEINEN ZWECK IN PALÄSTINA.

NUN, ICH KANN IHNEN VERSICHERN, DASS ES DEN JUDEN NIE AN EINEM GRUND ZUM AUFTREIBEN VON GELD MANGELT, UND IM JAHRE 1965 HIELT ICH AUS EINHUNDERTSECHZEHN DERARTIGEN GRÜNDEN ANSPRACHEN. DAS GANZE VORTRAGHALTEN IST MIR EIN GREUEL. ICH MAG ES NICHT, ANGEFANGEN VOM BEGRÜSSUNGSKOMITEE AUF DEM FLUGPLATZ ÜBER DIE FERNSEHINTERVIEWS BIS ZU DEN PRIVATEN ESSEN MIT DEN WICHTIGSTEN GELDGEBERN, UND WENN ICH ZUM REDNERPULT GEHE, BIN ICH SO ANGSTGEPEINIGT, DASS ICH MICH VORHER MIT SCHNAPS UND BERUHIGUNGSPILLEN VOLLSTOPFEN MUSS. JEDENFALLS BIN ICH SEIT »THE HOLOCAUST« ÜBERALL HEISS BEGEHRT, UND ES FÄLLT MIR SEHR SCHWER, ZU DIESEN LEUTEN NEIN ZU SAGEN.

Abes Sekretärin Millie ließ Sidney Chernoff eintreten, den Abgesandten der Einstein-Universität die das zweite vollanerkannte jüdische Bildungsinstitut in Chikago war.
»Herr Cady hat angerufen, daß er sich ein paar Minuten verspäten wird. Möchten Sie in seinem Arbeitszimmer warten?«
Hier arbeitete er also! Chernoff war beglückt und betrachtete alles genau. Der alte Ledersessel, die abgenützte Schreibmaschine, der Schreibtisch mit den vielen persönlichen Kleinigkeiten, Fotos seiner Kinder in israelischen Uniformen. Genug Unterhaltungsstoff für eine Woche! Eine Wand war vom Fußboden bis zur Decke mit Kork verkleidet. MARK TWAIN CITY, CALIFORNIA. An der Wand hingen Zettel mit den verschiedensten Daten und Statistiken, Namen von Einzelpersonen und

Familien sowie Angaben über die schulische, politische, industrielle und kulturelle Struktur der Stadt.

Man stelle sich vor! Eine Stadt, die im Gehirn eines Mannes geboren wurde.

Auf einem langen Tisch gegenüber lagen Stapel von Büchern, Dokumenten und Fotografien über jeden erdenklichen Aspekt des städtischen Lebens. Berichte über den Zuzug von Minderheiten, Aufstände und Überschwemmungen, Streiks, Polizei und Feuerwehr.

Sidney Chernoffs Wanderung durch das Heiligtum wurde von dem Getöse eines näher kommenden Motorrads jäh unterbrochen. Er sah vom Fenster aus auf die Auffahrt hinunter, wo irgend so ein Halbstarker den Motor aufheulen ließ, ihn abschaltete und dann abstieg. Mein Gott! Es war Abraham Cady!

Chernoff bemühte sich, möglichst gelassen zu erscheinen, als Cady in Stiefeln und Lederjacke hereinkam, ihn begrüßte, sich in den Schreibtischsessel fallen ließ, die Füße auf die Tischplatte legte und bei Millie eine Bloody Mary bestellte.

»Ein recht interessantes Maschinchen«, meinte Chernoff in dem Bemühen, IRGEND ETWAS Sachliches über das Motorrad zu sagen.

»Harley C. H. Sportstar 900«, sagte Abe, »der Brocken saust ab wie eine gesengte Wildsau.«

»Ja, es scheint einen starken Motor zu haben.«

»Ab und zu muß ich einfach losbrausen und mein Gehirn lüften. Ich begleite seit über zwei Monaten die Rauschgiftstreifen bei ihren Einsätzen. Eine scheußliche Sache. Gestern abend fanden wir zwei Kinder, zwölf und vierzehn Jahre alt, die an einer Überdosis Heroin gestorben waren.«

»Wie entsetzlich.«

»Der einzige Nachteil des Motorrads ist der, daß es nicht fliegen kann. Aber die staatliche Zulassungsstelle hält mir lange Reden über einen Pilotenschein für Privatflugzeuge. Das Auge, verstehen Sie?«

Abes Bloody Mary und Chernoffs Tee wurden serviert.

Chernoff nahm einen Schluck und nickte beifällig mit genüßlich verzogenen Lippen. Er pirschte sich langsam an den Zweck seines Besuchs heran und sprach mit der tiefen, wohlmodulierten Stimme des routinierten Superintellektuellen. Cady war zwar in bezug auf das Motorrad überempfindlich, aber er war auch ein großer Romancier, der die gewählte Sprache eines anderen kultivierten Mannes verstand. Chernoff streute in seinen Vortrag hebräische Phrasen ein, Weisheiten aus dem Talmud und Zitate aus persönlichen Gesprächen mit anderen großen Männern. Er erklärte, weshalb ein Mann vom Format eines Abraham Cady sich für die Einstein-Universität, die zweite große jüdische Bildungsstätte im Land, einsetzen sollte. Es gab da ein paar Lehrstühle für Kunst und Literatur, für die Abe Spenden aufbringen könnte. Als

Gegenleistung würde Abraham Cady durch das Bewußtsein, der Sache der jüdischen Erziehung und Bildung gedient zu haben, ein hoher geistiger Lohn zuteil werden.

Abe ließ seine Füße mit einem lauten Krach auf den Fußboden fallen. »Ich werde sehr gern für Einstein etwas tun«, sagte er.

Sidney Chernoff vermochte seine überwältigende Freude nicht zu verbergen. Cady war keineswegs das Monstrum, als das man ihn geschildert hatte. Ein Jude ist ein Jude, und wenn man richtig mit ihm spricht, dann wird sein Judentum immer zum Vorschein kommen.

»Ich habe eine kleine Bedingung«, sagte Abe.

»Natürlich.«

»Das Geld, das ich auftreibe, soll nur für die Aufstellung eines erstklassigen Football-Teams und für die Verpflichtung eines der besten Trainer verwendet werden, der das Team so fit macht, daß es gegen die führenden Mannschaften bestehen kann.«

Chernoff war verwirrt. »Aber Einstein hat doch sehr gute eigene Mannschaften für Wettkämpfe.«

»Die Sache ist folgende, Herr Chernoff. Wir haben genug Studenten, Ärzte, Wissenschaftler, Rechtsanwälte, Mathematiker, Musiker und Spendensammler, um jedes unterentwickelte Land in der Welt damit versorgen zu können, einschließlich Texas. Ich sehe das Ganze so: Die Juden haben seit zweitausend Jahren immer wieder Gespräche geführt, ohne in Fragen, welche die menschliche Würde betreffen, einen nennenswerten Erfolg zu erzielen. Ein paar von unseren Leuten in Israel gingen los und verdroschen jemand anderen, und das ist es, womit wir uns Respekt errungen haben. Ich will, daß die Einstein-Universität elf große kräftige Juden gegen Notre Dame aufs Feld schickt. Ich will Juden haben, die andere Leute niederwerfen, zuschlagen und sich ins Gewühl stürzen können und wegen unnötiger Härte Verweise bekommen. Ich will einen Juden, der einen Ball fünfzig Yards weit zu einem anderen Juden werfen kann, und der ihn fängt, auch wenn ihm drei Riesenkerle am Rücken hängen.«

Nach einer ausgedehnten Grundlagenforschung im Zunfthaus der Hafenarbeiter, einer Debatte mit Studenten über die Umwälzungen im öffentlichen Leben, oder wenn er sich im Getto der Fillmore Street nach neuen Entwicklungen umgehört oder im Pacific Union Club ins gesellschaftliche Leben gestürzt hatte, wenn er mit der Polizei auf Einsatz gefahren war, sich bei den Beatniks herumgetrieben hatte oder mit beziehungsweise gegen die Campus-Rebellen der Universität von Kalifornien marschiert war, fand Abe Erholung, wenn er mit seinem Boot durch die Bucht von San Francisco segelte oder mit den Fischern hinausfuhr. Ein paar Tage auf hoher See, sich einmal beim Lachsfang richtig auszuarbeiten, sich den Bart wachsen zu lassen, über die Reling zu pinkeln und mit den Italienern zu trinken — das alles machte ihn wieder fit für seine Arbeit.

Er hatte auf der *Maria Bella II* vier herrliche Tage im kalten böigen Januarwind und bei rauher See verbracht. Er war traurig, als das Schiff mit dumpf knatternder Maschine durch das Golden Gate wieder in die große Bucht einlief.

Dominik, der Skipper der *Maria Bella II*, überreichte Abe einen Sack Krabben.

»Wenn meine Mutter diese Krabben sehen könnte, würde sie sich im Grab umdrehen.«

»He, Abe«, schrie Dominik hinter ihm her, »Wann schreibst du mal was über mich?«

»Habe ich schon. Und zwar ein Buch, das nur eine Seite lang ist und *Vollständige Enzyklopädie der italienischen Kriegshelden* heißt.«

»Sehr komisch, du jiddischer Schreiberling. Kannst froh sein, daß du nur ein Auge hast.«

»Ich habe aber zwei. Die Augenklappe trage ich nur, weil ich feige bin.«

Die *Maria Bella II* schaukelte in der Dünung, drehte hart vor Alcatraz bei und glitt auf Fisherman's Wharf und die Märchenstadt aus Alabaster zu, die sich dahinter erhob.

Doms Vater stand auf der Pier, als sie festmachten. »He, Abie, deine Sekretärin, sie rufen an. Sie sagen, du gleich sie anrufen.«

»Millie, hier ist Abe. Was ist los?«

»Vorgestern kam ein Telegramm aus London, von Shawcross. Ich wußte nicht, ob ich es Ihnen per Funk durchgeben sollte oder nicht.«

»Lesen Sie es vor.«

»Verleumdungsklage gegen Autor, Verleger und Druckerei von *The Holocaust* von Sir Adam Kelno erhoben, ehemaliger Gefangenenarzt im KZ Jadwiga, wegen Erwähnung seiner Person auf Seite 167 stop Kelno vor neunzehn Jahren in London in Auslieferungsfall verwickelt und freigelassen und später von britischer Regierung geadelt stop Schicken Sie uns sofort alle Informationsquellen stop Falls Sie die Behauptung nicht beweisen können, ist unsere Lage sehr ernst. Die Unterschrift lautet: David Shawcross.«

III. SCHRIFTSATZ AN EINEN ANWALT

EINLEITUNG

Das Gebiet von Groß-London umschließt die City of London und 32 Boroughs, selbständige Gemeinden, zu denen auch die einstige City of Westminster, das ehemalige Royal Borough of Kensington und so berühmte Bezirke wie Chelsea, Harrow, Hammersmith sowie ein Borough mit dem pittoresken Namen Tower Hamlets gehören.

Die City of London, die immer noch Sonderrechte genießt, bedeckt nur eine kleine Fläche von 270 Hektar am Nordufer der Themse und erstreckt sich ungefähr von der Waterloo-Brücke bis zur Tower-Brücke. Die City ist autonom und erneuert alljährlich ihre Sonderstellung durch die Zahlung von sechs Hufeisen, einundsechzig Hufeisen-Nägeln, einem Handbeil und einer Axt an die Krone. Innerhalb seines Herrschaftsbereichs von 270 Hektar ist der Lord Mayor nicht der Krone untertan, und wenn der Monarch das Gebiet der City betreten will, muß er die offizielle Erlaubnis des Lord Mayors einholen.

Die vielen Zeremonien, bei denen nach wie vor Perücken und Amtsroben getragen werden, bilden einen krassen, aber liebenswürdigen Gegensatz zu den miniberockten jungen Damen des Bankenviertels.

Im Mittelalter wählten die Gilden der Fischhändler, Eisenhändler, Spezereihändler, Weinhändler und so weiter die Verwaltungsbeamten von London, die entsprechend ihrer Würde Roben, Amtsstäbe, Szepter und Prunkschwerter trugen.

Die Grenzen der City sind deutlich markiert; die bekannteste Markierung ist die Vogel-Greif-Statue, die dort steht, wo der Strand kurz vor dem Justizpalast in die Fleet Street übergeht. Früher war es üblich, daß Väter ihre Söhne an die Grenze führten und ihnen dort einen ordentlichen Hieb auf die Rückseite versetzten, damit sie sich stets daran erinnerten, wo ihre Bewegungsfreiheit zu Ende war.

Innerhalb ihrer »magischen Meile« umschließt die City Fleet Street, das Zeitungszentrum der Welt, die Bank von England, Lloyd, Petticoat Lane, den Tower von London die St. Pauls-Kathedrale, Old Bailey, das den düsteren Ruf des berühmtesten Kriminalgerichts der Welt genießt, und die großen Fischmärkte; das alles steht bei feierlichen Anlässen unter dem Schutz von Pikenieren, mit einer Pike bewaffneten Fußsoldaten, im

Alltag unter dem von sechs Bobbys, die besondere Embleme an den Helmen haben, auf daß sie sich deutlich von den übrigen Londoner Bobbies unterscheiden.

Aber es gibt in der City noch andere berühmte Institutionen, den Justizpalast und drei der vier Inns of Court. Ebenso wie die City von Großlondon autonom ist, sind die Inns of Court von der City unabhängig. Die Inns of Court, Rechtsinnungen, gehen auf das Jahr 1099 zurück, als den Tempelrittern — als Waffenbrüdern im Zeichen des Kreuzes — ein Wohnsitz gewährt wurde, damit sie ihr »Gelöbnis der Keuschheit und Armut« weiter erfüllen konnten, vermischt mit ein paar blutrünstigen Abstechern in andere Gefilde. Der Orden wurde zwar 1312 vom Papst aufgelöst, hat aber auf dem Wege über die Freimaurerlogen bis in die Gegenwart hinein überlebt, und seine Mitglieder halten den Grad eines Tempelritters noch heute hoch in Ehren.

Nach dem Untergang des Templerordens ließen sich im 13. Jahrhundert Rechtsgelehrte im Tempel nieder. Damals gehörten sowohl die Rechtsgelehrten als auch die Ärzte dem geistlichen Stand an, und das Kirchenrecht war die Grundlage der Rechtsprechung.

Durch die Magna Charta und andere Maßnahmen während der Regierung von Heinrich III. verlor das Kirchenrecht an Bedeutung, und allmählich entwickelte sich aus den Resten das Common Law, das Gewohnheitsrecht. Seit dieser Zeit sind die Inns of Court die großen Rechtsschulen Englands und die Zentrale der britischen Juristen. Die Namen der vier Inns lauten: Gray's Inn, Lincoln's Inn, Middle Temple und Inner Temple.

Die Halle des Middle Temple ist ein Juwel der Heraldik. Hier wurde auch Shakespeares *Was ihr wollt* zum ersten Mal aufgeführt. Die Bankett-Tafel unterhalb des Podiums wurde aus dem Holz von Sir Francis Drakes *Golden Hind* geschreinert, und Elisabeth und ihre Admiräle waren hier zu Gast. Unter dem Zeichen des Middle Temple, dem Heiligen Lamm, schufen Oliver Goldsmith und Dr. Johnson und Blackstone ihr Lebenswerk, und auch Chaucer schrieb hier seine *Canterbury Tales*. Nicht weniger als fünf Mitglieder des Middle Temple unterzeichneten die amerikanische Unabhängigkeitserklärung. In seinen Gärten begannen die dreißig Jahre dauernden Rosenkriege.

Aber es ist die Halle, die das überwältigendste und prachtvollste Wahrzeichen des Middle Temple ist. Sie ist über dreißig Meter lang und erhebt sich zu einer Höhe von über fünfzehn Metern bis zur Decke aus elisabethanischen Stichbalken. Im Jahre 1574 wurde ein prachtvolles geschnitztes Holzgitter quer durch die fünfzehn Meter breite Halle gezogen. Reihen von massiven langen Eßtischen stehen in Richtung auf das Podium zu, das von einer getäfelten Wand flankiert wird, welche die Wappen von Schatzmeistern und Professoren zeigt. Vom Podium aus präsidieren die Bencher, die Innungsvorstände, über feierliche Bankette und wilde Gelage. Die vierzehn Fenster an den Seiten und am hinteren Ende der Halle stellen in farbigem Glas die Wappen der Lordkanzler zur Schau, die aus dem Middle Temple hervorgegangen sind. Und die Porträts königlicher Schutzherren, von Hogarth und Van Dyck gemalt, blicken auf die Szene hernieder.

Man braucht nur eine schmale Gasse zu überqueren, um vom Middle Temple in den Inner Temple zu gelangen, dessen bekanntestes Merkmal die im Jahre 1185 geweihte St. Marien-Kirche ist. Sie blieb wie durch ein Wunder von den regelmäßigen Großbränden verschont, die im Mittelalter die City einäscherten, wurde jedoch im Blitzkrieg schwer beschädigt. Sie ist hervorragend restauriert worden und eine der wenigen Rundkirchen in England, nach dem Vorbild des Heiligen Grabes in Jerusalem erbaut; sie enthält mehrere marmorne Rittergräber aus dem 13. Jahrhundert und eine Arkade aus grotesken Steinköpfen, die Seelen im Fegefeuer darstellen. Ganz in der Nähe waren einmal die Zellen, in denen Bettler, Schuldner und andere Sünder verhungerten, während sie den Rittern bei ihren frommen Gebeten zusehen durften. Die Kirche wurde von Christopher Wren mit einem rechteckigen Schiff verschönt. Zwar wurde ein großer Teil des Inner Temple durch Brände und Kriegseinwirkungen zerstört und in neuerer Zeit wieder aufgebaut, doch sind es die Namen, die seinen Ruhm für alle Zeiten erhalten: Charles Lamb und William Makepeace Thackeray, Boswell und Charles Dickens. Und genauso klangvoll sind die Namen seiner Gebäude und Gassen, wie Hare Court, Figtree Court, Ram Alley und der King's Bench Walk, dessen riesige Rasenfläche sich bis ans Themseufer erstreckt.
Sowohl der Middle als auch der Inner Temple sind von der Außenwelt und dem geschäftigen Treiben der Fleet Street und des Victoria Embankment durch die von Christopher Wren entworfene Tore und Mauern abegschlossen.
Hinter dem Justizpalast, zwischen High Holborn und Carey Street, steht Lincoln's Inn auf einem Gebäude, das früher der Sitz eines Mönchsordens war und von der Chancery Lane begrenzt wird. Als die Mönche auf Geheiß des Erzbischofs von Canterbury dem Dominikaner-Orden angeschlossen wurden, erhielt Henry de Lacy, Earl of Lincoln, im Jahre 1285 das Nutzrecht für ihre Gebäude. Im Herzen der grünen Wiesen von Lincoln's Inn steht die 1489 erbaute Old Hall, die vollkommen erhalten ist und noch heute als Hörsaal benutzt wird. Dies ist der Inn von William Pitt und Disraeli und Cromwell und von dem Märtyrer Thomas More, der zu den neun Premierministern und zwanzig Lordkanzlern gehört, die aus Lincoln's Inn hervorgingen.
Auf der anderen Seite von High Holborn, einer Straße, die ihren Namen nach dem Pfad erhielt, den sich das Große Feuer bahnte, und knapp außerhalb des Territoriums der City liegt der viereckige Block des vier-

ten Inns, Gray's. Hier studierte einst Sir Francis Bacon. Gray's wird heute kaum noch von praktizierenden Barristers, Anwälten, die vor Gericht plädieren, benützt, und die meisten Büros sind an Solicitors, Anwälte, die mit den Mandanten verhandeln, vermietet.

Die vier Inns sind untrennbar mit der Geschichte und Größe Englands verbunden. Sie bilden die Juristische Universität und besitzen außer ihren individuellen Attributen riesige Bibliotheken, veranstalten juristische Seminare und Übungsprozesse, stehen unter königlicher Schutzherrschaft, haben Scharen von Studenten in ihren Mauern und halten die offiziellen Bankette ab, bei denen frischgebackene Barristers ihre Zulassung empfangen.

Während draußen die Welt vorbeiwirbelt, leben die Mitglieder der Inns nach wie vor in fast klösterlicher Ruhe, tragen die für sie charakteristischen Roben und pflegen stets geschlossen im Inns-of-Court-Regiment in den Krieg zu ziehen.

In jedem Gebäude schulen Counsels oder Senior Barristers in ihren Chambers, den Kanzleien, die Junioren in der Prozeßführung. Im Gerichtssaal ergibt es sich dann oft, daß sich zwei Barristers aus der gleichen Sozietät als Gegner gegenübersitzen.

Manche Leute sagen, daß die Inns private Debattierklubs seien, ihre zweitausend Barristers zu viele Vorrechte hätten, und daß die Tausende von Beispielen des Common Law, des Gewohnheitsrechts, zu altertümlich und verwickelt seien.

Und doch geht es hier ausschließlich um das Recht und nur um dieses. Der Barrister übernimmt jeden Fall gegen ein Festhonorar und darf keine Erfolgshonorare beanspruchen. Er kann für das, was er in einem Prozeß sagt, nicht gerichtlich belangt werden. Jedoch ist es ihm nicht gestattet, Honorare auf dem Klageweg einzutreiben.

Innerhalb der Inns kennt man keine Korruption. Der Junior-Barrister wird von einem Mann beurteilt, der aus den Rängen der erfahrensten Queen's Counsels ausgewählt wurde.

Jeder neue Student wird bei der Aufnahme in eine Anwalts-Sozietät ebenso nachdrücklich wie feierlich darauf hingewiesen, daß er sich im Heim der Tempelritter und in der Gesellschaft von Königen und Königinnen, Staatsmännern und Richtern, Philosophen und Dichtern befindet. Er hat sich nach den Vorschriften der Innungsvorstände zu richten und wird dafür der Weisheit der Dozenten teilhaftig.

Jeder, der über ein entsprechendes Abschlußzeugnis und ein paar Hundert Pfund verfügt, kann in einem Inn studieren und von einem Master in Chambers, einem Senior Barrister, angenommen werden.

So mancher berühmte Barrister steht unter Zeitdruck, was die Ausarbeitung seiner Plädoyers betrifft, und hier bietet sich einem neuen

Schüler die Chance, sich die Gunst seines Masters zu erwerben. Indem er das Grundmaterial zusammenstellt und einwandfreie, exakte und technisch perfekte Plädoyers aufsetzt, kann sich der Schüler bei seinem Master beliebt machen.

Der Schüler paßt auf, daß er sich so selten wie möglich blamiert. Er studiert die Unterlagen des Masters, sucht Argumente für ihn heraus, begleitet ihn ins Gericht und arbeitet hart und unermüdlich.

Er lernt, jede von seinem Master benötigte Information parat zu haben. Er entwickelt die Fähigkeit, während der Verhandlung mit Schnelligkeit und Genauigkeit Notizen zu machen.

Das geht ungefähr ein Jahr lang so: Studium, das Einhalten der Quartale, das heißt die Teilnahme an einer gewissen Anzahl der in regelmäßigen Abständen in der Innungshalle stattfindenden Abendessen, Seminare und Übungsprozesse.

Allmählich erhält der Student dann selbstständigere Aufgaben. Manchmal braucht ein überbeschäftigter Junior Barrister jemanden, der für ihn einen Fall für einen Senior Barrister vorbereitet, oder er darf sogar vor einem Grafschaftsgericht selbst einen leichteren Fall verhandeln.

Jeder Anwalts-Sozietät, zu der zwischen zwei und zwanzig Barristers gehören, wird von einem Kanzleivorsteher geleitet, einem sehr wichtigen Mann, der es in der Hand hat, einen Schüler rasch vorwärtskommen oder ihn verschimmeln zu lassen. Er verhandelt für den Barrister mit den Kanzleien der Solicitors, ist für die Zuweisung der Fälle verantwortlich, setzt die Honorare fest und erledigt außerdem einen Teil der anfallenden Arbeiten.

Nachdem der Schüler quasi »anonym« für Junior Barristers gearbeitet, ein paar leichtere Fälle selbständig verhandelt und stets großen Fleiß gezeigt hat, beginnt der Kanzleivorsteher, dem aufgeweckten jungen Mann ab und zu etwas Besseres zukommen zu lassen.

Um seine Karriere zu beschleunigen, schreibt der Student für Fachjournale und läßt sich beim Verein für Rechtshilfe eintragen.

Nach der Zulassung und Aufnahme in eine gute Anwaltssozietät arbeitet der neue Barrister gemeinsam mit etwa zehn anderen Junioren unter der Leitung eines angesehenen Queen's Counsel, eines Kronanwalts. Gute Junior Barristers sind sehr gefragt. Nach fünf Jahren kann er sich vielleicht schon ein größeres Arbeitszimmer leisten. Und eines Tages, nach einer besonders brillanten Leistung, belohnt der Queen's Counsel den Junior mit einer roten Tasche, in der er von jetzt an Talar, Perücke und Bücher tragen darf.

Nach zirka fünfzehnjähriger Tätigkeit kann der Junior Barrister von der Krone zum Queen's Counsel ernannt werden. Nun braucht er nicht mehr einen Talar aus »Stoff« zu tragen, denn als Queen's Counsel steht ihm Seide zu.

Der Queen's Counsel braucht nur vor Gericht zu plädieren, alle Vorbereitungsarbeiten werden von den Junior Barristers erledigt.

Mit fünfzig Jahren oder darüber kann ein prominenter Queen's Counsel zum Richter bestellt werden und wird automatisch geadelt. Das ist der Höhepunkt im Leben eines jeden Juristen.

Er kann jedoch auch bis an sein Lebensende Junior Barrister bleiben.

1

Oktober 1945

Über den Parliament Square schallte das Dröhnen großer Glocken, die mit uraltem feierlichem Zeremoniell die neue Sitzungsperiode der Gerichte einläuteten.

Der Krieg war vorbei, England hatte überlebt, und das Empire bestand noch. Die Engländer gingen daran, die von den Bombenangriffen hinterlassenen Trümmer im Zentrum von London wegzuräumen, und bald würde all das der Vergangenheit angehören. Man würde wieder zu Ordnung und Tradition zurückkehren, wie es früher gewesen war. Zwar wurde allenthalben vom Aufbruch in eine neue bessere Zeit gesprochen, aber diese Art von Gerede schien es nach jedem Krieg zu geben. Für England hielt die Zukunft keine dynamischen Veränderungen bereit. Hier schätzte man geordnete Verhältnisse, ohne die dramatischen Unruhen der romanischen und Mittelmeer-Völker. Ja, das neue Zeitalter würde genauso sein wie das vergangene.

Wer das bezweifelte, brauchte nur am heutigen Tag hier zu sein, dann würde er begreifen, was England eigentlich war. In der Westminster-Abtei führte der Lordkanzler, in prächtiger schwarz-goldener Robe, die Richter von England und die Barristers zu einem feierlichen Gottesdienst. Während sie darum beteten, daß Gott sie bei der Ausübung des Rechts leiten möge, hielten ihre römisch-katholischen Kollegen in ihrer eigenen Kirche eine Rote Messe ab.

Die mächtigen Türflügel der Abtei schwingen auf. Die Prozession beginnt. Sie wird vom Träger des Amtstabs angeführt, einem großen dünnen Mann mit strenger Miene, dem der Träger des Großsiegels folgt. Ihre Kleidung besteht aus Bundhosen, Schnallenschuhen und einer Unmenge bestickter Borten und Tressen.

Hinter ihnen kommt Lord Ramsey, der Lordkanzler, dem man die Bürde seines Amts ansieht. Diesem wiederum folgt, im gleichen gemessenen Schritt, sein Mantelträger, während sie die breite Straße zum Oberhaus überqueren.

Danach folgt die farbenprächtig gekleidete Schar der Richter des Lordkanzlers: Der Lordoberrichter in scharlachroter Robe, auf deren Hermelinkragen die schwere goldene Kette des Hauses Lancaster liegt. Dann der Master of the Rolls, der Präsident des Reichsarchivs, der nach alter Tradition der Stellvertreter des Lordkanzlers und Präsident der Kanzleigerichte, jetzt der Berufungsgerichte, ist, und danach, in der Reihenfolge ihres Ranges, die anderen, alle in Bundhosen, Schnallenschuhen und großen Perücken: der Präsident der Abteilung Nachlaß-, Scheidungs- und Seegerichte und die Lordrichter des Berufungsgerichts in schweren schwarz-goldenen Roben sowie die in flammendes Rot gekleideten Richter des Obersten Gerichtshofs.

Nun die lange Reihe der Senior Barristers, der King's Counsel, in schwarzen Seidentalaren und Perücken aus der Zeit der Königin Anna. Den Schluß machen die Junior Barristers.

Nach ihrem Einzug ins Oberhaus werden sie in der Königlichen Galerie empfangen.

In unserer Zeit, in der jedermann von demokratischen Veränderungen spricht, hört man oft, das Parlament veralte und lebe nur innerhalb der geschlossenen Gemeinschaft derjenigen, die es ausüben, sei in höchstem Maße reformbedürftig und ersticke an seinen eigenen uralten Riten. Ferner wird behauptet, das Common Law stecke voller Symbole aus vergangenen Zeiten. Bedenkt man jedoch, daß es seit fast tausend Jahren befolgt wird, kann man wohl schwerlich einwenden, daß irgendein anderes von Menschen entwickeltes System besser sei, und es wäre genauso schwierig, etwa zu behaupten, daß es die juristischen Forderungen der Gegenwart nicht klar und rasch erfülle.

Die Seele des englischen Rechts ist der Lordkanzler, und zwar ist es zur Zeit Cyril Ramsey, der den höchsten Gipfel seiner Profession erreicht und ein Amt übernommen hat, das für einen einzelnen Mann eine viel zu schwere Bürde zu sein scheint. Er hat drei äußerst wichtige Funktionen zu erfüllen.

Der Lordkanzler ist einer der wenigen Männer auf der Welt, der in allen Zweigen der Regierung eine führende Position hat. Als höchster Richter von England ist Lord Ramsey das Haupt des gesamten englischen Rechtswesens. Er schlägt die Richter vor und ernennt die Junior Barrister zu Mitgliedern des auserwählten Kreises der King's Counsel. Er ist Präsident des Oberhauses und pflegt bei der Ausübung seines Amtes auf dem traditionellen Wollsack zu sitzen, dem Symbol seiner Stellung im Parlament.

Er ist der oberste Rechtsberater der Krone.

Er ist Mitglied des Kabinetts.

Im Parlament arbeitet er bei der Verabschiedung von Gesetzen mit. Als Berater und Minister hilft er mit, sie zu vollstrecken. Als Richter wendet er sie an.

Sein Amtssitz ist eine prunkvolle Flucht von Räumen im Parlamentsgebäude. Von hier aus leitet er über hundert Ausschüsse für Gesetzesreformen, für die Verwaltung öffentlicher Gelder, für die Ausbildung der Juristen, für Rechtshilfe, für die Schutzherrschaft über Krankenhäuser, Colleges, Rechtsverbände und soziale Belange. Und als ob das noch nicht genug wäre, muß Lord Ramsey, wie alle Lordkanzler vor ihm, ständig bei feierlichen Anlässen anwesend sein. Für all das erhält er ein Jahresgehalt von rund 12 000 Pfund.

Aber als der traditionelle »Hüter des königlichen Gewissens« ist er der Erbe einer großen Vergangenheit, der sich weder schweren Zeiten noch Katastrophen beugt, oder es sich jemals anmerken läßt, wenn er in Hochstimmung ist. Würde, das ist die dominierende Note seines Amtes. Er ist der Hüter der Tradition.

Ja, der durchschnittliche Londoner, der an diesem Tag dabei war und das alles sah, hätte kaum geglaubt, daß die Zukunft einschneidende Veränderungen bringen würde.

Das neue Gerichtsjahr hatte offiziell begonnen. Ramsey begrüßte alle seine Richter und Barristers, die er seit langem privat oder beruflich kannte. Jetzt trat Anthony Gilray, King's Counsel, auf ihn zu.

Ramsey hatte auf seinem Schreibtisch die Nominierung Gilrays zum Richter am Obersten Gerichtshof liegen. Er hielt diese Wahl für gut. Gilray war so solide wie das Pfund Sterling. Vor zehn Jahren war es eine der ersten Pflichten Ramseys als Lordkanzler gewesen, Gilray vom Junior Barrister zum King's Counsel zu ernennen. Gilray hatte bei allen Verhandlungen ein überdurchschnittliches Format bewiesen. Sobald seine Bestallung zum Richter genehmigt war, würde Gilray wie alle anderen Richter am Obersten Gerichtshof geadelt und als Mitglied der King's Bench Division (Oberhofgericht) beim Obersten Gerichtshof vereidigt werden.

»Lord Ramsey«, sagte Anthony Gilray und streckte seine magere Hand aus.

»Hallo, Tony, schön, daß Sie wieder aus der Armee zurück sind.«

»Ich bin auch froh darüber.«

»Und wie finden Sie es zu Hause?«

»Genau wie früher. England wird sich nie ändern.«

2

Januar 1966

Herr Bullock, der Bürovorsteher von Hobbins, Newton und Smiddy, setzte sich mit Herrn Rudd, dem Kanzleivorsteher von Sir Robert Highsmith, Queen's Counsel, in Verbindung und machte mit ihm einen

Termin aus für eine Besprechung in der Kanzlei im Essex Court Nr. 4, Middle Temple.

In den vergangenen Jahren war Robert Highsmith zu einem der bekanntesten Anwälte für Verleumdungsfälle in England geworden, und aufgrund seiner jahrelangen Tätigkeit für politische Gefangene war er geadelt worden.

Trotz seines Ranges arbeitete er in einem Zimmer, in dem die Farbe von den Wänden abblätterte und dessen Einrichtung höchst schäbig war — ein durchgesessenes Sofa, ein abgetretener Teppich und ein elektrischer Heizofen zur Unterstützung der unzureichenden Gasheizung. Der einzige schöne Einrichtungsgegenstand war — wie in den meisten Kanzleien von Barristers — der Schreibtisch, ein großer mit Leder überzogener viktorianischer Doppelschreibtisch.

Auf seinem Parkplatz stand jedoch ein neuer Rolls Royce.

Sir Robert Highsmith und Sir Adam Kelno blickten sich über die Kluft der Jahre hinweg forschend an. Sir Robert war grauer und dicker geworden und nicht mehr ganz so ungepflegt. Ein Exemplar von *The Holocaust* lag auf seinem Schreibtisch. »Es scheint ziemlich klar zu sein, daß es sich hier um Verleumdung handelt. Bei oberflächlicher Betrachtung würde man meinen, daß sie sich unmöglich dagegen verteidigen können. Wir müssen jedoch in Betracht ziehen, daß die anstößige Stelle nur einen Absatz in einem Buch von siebenhundert Seiten ausmacht. Würde die allgemeine Öffentlichkeit Sie, einen geadelten englischen Bürger, mit der Person identifizieren, die nur kurz als Arzt in Jadwiga und ohne Angabe der Staatsangehörigkeit erwähnt wird?«

»Vielleicht nicht«, antwortete Adam, »aber mein Sohn hat mich erkannt, ebenso wie mein Pflegesohn.«

»Bei der Bemessung des Schadensersatzes spielt die Schwere und Auswirkung der Verleumdung eine Hauptrolle, und daher wird Ihnen möglicherweise nur ein rein nomineller Betrag zuerkannt werden.«

»Der Schaden ist hier . . . hier drinnen«, sagte Adam und zeigte auf sein Herz.

»Was ich sagen will, ist, daß wir vielleicht in ein Wespennest stechen. Wenn die andere Seite sich wehrt, können wir dann sicher sein, daß wir aus der Sache herauskommen, ohne daß etwas hängenbleibt? Sind unsere Hände wirklich sauber?«

»Das sollte niemand besser wissen als Sie«, erwiderte Adam. »Ich glaube, diese Passage wurde absichtlich im Rahmen der Verschwörung, mich zu Tode zu quälen, in das Buch eingefügt. Aber jetzt habe ich wenigstens die Chance, dagegen anzukämpfen, und zwar nicht in einem Scheinprozeß in Polen, sondern unter dem britischen Recht.«

»Ist es nicht ziemlich unwahrscheinlich, daß sie es zum Prozeß kommen lassen werden?« fragte Richard Smiddy.

»Wenn wir zu große Forderungen stellen, werden sie vielleicht dazu gezwungen sein. Das Ganze hängt davon ab, was Sie, Sir Adam, wirklich erreichen wollen.«

»Erreichen? Abgesehen von der Hölle in Jadwiga bin ich im Gefängnis von Brixton und siebzehn Jahre im Exil in Sarawak gewesen. Und das nur ihretwegen. Ich habe nicht Unrechtes getan. Was glauben Sie denn, daß ich erreichen will?«

»Also gut«, sagte Sir Robert, »dann ist es jedoch meine Pflicht, dafür zu sorgen, daß Ihre Leidenschaft hinter den Tatsachen zurücktritt. Verstehen Sie das?«

»Ja.«

»Ich bedaure, daß Sie das alles noch einmal durchmachen müssen, Sir Adam. Hoffen wir, daß die Gegenseite vernünftig ist.«

Im Vorzimmer sagte Smiddy zu Herrn Rudd, er möge sich mit seinem Bürovorsteher, Herrn Bullock, in Verbindung setzen und das Honorar ausmachen. Smiddy und Adam Kelno verließen den Temple und blieben vor dem Ansturm der schwarzen Taxis und roten Doppeldeckerbusse stehen, die an der Statue des Vogels Greif vorbei den Strand entlangrasten. Von der anderen Straßenseite schienen die düsteren grauen Mauern des Justizpalastes zu ihnen herüberzustarren.

»Denken Sie an meine Worte, Sir Adam, es wird gar nicht erst zum Prozeß kommen.«

Abraham Cady &
Shawcross Publishers, Ltd.
& Humble, Ltd. Printers
p. A. David Shawcross
25 Gracechurch Street EC 3

Hobbins, Newton & Smiddy
Solicitors
32 Chancery Lane
London WC 2

Sehr geehrte Herren,

im Verfolg unseres ersten Schreibens wurden wir von unserem Mandanten, Sir Adam Kelno, Dr. med., beauftragt, Sie zu fragen

1. ob Sie bereit sind, eine öffentliche Entschuldigung abzugeben;

2. welche Vorschläge Sie haben, um Sir Adam Kelno für die ihm in dieser Angelegenheit erwachsenen Kosten zu entschädigen;

3. was Sie unternehmen wollen, um alle Exemplare von *The Holocaust* aus allen Buchhandlungen zu entfernen und zu gewährleisten, daß Dr. Kelnos Name in keiner Neuauflage erscheint;

4. was Sie als Schadensersatz für die schwere Beleidigung seines ehrenhaften Namens vorschlagen.

In Anbetracht der Tatsache, daß diese Anschuldigungen gegen Sir Adam Kelno jeder Grundlage entbehren, kann man sich keine schlimmere Verleumdung eines berufstätigen Mannes in seiner Position vorstellen. Da unser Mandant eine öffentliche Entschuldigung verlangt, ist ein gerichtliches Aufforderungsschreiben erforderlich, und wir bitten Sie, uns ihre Solicitors zu nennen, denen das Schreiben zugestellt werden kann.

Hochachtungsvoll
Hobbins, Newton und Smiddy.

3

In Sausalito sah Abraham Cady seine umfangreichen Notizen durch und schrieb dann mit der Bitte um Informationen an Archive, Einzelpersonen und Institute für Zeitgeschichte in Wien, Warschau, New York, München und Israel. Der Name Kélno sagte ihm angesichts der Fülle des in seinem Buch verarbeiteten Materials wenig oder nichts.

In London wurde der kleine Konferenzraum von Shawcross Publishers zu einer Art von Generalstabsquartier umgewandelt. Als erstes grub Shawcross alles aus, was mit dem Auslieferungsverfahren gegen Kelno in Zusammenhang stand.

Die erste wichtige Entdeckung war die Tatsache, daß Dr. Mark Tesslar noch lebte und zum Mitarbeiterstab des Radcliffe Medical Center in Oxford gehörte. Die Zeit hatte seine Gefühle weder dämpfen noch abstumpfen können. Er lauschte auf die Untertöne von Tesslars Anschuldigungen und fühlte, daß sie in ihrem eigentlichen Gehalt der Wahrheit entsprachen, und das spornte ihn an, seine Nachforschungen weiter auszudehnen.

Shawcross übergab den größten Teil der geschäftlichen Dinge seinem Schwiegersohn Geoffrey Dodd und seiner Tochter Pamela. Cecil, ihr Sohn, war gerade erst in den Verlag eingetreten. Shawcross machte ihn zu seinem persönlichen Mitarbeiter bei den Nachforschungen.

Der Ausgangspunkt war die Anklageschrift gegen den SS-Oberst Dr. Adolph Voss, den leitenden Lagerarzt des Konzentrationslagers Jadwiga, wegen Kriegsverbrechen. Unglücklicherweise kam Voss nie vor Gericht, da er im Gefängnis Selbstmord begangen hatte. Immerhin hatte die Staatsanwaltschaft Hamburg eine Liste von zweihundert Zeugen, die im Falle eines Prozesses geladen worden wären.

Die Anklageschrift und die Zeugenliste waren fast zwanzig Jahre alt. Viele der Zeugen waren inzwischen verstorben, andere hatten den

Wohnsitz gewechselt oder waren spurlos verschwunden. Und doch versuchte Shawcross es mit jedem einzelnen von ihnen, und die Korrespondenz wurde in zehn verschiedenen Sprachen geführt. Die Wände des Konferenzzimmers waren mit riesigen Übersichtstafeln bedeckt, auf denen der Fortschritt der Arbeit und die Antworten auf die Fragen eingetragen wurden.

Allmählich flossen ein paar Informationen nach London zurück. Die meisten waren entmutigend und lieferten keine brauchbaren Ergebnisse. Niemand schien zugeben zu wollen, daß er Adam Kelno identifizieren könne, und fast alle behaupteten übereinstimmend, daß ihnen über die Operationen in Baracke V keine Einzelheiten bekannt seien.

Die Anfragen nach Polen blieben unbeantwortet. Die polnische Botschaft in London verhielt sich ausweichend. Shawcross schloß daraus, daß die Polen sich noch nicht im klaren darüber waren, wie sie sich in dieser Angelegenheit verhalten sollten. Mißtrauische Beamte in den Botschaften der osteuropäischen Staaten ließen die Anfragen erst durch die Mühle der Bürokratie laufen. Schließlich war Abraham Cady ja als antikommunistischer Schriftsteller bekannt.

Vier Monate vergingen. Die Übersichtstabellen bildeten für die meisten Anfragen den Endpunkt. Nur ein paar Fäden — schwächste Anhaltspunkte aus Israel — bewahrten das Projekt vor dem Zusammenbruch.

Und dann fiel ein vernichtender Schlag.

Archibald Charles III. von der Firma Charles Ltd., dem gigantischen Druckereikonzern, saß rauchend in seinem elegant getäfelten Büro in der City und dachte über die höchst unangenehme Angelegenheit nach. Der Charles-Konzern besaß auf den britischen Inseln vier Großdruckereien, in Finnland Wälder für die Herstellung von Papierbrei und war an einer Vielzahl von Gesellschaften beteiligt, die sich über den ganzen europäischen Kontinent verstreuten.

Vom finanziellen Standpunkt aus gesehen, bedeuteten die Aufträge von David Shawcross nur ein Bruchteil von einem Prozent. Trotzdem genoß Shawcross eine Sonderstellung. Es war die gleiche Sonderstellung, die er auch in der Verlagsbranche als hervorragender Herausgeber und Meister der modernen Literatur einnahm. Archibalds Vater war mit Shawcross eng befreundet gewesen und hatte mehr als einmal sagen gehört, daß Shawcross genau das war, was ein Verleger sein sollte.

Die Geschäftsverbindung war zwar nach den Maßstäben der Dynastie der Charles unbedeutend, die persönliche Freundschaft aber blieb weiter bestehen, als der junge Archibald erst Generaldirektor und später Vorsitzender des Aufsichtsrats wurde. Shawcross konnte sich darauf verlassen, daß seine Druckerei immer Papier für ihn vorrätig hatte und ein besonders wichtiges Buch vor anderen Aufträgen auch der größten Verlage einschob.

Es konnte keine Zweifel über die Tüchtigkeit des jungen Charles geben. Die Aktionäre waren über den stetigen Anstieg der Dividenden erfreut. Er dachte mehr wie ein Amerikaner denn ein Engländer in den modernen Begriffen von Fusionen und Verflechtungen.

»Ich habe Herrn Shawcross am Apparat«, meldete die Sekretärin.

»Hallo, David, hier ist Archie.«

»Wie geht's?«

»Gut. Kann ich heute nachmittag auf einen Sprung zu Ihnen kommen?«

»Gern.«

Es war als ein besonderes Zeichen der Achtung zu deuten, daß Charles seinen prächtigen Wolkenkratzer verließ, um sich in die schäbigen Räume des Shawcross-Verlages zu begeben. Er trug einen Anzug mit Nadelstreifen und einen Bowler, weil die Aktionäre das von ihm erwarteten.

Bei Shawcross angekommen, wurde er vorbei an den stickigen kleinen Zellen der Lektoren und Sekretärinnen durch den Korridor zum »Generalstabsraum« geführt. Archibald studierte die Übersichtstafeln an den Wänden. »Ausgeschieden« war mit roten Kreisen gekennzeichnet. Fortschritte waren durch blaue Sterne markiert.

»Guter Gott, was soll denn das bedeuten?«

»Ich suche eine Nadel im Heuhaufen. Im Gegensatz zu dem allgemein verbreiteten Glauben kann man die Nadel finden, wenn man lange genug sucht.«

»Wollen Sie überhaupt noch Bücher verlegen?«

»Das besorgen Geoff und Pam. Wir werden schon eine Herbstliste zusammenbringen. Tee?«

»Ja bitte.«

Shawcross war in Zigarrenqualm gehüllt, als der Tee serviert wurde.

»Ich bin wegen der Angelegenheit Kelno gekommen«, sagte Archibald Charles.

»Wie Sie wissen, habe ich einen meiner besten Leute für die Analyse des gesamten Materials abgestellt, das Sie herübergeschickt haben. Sie haben sich ja öfter mit Pearsons über diese Sache unterhalten.«

»Ja. Sehr anständiger Kerl.«

»Wir haben alles in die Hände unserer Solicitors gelegt und uns auch mit Israel Meyer beraten. Ich glaube, Sie schließen sich meiner Meinung an, wenn ich sage, daß er einer der besten Barristers ist, die es gibt. Außerdem haben wir Meyer gewählt, weil er Jude ist und deshalb Ihrem Standpunkt größtes Verständnis entgegenbringen würde. Jedenfalls habe ich eine Sondersitzung des Aufsichtsrats einberufen, um eine Entscheidung herbeizuführen.«

»Ich verstehe nicht, was es da zu entscheiden gibt«, sagte Shawcross.

»Jeden Tag erfahren wir eine Kleinigkeit mehr über Kelno. Wenn es keine Wahl gibt, kann es auch keine Entscheidung geben.«

»Unsere Ansichten darüber sind grundverschieden, David. Wir steigen aus der Sache aus.«

»Was!«

»Wir haben unseren Solicitor zu Smiddy geschickt. Man ist bereit, sich mit einer Zahlung von weniger als tausend Pfund und einer öffentlichen Entschuldigung zufriedenzugeben. Ich würde vorschlagen, daß Sie das gleiche tun.«

»Archie, ich weiß nicht, was ich sagen soll. Das kann nicht Ihr Ernst sein.«

»Mein voller Ernst.«

»Aber begreifen Sie denn nicht, daß die anderen durch die Methode, einen nach dem anderen von uns auszuschalten, Abraham ruinieren werden?«

»Mein lieber David, Sie und ich sind die unschuldigen Opfer eines verrückten Autors, der unzuverlässiges Material verwendet hat. Warum sollten Sie zur Verantwortung gezogen werden, weil Cady einen angesehenen britischen Arzt verleumdet hat?«

Der Stuhl scharrte auf dem nackten Holzboden, als David ihn vom Konferenztisch wegstieß und zu den Übersichtstafeln ging. »Sehen Sie sich das an, Archie. Erst in den letzten paar Tagen. Eine Aussage von einem Mann, der kastriert wurde.«

»Hören Sie, David. Ich will mich nicht mit Ihnen streiten. Wir haben schließlich unser möglichstes getan. Pearson, unsere Solicitors, unser Barrister und mein Aufsichtsrat haben alle Unterlagen geprüft und sind zu einer einstimmigen Entscheidung gekommen.«

»Ist das auch Ihre persönliche Meinung, Archie?«

»Ich bin der Chef einer öffentlichen Firma.«

»In diesem Fall, Archie, haben Sie auch der Öffentlichkeit gegenüber Pflichten.«

»Unsinn. Aktionäre sind immer die gleiche Sorte. Ich habe mich zurückgehalten, als Sie aus Ihrem Verlag eine Detektei machten. Ich habe niemals einen Finger gehoben und gesagt, daß Sie uns in diese Sache hineingerissen haben. Ich wiederhole: Machen Sie Schluß damit.«

Shawcross riß sich mit einer heftigen Bewegung die Zigarre aus den Zähnen. »Sich bei einem üblen Halunken entschuldigen, der gesunden Männern die Eier weggeschnitten hat! Niemals, mein Herr! Zu schade, daß Sie nicht ab und zu das lesen, was aus Ihren Druckerpressen kommt.«

Archibald Charles machte die Tür auf. »Sehen wir Sie und Lorraine morgen zum Abendessen und gehen Sie anschließend mit uns ins Theater?«

Keine Antwort.

»Seien Sie vernünftig. Wir wollen uns doch durch diese Sache nicht unsere Freundschaft trüben lassen, nicht wahr?«

Seit ein paar Wochen hatte sich das Verhältnis zwischen Shawcross und seiner Tochter Pam und deren Mann Geoffrey Dodd deutlich abgekühlt. Er war offensichtlich, daß sie dachten, er verschwende zuviel Zeit auf die Angelegenheit Kelno. Shawcross hielt es für eine gute Idee, die beiden zum Wochenende in das Strandhaus bei Ramsgate in Kent einzuladen und alles wieder in Ordnung zu bringen.

Die Herbstliste der Neuerscheinungen war sehr dürftig, und für das Frühjahr war nicht viel in Aussicht. Früher hatte Shawcross in mageren Zeiten das unheimliche Talent gehabt, irgendwo ein Manuskript aufzuspüren, das dann ein Bestseller wurde. Aber jetzt verwendete er jede Minute seiner Zeit auf die Berge von Korrespondenz, die Übersetzungen und die Versuche, die Türen der kommunistischen Botschaften aufzustoßen. Und so würde in diesem Jahr das übliche Shawcross-Wunder ausbleiben.

Die Kelno-Sache war zu einem für Shawcross ungünstigen Zeitpunkt passiert. Er wurde langsam alt und verspürte den Wunsch, mehr und mehr Zeit in Ramsgate zu verbringen, sich dort mit der Durchsicht von Manuskripten zu beschäftigen und mit neuen Autoren zu arbeiten. Geoff und Pam machten ihre Sache gut, und nachdem nun auch ihr Sohn Cecil in die Firma eingetreten war, schien die Familientradition gesichert.

Geoff und Shawcross gingen unter den Kreideklippen spazieren, wie sie es in den vergangenen zehn Jahren so oft getan hatten. Sie pflegten dabei über Geschäftsfragen, Papierbestellungen, Personalfragen, Layouts, Buchbinderarbeiten, Verträge, Drucktermine, die Frankfurter Buchmesse und das neue Programm zu sprechen.

Shawcross stieß seinen Spazierstock in den Sand. »Ich habe diesen Schock von Archie immer noch nicht überwunden.«

»Vielleicht ist es ein Omen, David«, sagte Geoff.

Davids Miene umwölkte sich. Er hatte Geoffrey Dodd immer als einen Menschen gesehen, der zu ihm gehörte und von dem er erwartete, daß er absolut loyal war.

»Raus mit der Sprache. Was bedrückt dich, Geoff?«

»Wir haben seit — nun ja, seit *The Holocaust* keinen großen Erfolg mehr gehabt. Abraham braucht noch ein Jahr, bis er mit einem neuen Roman anfängt, ein weiteres Jahr, um ihn zu schreiben, und dann brauchen wir sechs Monate, um das Manuskript satzfertig zu machen. Wenn wir früher in einer solchen Situation waren, dann hast du einfach Bäumchen schüttle dich gemacht und irgend etwas hervorgezaubert.«

Shawcross brummte und schnippte die Zigarre in die Brandungswellen. »Ich weiß, was du sagen willst — Fusion. Und mit wem sollen wir über eine Fusion reden? Mit dem Hersteller von Monatsbinden, dem Suppenfabrikanten oder dem Ölmagnaten, der da glaubt, sein geistig zurückgebliebener Sohn sollte Verleger werden?«

»Es würde sich darum handeln, unsere derzeitige Produktion von zehn Büchern auf dreißig im Jahr hochzubringen und uns eine Reserve zu schaffen, damit wir für Autoren vom Format eines Michener oder Irving Wallace mitbieten können.«

»Ich hatte immer gehofft, daß das Geschäft in der Familie bleibt, aber das ist wohl nicht sehr realistisch gedacht, wie?«

»Der springende Punkt ist«, sagte Geoff, »daß niemand etwas von Fusion oder Teilhaberschaft hören will, solange dieser Prozeß über unseren Köpfen schwebt.«

»Ich werde Abraham nicht im Stich lassen, solange er nicht aufgibt.«

»Dann muß ich dir ganz offen etwas sagen. Lambert-Phillips hat mir einen Posten als Direktor angeboten.«

»Diese frechen Halunken wagen es, mich auszurauben.«

»Das Angebot ist nicht von ungefähr gekommen.«

»Ich . . . ich verstehe.«

»Es handelt sich um die Stellung des Cheflektors mit Sitz im Aufsichtsrat und Vorzugsaktien. Dazu fast tausend mehr, als ich jetzt verdiene. Ehrlich gesagt, ich war überrascht.«

»Das brauchst du nicht zu sein. Du bist ein guter Mann, Geoff. Und was wäre mit Cecil?«

»Er würde mit mir gehen.«

David versuchte ein krampfhaftes Zittern zu unterdrücken. Ganz plötzlich brach die wundervolle kleine Welt auseinander, die er so hingebungsvoll und rechtschaffen aufgebaut hatte. »Pam ist natürlich mit von der Partie?«

»Nicht ganz. Sie ist dafür, daß wir einen Teilhaber hereinnehmen und Shawcross behalten. Aber du mußt dich wegen dieser Kelno-Sache entscheiden. Ich will dir sagen, warum ich mit Lambert-Phillips verhandelt habe. Es ging mir nicht ums Geld. Ich habe es getan, weil David Shawcross' Schuhe für jeden anderen Menschen zu groß sind. Sicher, ich bin ein guter Cheflektor, aber, du lieber Gott, David, du hast eine Ein-Mann-Schau auf die Beine gestellt, die weder Cecil noch ich jemals nachahmen können.«

Sie waren beim Strandhaus angekommen.

»Ich danke dir für das Gespräch, Geoff. Ich werde darüber nachdenken.«

Der Aschenkegel von Davids Zigarre war acht Zentimeter lang. Die Korrekturabzüge lagen auf seinem Bauch, aber seit einer Stunde starrte er ins Leere, ohne sie zu lesen.

Lorraine saß auf der Bettkante, nahm ihm die Zigarre weg und steckte ihm seine Tabletten in den Mund.

»Pam hat mir alles gesagt, als du mit Geoff spazieren warst«, sagte
sie. »Was sollen wir deiner Meinung nach tun, Liebster?«
»Schwer zu sagen. Wir müssen uns bald entscheiden. Abraham kommt
nächste Woche nach London.«

5

Das Zimmer, das Abraham Cady am meisten auf der Welt liebte, war
David Shawcross' Bibliothek mit dem eigentümlichen Geruch, der von
den tiefroten und grünen und blauen Ledereinbänden einer unglaub-
lichen Sammlung von Erstausgaben aufstieg. Fast jeder bedeutende
Schriftsteller des zwanzigsten Jahrhunderts war vertreten. Abe war
überaus stolz darauf, daß *The Holocaust* einen Sonderplatz als das
bedeutendste Einzelwerk hatte, das jemals bei Shawcross erschienen
war.
Gleich danach traf Allen Lewin, Shawcross' Solicitor, ein. Für einen
Solicitor ein recht passabler Mann, dachte Abe, und außerdem Shawcross gegenüber sehr loyal.
»Bevor wir anfangen«, sagte Lewin, »möchte ich einen Punkt klären.
Was können Sie über den betreffenden Absatz sagen? Wie ist er in
Ihr Buch hineingeraten?«
Abe lächelte. »Wenn ich mich von einem Journalisten für eine Zeitung
interviewen lasse, schreibt er vielleicht drei- bis vierhundert Wörter
über mich. Darunter sind immer ein Dutzend Irrtümer. Ich habe in
einem Buch von siebenhundert Seiten, das über vierhunderttausend
Wörter enthält, einen einzigen Fehler gemacht. Ich will zugeben, daß
es ein besonders saftiger Fehler war. Das gleiche ist schon früher über
Kelno veröffentlicht worden. Er stand auf der Liste der gesuchten
Kriegsverbrecher. Aufgrund der Nachforschungen, die ich angestellt
habe, und speziell nach Durchsicht der Gerichtsprotokolle über die
Kriegsverbrecherprozesse gegen Ärzte, nehme ich an, daß wohl jeder
andere an meiner Stelle auch alles geglaubt hätte, was über irgendeinen dieser Ärzte gesagt wird. Was ich über Kelno erfahren habe, und
zwar aus Quellen, die sich bis dahin immer als zuverlässig erwiesen
hatten, paßte genau zu den anderen Tatsachen über von den Deutschen
begangene Greuel. Aber das entschuldigt mich natürlich nicht.«
»Abraham ist der gründlichste und exakteste Autor, den es in der modernen Belletristik gibt«, sagte Shawcross. »Dieser Fehler hätte jedem
passieren können.«
»Ich wünschte, er wäre jemand anderem passiert«, sagte Lewin, »vor-
zugsweise in einem anderen Verlag.« Er ließ das Schloß seiner Akten-
tasche aufschnappen, und dann bestellten sich alle einen Whisky.

»Sie und Herr Shawcross haben die ganze Zeit über in Verbindung gestanden, also wissen Sie ja, daß die Ergebnisse, zu denen wir unabhängig von einander gelangt sind, so gut wie übereinstimmen. Was die Situation innerhalb des Verlages betrifft, so wollen Geoff und Cecil die Firma verlassen, falls es nicht zu einer Fusion oder zu einem Teilhaberschaftsvertrag kommt, und das wiederum ist unmöglich, bis der Fall abgeschlossen ist.«

»Daran habe ich nicht gedacht«, sagte Abe.

»Wir müssen Ihnen die finanzielle Lage von Shawcross Limited erklären, damit Sie verstehen können, was uns zu unserem Entschluß bewogen hat.«

»Tut mir leid, daß wir Sie mit diesem Zeug behelligen müssen, Abe«, sagte Shawcross, »aber die Lage ist zu ernst.«

»Fangen Sie an.«

»Das Betriebskapital setzt sich aus der laufenden und geplanten Produktion und aus dem Bargeld zusammen, das vom Buchhandel zurückfließt. Wie Sie vielleicht wissen, ist Herr Shawcross kein reicher Mann. Er hatte bisher hauptsächlich aufgrund seines angesehenen persönlichen Rufs bei den Banken und Druckereien Kredit. Die eigentlichen Aktiva des Verlages bestehen aus den früher erschienenen Titeln und drei noch nicht veröffentlichten Serien. Im Falle einer Fusion wäre Herrn Shawcross' Image der größte Posten auf der Aktivseite.

Wie ich schon sagte«, fuhr Lewin fort, »ist sein persönliches Vermögen nicht groß. All das steht bei einem Prozeß dieser Art auf dem Spiel.

Ich bin Jude, Herr Cady. Ich habe mich der Sache mit großer innerer Beteiligung angenommen. Wir haben sie monatelang gründlich geprüft und müssen jetzt das Risiko und unsere Aussichten nüchtern betrachten. Wir haben ein paar vage Aussagen von Leuten, die in Jadwiga operiert wurden, aber außer Dr. Tesslar will niemand ein Augenzeuge gewesen sein. Ich habe Dr. Tesslars Aussage von drei Barristers prüfen lassen. Alle sind zu dem Schluß gelangt, daß seine Aussage sehr leicht zu erschüttern sein würde, besonders wenn er von einem Mann wie Sir Robert Highsmith ins Verhör genommen wird. Dann mußten wir uns mit der Frage befassen, ob irgendwelche andere Zeugen tatsächlich nach London kommen würden, und wenn sie kommen sollten, dann ist der Wert ihrer Aussagen zweifelhaft. Vor einem britischen Gericht haben wir kaum eine Chance ... wenn überhaupt.

Aber es gibt noch andere Faktoren«, sagte Lewin. »Kelno genießt einen sehr guten Ruf. Die in einem solchen Prozeß entstehenden Kosten sind riesig. Rein technisch gesehen, kann Herr Shawcross aufgrund des Vertrages mit Ihnen nicht der Verleumdung beschuldigt werden. Falls er jedoch Ihr Mitbeschuldigter bleibt und Sie verurteilt werden, wird Kelno sich zuerst an Shawcross halten, weil sein Geld in England ist. Sollte die Schadenersatzsumme hoch sein, würde Herr Shawcross höchstwahrscheinlich in eine Notlage geraten.

Im Moment ist Richard Smiddy durchaus zu einer vernünftigen Regelung bereit. Es wird schon genug kosten, wenn Herr Shawcross nur einen außergerichtlich vereinbarten Schadenersatz zahlen und dreißigtausend Exemplare von *The Holocaust* zurückrufen muß. Aber wenigstens wird es ihm dann möglich sein, einen Teilhaber hereinzunehmen. Ich habe das Gefühl, daß Kelno viel mehr an der Wiederherstellung seines Rufes liegt als an Geld, und daß er zu einem annehmbaren Vergleich bereit ist. Wenn Sie aber hartnäckig bleiben und in England verlieren, wird er gegen die mehr als zwanzig ausländischen Verlage losgehen, denen gegenüber Sie eine große Verantwortung tragen.«

»Sie schlagen mir also einen außergerichtlichen Vergleich vor?«

»Ja.«

»Gut«, sagte Abe. »Ich möchte Sie als meinen Solicitor engagieren.«

Lewin lächelte und nickte.

»Und jetzt, da Sie mein Solicitor sind, entlasse ich Sie aus meinen Diensten«, sagte Abe und verließ die Bibliothek.

6

ICH WÜNSCHTE, ICH HÄTTE MEIN MOTORRAD HIER. ICH WÜNSCHTE, DER WIND WÜRDE MIT 150 STUNDENKILOMETERN AN MIR HERUMZERREN. ICH WÜNSCHTE, MEINE KINDER WÄREN HIER. BEN HAT KEINE NERVEN. DAS IST ES, WAS IHN ZU EINEM SO GUTEN FLIEGER MACHT. BENS NÄHE WIRKT BERUHIGEND AUF MICH, UND VANESSA IST SO SANFT. NICHT EINMAL DIE ISRAELISCHE ARMEE KONNTE SIE HÄRTER MACHEN.

ICH LIEBE LONDON. SOGAR JETZT VERSPÜRE ICH EIN WARMES GEFÜHL. IN MAYFAIR BEDEUTET JEDE STRASSE EINE ERINNERUNG.

IN MEINEM NÄCHSTEN LEBEN MÖCHTE ICH EIN ENGLÄNDER SEIN. NEIN, EIN ZÄHER DICHTER UND BÜHNENAUTOR AUS WALES. ICH WÜRDE MIR MEINEN WEG NACH LONDON UND WEITER IN DIE THEATER IM WEST END ERKÄMPFEN. ICH WÜRDE EINE VERRÜCKTE WOHNUNG IN CHELSEA HABEN UND FÜR DIE WILDEN, RAUSCHENDEN PARTYS BERÜHMT SEIN, BEI DENEN ICH MEINE GEDICHTE REZITIERE UND JEDEN MANN UNTER DEN TISCH TRINKE.

DAS IST ALSO MEINE BESTELLUNG FÜRS NÄCHSTE LEBEN, GOTT. IN DIESEM LEBEN BIN ICH ABRAHAM CADY, EIN SCHRIFTSTELLERNDER JUDE. BETRACHTE MICH SORGFÄLTIG, GOTT. ICH TRINKE ZUVIEL. ICH HABE MILLIONENMAL EHEBRUCH BEGANGEN. ICH SCHLAFE MIT DEN FRAUEN ANDERER MÄNNER. ERNSTHAFT, GOTT, KOMME ICH

DIR ETWA WIE EIN BRUDER JESU VOR? WARUM VERSUCHST DU
DANN, MICH AN EINS DEINER GOTTVERDAMMTEN KREUZE ZU NA-
GELN?
WARUM MICH?
ICH HABE MEINEN BERUF NIEMALS VERSCHACHERT. HAST DU GESE-
HEN, WAS FÜR EIN ANGEBOT ICH AUSSCHLUG, UM DIESES VER-
DAMMTE BUCH SCHREIBEN ZU KÖNNEN? UND JETZT, WO ICH EIN
PAAR DOLLARS AUF DER BANK HABE, IST ES DA FAIR, DASS MAN MIR
ALLES WIEDER WEGNEHMEN WILL?
GOTT, ICH WÜNSCHTE, DIE KINDER WÄREN HIER. ICH WÜNSCHTE,
ICH WÄRE EIN WALLISER.

»Also gut«, sagte Abe. »Ich gebe auf. Wo bin ich?«
»In meiner Wohnung«, antwortete eine Frauenstimme.
»Soho oder Chelsea?«
»Keins von beiden. West eins, Berkeley Square.«
»Ich bin beeindruckt.«
Abe hatte sich inzwischen aufgerichtet, befestigte die Augenklappe und
blinzelte angestrengt mit dem gesunden Auge. Das Schlafzimmer ver-
riet Reichtum und Geschmack. Die Frau ... Mitte Vierzig, gutaus-
sehend, verwöhnt, gepflegt. Dichtes braunes Haar und große braune
Augen.
»Ist was zwischen uns passiert? Ich meine, ich will Sie nicht beleidigen,
aber ich pflege das Gedächtnis zu verlieren, wenn ich zu betrunken bin.«
»Sie haben so gut wie gar nichts getan.«
»Wo haben Sie mich gefunden?«
»Im Bengal Club. In einer Ecke, ganz steif. Es war zum ersten Mal in
meinem Leben, daß ich einen Mann gesehen habe, der aufrecht dasaß,
mir direkt ins Gesicht starrte und dabei völlig abwesend war. So sagte
ich zu meinem Begleiter, wer ist der komische Mann mit dem einen
roten Auge, und mein Begleiter sagte, das ist doch dieser berühmte
Schriftsteller Abraham Cady, und dann, nun ja, man läßt Abraham
Cady nicht einfach steif aufgerichtet dasitzen und dazu noch nicht ganz
bei Bewußtsein und mit dem einen roten Auge, das wie ein Haltelicht
glüht.«
»Meine Güte, sind Sie amüsant.«
»Ehrlich gesagt, ein paar gemeinsame Freunde sagten mir, ich solle mich
um Sie kümmern.«
»Was für Freunde?« fragte Abe mißtrauisch.
»Unsere Freunde in Palace Green Nummer 2.«
Als er die Adresse der israelischen Botschaft hörte, wurde Abe ernst.
Bei seinen Reisen wußte er immer, wo er einen »Freund« finden konnte,
und »Freunde« wußten, wo sie ihn erreichen konnten. Oft kam der
Kontakt über dritte Personen zustande.

»Wer sind Sie?« fragte Abe.

»Sarah Wydman.«

»Lady Sarah Wydman? Die Witwe von Lord Wydman, Londoner Zweig der Freunde der hebräischen Universität, der Freunde von Technion, der Freunde des Weizmann-Instituts?«

Sie nickte.

»Ich würde Sie gern wiedersehen — unter erfreulicheren Umständen.« Ihr Lächeln war bezaubernd und herzlich. »Was könnte Ihr Magen jetzt vertragen?«

»Orangensaft. Literweise.«

»Sie finden alles, was Sie brauchen, im Gäste-Badezimmer.«

»Alles für mich vorbereitet.«

»Man kann ja nie wissen, wann man über einen Schriftsteller in Not stolpert.«

Abe riß sich zusammen. Das Gäste-Badezimmer war sehr gut ausgestattet, besonders für einen Liebhaber. Man brauchte wirklich nichts mitzubringen, wenn man hier übernachten wollte. Rasierapparat, Rasierwasser, neue Zahnbürste, Alka-Seltzer, Talkumpuder, Frotteemantel, Hausschuhe und ein Deodorant. Die Dusche erweckte Abe wieder zum Leben.

Lady Wydman ließ die *Times* sinken und die an einer dünnen Goldkette befestigte Brille auf die Brust fallen und schenkte Abe das erste Glas Orangensaft ein.

»Also, was ist los, Lady Sarah?«

»Sarah genügt. Unter unseren Freunden herrscht das Gefühl vor, daß Kelno sich in Jadwiga ein paar sehr häßliche Sachen zuschulden kommen ließ. Sie fragten mich, ob ich mich dieser Angelegenheit annehmen würde. Ich bin in der jüdischen Gemeinde ziemlich aktiv.«

»Sehen Sie, Sarah, ich habe ein Problem.«

»Ja, ich weiß. Sagt Ihnen der Name Jacob Alexander etwas?«

»Nur, daß er ein bekannter jüdischer Solicitor hier in London ist.«

»Er nimmt an allen möglichen Fragen, die Juden betreffen, lebhaft Anteil. Man hat großes Interesse daran, daß Sie nicht aufgeben.«

»Warum? Suchen die Juden einen neuen Märtyrer?«

»Man scheint interessantes neues Beweismaterial zu haben.«

Lady Wydmans Bentley fuhr an den Lincoln's Inn Fields entlang, einem der größten Plätze Europas. Fast auf der Mitte des Platzes spielten hübsche Schwestern aus der chirurgischen Universitätsklinik während der Mittagspause Netzball, während die Ärzte auf den Tennisplätzen rasch ein paar Doppel absolvierten. An der Mauer bei der Searle Street markierten Pfosten die Stelle, an der einstmals ein Drehkreuz stand, das die Rinder daran hinderte, auf Holborn zu grasen.

Sie fuhren durch den New Gateway in Lincoln's Inn hinein, und gleich

hinter der Großen Halle begannen die herrlichen Gärten und Spazier-
wege.

Lincoln's Inn war zum großen Teil an Solicitors vermietet. Solicitors
hatten Büros, Barristers Kanzleien. Das Anwaltsbüro von Alexander,
Bernstein und Friedman nahm Kellergeschoß, Erdgeschoß und den
ersten Stock des Hauses Park Square Nr. 8 ein. Ein Portier, der einen
Zylinder trug, wies Lady Wydmans Bentley auf einen reservierten
Parkplatz ein, und dann folgte Abe ihr durch ein Labyrinth von winzigen Arbeitsräumen, knarrenden Korridoren, nicht enden wollenden
Bergen von Papier, Bücherregalen, und versteckten Nischen und Trep-
pen, welches das BÜRO von Alexander, Bernstein und Friedman dar-
stellte.

Alexanders Sekretärin Sheila Lamb, eine miniberockte junge Dame, die
stets nur »Lämmchen« gerufen wurde, kam in das kleine Wartezimmer,
in dem überall alte Nummern des *Punch* herumlagen.

»Bitte folgen Sie mir«, sagte sie.

Jacob Alexander, ein hochgewachsener schlanker Mann mit buschigem
grauen Haar, der ganz dem Bild entsprach, das man sich von einem
Propheten des Alten Testaments zu machen pflegt, erhob sich hinter
seinem Schreibtisch. Er begrüßte Cady freundlich und sprach mit der
vollen Stimme eines routinierten Rabbis.

Sheila Lamb machte hinter sich die Tür zu.

»Wir haben den Fall unter uns ausführlich besprochen«, sagte Alexander. »Es wäre einfach undenkbar, daß Sie sich öffentlich bei Adam
Kelno entschuldigen. Das wäre im Grunde genommen genauso, als ob
wir uns bei den Nazis wegen unserer Empörung über die Vernichtungslager entschuldigen würden.«

»Ich bin mir über die Lage völlig im klaren«, sagte Abe, »und auch
über unsere Aussichten.« Er berichtete Lewins düstere Prognose und
auch, daß Shawcross wahrscheinlich nicht mehr mitmachen würde.

»Unglücklicherweise sind Sie, Herr Cady, sowohl bei den Juden als
auch bei Nichtjuden zu einem internationalen Symbol geworden. Der
Mann, der *The Holocaust* geschrieben hat, muß Pflichten übernehmen,
deren er sich nicht entledigen kann.«

»Werde ich Unterstützung bekommen?«

Alexander zuckte mit den Schultern. »Vielleicht ja, vielleicht nein.«

»Ich kann die Rechnung trotzdem nicht bezahlen.«

»Wir auch nicht«, sagte Alexander. »Aber ich glaube, sobald wir den
Kampf aufgenommen haben, werden Sie Unterstützung finden.«

»Und wenn wir verlieren?«

»Kann man immer noch den Bankrott erklären.«

»Dieses Wort habe ich schon zu oft gehört. Ich glaube, Sie verlangen
zuviel. Ich bin mir ja nicht einmal selbst sicher, daß Kelno schuldig ist.«

»Und wenn ich Sie davon überzeugen würde, daß Kelno schuldig ist?«

Abe traf es wie ein Schock. Bisher hatte er immer noch auf eine Möglichkeit gehofft, halbwegs ehrenhaft aus der Sache herauskommen zu können. Wenn man ihm aber eindeutige Beweise zeigte, gab es für ihn kaum eine Chance, einen Rückzieher zu machen. Er fühlte Lady Wydmans und Alexanders forschende Blicke. Ist das der Mann, der *The Holocaust* geschrieben hat? Stand sein ganzer Mut nur auf dem Papier?
»Ich glaube«, sagte Abe, »daß jeder Mensch ein Held sein kann, solange es ihn nichts kostet. Ich möchte mir das ansehen, was Sie haben.«
Alexander drückte auf die Taste der Sprechanlage und Sheila Lamb meldete sich. »Herr Cady und ich fliegen nach Paris. Buchen Sie für uns einen Flug gegen sechs Uhr und bestellen Sie zwei Zimmer im ›Meurice‹. Rufen Sie den I. F. J. O.-Vertreter in Paris, Herrn Edelman, an, geben Sie ihm unsere Ankunftszeit durch und bitten Sie ihn, sich mit Pieter Van Damm in Verbindung zu setzen und ihm zu sagen, daß wir heute abend dort sein werden.«
»Ja. Sir.«
»Pieter Van Damm«, sagte Abe leise.
»Sehr richtig«, antwortete Alexander, »Pieter Van Damm.«

7

Pieter Van Damm begrüßte sie herzlich in der Diele seines Luxusappartements am Boulevard Maurice Barres. Cady und Alexander wurden von Samuel Edelman, dem französischen Vertreter der I.F.J.O., begleitet.
»Es ist mir eine Ehre«, sagte Abe, als er dem weltberühmten Violinvirtuosen die Hand drückte.
»Ganz meinerseits«, erwiderte Van Damm.
Das Hausmädchen nahm ihnen die Mäntel und Hüte ab. »Meine Frau und die Kinder sind auf dem Land. Bitte, treten Sie ein.«
In dem riesigen Arbeitsraum gab es eine ganze Galerie Bilder von Staatspräsidenten und Königen, die sich zusammen mit dem Mann hatten fotografieren lassen, den viele für den größten Violinvirtuosen der Welt hielten. Auf einem alten Pleyel-Konzertflügel aus Walnußholz lagen Stöße von Notenblättern in griffbereiter Nähe des Notenständers. Mit dem kindlichen Stolz eines Mannes, der ganz offen seinen Ruhm genoß, zeigte Van Damm seinen Besuchern zwei Amatis.
Sie machten es sich auf dem Sofa und den Sesseln in einem Erker bequem, der einen Blick auf den Bois de Boulogne bot, und versorgten sich mit Cognac und Whisky.
»L'Chiam«, sagte Van Damm.
»L'Chiam«, erwiderten seine Gäste.

Van Damm stellte das Glas hin. »Ich fange wohl am besten von vorne an. Als der Krieg ausbrach, war ich vierundzwanzig Jahre alt, verheiratet, hatte ein Kind und war Primgeiger beim Symphonieorchester in Den Haag. Damals trug ich den Namen Menno Donker. Sie kennen ja die Geschichte, wie wir gezwungen wurden, uns zu verstecken. Im Sommer 1942 begannen die Deutschen uns aufzustöbern, und dann folgten die Massendeportationen im Winter und Frühjahr 1943.«

Van Damm schwieg einen Augenblick, von der schmerzlichen Erinnerung übermannt. »Ich wurde im Winter 1942 in einem ungeheizten Viehwagen deportiert. Mein Kind starb unterwegs vor Kälte, meine Frau wurde gleich nach unserer Ankunft in Jadwiga in der Aufnahmebaracke für die Gaskammer aussortiert.«

Abe biß sich auf die Lippen und preßte krampfhaft die Zähne zusammen, um seine Tränen zu unterdrücken. Gleichgültig, wie oft er diese Geschichte schon gehört hatte, sie schnitt ihm immer wieder in die Seele.

»Sie haben das stellvertretend für uns alle so treffend in Ihrem Roman erzählt«, fuhr Van Damm fort. »Ich wurde zur Arbeit in den Lazarettbaracken eingeteilt. Adam Kelno war der Chef der Gefangenenärzte, und ich wurde mehr oder weniger als Schreiber und Hilfskraft beschäftigt. Ich führte die Journale, bestellte Medikamente, schrubbte die Fußböden, je nachdem.«

»Sie hatten also praktisch jeden Tag mit Kelno zu tun?«

»Ja. Im Sommer 1943 kam ein tschechischer Gefangener namens Egon Sobotnik zu mir. Er war Mitglied der Untergrundorganisation und bat mich um meine Hilfe bei der Fälschung von Totenscheinen, beim Schmuggel von Medikamenten und ähnlichem. Natürlich erklärte ich mich einverstanden. Sobotnik hatte offiziell die Operationsprotokolle zu führen, und so erfuhr ich von den Experimenten, die in Baracke V stattfanden. Wir begannen heimlich ein Tagebuch über die Baracke V zu führen, das wir seitenweise aus dem Lager hinausschmuggelten.«

»Waren Sie selbst jemals in Baracke V?«

»Nur um operiert zu werden. Kelno bekam Wind von dem, was ich trieb, und ich wurde in die Baracke III versetzt, wo sich die menschlichen Versuchskaninchen befanden. Zuerst hatte ich sechs junge Holländer zu versorgen, deren Testikel man für längere Zeit Röntgenstrahlen ausgesetzt hatte. Das gehörte zu einem Versuchsprogramm für die Sterilisierung aller Juden. Sie haben auch darüber berichtet. Wir waren im ersten Stock der Baracke untergebracht, die Frauen im Erdgeschoß. Anscheinend hatte man auch eine Reihe von jungen Frauen röntgenbestrahlt.

Am Abend des 10. November 1943«, fuhr Van Damm mit schwankender Stimme fort, »wurden vierzehn von uns aus der Baracke III in die Baracke V gebracht. Acht Männer, sechs Frauen. Ich kam als erster dran. Sehen Sie, Herr Cady, ich bin ein Eunuch. Adam Kelno hat mir beide Hoden herausgenommen.«

Abe war dem Erbrechen nahe. Er stand rasch auf und kehrte den anderen den Rücken zu. Van Damm schwenkte sacht sein Glas, betrachtete die Farbe des Kognaks und trank einen kleinen Schluck.

»Und Sie waren völlig gesund, als er das tat?« fragte Alexander.

»Ja.«

»War Dr. Mark Tesslar im Operationssaal?«

»Wie ich schon sagte, ich war der erste, und Tesslar war noch nicht dabei. Später hörte ich, es habe einen solchen Aufruhr gegeben, daß man ihn rufen ließ, damit er die Opfer beruhigte. Tesslar versorgte nachher die Männer. Ich glaube nicht, daß ich ohne ihn noch leben würde. Die Behandlung der Frauen im Erdgeschoß übernahm eine Ärztin, eine gewisse Maria Viskowa. Und dann gab es noch eine französische Ärztin, die von Zeit zu Zeit erschien, sich aber hauptsächlich um die Frauen kümmerte.«

»Wir stehen mit beiden in Verbindung«, sagte Alexander.

Mit monotoner Stimme erzählte Van Damm den Rest seiner Geschichte. Nach der Befreiung ging er nach Holland zurück, wo er erfahren mußte, daß seine gesamte Familie ausgerottet worden war.

Gebrochen an Leib und Seele fand er sich in Paris wieder, wo ein gütiger und selbstloser Arzt ihm seinen Lebensmut zurückgab. Zuerst wollte er für das Rabbinat studieren, aber die Folgen seiner Verstümmelung waren so offensichtlich, daß er diesen Plan aufgeben mußte. Menno Donker war am Rande des Wahnsinns. Als therapeutische Maßnahme wurde ihm verschrieben, das Violinespielen wieder aufzunehmen. Ein geduldiger und aufopfernder Arzt nahm sich seiner an und behandelte ihn mit Hormonen, um ihm wieder eine gewisse Maskulinität zu geben: ein wenig Bartwuchs, eine tiefere Stimme. Unter der ständigen Obhut des Arztes war er wieder fähig zu spielen. Die schmerzhafte Innigkeit, die sein Spiel auszeichnete, war aus der Tiefe des Leids geboren. Schon nach kurzer Zeit hatte das Publikum sein Genie erkannt. Es war an und für sich schon ein kleines Wunder, daß ein Eunuch über das Temperament und die Kraft verfügte, die ein großer Künstler haben muß.

Nach dem Krieg lernte er die Tochter einer bekannten jüdisch-orthodoxen Familie in Holland kennen. Sie verliebten sich auf eine Art und Weise ineinander, die nicht in die heutige Zeit zu passen schien. Es war eine geistige und religiöse Vereinigung. Lange Zeit konnte er sein Geheimnis verbergen, dann aber kam der schreckliche Moment, als er ihr alles sagen mußte.

Aber dadurch änderte sich nichts. Sie wollte trotzdem seine Frau werden. Nach einem harten Ringen mit seinem Gewissen ging er zu ihren Eltern, die als fromme Juden ihre Einwilligung gaben und einen geheimen Ehevertrag aufsetzten, da sie wußten, daß die Ehe niemals vollzogen werden konnte.

Alle Leute sagten, daß es kein tiefer miteinander verbundenes und glücklicheres Ehepaar gäbe als die Van Damms. Zweimal machten sie ein Jahr lang Urlaub, und jedesmal kamen sie mit einem adoptierten Kind zurück. Soweit die Umwelt und auch die Kinder selbst es wußten, waren die Van Damms ihre leiblichen Eltern.

Alexander und Edelman weinten ganz offen, als Pieter Van Damm seine Geschichte beendet hatte. Abraham Cady, der jetzt wieder ganz der erfahrene Journalist war, saß mit steinernem Gesicht da.

»Und Sie änderten Ihren Namen in Van Damm, als Sie Ihre Konzertlaufbahn begannen.«

»Ja. Diesen Namen hat es früher in unserer Familie gegeben.«

»Was wurde aus Sobotnik, aus dem Tagebuch, das Sie aus dem Lager herausschmuggelten, und aus den Operationsprotokollen?«

»Alles verschwunden. Egon Sobotnik lebte noch, als Jadwiga befreit wurde, aber dann verschwand er spurlos.«

»Wir werden Himmel und Hölle in Bewegung setzen, um ihn zu finden«, sagte Alexander.

»Was Sie uns soeben erzählt haben«, sagte Abe, »wird für Sie, Ihre Frau und Ihre Kinder eine neue Tragödie bedeuten. Es kann Ihre Karriere schwer schädigen.«

»Ich glaube, ich bin mir über die Folgen im klaren.«

»Und Sie sind bereit, all das vor Gericht zu wiederholen?«

»Ich bin ein Jude. Ich kenne meine Pflicht.«

»Als Kelno Ihnen das antat, hat er dabei Ihnen gegenüber irgendwelche Rücksichtnahme gezeigt?«

»Er war brutal.«

Abraham Cady war nie der Typ Mann gewesen, der ein Leben in Sicherheit und Ruhe bevorzugte, jetzt aber empfand er ein Gefühl des Versagens und der Scham, weil er daran gedacht hatte, sich aus der ganzen Sache zurückzuziehen. Die Nervenanspannung und der Kummer lasteten schwer auf ihm.

»Haben Sie noch Fragen?« erkundigte sich Alexander.

»Nein«, flüsterte Abe, »nein.«

8

Sofort nach Abes Rückkehr aus Paris fand eine Besprechung mit Shawcross und den Solicitors statt. Es war ein Alptraum. Stundenlang ging es hin und her.

Selbst angesichts der Aussage von Van Damm war Lewin nicht dafür, daß Shawcross Mitbeteiligter blieb. Jacob Alexander hinwiederum argumentierte, daß Shawcross aus *The Holocaust* und anderen Büchern von Cady einen ansehnlichen Gewinn herausgeschlagen hatte und daher auch einen Teil der Lasten tragen sollte, wenn auch nur in geringem Umfang.

Beide Seiten zogen sich ein Dutzendmal zu separaten Besprechungen zurück.

»Sie haben sie genug heruntergehandelt«, sagte Shawcross. »Abe ist bereit, alle Folgen auf sich zu nehmen, falls das Gericht gegen uns entscheidet. Mehr können wir schließlich nicht verlangen.«

»Vielleicht unterschreibt er eine entsprechende Vereinbarung, aber was ist, wenn er sich nicht daran halten will?«

»Seien Sie vernünftig. Geoff Dodds Kündigung liegt auf Ihrem Schreibtisch.«

Sie gingen in den Konferenzraum zurück, in dem überall Papiere herumlagen. Shawcross dankte, als Sheila Lamb ihm eine Tasse Tee anbot. Die inzwischen ausgegangene Zigarre klebte schlaff zwischen seinen Lippen, und er wich Abes forschendem Blick aus.

»Mir ist geraten worden, aus der Sache auszusteigen«, sagte Shawcross.

»Was, kein Vortrag über Integrität? Das können Sie doch sonst so gut«, sagte Abe, in dem der Zorn aufstieg.

Alexander packte Abe beim Arm. »Entschuldigen Sie uns einen Augenblick, meine Herren«, sagte er und ging mit Abe hinaus auf den Korridor, wo sie sich schon viele Male besprochen hatten. Abe lehnte sich müde gegen die Wand.

»O mein Gott«, stöhnte er.

Alexander legte ihm fest die Hand auf die Schulter, während sie ein paar Sekunden lang schweigend dastanden. »Sie haben Ihr Möglichstes getan«, sagte Alexander. »Ich habe bisher sozusagen zwei Rollen gespielt, die eines Juden und die eines Freundes. Jetzt muß ich wie ein Bruder mit Ihnen sprechen. Wir haben keine Chance ohne Shawcross.«

»Ich muß immer wieder an meine Reise nach Jadwiga denken«, sagte Abe. »Ich habe den Raum gesehen, wo sie operiert wurden. Ich habe die tiefen Kratzspuren gesehen, die sie in der letzten verzweifelten Sekunde ihres Lebens in die Betonwände der Gaskammer eingruben. Wer sollte da noch eine Wahl haben. Ich stelle mir immer wieder vor, daß es Ben und Vanessa waren. Ich wache auf und höre, wie sie auf dem Operationstisch schreit. Und was soll danach aus mir werden, Alexander? Ein Held auf tönernen Füßen? Mein Junge ist in der israelischen Luftwaffe. Was soll ich ihm sagen? In der ganzen Welt zeigen die jungen Menschen auf uns und wollen wissen, wer für die

Humanität eintritt. Nun, zumindest habe ich eine freiere Wahl als Pieter Van Damm. Ich werde Adam Kelno nicht um Entschuldigung bitten.«

Herr Josephson, seit fast zwei Jahrzehnten Bürovorsteher von Alexander, Bernstein und Friedman, saß seinem Chef gegenüber, dessen Miene grimmig entschlossen war.

»Cady will es allein wagen«, sagte Alexander.

»Ein wenig riskant«, erwiderte sein weiser alter Mitarbeiter.

»Ja, ein wenig. Ich habe nachgedacht, wer uns vor Gericht vertreten soll. Thomas Bannister. Er war vor zwanzig Jahren dafür, daß Kelno ausgeliefert werden sollte.«

Josephson schüttelte den Kopf. »Tom Bannister ist in England der Beste«, sagte er zustimmend, »aber wer kann der Katze schon die Schelle umhängen. Er steckt so tief in der Politik drinnen, daß er in den letzten Jahren nicht allzuoft im Gerichtssaal war. Allerdings würde Bannister diesen Fall verlockend finden.«

»Genau das habe ich gedacht. Rufen Sie den alten Wilcox an«, sagte Alexander, womit er Bannisters Kanzleivorsteher meinte.

»Ich kann Ihnen aber nichts versprechen.«

»Versuchen Sie es trotzdem.«

An der Tür wandte Josephson sich nochmals um. »Ist Cady verrückt?«

»Ein bißchen plemplem, würde ich sagen.«

Wilcox war ein intelligenter Mann mit einer vierzigjährigen Erfahrung in Anwaltskanzleien; er hatte als Bürobote begonnen und sich im Temple von untergeordneten Stellungen zum dritten Hilfsschreiber und dann weiter hochgearbeitet.

Seit fünfunddreißig Jahren war er in der Kanzlei in den Paper Buildings des Inner Temple, fast seit dem gleichen Tag, an dem auch der junge Junior Barrister Thomas Bannister dort eingetreten war. In den folgenden Jahrzehnten war er gemeinsam mit seinem Chef immer weiter aufgestiegen, hatte ihm geholfen, sich vor Gericht ein Ansehen zu verschaffen, das fast einzigartig war, die Würde eines Queen's Counsel zu erlangen, in politischen Kreisen immer bekannter zu werden, als Minister ins Kabinett einzuziehen und jetzt als möglicher zukünftiger Premierminister von England aufgebaut zu werden. Als Mitarbeiter einer Anwalts-Sozietät, zu der sieben aufstrebende Junioren gehörten, und mit einer Umsatzbeteiligung von 2,5 Prozent war Wilcox einer der wohlhabendsten Kanzleivorsteher des Inner Temple.

Thomas Bannisters Name war gleichbedeutend mit makelloser Integrität, sogar in dieser Umgebung, wo Integrität eine Selbstverständlichkeit war. Er wohnte in einem Appartement im Inner Temple und war ein eingefleischter Junggeselle.

Nachdem er eine Amtsperiode als Minister erfolgreich hinter sich gebracht hatte, galt er als der nächste Vorsitzende seiner Partei. Bannisters Name wurde immer öfter erwähnt.

Wilcox und Josephson, diese beiden erfahrenen Füchse, feilschten nach guter alter Sitte.

»Also, was haben Sie zu bieten, Herr Josephson?«

»Eine große Sache.«

Das erweckte in Wilcox erfreuliche Gedanken an die ihm zustehende Provision. Aber er bewahrte seine unerschütterliche Gelassenheit.

»Wir sind die Solicitors von Abraham Cady, dem Beklagten im Fall Sir Adam Kelno.«

»Das ist tatsächlich ein dicker Brocken. Hätte nicht geglaubt, daß er es auf einen Prozeß ankommen läßt. Und an welchen meiner Herren haben Sie gedacht?«

»Thomas Bannister.«

»Das kann doch nicht Ihr Ernst sein.«

»Mein voller Ernst.«

»Sie wären mit Devon ausgezeichnet bedient. Der tüchtigste Junior, der mir in den letzten zwanzig Jahren vorgekommen ist.«

»Wir wollen Bannister. Jeder Barrister ist verpflichtet, jeden Fall zu übernehmen, sofern seine Honorarforderung erfüllt wird.«

»Sie dürfen nicht unvernünftig sein«, sagte Wilcox. »Ich habe niemals jemanden aus Ihrer oder irgendeiner anderen Anwaltsfirma abgewiesen. Aber dies hier könnte Bannisters ganze Karriere ruinieren.«

»Das muß ich leider zugeben.«

9

»Noch einen Drink zum Abschied, Tom?«

»Mit Vergnügen.«

Der Chauffeur hielt die Wagentür auf. Lady Wydman stieg aus, gefolgt von Thomas Bannister. »Morgan, warten Sie auf Herrn Bannister und fahren Sie ihn zum Temple zurück.«

»Ach, lassen Sie ihn ruhig gehen. Ich würde ganz gern noch ein paar Schritte laufen und nehme mir dann ein Taxi. Ich habe so selten Gelegenheit, mal zu Fuß durch London zu gehen.«

»Wie Sie wollen.«

»Gute Nacht, Madam, gute Nacht, Herr Bannister. Um welche Zeit brauchen Sie mich morgen?«

»Erst gegen Mittag. Ich muß zu einer Anprobe bei Dior.«

Sie reichte Bannister ein Glas Kognak herüber. Er wärmte es in den

Händen, während er im Zimmer auf und ab ging, wie es seine Art war. »Zum Wohl.«

»Zum Wohl.«

»Das war ein bezaubernder Abend, Sarah. Ich kann mich nicht er- innern, wann ich mich je besser unterhalten habe. Es ist scheußlich von mir, daß ich Sie so sehr vernachlässige und Sie dadurch praktisch gezwungen habe, mich zu bitten, mit Ihnen auszugehen, aber ich hatte in letzter Zeit einfach zuviel zu tun.«

»Dafür habe ich volles Verständnis, Tom.«

»Ein Glück für mich, daß ich Ihnen keinen Korb geben kann.«

»Das möchte ich auch nicht hoffen«, sagte sie.

Bannister setzte sich und streckte die Beine aus. »Nachdem Sie mich nun auf das köstlichste bewirtet haben, möchte ich wissen, was ich für Sie tun soll — und nicht ablehnen kann.«

»Es handelt sich um die Verleumdungsklage Sir Adam Kelno gegen Abraham Cady. Sie verstehen sicherlich, weshalb ich daran interessiert bin. Jacob Alexander ist Cadys Solicitor.«

Bannisters Gesicht verlor die übliche Gelassenheit. »War das nicht Josephson, den ich vor ein paar Tagen in meiner Kanzlei gesehen habe?«

»Ja. Es ist jetzt ziemlich schwierig geworden, Sie zu erreichen. Ich glaube, die Partei möchte Sie am liebsten in einen Plastiksack stecken und bis zu den Wahlen auf Eis halten.«

»Ich habe deswegen schon früher mit ihnen Krach geschlagen. Ich frage mich wirklich, was sie eigentlich für eine Vorstellung von mir als Premierminister haben, wenn ich jeder Schwierigkeit aus dem Weg gehen soll.«

»Sie wollen sich den Fall also ansehen?«

»Natürlich.«

»Noch eins, Tom, falls Sie sich entschließen, den Fall zu übernehmen. Cady wird ziemlich knapp bei Kasse sein. Eigentlich ist das eine Sache, die man keinem einzelnen Mann zumuten sollte. Eher etwas für einen großen Konzern oder eine Regierung.«

Bannister lächelte. Das tat er nur selten, und daher besagte sein Lä- cheln doppelt soviel wie das anderer Menschen. »Sie stecken wirklich ziemlich tief in der Sache drin. Erzählen Sie mir, Sarah, was für ein Mensch ist Abraham Cady?«

»Er benimmt sich wie ein Dockarbeiter in einer billigen Pension, ist so idealistisch wie ein naives Kind, brüllt wie ein Stier, trinkt wie ein Fisch und ist so empfindlich wie ein Lämmchen. Ein englischer Gentle- man ist er nicht.«

»Ja, Schriftsteller können so sein. Eine seltsame Rasse.«

Wenn man die ausgetretenen Steinstufen der Paper Buildings zu der

Kanzlei von Thomas Bannister hinaufstieg, konnte man sich nicht des Gefühls erwehren, daß man ein Heiligtum betrat.

Bannisters Arbeitszimmer war etwas luxuriöser als die seiner Kollegen. Die Einrichtung war — mit Ausnahme der grellbunten elektrischen Heizöfen, die auf dem Fußboden standen — gediegen und geschmackvoll.

Bannister und Cady, zwei erfahrene Profis, blickten einander prüfend an, während Alexander sie gespannt beobachtete.

»Also«, sagte Bannister, »Kelno ist es doch gewesen. Aber wir werden ihn nicht leichten Kaufs davonkommen lassen, nicht wahr?«

Die Atmosphäre entspannte sich spürbar.

»Wir alle wissen, wie groß und wie schwierig die Aufgabe ist, die vor uns liegt. Den größten Teil der Arbeitslast, die das nächste Jahr bringen wird, müssen Sie tragen, Alexander.«

»Ich werde meine ganze Energie dafür einsetzen, und außerdem sind wir nicht ohne Verbündete.«

»Meine Herren«, sagte Abe. »Ich weiß, daß ich die besten Anwälte habe, die es gibt. Ich habe nicht die Absicht Ihnen vorzuschreiben, wie Sie diesen Fall zu behandeln haben. Aber ich stelle eine Bedingung. Pieter Van Damm darf unter keinen Umständen als Zeuge aussagen. Ich weiß, daß das unsere Lage zusätzlich erschwert, aber ich glaube, ich würde lieber verlieren. Das ist die erste und einzige Forderung, die ich an Sie stelle.«

Alexander und Bannister sahen sich an und überdachten das Gehörte. In ihre Bewunderung mischte sich Bestürzung, weil Ihnen ihr stärkstes Argument entrissen worden war. Aber für ihn geht es eben ums Prinzip, dachte Bannister. Mir gefällt dieser Cady. »Wir werden unser Bestes tun«, sagte er laut.

»Mußt du wirklich morgen abreisen?« fragte Lady Wydman Abe.

»Ich möchte Ben in Israel besuchen. Vanessa begleitet mich dann nach Hause. Ich muß wieder an meine Arbeit zurück.«

»Ich werde dich sehr vermissen.«

»Ich dich auch.«

»Darf ich eine ganz kleine Szene machen?«

»Du bist ein Mädchen. Das ist dein Vorrecht.«

»Du weißt, wie sehr ich dich anbete, aber ich bin einfach zu stolz, als daß ich lediglich eine neue Nummer auf deiner Liste sein möchte, und ich weiß, daß ich schrecklich albern sein und mich in dich verlieben würde, und dann würde ich wie eine eifersüchtige Sau einen Wutanfall nach dem anderen kriegen und versuchen, dir irgendein Versprechen zu entreißen, und all die widerlichen idiotischen Dinge tun, die ich bei anderen Frauen so sehr verabscheue. Außerdem weiß ich, daß ich mit dir nicht fertig werde, und das erbittert mich ungemein.«

»Das ist sehr gut für meine Moral«, sagte er und griff nach ihren Händen. »Mein Problem ist folgendes, Sarah. Ich bin nicht fähig, meine ganze Liebe einer Frau zu geben, nur meinen Kindern. Und ich bin auch nicht fähig, die Art Liebe anzunehmen, die eine Frau wie du zu verschenken hast. Unser Verhältnis besteht praktisch nur aus zwei Häuptlingen und keinen Indianern.«

»Abe.«

»Ja.«

»Du wirst mich brauchen, wenn du zur Verhandlung zurückkommst. Ich werde hier sein.«

»Okay.«

Sie umarmte ihn leidenschaftlich. »Ach, es ist alles Lüge, was ich gesagt habe. Ich bin verrückt nach dir, du Bastard.«

Er hielt sie sanft in seinen Armen. »Als ich dich zum ersten Mal sah, wußte ich gleich, daß du etwas ganz Besonderes bist. Du bist eine Dame. Und ein Gentleman wird niemals die Würde einer Dame verletzen.«

»Bitte machen Sie meine Rechnung fertig. Ich muß in ungefähr einer Stunde zum Flugplatz.«

»Ja, Herr Cady. Es war uns ein Vergnügen, Sie hier zu haben. Ach, was ich noch sagen wollte, ein paar von unseren Angestellten haben sich Ihr Buch gekauft. Würden Sie wohl so freundlich sein und die Bücher signieren, Sir?«

»Gern. Lassen Sie sie auf mein Zimmer bringen und stecken Sie in jedes Buch einen Zettel mit dem Namen.«

»Vielen Dank, Herr Cady. In der Bar wartet übrigens jemand auf Sie.«

Abe nahm langsam Shawcross gegenüber Platz und bestellte einen Scotch mit Eis.

»Ich habe meine Meinung geändert«, sagte Shawcross.

»Warum?« fragte Abe.

»Ich weiß nicht genau. Ich mußte ständig an Pieter Van Damm denken. Ich meine, Abe, Fair play ist Fair play. Es ist das einzig Richtige, was ich tun kann. Verdammt noch mal, schließlich bin ich ein Engländer.«

»L'Chiam.«

»Zum Wohl. Grüßen Sie Ben und Vanessa von mir, und wenn Sie wieder in Sausalito sind, dann zerbrechen Sie sich nicht wegen Kelno den Kopf, sondern fangen Sie so bald wie möglich mit Ihrem neuen Roman an.«

»Seien Sie mal eine Minute lang ruhig.« Abe dachte nach.

»Shawcross, Sie sind genau das, woran Gott dachte, als er die Verleger erschuf.«

»Nett von Ihnen, das zu sagen. Ich habe Geoff und Pam und Cecil mitgeteilt, daß ich auf Ihrer Seite bleibe. Sie haben ihre Kündigungen zurückgenommen. Sie lassen mich nicht im Stich.«

»Das überrascht mich gar nicht. Anständige Leute, alle miteinander. Bevor das alles vorbei ist, werden eine Menge Männer und Frauen Farbe bekennen müssen, was sie in Wirklichkeit sind.«

10

Februar 1966

Sir Adam Kelnos Vortrag wurde von den Mitgliedern des Royal College of Surgeons in Edinburgh mit Aufmerksamkeit und großem Respekt aufgenommen. Er war zwar weder ein gewandter Redner, noch beherrschte er die englische Sprache vollkommen, aber er galt als eine Autorität auf dem Gebiet der Mangelernährung, der Massenimpfung und der Überlebensfähigkeit des Menschen unter Härtebedingungen.

Obwohl er nach wie vor seine bescheidene Praxis im Arbeiterviertel von Southwark hatte, veröffentlichte er viele Artikel über sein Spezialgebiet und hielt auch oft Vorträge über dieses Thema.

Ein Vortrag vor der Fakultät in Edinburgh war immer ein besonderes Vergnügen, und er richtete die Termine so ein, daß er die Reise mit dem Auto machen und sie mit ein paar Urlaubstagen kombinieren konnte.

Sobald er aus den Wohngebieten heraus war, steigerte er das Tempo, bis die Wildnis und die Weite der südlichen Grafschaften an den Fenstern des Wagens vorbeiflogen. Angela stellte die Heizung höher und schenkte aus der Thermosflasche heißen Tee ein. Adam konnte den ganzen Tag durch die schwermütige schottische Landschaft fahren und genoß diese Verschnaufpause von den langen Arbeitstagen in London aus vollem Herzen.

Er verlangsamte die Fahrt, als sie in ein kleines Dorf mit strohgedeckten Häusern kamen, auf dessen Hauptstraße eine Herde von schwarzen Angus-Rindern entlangtrottete, die von zwei stämmigen Schotten auf Pferden zur Weide getrieben wurde.

Der Wagen füllte sich mit dem Geruch von Dung.

Einen Moment lang fühlte sich Adam in sein polnisches Heimatdorf zurückversetzt. Dort hatte es anders ausgesehen. Die Gegend war flacher und grüner gewesen, die Dörfer armseliger und noch primitiver. Aber jedesmal, wenn er durch Weideland fuhr und Bauern und Dörfer sah, erinnerte er sich an seine Heimat.

Jetzt erschien ein dritter Reiter direkt vor dem Wagen, so daß er anhalten mußte. Es war ein etwa zwölfjähriger Junge, und vor ihm rannten zwei Hunde und schnappten nach den Beinen der Kühe.

DAS KÖNNTE ICH SELBST SEIN UND DER RIESIGE KERL DRÜBEN AM STRASSENRAND MEIN VATER. ACH, DER ARME JUNGE. WAS FÜR EINE CHANCE KANN ER HIER SCHON HABEN? WAS FÜR EINE CHANCE HATTE ICH? MIT EINEM VATER, DESSEN VERSTAND SO STUMPF WAR WIE DIE STEINE AUF DEN ÖDEN FELDERN.
GIB DEM PFERD DIE SPOREN, JUNGE! GIB IHM DIE SPOREN UND REITE SCHNELL WEG. FLIEH IN DIE STADT UND RETTE DICH.
ICH HASSE DICH, VATER!

Adam legte den ersten Gang ein und fuhr ganz langsam hinter der Herde her.

ICH VERSTECKE MICH IM HEU. MEIN VATER STAMPFT IN DIE SCHEUNE HINEIN UND BRÜLLT MEINEN NAMEN. ER STÖSST DAS HEU BEISEITE UND ZERRT MICH HOCH. DER GESTANK VON ALKOHOL UND KNOBLAUCH STEIGT MIR IN DIE NASE. ER STÖSST MICH AUF DIE KNIE UND SCHLÄGT AUF MICH EIN, BIS ER KEUCHEND AUFHÖREN MUSS, UM NACH LUFT ZU SCHNAPPEN.
ER SITZT MIR GEGENÜBER AM TISCH UND STINKT UND SCHWANKT HIN UND HER. WÄHREND ER SICH WIE EIN TIER VOLLSTOPFT, TROPFEN BORSCHT UND FLEISCH IN SEINEN VERFILZTEN BART. ER RÜLPST UND LECKT SICH DIE FINGER AB UND JAMMERT, DASS ER DEM DORFJUDEN GELD SCHULDET. JEDER IM DORF SCHULDET DEM JUDEN GELD. ER PACKT MICH, SCHÜTTELT MICH UND LACHT ÜBER MEINE ANGST. WARUM SCHLÄGT ER MEINE BRÜDER UND SCHWESTERN NICHT? WARUM NUR MICH? WEIL MEINE MUTTER MICH AM MEISTEN LIEBT, DAS IST DER GRUND.
DURCH DIE RISSE IN DER WAND ZWISCHEN UNSEREN ZIMMERN SEHE ICH IHN NACKT DASTEHEN. SEIN PENIS IST RIESIG UND SCHWARZ UND HÄSSLICH UND VON PRALLEN VENEN ÜBERZOGEN. ER GLÄNZT VON DEM, WAS AUS MEINER MUTTER HERAUSFLOSS. ER KRATZT IHN UND SPIELT MIT SEINEN GROSSEN HERABHÄNGENDEN HODEN.
ICH HASSE SEINEN PENIS UND SEINE HODEN! MEINE MUTTER MUSS IMMER WEINEN, WENN ER ES IHR ANTUT. ER GRUNZT WIE EIN SCHWEIN, WENN ER AUF IHR LIEGT.
WENN ICH KÖNNTE, WÜRDE ICH EINEN STEIN NEHMEN UND SEINE HODEN ZERQUETSCHEN. ICH WÜRDE SIE MIT EINEM MESSER ABSCHNEIDEN.
ICH MÖCHTE IM ARM MEINER MUTTER SCHLAFEN. WIE SIE ES FRÜHER MACHTE, EHE ICH ZU GROSS DAFÜR WAR. IHRE BRÜSTE WAREN GROSS UND WARM, UND ICH KONNTE MEIN GESICHT IN SIE HINEINSCHMIEGEN UND SIE MIT MEINEN FINGERN BERÜHREN. SIE DULDET ES, WEIL ICH NOCH SO KLEIN BIN. ICH RENNE ZU IHR HIN UND VERSTECKE MICH IN DEN FALTEN IHRES ROCKS, UND SIE HEBT MICH HOCH UND DRÜCKT MICH AN IHRE BRÜSTE.

UND DANN SIEHT ER MICH UND ZERRT MICH VON IHR WEG UND
SCHÜTTELT MICH UND SCHLÄGT MICH. ICH BIN IMMER MIT BLAUEN
FLECKEN ÜBERSÄT.
ICH MUSS IN DIE STADT FLIEHEN, WO ER MICH NIE WIEDER FINDEN
KANN.
DER SCHNEE BEDECKT DEN BODEN, UND ICH STEHE AM GRAB MEI-
NER MUTTER. ER IST SCHULD AN IHREM TOD, GENAUSO ALS OB ER
SIE MIT SEINEN EIGENEN HÄNDEN GETÖTET HÄTTE.
ER IST JETZT ALT UND KANN MICH NICHT MEHR SCHLAGEN, UND
SEINE EKELHAFTEN ORGANE FUNKTIONIEREN NICHT MEHR.

»Adam! Adam!«
»Was ist? Äh ... äh ...«
»Du fährt zu schnell. Du hast fast hundertvierzig Kilometer drauf.«
»Oh, entschuldige. Ich muß in Gedanken woanders gewesen sein.«

Die Sprechstunde war wie üblich überfüllt, aber Terrence Campbell
war für ein paar Tage aus Oxford gekommen, und somit war alles in
Ordnung. Terry wollte im Herbst in Guy's Hospital mit dem Medizin-
studium anfangen. Es würde wundervoll sein, ihn immer in der Nähe
zu haben. Der Junge arbeitete den ganzen Tag mit, gab Injektionen,
machte Laborkontrollen, nahm Blut ab und besprach mit seinem
Pflegevater die Diagnosen. Er war der geborene Arzt.
»Was hältst du davon?« sagte Adam und hielt ein Röntgenbild gegen
das Licht.
Terry betrachtete es eingehend. »Schatten. Ein Fleck. Tuberkulose?«
»Ich tippe auf Krebs.«
Terry las den Namen, der auf dem Umschlag stand. »Die arme Frau
hat fünf Kinder.«
»Der Krebs nimmt darauf keine Rücksicht«, erwiderte Dr. Kelno.
»Ich weiß, aber was wird aus den Kindern? Sie kommen ins Waisenhaus.«
»Genau darüber wollte ich schon lange einmal mit dir sprechen. Bei
diesem Aspekt der Medizin zeigst du nämlich deutlich eine Schwäche.
Um ein guter Arzt zu sein, mußt du rein verstandesmäßig einen
solchen Abstand schaffen, daß du fähig bist, den Anblick eines toten
Freundes zu ertragen. Ein Arzt, der an seinen Patienten innerlich Anteil nimmt, geht kaputt.«
Terry deutete zwar mit einer Kopfbewegung an, daß er verstanden
hatte, starrte aber weiter auf das Röntgenbild.
»Es ist aber möglich, daß sie gar keinen Krebs hat, und wenn, daß
er vielleicht noch nicht inoperabel ist. Aber ich möchte dir noch etwas
anderes zeigen.« Kelno zog eine Schublade auf und reichte Terry ein
amtliches Dokument, an dem ein Scheck über neunhundert Pfund hing.
»Was ist das?«

»Eine Entschuldigung von der Druckerei, die vor Gericht verlesen wird. Außerdem hat sich der Solicitor von Shawcross mit Richard Smiddy in Verbindung gesetzt, um über eine Entschädigung zu verhandeln. Wie ich erfahren habe, war Cady in London und ist ziemlich überstürzt wieder abgereist.«

»Gott sei gedankt, daß es bald vorbei sein wird«, sagte Terry.

»Ich bin froh, daß du mir geholfen hast, mich zur Wehr zu setzen, du und Stephan. Jetzt bin ich hinter Cady her. Ich werde ihn in jedem Land, in dem sein schmutziges Buch erschienen ist, zur Rechenschaft ziehen. Besonders die Amerikaner sollen mir das teuer bezahlen.«

»Herr Doktor«, sagte Terry leise, »als Sie diese Sache anfingen, taten Sie es für einen höheren Zweck. Aber jetzt klingt es fast so, als ob Sie sich rächen wollen.«

»Na, und wenn schon.«

»Sich zu rächen nur um der Rache willen, ist ein Übel in sich selbst.«

»Du brauchst mir keine Zitate von den Oxforder Philosophen zu erzählen. Was hätte denn dieser Cady deiner Meinung nach für das verdient, was er getan hat?«

»Wenn er seinen Irrtum zugibt und sich entschuldigen will, sollten Sie barmherzig sein. Sie können ihn nicht zu Tode hetzen.«

»Dieselbe Art von Barmherzigkeit habe ich in Jadwiga und in Brixton am eigenen Leibe erfahren. Die gleiche Art des Gejagtwerdens. Nicht mehr und nicht weniger. Die anderen sind es doch, die Auge um Auge sagen.«

»Aber begreifen Sie denn nicht, daß Sie sich mit dieser Einstellung dem Vorwurf aussetzen, sich wie ein . . . nun, wie ein Nazi zu benehmen?.«

»Ich dachte, du würdest stolz auf das hier sein«, sagte Adam, während er die Schublade wieder zuschob.

»Das bin ich auch, Herr Doktor, aber zerstören Sie sich mit Ihrem Rachedurst nicht selbst. Stephan würde das auch nicht wollen.«

In seinem Garten in Richmond, Surrey, beschnitt Sir Robert Higsmith unzählige Rosenzweige und ließ nur die kräftigsten für das Sommerwachstum übrig. Allerdings wirkte er dabei ein wenig geistesabwesend.

»Liebling, der Tee ist fertig«, sagte Cynthia.

Er streifte die Handschuhe ab und ging in den Wintergarten des kleinen Landhauses, das vor zweihundert Jahren das Pförtnerhaus eines königlichen Gutes gewesen war.

»Die Rosen sollten dieses Jahr prächtig gedeihen«, murmelte er.

»Robert«, sagte seine Frau, »du bist das ganze Wochenende über mit deinen Gedanken woanders gewesen.«

»Der Fall Kelno. Da sind ein paar merkwürdige Dinge passiert.«

»Oh? Ich dachte, diese Sache sei so gut wie abgeschlossen.«

»Das dachte ich auch. Aber gerade, als es so aussah, als ob der alte Shawcross dicht davorstand, sich öffentlich zu entschuldigen, machte er eine totale Kehrtwendung. Dieser Cady ist nach London gekommen und will sich zur Wehr setzen. Shawcross hat sich ihm angeschlossen. Das Rätselhafteste ist jedoch, daß Tom Bannister den Fall übernommen hat.«

»Tom? Ist das nicht ziemlich riskant für ihn?«

»Ja, das ist es.«

»Meinst du, daß Sir Adam dir alles erzählt hat?«

»Das muß man sich jetzt wohl fragen, nicht wahr?«

11

Jerusalem, April 1966

Dr. Leiberman ging an die Tür seiner in der David-Marcus-Straße gelegenen Wohnung, als es klingelte.

»Ich bin Shimshon Aroni«, sagte der Mann, der vor ihm stand.

»Ich habe erwartet, daß Sie mich finden werden«, erwiderte Dr. Leiberman.

Aroni, der berühmte Nazi-Jäger, folgte dem Doktor ins Arbeitszimmer. Sein Alter von achtundsechzig Jahren täuschte. Aroni hatte ein hartes, zerfurchtes Gesicht und war ein äußerst wacher und energischer Mann. Im Vergleich zu ihm wirkte Dr. Leiberman weich und väterlich.

»Ich habe die Geschichten gelesen, die Sie in die Zeitungen und Zeitschriften setzen ließen. Wen haben Sie gefunden?«

»Moshe Bar Tov im Kibbutz Ein Gev. Er gab mir die Namen von anderen. Insgesamt sind es vier Männer und zwei Frauen, die seit Jahren bei Ihnen in Behandlung stehen. Sie wissen, was in London vor sich geht. Ich bin zu Ihnen gekommen, weil Sie diese Leute kennen. Sie würden sich leichter überzeugen lassen, daß sie aussagen müssen, wenn auch ihr Arzt dieser Ansicht wäre.«

»Ich will Ihnen aber nicht helfen. Meine Patienten haben genug gelitten.«

»Gelitten? Wenn man Jude ist, muß man leiden. Man hört nie auf zu leiden. Was ist mit Ihnen und Ihrer Familie, Dr. Leiberman. Wen haben Sie alles verloren?«

»Mein lieber Aroni, sind Sie sich eigentlich im klaren darüber, was Sie tun wollen? Sie wie Tiere zur Schau zu stellen. Sie in einer öffentlichen Verhandlung von ihren Verstümmelungen sprechen lassen. Insbesondere die Frauen werden sich niemals wieder ganz davon erholen. Nur eine sorgfältige ärztliche Behandlung und die Liebe ihrer Angehörigen ermöglicht es ihnen, ein äußerlich normales Leben zu führen. Aber das, was sie durchmachen mußten, schlummert in einem dunklen Winkel ihres Gedächtnisses. Sie riskieren einen gefährlichen Schock, wenn sie sich das alles wieder ins Bewußtsein rufen müssen.«

»Es wird wieder ins Bewußtsein gerufen werden. Wir werden niemals dulden, daß man es vergißt. Wir werden keine Gelegenheit versäumen, es der Welt immer wieder vor Augen zu halten.«

»Die Jahre Ihrer Jagd auf Kriegsverbrecher haben Sie hart gemacht. Ich halte Sie für einen professionellen Rache-Sucher.«

»Vielleicht wurde ich damals verrückt«, sagte Aroni, »als man mir in der Aufnahmebaracke von Auschwitz meine Frau und die Kinder aus den Armen riß. Was getan werden muß, muß getan werden. Soll ich die Leute einzeln aufsuchen, oder sind Sie zur Zusammenarbeit bereit?«

Franz Leiberman wußte, daß Aroni ein zäher Spürhund war. Er würde nie aufgeben. Er würde einen nach dem anderen so lange bearbeiten und dazu bringen, sich vor sich selbst zu schämen, bis sie einwilligten auszusagen. Wenn sie als geschlossene Gruppe zusammenkamen, konnten sie einander wenigstens Mut zusprechen.

Alexander, Bernstein & Friedman
Solicitors
8 Park Square
Lincoln's Inn
London WC 2

Schalom Alexander,

ich kann Fortschritte melden. Ich habe mit sechs Opfern gesprochen, deren Namen und vorläufige Aussagen hier beigefügt sind. Ich konnte sie überzeugen, daß sie keine andere Wahl haben als nach London zu kommen. Franz Leiberman wird sie begleiten. Er wird einen beruhigenden Einfluß auf sie ausüben.

Ich habe ferner die Namen von zwei weiteren Opfern erfahren; das eine ist eine gewisse Ida Peretz geborene Cardozo, die in Triest lebt. Ich reise morgen ab, um sie aufzusuchen.

Das andere Opfer ist ein gewisser Hans Hasse in Amsterdam, Haarlemmerweg 126.

Ich schlage vor, daß Sie diese Informationen an die I.F.J.O. in Den Haag weiterleiten.

Ich werde Sie weiter auf dem laufenden halten.

Ihr

Aroni.

Nathan Goldmark war im Laufe der Zeit immer weiter herunterge-
kommen. Nachdem seine Position als Ermittlungsbeamter der Geheimpolizei für Kriegsverbrechen abgeschafft worden war, gelang es ihm,
sich bei den führenden Leuten der Jüdischen Sektion der Kommunistischen Partei Polens einzuschleichen.

Die Mehrzahl der polnischen Juden war von den Nazis ausgerottet worden. Von den Überlebenden waren die meisten geflohen. Nur eine
kleine Minderheit von ein paar Tausend war geblieben, teils aus Alters-
gründen, teils aus Angst vor den Schwierigkeiten, die der Anfang eines
neuen Lebens mit sich bringt. Einige wenige blieben aus Idealismus
für die kommunistischen Ideen.

Schriftsteller vom Schlage Abraham Cadys vertraten die Ansicht, daß
die Errichtung von Vernichtungslagern niemals in einem westlichen
zivilisierten Land möglich gewesen wäre, welches nicht gesinnungs-
mäßig das Vorgehen der Nazis gutgeheißen hätte. Trotz der Besetzung
gab es weder in Norwegen, Dänemark, Holland, Frankreich oder Belgien Vernichtungslager, auch nicht im deutschfreundlichen Finnland
oder Italien. Aber Polen mit seinem jahrhundertealten Antisemitismus
war der geeignete Boden für Vernichtungslager wie Auschwitz, Treblinka und Jadwiga.

Um diesen Ruf in Vergessenheit geraten zu lassen, unterstützte Polen
später nach außen hin die Neubildung einer jüdischen Gemeinde im
Land, weil man der Welt zeigen wollte, daß unter dem kommunistischen Regime vieles anders geworden war. Als Schaustücke dienten ein
paar Synagogen, eine kleine jüdische Presse und ein staatliches Theater,
die armseligen Überreste der einstigen Großen Gemeinde von dreieinhalb Millionen Seelen.

Man machte sich die bewährte Methode der Nazis zu eigen, die Juden
zu Handlungen zu zwingen, die ihnen zum Nachteil gereichten, und
so wurde eine gesonderte Jüdische Sektion der Kommunistischen Partei
gegründet, welche die Aufgabe hatte, die jüdische Bevölkerung zu
überwachen und zu beeinflussen. Die Funktionäre dieser Sektion versuchten vergeblich, mit Hilfe von kommunistischen Parolen das Theater
und die Presse anzukurbeln.

Nathan Goldmark, ein raffinierter Taktiker, dessen ethische Grundsätze nur das Überleben um jeden Preis und das Prinzip des krieche-
rischen Gehorsams umfaßten, war für das Regime ein sehr brauchbares
Werkzeug.

Der Zug, in dem er jetzt saß, wand sich in die Karpaten hinauf, wo
die letzten Schneefelder des Winters in die Vorfelder der Gletscher über-
gingen. Zakopane war nicht nur ein bekanntes Wintersportzentrum,
sondern auch der bedeutendste Lungenkurort in Polen.

Er war hierher gekommen, um Dr. Maria Viskowa aufzusuchen, die ärztliche Leiterin eines Arbeitersanatoriums war und gleichzeitig einer höchst seltenen Rasse angehörte: ein Jüdin, die aus Überzeugung polnische Kommunistin war. Obwohl sie als Nationalheldin galt, hatte sie es vorgezogen, fern von Warschau und Leuten vom Schlage eines Nathan Goldmark zu arbeiten, die sie verabscheute.

Maria Viskowa hatte in Ihrem Leben Entsetzliches mitansehen und durchmachen müssen, aber im Laufe der Jahre war ihr Gesicht weicher geworden und drückte nur noch Erbarmen mit der Kreatur aus. Sie war jetzt eine Frau von etwas über fünfzig Jahren, eine schöne silberhaarige Frau. Sie schloß die Tür ihres Arbeitszimmers. Draußen heulte ein später Frühlingssturm, der Schneeregen mitbrachte.

Nathan Goldmark schälte sich aus seiner Vermummung heraus und lehnte sich weit über den Schreibtisch, bemüht, seine zerbissenen Fingernägel zu verstecken, und zupfte den Kragen der Jacke über den Ausschlag auf seinem Hals.

»Ich bin nach Zakopane gekommen, um mich mit Ihnen über den Fall Kelno zu unterhalten«, sagte er. »Wir haben erfahren, daß gewisse westliche Elemente mit Ihnen Verbindung aufgenommen haben.«

»Ja, eine Anwaltsfirma in London.«

»Sie kennen unsere Einstellung zum internationalen Zionismus.«

»Hören Sie, Goldmark. Verschwenden Sie nicht meine Zeit und die meiner Patienten mit diesem Blödsinn.«

»Genossin Doktor. Ich habe eine lange Reise hinter mir. Vor zwanzig Jahren haben Sie eine Aussage gegen Kelno abgegeben. Das Komitee ist der Ansicht, daß diese Aussage heute keinen Wert mehr hat.«

»Warum? Sie haben doch damals genug Anstrengungen unternommen, um seine Auslieferung an Polen durchzudrücken und ihn vor Gericht zu stellen. Sie selbst haben meine Aussage aufgenommen. Was hat Sie zu diesem Meinungswechsel bewogen? Kelno ist niemals für seine Taten zur Verantwortung gezogen worden.«

»Die Angelegenheit wurde hinfällig, als dieser Ungar, Eli Janos, Kelno bei der Polizei nicht identifizieren konnte.«

»Sie wissen genausogut wie ich, Goldmark, daß außer Kelno auch Dr. Konstanty Lotaki diese Operationen gemacht hat, und daß es höchstwahrscheinlich Lotaki war, der Janos kastrierte.«

»Reine Spekulation. Außerdem hat Lotaki sich von jeder Schuld reingewaschen und sich als linientreuer Kommunist vollkommen rehabilitiert.«

»Es ist geradezu ein Verbrechen, daß man Lotaki nicht vor Gericht gestellt hat. Was soll das alles heißen, Goldmark? Die Schuldigen sind plötzlich unschuldig geworden. Aber weder zwanzig noch hundert Jahre können sie jemals von ihrer Schuld freisprechen. Und was ist mit Mark Tesslar, der Kelno bei den Operationen gesehen hat?«

»Das Komitee ist der Ansicht, daß man Tesslars Wort nicht trauen kann.«

»Warum? Weil er ein Überläufer ist? Macht ihn das auch zu einem Lügner?«

»Genossin Doktor«, wehrte Goldmark sich, »ich bin nur der Überbringer der Empfehlungen des Komitees. Als wir uns damals um die Auslieferung von Adam Kelno bemühten, versuchten die Engländer, die legitime kommunistische Regierung zu diskreditieren. Heute wollen wir mit dem Westen zusammenarbeiten. Das Komitee ist der Ansicht, daß man alte Feindschaften nicht wieder aufrühren sollte. Außerdem ist Kelno geadelt worden. Falls Polen in diesem Prozeß Partei ergreift, könnte das als unfreundliche Haltung gegenüber England ausgelegt werden . . .«

Unter dem vernichtenden Blick von Maria Viskowa begann Goldmark an seinen Fingernägeln zu beißen.

»Außerdem spielt da noch ein anderer eine Rolle, nämlich dieser Abraham Cady, ein zionistischer Provokateur und Feind des polnischen Volkes.«

»Haben Sie *The Holocaust* gelesen, Goldmark?«

»Darüber möchte ich mich nicht äußern.«

»Sie brauchen keine Angst zu haben. Ich werde Sie nicht dem Komitee melden.«

»Ein Buch voller Verleumdungen, Lügen, Provokationen und zionistischer Propaganda.«

Das Schneetreiben wurde dichter. Goldmark, der Meister im Ausweichen, war am Ende seiner Kunst. So ging er ans Fenster und machte eine Bemerkung über das Wetter. Jedermann wußte, daß Maria Viskowa eine mutige Frau war. Es stand auch außer Frage, daß sie mit Leib und Seele Kommunistin war. Man hätte meinen können, daß sie zum Wohle der Partei nachgeben und ihr Peinlichkeiten ersparen würde. Was sollte er in Warschau über sie berichten? Ihm kam der Gedanke, daß die Geheimpolizei sich einschalten und sie zum Schweigen bringen sollte. Aber das würden die Zionisten erfahren und dann einen internationalen Skandal auslösen.

»Ich habe die Absicht, zum Prozeß nach London zu fahren. Und was haben Sie vor?«

»Das ist eine Frage für das Komitee«, antwortete er.

Paris/Rambouillet, Juni 1966

Die Wohnung von Dr. Susanne Parmentier lag ein paar Kilometer südlich von Paris und war so gepflegt, altmodisch und mit einem Hauch von Eleganz versehen, wie Jacob Alexander es sich vorgestellt hatte.

Er und Samuel Edelman, der französische Repräsentant der I.J.J.O. wurden von einem altersgekrümmten Diener, der anschließend in den Garten ging, um Madame Parmentier zu holen, ins Wohnzimmer geführt.
Sie war schon ziemlich alt, Mitte oder Ende Siebzig, aber in ihrem Blick lag noch immer ein verschmitztes gallisches Zwinkern. Sie bat ihre Besucher Platz zu nehmen; in dem mit Geschmack eingerichteten Zimmer standen viele silbergerahmte Fotografien ihres Mannes und ihrer Kinder und Enkel.
Alexander bat seines holprigen Französisch wegen um Entschuldigung.
»Als ich Maria Viskowas Brief mit der Mitteilung erhielt, daß sie Ihnen meinen Namen gegeben hatte, waren meine Gefühle sehr gemischt. Wie sie sehen, bin ich alt, gebrechlich und gesundheitlich nicht auf der Höhe. Ich bin nicht so sicher, daß ich Ihnen viel helfen kann, aber Maria bat mich, Sie zu empfangen, und ich wollte ihr diesen Wunsch erfüllen.«
»Wir wissen über Ihre Arbeit als Gefangene in Jadwiga Bescheid und sind überzeugt davon, daß Ihre Aussage sehr wichtig sein könnte.«
Sie zuckte mit den Schultern und gestikulierte lebhaft mit Händen und Armen, als sie sagte: »Alles, was ich über Kelno weiß, habe ich aus zweiter Hand gehört. Ich persönlich habe nichts gesehen und bin daher keine Augenzeugin.«
»Aber Sie stehen in enger Beziehung zu Mark Tesslar.«
»Wir sind wie Bruder und Schwester.«
»Seltsam, er hat nie Ihren Namen genannt.«
»Er hat lediglich meinen Wunsch respektiert. Bis Maria Viskowas Brief hier eintraf, sah ich keinen Grund, die Vergangenheit wieder auferstehen zu lassen.«
»Ich möchte Sie ganz offen etwas fragen«, sagte Alexander.
»Ich werde mich bemühen, Ihnen nicht mit der für uns Franzosen typischen Weitschweifigkeit zu antworten.«
»Der ganze Fall hängt möglicherweise in hohem Maße von Tesslars Aussage ab. Wie beurteilen Sie seine Glaubwürdigkeit? Als erfahrene Psychiaterin, Frau Dr. Parmentier. Ich möchte von Ihnen eine Antwort, die nicht von Ihrer persönlichen Freundschaft mit ihm beeinflußt ist.«
»Wenn ich mich für einen Laien verständlich ausdrücken soll, Herr Alexander, würde ich sagen, daß an jenem Tag im November, als er Kelno operieren sah, irgend etwas mit ihm geschehen ist. Die Wucht dieses Traumas hat vielleicht dazu geführt, daß seine Urteilsfähigkeit getrübt ist.«
»Wie Sie sich denken können, ist das ein Risiko, das wir eingehen müssen. Wie steht es mit Kelnos Behauptung, daß Tesslar vor dem Krieg und später in den Konzentrationslagern Abtreibungen gemacht hat?«
»Ein Hirngespinst von Adam Kelno. Jeder, der Mark Tesslar kennt, weiß, wie humanitär er eingestellt ist. Nur der Antisemitismus trieb

ihn dazu, Polen zu verlassen und sein Medizinstudium in der Schweiz abzuschließen. Sowohl Maria Viskowa als auch ich würden jederzeit beschwören, daß er niemals auch nur eine einzige Abtreibung für die Nazis durchgeführt hat.«

»Werden Sie nach London kommen?«

»Darüber habe ich schon viele Stunden nachgedacht. Ich habe mich ausführlich mit dem Pfarrer besprochen und um göttliche Erleuchtung gebetet. Als Christin habe ich keine andere Wahl, als vor Gericht auszusagen.«

Ihre Augen verloren den lebhaften Glanz, und sie sah müde aus. Schwerfällig ging sie zu einer Blumenvase, schnitt zwei Teerosen ab und steckte sie ihren Besuchern an die Revers.

»In Antwerpen lebt eine Frau, die an jenem Tag operiert wurde. Nach dem Krieg habe ich sie mehrere Jahre lang psychiatrisch behandelt. Sie ist eine Frau mit viel Charakter. Ihre Wunde wird nie verheilen, aber ich weiß, sie würde es mir niemals verzeihen, wenn ich Sie nicht zu ihr brächte.«

12

Millie brachte die Morgenpost herein. Abe sah die Umschläge durch und lächelte. Es war ein Brief von Vanessa darunter. Den würde er sich bis zuletzt aufheben.

Er machte einen Brief von seinem französischen Verleger auf, der zwar sehr klagte, aber als Beihilfe zu den Prozeßkosten einen Scheck über zweitausend Dollar mitschickte.

Damit hatten alle seine Verleger reagiert. Der erste, der einen Zuschuß von fünftausend Dollar geleistet hatte, war sein deutscher Verleger gewesen, ein aktiver Antinazi, der 1943 verhaftet und beschuldigt worden war: »gemeinschaftlich mit anderen in den Jahren 1940—1943 in Berlin das hochverräterische Unternehmen, mit Gewalt die Verfassung des Reiches zu ändern, vorbereitet zu haben, wobei die Tat darauf gerichtet war, zur Vorbereitung des Hochverrats einen organisatorischen Zusammenhalt herzustellen und die Massen durch Herstellung und Verbreitung von Schriften zu beeinflussen, damit zugleich im Inland während eines Krieges gegen das Reich es unternommen zu haben, der feindlichen Macht Vorschub zu leisten und öffentlich versucht zu haben, den Willen des deutschen Volkes zur wehrhaften Selbstbehauptung zu lähmen oder zu zersetzen.« Aber er entkam dem Henker; er konnte im April 1945 fliehen und während der Bombenangriffe auf Berlin untertauchen.

Alle hatten etwas beigesteuert, außer den Schweden. Die kleinen Verleger schlugen sich am lautesten gegen die Brust.

Zum Schluß öffnete er Vanessas Brief.

10 Morningside Lane
Sausalito

Lieber Papa,

Du hast eine Menge zwischen den Zeilen gelesen, seit Du im vergangenen Winter aus Israel abgereist bist. Yossi und ich lieben uns. Der Sommer in der Wüste war heiß und stickig, aber das konnte weder unsere gute Laune noch unser Gefühl füreinander beeinträchtigen.

Ich weiß nicht, warum mich das etwas traurig macht, vielleicht weil dadurch, daß ich ihm mein Wort gegeben habe, ein Teil meines bisherigen Lebens abgeschlossen ist. Yossi muß noch ein Jahr in der Armee dienen und hat dann vier Jahre Studium vor sich. Das ist eine lange Zeit, und ich bin der Meinung, daß ich ihm die zusätzliche Belastung durch die Ehe ersparen sollte.

Ich fürchte mich davor, die nächsten Worte hinzuschreiben, denn ich muß Dir sagen, daß ich nicht nach Amerika kommen werde. Nachdem die Lage an den Grenzen so kritisch geworden ist, möchte ich Israel nicht einmal für die Dauer einer Besuchsreise verlassen. Selbstverständlich werde ich aber zum Prozeß zu Dir nach London kommen.

Ich habe ja miterlebt, wie Du *The Holocaust* geschrieben hast, und weiß daher, was Du bei einem noch schwierigeren Thema durchmachen wirst, und ich werde das Gefühl nicht los, daß ich Dich im Stich lasse.

Ben bat mich, auch in seinem Namen zu schreiben, weil er die nächsten zwei Wochen zu einer Sonderübung abkommandiert ist. Er ist der typische israelische Offizier, hat sich einen Schnurrbart wachsen lassen und ist so selbstsicher und zuversichtlich wie ein echter Sabra. Ben hat es auf kein spezielles Mädchen abgesehen, eher auf alle zusammen. In dieser Hinsicht ist er seinem Vater sehr ähnlich.

Er will gleichfalls versuchen Urlaub zu bekommen, damit er auch nach London kann, also laß uns bitte wissen, wann der Prozeß stattfinden wird.

Yossi ist noch nie aus Israel herausgekommen, ich hoffe, er wird auch bei uns sein können.

Papa, ich hoffe, ich habe Dich nicht allzusehr betrübt.

Deine Dich liebende Tochter
Vanessa

3. *August 1966*

Meine liebe kleine Vinny,

ich würde lügen, wenn ich behauptete, nicht enttäuscht zu sein, aber ich bin voll und ganz mit Deiner Entscheidung einverstanden. Wenn wir uns etwas bestimmt nicht wünschten, so war das eine Tochter mit einem

Vater-Komplex. Jetzt, da ich älter werde, verspüre ich ein Schuldgefühl, wenn ich an all die Monate und Jahre denke, die nur meiner Arbeit gehörten, aber ich glaube doch, das wir in den Zeiten, die wir zusammen waren, alles nachgeholt haben, und bestimmt hat unser Verhältnis zueinander nicht darunter gelitten.

Je näher der Zeitpunkt für den Beginn des Buches rückt, desto deutlicher wird mir bewußt, wie wenig ich weiß. Ich bin nicht *jung* genug, um alles zu wissen. Nur Studenten sind jung genug, um alle Antworten zu kennen, und die kommen mir so entsetzlich intolerant vor.

Es amüsiert mich, daß dieses so heftig proklamierte Anti-Establishment von heute das Establishment von morgen sein wird. In ein paar Jahren werden sich die Hitzköpfe abkühlen und das Steuer übernehmen müssen. Unbeschadet aller Neuerungen werden auch sie im Grunde genommen nichts weiter tun als sich zu verlieben, zu heiraten, Kinder zu bekommen, für den Lebensunterhalt ihrer Familie zu kämpfen und sich nach einem Augenblick der Ruhe zu sehnen. Genauso, wie es bei mir war. Aber was wird geschehen, wenn *sie* das Establishment übernehmen? Werden Sie wohl gegenüber den Gammlern, Rauschgiftsüchtigen, Rebellen, Demonstranten und Gott weiß, was es in Zukunft sonst noch geben wird, genauso duldsam sein? Meiner Meinung nach sollten sie endlich anfangen, uns verhaßten Alten, von denen sie vielleicht ein paar nützliche Fingerzeige erben könnten, mit etwas mehr Toleranz zu begegnen.

Was ich wirklich wünsche, ist, daß sie ein Ideal hätten, das kein Anti-Ideal ist. Etwas, für das es sich lohnt zu leben und zu sterben, statt des »göttlichen« Auftrags, alles niederzureißen. Etwas, das dem entspricht, was Ihr, Du und Ben, gefunden habt.

Es sieht so aus, als ob der Prozeß nicht vor dem nächsten Frühjahr anfangen wird. Ich verfolge mit größter Aufmerksamkeit jede Meldung über das, was allem Anschein nach die zweite Runde mit den Arabern werden wird. Nun, das ist der Preis für unser Judentum, Deins in Israel ... und meins, das in London auf mich wartet. Wird man uns jemals in Ruhe lassen?

Grüße alle von mir. Sag Deinem Yossi, ich habe ihm geschrieben, daß er fleißig seine Schularbeiten machen soll.

Dein Papi

13

Mary Bates zupfte den Minirock über der Strumpfhose zurecht und zog dann die Reißverschlüsse der kniehohen Stiefel zu. Terrence Campbel stützte sich im Bett auf einem Ellbogen hoch. Er liebte es, Mary beim Anziehen zuzusehen, besonders wenn sie ohne Büstenhalter vor dem

Spiegel saß und ihr langes blondes Haar kämmte. Miniröcke sind verrückt, dachte er. Da liefen sie mit verfrorenen Popos herum, aber wenn sie die unbedingt herzeigen mußten, hatte er nichts dagegen, hinzusehen. Mary kam zu ihm und setzte sich auf den Bettrand. Er lupfte einladend die Decke. »Liebling«, sagte sie, »ich kann nicht.«

»Ein schnelles Nümmerchen.«

»Du bist sehr unartig. Raus mit dir. Du kommst zu spät zur ersten Vorlesung.«

»Nur eine kleine Kostprobe.«

Sie schlug die Decke zurück und biß ihn leicht in den nackten Hintern. »Jesus Christus, ist das kalt«, schrie Terry.

»Schau dir bloß dieses arme kleine, verschrumpelte Dingelchen an.«

»Weck ihn auf.«

»Heute nacht.«

Sie stand rasch auf, bevor er sie festhalten konnte, und ging zu der kleinen Küchenecke auf der anderen Seite des Zimmers. Die Wohnung bestand nur aus dem einen Raum und einem sogenannten Badezimmer, aber Mary hatte es geschafft, das ganze mit vielen hübschen Kleinigkeiten und selbstgenähten Vorhängen gemütlich zu machen. Jedenfalls gehörte es ihnen. Nach einem Jahr, in dem Terry nur gelegentlich aus Oxford kommen konnte, und in dem sie sich in parkenden Autos, auf Wohnzimmersofas und in billigen Hotels lieben mußten, hatten sie endlich ein eigenes Heim.

Die Wohnung lag in einer Seitenstraße der Old Kent Road, nicht weit von Guy's Hospital und dem Medical College entfernt, wo Terry sein Studium begonnen hatte.

Terry blickte schaudernd auf den Frühstückstisch. Mary war eine lausige Köchin. Es wäre zu schön, wenn Mary und Frau Kelno sich anfreunden würden und sie auf diesem Wege kochen lernen würde.

»Wir leben in einem scheußlich unzivilisierten Land«, murrte Terry.

»Man könnte wohl erwarten, daß es in der Mitte des zwanzigsten Jahrhunderts und in einem fortschrittlichen Staat der westlichen Welt in den Wohnungen heißes Wasser und Zentralheizung gibt.«

»Eines Tages werden wir das alles haben«, sagte sie.

Junge Liebe kann viele Unbequemlichkeiten überwinden, und nach mehr als einem Jahr des Zusammenlebens waren sie immer noch heftig ineinander verliebt.

»Ich gehe nach der letzten Vorlesung gleich zu Kelnos«, sagte er. Das war ein allwöchentliches Ereignis, auf das er sich jedesmal freute. Eine handfeste Bereicherung des kärglichen Speisezettels. »Kommst du nach der Arbeit auch hin?«

»Heute abend geht es nicht, Terry. Ich habe gestern mit meiner Schwester gesprochen, und wir haben verabredet, miteinander ins Kino zu gehen.«

Terry zog einen Flunsch. Der Toast war hart wie ein Brett. Er zerbrach ihn, stippte die einzelnen Brocken ins Eigelb und zermahlte sie zwischen den Zähnen. »Das ist schon die dritte Woche hintereinander, die du nicht bei Kelnos warst.«

»Terry, wir wollen jetzt nicht darüber streiten.« Dann seufzte sie und griff nach seiner Hand. »Liebling, darüber haben wir schon tausend mal geredet. Meine Familie hat sich von mir losgesagt. Sir Adam mag mich nicht und ist dagegen, daß wir zusammenleben.«

»Aber er wird höflich zu dir sein müssen, Mary. Ich habe meinem Vater geschrieben und ihm von dir erzählt. Zum Kuckuck, schließlich hatten er und Mutter schon zwei Kinder, bevor sie heirateten, und Gott weiß, wie sehr sie sich geliebt haben. So, und jetzt rufst du deine Schwester an und sagst die Verabredung ab.«

»Wir haben kein Telefon.«

»Dann ruf sie vom Geschäft aus an.«

»Terry — wovor Sir Adam wirklich Angst hat, ist, daß ich dich tatsächlich heiraten könnte. Ich bin nur ein einfaches kleines Ladenmädchen und längst nicht gut genug für dich.«

»Blödsinn.«

War es das wirklich, überlegte Terry. Viele ihrer Freunde lebten genauso. Studenten im Guy's Hospital. Die Mädchen teilten ihr Gehalt mit ihnen. Als er in Oxford die Prüfung bestanden hatte und nach London gekommen war, hatten sie beschlossen, sich nicht um spießbürgerliche Konventionen zu kümmern und zusammenzuleben. Die Familien der Mädchen drängten unweigerlich auf Heirat. Heirat war gleichbedeutend mit Achtbarkeit. Eine unzeitgemäße Anschauung von Achtbarkeit. Die Eltern der jungen Männer waren der Ansicht, daß ihre Söhne etwas Besseres finden könnten. Schließlich und endlich, was konnte das schon für eine Sorte Mädchen sein, das mir nichts, dir nichts sein Elternhaus verließ und mit einem Studenten in einer primitiven Bude lebte? Jedenfalls nicht die Sorte, die sie für ihn als Ehefrau wünschten.

Und trotz all ihrer Unabhängigkeitserklärungen wollten diese Mädchen in Wirklichkeit nichts anderes als heiraten. Obwohl sie äußerlich mit der Tradition brachen, blieben sie ihr innerlich um so fester verhaftet.

Es war Marys heißester Wunsch, Terrence Campbels Frau zu werden. Daran war wirklich nichts umwerfend Neues.

Das Abendessen wurde erst spät serviert. Sir Adam Kelno war auf einer Cocktailparty, die ihm zu Ehren stattfand. Die letzten sechs Wochen waren eine unaufhörliche Kette von Luncheons, Dinners und Parties gewesen, die alte polnische Gemeinde von London war plötzlich aktiv geworden, denn sie hatte wieder eine gemeinsame Sache, und obwohl die ehemaligen Polen jetzt für immer in England lebten, würden sie ihre Träume nie aufgeben.

Der Verleumdungsfall war eine Sache, welche die Ehre Polens betraf. Unter Kelnos Anhängern fanden sich auch viele angesehene Engländer. Adam genoß im Stillen seine Rolle als Nationalheld.

»Ich hoffe sehr«, sagte Angela, »Mary weiß, daß sie bei uns willkommen ist.«

»Ich schlage vor, Sie rufen sie an und sagen ihr das«, meinte Terry.

»Und bringst ihr das Kochen bei«, sagte Adam. »Du siehst wie eine Vogelscheuche aus.«

»Alle Medizinstudenten sehen wie die Opfer einer Hungersnot aus«, sagte Terry. »Erinnern Sie sich nicht?«

Nach dem Abendessen glitt das Gespräch in ruhigere Bahnen. Adam hatte in Guy's Hospital Vorlesungen gehalten und war an allem interessiert, was Terrys Studium betraf. Im ersten Jahr gab es nicht viel außer Chemie, Physik und Biologie. Also noch nichts richtig Saftiges.

Adam vermied es, Mary Bates zu erwähnen, und startete statt dessen eine allgemeine Attacke gegen die jüngere Generation.

»Wer«, so fragte er Terry, »muß den ganzen Verhau, der von den Überdosen von LSD und den Abtreibungsversuchen und den Geschlechtskrankheiten übrigbleibt, wieder aufräumen? Ich. Meine ganze Sprechstunde ist voll von solchen Typen. Es gibt keine Moral mehr.«

»Ich muß jetzt nach Hause.«

»Ich verstehe auch Stephan nicht. Ich verstehe keinen von euch.«

14

Einer der stärksten Faktoren, der die britische Gerichtsmaschinerie in Gang setzt, ist das »Master«-System. Die Masters sind eine Art Hilfs- oder Ergänzungsrichter und haben vor ihrer Ernennung eine mindestens zehnjährige Praxis als Senior Barrister hinter sich. Sie sind verantwortlich für die Verfahrensform und die Vorbereitung eines Prozesses. Sie haben ihre Kanzleien im Justizpalast und erledigen einen großen Teil des juristischen Kleinkrams, mit dem die Rechtsanwälte anderer Länder das Gericht plagen.

Der Master entscheidet über die Zahl der Zeugen, die geladen werden dürfen, über den ungefähren Termin der Verhandlung, über die vorherige Befragung der Zeugen, über Abänderungen von Einsprüchen und vorbereitenden Schriftsätzen und über die Ausstellung von Aufforderungen für die Beschaffung von Dokumenten.

Unter bestimmten Voraussetzungen kann der Master selbst eine Verhandlung leiten.

Seine Entscheidungen sind kurz und bündig, präzise im Hinblick auf die

Anwendung des Gesetzes und werden später selten vom Gericht beiseitegesetzt.

An die Kanzleien der Masters schließt sich ein großer Raum an, der sogenannte »Bear Garden«, der Bärengarten, wo sich die Solicitors versammeln, bevor sie mit dem Master verhandeln. Da stehen sie, in Anzügen mit Nadelstreifen, die jungen Männer, die noch voller Hoffnung für die Zukunft sind, die Müden, die Alten, die schäbig Gekleideten, die Kurzhaarigen und die Langhaarigen.

Der Master sitzt hinter einer Art Theke und ruft alle paar Minuten zwei gegnerische Solicitors zu sich herein. Er überfliegt die Schriftsätze. »Also, was wollen Sie?«

Die Solicitors bringen ihre Argumente vor. Oft wird ein besonders scharfsinniger Master sagen: »Manche Dinge sind so klar, daß es darüber nichts zu diskutieren gibt.«

Das ist dann der Punkt, an dem sich die Solicitors in den Bärengarten zurückziehen, nachdem ihnen auf diese Weise zu verstehen gegeben worden ist, daß eine der Parteien das Geld ihres Mandanten und die Zeit des Gerichts vergeudet. Hier kann an Ort und Stelle ein Vergleich geschlossen oder eine Klage abgewiesen werden.

Ehe ein Fall vor Gericht kommt, hat der Master die Regeln für den mündlichen Schlagabtausch der gegnerischen Anwälte bereits ganz genau festgelegt.

Wenn es sich um einen großen Prozeß handelt, werden alle Fragen im privaten Arbeitszimmer des Masters geregelt. So verfuhr Master Bartholomew aus Respekt vor Barristers vom Rang eines Thomas Bannister und eines Sir Robert Highsmith auch im Fall Kelno gegen Cady. In seiner Kanzlei fand die Vorprüfung über die Zulassung gewisser Zeugen und Dokumente statt.

Im Winter 1966/67 warf man alle Formalitäten über Bord. In Tom Bannisters Kanzlei und auch in seiner Wohnung wimmelte es zu oft vor politischen Besuchern. Alexanders Büro in Lincoln's Inn bestand aus so vielen Winkeln und Ecken, daß man die riesigen Mengen der Unterlagen, die aus allen Teilen der Welt hereinströmten, nicht übersichtlich ordnen konnte. Alle waren sich darüber einig, daß Shawcross' fabulöse Bibliothek zum Hauptquartier gemacht werden sollte. Gegen jede Etikette traf man sich alle paar Tage hier, um die Korrespondenz zu sieben, über den Schlachtplan zu diskutieren und Entscheidungen zu treffen. Der erste wichtige Schritt war die Auswahl eines Junior Barristers. Traditionsgemäß war das Sache des Solicitors, aber in Anbetracht von Bannisters Rang wartete man geduldig ab, daß er einen Namen nannte. Dieser Name lautete Brendon O'Conner; er war ein temperamentvoller, brillanter und gefühlvoller Idealist. O'Conner und Bannister verkörperten als Anwälte gegensätzliche Typen, aber der Junior war ein unglaublich zähes Arbeitstier, und es stellte sich schon nach kurzer Zeit heraus, wie richtig diese Wahl gewesen war.

Verleumdung gehört zu den sechs Kategorien von Rechtsfällen, die, obwohl sie nicht unter das Strafrecht fallen, auf Wunsch einer der Parteien vor einem Geschworenengericht verhandelt werden können. Bei Zivilprozessen kommt das außerordentlich selten vor. Die Frage, ob eine Zivilsache unter Mitwirkung von Geschworenen verhandelt werden sollte, hat den Rechtsanwälten seit der Entstehung der Zivilprozeßordnung immer wieder Kopfzerbrechen bereitet. Die Jury konnte sowohl intelligent als auch überaus begriffsstutzig sein oder dem Druck der Debatten im Geschworenenzimmer zu einer kläglichen Kompromißlösung gelangen. Wieder akzeptierten alle Bannisters Entscheidung, der die Meinung vertrat, daß man nicht zwölf Engländer gleichzeitig täuschen könnte, und der Junior beantragte beim Master ein Geschworenengericht. Der Antrag wurde automatisch genehmigt.

Die Liste der in Frage kommenden Zeugen wuchs weiter an. In den Händen von Bannister und O'Conner konnte sich eine schwache Position in eine starke verwandeln. Die Schwierigkeit, die allerdings keinem aufmerksamen Beobachter entgehen konnte, lag in der Tatsache, daß sie nur einen einzigen Augenzeugen hatten, Dr. Mark Tesslar, dessen Aussage leicht zu erschüttern sein würde.

Pieter Van Damm hätte sie aus diesem Dilemma befreien können, aber sie mußten sich nach Cadys strenger Anweisung richten, daß er nicht als Zeuge geladen werden durfte.

Somit blieb ihnen nur eine Chance, die recht ungewiß war, nämlich die Möglichkeit, daß Egon Sobotnik, der in Jadwiga die Krankenjournale geführt hatte, noch lebte, gefunden wurde und dazu gebracht werden konnte, als Zeuge auszusagen. Das war allerdings höchst fraglich. Sämtliche Bemühungen, Sobotnik aufzufinden, verliefen im Sande. Selbst der unermüdliche Spürhund Aroni, der sich jetzt ausschließlich dieser Aufgabe widmete, konnte die Anhaltspunkte nicht zu einem deutlichen Bild zusammenfügen.

Der Schriftsatz, den Jacob Alexander für den Barrister ausarbeitete, war ein sehr umfangreiches Dokument, das sämtliche Zeugenaussagen und alle anderen wichtigen Informationen enthielt.

Die Ausführungen begannen mit dem Jahr 1939, als Polen von Deutschland überfallen wurde, und blendeten dann auf die wenigen Einzelheiten zurück, die über Kelno aus den Jahren vor dem Krieg bekannt waren. Danach wurde seine Spur bis ins Konzentrationslager Jadwiga verfolgt, wo er Gefangenenarzt war.

Dann wurde berichtet, daß Mitte des Krieges zwei Nazis, der SS-Oberst Dr. Adolph Voss und der SS-Oberst Dr. Otto Flensberg, Himmler dazu bewogen, ihnen die Errichtung einer Versuchsanstalt in Jadwiga zu gestatten, in der menschliche Meerschweinchen verwendet werden sollten. Voss' Experimente waren in der Hauptsache auf die Entwicklung einer Methode für die Massensterilisation von Juden und anderen Gruppen ausgerichtet, die von den Deutschen als eines normalen Lebens unwürdig befunden wurden.

Die Sterilisierten konnten als Arbeitssklaven für das Dritte Reich eingesetzt werden, und durch eine sorgfältige Geburtenkontrolle sollte erreicht werden, daß sich die Reihen der Sklaven immer wieder auffüllten. Alle anderen sollten ausgerottet werden.

In dem Schriftsatz wurden über fünfzig Bücher und Kriegsverbrecherprozesse als Referenzen zitiert. Voss hatte vor Beginn seines Prozesses Selbstmord verübt, Flensberg war nach Afrika geflüchtet, wo er jetzt noch lebte und praktizierte. Eine Reihe von unwichtigen Ärzten und Hilfskräften, einschließlich von Flensbergs Assistenten, wurden vor Gericht gestellt. Die Hälfte von ihnen wurde gehängt, die anderen zu Gefängnisstrafen verurteilt.

Als Assistenten von Voss bei diesen Versuchen wurden drei Gefangenenärzte genannt: Adam Kelno, Konstanty Lotaki und Boris Dimshits, ein Jude.

Die Ausführungen enthielten genaue Angaben über die medizinischen Experimente, über die vorhandenen Einrichtungen für die Durchführung der Versuche und über die Ärzte, die ihre Mitarbeit verweigert hatten.

Nachdem alle Unterlagen geprüft, alle Themen diskutiert und die Möglichkeiten für die Verteidigung erforscht worden waren, wurde bei Gericht eine Klageerwiderung eingereicht, in der es hieß, daß die in *The Holocaust* aufgestellten Behauptungen in ihrem Kern der Wahrheit entsprachen. Der Schriftsatz besagte ferner, daß die Beklagten der Autor und der Verleger des Buches seien. Außerdem wurde erklärt, daß die genannte Zahl von fünfzehntausend experimentellen Operationen, die ohne Betäubung ausgeführt worden sein sollten, nicht aufrechterhalten wurde. Die Zahl als solche sei jedoch unerheblich, da sehr viele Experimente und diese auf so brutale Art und Weise durchgeführt worden seien, so daß es sich hier nicht um eine gröbliche Verleumdung des Klägers handle.

In den ersten Wochen des April 1967 traf Abraham Cady in London ein. Vanessa erwartete ihn bereits. Yossi, ihr Verlobter, und Ben würden bald aus Israel nachkommen.

Samantha hatte sich mit einem Landwirt namens Reggie Brooke wiederverheiratet, der sich mit Pferden und Heu und Buchführung auskannte. Die Jahre hatten ihre Bitterkeit Abe gegenüber gemildert. Als sie erfuhr, daß er nach London kommen würde, bot sie ihm für die Dauer seines Aufenthalts die Wohnung in den Colchester Mews an.

Das Sekretariat der Krone im Justizpalast wies den Sheriff von London an, fünfundsiebzig Personen aus dem Geschworenenbuch vorzuladen.

Der Untersheriff stellte mit Hilfe eines Lotteriesystems die Jury zusammen, die ausgewählten Geschworenen wurden benachrichtigt, und die Namensliste wurde der Öffentlichkeit zwecks Prüfung bekanntgemacht. Die Ablehnung eines Geschworenen ist in England selten, weil prima facie-Beweise gegen ihn vorgelegt werden müssen. Dadurch wird vermieden, daß das unnötige Herumfeilschen im Gerichtssaal Tage oder sogar Wochen dauert.

In Israel diskutierten vier verängstigte Männer und zwei Frauen noch immer mit ihrem Arzt über die Frage, ob die bevorstehende Reise wirklich ihre Pflicht sei.

In Warschau holte Dr. Maria Viskowa ihr Visum ab.

In Rambouillet, in Brüssel, in Triest, in Sausalito, in Amsterdam ... überall gab es heftige Zweifel und immer wiederkehrende Alpträume. Jetzt war es bald soweit. Die Vergangenheit würde wieder lebendig werden.

Der Verhandlungstermin rückte immer näher, ohne daß eine der beiden Parteien die Bereitschaft zu einem Vergleich zeigte. Der Fall, der »niemals vor Gericht kommen« würde, stand nun doch dicht davor, und jede Seite fragte sich, was die andere wohl wußte.

Im Lager von Abraham Cady waren alle mit der großangelegten und dringenden Suche nach Egon Sobotnik, dem Lazarettschreiber von Jadwiga, beschäftigt.

In Oxford blickte Dr. Mark Tesslar vom Mikroskop auf und drückte die Brille zurecht. Seine Hand zeigte nicht das leiseste Zittern, was für einen Mann, der sich soeben davon überzeugt hatte, daß er an Krebs erkrankt war, ziemlich erstaunlich war. »Wir werden wohl eine Probeoperation machen müssen. Je eher, desto besser.«

»Tut mir leid, Mark«, sagte sein Kollege.

Tesslar zuckte mit den Schultern. »Nachdem ich zwei massive Herzinfarkte überlebt habe, glaube ich nicht, daß ich dieses Mal wieder davonkomme. Ich möchte, daß Sie mich operieren, Oscar. Vorläufig verursacht der Tumor mir noch keine starken Schmerzen, ob er nun inoperabel ist oder nicht. Sie müssen mich auf irgendeine Weise am Leben erhalten, bis ich meine Aussage gemacht habe. Danach können wir uns darüber unterhalten, was zu tun ist.«

IV. DER PROZESS

1

Oberster Gerichtshof   *16. April 1967*
Abt. Oberhofgericht   7. Oberhofgericht
Vorsitzender: Richter Gilray
Sir Adam Kelno, Dr. med., gegen
Abraham Cady und andere

Jesus, Salomon und König Alfred haben den Ehrenplatz über dem Hauptportal des Justizpalasts inne, dessen Vorderfront sich rund 170 Meter lang bis zur Übergangsstelle des Strand in die Fleet Street hinzieht. Zu den drei Genannten gesellen sich vierundzwanzig weniger bedeutende Bischöfe und Gelehrte.

Moses wurde dem Hintereingang in der einen Block entfernten Carey Street zugeteilt.

Der Glockenturm, der sich über 150 Meter hoch über dem Glockenhof erhebt, blickt auf eine monströse Steinmasse hinab, die man als neo-gotisch, neo-monastisch und viktorianisch beschreiben könnte. Ein anscheinend zielloses Durcheinander von Türmchen, Türmen, Erkern, mit Spitztürmen versehenen kegelförmigen Strebepfeilern, normannischen Steinmetzarbeiten und Rippen, alles aus massivem grauen Stein, der von einer dicken Rußschicht überzogen ist.

Zu beiden Seiten des Eingangs liegen die Garderoben der Barristers. Links befindet sich die Aufbewahrung für Kameras. Am Eingang zu der großen, mit Mosaiksteinen gepflasterten Halle hängt die Terminliste aus. Die Halle ist mehr als 80 Meter lang, 25 Meter hoch und, wie es sich gehört, über und über mit Standbildern der Großen Englands geschmückt. Hart unter der gewölbten Steindecke reiht sich ein schmales gotisches Fenster an das andere, deren jedes in farbigem Glas die Wappen aller Lordkanzler von England zeigt.

Der ganze riesige Gebäudekomplex bedeckt eine Fläche von über 24 000 Quadratmetern und wird von den altehrwürdigen Kirchen St. Dunstan's in the West und St. Clement Danes flankiert.

Der Justizpalast wirkt wie ein gigantischer Planet des Gesetzes, und seine Satelliten sind die benachbarten Inns und die Gebäude der Chancery Lane.

Der Sitz des ersten Gerichtshofs, der auf das 13. Jahrhundert zurückgeht, war die Westminster Hall, wo auch die Scheinprozesse gegen Charles I. und den Märtyrer Thomas More stattfanden und wo sich viele geschichtsträchtige Ereignisse abspielten, von der Berufung Cromwells bis zu den Todesurteilen für Guy Fawkes und Essex. Hier werden auch bis heute Monarchen und große Männer der Nation vor der Beisetzung in der gegenüberliegenden Abtei feierlich aufgebahrt. Im Laufe der Zeit entsprach die Westminster Hall den Anforderungen nicht mehr und lag außerdem zu weit von den Inns of Court entfernt, und deshalb wurde unter der Regierung der Königin Viktoria der Justizpalast erbaut.

Thomas Bannister und Brendon O'Conner, bereits in Perücke und Talar, überquerten den Strand und gingen an einer lebhaft diskutierenden Gruppe von Reportern vorbei ins Gerichtsgebäude hinein, dann weiter die Treppe hinauf bis zum Besprechungszimmer gegenüber dem Gerichtssaal von Queen's Bench VII, dem 7. Oberhofgericht, in dem Jacob Alexander, Herr Josephson und Sheila Lamb schon kurze Zeit auf sie warteten.

Um die gleiche Zeit betraten Sir Robert Highsmith und sein Junior Barrister Chester Dicks die Anwaltgarderobe, beide in schwarzem Rock und gestreifter Hose und mit Regenschirmen sowie den roten und blauen Tragsäcken für ihre Stoff- bzw. Seidentalare ausgerüstet.

Sir Adam Kelno erschien gemeinsam mit seiner Frau und Terrence Campbell und begab sich eilig in das Gebäude. In der einen Hand umklammerte er mit seinen Fingern ein Telegramm seines Sohnes.

»Hier kommen Cady und Shawcross.«

»Herr Cady, würden Sie uns ein paar Worte zu . . .«

»Tut mir leid, Leute. Strenge Anweisungen. Kein Kommentar.«

»Wer ist das Mädchen?«

»Cadys Tochter, glaube ich.«

Samanthas und Reggie Brookes Ankunft blieb unbemerkt.

Je näher die Stunde des Prozeßbeginns rückte, desto dichter wurde das Gewühl von Gerichtsdienern, Gerichtsreportern, Beisitzern, Journalisten und Zuschauern auf dem kalten Steinkorridor vor Queen's Bench VII.

Ein schmaler, glänzend gebohnerter Gang trennte das Richterzimmer von der rückwärtigen Tür des Gerichtssaals. Richter Gilray rückte seine Perücke und den Hermelinkragen auf dem scharlachroten Talar zurecht. Gilray, ein Mann mit einem scharfen Raubvogelgesicht, war seit langem darin geübt, völlig beherrscht und scheinbar gelangweilt zu erscheinen, eine richterliche Pose, die er genoß. Viele Richter und Barristers waren Mitglieder im Garrick Club, wo sie sich unter die Theaterleute mischen konnten, denn schließlich benützten sie ja den Gerichtssaal als ihre eigene Bühne. Das galt besonders für Anwälte, die sich auf Verleumdungsfälle spezialisiert hatten und unter denen es viele verhinderte Schauspieler gab.

Der Gerichtssaal füllte sich langsam mit Zuschauern, die durch die mit grünen Vorhängen drapierte Doppeltür hereinkamen. Genau gegenüber erhob sich die auf einem Podium befindliche Richterbank über die einfachen Holzbänke und Tische für die Beisitzer, Solicitors, Barristers,

Presseleute, Geschworenen und Zuschauer. Der Saal war in dunkler Eiche getäfelt, und darüber befanden sich auf der Höhe der Empore eine Reihe von bleigefaßten Kirchenfenstern. Von der Steindecke hingen zwei Kronleuchter mit glockenförmigen Glaszylindern herunter, und die eintönige Holzfläche wurde hier und da von einem Eisengeländer, einer Reihe von juristischen Fachbüchern oder einer unbarmherzig tickenden Uhr unterbrochen.

Cady und Shawcross nahmen auf der ersten Zuschauerbank hinter Brendon O'Conner Platz. David stieß Abe mit dem Ellbogen an und deutete mit einer Kopfbewegung zum anderen Ende der gleichen Reihe, wo Angela Kelno und ein gutaussehender junger Mann — Terrence Campbell — saßen.

Abe lächelte Samantha und Vanessa zu, die zusammen mit Lorraine Shawcross und Geoffrey, Pam und Cecil Dodd gleich hinter ihnen Plätze gefunden hatten. Dann sah er zu dem Tisch des Solicitors hinüber, wo Adam Kelno in unerschütterlicher Ruhe saß. Abe, der Tausende von Menschen interviewt hatte, entdeckte für einen Moment einen Riß in dieser Maske, als Adam sich nach seiner Frau und Terry umsah.

Plötzlich trafen sich Kelnos und Cadys Blicke quer durch den Saal. Zuerst sahen sie sich voller Feindseligkeit an, dann forschend und nachdenklich. Abe fühlte wieder Zorn in sich aufsteigen, aber Kelno sah auf einmal so verdutzt aus, als ob er fragen wollte: »Was tun wir eigentlich hier?«

Ihre Aufmerksamkeit wurde abgelenkt, als die Geschworenen hereinkamen. Acht Männer, vier Frauen. Sie sahen wie biedere Durchschnittsbürger aus. Zwölf ganz gewöhnliche Engländer und Engländerinnen, wie Sie einem auf jeder Straße begegnen.

Ein letztes Flüstern zwischen Barristers und Solicitors und ein Rascheln von Papier.

»Ruhe!«

Alle erhoben sich, als der Ehrenwerte Richter Anthony Gilray durch die Tür hinter der Richterbank hereinkam. Dann verneigten sich die Anwesenden vor ihm, als er auf einem breiten, hochlehnigen und lederbezogenen Sessel Platz nahm.

Sir Robert Highsmith sprang auf und teilte dem Richter in ungezwungenem Gesprächston mit, daß es wohl ein langer Prozeß werden würde. Auch Thomas Bannister erhob sich. Mittelgroß und von ansprechendem, typisch englischem Äußeren, wirkte er durch die Kraft seiner Persönlichkeit. Seine Stimme war leise und wirkte monoton, bis man sich in ihren Rhythmus eingehört hatte. Auch er war der Meinung, daß der Prozeß lange dauern würde.

Gilray drehte seinen Sessel zu der Geschworenenbank herum und belehrte die Geschworenen über ihre Rechte, falls die Ausübung ihres Amtes unzumutbare Härten mit sich brachte. Keine Antwort. »Ich möchte Sie fragen, ob einer von Ihnen Familienangehörige in einem Konzentrationslager verloren hat.«

Sowohl Bannister als auch O'Conner sprangen auf. Bannister blickte schräg über die Schulter zu seinem Junior, um ihm anzuzeigen, daß er diese Angelegenheit übernehmen wolle. »Wenn Euer Ehren eine derartige Bedingung für die Geschworenen aufstellt, dann müssen wir Gegenbedingungen aufstellen, nämlich die, ob irgendeine spezielle Symphathie für Ärzte, Adelige, ehemalige polnische Nationalisten vorliegt . . . alle möglichen Bedingungen.«

»Ich wollte damit zum Ausdruck bringen«, antwortete der Richter, »daß ich nicht möchte, daß irgend jemand, der einen Verwandten in einem Konzentrationslager verloren hat, aufgrund der Dinge, die in diesem Prozeß zur Sprache gebracht werden, unbillig leiden muß.«

»In diesem Fall habe ich keine Einwände gegen die Frage.«

Die Geschworenen wurden nochmals ohne Ergebnis befragt und dann vereidigt.

Das Ticken der Uhr, die zwischen den Reihen der Gesetzesbücher an der linken Wand hing, war deutlich zu hören, als Sir Robert Highsmith seine Papiere auf dem Lesepult des Tisches ausbreitete, die Hände in die Hüften stemmte und den Rücken streckte. Er sah die Geschworenen ein paar Sekunden lang prüfend an und räusperte sich ein paar Mal. In England muß der Barrister während der ganzen Zeit, hinter dem Lesepult stehenbleiben, was seine körperliche Bewegungsfreiheit und Beweglichkeit einengt.

Er darf nicht im Gerichtssaal hin- und hergehen, sondern ist gezwungen, seine Sätze ohne Verzögerung zu formulieren, außerdem muß er deutlich sprechen und sich allgemeinverständlich ausdrücken.

»Euer Ehren, meine Damen und Herren Geschworenen«, begann Highsmith, »es handelt sich hier um eine Klage auf Schadenersatz wegen Verleumdung. Eine Verleumdung, möchte ich sagen, wie sie in dieser Schwere selten in einem englischen Gericht gehört worden ist. Wir werden uns aus dem behaglichen Leben im London des Jahres 1967 herausversetzen müssen, denn das, womit wir uns hier befassen, ist der Alptraum eines Nazi-Konzentrationslagers, das vor über zwei Jahrzehnten unter den höllischsten Bedingungen existierte, die je von Menschen erschaffen wurden.«

Er hielt ein Exemplar von *The Holocaust* hoch und schlug mit absichtlich langsamen Bewegungen die Seite 167 auf. Wieder verstrich die Zeit hörbar, während er jedem Mann und jeder Frau der Jury fest ins Gesicht sah. Dann las er mit wirkungsvollen Pausen: »Von allen Konzentrationslagern war keins berüchtigter als Jadwiga. Hier richtete der SS-Oberst Dr. Adolph Voss eine Versuchsstation zum Zweck der Entwicklung von Methoden für die Massensterilisation ein, unter Verwendung menschlicher Meerschweinchen, und hier führten der SS-

Oberst Dr. Otto Flensberg und sein Assistent ebenso entsetzliche andere Versuche an Gefangenen durch. In der verrufenen Baracke V gab es eine geheime chirurgische Abteilung unter der Leitung von Dr. Kelno, der fünfzehntausend oder mehr experimentelle Operationen ohne den Gebrauch von Betäubungsmitteln ausführte.‹ Meine Damen und Herren Geschworenen, ich möchte diese Stelle wiederholen: ›... fünfzehntausend oder mehr experimentelle Operationen ohne den Gebrauch von Betäubungsmitteln.‹«

Er klappte das Buch zu, ließ es mit einem dumpfen Krach vom Lesepult auf die Tischplatte fallen und starrte zur Decke empor.

»Was könnte wohl eine schrecklichere, eine ehrenrührigere und heimtückischere Beleidigung sein«, rief er mit dramatischer Betonung aus, wobei er auf den Fußspitzen wippte und wie ein Boxer mit der Faust in die Luft stieß. »Was gäbe es für eine schlimmere Verleumdung einem Arzt gegenüber, dessen Ruf weit über die Grenzen seines Patientenkreises hinausgeht. Ich möchte an dieser Stelle verlesen, was wir in der Schadenserklärung des Klägers geschrieben haben. Ich beantrage daher, daß Ihnen dieses Bündel Schriftsätze übergeben wird.«

»Erheben Sie dagegen Einspruch, Herr Bannister?« fragte der Richter.

»Was genau wollen Sie den Geschworenen geben?«

»Vorbereitende Schriftsätze« erwiderte Highsmith, »ein genehmigtes Bündel von Schriftsätzen.«

Thomas Bannister nahm einen Packen und reichte ihn O'Conner, der ihn durchblätterte und dann leise etwas sagte. »Wir sind mit Vorbehalt einverstanden. Es hat schon eine Reihe von vorläufigen Verhandlungen und Nachträgen gegeben, und vielleicht kommen noch andere sachdienliche Dinge zum Vorschein.«

Jeder der Geschworenen erhielt ein Bündel. Richter Gilray bat sie, es nicht selbst zu lesen. Das war der erste Schritt in einer ganzen Serie von verwirrenden Schritten auf dem Weg zu ihrer juristischen Ausbildung.

»In einem Verleumdungsprozeß muß der Kläger drei Dinge beweisen. Erstens, haben die Beklagten die betreffenden Worte veröffentlicht? Nun, das bestreiten sie nicht. Zweitens, bezogen sich diese Worte auf meinen Mandanten? Auch das leugnen sie nicht. Und drittens, waren diese Worte ehrenrührig? Das würden wir zu beweisen haben, doch hat der Beklagte bereits zugegeben, daß sie ehrenrührig sind. Technisch gesehen, ist mein Fall damit zu Ende, und ich könnte jetzt sagen, nunmehr ist es an Ihnen, Schuldbeweise zu erbringen. Aber ich habe die Absicht, Sir Adam Kelno aufzurufen und es Ihnen zu überlassen, den Charakter dieses Mannes und somit auch das Ausmaß der gegen ihn vorgebrachten Verleumdungen zu beurteilen.«

Highsmith wurde zynisch. »Nun ja, die Verteidigung sagt, daß die Zahl Fünfzehntausend nicht ganz richtig ist, und nebenbei bemerkt wissen wir, daß er in Wirklichkeit nicht ohne Betäubungsmittel operiert hat. Na ja, sagt die Verteidigung, vielleicht ein paar Hundert oder ein paar Dutzend Mal. Wie sie sehen, weiß es die Gegenseite wirklich nicht. Sie werden natürlich bemerkt haben, daß Sir Adam Kelno kein Deutscher war, kein Nazi, sondern ein polnischer Gefangener. Ein verbündeter Zivilist, der alle möglichen Greuel über sich ergehen lassen mußte und nur durch den Umstand, daß er ein geschickter Arzt war, gerettet wurde, und von seiner Geschicklichkeit machte er Gebrauch, um seinen Mitmenschen zu helfen. Er war ein Verbündeter, der durch seine persönliche Tapferkeit Tausende rettete ... Ja, ich sage es hier laut und deutlich, es waren Tausende, die er vor Krankheit und Tod bewahrte. Sir Adam Kelno hat in Wirklichkeit über zwanzigtausend Operationen durchgeführt oder dabei assistiert, aber es waren ordnungsgemäße und notwendige Operationen, und außerdem hat er als Mitglied der Untergrundorganisation sein eigenes Leben aufs Spiel gesetzt.«

Sir Robert Highsmith befaßte sich dann mit Kelnos Flucht nach England, mit der Geschichte seines Adelstitels und mit seiner hervorragenden Arbeit.

»Dieser Mann ist hierhergekommen, um den Makel von seinem Namen zu entfernen. Die Druckerei dieses Buches«, fuhr er fort, indem er nach dem Buch griff und es hochhielt, »sah ein, was sie getan hatte und war vernünftig genug, sich öffentlich zu entschuldigen, und man hätte annehmen sollen, daß Abraham Cady und David Shawcross das Gleiche getan hätten, statt uns zu zwingen, diesen bitteren Weg zu gehen. Sie sind eine britische Jury, und es ist Ihre Aufgabe festzustellen, wie schwer dieser schuldlose Mann durch eine erwiesene Verleumdung geschädigt worden ist.«

2

»Sir Adam Kelno.«

Er erhob sich von seinem Platz am Tisch des Solicitors, lächelte Angela und Terry fast unmerklich zu und ging zum Zeugenstand, der sich links von der Richterbank direkt über den vollbesetzten Bänken für die Presse befand.

»Auf welche Bibel möchten Sie schwören?«

»Ich bin römisch-katholisch.«

»Die Douay-Bibel, bitte.«

Der Richter wandte sich an Kelno. »Ich nehme an, daß Sie ziemlich lange im Zeugenstand sein werden. Ich schlage vor, daß der Gerichtsdiener Ihnen einen Stuhl bringt.«

»Danke, Euer Ehren.«

Durch seine Fragen legte Sir Robert Highsmith Kelnos Lebenslauf vor, vom medizinischen Staatsexamen über den Kriegsausbruch, den Beitritt zur Untergrundbewegung, die Verhaftung durch die Gestapo, die grauenvollen Verhöre bis zur Einlieferung ins Konzentrationslager Jadwiga im Sommer 1940.

»Wir wurden registriert, gebadet, am ganzen Körper rasiert und erhielten die gestreifte Häftlingskleidung.«

»Welche Art von Arbeit verrichteten Sie in der ersten Zeit?«

»Allgemeine Arbeiten.«

»Wußten die Deutschen, daß Sie Arzt waren?«

»Vielleicht, vielleicht auch nicht. Bei dem Durcheinander, das durch die Ankunft Tausender von Arbeitssklaven herrschte, hat man möglicherweise meine Papiere übersehen. Anfangs hatte ich Angst zu sagen, daß ich Arzt bin, weil es zur Politik der Deutschen gehörte, die akademisch gebildeten Polen auszurotten.«

»Aber später haben Sie Ihre Meinung geändert?«

»Ja. Ich sah das Leiden und glaubte, daß ich helfen könnte. Ich konnte meinen Beruf nicht länger verleugnen.«

»Sie selbst waren auch ein Opfer der Bedingungen, wie sie in der ersten Zeit herrschten, nicht wahr?«

»Ich bekam von den Läusen Typhus. Mehrere Monate war ich sehr krank. Als ich mich erholt hatte, beantragte ich meine Versetzung ins Lazarett, was genehmigt wurde.«

»Haben Sie außer Typhus noch anderes durchmachen müssen?«

»Ja, persönliche Demütigungen.«

»Einmal, zweimal?«

»Dutzende von Malen. Wir wurden sowohl für wirkliche als auch für angebliche Verstöße bestraft. Der diensthabende Gefreite hetzte uns von einem Platz zum anderen. Wir durften nicht gehen. Eine der üblichen Strafen bestand darin, daß wir in der Hocke Hunderte von Metern wie Enten watscheln mußten, und wer zurückblieb, erhielt Schläge. Dann brach eine Ruhrepidemie aus, von der auch ich befallen wurde. Das war der Zeitpunkt, an dem ich mich als Arzt zu erkennen gab. Die Deutschen konnten die Epidemie nicht eindämmen.«

»Und als die Epidemie vorbei war?«

»Ich durfte in zwei Lazarettbaracken eine chirurgische Ambulanz einrichten. Dort behandelte ich einfache Fälle wie Furunkel, Abszesse, leichte Verletzungen.«

»Wir kommen nun zum Ende des Jahres 1940. Bitte beschreiben Sie den allgemeinen Zustand der ärztlichen Versorgung.«

»Schlecht. Alles war knapp, und wir mußten sogar Papierverbände verwenden.«

»Arbeiteten noch andere qualifizierte Gefangenen-Chirurgen mit Ihnen?«

»Zuerst nicht. Ich hatte ein paar Hilfskräfte. Die Lazarettbaracken waren bald von Fällen mit Hämatomen überfüllt.«

»Bitte erklären Sie das.«

»Schwere Quetschungen, besonders in der Gesäßgegend, die zu Gewebsblutungen führten. Diese wurden dann septisch oder infiziert. Manchmal war ein halber Liter Eiter drin. Das schädigte die Muskulatur, so daß der Patient weder gehen noch sitzen, noch liegen konnte. Ich operierte in diesen Fällen, damit durch eine Inzision der Eiter ablaufen und eine allmähliche Heilung einsetzen konnte.«

»Wodurch wurden diese Hämatome verursacht?«

»Durch Schläge von den Deutschen.«

»Herr Dr. Kelno, haben Sie in dieser Zeit auch Amputationen vorgenommen?«

»Ja, meistens kleine Glieder wie Finger und Zehen, entweder weil sie abgefroren oder durch die Schläge zermalmt worden waren.«

Highsmith nahm die Brille ab und lehnte sich weit in Richtung auf den Zeugenstand vor. »Herr Doktor Kelno«, sagte er mit erhobener Stimme, »haben Sie jemals operiert, wenn es nicht wirklich voll erforderlich war?«

»Niemals. Weder damals noch später. Niemals.«

»Wie wurden Sie während dieser Zeit, also von Ende 1940 bis 1942, behandelt?«

»Ich wurde oft geschlagen.«

»Und welche Folgen hatten diese Schläge!«

»Ausgedehnte Quetschungen, manche so groß wie ein Fußball. Die Schmerzen waren unerträglich. Ich hatte Fieber, und meine Beine schwollen an, so daß ich Krampfadern und Venensteine bekam, die nach dem Krieg entfernt wurden.«

»Wann begannen sich die Zustände in Jadwiga zu ändern?«

»Mitte 1941, als die Deutschen Rußland angriffen. Jadwiga war ein bedeutendes Arbeitslager, in dem viele Dinge hergestellt wurden, die für die Deutschen kriegswichtig waren. Sie bemerkten, daß ihnen durch die brutale Behandlung der Gefangenen zu viele Arbeitstage verlorengingen, und daher entschlossen sie sich, angemessene medizinische Versorgungsanlagen einzurichten.«

»Können Sie sich an ein bestimmtes Ereignis erinnern, das der Anlaß für den Bau angemessener Versorgungsanlagen war?«

»1941, mitten im Winter, gab es eine Kältewelle, und wir hatten Tausende von Patienten mit Lungenentzündung, Frostbeulen und Kälteschock zu versorgen. Wir hatten so gut wie nichts, um sie zu behandeln, wir konnten ihnen nur Wasser zum Trinken geben. Sie lagen Seite an Seite auf den Fußböden der Baracken, man konnte kaum zwischen ihnen durchgehen, und sie starben zu Hunderten. Tote können nicht in Fabriken arbeiten, daher änderten die Deutschen ihre Einstellung.«

»Ich hätte gern gewußt, Herr Dr. Kelno, ob die Deutschen die Toten zählten?«

»Die Deutschen haben eine Manie bezüglich peinlich genauer Statistiken. Während der Epidemie gab es jeden Tag mehrere Appelle, der erste fand um halb sechs Uhr früh statt. Die Lebenden mußten die Toten mit hinaustragen. Für jeden mußte ein Nachweis erbracht werden.«

»Ich verstehe; wir kommen später darauf zurück. Nach der Epidemie im Winter 1941 durften Sie also angemessene Anlagen für die Versorgung der Kranken einrichten.«

»Mehr oder weniger. Wir hatten nicht genug Materialien zur Verfügung, daher begaben wir uns nachts, wenn im Lazarettbezirk keine SS mehr da war, auf Raubzüge. Später bekamen wir mehr Nachschub, aber niemals genug. Es wurde jedoch dadurch erträglicher, daß mir ein paar Ärzte zugeteilt wurden. Ich konnte in Baracke XX eine recht ordentliche chirurgische Klinik einrichten. Die deutschen Lagerärzte waren schlecht ausgebildet, und so wurde die Arbeit immer mehr von den Gefangenenärzten übernommen.«

»Und welche Stellung nahmen Sie selbst ein?«

»Ich war zwei Jahre lang erster Chirurg, und im August 1943 machte man mich nominell zum Chef der gesamten medizinischen Versorgung.«

»Nominell?«

»Ja, der eigentliche Chef war der SS-Oberst Dr. Adolph Voss, und außerdem war ich jedem anderen SS-Arzt unterstellt.«

»Haben Sie Voss oft gesehen?«

»Er war meistens in den Baracken I bis V. Ich hielt mich nach Möglichkeit fern.«

»Warum?«

»Er führte Versuche durch.«

Sir Robert sprach langsamer und mit gesenkter Stimme, um seiner nächsten Frage mehr Gewicht zu verleihen. »Wurde über die von Ihnen durchgeführten Operationen und Behandlungen Journal geführt?«

»Ich bestand auf genauen Eintragungen. Das hielt ich für wichtig, damit es später niemals Zweifel über mein Verhalten geben würde.«

»Auf welche Art und Weise wurden die Eintragungen gemacht?«

»In Form eines chirurgischen Journals.«

»Ein Band?«

»Es wurden mehrere Bände.«

»Und jede Behandlung oder Operation wurde eingetragen?«

»Ja.«

»Und von Ihnen abgezeichnet?«

»Ja.«

»Wer hat das Journal geführt?«

»Ein Schreiber. Ein Tscheche. Ich habe seinen Namen vergessen.«

Abe reichte Shawcross einen Zettel: ICH WÜRDE AM LIEBSTEN AUF-

STEHEN UND »SOBOTNIK« RUFEN, UM ZU SEHEN, OB ER SICH ERINNERT.

»Wissen Sie, was aus den Journalen geworden ist?«

»Ich habe keine Ahnung. Im Lager herrschte ein ziemliches Chaos, als die Russen kamen. Ich wünsche zu Gott, wir hätten die Journale jetzt hier, weil sie meine Unschuld beweisen könnten.«

Sir Robert verschlug es die Sprache. Der Richter wandte sich langsam Kelno zu. »Sir Adam«, sagte Gilray, »was den Beweis Ihrer Unschuld betrifft — Sie sind hier der Kläger, nicht der Beklagte.«

»Ich meine — meinen Namen reinwaschen.«

»Fahren Sie fort, Sir Robert«, sagte der Richter.

Highsmith beeilte sich, dieser Aufforderung Folge zu leisten, um den Eindruck zu verwischen, den Sir Adams Schnitzer hinterlassen hatte. »Während der ganzen Zeit waren Sie also ein Gefangener unter deutscher Aufsicht?«

»Ja. Immer ein Gefangener. Die SS ließ uns ständig von Pflegern beobachten.«

»Können Sie uns etwas über die besondere Bedeutung von Jadwiga-West sagen?«

»Dort fanden die Vernichtungen statt.«

»Wissen Sie das ganz genau?«

»Jeder wußte es. Die Geschichte hat es inzwischen bewiesen. Ich selbst habe Jadwiga-West nie gesehen, aber ich hörte durch die Untergrundorganisation zum ersten Mal davon.«

»Hatten die deutschen Pfleger, die Dr. Voss unterstanden, noch andere Aufgaben als Sie zu bespitzeln?«

»Sie wählten aus meinen Patienten die Opfer für die Gaskammer in Jadwiga-West aus.«

Über den Gerichtssaal senkte sich Schweigen. Wieder war der einzige Laut, den man hörte, das Ticken der Uhr. Bisher hatte man in England von diesen Dingen nur mittelbar Kenntnis erhalten. Aber jetzt stand Sir Adam Kelno mit totenbleichem Gesicht vor ihnen und hatte den Vorhang vor der Vergangenheit und ihren Schrecken weggezogen.

»Möchten Sie, daß wir eine Pause einlegen?« fragte der Richter.

»Nein«, antwortete Adam. »Es vergeht kein Tag in meinem Leben, an dem ich mich nicht erinnere.«

Sir Robert seufzte, umklammerte mit beiden Händen die Aufschläge seines Talars und sprach so leise, daß die Geschworenen Mühe hatten, ihn zu verstehen. »Auf welche Weise wurden diese Leute ausgesucht?«

»Manchmal zeigte der Deutsche auf seinem Gang durch die Station nur mit dem Finger auf die Leute. Auf diejenigen, die so aussahen, als ob sie kaum eine Chance zum Gesundwerden hätten.«

»Wie viele?«

»Das hing davon ab, wie viele von außen nach Jadwiga-West geschickt wurden. Das Soll für die Gaskammern wurde vom Lazarett aufgefüllt. Pro Tag hundert. An manchen Tagen zwei- oder dreihundert. Als einmal Tausende von Ungarn hereinkamen, ließ man uns eine Weile in Ruhe.«

»Wie weit lag Jadwiga-West vom Lazarettbezirk entfernt?«

»Vier bis fünf Kilometer. Wir konnten es sehen. Und . . . wir konnten es riechen.«

Abraham Cady dachte an seinen eigenen Besuch in Jadwiga, und alles wurde wieder vor seinen Augen lebendig. Einen Moment lang blickte er reumütig auf Adam Kelno. Was, um Gottes willen, hätte ein einzelner Mann gegen das tun können, was dort vor sich gegangen war?

»Was haben Sie persönlich gegen die Auswahl unternommen, die von den Deutschen getroffen wurde?«

»Wenn sie jemanden ausgesucht hatten, malten sie auf die Brust des Opfers eine Zahl. Wir fanden heraus, daß man diese Zahlen leicht abwaschen konnte. Wir ersetzten daher diese Leute durch Patienten, die in der Nacht gestorben waren. Da die Deutschen die Leichen nicht selbst abtransportierten, hatten wir eine Zeit lang Glück.«

»Wie viele Menschen konnten Sie mit dieser Methode retten?«

»Zehn bis zwanzig von Hundert.«

»Wie lange?«

»Viele Monate.«

»Könnte man sagen, daß Sie auf diese Weise mehreren Tausend Menschen das Leben gerettet haben?«

»Wir hatten zuviel zu tun, als daß wir sie hätten zählen können.«

»Haben Sie noch andere Methoden benützt, um die Deutschen zu täuschen?«

»Als ihnen der Verdacht kam, daß wir Leichen nach Jadwiga-West schickten, stellten sie Namenslisten auf, und so vertauschten wir Namen. Viele, die heute noch leben, haben im Lager jahrelang unter den Namen von Toten gelebt. Durch den Lageruntergrund spionierten wir ihre Pläne aus, und oft wußten wir schon vorher, wann wieder eine Auswahl gemacht wurde. Dann sorgte ich dafür, daß die Stationen so leer wie möglich waren, indem ich die Leute zur Arbeit zurückschickte oder sie versteckte.«

»Haben Sie dabei die Nationalität oder die Religion dieser Gefangenen berücksichtigt?«

»Ein Leben war ein Leben. Wir retteten diejenigen, die unserer Ansicht nach die besten Überlebenschancen hatten.«

Highsmith ließ den Eindruck dieser Worte nachwirken, indem er sich zu Chester Dicks, seinem Junior, wandte und sich von ihm eine Information geben ließ, die er benötigte. Dann drehte er sich wieder zum Lesepult um.

»Herr Dr. Kelno, haben Sie jemals Blut gespendet?«

»Ja, oft. Wir hatten viele gebildete Leute bei uns, Gelehrte, Musiker und Schriftsteller, die wir um jeden Preis am Leben erhalten wollten, und so spendeten wir manchmal Blut.«

»Bitte erzählen Sie dem Gericht, wie Sie untergebracht waren.«

»Ich teilte mit ungefähr sechzig männlichen Mitarbeitern eine Baracke.«

»Und Ihr Bett?«

»Eine Strohmatratze, mit dickem Papier ausgefüllt. Wir hatten ein Laken, ein Kissen und eine Wolldecke.«

»Wo haben Sie gegessen?«

»In einer kleinen Küche, die an einem Ende des gleichen Raumes lag.«

»Was für sanitäre Einrichtungen hatten Sie?«

»Eine Toilette, vier Waschbecken und eine Dusche.«

»Und woraus bestand Ihre Kleidung?«

»Aus einer Art gestreiftem Drillich.«

»Mit deutlicher Markierung?«

»Jeder Gefangene trug über der linken Brusttasche ein aufgenähtes Dreieck. Meins war rot, zum Zeichen, daß ich ein politischer Gefangener war, und auf dem Dreieck war ein P, das mich als Polen kennzeichnete.«

»Wurden außer in den Gaskammern von Jadwiga-West noch andere Morde verübt?«

»Neben der SS fungierten auch deutsche Strafgefangene und deutsche Kommunisten als Aufseher, und diese waren oft genauso brutal wie die SS. Jeden, den sie aus dem Weg haben wollten, prügelten sie einfach zu Tode, hingen dann das Opfer an dessen eigenem Gürtel auf und registrierten den Tod als Selbstmord. Die SS wußte, daß diese Bestien ihnen die Arbeit abnahmen, und tat daher, als sei nichts geschehen.«

»Wurden sonst noch Menschen umgebracht, offiziell oder inoffiziell?«

»Ich habe vorhin erwähnt, daß die Baracken I bis V eine Versuchsstation waren. Zwischen den Baracken II und III befand sich eine Betonmauer. Wenn die Gaskammer in Jadwiga-West mit der Arbeit nicht nachkam, wurden Dutzende oder auch Hunderte von einem Hinrichtungskommando erschossen.«

»Gab es noch andere Methoden?«

»Durch eine Phenol-Injektion ins Herz. Der Tod trat in Sekunden ein.«

»Haben Sie das selbst gesehen?«

»Ja.«

»Wurde Ihnen jemals befohlen, eine Phenol-Injektion zu geben?«

»Ja, von einem SS-Arzt namens Dr. Sigmund Rudolf, dem Assistenten von Oberst Flensberg. Er wies mich an, einigen Patienten Traubenzucker zu injizieren, aber ich roch das Karbol und weigerte mich. Die Patienten wurden unruhig, von SS-Wachen wehrlos geschlagen und dann auf Stühle gebunden, und er spritzte ihnen eine Dosis von ungefähr 100 ml. Sie starben fast augenblicklich.«

»Wurden Sie deswegen bestraft?«

»Ja, Sigmund Rudolf denunzierte mich als Feigling, und man schlug mir die Zähne ein.«

»Ich möchte nochmals kurz auf die Versuchsbaracken I bis V zurückkommen, Herr Dr. Kelno. Ich glaube, wir haben klargestellt, daß Oberst Voss und sein Assistent Sigmund Rudolf die leitenden Ärzte waren. Bitte erzählen Sie dem Gericht und den Geschworenen über Ihre Beziehungen zu diesen beiden.«

»Ich hatte mit Flensberg sehr wenig zu tun. Voss machte Versuche auf dem Gebiet der Sterilisation. Eine seiner Methoden bestand darin, Eierstöcke und Hoden massiv mit Röntgen zu bestrahlen. Einer seiner Assistenten war ein jüdischer Arzt, Boris Dimshits. Dimshits muß wohl zuviel gewußt haben, denn er wurde in die Gaskammer geschickt. Kurz danach ließ Voss mich und einen anderen polnischen Arzt namens Konstanty Lotaki holen und teilte uns mit, daß wir ab und zu in Baracke V Operationen durchführen müßten.«

Endlich öffnete sich die Tür der Baracke V mit ihren grauenvollen Geheimnissen. Bannister und O'Conner schrieben hastig jedes Wort mit. Gilray gab sich offensichtlich alle Mühe, eine ungewohnte Gemütsbewegung zu unterdrücken.

»Bitte fahren Sie fort, Sir Adam.«

»Ich fragte Voss, was für Operationen, und er sagte, daß ich nicht mehr funktionsfähige Organe entfernen sollte.«

»Und wie reagierten Sie darauf?«

»Lotaki und ich waren sehr bestürzt. Voss machte klar, daß uns das gleiche Schicksal erwartete wie Dr. Dimshits, wenn wir uns nicht fügten.«

»Eine Weigerung hätte Ihnen die Gaskammer eingebracht?«

»Ja.«

»Nachdem Sie es schon vorher abgelehnt hatten, Phenol zu injizieren, kam Ihnen der Gedanke, sich nochmals zu weigern?«

»Hier handelte es sich um etwas ganz anderes. Voss sagte, daß Pfleger von der SS die Operationen durchführen würden, falls wir uns weigerten. Wir beschlossen, die Sache mit allen anderen Gefangenenärzten zu besprechen. Wir gelangten alle zu der Auffassung, daß es für Voss' Opfer den sicheren Tod bedeuten würde, und es Lotakis und meine Pflicht war als qualifizierte Chirurgen, diese Menschen zu retten.«

»Sie sagten, daß Sie mit *allen* Gefangenenärzten darüber sprachen?«

»Mit allen außer Mark Tesslar. Zwischen uns stand der Haß, den er seit unserer gemeinsamen Studentenzeit in Warschau auf mich hatte. Später, in Jadwiga, war er Voss' Mitarbeiter bei den Versuchen.«

»Einen Augenblick, bitte«, sagte Thomas Bannister und stand auf.

Adam Kelno sprang vom Stuhl auf, packte mit beiden Händen das Geländer und schrie: »Ich lasse mich nicht zum Schweigen bringen! Es waren Tesslar und seine Lügen, die mich aus Polen vertrieben haben!

Es ist alles ein Komplott der Kommunisten, um mich ins Grab zu hetzen!«

»Offensichtlich«, sagte Thomas Bannister kühl, »wäre hier ein Einspruch angebracht; ich glaube jedoch nicht, daß ich in diesem Zeitpunkt *einen* einlegen möchte.«

»Wenn Sie mich nicht um eine Entscheidung bitten«, sagte Gilray, »dann werde ich auch keine fällen. Mir scheint, daß die Atmosphäre sehr gefühlsgeladen ist. Ich glaube, wir sollten die Verhandlung für heute unterbrechen.«

3

Es war fast Mitternacht, als Terry in der Wohnung der Kelnos ankam.

»Wo warst du so lange?« fragte Angela.

»Ich bin spazierengegangen, nur so.«

»Hast du gegessen?«

»Ich habe keinen Hunger. Ist Dr. Kelno noch auf?«

»Ja, er ist im Arbeitszimmer.«

Adam Kelno saß wie erstarrt da. Er hörte weder, wie es an der Tür klopfte, noch sah er den jungen Mann hereinkommen.

»Herr Doktor —«

Adam blickte langsam auf, dann drehte er den Kopf weg.

»Herr Doktor, ich bin durch die Straßen gewandert — ich meine, ich habe über das nachgedacht, was ich heute gehört habe, beziehungsweise ich habe mich bemüht, es zu verstehen. Ich glaube, keiner von uns hat wirklich gewußt, wie es dort war. Es ist ganz anders, als wenn man nur darüber liest. Ich habe es einfach nicht gewußt.«

»Ein etwas zu harter Brocken für dich, Terry? Was du heute gehört hast, war vielleicht nur der angenehmste Teil vom Ganzen.« —

»O Gott, Herr Doktor.« Terry ließ sich auf einen Stuhl fallen und vergrub das Gesicht in den Händen. »Wenn mir bloß klar gewesen wäre, was ich getan habe. Ich schäme mich so entsetzlich.«

»Das solltest du auch. Vielleicht ist das alles zuviel für dich. Vielleicht solltest du lieber nicht mehr ins Gericht kommen.«

»Hören Sie auf, bitte. Ich komme mir wie das schlimmste Scheusal auf Erden vor. Komisch, daß jemand wie ich, dem jede Chance in den Schoß gefallen ist, so sehr mit seinen eigenen Problemen, seiner eigenen Welt, seiner eigenen Person beschäftigt sein kann, daß er den Blick für die Nöte oder Gefühle oder Leiden anderer verliert.«

»Alle jungen Menschen sind egoistisch«, sagte Adam, »aber deine Generation schießt den Vogel ab.«

»Herr Doktor, können Sie mir jemals verzeihen?«

»Dir verzeihen? Schließlich hast du die Deutschen ja nicht nach Polen gebracht.«

»Ich werde eines Tages alles wiedergutmachen.«

»Du brauchst nur fleißig zu studieren und ein guter Arzt zu werden. Das ist die ganze Wiedergutmachung, die ich haben will.«

»Ich hatte heute abend ein langes Gespräch mit Mary. Wir haben uns geeinigt. Ich möchte hier zu Hause wohnen, so lange der Prozeß dauert.«

»Selbstverständlich. Ich bin froh darüber, Terrence. Und Mary?«

»Ich weiß nicht. Es wäre wohl nicht gut, die Spannung dadurch zu vergrößern, daß sie hierher kommt. Wir müssen eben abwarten, wie wir darüber denken, wenn alles vorbei ist.«

Angela kam ins Zimmer. »Los, ihr beiden, ihr müßt jetzt etwas essen.« Terrence hielt die Tür auf. Als Adam an ihm vorbeiging, berührte Terry seine Schulter, dann warf er sich ihm in die Arme und weinte, wie er seit seiner Kindheit nicht mehr geweint hatte.

Lady Sarah Wydmans Flugzeug landete um zwei Uhr morgens in Heathrow. Der müde Zollbeamte betrachtete gähnend die zehn Gepäckstücke, die sie dabei hatte, und winkte sie durch.

Morgan, der Chauffeur, half gerade einem Gepäckträger, die Koffer auf einen Karren zu laden, als plötzlich Jacob Alexander auftauchte, und Sarah auf die Wange küßte. »Jacob, Sie hätten wirklich nicht um diese Zeit herkommen müssen.«

»Wie war der Flug?«

»Normal.«

Der Bentley setzte sich in Bewegung, gefolgt von einem Taxi mit dem Rest des Gepäcks.

»Wie steht es?«

»Nun, die erste Runde ging natürlich an Sir Robert. Haben Sie Erfolg gehabt?«

»Ja. Hat man etwas über Sobotnik gehört?«

»Es gibt nicht die kleinste Spur von ihm. Aroni kann uns auch nicht viel Hoffnung machen.«

»Dann muß Abe gestatten, daß Pieter Van Damm aussagt.«

»Wir können ihn in diesem Punkt nicht zum Nachgeben bewegen. Ich habe Sie abgeholt, weil ich irgend jemandem mein Herz ausschütten muß, Sarah. Ich mache mir Sorgen wegen Mark Tesslar. Wir sind nach Oxford gefahren, um eine neue Aussage aufzunehmen, und haben dabei feststellen müssen, daß er sehr krank ist. Er hat sich gerade erst von einem schweren Herzinfarkt erholt. Auf jeden Fall sind wir das Wagnis mit diesem Lotaki eingegangen, der bei einigen von Kelnos Operationen dabei war. Er ist Chirurg am Krankenhaus von Lublin in Polen. Lotaki hat sich bei den Kommunisten lieb Kind gemacht, und es wurde nie etwas gegen ihn unternommen. Wir gehen dabei von der

Theorie aus, daß es ihm möglicherweise einmal in Polen hilft, wenn er uns jetzt in London hilft, und vielleicht kommt er auf dieser Basis her, um auszusagen.«

»Jedoch entscheidet er sich vielleicht, für Kelno auszusagen, weil er das als die leichtere Alternative ansieht, um seinen Namen reinzuhalten.«

»Wir sind uns dieses Risikos bewußt, aber es bleibt uns nichts anderes übrig.«

Sie hatten das Stadtgebiet erreicht und fuhren weiter zum Berkeley Square.

»Jacob, ich werde morgen nicht in der Verfassung sein, zur Verhandlung zu kommen. Seien Sie so lieb und richten Sie Abe aus, daß ich ihn abends anrufe.«

»Sarah.«

»Ja?«

»Warum darf ich ihm nichts von dem Geld sagen, das Sie selbst beigesteuert und aufgetrieben haben?«

»Nein. Sehen Sie, er hat so viel auf seine eigenen Schultern genommen, daß er das Gefühl haben soll, als hätte er überall auf der Welt unbekannte Freunde. Außerdem hat er was gegen jüdische Geldauftreiber.«

4

»Bevor ich mit der Befragung fortfahre, Euer Ehren, möchte Sir Adam dem Gericht etwas sagen.«

»Ich möchte mich für meinen gestrigen Ausbruch entschuldigen, Euer Ehren«, sagte Kelno mit zitternder Stimme.

»So etwas kommt immer wieder vor«, sagte Richter Gilray. »Ich bin sicher, daß Herr Smiddy und Sir Robert Sie aufgeklärt haben, wie schwer ein solcher Verstoß vor einem britischen Gericht wiegt. Bei allem Respekt für unsere Freunde in Amerika, wir werden nicht zulassen, daß ein britischer Gerichtssaal in einen Zirkus verwandelt wird. Das Gericht nimmt Ihre Entschuldigung an und warnt Sie gleichzeitig, daß eine Wiederholung streng geahndet werden wird.«

»Danke, Euer Ehren.«

»Fahren Sie jetzt mit der Befragung fort, Sir Robert.«

Sir Robert wippte auf den Fußspitzen, rieb sich die Hände und brachte sich wieder in Schwung. »Vor der gestrigen Unterredung, Sir Adam, sagten Sie aus, nachdem Oberst Voss Ihnen und Dr. Lotaki mitgeteilt hatte, daß Sie abgestorbene Organe operativ entfernen sollten, hätten Sie mit allen Gefangenenärzten außer Mark Tesslar gesprochen. Ist das richtig?« »Ja.«

»Bitte sagen Sie mir präzise, zu welcher Meinung, Entscheidung oder Vereinbarung Sie und die anderen Ärzte gekommen sind.«

»Wir hatten das Beispiel von Dr. Dimshits vor Augen, der in die Gaskammer geschickt worden war, und wir hatten keinen Grund anzunehmen, daß Voss nur Spaß gemacht hatte, als er drohte, uns auch dorthin zu schicken. Wir hatten ferner seine Drohung, daß die Patienten von unerfahrenen SS-Pflegern verstümmelt werden würden. Wir beschlossen, so viele Menschenleben wie möglich zu retten und gleichzeitig zu versuchen, Voss zu einer Einschränkung der Versuche zu bewegen.«

»Ja. Und danach wurden Sie und Dr. Lotaki von Zeit zu Zeit in die Baracke V geholt, um dort nicht mehr funktionsfähige Eierstöcke und Hoden zu entfernen.«

»Ja.«

»Wie oft, würden Sie sagen, ist das vorgekommen?«

»Acht bis zehn Mal. Auf jeden Fall weniger als ein Dutzend Mal. Über Dr. Lotaki weiß ich nicht genau Bescheid. Höchstwahrscheinlich war es genauso oft.«

»Haben Sie ihm assistiert?«

»Gelegentlich.«

»Wie viele Operationen wurden bei jedem Ihrer acht oder zehn Besuche in Baracke V ausgeführt?«

»Oh, eine bis zwei.«

»Aber nicht ein Dutzend?«

»Nein, natürlich nicht.«

»Oder gar Hunderte.«

»Nein.«

»Und es gelang Ihnen, die Versuche zu unterbinden?«

»Nicht ganz, aber wir ließen nach wie vor offen durchblicken, daß wir dagegen waren, so daß Voss nur so viele Experimente durchführte, wie er brauchte, um den Weiterbetrieb der Versuchsanstalt Berlin gegenüber zu rechtfertigen.«

»Ist Tesslar jemals in der Baracke V gewesen, während Sie dort operierten?«

»Nein, niemals.«

»Niemals, nicht ein einziges Mal? Er hat Sie niemals operieren gesehen?«

»Mark Tesslar hat mich niemals bei einer Operation gesehen.«

Highsmith murmelte etwas vor sich hin, um der Jury Zeit zu geben, diesen Punkt zu verdauen. »Nicht einmal«, wiederholte er zu sich selbst und hantierte mit den Papieren auf dem Pult.

»Sie haben also, und zwar mit dem vollen Einverständnis Ihrer Kollegen, unter insgesamt zwanzigtausend Operationen im Höchstfall zwei Dutzend dieser für notwendig erachteten Eingriffe durchgeführt.«

»Ja. Wir haben nur Organe entfernt, die durch Röntgenstrahlen zerstört waren. Wenn wir sie nicht entfernt hätten, wären sie möglicherweise krebsig geworden. Ich habe in jedem einzelnen Fall auf einer Eintragung ins Journal bestanden.«

»Unglücklicherweise«, sagte Sir Robert, »sind die Journale unwiederbringlich verloren. Aber lassen wir das. Erzählen Sie dem Gericht und den Geschworenen, wie diese Operationen durchgeführt wurden.«

»Die Opfer waren in einer sehr schlechten Gemütsverfassung, deshalb habe ich mich besonders bemüht, sie zu trösten und ihnen zu versichern, daß das, was ich vorhatte, nur zu ihrem Besten geschähe. Daß ich ihr Leben retten wollte. Ich habe mein ganzes Können aufgeboten und die besten Narkosemittel verwendet, die wir hatten.«

»Um von den Narkosemitteln zu sprechen. Sie wissen natürlich, daß die Behauptung, Sie hätten keine Narkosemittel verwendet, Teil der verleumderischen Erklärung des Beklagten ist.«

»Das ist vollkommen falsch.«

»Bitte erklären Sie, welche Anästhetika verabreicht wurden und wie.«

»Ja. Für Operationen unterhalb des Nabels hielt ich eine Lumbalanästhesie für besser als eine Inhalationsnarkose.«

»Haben Sie auch in Warschau, London und Sarawak diese Auffassung vertreten?«

»Ja, immer. Die Rückenmarkanästhesie entspannt die Muskeln viel besser und verringert für gewöhnlich die Neigung zu Blutungen.«

»Hatten Sie in Jadwiga jemanden, der diese Narkose machen konnte?«

»Ich spritzte immer selbst, weil nicht genug ausgebildetes Personal da war. Zuerst gab ich als Einleitung eine Morphiuminjektion, um die betreffende Region unempfindlich zu machen, und dann die Lumbalanästhesie.«

»Verspürt der Patient dabei starke Schmerzen?«

»Nein, wenn es ein Fachmann macht, nur einen Stich.«

»Wo haben Sie die Injektionen gegeben?«

»Im Operationssaal.«

»Wie stand es mit der postoperativen Versorgung?«

»Ich sagte Voss, daß ich die Patienten weiterbehandeln müsse, bis sie sich völlig erholt hätten, und er war einverstanden.«

»Sie haben also längere Zeit nach ihnen gesehen.«

»Ja, jeden Tag.«

»Erinnern Sie sich an irgendwelche Komplikationen?«

»Nur die normalen postoperativen Beschwerden und dazu natürlich die unzureichenden Behandlungsmöglichkeiten in Jadwiga. In diesen speziellen Fällen war es wegen des Schocks, den der Verlust der Geschlechtsdrüsen verursacht, etwas schlimmer, aber sie waren so glücklich darüber, noch am Leben zu sein, daß ich immer freundlich begrüßt wurde und sie im allgemeinen in guter Stimmung waren.«

»Und alle haben überlebt, nicht wahr?«

»Keiner von den wenigen Patienten, bei denen eine solche Operation erforderlich war, ist gestorben.«

»Und zwar dank Ihrer Fürsorge und Geschicklichkeit und postoperativen Pflege.«

Thomas Bannister stand langsam auf. »Stellen Sie Ihrem Zeugen nicht Suggestivfragen, Sir Robert?«

»Ich entschuldige mich bei meinem gelehrten Freund. Ich möchte die Frage anders formulieren. Haben Sie für diese rund zwanzig Patienten sonst noch etwas getan?«

»Ich brachte Ihnen zusätzliche Verpflegung.«

»Wir wollen uns für einen Augenblick einem anderen Thema zuwenden. Herr Dr. Kelno, waren Sie Mitglied der Untergrundorganisation?«

»Ja, ich war in der nationalistischen Untergrundbewegung, nicht in der kommunistischen. Ich bin polnischer Nationalist.«

»Es gab also zwei Untergrundorganisationen.«

»Ja. Von dem Moment an, als wir in Jadwiga ankamen, haben sich die Nationalisten organisiert. Wir halfen bei Fluchtvorhaben. Wir hielten mit der nationalistischen Untergrundorganisation in Warschau und im übrigen Polen Kontakt. Wir arbeiteten uns in Schlüsselpositionen hinein, wie zum Beispiel im Lazarett, in der Radiofabrik oder in Schreibstuben, damit wir mehr Verpflegung und Medikamente bekamen. Wir haben uns selbst ein Funkgerät zusammengebaut.«

»Gab es eine Zusammenarbeit mit dem kommunistischen Lageruntergrund?«

»Wir wußten, daß die Kommunisten den Plan hatten, Polen nach dem Krieg zu übernehmen, und sie haben viele unserer Mitglieder bei der SS denunziert. Wir mußten uns vor ihnen sehr vorsehen. Tesslar war bei der kommunistischen Untergrundgruppe.«

»Was konnte Ihre Organisation sonst noch erreichen?«

»Wir konnten die allgemeinen Zustände durch die Beschaffung zusätzlicher Verpflegung und Medikamente und die Einrichtung weiterer sanitärer Anlagen verbessern. Zwanzigtausend Gefangene arbeiteten ja in Fabriken außerhalb des Lagers, und der Untergrund draußen schmuggelte ihnen die Sachen zu, die sie dann ins Lager mitbrachten. Auf diese Weise bekamen wir auch Impfstoff, mit dem eine erneute Typhus-Epidemie im Keim erstickt werden konnte.«

»Würden Sie sagen, daß dadurch viele Menschenleben gerettet wurden?«

»Ja.«

»Tausend?«

»Das kann ich nicht abschätzen.«

»Noch etwas, Sir Adam. Sie erwähnten ein Funkgerät für den Kontakt mit der Außenwelt. Wo war das versteckt?«

»In meinem Behandlungszimmer in Baracke XX.«

»Hmm«, machte Highsmith nachdenklich. »Was für eine Arbeitszeit hatten Sie in Jadwiga?«

»Vierundzwanzig Stunden pro Tag, sieben Tage pro Woche. Nach den von der SS festgesetzten Stunden für ambulante Patienten arbeiteten wir im Operationssaal und auf den Stationen weiter. Ich habe ein paar Stunden geschlafen, wenn es sich gerade einrichten ließ.«

Abraham beobachtete die Geschworenen, während Sir Robert und Adam Kelno einen Berg aus Heldentum, Mut und Opferbereitschaft vor ihnen auftürmten. Er blickte auf O'Conner, der ganz Aufmerksamkeit war, zu Bannister, der völlig entspannt dasaß und den Zeugen nicht aus den Augen ließ. Weiter unten schrieb Jacob Alexanders Sekretärin Sheila Lamb in fieberhafter Eile jedes Wort mit. Am Beisitzertisch lösten sich die Stenografen in regelmäßigen Zeitabständen ab. Die Gerichtsreporter der Londoner *Times*, die beide Barristers waren, genossen das Vorrecht, einen Sonderplatz zu haben und nicht auf den überfüllten Pressebänken sitzen zu müssen. Dort drängten sich jetzt immer mehr ausländische Journalisten, die den Prozeß verfolgten.

»Wir haben also gehört, wie Sie das Narkosemittel im Operationssaal verabreichten«, sagte Sir Robert, um diesen Punkt nochmals zu betonen. »Haben Sie sich jemals Ihrer Schnelligkeit beim Operieren gerühmt?«

»Nein. Aber in Jadwiga wurde so viel operiert, daß ich es mir angewöhnte, schnell zu arbeiten, aber niemals so schnell, daß dadurch das Leben eines Patienten gefährdet wurde.«

»Haben Sie sich vor jeder Operation die Hände gewaschen?«

»Selbstverständlich.«

»Und achteten darauf, daß die Patienten gut gewaschen waren.«

»Mein Gott, natürlich.«

»Welche chirurgischen Methoden haben Sie bei den von Voss befohlenen Entfernungen der Eierstöcke angewendet?«

»Sobald die Lumbalanästhesie wirkt, wird die Patientin von der fahrbaren Liege heruntergehoben und auf dem Operationstisch festgeschnallt.«

»Festgeschnallt? Mit Gewalt?«

»Zur eigenen Sicherheit der Patientin.«

»Würden Sie auch heute in London bei der gleichen Operation jemanden festschnallen?«

»Ja. Das ist allgemein üblich.«

»Fahren Sie bitte fort, Herr Dr. Kelno.«

»Nun, der Operationstisch kann gekippt werden.«

»Um wieviel? Bis zu dreißig Grad?«

»Das glaube ich nicht. Wenn man in der unteren Körperhälfte operiert, also zum Beispiel in der Bauchhöhle, kippt man den Tisch, und dann rollt der Darm von selbst zurück, so daß der Chirurg ein Operationsfeld hat, das frei von Darmschlingen ist. Ich würde die Bauchhöhle eröffnen, die Zange einführen, um den Uterus zu heben, eine Zange zwischen Eileiter und Eierstock plazieren und den Eierstock amputieren.«

»Was tun Sie mit dem herausgenommenen Eierstock?«

»Nun, ich kann ihn nicht in der Hand behalten. Für gewöhnlich wird er in eine Schale oder irgendeinen Behälter gelegt, den der Assistent bereit hält. Der herausgenommene Eierstock hinterläßt einen Stiel oder Stumpf. Dieser Stumpf wird überdeckt, damit er nicht blutet.«

»Der Stiel oder Stumpf wird *immer* überdeckt?«

»Ja, immer.«

»Wie lange dauert eine solche Operation?«

»Unter normalen Bedingungen zwischen fünfzehn und zwanzig Minuten.«

»Und es werden nur sterile Instrumente verwendet?«

»Natürlich.«

»Und Sie tragen dabei Gummihandschuhe?«

»Ich ziehe es vor, über den Gummihandschuhen sterile Baumwollhandschuhe zu tragen, um einen rutschigen Griff zu vermeiden. Das kann jeder Chirurg machen, wie er will.«

»Bitte sagen Sie dem Gericht und den Geschworenen, ob die Patientin, die halb bei Bewußtsein ist und nichts fühlt, die Operation verfolgen kann.«

»Nein. Wir benützen einen Schirm, der aus einem sterilen Laken besteht, so daß die Patientin nichts sehen kann.«

»Warum, um alles in der Welt, tun Sie das?«

»Damit die Patientin nicht in die offene Wunde husten oder spucken kann.«

»Die Patientin kann also nichts sehen oder fühlen. Würde sie sich in einem Zustand schwerster seelischer Pein befinden?«

»Nun, Sir Robert, niemand liegt gern auf dem Operationstisch, aber von schwerster seelischer Pein, wie Sie es nennen, kann nicht die Rede sein.«

»Und obwohl diese Operationen im Konzentrationslager Jadwiga stattfanden, würden Sie sagen, daß normale chirurgische Maßnahmen angewendet wurden?«

»Es war in vieler Hinsicht schwieriger, aber es waren reguläre Operationen.«

Nach der Mittagspause befragte Sir Robert Highsmith den Zeugen Sir Adam Kelno über sein erstes Zusammentreffen mit Mark Tesslar in Warschau, wo beide Medizin studierten.

In Jadwiga sahen sie sich wieder, wo Tesslar, so sagte Kelno aus, weiterhin Lagerprostituierte operierte und später Mithelfer der Deutschen bei den Experimenten wurde.

»Hat Dr. Tesslar in irgendeiner Baracke überhaupt Patienten behandelt oder besucht?«

»Er hatte ein Zimmer in Baracke III.«

»Ein Zimmer, sagen Sie. Also nicht wie Sie einen Raum, in dem noch sechzig andere schliefen.«

»In Baracke III lagen viele Opfer der Experimente. Vielleicht hat Tesslar sich um sie gekümmert. Ich weiß es nicht. Ich bin ihm aus dem Weg gegangen, und wenn wir uns einmal trafen, machten wir es möglichst kurz.«

»Haben Sie sich ihm gegenüber jemals gebrüstet, daß Sie Tausende von experimentellen Operationen ohne Narkose durchgeführt hätten?«

»Nein. Ich bin stolz auf meinen Ruf als Chirurg und habe vielleicht über die Tausende von Operationen gesprochen, die in Jadwiga stattfanden.«

»Reguläre Operationen.

»Ja. reguläre. Aber man hat das, was ich gesagt habe, entstellt wiedergegeben. Ich habe Tesslar wegen seiner eigenen Arbeit gewarnt und ihm gesagt, daß man ihn für seine Verbrechen zur Rechenschaft ziehen würde. Das war dasselbe, als wenn ich mein eigenes Todesurteil unterschrieben hätte, denn als ich wieder nach Warschau kam, war er schon da, und um seine eigenen Verbrechen zu vertuschen, brachte er Beschuldigungen gegen mich vor, und ich mußte fliehen.«

»Sir Adam«, unterbrach ihn der Richter, »ich möchte ihnen einen Rat geben. Versuchen Sie, nur Sir Roberts Fragen zu beantworten und geben Sie aus freien Stücken keine weiteren Informationen.«

«Ja, Euer Ehren.«

»Wie lange waren Sie in Jadwiga?«

»Bis Anfang 1944.«

»Erzählen Sie dem Gericht und den Geschworenen, unter welchen Umständen Sie Jadwiga verließen.«

»Voss ging von Jadwiga weg, um eine Privatklinik für die Frauen hoher deutscher Marineoffiziere in Rostock an der Ostsee zu übernehmen, und er nahm mich mit.«

»Als Gefangenen?«

»Als Gefangenen. Man nannte mich Voss' Hund.«

»Wie lange waren Sie in Rostock?«

»Bis Januar 1945, als Voss sich nach Mitteldeutschland absetzte. Ich wurde nicht mitgenommen. Ich blieb in der Gegend dort und behandelte die vielen Sklavenarbeiter und Gefangenen, die jetzt frei herumliefen. Im April kam die russische Armee an. Zuerst wurden viele von uns ins Lager gesteckt, weil wir keine Papiere hatten, dann wurde ich freigelassen und schlug mich nach Warschau durch. Ich traf am Ostersonntag 1945 dort ein und hörte sofort Gerüchte über die Beschuldigungen gegen mich. Die nationalistische Untergrundorganisation existierte noch, und so bekam ich falsche Papiere und arbeitete in einer Schutträumkolonne. Sobald ich konnte, floh ich nach Italien und schloß mich den Freien polnischen Streitkräften an.«

»Was geschah dann?«

»Es gab eine Untersuchung, ob ich unbelastet sei. Ich kam nach England und arbeitete im polnischen Krankenhaus in Tunbridge Wells. Ich blieb dort bis 1946.«

»Und was geschah dann?«

»Ich wurde verhaftet und im Gefängnis von Brixton festgehalten, während die polnischen Kommunisten versuchten, meine Auslieferung zu erreichen.«

»Wie lange waren Sie im Gefängnis?« fragte Sir Robert in einem Ton, der seine Ansicht über das Verhalten der englischen Behörden gegenüber seinem Mandanten verriet.

»Zwei Jahre.«

»Und nach zwei Jahren in Brixton, die auf f~~.~~ fünf Jahre im Konzentrationslager Jadwiga folgten, was geschah dann?«

»Die britische Regierung entschuldigte sich, und ich trat in den Kolonialdienst ein. Ich ging 1949 nach Sarawak auf Borneo und blieb fünfzehn Jahre dort.«

»Wie waren die Zustände in Sarawak?«

»Primitiv und schwierig.«

»Warum suchten Sie sich gerade diesen Ort aus?«

»Aus Angst.«

»Laut Ihrer Aussage haben Sie also zweiundzwanzig Jahre Ihres Lebens entweder als Gefangener oder im Exil verbracht, und zwar wegen Verbrechen, die Sie nicht begangen haben.«

»Das ist richtig.«

»Welchen Rang haben Sie im Kolonialdienst erreicht?«

»Den des leitenden Medizinalbeamten für einen Bezirk. Weitere Beförderungen lehnte ich ab wegen meiner Arbeit auf dem Gebiet der Mangelernährung und weil ich mich intensiv mit der Erhöhung des Lebensstandards der Eingeborenen befaßte.«

»Haben Sie darüber Artikel veröffentlicht?«

»Ja.«

»Wie wurden diese aufgenommen?«

»Ich wurde schließlich geadelt.«

»Hmm . . . ja . . .« Sir Robert starrte die Geschworenen fast aggressiv an .»Und dann kehrten Sie nach England zurück.«

»Ja.«

»Ich bin ein neugieriger Mensch, Sir Adam. Warum haben Sie als geadelter britischer Arzt sich entschlossen, in einer relativ obskuren Klinik in Southwark zu praktizieren?«

»Ich kann an einem Tag höchstens zwei Hühnchen essen. Ich übe meinen Beruf nicht um Geld oder für einen gesellschaftlichen Rang aus. In meiner Klinik kann ich die größte Zahl von Bedürftigen behandeln.«

»Sir Adam, haben Sie in den Jahren in Jadwiga, Brixton und Sarawak gesundheitliche Schäden erlitten beziehungsweise leiden Sie noch heute unter den Folgen davon?«

»Ja, ich habe durch Schläge von Gestapo- und SS-Männern fast alle meine Zähne verloren. Ich leide an Krampfadern, einem Leistenbruch und Magenstörungen, die von schweren chronischen Durchfällen herrühren. Die neurologischen Symptome, die bei mir auftreten, sind Angstzustände und Bluthochdruck. Ich leide unter Schlaflosigkeit und bin herzkrank.«

»Wie alt sind Sie?«

»Ich bin zweiundsechzig Jahre alt.«

»Keine weiteren Fragen«, sagte Sir Robert Highsmith.

5

Samantha stieß mit dem Rücken die Tür zur Wohnung in den Colchester Mews auf, beide Arme voller Lebensmitteltüten mit dem Aufdruck »Harrods«. Ein höflicher Taxifahrer brachte den Rest nach.

Abe lag auf der Couch, der Fußboden davor war mit Bergen von Zeitungen bedeckt.

HELD ODER UNHOLD — *Evening News*
DAS DILEMMA DES ARZTES VON JADWIGA — *Herald*
DER ARZT AUS DEM HÖLLENLAGER BERICHTET — *Daily Worker*
SIR ADAM KELNO SAGT WEITER AUS — *Times*
ICH HATTE KEINE WAHL — *Mail*

Mirror, Standard, Telegraph, die Birmingham *Post, Sketch,* alle waren um eine absolut sachliche Berichterstattung ohne redaktionelle Kommentare bemüht. Im Gegensatz zu anderen Ländern muß sich die Presse in England davor hüten, einen Fall in Zeitungen oder Illustrierten zu verhandeln, ehe der Beschuldigte vor Gericht steht. Wenn eine Zeitung jemanden anklagt oder im voraus ein Urteil fällt, kann sie in dem betreffenden Fall als Mitangeklagte genannt werden. Das hält den Journalismus sauber.

Abe stand gähnend auf.

»Bezahl den Fahrer, Abe«, sagte Samantha.

»Macht drei Schilling, Sir.«

Abe gab ihm einen Zehnschillingschein und sagte dem Mann, er könne den Rest behalten. Er mochte Londoner Taxifahrer. Sie waren höflich. Der Taxifahrer mochte Amerikaner. Sie gaben anständige Trinkgelder.

»Was hat das zu bedeuten, Weihnachten?«

»Die Speisekammer war leer, und wie ich dich kenne, würdest du lieber verhungern. Ist Ben gut angekommen?«

«Ja. Er treibt sich auf der King's Road herum, wahrscheinlich auf der Suche nach einem Betthäschen.«

Samantha stellte die Tüten auf dem Küchentisch ab und begann auszupacken. »Und wie kommt es, daß unser Papa nicht bei ihm ist?«

»Ich werde alt, Sam. Ich komme mit dem jungen Gemüse nicht mehr zurecht.«

»Nanu, Abe. Vinnys junger Mann ist in Linstead Hall. Ich verstehe nicht, was sie an ihm findet. Ein sehr streitsüchtiger Typ.«

»Bloß ein normaler israelischer Sabra. Die meisten von ihnen sind aggressiv, um sich selbst zu schützen, was daher kommt, daß sie zu viele Jahre mit dem Rücken zum Meer leben mußten.«

»Abe, ich habe heute nach der Verhandlung eine Menge Bemerkungen aufgeschnappt. Die Leute sind . . . wir . . .«

»Die Leute wissen nicht, was sie denken sollen?«

»Ja.«

»Die ganze Geschichte hat zwei Seiten.«

»Scotch?«

»Das wäre nett.«

»Eine scheußliche Sache«, sagte sie, während sie sich mit einer altmodischen Eiswürfelschale abmühte. »Kelno genießt viele Sympathien.«

»Ja, ich weiß.«

»Wirst du es schaffen, dagegen anzukommen?«

»Ich bin nicht nach London gekommen, um die Königin zu besuchen.«

Das Telefon klingelte. Samantha nahm den Hörer ab. »Für dich . . . eine Frau.«

»Hallo.«

»Hallo, Liebling«, sagte Lady Sarah Wydman fröhlich.

»Es tut gut, deine Stimme zu hören. Alexander sagte mir, daß du spät nachts angekommen bist.«

»Schade, daß ich nicht von Anfang an dabeisein konnte, aber ich hatte mir in New York zu viele Theaterbesuche vorgenommen. Langweilige Saison. Wann kann ich dich sehen?«

»Gleich heute abend, zum Beispiel.«

»Wir könnten in eins der kleinen Restaurants in Chelsea gehen oder bei mir essen«, sagte sie.

»Ich möchte lieber in der Nähe des Telefons bleiben.«

»Gut. Ich besorge uns etwas bei Oakshottes und koche dir dein Abendessen in den Mews.«

»Ich wußte gar nicht, daß du kochen kannst.«

»Es gibt eine Menge Dinge, die du nicht weißt. Also gegen halb acht?«

»Abgemacht.«

Abe legte auf. Samantha schmollte, als sie ihm den Drink reichte.

»Wer war das?«

»Eine Freundin. Eine Freundin unserer Sache.«

»Wie freundlich?«

»Lady Sarah Wydman. Sie ist ein prominentes Mitglied der jüdischen Gemeinde.«

»Jedermann hat von Lady Sarah und ihrer Wohltätigkeit gehört. Wirst du hier mit ihr ins Bett gehen?«

Er entschloß sich, ihr albernes Spiel mitzumachen. »Die Wohnung ist zu klein, mit Ben im anderen Schlafzimmer. Ich vögle lieber in einer Umgebung, wo ich kreischen und schreien und mit blankem Hintern rumrennen kann.«

Samantha lief rot an und biß sich auf die Lippe.

»Na hör mal, Sam, wir sind seit Jahren geschieden. Du kannst doch nicht immer noch eifersüchtig sein.«

»Ach, ich bin eben dumm. Ich will damit sagen, Abe, daß keiner so wie du gewesen ist. Und außerdem haben wir hier Ben gezeugt. Ich erinnere mich jedesmal an uns, wenn ich aus Linstead Hall herkomme. Denkst du auch manchmal an mich?«

»Soll ich ehrlich sein?«

»Ich weiß nicht, ob ich die Wahrheit hören will oder nicht.«

»Also ganz ehrlich, ja. Sam, wir haben zwanzig Jahre lang zusammengelebt.«

»Ich war ganz aufgeregt, als ich hörte, daß du für längere Zeit nach London kommst. Als Reggie und ich dir die Wohnung anboten, wußte ich genau, daß ich herkommen und dich bitten würde, mit mir zu schlafen.«

»Herrje, Sam, das können wir nicht tun.«

»Alte Kumpel wie wir? Was ist daran so unmöglich?«

»Reggie.«

»Er ahnt es sowieso, und er würde es nie glauben, daß wir es nicht getan haben. Reggie ist lieb und beherrscht und robust. Solange wir es ihm nicht ins Gesicht sagen, würde er niemals die Rede darauf bringen.«

»Ich habe aufgehört, mit den Frauen anderer Männer zu schlafen.«

»Wirklich, seit wann denn, mein Lieber?«

»Seit ich herausgefunden habe, daß man den alten Herrn da oben nicht täuschen kann. Eines Tages muß man für alles bezahlen. Sam, bitte zwinge mich nicht dazu, dich zurückzustoßen.«

Er gab ihr ein Taschentuch und sie tupfte sich die Tränen weg. »Du hast natürlich recht«, sagte sie. »Ganz ehrlich gesagt, ich weiß nicht, wen ich lieber mag, den alten Abe oder den neuen.«

Lady Sarah, in Slacks mit einem Nerzmantel darüber, fuhr in ihrem Bentley vor; hinter ihr kam Morgan, der einen Sack Lebensmittel schleppte.

Sie erwies sich als erstklassige Köchin.

Abe fühlte sich plötzlich müde. Er legte den Kopf auf ihren Schoß, und sie massierte ihm mit wohltuenden, geschickten Bewegungen Genick und Schläfen, dann legte sie sich neben ihn. Sarah stand dicht vor der Grenze, hinter der eine Frau über Nacht ihre Anziehungskraft verliert, aber sie wußte das Beste aus sich zu machen. Er gelangte zu der Überzeugung, daß sie jene Grenze noch nicht überschritten hatte.

»O Gott, bin ich müde.«

»Bis zum Wochenende wirst du es wirklich sein. Laß uns nach Paris fliegen.«

»Ich kann nicht. Wir erwarten die Zeugen aus Israel. Ich sollte dabei sein.«

»Paris.«

»Vielleicht werde ich nicht widerstehen können«, murmelte er.

»Mach dir keine Sorgen, Liebster. Alles wird besser werden, wenn Tom Bannister anfängt.«

»Komisch, ich muß ständig an Kelno denken. Der arme Kerl. Was der durchgemacht hat.«

»Das rechtfertigt aber nicht, was er getan hat, Abe.«

»Ich weiß. Aber ich frage mich fortwährend, ob ich mich anders verhalten hätte, wenn ich in Jadwiga gewesen wäre.«

Angela wurde von einem würgenden Geräusch geweckt. Sie konnte durch die angelehnte Tür des Badezimmers Licht sehen und stürzte darauf zu. Adam lag auf den Knien und erbrach sich in die Klosettschüssel. Als er fertig war, half sie ihm aufzustehen, und er fiel keuchend gegen die Wand. Sie wischte auf, brachte ihn ins Bett und legte ihm eine kalte Kompresse auf die schweißglänzende Stirn und den Hals.

Dann gab sie ihm eine Tablette und hielt seine Hand, bis der Anfall vorbei war. Aus dem Badezimmer drang der Geruch eines Desinfektionsmittels herüber.

»Ich habe Angst vor Bannister«, sagte Adam. »Seit zwei Tagen sitzt er da und läßt mich nicht aus den Augen.«

»Du stehst vor einem englischen Gericht. Er kann dich nicht tyrannisieren. Sir Robert wird ihn jede Sekunde scharf beobachten.«

»Ja, du wirst wohl recht haben.«

»Schsch . . . schsch . . . schsch . . .«

Abe betrat den ihm nun schon vertrauten Gerichtssaal und befand sich einen peinlichen Augenblick lang neben Angela Kelno und Terrence Campbell. Sie wechselten einen harten Blick. »Gestatten Sie«, sagte Abe und rutschte auf seinen Platz neben Sarah Wydman und David Shawcross.

»Das Flugzeug aus Tel Aviv kommt Anfang nächster Woche, aber Alexander sagt, wir sollen nicht hinfahren und sie abholen. Wir werden sie erst Mitte nächster Woche treffen«, sagte Shawcross.

Im gleichen Moment, als die Geschworenen erschienen, kamen Bannister und der erschöpft aussehende Brendan O'Conner mit Alexander und Sheila Lamb aus dem Besprechungszimmer in den Gerichtssaal. Von den Geschworenen hatten zwei Frauen und ein Mann Kissen mitgebracht, um sich das lange Sitzen auf dem harten Holz etwas bequemer zu machen.

»Ruhe!« sagte der Gerichtsdiener.

Gilray trat ein, und alle standen wie üblich auf und verneigten sich. Vor Beginn der Verhandlung hatte das Gericht etwas bekanntzugeben. Sir Adam Kelno war verschiedentlich telefonisch bedroht worden, und Gilray verkündete die strenge Warnung, daß man das nicht dulden würde. Dann forderte er Thomas Bannister auf, das Verhör zu beginnen.

Bannister erhob sich, als Adam Kelno in den Zeugenstand ging, sich setzte, die Hände auf das Geländer legte und voller Erleichterung feststellte, daß die Beruhigungstablette zu wirken begann. Bannister spielte mit dem Honorarbeutel an seinem Talar.

»Dr. Kelno«, sagte er mit leiser Stimme, die in scharfem Kontrast zu der von Highsmith stand. Gleichzeitig senkte sich über den ganzen Raum eine gedämpfte Stimmung herab. »Ich bin mir der Tatsache bewußt, das Englisch nicht Ihre Muttersprache ist. Bitte scheuen Sie sich nicht, es mich wissen zu lassen, wenn ich eine Frage, die Sie nicht verstanden haben, wiederholen oder anders formulieren soll.«

Adam nickte und trank ein paar Schluck Wasser, um seine ausgedörrte Kehle anzufeuchten.

»Was bedeutet der medizinische Fachausdruck Casus explorativus?«

»Für gewöhnlich ist das eine Operation, die zur Sicherung der Diagnose gemacht wird, also zum Beispiel um festzustellen, wie weit sich ein Krebs ausgebreitet hat.«

»Würden Sie auch die Entfernung eines Hodens oder eines Eierstocks in diese Kategorie einordnen?«

»Ja.«

»Sin bedeutet links und dex rechts?«

»Ja«, erwiderte Kelno, der sich an die Anweisung erinnerte, seine Antworten kurz zu fassen und ohne Aufforderung keine Informationen zu geben.

»Ist es richtig, daß eine solche Operation vorgenommen wird, wenn eine Drüse durch Röntgenstrahlen zerstört worden ist?«

»Ja.«

»Zum Beispiel als Teil von Voss' Experimenten.«

»Nein«, sagte er scharf, »ich habe nicht experimentiert.«

»Haben Sie kastriert?«

»Eine Kastration wird bei einem gesunden Mann durchgeführt. Ich habe niemals eine Kastration gemacht.«

»Wurden nicht gesunde Männer und Frauen zur Röntgenbestrahlung gezwungen?«

»Nicht von mir.«

»Ist es nicht üblich, vor der Operation die Genehmigung des Patienten einzuholen?«

»Nicht in einem Konzentrationslager.«

»Lagen nicht von Zeit zu Zeit Beschlüsse von deutschen Gerichten vor, wonach ein Homosexueller oder andere unerwünschte Personen zu kastrieren seien?«

»Ich erinnere mich an keinen solchen Vorfall.«

ER FISCHT HERUM, schrieb Chester Dicks an Highsmith, der Kelno aufmunternd zunickte. Adam fühlte sich durch Bannisters sanfte Stimme und die scheinbar ziellosen Fragen beruhigt.

»Hätte es solche Fälle gegeben, dann würden Sie sicherlich verlangt haben, den Gerichtsbeschluß zu sehen.«

»Ich kann mich nicht über etwas äußern, das nicht geschehen ist.«

»Aber Sie hätten sich geweigert, einen gesunden Mann zu operieren.«

»Ich habe so etwas niemals getan.«

»Herr Dr. Kelno, hat irgendein anderer Gefangenenarzt jemals das Konzentrationslager verlassen, um in einer deutschen Privatklinik zu arbeiten?«

»Dr. Konstanty Lotaki.«

»Hatte auch er in Baracke V Operationen im Zusammenhang mit Voss' Experimenten durchgeführt?«

»Er tat, was ihm befohlen wurde.«

»Und wurde ihm befohlen, Hoden und Eierstöcke herauszunehmen?«

»Ja.«

»Und er tat das also und hat gleichfalls Jadwiga verlassen, um in einer deutschen Privatklinik zu arbeiten?«

Adam Kelnos anfängliche Zuversicht verflüchtigte sich gleichzeitig mit der Illusion, daß er es mit Bannister leicht haben würde. Ich muß wachsam sein, dachte er, und meine Antworten sorgfältig überdenken.

»Als Sie nach Rostock kamen, um dort in der Privatklinik zu arbeiten, trugen Sie keine Häftlingskleidung mehr.«

»Ich glaube nicht, daß hohe deutsche Marineoffiziere wohl damit einverstanden gewesen wären, ihre Ehefrauen von einem Mann in gestreifter KZ-Kleidung behandeln zu lassen. Ja, man gab mir in der
Privatklinik einen Zivilanzug.«

»Vielleicht hätten sie sich auch nicht gern von einem Gefangenen behandeln lassen.«

»Ich weiß nicht, was sie gern mochten oder nicht. Ich war nach wie vor
ein Gefangener.«

»Aber ein ganz besonderer Gefangener mit besonderen Vorrechten. Ich
behaupte, daß Sie mit Voss zusammenarbeiteten, um sich weich zu
betten.«

»Was?«

»Bitte versuchen Sie es noch einmal, Herr Bannister«, schaltete sich
der Richter ein. »Er versteht diesen Ausdruck nicht.«

»Ja, Euer Ehren. Anfangs waren Sie Arbeiter und wurden verprügelt
und beschimpft.«

»Ja.«

»Dann wurden Sie eine Art Pfleger.«

»Ja.«

»Dann Arzt für die Gefangenen.«

»Ja.«

»Dann wurden Sie Leiter eines sehr großen medizinischen Komplexes.«

»Sozusagen. Unter deutscher Kontrolle.«

»Und schließlich wurden Sie Arzt für deutsche Offiziersfrauen.«

»Ja.«

»Ich behaupte, daß Sie und Dr. Lotaki, die beiden einzigen Gefangenenärzte, die jemals aus Jadwiga herauskamen, nur aufgrund Ihrer
Zusammenarbeit mit dem SS-Oberst Dr. Adolph Voss entlassen wurden.«

»Nein!«

Bannister machte keine Bewegung, außer daß er den Honorarbeutel
ständig herumdrehte. Seine Stimme senkte sich noch mehr. »Wer ord-
nete diese Operationen an?«

»Voss.«

»Sie wußten, daß er Versuche auf dem Gebiet der Sterilisation anstellte?«

»Ja.«

»Unter Verwendung von Röntgenstrahlen.«

»Ja.«

»Wie ist es, Herr Dr. Kelno, war nicht die Entfernung von einem Hoden oder einem Eierstock die zweite Stufe des gleichen Experiments?«

»Ich bin verwirrt.«

»Ich will versuchen, es Ihnen klarer zu machen. Gehen wir Schritt für
Schritt vor. Diese Menschen waren alle Juden.«

»Ich glaube ja. Vielleicht gelegentlich ein Zigeuner. Meistens Juden.«
»Junge Juden.«
»Sie waren jung, ja.«
»Wann genau wurden sie zur Operation in die Baracke V gebracht?«
»Nun, sie wurden alle in Baracke III als Material für die Versuche gesammelt. Sie wurden in Baracke V röntgenbestrahlt und für einen Monat zurückgeschickt und dann zur Operation geholt.«
»Haben Sie nicht einen Schritt ausgelassen?«
»Ich kann mich nicht erinnern.«
»Ich behaupte, daß sie vor der Röntgenbestrahlung in Baracke V gebracht wurden, wo man ihnen einen Holzstab in den Mastdarm schob, um eine Ejakulation herbeizuführen, und dieses Sperma wurde untersucht, damit man wußte, ob sie potent waren.«
»Davon habe ich nichts gewußt.«
»Wurden sie vor der Operation rasiert?«
»Ja, sie wurden normal vorbereitet.«
»Protestierten sie dagegen?«
»Natürlich waren sie unglücklich. Ich redete mit ihnen und sagte ihnen, es sei notwendig, um ihr Leben zu retten.«
»Ich glaube, Sie haben ausgesagt, daß Sie tote Drüsen entfernten.«
»Ja.«
»Woher wußten Sie, daß es tote Drüsen waren?«
»Das konnte man an den schweren Röntgenverbrennungen leicht sehen.«
»Und Sie sagten ferner aus, Sie befürchteten, daß sich daraus ein Krebs entwickeln könnte.«
»Ja.«
»Sie operierten also als Arzt, der völlig davon überzeugt war, daß das, was er tat, zum Besten der Patienten war.«
»Ja.«
»Sie haben niemals zu irgendeinem von ihnen gesagt, wenn ich deine nicht kriege, dann werden die Deutschen meine kriegen.«
»Ich weise diese Art von Lügen aus ganzer Seele zurück.«
»Sie haben das nie gesagt?«
»Nein, niemals.«
»Sie haben ausgesagt, daß Sie gelegentlich Dr. Lotaki assistierten.«
»Vielleicht ein Dutzend Mal.«
»Haben Sie jemals gehört, daß er es sagte?«
»Nein.«
»Sie haben ausgesagt, daß Sie die Lumbalanästhesie bevorzugen.«
»Unter diesen Bedingungen und bei dieser Art Operation.«
»Und Sie haben ausgesagt, daß Sie zur Einleitung Morphium gespritzt haben.«
»Ja.«

»Ist eine Injektion ins Rückenmark nicht ziemlich schmerzhaft, auch wenn vorher Morphium gegeben wird?«

»Nicht, wenn die Injektion von einem erfahrenen Chirurgen gemacht wird.«

»Warum die vorherige Morphium-Injektion?«

»Um ein Gefühl des Friedens und einen Zustand halber Bewußtlosigkeit herbeizuführen.«

»Und das alles wurde von Ihnen im Operationssaal gemacht?«

»Ja.«

»Ich behaupte, daß, obwohl sich zwischen den Augen des Patienten und dem Operationsfeld eine Abschirmung befindet, er alles über die Reflektionslampe an der Decke verfolgen kann.«

»Reflektierte Bilder sind stark verzerrt.«

»Sie sahen also keinen Grund, den Patienten voll zu betäuben.«

»Ich hatte an einem einzigen Tag so viele und verschiedene Eingriffe zu machen, daß ich die schnellste und sicherste Methode anwenden mußte.«

»In welchem Zustand befanden sich die Patienten wirklich?«

»Schläfrig und halb bewußtlos.«

»Ich behaupte, Herr Dr. Kelno, daß sie hellwach waren, weil sie kein Morphium bekommen hatten.«

»Ich sage, ich habe ihnen Morphium gegeben.«

»Ja. War übrigens Voss bei diesen Operationen anwesend?«

»Ja.«

»Und er sagte Ihnen, was er vorhatte. Sie waren sich im klaren darüber, daß seine Versuche auf die Sterilisation gesunder, zeugungsfähiger Männer hinausliefen.«

»Ich wußte es.«

»Und diese Versuche stellte er natürlich aus dem Grund an, weil damals noch niemand genau wußte, ob Röntgenstrahlen eine Geschlechtsdrüse funktionsunfähig machen können oder nicht.«

Kelno packte das Geländer und zuckte zusammen, als er die Falle erkannte, die Bannister ihm stellte. Er blickte rasch zu seinen Anwälten hinüber, aber sie machten keine Anstalten einzugreifen.

»Nun?« drängte Bannister mit sanfter Stimme.

»Als Arzt und Chirurg war ich über einige der Nebenwirkungen von Röntgenstrahlen orientiert.«

»Ich behaupte, daß niemand darüber Genaues wußte. Ich behaupte, daß noch niemals auf diesem Gebiet gearbeitet worden war.«

»Voss hat sich vielleicht mit einem Radiologen beraten.«

»Ich behaupte das Gegenteil. Ich behaupte, daß kein Radiologe vorhersagen kann, welche Strahlendosis einen potenten Mann sterilisiert, weil derartige Untersuchungen noch niemals durchgeführt worden sind.«

»Jeder Mediziner weiß, daß Röntgenstrahlen schädlich sind.«

»Wenn das allgemein bekannt war, warum hat Voss dann seine Experimente durchgeführt?«

»Fragen Sie Voss.«

»Er ist tot, aber Sie, Herr Dr. Kelno, haben eng mit ihm zusammengearbeitet, als er die Versuche machte. Ich behaupte, Voss wollte herausfinden, wie hoch die Strahlendosis sein muß, durch die ein gesunder Mann steril wird, weil nämlich weder er selbst noch sonst jemand es wußte, und ich behaupte weiter, daß er Ihnen sagte, was er vorhatte, und ich behaupte außerdem, daß Sie auch nichts darüber wußten. Und was wurde mit den herausgenommenen Hoden gemacht, Herr Dr. Kelno?«

»Ich weiß es nicht.«

»Wurden sie nicht in ein Laboratorium gebracht und dort untersucht, ob sie noch funktionsfähig waren oder nicht?«

»Möglich.«

»Ich behaupte, daß das Herausnehmen dieser Hoden die zweite Stufe des Experiments war.«

»Nein.«

»Aber wenn diese Männer röntgenbestrahlt wurden, war der Versuch doch nicht abgeschlossen, oder?«

»Ich operierte, um Leben zu retten.«

»Weil Sie Krebs befürchteten? Wer machte die Bestrahlungen?«

»Ein deutscher Pfleger namens Kremmer.«

»War er geschickt?«

»Er war nicht sehr geschickt, und deshalb dachte ich an die Gefahr von Krebs.«

»Ich verstehe. Nicht sehr geschickt. Er wurde für das, was er getan hatte, gehängt, nicht wahr?«

»Einspruch«, sagte Sir Robert und sprang auf.

»Stattgegeben.«

»Was wurde aus dem Gefreiten Kremmer?« beharrte Bannister.

»Ich erhebe Einspruch, Euer Ehren. Mein verehrter Kollege versucht offensichtlich, Sir Adam als willfährigen Komplizen zu implizieren. Er war kein Nazi, und er hat sich zu dieser Arbeit nicht freiwillig gemeldet.«

»Meine Frage ist ihrer Natur nach völlig berechtigt. Euer Ehren. Ich behaupte, daß diese Operationen ein Bestandteil der Versuche und somit experimentelle Operationen waren. Andere sind wegen ihrer Beteiligung an diesen Experimenten gehängt worden, und ich behaupte, Dr. Kelno hätte diese Operationen nicht durchführen müssen, und er tat es nur, um sich weich zu betten.«

Gilray überlegte. »Jedem von uns ist bekannt, daß der SS-Gefreite Kremmer gehängt wurde. Ich fordere die Geschworenen auf, diese Information mit größter Zurückhaltung zu behandeln. Fahren Sie fort, Herr Bannister.«

Sir Robert ließ sich langsam auf seinen Stuhl sinken, als Bannister sich beim Vorsitzenden bedankte.

»Also, Sie haben diese rund zwei Dutzend Leute in Ihrem Operationssaal gesehen und konnten die Folgen der übermäßigen Bestrahlung feststellen.«

»Ja.«

»Und Sie haben ausgesagt, der Gefreite Kremmer sei nicht sonderlich geschickt gewesen und Sie hätten schlimme Nachwirkungen der Röntgenbestrahlung befürchtet. Sind das Ihre Worte gewesen?«

»Ja.«

»Nehmen wir einmal an, Herr Dr. Kelno, daß nicht der Gefreite Kremmer, sondern ein überaus erfahrener Radiologe die Bestrahlungen gemacht hätte. Wären dann nicht der andere Hoden bzw. Eierstock gefährdet gewesen?«

»Ich verstehe Sie nicht.«

»Dann wollen wir die Frage verdeutlichen. Die Hoden liegen dicht nebeneinander, zwar durch Bindegewebe getrennt, das aber keine zwei Zentimeter dick ist. Stimmt das?«

»Ja.«

»Und die Eierstöcke sind wahrscheinlich dreizehn bis achtzehn Zentimeter voneinander entfernt.«

»Ja.«

»Ich behaupte, daß, wenn ein Hoden durch einen mangelhaft ausgebildeten Techniker einer Strahlenüberdosis ausgesetzt wird, auch der andere Hoden Schäden davonträgt. Sie sagten aus, sie seien massiv verbrannt gewesen und Sie hätten sich deswegen Sorgen gemacht.«

»Ja.«

»Wenn Sie Krebs befürchteten, warum haben Sie dann nicht beide Hoden entfernt? Wäre es nicht im Interesse des Patienten gewesen, beide Hoden herauszunehmen?«

»Ich weiß nicht. Ich meine, ich tat, was Voss mir befahl.«

»Ich behaupte, Herr Dr. Kelno, daß Ihnen zum ersten Mal der Gedanke an diese sogenannte Krebs-Gefahr kam, als Sie im Gefängnis Brixton saßen und Ihre Auslieferung an Polen erwarteten.«

»Das ist nicht wahr.«

»Ich behaupte, daß Sie nicht das geringste Interesse am Wohlergehen Ihrer Patienten hatten, sonst hätten Sie nicht einen verkrebsten Hoden oder Eierstock übrig gelassen. Ich behaupte, daß Sie sich das alles später ausgedacht haben.«

»Nein, das habe ich nicht.«

»Warum haben Sie dann nicht alles herausgenommen, was geschädigt war?«

»Weil Voss mich beobachtete.«

»Ist es nicht eine Tatsache, daß Voss Ihnen und Dr. Lotaki bei mehreren Gelegenheiten sagte, daß Sie, wenn Sie diese Operationen für ihn machen würden, aus Jadwiga herauskommen würden?«

»Natürlich nicht.«

»Ich behaupte, daß es falsch und gefährlich ist, einen Menschen zu operieren, der unter schweren Röntgenverbrennungen leidet. Was sagen Sie dazu?«

»Das mag für London gelten, aber nicht für Jadwiga.«

»Ohne Morphium?«

»Ich sage Ihnen, daß ich Morphium gegeben habe.«

»Wann haben Sie Dr. Mark Tesslar zum ersten Mal getroffen?« fragte Bannister, urplötzlich das Thema wechselnd.

Die Erwähnung von Tesslars Namen rief bei Kelno heftiges Erröten und Gänsehaut hervor, und seine Handflächen wurden feucht. Ein Gerichtsstenograf löste seinen Vorgänger ab. Die Uhr tickte.

»Ich glaube, wir sollten jetzt unterbrechen,« sagte der Richter.

Adam Kelno verließ den Zeugenstand mit dem ersten Kratzer auf seiner Rüstung. Er würde Thomas Bannister nie wieder unterschätzen.

7

Allmählich wurde es zur Routine. Sir Adam Kelno fuhr über den Fluß hinüber, um mittags zu Hause zu essen, während sein Anwalt sich eilig in einen Privatclub begab, in dem ein Tisch für ihn reserviert war. In der *Three Tuns Tavern* in der Chancery Lane Ecke Chichester Rents gab es im ersten Stock ein kleines Privatzimmer, in das sich Abe und Shawcross zurückzogen, begleitet von Bekannten, die sich ihnen angeschlossen hatten. Die Speisekarte in den *Three Tuns* bestand aus der für Londoner Kneipen tyischen Auswahl von kaltem Braten, kalten Salaten und Scotch Egg, einem Mischmasch aus Eiern, Fleisch und Brotkrumen. Nachdem der Barkeeper gelernt hatte, wie man einen trockenen, kalten Martini mixt, war alles nur noch halb so schlimm. Im Erdgeschoß war die Bar dicht von jungen Solicitors, Anwaltssekretärinnen, Studenten und Geschäftsleuten umlagert, die zwar alle wußten, daß Abraham Cady oben war, jedoch viel zu britisch in ihren Manieren waren, als daß sie ihn belästigt hätten.

Und so war es jeden Tag. Die Verhandlung begann vormittags um halb elf, dauerte bis zur Mitagspause um ein Uhr und wurde von zwei bis fünf nachmittags fortgesetzt.

Nachdem er einen ersten Geschmack von Bannister bekommen hatte, gelangte Adam Kelno zu der Überzeugung, daß dieser trotz aller Unterstellungen keinen sonderlichen Erfolg erzielt hatte, und auch die anderen waren der Meinung, daß kein wirklicher Schaden angerichtet worden war.

»Also, Herr Doktor Kelno«, begann Bannister nach der Mittagspause, und jetzt fiel es allen viel leichter, seiner Stimme zu folgen. Zuerst hatte sie monoton geklungen, aber allmählich erkannte man ihren Rhythmus, die Betonungen und die Untertöne. »Sie sagten uns vor der Mittagspause, daß Sie Dr. Tesslar als Student kennengelernt haben.«

»Ja.«

»Wie viele Menschen lebten vor dem Krieg in Polen?«

»Über dreißig Millionen.«

»Und wie viele Juden?«

»Ungefähr dreieinhalb Millionen.«

»Von denen viele seit Generationen ... Jahrhunderten in Polen ansässig waren.«

»Ja.«

»Gab es an der Warschauer Universität einen Bund der Medizinstudenten?«

»Ja.«

»Und aufgrund der antisemitischen Einstellung der Offizierskaste, der Aristokratie, der Intelligentsia und der oberen Bevölkerungsschichten durften keine jüdischen Studenten diesem Bund beitreten.«

»Die Juden gründeten einen eigenen Bund.«

»Ich behaupte, sie taten das nur, weil sie aus dem andern ausgeschlossen waren.«

»Das kann sein.«

»Ist es nicht auch eine Tatsache, daß die jüdischen Studenten abgesondert hinten in den Hörsälen sitzen mußten und gesellschaftlich sowohl als Studenten als auch als Mitpolen isoliert waren? Und trifft es ferner nicht zu, daß der Studentenbund ›judenlose‹ Tage veranstaltete und Angriffe auf jüdische Läden organisierte und auch auf andere Weise die Juden verfolgte?«

»Ich bin für diese Zustände nicht verantwortlich.«

»Aber Polen war es. Polen war seiner Natur und Substanz nach und in seinen Handlungen antisemitisch, nicht wahr?«

»Es gab in Polen Antisemitismus.«

»Und Sie haben sich als Student aktiv daran beteiligt?«

»Ich mußte dem Bund beitreten. Ich hatte auf seine Aktivitäten keinen Einfluß.«

»Ich behaupte, daß Sie sogar sehr aktiv waren. Aber weiter. Nach dem deutschen Einmarsch in Polen wußten Sie natürlich von den Gettos in Warschau und im übrigen Polen.«

»Ich war damals schon ein Gefangener in Jadwiga, aber ich hörte davon.«

Highsmith entspannte sich und schrieb ein Notiz für Richard Smiddy. MIT DIESEN FRAGEN ERREICHT ER GAR NICHTS. VIELLEICHT HAT ER SEIN PULVER SCHON VERSCHOSSEN.

»Jadwiga«, sagte Bannister, »kann man wohl als eine unbeschreibliche Hölle bezeichnen.«

»Keine wirkliche Hölle könnte schlimmer sein.«

»Und Millionen wurden gefoltert und ermordet. Sie wußten das, denn Sie haben es teilweise mit eigenen Augen gesehen und wurden außerdem durch die Untergrundbewegung informiert.«

»Ja, wir wußten, was vor sich ging.«

»Wie viele Arbeitslager gab es rund um Jadwiga?«

»Ungefähr fünfzig, mit bis zu einer halben Million Sklavenarbeitern für die Rüstungsfabriken, eine chemische Fabrik und viele andere kriegswichtige Betriebe.«

»Für diese Zwangsarbeiten wurden meist Juden verwendet?«

»Ja.«

»Von überall aus dem besetzten Europa.«

»Ja.«

Was will er damit erreichen, fragte Kelno sich. Versucht er etwa, für mich Sympathien zu gewinnen?

»Es war Ihnen bekannt, daß die Neuankömmlinge in eine Auslesebaracke gebracht wurden und alle, die über vierzig Jahre alt waren sowie die Kinder sofort in die Gaskammern von Jadwiga-West geschickt wurden.«

»Ja.«

»Tausende? Millionen?«

»Ich habe unterschiedliche Zahlen gehört. Manche sagen, daß über zwei Millionen Menschen in Jadwiga-West umgebracht wurden.«

»Und anderen wurden Nummern eintätowiert, und sie mußten verschiedene Arten von Markierungen auf ihrer Kleidung annähen, damit man sie in einzelne Klassen aufteilen konnte.«

»Wir waren alle Gefangene. Ich verstehe nicht, was für Klassen Sie meinen.«

»Was für Arten von Markierungen gab es?«

»Es gab Juden, Zigeuner, deutsche Strafgefangene, Kommunisten, Widerstandskämpfer. Ein paar russische Kriegsgefangene. Ich habe schon über mein eigenes Abzeichen ausgesagt, ein Abzeichen für die Nationalität.«

»Erinnern Sie sich an das Abzeichen, das von den Kapos getragen wurde?«

»Ja.«

»Erklären Sie dem Gericht und den Geschworenen, wer die Kapos waren.«

»Das waren Gefangene, die andere Gefangene beaufsichtigten.«

»Schlägertypen?«

»Ja.«

»Und aufgrund ihrer Zusammenarbeit mit der SS genossen sie viele Sonderrechte?«

»Ja . . . aber sogar die Juden hatten Kapos.«

»Ich behaupte, daß es im Verhältnis zu der Gesamtzahl der jüdischen Gefangenen nur sehr wenige Kapos gab, die Juden waren. Stimmen Sie mir zu?«

»Ja.«

»Die meisten waren Polen, nicht wahr?«

Adam fuhr zurück und fühlte sich versucht, das abzustreiten. Dieser Punkt hatte sich zwar sehr langsam herauskristallisiert, aber er war völlig klar. »Ja«, erwiderte er.

»Das Stammlager Jadwiga wurde von ungefähr zwanzigtausend Gefangenen errichtet, die auch die Bedienungsmannschaften für Jadwiga-West stellten. Später wuchs die Zahl der Gefangenen auf vierzigtausend an.«

»Ich akzeptiere Ihre Zahlen.«

»Und die neu eintreffenden Juden hatten ihre paar Wertsachen und den Familienschmuck bei sich. Goldene Ringe und Brillanten und so weiter, versteckt in ihrem wenigen Gepäck.«

»Ja.«

»Und wenn sie nackt in die Gaskammern geschickt wurden, hat man ihre Sachen systematisch durchsucht. Wußten Sie darüber Bescheid?«

»Ja, es war schrecklich.«

»Und Sie wußten, daß man ihr Haar in Deutschland als Matratzenfüllung und zum Abdichten von Unterseeboot-Sehrohren verwendete und daß man den Leichen die Goldzähne zog und ihnen vor dem Verbrennen die Leiber aufschlitzte, um su sehen, ob sie irgendwelche Wertsachen verschluckt hatten. Sie wußten das alles?«

»Ja.«

Abe fühlte Übelkeit in sich aufsteigen. Er schlug die Hände vors Gesicht und wünschte, daß diese Fragen endlich aufhören würden. Auch Terrence Campbell war leichenblaß, und alle anderen saßen in betroffenem Schweigen da, obwohl diese Einzelheiten vielen von ihnen bereits bekannt gewesen waren.

»Zuerst gab es deutsche Lagerärzte, aber später übernahmen Gefangenenärzte ihre Arbeit. Über wie viele Leute verfügten Sie?«

»Insgesamt fünfhundert. Davon waren sechzig oder siebzig Ärzte.«

»Wie viele von ihnen waren Juden?«

»Vielleicht ein Dutzend.«

»Aber sie waren niedriger eingestuft. Als Krankenwärter, Fußbödenschrubber und ähnliches.«

»Wenn sie ausgebildete Ärzte waren, habe ich sie auch so eingesetzt.«

240

»Aber die Deutschen taten das nicht, ist das richtig?«

»Nein, die Deutschen machten das nicht.«

»Und ihre Zahl stand in keinem Verhältnis zu der Zahl der Gefangenen.«

»Ich habe ausgebildete Ärzte immer als Ärzte eingesetzt.«

»Sie haben meine Frage nicht beantwortet, Herr Dr. Kelno.«

»Ja, die Zahl der jüdischen Ärzte war vergleichsweise klein.«

»Und Sie wußten über einige andere Versuche Bescheid, die Voss und Flensberg durchführten. Gebärmutterhals-Krebs, Sterilisation durch Injektion einer ätzenden Flüssigkeit in die Fallopioschen Tuben. Versuche zur Feststellung der geistigen Widerstandskraft der Opfer.«

»Das weiß ich nicht genau. Ich ging nur in die Baracke V zum Operieren und in die Baracke III, um nach den Patienten zu sehen.«

»Haben Sie über diese Frage jemals mit einer französischen Ärztin gesprochen? Mit einer Frau Dr. Susanne Parmentier?«

»Ich erinnere mich an niemanden, der so hieß.«

»Eine protestantische französische Gefangenenärztin. Eine Psychiaterin namens Parmentier.«

»Euer Ehren«, schaltete sich Sir Robert Highsmith mit sarkastischer Stimme ein, »Wir sind jetzt alle über die bestialischen Zustände in Jadwiga aufgeklärt worden. Mein verehrter Kollege versucht anscheinend zu beweisen, daß Sir Adam die Schuld an den Gaskammern und anderen Greueltaten der Deutschen trägt. Ich kann keinen sachlichen Zusammenhang erkennen.«

»Ja, drücken Sie sich deutlicher aus«, sagte der Richter. »Was bezwecken Sie damit, Herr Bannister?«

»Ich behaupte, daß es selbst unter den schrecklichen Bedingungen, die im Konzentrationslager Jadwiga herrschten, bei den Gefangenen eine Rangordnung gab, und daß manche Gefangenen sich als höherstehend betrachteten. Es gab ein scharf abgegrenztes Kastensystem und Vergünstigungen für diejenigen, die für die Deutschen die Arbeit taten.«

»Ich verstehe«, sagte der Richter.

Highsmith nahm wieder Platz, sehr beunruhigt über Bannisters indirekte Methoden, sein Ziel zu erreichen.

»Ich habe hier«, fuhr Bannister fort, »die Kopie eines Dokuments, das Ihre Anwälte, Sir Adam, ausgearbeitet haben und das die Bezeichnung Schadenserklärung trägt. Ich habe davon beglaubigte Abschriften machen lassen, die ich dem Vorsitzenden und den Geschworenen überreichen möchte.«

Highsmith prüfte die Abschrift, nickte zustimmend, und der Beisitzer verteilte die Abschriften an den Richter und die Geschworenen und gab auch Sir Adam eine.

»Sie sagen in dieser Ihrer Erklärung, daß Sie ein Kollege von SS-Oberst Dr. Adolph Voss und von SS-Oberst Dr. Otto Flensberg waren.«

»Mit Kollege meinte ich —«

»Ja, was genau haben Sie damit gemeint?«

»Sie verzerren ein ganz normales Wort. Sie waren Ärzte und —«

»Und Sie betrachteten sich als ihren Kollegen. Sie haben diese Schadenserklärung natürlich sorgfältig durchgelesen. Ihre Anwälte haben sie Zeile für Zeile mit Ihnen durchgesprochen.«

»Das Wort Kollege ist ein Versehen, ein Irrtum.«

»Aber Sie wußten, was sie taten, Sie haben darüber ausgesagt, und Sie kennen die Anklage, die nach dem Krieg gegen sie erhoben wurde, und doch sagen Sie in Ihrer eigenen Schadenserklärung, daß sie Ihre Kollegen waren.« Bannister hielt ein anderes Dokument hoch, während Adam in der Hoffnung auf eine Unterbrechung, die ihm Gelegenheit bot, sich wieder zu fassen, auf die Uhr sah. Nach kurzem Schweigen sprach Bannister weiter. »Ich habe hier einen Teil der Anklageschrift gegen Voss. Akzeptiert mein verehrter Kollege dies als eine beglaubigte Abschrift?«

Highsmith warf einen Blick darauf und zuckte mit den Schultern. »Wir sind ziemlich weit vom Thema abgekommen. Auch diese Anklageschrift gehört wohl zu dem widerlichen Geschäft, einen Gefangenen und einen Nazi-Kriegsverbrecher in eine Kategorie einordnen zu wollen.«

»Einen Augenblick, bitte«, sagte Bannister und wandte sich zu O'Conner, der in den Stapeln von Papieren auf seinem Tisch etwas suchte. Er reichte Bannister ein Dokument. »Hier ist Ihre eidesstattliche Erklärung, Herr Dr. Kelno. Sie haben sie vor einem gerichtlich anerkannten Notar beeidet, und Sie erklären darin, daß in den Absätzen eins und zwei die Dokumente aufgeführt sind, die Ihren Fall betreffen. Sie halten diese eidesstattliche Erklärung in der Hand. Ist das Ihre Unterschrift, Herr Dr. Kelno?«

»Ich bin verwirrt.«

»Dann wollen wir es verdeutlichen. Als Sie die Klage einreichten, zitierten Sie in Ihrem eigenen Interesse eine Reihe von Dokumenten. Zu diesen Dokumenten gehört auch die Anklageschrift gegen Voss. Sie selbst haben sie angegeben.«

»Wenn meine Anwälte das für notwendig hielten —«

»Als Sie dieses Dokument zur Unterstützung Ihres Falles vorlegten, hielten Sie es doch für echt, nicht wahr?«

»Ja, natürlich.«

»Und jetzt möchte ich den Geschworenen einen Absatz aus der Anklageschrift gegen Voss vorlesen.«

Der Richter sah Highsmith fragend an, der die Anklageschrift gegen Voss mit einem flüchtigen Blick streifte. »Kein Einwand, Euer Ehren«, stieß er zwischen den Zähnen hervor.

»›Führerhauptquartier, August 1942, Geheime Reichssache, einfache Ausfertigung. Am 7. Juli 1942 fand im Konzentrationslager Jadwiga zwischen Dres. Adolph Voss und Otto Flensberg und dem Reichs-führer SS Heinrich Himmler eine Besprechung über die Frage der Ste-rilisation der jüdischen Rasse statt. Es wurde vereinbart, daß eine Reihe von Versuchen an gesunden, zeugungsfähigen männlichen und weib-lichen Juden durchgeführt werden soll.‹ Nun, Herr Dr. Kelno, der zweite Brief, den Sie in Ihrer Dokumentenliste aufführen, ist von Voss an Himmler gerichtet, und in ihm erklärt Voss, daß er für die Bestrah-lungsreihe mindestens tausend Personen braucht, um signifikante Er-gebnisse zu erreichen. Herr Dr. Kelno, Sie haben ausgesagt, daß Sie und Dr. Lotaki insgesamt ungefähr zwei Dutzend solcher Operationen durchgeführt oder dabei assistiert haben. Was geschah mit den neun-hundertsechsundsiebzig Personen, die von der in Voss' Brief genann-ten Mindestzahl übriggeblieben waren?«

»Ich weiß nicht.«

»In welcher Absicht haben Sie diese Briefe als Beweisstücke vorge-bracht?«

»Nur um zu zeigen, daß ich ein Opfer war. Die Deutschen haben das alles getan, nicht ich.«

»Ich möchte behaupten, daß in Wirklichkeit viele Hunderte solcher Operationen ausgeführt wurden, über die es keine Unterlagen gibt.«

»Vielleicht hat der Jude Dimshits die meisten davon gemacht und ist deshalb in die Gaskammer geschickt worden. Vielleicht ist es Tesslar gewesen.«

»Als Sie diese Klage einreichten, wußten Sie, daß Ihr Wort gegen das von Dr. Tesslar stehen würde, weil die Operationsberichte verschwun-den sind.«

»Ich muß mit allem Nachdruck Einspruch erheben«, sagte Sir Robert. »Sie können nicht auf ein Register Bezug nehmen, das nicht existiert. Herr Bannister hat Sir Adam gefragt, wie viele Operationen er durch-geführt hat, und Sir Adam hat diese Frage beantwortet.«

»Herr Bannister«, sagte der Richter, »ich möchte Ihre Aufmerksamkeit auf die Tatsache lenken, daß sich ab und zu redaktionelle Anmerkun-gen in Ihre Fragen einschleichen.«

»Ich bitte um Verzeihung, Euer Ehren. Für die Deutschen war die Schnelligkeit, mit der die Operationen durchgeführt werden konnten, ein weiterer wichtiger Faktor des Massensterilisationsprogramms. Ist es möglich, daß diese Operationen in Anwesenheit von Voss durchge-führt wurden, um zu demonstrieren, wie schnell sie gemacht werden konnten?«

»Ich habe niemals so schnell operiert, daß dadurch ein Patient hätte geschädigt werden können.«

»Waren Sie nicht in Wirklichkeit stolz auf die Geschwindigkeit, mit der Sie jüdische Hoden herausnehmen konnten, und hatten Sie nicht den Wunsch, das vor Voss zu demonstrieren?«

»Euer Ehren«, sagte Sir Robert, »mein Einspruch dürfte wohl jedem klar sein. Mein Mandant hat ausgesagt, daß er nicht mit unangemessener Eile operierte.«

»Ich muß Sie wiederum ermahnen«, sagte Gilray. Er wandte sich zum ersten Mal mit seiner ganzen richterlichen Autorität an die Geschworenen. »Dr. Kelno wird durch Unterstellungen in Verwirrung gebracht. Ich werde Sie zu gegebener Zeit sorgfältig instruieren, welche Fragen erheblich sind und welche nicht.«

Bannister blieb völlig gelassen. »Erinnern Sie sich an einen Dr. Sandor?«

»Sandor war ein jüdischer Kommunist.«

»O nein, Dr. Sandor ist römisch-katholisch und keineswegs Mitglied irgendeiner kommunistischen Partei. Er war einer Ihrer Ärzte. Erinnern Sie sich an ihn?«

»Undeutlich.«

»Und erinnern Sie sich an eine Unterhaltung, während der Sie zu Sandor sagten: Heute hab ich zwanzig Judeneier zum Rühreimachen eingesammelt.«

»Das habe ich niemals gesagt. Sandor war Mitglied der kommunistischen Untergrundorganisation und würde jeden Meineid gegen mich schwören.«

»Ich glaube, es ist jetzt wohl an der Zeit, dem Gericht und den Geschworenen einige Erklärungen über die beiden Untergrundorganisationen von Jadwiga zu geben. Sie bezeichneten die Organisation, zu der Sie gehörten, als nationalistische Untergrundorganisation, ist das richtig?«

»Ja.«

»Wer gehörte dazu?«

»Anti-Deutsche aus allen besetzten Ländern Europas.«

»Ich behaupte, daß das nicht wahr ist. Ich behaupte, daß Ihre Organisation zu fünfundneunzig Prozent aus Polen bestand und daß niemand etwas zu sagen hatte, der nicht früher polnischer Offizier gewesen war. Ist es nicht so gewesen?«

»Ich kann mich nicht erinnern.«

»Können Sie sich an irgendeinen Tschechen oder Holländer oder Jugoslawen erinnern, der in Ihrer nationalistischen Untergrundorganisation eine führende Stellung hatte?«

»Nein.«

»Aber an polnische Offiziere können Sie sich deutlich erinnern.«

»An einige.«

»Ja, an einige, die als Zuschauer und spätere Zeugen hier in diesem Gerichtssaal sind. Ich behaupte, Herr Dr. Kelno, daß die nationalistische Untergrundbewegung in Jadwiga aus den gleichen Leuten bestand wie die antisemitische polnische Offiziersclique vor dem Krieg.«

Kelno gab keine Antwort.

»Sie haben auch über eine kommunistische Untergrundorganisation ausgesagt. Ist das nicht dasselbe wie der internationale Untergrund?«

»Ja, er setzte sich aus Kommunisten und Juden zusammen.«

»Und aus Nichtkommunisten und Nichtjuden, die der polnischen Offiziersclique im Verhältnis von fünfzig zu eins zahlenmäßig überlegen waren, und in dessen Führungsgremium jedes besetzte Land durch eine entsprechende Anzahl von Deligierten vertreten war. Ist das richtig?«

»Sie wurden von Juden und Kommunisten beherrscht.«

»Könnte die Schnelligkeit, mit der ein Chirurg operiert hat, eine der Ursachen für Nachblutungen sein?« fragte Bannister, abrupt das Thema wechselnd, wie es für ihn charakteristisch war.

Kelno trank einige Schluck Wasser und wischte sich über die Stirn.

»Wenn es sich um einen geübten Chirurgen handelt, kann durch die Schnelligkeit, mit der er arbeitet, oft die Gefahr eines Schocks vermindert werden.«

»Wir wollen nun auf die Zeit Mitte des Jahres 1943 zu sprechen kommen, als Dr. Mark Tesslar in Jadwiga ankam. Sie waren damals kein Arbeiter mehr, der verprügelt wurde, sondern ein Arzt mit großen Machtbefugnissen.«

»Unter der Leitung der Deutschen.«

»Aber Sie konnten selbständige Entscheidungen treffen. Zum Beispiel, wer ins Lazarett aufgenommen werden durfte.«

»Ich stand immer unter großem moralischen Druck.«

»Aber zu dem Zeitpunkt, als Dr. Tesslar ankam, hatten Sie sich mit den Deutschen arrangiert. Sie genossen ihr Vertrauen.«

»Auf eine recht fragwürdige Art, ja.«

»Und wie war Ihr Verhältnis zu Dr. Tesslar?«

»Ich erfuhr, daß Tesslar Kommunist war. Voss hatte ihn aus einem anderen Konzentrationslager kommen lassen. Daraus kann man gewisse Schlußfolgerungen ziehen. Ich war höflich zu ihm, wenn wir uns trafen, aber ich ging ihm nach Möglichkeit aus dem Weg. Ich hielt mich von ihm fern.«

»Ich behaupte, daß zwischen Ihnen und Tesslar zahlreiche Unterhaltungen stattfanden, denn Sie fürchteten ihn nicht wirklich, und er versuchte verzweifelt, für die Opfer der Operationen, die er betreute, zusätzliche Verpflegung und Medikamente zu bekommen. Ich behaupte, Sie erwähnten ihm gegenüber, daß Sie rund zwanzigtausend Operationen mit ungewöhnlicher Schnelligkeit durchgeführt hatten.«

»Sie können Behauptungen aufstellen, bis Sie schwarz im Gesicht werden«, gab Adam bissig zurück.

»Das habe ich auch vor. Laut Dr. Tesslars Aussage haben Sie bei einer Gelegenheit im November 1943 vierzehn Operationen auf einmal durchgeführt. Acht Männer, darunter sieben Holländer, wurden kastriert oder büßten einen Hoden ein. Bei der gleichen Gelegenheit nahmen Sie bei sechs Frauen Eierstöcke heraus. Es gab einen solchen Aufruhr, daß die SS einen Lazarettschreiber, einen gewissen Egon Sobotnik, zu Dr. Tesslar schickte und ihn in die Baracke V rufen ließ, damit er die Patienten beruhigte, während Sie operierten.«

»Das ist eine grobe Lüge. Dr. Tesslar war niemals in der Baracke V, wenn ich operierte.«

»Dr. Tesslar hat ferner ausgesagt, daß nicht Sie die Lumbalanästhesien verabreichten, daß diese nicht im Operationssaal gegeben wurden und daß keine einleitenden Morphium-Injektionen gespritzt wurden.«

»Das ist eine Lüge.«

»Wir wollen uns mit den Ovariektomien, also der operativen Entfernung von Eierstöcken befassen, die Dr. Tesslar erwähnt. Vergessen wir für einen Augenblick seine Aussage und verfolgen wir die einzelnen Stufen einer solchen Operation, wie sie normalerweise durchgeführt wird. Sie machen einen Einschnitt in die Bauchhöhle. Ist das richtig?«

»Ja, nachdem die Patientin gewaschen worden ist und von mir Morphium und eine Lumbalanästhesie bekommen hat.«

»Selbst Patientinnen mit schweren Röntgenverbrennungen.«

»Ich hatte keine Wahl.«

»Sie führten die Zange ein, hoben den Uterus an, brachten eine Zange zwischen den Eierstock und die Fallopiosche Tube, zwickten dann den Eierstock ab und legten ihn in die Schale.«

»Mehr oder weniger.«

»Ich behaupte, Herr Dr. Kelno, daß Sie danach die Stümpfe der Eierstöcke, die Schnittfläche am Uterus und die Blutgefäße nicht ordnungsgemäß versorgten.«

»Das ist nicht wahr.«

»Die Stümpfe werden auch Stiele genannt?«

»Ja.«

»Muß ein solcher Stiel nicht mit einer Bauchfellfalte überdeckt werden?«

»Sie mögen ein guter Rechtsanwalt sein, Herr Bannister, aber als Chirurg taugen Sie nicht viel.«

Bannister ignorierte das aufsteigende Gelächter. »Dann wollen Sie mich gütigst belehren.«

»Es gibt kein Bauchfell zum Überdecken des Stiels. Man kann nur das Ligamentum infundibolo pelvicum, das ist ein Gefäßband, mit einem Kreuzstich darüberziehen. Man überdeckt den Stiel auf diese Weise, um Entzündungen, Verklebungen und übermäßige Blutungen zu verhindern.«

»Und das haben Sie in jedem Fall getan?«

»Selbstverständlich.«

»Dr. Tesslar erinnert sich, daß Sie es bei sechs Ovariektomien, bei denen er zugegen war, nicht getan haben.«

»Das ist Unsinn. Tesslar war niemals dabei. Und selbst wenn er im Operationssaal gewesen wäre, hätte er kaum sehen können, was ich machte, es sei denn, er hätte Röntgenaugen gehabt. Um mich herum standen das OP-Personal, Voss und andere Deutsche und dazu noch die Abschirmung am Kopf der Patientin, wo Tesslar angeblich saß, nein, er konnte mich unmöglich beobachten.«

»Aber wenn er seitlich von der Patientin saß und keine Abschirmung da war?«

»Reine Hypothese.«

»Dann lautet Ihre Aussage also dahingehend, daß Dr. Tesslar Sie nicht warnte, die Patientinnen würden Blutungen oder Bauchfellentzündung bekommen?«

»Nein, das stimmt nicht.«

»Und Dr. Tesslar hat Ihnen keine Vorhaltungen gemacht, weil Sie sich zwischen den Operationen nicht die Hände wuschen?«

»Nein.«

»Oder weil Sie immer die gleichen unsterilen Instrumente benützten?«

»Ich bin ein gewissenhafter und erfahrener Chirurg, Herr Bannister. Ich verbitte mir diese Unterstellungen.«

»Machten Sie sich irgendwelche Aufzeichnungen, aus denen Sie sehen konnten, ob Sie den linken oder den rechten Hoden beziehungsweise Eierstock entfernen sollten?«

»Nein.«

»Trifft es nicht zu, daß Ärzte manchmal den falschen Finger oder die falsche Zehe oder ähnliches amputiert haben, weil sie nicht vorher in ihren Unterlagen nachgesehen hatten?«

»Wir waren in Jadwiga, nicht in Guy's Hospital.«

»Woher wußten Sie, auf welcher Seite Sie operieren sollten?«

»Der Gefreite Kremmer, der die Röntgenbestrahlungen machte, war bei den Operationen anwesend. Er sagte mir, ob links oder rechts.«

»Kremmer? Der Gefreite Kremmer. Dieser unerfahrene sogenannte Radiologe gab Ihnen die Anweisungen?«

»Er machte die Bestrahlungen.«

»Und wenn Dr. Tesslar gar nicht da war, dann kann er Ihnen wegen der Röntgenverbrennungen und wegen des Umstands, daß keine Vollnarkose gemacht wurde, auch niemals Vorhaltungen gemacht haben.«

»Ich habe es schon mehrmals gesagt. Ich wendete Morphium und Lumbalanästhesie an, die ich selbst gab. Ich habe schnell operiert, weil das mehr Aussicht bot, Lungenentzündungen und Kreislaufzusammenbrüche und Gott weiß was zu verhüten. Wie oft soll ich das noch wiederholen?«

»Bis alles ganz klar ist.« Bannister machte ein Pause und wägte die Erschöpfung seines Zeugen ab. Es gibt einen kritischen Punkt, nach dessen Überschreitung man damit rechnen muß, daß sowohl der Richter als auch die Geschworenen Mitgefühl für den Zeugen empfinden. Es gibt außerdem eine von der Uhr bestimmte Zeitgrenze, wann man anfangen muß, auf den Höhepunkt des Verhörs hinzuarbeiten.

»Also ist alles, was Mark Tesslar gesagt hat, pure Erfindung.«

»Es sind Lügen.«

»Auch was die grobe Behandlung der Patienten betrifft, wenn sie auf dem Operationstisch lagen.«

»Ich bin stolz auf meine Leistungen als Chirurg.«

»Warum hat Dr. Tesslar Ihrer Meinung nach alle diese Lügen gegen Sie vorgebracht?«

»Wegen der Zusammenstöße während unserer Studentenzeit.«

»Sie haben ausgesagt, daß Sie, als Sie in Warschau praktizierten, eine Verwandte zur Abtreibung zu Tesslar schickten, ohne daß dieser es wußte. Ich fordere Sie auf, den Namen dieser Verwandten zu nennen, bei der Tesslar eine Abtreibung gemacht hat.«

Kelno sah sich hilfesuchend um. Beherrsche dich, sagte er zu sich selbst, beherrsche dich. »Ich weigere mich.«

»Ich behaupte, daß überhaupt keine solche Abtreibung stattgefunden hat. Ich behaupte, Dr. Tesslar mußte wegen der antisemitischen Umtriebe Ihres Studentenbundes Polen verlassen und sein Medizinstudium in einem anderen Land beenden, und ich behaupte außerdem, daß Dr. Tesslar in Jadwiga niemals für die SS Abtreibungen oder Versuche gemacht hat.«

»Tesslar hat diese Lügen über mich erzählt, um sich selbst zu retten«, rief Kelno. »Als ich nach Warschau zurückkam, war er Mitglied der kommunistischen Geheimpolizei und hatte den Auftrag, Jagd auf mich zu machen, weil ich ein polnischer Nationalist bin, der um den Verlust seiner geliebten Heimat weint. Diese Lügen wurden schon vor achtzehn Jahren als Lügen enthüllt, als die britische Regierung meine Auslieferung verweigerte.«

»Ich behaupte«, sagte Bannister mit unerschütterlicher Ruhe, die von Kelnos Ausbruch scharf abstach, »daß Sie, als Sie bei Ihrer Rückkehr nach Polen erfuhren, Tesslar und ein paar andere Ärzte seien noch am Leben, flohen und sich später eine Phantasiegeschichte über ihn ausdachten.«

»Nein.«

»Sie haben niemals eine Patientin auf dem Operationstisch geschlagen und sie eine verfluchte Jüdin genannt?«

»Nein, mein Wort steht gegen das von Tesslar.«

»Wie die Tatsachen liegen«, sagte Bannister, »hat das gar nichts mit Tesslars Wort zu tun. Es handelt sich hier um das Wort der Frau, die Sie geschlagen haben und die noch lebt und sich im Augenblick auf der Reise nach London befindet.«

8

Sie verbrachten den Samstagabend gemeinsam mit Cadys französischem Verleger in der Umgebung von Paris, und am Sonntag waren Abe und Lady Sarah von Pieter Van Damm zu einem genußvollen Abendessen eingeladen, bei dem auch Madame Erica Van Damm und ihre Kinder, beide Studenten an der Sorbonne, anwesend waren.

Die Tochter, ein unauffälliges, stilles Mädchen, zog sich in ihr Zimmer zurück. Anton Van Damm entschuldigte sich mit einer Verabredung, nachdem er versprochen hatte, nach London zu kommen, um Ben und Vanessa kennenzulernen.

»Der Prozeß steht nicht allzu gut«, sagte Pieter.

»Die Geschworenen scheinen nicht beeindruckt zu sein. Aus Polen hören wir, daß Dr. Lotaki nicht für uns aussagen wird, und bist jetzt gibt es keine Spur von Egon Sobotnik.«

»Die Zeit wird knapp«, sagte Pieter. Er nickte seiner Frau zu, und auf dieses Zeichen hin lud Erica Lady Sarah ein, sich die übrigen Räume der Wohnung anzusehen, so daß die beiden Männer allein waren.

»Abraham, ich habe den Kindern alles erzählt.«

»Das dachte ich mir schon. Es muß sehr schwer gewesen sein.«

»Merkwürdig. Nicht halb so schwer, wie ich gedacht hatte. Man übermittelt seinen Kindern die ganze Liebe und Weisheit, deren man fähig ist, und doch fürchtet man immer, daß in einer Krise nichts davon übrigbleibt. Nun, es war ganz anders. Sie weinten, besonders um ihre Mutter. Anton, mein Sohn, schämte sich, daß er es nicht schon eher gewußt hatte, so daß er mir über schwierige Perioden hätte hinweghelfen können. Und Erica erklärte ihnen, daß unsere Verbindung uns mehr Erfüllung bringt als eine geschlechtliche Vereinigung.«

Abe überlegte. »Ich möchte nicht, daß Sie auf die Idee kommen, als Zeuge auszusagen«, erklärte er dann. »Ich weiß, daß Sie daran denken.«

»Ich habe Ihre Bücher gelesen, Cady. Jetzt sind wir vier, die den gleichen Glauben teilen.«

»Ich kann nicht zulassen, daß Sie es tun. Schließlich ist der Verlust der menschlichen Würde einer der Punkte, um den es sich bei diesem Prozeß handelt.«

Anton Van Damm wartete in der Halle des »Meurice«, als Abe und Lady Sarah zurückkamen. Lady Sarah entschwand in der offenen Liftkabine nach oben, die beiden Männer gingen in die Bar.

»Ich weiß, warum Sie hergekommen sind«, sagte Abe.

»Vater denkt Tag und Nacht nur noch daran. Wenn der Prozeß ungünstig ausgeht, wenn Kelno eine Entschädigung zugesprochen wird, dann würde Vater mehr leiden, als wenn er aussagt.«

»Anton, als ich das alles anfing, hatte ich auch Rachegedanken. Inzwischen hat sich meine Einstellung geändert. Adam Kelno als Einzelperson ist unwichtig. Wichtig ist, was Menschen anderen Menschen antun. Aus diesem Blickwinkel müssen wir als Juden diese Geschichte immer wieder erzählen. Wir müssen immer wieder gegen unseren Untergang protestieren, bis man uns endlich in Frieden leben läßt.«

»Sie suchen nach einem Sieg im Himmel, Herr Cady. Ich will einen auf Erden.«

Abe lächelte und fuhr dem jungen Mann durch das Haar. »Ich habe einen Sohn und eine Tochter in Ihrem Alter. Bisher habe ich noch nie gewonnen, wenn wir eine Meinungsverschiedenheit hatten.«

»El Al gibt die Landung ihrer Maschine aus Tel Aviv bekannt«, verkündete der Lautsprecher auf dem Flugplatz Heathrow.

Als sich die Tür zum Zollraum öffnete, war Sheila Lamb die erste, die die kleine Gruppe unsicher um sich blickender Passagiere erreichte. Dr. Leiberman stellte sich selbst sowie die zwei Frauen und vier Männer vor. Die Zeugen aus Israel.

»Wie freundlich von Ihnen, daß Sie hergekommen sind«, sagte Sheila und umarmte jeden von ihnen. Jacob Alexander sah verblüfft zu, wie das Mädchen, das sich seit fünf Jahren in seinem Büro nur theoretisch mit den Schicksalen anderer befaßte, plötzlich aus sich herausging, um diese Leute von ihrer Unsicherheit zu befreien. Bisher waren sie nur Nummern auf einem Aktendeckel gewesen, jetzt aber waren sie hier, die Verstümmelten von Jadwiga.

Sheila gab ihnen kleine Blumensträuße und führte alle zu den wartenden Wagen.

»Abraham Cady konnte Sie leider nicht abholen und läßt Ihnen sein Bedauern übermitteln. Sein Gesicht ist zu bekannt, und wenn er hier wäre, könnte das Ihre Anonymität gefährden. Aber er freut sich sehr darauf, Sie kennenzulernen, und bittet Sie, morgen abend seine Gäste zu sein.«

Schon nach kurzer Zeit schienen alle etwas von ihrer Scheu verloren zu haben und verteilten sich auf die Wagen. »Wenn sie nicht zu müde sind«, sagte Sheila zu Dr. Leiberman, »würde eine kleine Rundfahrt durch London vielleicht eine gute Idee sein, damit sie einen ersten Eindruck von unserer Stadt gewinnen.«

Nachdem Kelnos Einvernahme abgeschlossen war, sagte Dr. Harold Boland, ein bekannter Anästhesist, für Sir Adam Kelno aus, daß die Lumbalanästhesie eine einfach und vernünftige Methode sei.

Er war ein erfahrener Narkosearzt, der Hunderte von Lumbalanästhesien mit und ohne einleitende Morphium-Injektion gemacht hatte, und er bestätigte im wesentlichen Sir Adams Aussage.

Brendan O'Conner nahm ihn nur kurz ins Kreuzverhör.

»Demnach ist also eine Leitungsunterbrechung der Spinalnerven, wenn sie richtig gemacht wird, eine relativ einfache Sache?«

»»Ja, wenn sie von einem Arzt mit der Erfahrung von Sir Adam ausgeführt wird.«

»Vorausgesetzt«, sagte O'Conner, »daß der Patient einverstanden ist und sich dementsprechend verhält. Aber wie steht es, Herr Dr. Boland, wenn der Patient gegen seinen Willen und mit Gewalt festgehalten wird, schreit und um sich stößt und beißt, um wieder freizukommen. Könnte eine Lumbalanästhesie unter solchen Umständen nicht sehr schmerzhaft sein?«

»Ich habe noch niemals unter derartigen Bedingungen eine Narkose gegeben.«

»Wenn zum Beispiel durch die heftigen Bewegungen des Patienten die Nadel abrutscht.«

»Dann könnte sie schmerzhaft sein.«

Eine ganze Parade weiterer Zeugen marschierte auf. Der erste war der Präsident der polnischen Gemeinde in London, Graf Czerny, der über Sir Adams erfolgreichen Kampf gegen das Auslieferungsbegehren berichtete. Danach kam der ehemalige Oberst Gajnow, der die erste Untersuchung über Kelnos Vergangenheit in Italien geleitet hatte, dann Dr. August Novak, der frühere Chefchirurg am polnischen Krankenhaus in Tunbridge Wells, dann drei ehemalige polnische Offiziere, die als Gefangene in Jadwiga und dort Mitglieder der nationalistischen Untergrundorganisation gewesen waren, und schließlich vier Männer, deren Leben Kelno in Jadwiga durch die Aufbietung seines ganzen Könnens gerettet hatte.

O'Conner nahm jeden nur ganz kurz ins Kreuzverhör.

»Sind Sie Jude?« fragte er.

Die Antwort lautete jedesmal »Nein.«

Dann eine interessantere Frage: »Als Dr. Kelno Ihren Blinddarm herausnahm, erinnern Sie sich, daß ein Laken vor Ihr Gesicht gehalten wurde?«

»Ich erinnere mich an nichts. Ich bekam eine Vollnarkose.«

»Sie bekamen keine Injektion ins Rückenmark?«

»Nein, ich bekam eine Vollnarkose.«

Aus Budleigh-Salterton kam J. J. MacAlister. Als Nachwirkung eines Schlaganfalles hatte er Sprachstörungen, doch machten seine Ausführungen über Kelnos Jahre in Sarawak großen Eindruck, denn hier hatten die Geschworenen einen früheren Kolonialbeamten vor sich, der sich in dem ihnen vertrauten Jargon ausdrückte.

Dann wurde wieder ein ehemaliger KZ-Häftling in den Zeugenstand gerufen.

»Sir Robert«, sagte der Richter, »über welchen Punkt soll Ihr nächster Zeuge aussagen?«

»Über den gleichen, Euer Ehren.«

»Ich kann verstehen«, sagte Anthony Gilray, »daß Sie den Geschworenen eindringlich vor Augen führen wollen, wie gütig und hilfsbereit Dr. Kelno war. Niemand behauptet, daß er bestimmten Patienten gegenüber nicht gütig war.«

»Ich möchte nicht halsstarrig erscheinen, Euer Ehren, aber ich habe zu diesem Thema zwei weitere Zeugen.«

»Nun«, sagte der Richter beharrlich, »niemand bestreitet, daß Dr. Kelno um das Wohl polnischer Männer und Frauen besorgt war. Es geht hier jedoch um die Behauptung, daß er sich Juden gegenüber gänzlich anders verhielt.«

»Euer Ehren, ich muß gestehen, daß ich einen Zeugen habe, der soeben aus dem Ausland eingetroffen ist, und ich erkläre mich damit einverstanden, daß er mein letzter Zeuge sein soll, falls Euer Ehren die Mittagspause etwas früher ansetzt.«

»Ich glaube nicht, daß die Geschworenen gegen eine frühere Unterbrechung etwas einzuwenden haben.«

Cady, Shawcross und ihre Freunde gingen hastig über den Korridor in das Besprechungszimmer. Kurz darauf brachte Josephson die Bestätigung, und alle waren zutiefst beunruhigt. Konstanty Lotaki war aus Warschau angekommen, um für Adam Kelno auszusagen.

»Wir werden weiterhin unser Bestes tun«, sagte Bannister.

9

Die Nachricht, daß Konstanty Lotaki aus Warschau in London eingetroffen war, um für Kelno auszusagen, verbreitete sich mit Windeseile. Das war ein schwerer Schlag für Cady.

»Ich rufe unseren letzten Zeugen auf, Dr. Konstanty Lotaki.«

Der Beisitzer half ihm die drei Stufen zum Zeugenstand hinauf, und ein polnischer Dolmetscher stellte sich neben ihn. Die Geschworenen betrachteten den Neuankömmling mit besonderem Interesse, und die Zahl der Reporter hatte sich erheblich vergrößert. Der Dolmetscher wurde vereidigt.

Bannister stand auf. »Euer Ehren, da dieser Zeuge durch einen Dolmetscher aussagen wird und wir einen eigenen polnischen Dolmetscher haben, möchte ich darum bitten, daß der Dolmetscher meines verehrten Kollegen alle Fragen und Antworten laut und deutlich überträgt, damit wir in der Lage sind, Einspruch zu erheben, falls es erforderlich sein sollte.«

»Haben Sie verstanden?« fragte Gilray.

Der Dolmetscher nickte.

»Bitte fragen Sie Dr. Lotaki, welcher Konfession er angehört und wie er vereidigt werden möchte.«

Einige Sätze wurden gewechselt. »Er gehört keiner Religion an. Er ist Kommunist.«

»Gut«, sagte Gilray, »dann ermahnen Sie den Zeugen, die Wahrheit zu sagen.«

Der untersetzte rundgesichtige Mann sprach mit gedämpfter Stimme, als ob er sich in einem Trancezustand befinde. Er gab seinen Namen und seine Anschrift in Lublin an, wo er chirurgischer Chefarzt an einem staatlichen Krankenhaus war.

Er war 1942 aufgrund falscher Beschuldigungen von der Gestapo verhaftet worden und erfuhr später, daß die Deutschen mit dieser Methode Ärzte zum Dienst in den Konzentrationslagern preßten. Er wurde nach Jadwiga geschickt und Kelnos Abteilung zugewiesen. So lernten sie sich kennen. Er arbeitete nur mittelbar mit Kelno zusammen, da er seine eigene Sprechstunde und Medikamentenausgabe und auch eigene Krankenstationen hatte.

»Hat Dr. Kelno den Lazarettbetrieb ordnungsgemäß geführt?«

»Unter den gegebenen Bedingungen hätte es niemand besser machen können.«

»Und hat er seine Patienten gut und freundlich behandelt?«

»Außergewöhnlich gut.«

»Hat er jüdische Patienten benachteiligt?«

»Das habe ich nie bemerkt.«

»Wann kamen Sie zum ersten Mal mit dem SS-Arzt Dr. Voss in Kontakt?«

»Gleich am ersten Tag.«

»Erinnern Sie sich an den Tag, als Voss Sie in sein Büro rufen ließ und Ihnen eröffnete, daß Sie in Baracke V zu operieren hätten?«

»Das werde ich niemals vergessen.«

»Bitte erzählen Sie dem Gericht und den Geschworenen davon.«

»Wir wußten alle über Voss' Experimente Bescheid. Ich erhielt den Befehl im Sommer 1943, nachdem Dr. Dimshits in die Gaskammer geschickt worden war. Bis dahin war Dimshits sein Assistent gewesen.«

»War Dr. Kelno dabei?«

«Wir wurden getrennt zu Voss gerufen.«

»Bitte fahren Sie fort.«

»Voss sagte mir, daß wir bei den Versuchspersonen Hoden und Eierstöcke herausnehmen sollten. Ich sagte ihm, daß ich da keinesfalls mitmachen wolle, und er erwiderte, daß dann eben ein SS-Pfleger die Operationen durchführen und ich dafür Dimshits' Schicksal teilen würde.«

Jetzt gab es bei der Übersetzung eine Panne, und ein polnischer Journalist sprang mit einem halben Dutzend Wörtern ein.

»Einen Moment, bitte«, sagte Anthony Gilray, »ich freue mich, daß Mitglieder der internationalen Presse hier anwesend sind, aber ich würde es vorziehen, wenn sie sich nicht an der Verhandlung beteiligten.«

»Ich bitte um Verzeihung, Euer Ehren«, entschuldigte sich der Reporter.

»Herr Dolmetscher, wenn Sie irgendwelche Schwierigkeiten haben, wollen Sie es dem Gericht bitte sagen. Fahren Sie fort, Sir Robert.«

»Was taten Sie nach der Unterredung mit Voss?«

»Ich war niedergeschlagen und wandte mich an Dr. Kelno als meinen Vorgesetzten. Wir beschlossen, alle Ärzte außer Dr. Tesslar zusammenzurufen und gelangten zu der Ansicht, daß es zum Besten der Patienten sei, wenn wir die Operationen machten.«

»Und das taten Sie dann?«

»Ja.«

»Wie viele?«

»Ich schätze fünfzehn bis zwanzig.«

»Ordnungsgemäße Operationen.«

»Mit mehr als der üblichen Sorgfalt.«

»Und Sie hatten Gelegenheit, Dr. Kelno zu beobachten, und er assistierte Ihnen einige Male. Wurde jemals, ich wiederhole, jemals bei irgendeiner Gelegenheit ein Patient mißhandelt?«

»Nein, niemals.«

»Niemals?«

»Niemals.«

»Herr Dr. Lotaki, würde es Ihrer Erfahrung nach einen Patienten gefährden, wenn er mit einem Organ weiterlebt, das mit Röntgen bestrahlt wurde?«

»Ich bin kein Fachradiologe. Ich kann mich dazu nicht äußern. Meine einzige Sorge war, daß die Patienten nicht von ungeübten Leuten operiert wurden.«

»Was für Narkosemittel wurden verwendet?«

»Larocain ins Rückenmark nach einer einleitenden Morphium-Injektion, um es dem Patienten leichter zu machen.«

»Können Sie uns sagen, wer sonst noch im Operationssaal anwesend war?«

»Das Operationsteam, jemand, der sich um die Instrumente kümmerte. Dr. Kelno und ich assistierten uns abwechselnd, und außerdem war immer Voss mit einem oder zwei weiteren Deutschen dabei.«

»Haben Sie jemals Dr. Mark Tesslar persönlich getroffen?«

»Ja, mehrere Male.«

»Was wurde im allgemeinen über seine Arbeit gesagt?«

»In einem Konzentrationslager gibt es über alles und jedes Gerüchte. Ich habe mich herausgehalten. Ich bin Arzt.«

»Sie waren also nicht Mitglied des Lageruntergrunds, weder der sogenannten internationalen noch der nationalistischen Untergrundorganisation.«

»Nein.«

»Also hatten Sie nichts gegen Dr. Tesslar und er hatte nichts gegen Sie?«

»Das stimmt.«

»War Dr. Tesslar jemals bei einer Operation in Baracke V anwesend, die Sie entweder selbst ausführten, oder bei der Sie assistierten?«

»Nein, niemals.«

»Und wurde jemals eine dieser Operationen zu schnell oder zu nachlässig ausgeführt?«

»Nein. Sie wurden ganz regulär durchgeführt, ohne daß die Patienten nennenswerte Schmerzen verspürten.«

»Nun zu etwas anderem. 1944 wurden Sie aus dem Konzentrationslager Jadwiga versetzt, ist das richtig?«

»Ich wurde von Dr. Flensberg in eine Privatklinik bei München mitgenommen. Dort mußte ich für ihn Operationen ausführen.«

»Wurden Sie dafür bezahlt?«

»Flensberg behielt alle Honorare für sich.«

»Aber das Leben dort war besser als das in Jadwiga?«

»Alles wäre besser als Jadwiga gewesen.«

»Sie erhielten Kleidung und anständige Verpflegung und durften sich frei bewegen?«

»Wir hatten bessere Kleidung und Verpflegung, aber ich stand immer unter Aufsicht.«

»Und nach Kriegsende kehrten Sie nach Polen zurück?«

»Ich habe seitdem dort gelebt und gearbeitet.«

»Die Arbeit, die Sie und Dr. Kelno in Jadwiga für Dr. Voss machten, war im wesentlichen die gleiche. Wußten Sie, daß Dr. Kelno ein gesuchter Kriegsverbrecher war?«

»Ja, ich hörte davon.«

»Aber Sie hatten nichts mit der nationalistischen Untergrundbewegung zu tun gehabt, und deshalb wurde gegen Sie nicht Klage erhoben.«

»Ich habe kein Unrecht begangen.«

»Herr Dr. Lotaki, welcher politischen Überzeugung huldigen Sie jetzt?«

»Nach dem, was ich in Jadwiga gesehen hatte, wurde ich ein überzeugter Antifaschist. Meiner Meinung nach kann der Faschismus am besten durch die kommunistische Partei bekämpft werden.«

»Keine weiteren Fragen.«

Thomas Bannister rückte seinen Talar sorgfältig zurecht, nahm seine übliche Haltung ein und fixierte Lotaki lange und in betontem Schweigen. Abe reichte O'Conner einen Zettel: SIND WIR IN SCHWIERIGKEITEN?

JA, lautete die Antwort.

»Ist es auch Ihre Meinung, Herr Dr. Lotaki, daß Deutschland vor Hitler zu den zivilisiertesten und kultiviertesten Ländern der Welt gehörte?«

»Sterilisierten Ländern?«

Entspannendes Gelächter.

»In meiner Verhandlung darf niemand über einen Zeugen lachen«, sagte Gilray streng. »Herr Bannister, was diese Art von Fragen betrifft ... Sie kennen Ihre Arbeit, und ich möchte Ihnen keine Ratschläge erteilen ... lassen wir das, fahren Sie fort. Erklären Sie die Frage noch einmal, Herr Dolmetscher.«

»Ich stimme zu, daß Deutschland vor Hitler zivilisiert war.«

»Und wenn jemand Ihnen erzählt hätte, was dieses zivilisierte Land innerhalb der nächsten zehn Jahre tun würde, hätten Sie sich geweigert, das zu glauben?«

»Ja.«

»Massenmorde, Experimente an menschlichen Meerschweinchen, gewaltsame Entfernung von Geschlechtsdrüsen mit dem Ziel, Methoden für die Massensterilisation zu entwickeln. Sie hätten das in der Zeit vor Hitler nicht geglaubt, nicht wahr?«

»Nein.«

»Und würden Sie sagen, daß kein Arzt, der den hippokratischen Eid geleistet hatte, sich an diesen Versuchen beteiligt hätte?«

»Ich muß unterbrechen«, sagte Gilray. »Eines der Probleme dieses Prozesses ist die Gegenüberstellung von freiwilligen und unfreiwilligen Handlungen im Rahmen der Moralgesetze der menschlichen Gesellschaft.«

»Euer Ehren«, sagte Thomas Bannister und erhob zum ersten Mal die Stimme. »Wenn ich das Wort ›beteiligen‹ gebrauche, so meine ich damit jeden Chirurg, der Geschlechtsorgane entfernt hat. Ich bin der Ansicht, Dr. Lotaki wußte, was Voss tat, und warum ihm befohlen wurde, Hoden abzuschneiden und Eierstöcke herauszureißen.«

»Ich tat es unter Zwang.«

»Ich möchte etwas klarstellen«, sagte Gilray. »Wir sind hier in einem königlichen Gerichtshof, und dieser Fall wird in Übereinstimmung mit dem Common Law von England verhandelt. Besteht Ihr Argument darin, Herr Bannister, daß Sie einen Fall mit der Begründung vor die Geschworenen bringen, daß auch eine unter Zwang ausgeführte Operation die Aufstellung von verleumderischen Behauptungen rechtfertigt?«

»Genau das ist meine Absicht, Euer Ehren«, gab Bannister scharf zurück, »zu beweisen, daß kein Arzt, ob Gefangener oder nicht, das Recht hatte, derartige Operationen durchzuführen.«

Aus den Zuschauerreihen stieg ein Keuchen auf. »Nun, dann wissen wir ja, woran wir sind.«

»Also, Herr Dr. Lotaki«, sagte Bannister. »Haben Sie wirklich geglaubt,

Voss hätte die Operationen von einem ungeübten SS-Pfleger durchführen lassen?«

»Ich hatte keinen Grund, daran zu zweifeln.«

»Voss holte sich die Genehmigung für diese Experimente von Himmler. Wenn die Hoden und Eierstöcke nicht sachgemäß entfernt worden wären, hätten sie für die Versuche keinen Wert gehabt. Wie, um Gottes willen, konnte irgend jemand dieses Gerede von einem SS-Pfleger nur glauben?«

»Voss war nicht normal«, stieß Lotaki hervor. »Das Ganze war völlig wahnsinnig.«

»Aber er bluffte nur. Er mußte schließlich Berichte nach Berlin schicken und brauchte unbedingt qualifizierte Chirurgen.«

»Dann hätte er mich wie Dr. Dimshits in die Gaskammer geschickt und einen anderen Chirurgen gefunden.«

»Herr Dr. Lotaki, würden Sie so freundlich sein, dem Gericht und den Geschworenen eine Beschreibung von Dr. Dimshits zu geben.«

»Er war Jude, schon älter, vielleicht siebzig oder darüber.«

»Und das Leben in einem Konzentrationslager hatte ihn noch mehr gealtert?«

»Ja.«

»Wie sah er aus?«

»Sehr alt.«

»Und schwach und zittrig?«

»Ich . . . ich . . . das kann ich nicht sagen.«

»Nicht mehr fähig, als Chirurg zu arbeiten . . . nicht mehr von Nutzen für die Deutschen?«

»Ich . . . weiß . . . nicht . . . er wußte zuviel.«

»Aber Sie und Kelno wußten das gleiche, und doch kamen Sie nicht in die Gaskammer. Sie kamen in Privatkliniken. Ich behaupte, daß Dr. Dimshits vergast wurde, weil er alt und nutzlos war. Ich behaupte, daß das und nichts anderes der wahre Grund gewesen ist. Aber weiter. Dr. Kelno hat ausgesagt, daß er das Opfer eines kommunistischen Komplotts ist. Sie sind ein Kommunist. Können Sie uns dazu etwas sagen?«

»Ich bin nach London gekommen, um die Wahrheit zu sagen«, rief Lotaki, die Fassung verlierend. »Wie kommen Sie darauf, daß ein Kommunist nicht die Wahrheit sagen oder für einen Nichtkommunisten aussagen kann?«

»Haben Sie jemals von Berthold Richter gehört, einem führenden Kommunisten in Ostdeutschland?«

»Ja.«

»Ist Ihnen bewußt, daß er und Hunderte von anderen Nazis, die früher zum Personalstab von Konzentrationslagern gehörten, jetzt Mitglieder des kommunistischen Regimes sind?«

»Einen Augenblick, bitte«, sagte Gilray und wandte sich an die Geschworenen. »Ich bin sicher, daß Herrn Bannisters letzte Behauptung korrekt ist, das heißt jedoch nicht, daß sie als Beweismaterial gilt, es sei denn, sie wird als solche vorgelegt.«

»Was ich damit sagen will, Euer Ehren, ist, daß die Kommunisten recht großzügig damit sind, ehemalige Nazis und SS-Leute, die für sie nützlich sind, zu rehabilitieren. Gleichgültig, wie düster ihre Vergangenheit ist, wenn sie sich vor dem Altar des Kommunismus niederwerfen und wenn sie für das Regime von Nutzen sind, dann ist diese Vergangenheit vergessen.«

»Sie wollen doch nicht behaupten, daß Dr. Lotaki ein Nazi war?«

»Ich behaupte, daß Dr. Lotaki ein Genie in der Kunst des Überlebens ist, und er ist nicht nur einmal die Treppe hinaufgefallen, sondern gleich zweimal. Herr Dr. Lotaki, Sie sagten, daß Sie zu Dr. Kelno als Ihrem Vorgesetzten gingen und mit ihm wegen der Operationen sprachen. Was hätten Sie getan, wenn Dr. Kelno sich geweigert hätte?«

»Ich . . . hätte mich auch geweigert.«

»Keine weiteren Fragen.«

10

Abe saß im dunklen Zimmer. Vor den Mews hielt ein Wagen an, die Tür wurde aufgeschlossen.

»Papi?«

Ben tastete nach dem Lichtschalter und knipste das Licht an. Sein Vater saß am gegenüberliegenden Ende des Zimmers auf dem Boden, die Beine steif ausgestreckt, ein volles Whiskyglas auf der Brust balancierend.

»Bist du betrunken, Papi?«

»Nein.«

»Beschwipst?«

»Nein.«

»Alle sind seit fast einer Stunde bei Herrn Shawcross versammelt. Und alle warten auf dich. Frau Shawcross hat alles wundervoll hergerichtet, und sie haben einen Klavierspieler, der nach Wunsch spielt . . . und . . . na ja, Lady Wydman hat mich hergeschickt, damit ich dich hole.«

Abe stellte das Glas beiseite, stand auf und ließ den Kopf hängen. Ben hatte seinen Vater schon oft so gesehen. So war es in Israel gewesen, wenn er nach einem langen Arbeitstag ins Schlafzimmer seines Vaters kam, das gleichzeitig als Arbeitsraum diente. Dann war sein Vater wie ausgewrungen, manchmal weinte er wegen irgendeiner seiner Romangestalten, manchmal war er so erschöpft, daß er sich nicht einmal mehr die Schuhe zubinden konnte. Jetzt sah er auch so aus, nur noch schlimmer.

»Ich kann ihnen nicht gegenübertreten«, sagte Abe.

»Du mußt, Papi. Von dem Augenblick an, in dem du mit ihnen sprichst, denkst du nicht mehr daran, wie verstümmelt sie sind. Sie sind eine vergnügte Bande, sie lachen und machen Witze, und ihr größter Wunsch ist, dich zu sehen. Der Mann aus Holland ist heute vormittag eingetroffen, ebenso die Frauen aus Belgien und Triest. Jetzt sind alle da.«

»Warum, zum Teufel, wollen sie mich sehen? Weil ich sie nach London geholt habe und sie hier zur Schau stelle wie Mißgeburten auf dem Jahrmarkt?«

»Du weißt, weshalb sie hier sind. Und vergiß nicht, du bist ihr Held.«

»Held — ach, Scheiße.«

»Du bist auch für Vanessa und Yossi und für mich ein Held.«

»Natürlich.«

»Glaubst du denn, wir wüßten nicht, warum du das alles tust?«

»Klar, wir haben euch einen enormen Dienst geleistet. Hier ist das Geschenk meiner Generation an deine Generation. Konzentrationslager und Gaskammern und die Besudelung der Menschenwürde. So nehmt denn unsere Gabe, liebe Kinderchen, erbaut euch daran und seid zivilisiert.«

»Wie sieht es mit der Gabe der Tapferkeit aus?«

»Tapferkeit. Du meinst wohl die Angst, es nicht durchzustehen und den Versuch hinterher, mit sich selbst weiterzuleben. Das ist keine Tapferkeit.«

»Niemand ist aus Feigheit nach London gekommen. Und nun komm schon, ich ziehe dir die Schuhe an.«

Ben kniete vor seinen Vater hin und band ihm die Schnürsenkel zu. Abe klopfte seinem Sohn liebevoll auf den Kopf. »Was ist das für eine lausige Luftwaffe, die dich mit einem solchen Schnurrbart herumlaufen läßt? Ich wünschte, du würdest ihn endlich abrasieren.«

Von der Sekunde seiner Ankunft an war er glücklich, daß Ben ihn überredet hatte, herzukommen. Sheila Lamb war nach wie vor darauf bedacht, keine Verlegenheit aufkommen zu lassen, und führte ihn zu den sechs Männern und vier Frauen, die sie unter ihre Fittiche genommen hatte. Ben und Vanessa waren da und halfen seinem holprigen Hebräisch nach, und auch Yossi war da und betete seine Tochter an. Die Gegenwart der drei jungen Israelis gab ihnen allen Mut. Man schüttelte sich nicht die Hände. Man umarmte und küßte sich und fühlte sich wie Brüder und Schwestern.

David Shawcross schenkte jedem eine Kassette mit signierten Büchern von Abraham Cady, und die Stimmung glich der von Soldaten am

Vorabend der Schlacht. Abe fand im Gespräch mit Dr. Leiberman zu sich selbst zurück und riß Witze darüber, daß er nur ein Auge hatte, und das wärmte die Atmosphäre noch mehr auf.

Abe und Leiberman traten beiseite. »Ihr Solicitor bat mich heute in sein Büro«, sagte Dr. Leiberman. »Er war der Meinung, weil die meisten Aussagen auf hebräisch gemacht werden, wäre es am besten, wenn ich als Dolmetscher fungiere.«

»Und was ist mit Ihrem medizinischen Gutachten?«

»Ihre Anwälte sind der Ansicht — der ich mich anschließe —, daß das medizinische Gutachten mehr Wirkung hat, wenn es von einem englischen Arzt kommt.«

»Das war zuerst etwas schwierig«, sagte Abe. »Sie wissen ja, wie Ärzte sind, wenn sie über einen Kollegen aussagen sollen, aber schließlich haben sich doch ein paar gute Leute dazu bereit erklärt.«

Es war ein unerwartet vergnüglicher Abend gewesen, aber plötzlich wurden alle von Müdigkeit überfallen, und gleichzeitig machte sich eine gewisse Verlegenheit breit. Alle fingen an, immer wieder auf Abraham Cady zu schauen.

»Ich bin nicht betrunken genug, um eine Rede zu halten«, sagte er.

Und dann standen sie ohne vorherige Ankündigung vor ihm und sahen ihren Nicht-Helden an, der seinerseits den Blick senkte. Dann hob er den Kopf. Da stand David Shawcross, mit erkalteter Zigarre, und Lady Sarah, fast wie eine Heiligenfigur. Und die sanfte Vanessa, noch immer ganz eine englische Lady, und Ben und Yossi, die jungen Löwen Israels. Und die Opfer ...

»Unsere Seite des Prozesses beginnt morgen«, sagte Abe, der jetzt die Kraft gefunden hatte zu jenen zehn besonderen Menschen zu sprechen. »Sie und ich wissen, welche schreckliche Prüfung vor Ihnen liegt. Aber wir sind hier, weil wir die Menschheit niemals vergessen lassen dürfen, was sie uns angetan hat. Wenn Sie im Zeugenstand stehen, dann muß jeder einzelne von Ihnen sich an die Berge von Knochen und Asche erinnern, die vom jüdischen Volk übriggeblieben sind. Und wenn Sie sprechen, dann denken Sie daran, daß Sie für sechs Millionen sprechen, die es nicht mehr tun können ... daran müssen Sie immer denken.«

Nacheinander traten sie an ihn heran, drückten ihm die Hand, küßten ihn auf die Wange und verließen das Zimmer. Und dann standen nur noch Ben und Vanessa neben ihm.

»Gott möge ihnen Kraft geben«, sagte Abe.

11

»Fahren Sie fort, Herr Bannister.«

Thomas Bannister richtete seine Aufmerksamkeit auf die acht Männer und vier Frauen, die bisher ihrer Aufgabe als Geschworene ohne sichtbare Gemütsbewegung nachgekommen waren. Ein paar von ihnen trugen immer noch ihre »guten« Anzüge. Und fast alle brachten ein Kissen in den Gerichtssaal mit.

Bannister hantierte mit den Papieren, bis in dem Raum Schweigen herrschte. »Ich bin sicher, die Geschworenen haben die Vermutung, daß dieser Fall zwei Seiten hat. Ein Großteil von dem, was mein verehrter Kollege Sir Robert Highsmith zu Ihnen gesagt hat, entspricht voll und ganz der Wahrheit. Wir streiten nicht ab, daß die Beklagten der Autor und der Verleger des Buches sind oder daß der betreffende Absatz ehrenrührig ist, und wir geben zu, daß es sich bei der in dem Buch genannten Person um Dr. Adam Kelno, den Kläger, handelt.«

Die Pressebänke waren jetzt so überfüllt, daß man die erste Reihe der drei Bankreihen auf der Empore mit Schreibunterlagen ausgerüstet hatte, um alle, die unten keinen Platz hatten, unterbringen zu können. Anthony Gilray, der sich Bände von Notizen gemacht hatte, setzte seinen enormen Bleistiftkonsum fort.

»Seine Ehren wird Sie in allen Fragen instruieren, die das Gesetz betreffen. Aber im Grunde genommen gibt es nur zwei strittige Punkte. Wir sagen in unserer Rechtfertigung, daß der betreffende Absatz in seinem Inhalt wahr ist, und der Kläger erklärt zweierlei. Er sagt, der Inhalt sei unwahr, und deswegen stünde ihm ein beträchtlicher Schadenersatz zu. Unser Standpunkt ist, daß Dr. Kelnos Ruf durch das, was er getan hat, nicht im mindesten geschädigt wurde, und daß ihm, obwohl er verleumdet worden ist, nicht mehr als die kleinste in diesem Land gültige Münze, also ein Halfpenny, zugesprochen werden sollte.

Eine Verleumdung hängt nicht davon ab, was der Autor sagen wollte, sondern davon, wie die Menschen, die sie gelesen haben, sie verstehen. Wir gehen von der Annahme aus, daß die meisten Menschen, die sie gelesen haben, noch nie von Dr. Kelno gehört haben oder sie mit dem Dr. Kelno, der in Southwark praktiziert, in Zusammenhang brachten. Sicherlich wußten viele, daß es sich um den gleichen Dr. Kelno handelte. Und was bedeutet das für sie?

Ich stimme mit meinem verehrten Kollegen überein, daß Dr. Kelno als Gefangener in einer unbeschreiblichen Hölle und unter der Herrschaft der Deutschen gelebt hat. Für uns im behaglichen alten England ist es sehr leicht, an den damaligen Handlungen der Menschen Kritik zu üben, aber bei der Beurteilung dieses Falles müssen Sie auf jeden Fall auch daran denken, wie Sie selbst sich unter ähnlichen Bedingungen verhalten hätten.

Jadwiga. Wie konnte so etwas jemals geschehen? Welches sind die zivilisiertesten, fortschrittlichsten und kultiviertesten Länder auf dieser Erde? Es wäre keine Mißachtung der Vereinigten Staaten oder unseres eigenen Commonwealth, wenn man sagen würde: ›Die christlichen Länder Westeuropas sind die Blüte unserer Zivilisation, der höchste Gipfel, den der Mensch je erklommen hat.‹ Und wenn Sie dann gefragt hätten: ›Halten Sie es für möglich, daß in wenigen Jahren eines dieser Länder Millionen alter Menschen nackt in Gaskammern treibt‹, dann hätte wohl jeder gesagt: ›Nein, das ist unmöglich. Denken Sie doch einmal nach. Es gibt keinen Kaiser und keinen Militarismus mehr. Deutschland hat eine ganz normale westlich-demokratische Regierung. Wir können uns nicht vorstellen, warum irgend jemand so etwas tun sollte. Das würde ihnen den Abscheu der ganzen Welt eintragen. Wenn sie es im Frieden täten, würden sie bald mit all denen Krieg haben, die diesem Treiben Einhalt gebieten wollen. Und selbst wenn es in Kriegszeiten geschehen würde, was könnten sie schon durch ein solches Verhalten zu erreichen hoffen?‹«

Thomas Bannister rollte abermals seinen Honorarbeutel einmal herum, und seine Stimme änderte ihre Klangfarbe mit der Feinheit eines Bachschen Kontrapunkts.

»Das Volk würde niemals mitmachen«, fuhr er fort. »Die deutsche Armee setzt sich ja schließlich aus Angestellten und Arbeitern und Verkäufern zusammen. Die haben alle selbst Kinder. Sie würden niemals Familienväter dazu bringen, Kinder in Gaskammern zu treiben. Und wenn als Krönung des Ganzen noch behauptet worden wäre, daß man als Bestandteil von Experimenten zur Massensterilisation bei menschlichen Meerschweinchen die Geschlechtsdrüsen entfernen würde, direkt vor ihren Augen und während sie bei vollem Bewußtsein sind, dann hätten wir sicherlich gesagt, ›das ist unmöglich‹, und außerdem hätten wir gesagt, ›so etwas muß von Ärzten gemacht werden, und man würde keinen einzigen Arzt finden, der das täte.‹

Nun, wir hätten uns geirrt, denn das alles ist geschehen, und es gab einen Arzt, einen judenfeindlichen polnischen Arzt, der es getan hat. Und die Aussagen haben klar ergeben, daß er eine führende Stellung hatte und eine dominierende Persönlichkeit ist. Sie haben gehört, wie Dr. Lotaki sagte, daß, wenn Dr. Kelno sich geweigert hätte, auch er sich geweigert haben würde.

Wir hätten uns geirrt, wenn wir gedacht hätten, daß es niemals geschehen könnte, denn es gab ein Motiv, das alles, was geschah, förderte und rechtfertigte. Dieses fürchterliche Motiv ist der Antisemitismus. Diejenigen von uns, die keiner Religion angehören, würden sich auf ihre Urteilskraft verlassen. Aber jeder von uns, ob religiös oder nicht, hat eine Vorstellung von Recht und Unrecht.

Aber sobald man sich einmal den Gedanken gestattet, daß es Lebewesen gibt, die aufgrund ihrer Rasse, ihrer Hautfarbe oder Religion eigentlich gar keine richtigen Menschen sind, hat man eine Rechtfertigung geschaffen, um ihnen jede Art von Demütigung aufzuerlegen.

Diese Taktik kann für einen nationalen Führer, der einen generellen Prügelknaben sucht, also jemanden, dem er die Schuld geben kann, wenn irgend etwas schiefgeht, recht nützlich sein. Und dann kann man die Massen aufpeitschen, sie dazu bringen, daß sie denken, diese Menschen seien Tiere ... nun, wir schlachten Tiere ja genauso ab, wie es in Jadwiga geschehen ist. War Jadwiga-West nicht der logische Endpunkt für diesen Weg?

Wir hätten uns geirrt«, fuhr Bannister mit dem Vortrag fort, der jeden Mann und jede Frau im Saal in seinen Bann schlug, »denn wenn man britischen Soldaten befohlen hätte, alte Leute und Kinder in Gaskammern zu treiben, Kinder, die keine andere Schuld tragen, als daß sie die Kinder ihrer Eltern sind, könnte man sich dann vorstellen, daß die britischen Soldaten etwas anderes getan hätten, als gegen solche Befehle zu meutern?

Nun, es gab tatsächlich Deutsche, Soldaten, Offiziere, Geistliche, Ärzte und gewöhnliche Bürger, die sich weigerten, diesen Befehlen zu gehorchen, und sie sagten: ›Ich werde es nicht tun, denn ich möchte nicht mit so etwas auf meinem Gewissen weiterleben. Ich werde sie nicht in die Gaskammern stoßen und später sagen, daß ich gehorchen mußte, und das Ganze dann damit rechtfertigen, daß sie ja sowieso von irgend jemandem hineingestoßen worden wären, und daß ich nichts dagegen tun konnte, und andere Leute noch brutaler mit ihnen umgegangen wären. Und es daher zu ihrem Besten war, daß ich sie sanft hineingestoßen habe.‹ Sehen Sie, das Schlimme war, daß nicht genug von diesen Leuten sich weigerten.

So gibt es also drei Standpunkte, die von allen, die den betreffenden Absatz des Buches lesen, eingenommen werden können.

Nehmen wir einmal den Fall des SS-Aufsehers, den wir nach dem Krieg gehängt haben. Dieser SS-Aufseher würde zu seiner Verteidigung sagen: ›Hören Sie, ich wurde eingezogen und fand mich plötzlich in der SS, in einem Konzentrationslager, ohne zu wissen, was vor sich ging.‹ Aber selbstverständlich erfuhr er, was vor sich ging, und wenn er ein britischer Soldat gewesen wäre, hätte er eine Meuterei angefacht. Ich will damit nicht sagen, daß diese SS-Aufseher nach dem Krieg hätten straflos ausgehen sollen, aber wenn wir uns in ihre Lage hineindenken, also Zwangsrekruten in Hitlers Armee, dann ist der Tod durch Erhängen vielleicht eine zu schwere Strafe gewesen.

Wir kommen zum zweiten Standpunkt. Es hätte Menschen geben müssne, die durch ihre Weigerung eine schwere Bestrafung oder sogar den Tod riskiert hätten, weil sie das den zukünftigen Generationen schuldig gewesen wären. Wir müssen denen, die nach uns kommen, sagen, daß sie sich, wenn sich so etwas jemals wieder ereignet, nicht der Entschuldigung bedienen dürfen, sie hätten Angst vor der Strafe gehabt, denn es gibt im menschlichen Dasein einen Grenzpunkt, nach dessen Überschreitung das eigene Leben seinen Sinn verliert, nämlich dann, wenn es die Verstümmelung und die Ermordung der Mitmenschen zum Ziel hat.

Und der letzte Standpunkt ist der, daß es sich nicht um einen Deutschen, sondern um einen Alliierten handelt, in dessen Hände das Leben anderer Alliierter gelegt worden war.

Wir wissen natürlich, daß es für die Gefangenenärzte schwere Risiken und Bestrafungen gab. Wir haben auch gehört, daß die Gefangenen für die medizinische Versorgung zuständig waren und daß einer von ihnen, Dr. Adam Kelno, bei den Deutschen großes Ansehen genoß und sich als ihren Kollegen bezeichnete. Man kann uns nicht glauben machen, daß ein deutscher SS-Arzt sich praktisch selbst die Kehle durchgeschnitten hätte, indem er den Mitarbeiter opferte, der für ihn am nützlichsten war. Und wir wissen, daß der Befehl für die Versetzung dieses hochgeschätzten Arztes an eine Privatklinik von Himmler selbst kam. Die Verteidigung sagt, daß der Kern des strittigen Absatzes der Wahrheit entspricht und dem Kläger lediglich eine symbolische Entschädigung von einem Halfpenny zusteht, denn wenn es in dem Absatz geheißen hätte, er habe zwanzig Morde begangen und in Wirklichkeit waren es nur zwei, wie groß ist dann der Schaden, der dem Ruf des Mörders zugefügt worden ist?

Es war falsch, in dem Absatz zu erklären, daß über fünfzehntausend chirurgische Experimente durchgeführt wurden. Es war gleichfalls falsch zu erklären, daß sie ohne Betäubungsmittel stattfanden. Wir geben das zu.

Ihre Aufgabe ist es jedoch, festzustellen, was für Operationen durchgeführt wurden und wie sie an jüdischen Patienten durchgeführt wurden, und wieviel Dr. Kelnos guter Ruf wert ist.«

12

In Anbetracht des spontanen und engen Kontakts, den Sheila Lamb zu den Opfern hergestellt hatte, holte man bei der Festlegung der Reihenfolge der Aussagen ihren Rat ein. Bannister brauchte als ersten Zeugen eine Frau, so daß es für die Männer eine Ehrensache wurde, den gleichen Mut zu zeigen, und er brauchte eine mit Autorität, sicherem Auftreten und gesundem Menschenverstand, die sich im Zeugenstand nicht erschüttern lassen würde. Sheila meinte, daß Yolan Shoret, obwohl die Ruhigste von allen, die Stärkste sei.

Yolan Shoret, eine zierliche, geschmackvoll gekleidete Frau, machte einen sehr gefaßten Eindruck, als sie mit Sheila und Dr. Leiberman im zweiten Besprechungszimmer wartete.

Im Gerichtssaal wandte Richter Gilray sich an die Presse. »Ich kann der Presse keine Vorschriften machen«, sagte er. »Alles, was ich kann, ist, daß ich, als ein Richter Ihrer Majestät, entsetzt sein würde, einfach entsetzt, wenn irgendeiner der Zeugen, die diese furchtbaren Operationen über sich ergehen lassen mußten, namentlich genannt oder fotografiert werden würde.«

Sir Robert Highsmith zuckte innerlich bei den Worten FURCHTBARE OPERATIONEN zusammen. Bannister hatte es offensichtlich verstanden, in die Gedanken des Richters und vielleicht auch in die aller anderen eine bestimmte Vorstellung einzupflanzen.

»Ich habe hiermit meine Einstellung klargemacht und setze aufgrund meiner bisherigen Erfahrungen volles Vertrauen in die Diskretion der Presse.«

»Euer Ehren«, sagte O'Conner, »unsere Solicitors haben mir soeben eine Botschaft übermittelt, wonach alle Pressevertreter sich schriftlich verpflichtet haben, keine Namen oder Fotografien zu veröffentlichen.«

»Ich habe es nicht anders erwartet. Ich danke Ihnen, meine Herren.«

»Meine Zeugin wird auf hebräisch aussagen«, kündigte Bannister an.

Jemand klopfte an die Tür des Besprechungszimmers. Dr. Leiberman und Sheila Lamb geleiteten Yolan Shoret durch den Korridor. Sheila drückte ihr fest die Hand, bevor sie zum Tisch des Solicitors ging, wo sie die Aussagen mitschrieb. Einhundert Augenpaare blickten zur Tür hin. Adam Kelno starrte die Zeugin ohne jede Gefühlsregung an, als sie und Dr. Leiberman die Stufen zum Zeugenstand hinaufgingen. Die Würde ihres Auftretens, während sie auf das Alte Testament vereidigt wurden und der Richter ihnen anbot, sich zu setzen, ließ den Saal in Schweigen versinken. Frau Shoret zog es vor, stehenzubleiben.

Gilray gab Dr. Leiberman einige Anweisungen im Hinblick auf die Verdolmetschung. Er nickte und sagte, daß er fließend Hebräisch und Englisch spreche und daß Deutsch seine Muttersprache sei. Er würde keine Schwierigkeit haben, denn er kenne Frau Shoret schon seit Jahren.

»Wie ist Ihr Name?« fragte Thomas Bannister.

»Yolan Shoret.«

Sie nannte ihre Anschrift in Jerusalem und gab ihren Mädchennamen mit Lorino und Geburtsort und -jahr mit Triest 1927 an. Bannister beobachtete sie aufmerksam.

»Wann wurden Sie nach Jadwiga geschickt?«

»Im Frühjahr 1943.«

»Wurde Ihnen eine Nummer eintätowiert?«

»Ja.«

»Erinnern Sie sich an diese Nummer?«

Sie knöpfte den Ärmel auf und rollte ihn bis zum Ellbogen hoch, und alle Anwesenden traf es wie ein Schlag. Sie streckte den Arm mit der blauen Tätowierung aus. In den hinteren Reihen schrie jemand auf, und die Geschworenen zeigten erstmals eine Reaktion. »Sieben — Null — Vier — Drei — Zwei und ein Dreieck als Kennzeichen für Jude.«

»Sie können den Ärmel wieder herunterrollen«, sagte der Richter leise. Die Nummer verschwand.

»Frau Shoret«, fuhr Bannister fort, »haben Sie Kinder?«

»Keine eigenen. Mein Mann und ich haben zwei Kinder adoptiert.«

»Was haben Sie in Jadwiga gemacht?«

»Ich habe vier Monate in einer Fabrik gearbeitet. Wir stellten Einzelteile für Feldfunkgeräte her.«

»War das eine schwere Arbeit?«

»Ja, sechzehn Stunden am Tag.«

»Bekamen Sie genug zu essen?«

»Nein, ich magerte auf achtzig Pfund ab.«

»Wurden Sie geschlagen?«

»Ja, von Kapos.«

»Wie sah Ihre Baracke aus?«

»Es war eine normale Baracke, wie sie für Konzentrationslager üblich war. Wir lagen zu sechst übereinander. Drei- bis vierhundert Frauen in einer Baracke mit einem einzigen Ofen in der Mitte des Raums, einem Waschbecken, zwei Klosetts und zwei Duschen. Gegessen wurde in der Baracke, aus Blechnäpfen.«

»Was geschah nach vier Monaten?«

»Die Deutschen suchten nach Zwillingen. Sie fanden meine Schwester und mich und die Schwestern Cardozo, mit denen wir in Triest aufgewachsen waren und die mit uns zusammen deportiert worden waren. Wir wurden mit einem Lastwagen ins Stammlager zur Baracke III im Lazarettbezirk gefahren.«

»Kannten Sie die Bedeutung der Baracke III?«

»Das fanden wir bald heraus.«

»Was fanden Sie heraus?«

»Sie war das Quartier der Männer und Frauen, die für Experimente gebraucht wurden.«

»Von wem erfuhren Sie das?«

»Man brachte uns neben einem anderen Zwillingspaar unter, den Schwestern Blanc-Imber aus Belgien, die röntgenbestrahlt und operiert worden waren. Es dauerte nicht lange, bis man uns aufgeklärt hatte, weshalb wir dort waren.«

»Bitte beschreiben Sie dem Gericht und den Geschworenen die Baracke III.«

»Die Frauen waren im Erdgeschoß untergebracht, die Männer im oberen Stockwerk. Alle Fenster, die auf Baracke II hinausgingen, waren mit Brettern vernagelt, weil da draußen die Mauer war, an der die Erschießungen stattfanden, aber wir konnten alles hören. Die gegenüberliegenden Fenster waren meist geschlossen, so daß es bei uns bis auf das Licht von ein paar schwachen Glühbirnen fast immer dunkel war. Das hintere Ende der Baracke war durch ein Gitter abgetrennt, und dahinter lagen ungefähr vierzig Mädchen, mit denen Dr. Flensberg Versuche anstellte. Die meisten hatte man in den Wahnsinn getrieben, und sie lallten und schrien ununterbrochen. Viele von den anderen, wie zum Beispiel die Schwestern Blanc-Imber, erholten sich von den Operationen, die zu Voss' Experimenten gehörten.«

»Haben Sie jemals etwas über Lagerprostituierte gehört oder über Frauen, bei denen Abtreibungen gemacht wurden?«

»Nein.«

»Kannten Sie einen gewissen Dr. Mark Tesslar?«

»Ja, er war oben bei den Männern, und ab und zu half er bei unserer Pflege mit.«

»Aber soweit es Ihnen bekannt war, hatte er keine der Frauen operiert?«

»Davon habe ich nie etwas gehört.«

»Wer beaufsichtigte Sie in Baracke III?«

»Vier weibliche Kapos, Polinnen mit Schlagstöcken, die ein kleines Zimmer für sich hatten, und eine Ärztin namens Gabriela Radnicki, die am Ende der Baracke eine kleine Zelle bewohnte.«

»Eine Gefangene?«

»Ja.«

»Jüdin?«

»Nein, Katholikin.«

»Hat sie Sie schlecht behandelt?«

»Im Gegenteil. Sie war sehr mitfühlend. Sie bemühte sich nach Kräften, alle zu retten, die operiert worden waren, und sie ging auch ohne Begleitschutz in den Käfig zu den Wahnsinnigen. Sie beruhigte sie, wenn sie Anfälle bekamen.«

»Was ist aus Frau Dr. Radnicki geworden?«

»Sie beging Selbstmord. Sie hinterließ eine Nachricht, daß sie das Elend nicht länger ertragen könne, ohne die Möglichkeit zu haben, unsere Leiden zu lindern. Wir alle hatten das Gefühl, daß wir unsere Mutter verloren hatten.«

Terrence umklammerte Angelas Hand so fest, daß sie beinahe aufgeschrien hätte. Adam starrte nach wie vor zum Zeugenstand hin, als ob er alles nur wie aus weiter Ferne hörte.

»Kam für Frau Dr. Radnicki ein Ersatz?«

»Ja, Frau Dr. Maria Viskowa.«

»Und wie ging sie mit den Kranken um?«

»Auch wie eine Mutter.«

»Wie lange blieben Sie in Baracke III?«

»Ein paar Wochen.«

»Berichten Sie, was dann geschah.«

»Wir, ich meine die drei Zwillingspaare, wurden von SS-Aufsehern abgeholt. Sie brachten uns in einen Raum in Baracke V, in dem ein Röntgenapparat stand. Ein SS-Pfleger sagte auf deutsch etwas zu uns, was wir nicht richtig verstanden. Zwei andere Sanitäter zogen uns aus, und dann wurde nacheinander jeder von uns eine Platte auf dem Bauch und eine auf dem Rücken befestigt. Der Pfleger las die Nummer auf meinem Arm ab, trug sie ein, und dann wurde ich fünf oder zehn Minuten lang bestrahlt.«

»Was war die Folge davon?«

»Auf meinem Bauch entstand ein dunkler Fleck, und ich mußte mich danach heftig erbrechen.«

»Das war bei allen von Ihnen so?«

»Ja.«

»Bereitete Ihnen der Fleck Schmerzen?«

»Ja, sehr, und nach kurzer Zeit begann er zu eitern.«

»Was geschah dann?«

»Wir blieben ungefähr zwei oder drei Wochen, vielleicht auch einen Monat in Baracke III. Die Tage flossen ineinander, es war schwierig sie zu zählen. Aber ich erinnere mich, daß es kälter wurde, es muß also auf den November zugegangen sein. Dann holte die SS uns sechs Zwillingsschwestern und dazu noch ein paar Männer von oben, und wir wurden alle wieder in die Baracke V gebracht und in eine Art Wartezimmer geführt. Ich weiß noch, wie verlegen wir waren, weil wir alle nichts anhatten ...«

»Im gleichen Raum?«

»Wir waren durch einen Vorhang getrennt, aber bald trieben uns die Angst und die Verwirrung zusammen.«

»Nackt?«

«Ja.«

»Wie alt waren Sie damals, Frau Shoret?«

»Sechzehn.«

»Aus einer religiösen Familie?«

«Ja.«

»Und mit wenig Lebenserfahrung?«

»Mit gar keiner. Bis zu diesem Tag hatte mich noch nie ein Mann nackt gesehen, noch ich jemals ein männliches Organ.«

»Und ihre Köpfe waren kahl rasiert?«

»Ja, wegen der Läuse und der Typhusgefahr.«

»Und so standen Sie alle zusammen. Fühlten Sie sich in Ihrer Würde verletzt?«

»Man erniedrigte uns, als ob wir Tiere seien, und wir hatten panische Angst.«

»Und dann?«

»Pfleger legten uns gewaltsam auf Holztische und rasierten uns die Schamhaare ab.«

»Und dann?«

»Zwei Männer schoben mich auf einen Hocker und drückten mir den Kopf zwischen die Beine herunter, und ein anderer stach mir eine Nadel in die Wirbelsäule. Ich schrie vor Schmerzen.«

»Sie schrien vor Schmerzen? Einen Moment, bitte. Sie sind ganz sicher, daß Sie nicht bereits im Operationssaal waren?«

»Ich weiß ganz genau, daß ich noch im Wartezimmer war.«

»Haben Sie schon einmal eine Injektion bekommen? Eine ganz normale Injektion?«

»Schon viele.«

»Wurde Ihnen nicht vor der Injektion in die Wirbelsäule eine übliche Spritze gegeben?«

»Nein, nur diese eine.«

»Erzählen Sie weiter.«

»Nach ein paar Minuten wurde mein Unterkörper gefühllos. Ich wurde auf eine fahrbare Liege geworfen und aus dem Zimmer herausgerollt. Um mich herum schrien und kämpften Männer und Frauen, und dann kamen noch mehr Aufseher mit Knüppeln und schlugen auf sie ein.«

»Wurden Sie als erste aus dem Zimmer gebracht?«

»Nein, ich bin ganz sicher, daß zuerst ein Mann hinausgefahren wurde. Man brachte mich in den Operationssaal und schnallte mich auf dem Tisch fest. Ich erinnere mich an die Lampe, die über mir hing.«

»Sie waren völlig bei Bewußtsein?«

»Ja. Drei Männer mit Schutzmasken beugten sich über mich. Einer hatte eine SS-Offiziersuniform an. Plötzlich flog die Tür auf und ein anderer Mann kam herein und redete heftig auf die Chirurgen ein. Ich konnte nicht viel verstehen, weil sie Polnisch sprachen, aber ich begriff, daß der neu hinzugekommene Mann gegen die Behandlung protestierte. Schließlich kam er an meine Seite und setzte sich neben mich hin, strich mir über die Stirn und sprach auf französisch zu mir, das ich besser verstand.«

»Was sagte er zu Ihnen?«

»Mut, mein Täubchen, die Schmerzen werden bald vorbei sein. Mut, ich werde mich um dich kümmern.«

»Wissen Sie, wer der Mann war?«

»Ja.«

»Wer?«

»Dr. Mark Tesslar.«

13

Sima Halevy unterschied sich auffallend von ihrer Schwester. Sie wirkte viel älter, kränklich, und hatte weder die Energie noch die Beherrschtheit, die ihre Schwester auszeichneten. Ihre Stimme klang teilnahmslos, als sie dem Gericht ihre Gefangenennummer vorlas und angab, daß sie gleichfalls in Jerusalem wohnte und zwei Adoptivkinder hatte, Waisen, die aus Marokko eingewandert waren. Sie erzählte dasselbe wie ihre Schwester, über die Szene im Wartezimmer, die Operation und die Anwesenheit Dr. Tesslars.

»Was geschah nach der Operation?«

»Ich wurde auf einer Trage in die Baracke III zurückgebracht.«

»Und in welcher Verfassung waren Sie?«

»Ich war lange Zeit sehr krank. Zwei Monate, vielleicht auch mehr.«

»Hatten Sie Schmerzen?«

»Schmerzen, die ich noch heute habe.«

»Wie war es mit dem Wundschmerz nach der Operation?«

»Die erste Woche lagen wir nur im Bett und weinten.«

»Wer hat sich um Sie gekümmert?«

»Frau Dr. Maria Viskowa, und oft kam auch Dr. Tesslar zu uns herunter. Dann war da noch eine andere Ärztin, die öfters nach uns sah, eine Französin. Ich kann mich nicht an ihren Namen erinnern. Sie war sehr gut zu uns.«

»Hat sich sonst noch ein Arzt blicken lassen?«

»Ich entsinne mich undeutlich, daß einmal, als ich gerade hohes Fieber hatte, Dr. Tesslar und Frau Dr. Viskowa mit einem anderen Arzt um mehr Verpflegung und Medikamente stritten. Aber das geschah nur dieses eine Mal, und ich weiß nicht, wer dieser Arzt war.«

»Wissen Sie, woher das hohe Fieber kam?«

»Die Wunde war aufgegangen. Wir hatten nur Papierverbände. Wir rochen so fuchtbar, daß niemand es in unserer Nähe aushalten konnte.«

»Aber nach einiger Zeit erholten Sie sich und gingen wieder in die Fabrik zur Arbeit?«

»Nein, ich habe mich nie wieder erholt. Meine Schwester wurde in die Fabrik zurückgeschickt, aber ich war dazu nicht fähig. Maria Viskowa gab vor, mich als Assistentin zu brauchen, damit sie mich nicht in die Gaskammer schickten. Ich blieb bei ihr, bis ich wieder so weit war, daß ich in der Buchbinderei leichte Arbeiten verrichten konnte, wo wir alte Bücher reparierten, die für die deutschen Soldaten bestimmt waren. Dort wurden wir nicht allzu schlecht behandelt.«

»Frau Halevy, würden Sie uns erzählen, wie es zu Ihrer Heirat kam?«

Sie berichtete die Geschichte ihrer Jugendliebe; sie war damals vierzehn, er siebzehn. Noch vor ihrem sechzehnten Geburtstag wurde sie deportiert und hörte nichts mehr von ihm. Nach dem Krieg war es in den Auffang- und Durchgangslagern in Wien und anderwo üblich, Botschaften an ein Schwarzes Brett anzuheften, in der Hoffnung, daß Freunde oder Verwandte sie lesen würden. Wie durch ein Wunder stieß ihr Jugendfreund, der Auschwitz und Dachau überlebt hatte, auf ihre eigene Nachricht. Nach einer zweijährigen Suche fand er sie in Palästina, und sie heirateten.

»Welche Wirkung hat die Operation auf Ihr Leben gehabt?«

»Ich bin nur noch ein halber Mensch. Ich liege die meiste Zeit im Bett.«

Sir Robert Highsmith stand mit den Notizen über die Punkte, in denen die Aussagen der Schwestern voneinander abwichen, vor seinem Rednerpult. Es stand außer Frage, daß Bannister einen erfolgreichen Vorstoß gemacht hatte, und daß diese beiden Opfer eine sichtbare Wirkung hinterließen. Trotzdem war es ihnen nicht gelungen, Dr. Kelno eindeutig als Verantwortlichen für die Operationen zu identifizieren, und er persönlich war überzeugt davon, daß Kelno es nicht gewesen war. Er wußte, daß die beiden Frauen Mitgefühl erweckt hatten. Er mußte sie vorsichtig behandeln.

»Frau Halevy«, sagte er in einer Art und Weise, die sich von seinem Auftreten bei den bisher von ihm geführten Verhören drastisch unterschied, »mein verehrter Kollege hat behauptet, daß es Dr. Kelno war, der die Operationen, die Sie und Ihre Schwester beschrieben haben, durchgeführt hat. Aber Sie können das nicht eindeutig bestätigen, nicht wahr?«

»Nein.«

»Wann haben Sie zum ersten Mal von Dr. Kelno gehört?«

»Als wir von der Fabrik in die Baracke III gebracht wurden.«

»Und dort blieben Sie noch einige Zeit nach der Operation?«

»Ja.«

»Aber Sie haben ihn nie gesehen, oder zumindest könnten Sie ihn nicht wiedererkennen?«

»Nein.«

»Aber Sie wissen, daß der Herr, der zwischen uns sitzt, Dr. Kelno ist.«

»Ja.«

»Und Sie können ihn trotzdem nicht identifizieren.«

»Im Operationssaal haben alle Schutzmasken getragen, aber diesen Mann hier kenne ich nicht.«

»Woher wissen Sie, daß Sie zur Operation in die Baracke V gebracht wurden?«

»Ich verstehe Ihre Frage nicht.«

»Haben Sie über einer Tür ein Schild gesehen, auf dem Baracke V stand?«

»Nein, ich glaube nicht.«

»Hätte es genausogut Baracke I sein können?«

»Das ist möglich.«

»Ist Ihnen bekannt, daß Dr. Flensberg und sein Assistent in Baracke 1 Versuche anstellten und ihre eigenen Chirurgen hatten?«

»Das wußte ich nicht.«

»Ich behaupte, daß das alles in der gegen ihn erhobenen Anklage wegen Kriegsverbrechen steht. Ich behaupte ferner, Sie haben sich erst vor kurzem daran erinnert, daß Sie in Baracke V gebracht wurden. Ist es nicht so, Frau Halevy?«

Sie blickte verwirrt auf Dr. Leiberman.

»Bitte beantworten Sie die Frage«, sagte der Richter.

»Ich habe hier mit Rechtsanwälten gesprochen.«

»In Wirklichkeit sind Sie nicht in der Lage, überhaupt jemanden zu identifizieren, sei es Voss, Flensberg, Lotaki oder Kelno.«

»Nein, das kann ich nicht.«

»Es hätte also auch ein gewisser Dr. Boris Dimshits sein können, der Sie operiert hat.«

»Ich weiß es nicht.«

»Aber Sie wissen, daß Dr. Kelno ausgesagt hat, er habe seine Patienten nach der Operation besucht. Wenn seine Aussage der Wahrheit entspricht, dann müßten Sie ihn identifizieren können.«

»Ich war sehr krank.«

»Dr. Kelno hat ferner ausgesagt, daß er selbst die Lumbalanästhesie im Operationssaal zu geben pflegte.«

»Ich bin mir nicht sicher, ob ich da im Operationssaal war.«

»Dann ist es also möglich, daß es nicht Dr. Kelno war.«

»Ja.«

»Kommen Sie in Jerusalem oft mit Ihrer Schwester zusammen?«

»Ja.«

»Und Sie haben oft über dies alles gesprochen, insbesondere seit Sie davon hörten, daß Sie in diesem Prozeß als Zeugin aussagen sollten.«

»Ja.«

Der Talar rutschte von Sir Roberts Schulter, als dessen Erregung anstieg, obwohl er sich eigentlich hatte zurückhalten wollen.

»Sie und Ihre Schwester haben in einigen Punkten vage und widersprüchliche Angaben gemacht, insbesondere was Daten und Zeitspannen betrifft. Ferner konnte nicht eindeutig geklärt werden, ob Sie auf einer Trage oder einer fahrbaren Liege hereingebracht wurden ... ob Dr. Tesslar rechts oder links saß oder am Kopfende ... ob der Operationstisch gekippt war ... ob Sie tatsächlich in der Deckenlampe ein Spiegelbild sahen oder nicht ... wer im Operationssaal war ... wie viele Wochen Sie nach der Bestrahlung in Baracke III warteten ... was die Leute auf polnisch oder deutsch sagten ... Sie haben ausgesagt, daß Sie schläfrig waren, Ihre Schwester sagte, sie sei hellwach gewesen ... Sie sind sich nicht absolut sicher, ob Sie die Injektion im Wartezimmer bekamen.«

Highsmith ließ das Blatt Papier auf die Tischplatte fallen, lehnte sich, mit beiden Händen das Rednerpult umklammernd, weit vor und ermahnte sich im stillen, nicht die Stimme zu erheben.

»Ich behaupte, Frau Halevy, daß Sie damals noch sehr jung waren und daß inzwischen viele Jahre vergangen sind.«

Sie hörte aufmerksam zu, während Dr. Leiberman das Gesagte auf hebräisch wiederholte. Sie nickte und sagte ihrerseits etwas.

»Was hat sie darauf erwidert?« fragte der Richter.

»Frau Halevy sagte, Sir Robert hat bezüglich der in vielen Punkten abweichenden Aussagen wahrscheinlich recht, aber es gibt etwas, das keine Frau vergessen kann, und das ist der Tag, an dem sie erfährt, daß sie niemals ein eigenes Kind haben wird.«

14

In der Tschechoslowakei rutschten die Rocksäume nach oben. Prag stellte nicht nur seine westliche Gesinnung, sondern auch seine westlich orientierten Oberschenkel zur Schau. Es war der liberalste kommunistische Staat, der jetzt seine liberalsten Tage erlebte. Scharen von Touristen strömten in Omnibussen, mit der Eisenbahn oder per Flugzeug aus dem Westen herein.

Sogar die Landung eines Düsenflugzeugs der israelischen El Al erregte wenig Aufsehen. Schließlich war die Sympathie der Tschechen für ihre jüdischen Mitbürger und den Staat Israel eine altbekannte Tatsache. Seit den Tagen von Jan Masaryk nach dem Ende des Krieges hatte man um die 77 000 tschechischen Juden, die in Theresienstadt und anderen Vernichtungslagern ermordet worden waren, ehrlich getrauert, und Masaryk selbst war es gewesen, der sich den Engländern widersetzt und gestattet hatte, daß die Tschechoslowakei zu einer riesigen Auffang- und Durchgangsstelle für diejenigen Überlebenden des Infernos wurde, die versuchen wollten, die Blockade von Palästina zu durchbrechen.

Auch die El-Al-Maschine, die soeben gelandet war, hätte kaum Beachtung gefunden, wenn nicht einer ihrer Passagiere Shimshon Aroni gewesen wäre, dessen Ankunft im Polizeipräsidium die üblichen Spekulationen auslöste.

»Hotel Jalta«, sagte er zu dem Fahrer eines Opel-Taxis.

Das Taxi fädelte sich in den Strom der Autos, Omnibusse und Straßenbahnen auf dem Wenzelsplatz ein und hielt vor dem Hotel. Aroni ließ sich ein Zimmer geben. Es war vier Uhr. Zwei Stunden sollten genügen, um die Sache in Gang zu bringen, dachte er.

Ein kleines Einzelzimmer, das kleinste im Haus. Viele Jahre seines Lebens hatte er in kleinen Einzelzimmern verbracht, immer auf der Jagd nach geflüchteten Nazis. Prag war unter den Hauptstädten der kommunistischen Länder der einzige anständige Platz geblieben, aber seit der Ermordung Katzenbachs war auch hier die Atmosphäre ungesund geworden.

Er öffnete seine abgeschabte Reisetasche und verstaute ihren Inhalt mit wenigen Griffen. Über drei Millionen Luftkilometer. Über drei Millionen Kilometer pausenlose Jagd. Über drei Millionen Kilometer Rache.

Er ging den ihm schon vertrauten Weg über den Platz, zuerst zum U-Fleku-Biergarten. Israelisches Bier war nicht so gut. Um der Wahrheit die Ehre zu geben, es war sogar ziemlich schlecht. Bevor Aroni in den Ruhestand getreten war, hatte er auf seinen Reisen immer Gelegenheit gehabt, sich an gutem Bier zu erfreuen, aber in letzter Zeit hatte er sich zu Hause mit dem einheimischen Produkt begnügen müssen. Im U Fleku, einer riesigen Bierhalle, gab es das beste Bier der Welt — Pilsener aus Böhmen.

Genußvoll trank er drei Gläser und betrachtete die Passanten und die Mädchen mit den kurzen Röcken. Die tschechischen und ungarischen Frauen waren die besten. In Spanien und Mexiko züchtete man Stiere, die Mut hatten. Aber in Ungarn und in der Tschechoslowakei züchtete man Frauen, die Meisterinnen in der Liebe waren. Lockend, hitzig, phantasievoll und von unberechenbarem Temperament und wunderbarer Zärtlichkeit. Wie fade war sein Leben doch gewesen, dachte Aroni. Die Jagd auf Nazis hatte ihm keine Zeit für ein ernsthaftes Liebesverhältnis gelassen, und jetzt wurde er allmählich alt, fast siebzig, aber noch nicht zu alt. Es war sinnlos, Träumen nachzuhängen. Der Zweck seiner Reise nach Prag schloß eine Liebesromanze aus.

Er rechnete im Geiste Tschechenkronen in israelische Pfund um, bezahlte seine Rechnung und ging zur Karlsbrücke weiter, deren große steinerne Bögen die Moldau überspannten und alle paar Meter mit Statuen gestrenger Heiliger geschmückt waren.

Aroni ging langsamer, je näher er der Starometski — der Altstadt — kam, denn hier war alles voller Erinnerungen, die kläglichen Überreste von einem Jahrtausend jüdischen Lebens in Mitteleuropa. Die Staranova-Synagoge, 1268 erbaut und die älteste in Europa, und der Klaus-Friedhof mit seinen dreizehntausend geborstenen und eingesunkenen Grabsteinen mit Jahreszahlen aus der Zeit vor Kolumbus.

Aroni kannte die meist ungepflegten und zerstörten alten Friedhöfe in Polen, Rußland und Rumänien. Hier gab es wenigstens noch ein Stück geweihter Erde.

Friedhöfe. Die Ruhestätte der meisten Juden waren die unmarkierten Berge der Knochen namenloser Toter in den Vernichtungslagern.

Im Jüdischen Nationalmuseum gab es ein paar Überbleibsel auf fünfzehnhundert Dörfern, die während der Nazibesetzung verwüstet worden waren, und in der Pinkas-Synagoge war eine Gedenktafel angebracht, die von Tragödien erzählte.

Lies die Namen noch einmal, Aroni. Lies sie immer wieder ... Terzin, Belzec, Auschwitz, Gliwce, Majdanek, Sobibor, Bergen-Belsen, Izbica, Groß-Rosen, Treblinka, Lodz, Dachau, Babi-Yar, Buchenwald, Stutthof, Rosenburg, Piaski, Ravensbrück, Rassiku, Mauthausen, Dora, Neuengamme, Chelmno, Sachsenhausen, Nonowice, Riga, Trostinec und all die anderen Orte, wo sein Volk hingemordet worden war.

Siebenundsiebzigtausend Namen von Toten an der Mauer einer Synagoge und dazu die Worte MENSCHEN, SEID WACHSAM.

Um sechs Uhr kehrte Aroni ins Hotel zurück. Wie er erwartet hatte, saß Jiri Linka in der Halle. Sie schüttelten sich die Hände und gingen in die Bar. DINER'S CLUB WILLKOMMEN verkündete das Symbol des Friedens und Fortschritts.

Jiri Linka war Polizist, ein jüdischer Polizist. Er sah wie die Karikatur eines Ostblock-Polizisten aus. Aroni bestellte sich ein Pilsener, Linka einen Slivovitz.

»Seit wann waren Sie nicht mehr in Prag, Aroni?«

»Seit fast vier Jahren.«

»Es hat sich viel verändert, was?«

Sie unterhielten sich auf tschechisch, eine der zehn Sprachen, die Aroni beherrschte. »Wie lange werden Ihre Genossen in Moskau diese Glückseligkeit gestatten?«

»Unsinn. Wir sind ein fortschrittlicher Sowjetstaat.«

Aroni verzog sein Gesicht zu unzähligen Fältchen und stieß einen grunzenden Laut aus. »Ich bin heute auf der Karlsbrücke gestanden und habe in den Fluß geschaut ... Katzenbach.«

Linka wurde still, als Aroni den Namen eines amerikanischen Mitglieds des Jewish Joint Distribution Committee erwähnte, dessen Aufgabe die Befreiung von Juden war. Man hatte seine Leiche im Fluß treibend gefunden.

»Zuerst werden sie sich die Juden vornehmen«, sagte Aroni, »und dann die Tschechen. Ihr seht jetzt zu viele gute Sachen aus dem Westen. Ich möchte wetten, daß ihr innerhalb eines Jahres die Rote Armee in Prag habt.«

Linka kicherte. »Ich dachte, Sie seien im Ruhestand. Ich dachte, daß Sie diesmal vielleicht nur in einen der Kurorte fahren und Schlammbäder nehmen wollen.«

»Ich bin in privatem Auftrag hier, ich will Branik sprechen.«

Linka verzog die Lippen und zuckte die Achseln, als er den Namen des Leiters der Geheimpolizei hörte. Aroni war einer der Besten in diesem Geschäft und begab sich niemals unüberlegt in die Höhle des Löwen. Während all der Jahre, in denen er in die Tschechoslowakei gekommen war, hatte es ihm genügt, durch Mittelsmänner zu arbeiten.

»Ich möchte Branik noch heute abend treffen.«
»Ich glaube, er ist im Ausland.«
»Dann reise ich morgen ab. Ich habe keine Zeit für eine ziellose Suche.«
»Möchten Sie vielleicht mit jemandem anderen sprechen?«
»Branik. Ich warte in meinem Zimmer.« Damit ging er.
Linka trommelte mit den Fingern auf die Tischplatte, trank aus, griff
nach seinem Hut und eilte auf den Platz hinaus. Rasch stieg er in seinen
kleinen Skoda Octavia und begab sich in rasender Fahrt zum Präsidium.

15

Das erste der männlichen Opfer, Moshe Bar Tov, wurde aus dem Besprechungszimmer gerufen. Er betrat den Gerichtssaal mit herausfor-
dernder Miene und schien sich in seinem feinen Anzug nicht ganz wohl
zu fühlen. Er winkte Abraham Cady und David Shawcross kurz zu und
starrte dann feindselig zu Adam Kelno hinüber, der seinen Blick mied.
Kelno sah zum ersten Mal müde aus, sehr müde.
Moshe Bar Tov war der erste gewesen, den Aroni ausfindig gemacht
hatte, und er war es auch, der Aroni die anderen genannt hatte und
offensichtlich ihr Anführer war.
»Bevor wir diesen Zeugen vereidigen«, sagte Anthony Gilray zur Presse
gewandt, »muß ich meine Besorgnis und mein Mißfallen über einen
Bericht in einer Jerusalemer Zeitung zum Ausdruck bringen, in dem
eine der Zeuginnen als eine Frau von Anfang Vierzig beschrieben wird,
die zwei Adoptivkinder hat, etwas untersetzt ist und früher in Triest
lebte. In Jerusalem, wo man dem Vernehmen nach diesen Prozeß aufmerksam verfolgt, gibt es sicherlich Leute, welche die Betreffende identifizieren können. Ich möchte nochmals betonen, daß von jeglichen Be-
schreibungen Abstand genommen werden sollte.«
Der für diesen Verstoß verantwortliche Journalist, ein Israeli, beschäf-
tigte sich mit seinen Notizen und sah nicht auf.
»Herr Dr. Leiberman, Sie stehen noch unter Eid und werden es für alle
weiteren Zeugen, die Hebräisch aussagen, bleiben.«
Brendan O'Conner übernahm die Befragung des Zeugen, während Tom
Bannister aufmerksam die Szene verfolgte, ohne eine einzige Bewegung
zu machen.
»Ihr Name bitte.«
»Moshe Bar Tov.«
»Und Ihre Anschrift?«
»Kibbutz Ein Gev in Galiläa, Israel.«
»Das ist ein landwirtschaftliches Kollektiv, ein großes Bauerngut.«
»Ja, viele hundert Familien.«

»Haben Sie jemals Ihren Namen gewechselt?«

»Ja, ich hieß früher Herman Paar.«

»Und vor dem Krieg lebten Sie in Holland?«

»Ja, in Rotterdam.«

»Und Sie wurden von den Deutschen deportiert?«

»Anfang 1943, zusammen mit meinen beiden Schwestern, meinem Vater und meiner Mutter. Wir wurden in Viehwagen nach Polen gebracht. Nur ich habe überlebt.«

Im Gegensatz zu Thomas Bannister stellte Brendan O'Conner seine Fragen ungeduldig, mit der Stimme eines Shakespeare-Schauspielers. Bar Tov blieb völlig unbewegt, als er über den Tod seiner Angehörigen berichtete.

»Wurde Ihnen eine Nummer eintätowiert?«

»Ja.«

»Bitte lesen Sie die Nummer den Geschworenen vor.«

»Einhundertfünfzehntausendvierhundertneunzig und das Zeichen für Jude.«

»Was machte man in Jadwiga mit Ihnen?«

»Ich wurde zusammen mit anderen holländischen Juden als Arbeiter in eine Granathülsen-Fabrik der I. G. Farben geschickt.«

»Einen Augenblick«, unterbrach Gilray. »Ich will keinen bestimmten deutschen Fabrikanten verteidigen. Es ist jedoch kein deutscher Fabrikant hier, um sich selbst zu verteidigen.«

Dr. Leiberman und Bar Tov wechselten ein paar Sätze auf hebräisch.

»Das Gericht würde gern wissen, Herr Dr. Leiberman, um was es geht.«

Dr. Leiberman lief rot an. »Euer Ehren, ich möchte lieber nicht . . .«

»Ich möchte meine Aufforderung vorläufig als Ersuchen verstanden wissen.«

»Herr Bar Tov sagt, daß er Ihnen gern aus der Bibliothek des Kibbutz eine Abschrift der englischen Niederschrift der Jadwiga-Prozesse schikken will. Er besteht auf der Aussage, daß er in einer I.-G.-Farben-Fabrik gearbeitet hat.«

Anthony Gilray war verblüfft und ganz gegen seine Art um Worte verlegen. Er spielte mit seinem Bleistift, knurrte etwas vor sich hin und wandte sich dann dem Zeugenstand zu. »Gut, sagen Sie Herrn Bar Tov, daß ich seine Sachkenntnis würdige. Erklären Sie ihm außerdem, daß er sich vor einem englischen Gericht befindet, und daß wir eine uneingeschränkte Achtung vor den Prozeßvorschriften fordern. Wenn ich unterbreche, geschieht das bestimmt nicht, weil ich den Wunsch habe, die Nazis oder die Schuldigen zu schützen, sondern um mich an die üblichen Regeln des Fair play zu halten.

Nachdem ihm das übersetzt worden war, wußte Bar Tov, daß er gesiegt hatte, und zeigte dem Richter durch ein Kopfnicken an, daß er sich von jetzt an richtig benehmen würde.

»Also, Herr Bar Tov, wie lange haben Sie in dieser, äh, in der betreffenden Munitionsfabrik gearbeitet?«

»Bis Mitte 1943.«

»Wie alt waren Sie damals?«

»Siebzehn.«

»Was geschah dann?

»Eines Tages kam ein SS-Offizier in die Fabrik und suchte ein paar Leute aus, mich und mehrere andere Holländer in meinem Alter. Wir wurden ins Stammlager von Jadwiga und dort in die Baracke III im Lazarettbezirk gebracht. Nach ein paar Wochen kam die SS und holte uns in die Baracke V. Außer mir waren noch fünf andere Holländer dabei. Wir mußten uns in einem Wartezimmer entkleiden. Nach einiger Zeit holte man mich in ein Zimmer, in dem ein Untersuchungstisch stand, und befahl mir, auf allen vieren hinaufzukriechen.«

»Fragten Sie warum?«

»Ich wußte es und protestierte.«

»Was sagte man zu Ihnen?«

»Man sagte mir, ich sei ein Judenhund und sollte lieber aufhören zu bellen.«

»In welcher Sprache?«

»Deutsch.«

»Wer sagte es?«

»Voss.«

»Wer war außerdem in dem Raum?«

»SS-Aufseher, Kapos und zwei andere Männer, die Ärzte oder Pfleger waren.«

»Kannten Sie irgendeinen außer Voss.«

»Nein.«

»Was geschah dann?«

»Ich versuchte vom Tisch herunterzuspringen und bekam einen Hieb seitlich gegen den Kopf. Ich war noch bei Bewußtsein, aber zu benommen, als daß ich mich gegen die drei oder vier Mann, die mich auf dem Tisch festhielten, hätte zur Wehr setzen können. Einer der Pfleger hielt eine Glasschale unter meinen Penis, und der Arzt oder jemand anderer in einem weißen Kittel schob mir einen langen Holzstab, so etwas ähnliches wie einen Besenstiel, den Mastdarm hinauf und zwang mich, Sperma in das Glas auszustoßen.«

»Tat das weh?«

»Ist das Ihr Ernst?«

»Mein voller Ernst. Tat es weh?«

»Ich schrie zu allen Göttern, die ich kannte, und auch zu denen, die ich nicht kannte, um Gnade.«

»Was geschah dann?«

»Ich wurde gewaltsam in einen anderen Raum geschleppt, und während sie mich festhielten, legte jemand meine Hoden auf eine Metallplatte auf einem Tisch. Dann wurde einer meiner Hoden fünf bis zehn Minuten lang mit Röntgen bestrahlt. Danach wurde ich in Baracke III zurückgebracht.«

»Welche Nachwirkungen spürten Sie?«

»Mir war sehr schwindlig, und ich erbrach mich drei Tage lang ununterbrochen. Dann erschienen auf meinen Hoden ein paar schwarze Verfärbungen.«

»Wie lange blieben Sie in Baracke III?«

»Ein paar Wochen.«

»Wissen Sie ganz sicher, daß Ihre Freunde der gleichen Behandlung unterzogen wurden?«

»Ja, und noch viele andere Männer, die in der Baracke   «

»Sie sagen, daß Sie sehr krank waren. Wer hat sich um S   ge   ert?«

»Dr. Tesslar, und weil so viele Holländer in der Baracke lagen, half m   ein Gefangener, ein holländischer Gefangener. Ich entsinne mich, daß er Menno Donker hieß.«

»Wie lange blieben Sie in Baracke III, bis man Sie wieder holte?«

»Es muß November gewesen sein.«

»Woraus schließen Sie das?«

»Ich erinnere mich, wie über die Liquidierung der Gettos in Polen geredet wurde, und auch darüber, daß Hunderttausende nach Jadwiga-West geschickt wurden. Es waren so viele, daß die Gaskammern überlastet waren. Neben unserer Baracke fanden pausenlos Erschießungen durch ein Hinrichtungskommando statt; man konnte die ganze Zeit Schüsse und Schreie hören.«

»Erzählen Sie dem Gericht und den Geschworenen, wie es war, als man Sie wieder abholte.«

»Die SS holte sechs von uns, die zusammen bestrahlt worden waren. Außerdem nahmen Sie noch einen Polen, einen älteren Mann, mit und Menno Donker.«

»War Donker auch bestrahlt worden?«

»Nein, und ich wunderte mich, daß er geholt wurde. Daran kann ich mich genau erinnern.«

»Erzählen Sie weiter, bitte.«

»Wir wurden unter Bewachung in Baracke V gebracht, wir acht Männer und dazu sechs Frauen aus dem Erdgeschoß der Baracke. Und dann ging es zu wie in einem Irrenhaus. Wir waren alle nackt und wurden herumgestoßen und festgehalten, weil uns Injektionen gegeben werden sollten.«

»Wie oft wurden Sie gespritzt?«

»Nur einmal, in die Wirbelsäule.«

»Wie ging das vonstatten und wo?«

»Im Wartezimmer. Ein riesiger Kapo drehte mir die Arme nach hinten, so daß ich wehrlos war, ein zweiter drückte mir den Kopf zwischen die Beine, und ein dritter gab mir die Spritze.«

»Empfanden Sie dabei Schmerzen?«

»Ich habe mich seitdem nie wieder vor Schmerzen gefürchtet, denn nichts könnte so weh tun. Ich wurde ohnmächtig.«

»Und als Sie wieder zu sich kamen?«

»Ich schlug die Augen auf und sah eine Reflektorlampe. Ich versuchte mich zu bewegen, aber mein Unterkörper war gelähmt und ich wurde durch Gurte festgehalten. Um mich herum standen ein paar Männer. Der einzige, den ich erkannte, war Voss. Einer der Männer, der einen weißen Kittel und eine Schutzmaske trug, hielt einen von meinen Hoden in einer kleinen Zange und zeigte ihn Voss. Dann legte er ihn in eine Schale, und ich erinnere mich, daß sie die Nummer auf meinem Arm ablasen und sie auf einen Zettel schrieben, der an der Schale hing. Ich fing zu weinen an. In diesem Augenblick bemerkte ich Dr. Tesslar, der an meiner Seite saß und versuchte, mich zu trösten.«

»Und dann wurden Sie in die Baracke III zurückgebracht?«

»Ja.«

»In welchem Zustand befanden Sie sich?«

»Wir hatten alle Wundinfektionen und waren sehr krank. Am schlechtesten ging es Menno Donker, weil man ihm beide Hoden herausgenommen hatte. Ich erinnere mich, daß einer der anderen Jungen, Bernard Holst, in der ersten Nacht weggebracht wurde. Später erfuhr ich, daß er gestorben war.«

»Und nach einiger Zeit wurden Sie aus dem Lazarett entlassen?«

»Nein. Ich blieb dort. Wir wurden wieder in die Baracke V gebracht und nochmals bestrahlt.«

»Wurden Sie zum zweiten Mal operiert?«

»Nein. Dr. Tesslar rettete mich davor. Ein anderer Patient war gestorben. Er bestach die Kapos, einen Totenschein auf meinen Namen auszustellen. Ich nahm den Namen des Toten an und lebte unter diesem weiter, bis wir befreit wurden.«

»Herr Bar Tov, haben Sie Kinder?«

»Ja, vier. Zwei Jungen und zwei Mädchen.«

»Adoptivkinder?«

»Nein, es sind meine eigenen.«

»Ich bitte Sie für die nächste Frage im voraus um Entschuldigung, aber sie ist äußerst wichtig und soll in keiner Weise Ihr Verhältnis zu Ihrer Frau berühren. Sind Sie in Israel auf Ihre Potenz untersucht worden?«

Bar Tov lächelte. »Ja, ich bin zu potent. Ich habe schon genug Kinder.«

Sogar Gilray stimmte in das kurze Gelächter ein, dann brachte er die Zuhörer mit einem Stirnrunzeln zum Schweigen.

»Obwohl also Ihre beiden Hoden einer hohen Röntgendosis ausgesetzt waren, sind Sie nicht zeugungsunfähig geworden?«

»So ist es.«

»Und wer immer den einen Hoden herausnahm, könnte sehr wohl eine gesunde und nicht eine zerstörte Drüse entfernt haben?«

»Ja.«

»Keine weiteren Fragen.«

Sir Robert Highsmith stand auf und überlegte schnell. Dies war das dritte Opfer, das dem Gericht vorgestellt worden war. Offensichtlich hob Bannister sich das schwerere Geschütz für später auf. Zuerst wurde um Kelno ein Netzwerk von Unterstellungen gewoben, und der eigentliche Coup würde in der Gestalt von Mark Tesslar kommen.

Er schwang leicht vor und zurück. »Herr Bar Tov, waren Sie in Wirklichkeit nicht erst sechzehn, als Sie in Jadwiga ankamen?«

»Sechzehn oder siebzehn . . .«

»Laut Ihrer Aussage waren Sie siebzehn, aber tatsächlich waren Sie sechzehn. Es ist alles schon so lange her, über zwanzig Jahre. Da kann man sich an vieles nicht mehr genau erinnern, nicht wahr?«

»Manches habe ich vergessen. Anderes werde ich niemals vergessen.«

»Ja. Und bei den Dingen, die Sie vergessen haben, hat man Ihr Gedächtnis aufgefrischt.«

»Aufgefrischt?«

»Haben Sie jemals zuvor mündlich oder schriftlich ausgesagt?«

»Nach dem Krieg machte ich in Haifa eine schriftliche Aussage.«

»Und danach keine mehr, bis man vor ein paar Monaten in Israel an Sie herantrat.«

»Das ist richtig.«

»Und zwar ein Rechtsanwalt, der eine Aussage in hebräischer Sprache aufnahm?«

»Ja.«

»Und nach Ihrer Ankunft in London setzten Sie sich mit einem anderen Rechtsanwalt und Dr. Leiberman zusammen und gingen das durch, was Sie in Israel gesagt hatten?«

»Ja.«

»Und in manchen Punkten frischten Sie Ihre Erinnerung an die Aussage auf, die Sie in Haifa gemacht hatten?«

»Wir klärten ein paar Fragen.«

»Ich verstehe. Fragen, die Morphium betreffen . . . eine einleitende Injektion. Haben Sie darüber gesprochen?«

»Ja.«

»Ich behaupte, daß Sie im Wartezimmer nicht von dem Schmerz der Spinalanästhesie ohnmächtig wurden, sondern weil man Ihnen in Baracke III Morphium gegeben hatte, das in Baracke V anfing zu wirken.«

»Ich erinnere mich an keine andere Injektion.«

»Und da Sie während der Operation bewußtlos waren, erinnern Sie sich an keine Brutalitäten oder irgend etwas anderes.«

»Ich habe bereits ausgesagt, daß ich ohnmächtig war.«

»Und natürlich wollen Sie nicht behaupten, daß Dr. Kelno der Operateur oder der Mann war, der den Samenerguß provozierte.«

»Nein, ich kann ihn nicht identifizieren.«

»Ich nehme an, daß Sie in den Zeitungen Bilder von Dr. Lotaki gesehen haben. Konnten Sie ihn wiedererkennen?«

»Nein.«

»Herr Bar Tov, Sie sind doch Dr. Tesslar sehr dankbar, nicht wahr?«

»Ich verdanke ihm mein Leben.«

»Auch in einem Konzentrationslager gab es also Menschen, die anderen das Leben retteten. Sie wissen doch, daß auch Dr. Kelno viele Leben rettete, nicht wahr?«

»Das habe ich gehört.«

»Und seit Ihrer Befreiung sind Sie mit Dr. Tesslar in Verbindung geblieben, ist das richtig?«

»Wir haben den Kontakt verloren.«

»Ich verstehe. Aber Sie haben ihn gesehen, seit Sie in London sind.«

»Ja.«

»Wann?«

»Vor vier Tagen, in Oxford.«

»Ja?«

»Ein Wiedersehen zwischen alten Freunden.«

»Dr. Tesslar hat auf Sie großen Eindruck gemacht.«

»Er war für uns wie ein Vater.«

»Und da Sie sehr jung waren und Ihre Erinnerung undeutlich ist, könnte es gut möglich sein, daß Sie manches vergessen haben.«

»Einige Dinge werde ich niemals vergessen. Hat man Ihnen jemals einen Holzstiel in den Mastdarm geschoben, Sir Highsmith?«

»Einen Augenblick«, sagte Gilray. »Beschränken Sie sich bitte darauf, die Fragen zu beantworten.«

»Wann haben Sie zum ersten Mal Dr. Kelnos Namen gehört?«

»In Baracke III, wo man uns eingesperrt hatte.«

»Und von wem?«

»Von Dr. Tesslar.«

»Man hat Ihnen hier in London einen Grundriß von Baracke V gezeigt.«

»Ja.«

»Damit Sie sich an die Anordnung der Räume erinnern.«

»Ja.«

»Weil Sie nicht mehr genau wußten, wann Sie in welchem Raum waren, das möchte ich doch mit Bestimmtheit behaupten. Zeigte man Ihnen auch Fotografien von Voss?«

»Ja.«

»Nun zu etwas anderem. Welche Tätigkeit üben Sie in Ihrem Kibbutz aus?«

»Ich bin für den Absatz der Erzeugnisse verantwortlich und leite die Truckgenossenschaft mit den benachbarten Kibbutzim.«

»Und davor?«

»Ich bin viele Jahre Lastwagenfahrer gewesen.«

»In dem Tal, wo Sie leben, ist es sehr heiß. War die Arbeit nicht schwer?«

»Es ist heiß.«

»Und Sie haben als Soldat in der Armee gedient?«

»In zwei Kriegen.«

»Und Sie leisten auch jetzt noch jedes Jahr Ihren Manöverdienst ab.«

»Ja.«

»Da Sie vier Kinder haben, kann man nicht sagen, daß Ihre Gesundheit durch die Operation gelitten hat.«

»Gott war mir gnädiger als anderen.«

Bannister begann jetzt einen massiven Frontalangriff, indem er drei weitere Zeugen aufrief, einen Holländer und zwei Israelis, die in jener Novembernacht mit Bar Tov zusammengewesen waren. Je öfter die gleiche Geschichte wiederholt und den Zuhörern eingehämmert wurde, desto weniger wichen die Aussagen voneinander ab. Alle drei Zeugen beteuerten Dr. Tesslars Anwesenheit im Operationssaal und bereiteten somit den Weg für den Höhepunkt der Verteidigung vor. Der Hauptunterschied war, daß sie im Gegensatz zu dem glücklicheren Bar Tov keine leiblichen Kinder hatten.

Nachdem der dritte Zeuge seine Aussage beendet hatte, rief Bannister noch einen Mann auf, einen ehemaligen Holländer namens Edgar Beets, den jetzigen Professor Shalom von der Hebräischen Universität.

Diese Zermürbungsschlacht machte Highsmith plötzlich müde. Er überließ es seinem Juniorpartner Chester Dicks, Shalom ins Kreuzverhör zu nehmen.

Das Tempo des Verhörs verlangsamte sich, als Professor Shalom nochmals über die Geschehnisse berichtete, was er in außerordentlich präziser Form tat. Als Dicks die Befragung beendet hatte, stand Bannister auf.

»Bevor dieser Zeuge entlassen wird, möchte ich Sie darauf aufmerksam machen, daß mein verehrter Kollege es unterlassen hat, ihn über verschiedene Punkte, auf welche der Kläger sich stützt, ins Kreuzverhör zu nehmen; insbesondere hat er den Zeugen nicht zu der Frage einvernommen, ob Dr. Tesslar anwesend war oder nicht. Ich möchte dem Gericht ferner zur Aufmerksamkeit bringen, daß keiner meiner verehrten Kollegen die Behauptung aufgestellt hat, daß die Aussagen irgendeines der Zeugen unwahr seien.«

»Ja, ich verstehe, was Sie meinen«, sagte der Richter. »Was sagen Sie dazu, Herr Dicks?« Er beugte sich vor. »Meiner Ansicht nach haben die Geschworenen ein Recht darauf, zu erfahren, ob Sie glauben, daß die Zeugen ihrer Phantasie freien Lauf gelassen und das alles nur geträumt haben, oder ob sie vollkommen ehrliche Männer und Frauen sind, auf deren Aussagen man sich jedoch nicht verlassen kann.«

»Ich glaube nicht, daß man sich auf die Aussagen verlassen kann«, antwortete Dicks, »und zwar weil die Zeugen an den furchtbaren Geschehnissen innerlich zu beteiligt sind.«

»Sie wollen doch damit nicht behaupten«, sagte Gilray, »daß sie uns samt und sonders Lügen aufgetischt haben.«

»Nein, Euer Ehren.«

»Es ist üblich«, beharrte Bannister, »einen Zeugen ins Kreuzverhör zu nehmen, wenn man seine Aussage nicht voll akzeptiert. Sie haben das gerade im Hauptpunkt nicht getan.«

»Ich habe in bezug auf Dr. Tesslars Anwesenheit eine Reihe von Fragen gestellt.«

»Es ist nicht nötig, den Zeugen zu jedem einzelnen Punkt einzuvernehmen. Na gut, dann befragen Sie also den Zeugen darüber«, sagte Gilray, der über Bannister etwas verärgert war.

»Ich behaupte, daß Dr. Tesslar nicht im Operationssaal war«, sagte Dicks.

»Er war dort«, antwortet Shalom leise.

16

Ein paar Sekunden, nachdem die tschechische Nationalhymne um Mitternacht das Radioprogramm beendete, läutete das Telefon in Aronis Zimmer.

»Gehen Sie bis zum Nationalmuseum am Ende des Platzes und warten Sie vor dem Denkmal.«

Obwohl Mitternacht vorbei war, schollen aus den Cafés an der baumbestandenen Vaclavske Namesti noch immer Musik und Gelächter. Wie lange würde man in der Tschechoslowakei noch lachen? Aroni fühlte sich unbehaglich. Im Polizeipräsidium hatte man sich bestimmt über seinen Auftrag Gedanken gemacht, und seit dem geheimnisvollen Tod von Katzenbach war Prag ein gefährliches Pflaster geworden.

Vor ihm bremste ein Wagen und die hintere Tür ging auf. Aroni fand sich plötzlich neben einem schweigenden Wachposten sitzen. Jiri Linka saß vorn neben dem Fahrer. Ohne daß ein Wort fiel, fuhren sie über die Karlsbrücke zu einem unauffälligen großen Haus an der Karmelitska, an dem ein Schild mit der Aufschrift STELLV. DIREKTOR FÜR ALTERTUMSFORSCHUNG hing, und das jedermann in Prag als das Hauptquartier der Geheimpolizei bekannt war.

In dem schmuddeligen Büroraum stand ein langer, mit grünem Filz überzogener Tisch. Die rückwärtige Wand war dem üblichen Bild von Lenin, den man kaum einen tschechischen Nationalhelden nennen konnte, und Porträtaufnahmen der gegenwärtigen Helden vorbehalten, Lenart und Alexander Dubcek. Aroni tippte im stillen darauf, daß die letzteren Bilder in nicht allzu langer Zeit von der Wand verschwunden sein würden.

Branik sah nicht wie ein Polizist aus. Er war schlank, lebhaft und höflich.

»Immer noch dasselbe alte Geschäft, Aroni?«

»Nur ab und zu, damit ich nicht einroste.«

Mit einer Kopfbewegung wies Branik alle außer Linka an, das Zimmer zu verlassen, und holte eine Flasche und Gläser hervor.

»Bevor wir anfangen«, sagte Aroni, »gebe ich Ihnen mein Wort, daß ich in einer privaten Angelegenheit hier bin. Ich habe keinen Regierungsauftrag, schleuse keine Gelder aus und nehme mit niemandem Kontakt auf.«

Branik steckte eine Zigarette in eine Spitze und zündete sie mit einem höchst unproletarischen goldenen Feuerzeug an. Er verstand, was Aroni meinte, nämlich daß er nicht wie Katzenbach im Fluß enden wollte.

»Meine Aufgabe hat mit dem Prozeß in London zu tun.«

»Mit welchem Prozeß?«

»Mit dem, der heute auf der ersten Seite jeder Zeitung in Prag steht.«

»Oh, dieser Prozeß.«

»Es ist sehr gut möglich, daß Kelno gewinnt, falls nicht ein bestimmter Zeuge gefunden wird.«

»Sie glauben, daß dieser Mann in der Tschechoslowakei ist?«

»Ich weiß nicht, es ist ein letzter verzweifelter Versuch.«

»Ich verspreche nichts«, sagte Branik, »außer daß ich Ihnen zuhören will.«

»Der Grund, warum die Juden diesen Prozeß nicht verlieren dürfen, liegt auf der Hand. Das würde sonst als Rechtfertigung für viele unter Hitler verübte Greueltaten ausgelegt werden. Sie sind uns gegenüber meistens fair gewesen —«

»Ersparen Sie sich die schönen Sprüche, Aroni, und geben Sie mir die Tatsachen.«

»Es handelt sich um einen Mann aus Preßburg, einen gewissen Egon Sobotnik, der damals Mitte Zwanzig war, väterlicherseits Halbjude; er stammte aus einer großen Familie, zu der zwanzig oder dreißig Leute gehörten, die den gleichen Namen trugen. Die meisten von ihnen sind umgekommen. Sobotnik wurde nach Jadwiga deportiert und arbeitete dort als Lazarettschreiber in der Chirurgie. Er kannte Kelno sehr gut, vielleicht konnte er ihn besser beobachten als jeder andere. Ich habe die ganze tschechische Landsmannschaft in Israel durchgekämmt, und erst vor ein paar Tagen entdeckte ich einen entfernten Verwandten, einen Mann namens Carmel. Früher hieß er Sobotnik, aber Sie wissen ja, daß viele Einwanderer hebräische Namen angenommen haben. Darf ich?« fragte Aroni mit einer Kopfbewegung auf das Päckchen Zigaretten.

Branik holte das goldene Feuerzeug hervor, und der alte Mann rauchte ein paar Züge.

»Carmel stand in brieflicher Verbindung mit einer Kusine zweiten Grades, einer gewissen Lena Konska, die noch in Preßburg lebt. Wie Carmel erzählte, konnte sie den Deutschen durch ihre Flucht nach Ungarn entkommen und gab sich in Budapest als Christin aus. Sie hatte Egon Sobotnik für eine Weile bei sich versteckt, aber die Gestapo fand ihn. Ich möchte hinzufügen, daß er in Jadwiga ein Mitglied der Untergrundorganisation war, die Kelnos Tätigkeit sehr aufmerksam verfolgte.«

Der Qualm wurde dicker, als auch Linka zu rauchen begann.

»Es ist bekannt, daß er lebend aus dem Lager herauskam.«

»Und Sie glauben, daß er in der Tschechoslowakei ist?«

»Das ist zwar nur eine Theorie, aber man kann wohl als sicher annehmen, daß er nach Preßburg zurückkehrte und dort mit seiner Kusine, dieser Konska, Verbindung aufnahm.«

»Warum ist er dann spurlos verschwunden?«

»Das ist eine Frage, die nur Sobotnik beantworten kann, falls er noch lebt.«

»Und Sie wollen diese Konska aufsuchen?«

»Ja, und wenn sie uns weiterhelfen kann und wir Sobotnik finden, wollen wir ihn sofort nach London bringen.«

»Das wird Komplikationen geben«, sagte Branik. »Wir sind an diesem Prozeß offiziell nicht interessiert, aber alles, was mit den Juden zusammenhängt, ist ziemlich riskant.«

Aroni sah Branik fest in die Augen und übermittelte mit seinem Blick dem Chef der Geheimpolizei eine Botschaft, die dieser ohne Zweifel verstehen mußte. »Wir bitten Sie um einen Gefallen«, sagte er. »In unserem Geschäft ist eine Liebe der anderen wert. Vielleicht brauchen Sie uns eines Tages.«

Sogar ziemlich bald, dachte Branik.

Kurz vor dem Morgengrauen verließen sie Prag in rascher Fahrt und fuhren weiter südwärts in die Slowakei. Linka stieß Aroni an, der eingenickt war. Im ersten Licht des Tages konnte man in der Ferne die Burg von Preßburg mit ihren viereckigen Türmen erkennen, die hoch über der Donau an der Stelle stand, an der die Grenzen von Österreich, Ungarn und der Tschechoslowakei zusammenstoßen, und an der sich der einzige große Hafen des Binnenlandes Tschechoslowakei befindet. Es war kurz nach Mittag, als der Wagen vor dem Haus Mytna 22 anhielt. An der Tür der Wohnung Nr. 4 stand der Name Lena Konska. Eine Frau von Anfang Sechzig machte vorsichtig die Tür auf. Schon auf den ersten Blick sah Aroni, wie schön sie vor fünfundzwanzig Jahren gewesen sein mußte, schön genug, um mit falschen Papieren leben zu können. Ja, die Frauen von Preßburg waren eine besondere Rasse.

Linka stellte sich vor. In ihrem Blick spiegelte sich Besorgnis, aber keine Angst.

»Ich bin Aroni aus Israel. Wir müssen Sie in einer wichtigen Angelegenheit sprechen.«

17

»Euer Ehren, unsere nächste Zeugin wird auf italienisch aussagen.«
Ida Peretz, eine dickliche, einfach gekleidete Frau, betrat den Gerichtssaal so verwirrt, wie es wohl ein Stier sein mochte, der sich plötzlich in der Arena wiederfindet. Sheila Lamb gab ihr vom Tisch des Solicitors aus ein ermutigendes Zeichen, sie bemerkte es aber nicht. Suchend blickte sie im Gerichtssaal umher, während der italienische Dolmetscher vereidigt wurde, und schien erleichtert zu sein, als sie in der letzten Reihe der Zuhörer einen ungefähr zwanzigjährigen jungen Mann fand; sie nickte ihm zu, und er nickte zurück.

Sie wurde auf das Alte Testament vereidigt und gab ihren Mädchennamen mit Cardozo und als ihren Geburtsort Triest an.

»Bitte erzählen Sie dem Gericht, wann Sie ungefähr nach Jadwiga geschickt wurden und unter welchen Umständen.«
Zwischen Ida Peretz und dem Dolmetscher entspann sich eine längere und verwirrte Unterhaltung.

»Gibt es irgendwelche Schwierigkeiten?« fragte Anthony Gilray.
Ihr Italienisch ist mit einer anderen Sprache vermischt, so daß ich nicht
»Euer Ehren, Italienisch ist nicht die Muttersprache von Frau Peretz.
in der Lage bin, eine wortgetreue Übersetzung zu geben.«

»Spricht sie vielleicht Jugoslawisch?«
»Nein, Euer Ehren. Sie spricht einen Mischmasch, so eine Art Spanisch, mit dem ich nicht vertraut bin.«
Von der letzten Reihe im Gerichtssaal wurde ein Zettel zu Abraham Cady vorgereicht; er gab ihn an O'Conner weiter, der ihn mit Bannister besprach, und dann erhob sich Bannister.

»Können Sie uns weiterhelfen?« fragte Gilray.
»Euer Ehren, anscheinend spricht Frau Peretz Ladino. Das ist ein mittelalterlicher spanischer Dialekt, der sich zur spanischen Sprache wie Jiddisch zu Deutsch verhält, wenngleich die Ähnlichkeit noch entfern

ter ist. Er wird heute noch in einigen jüdischen Gemeinden an der Mittelmeerküste gesprochen.«

»Können wir einen Dolmetscher für Ladino suchen und die Zeugin später aufrufen?«

Wieder gingen ein paar Zettel hin und her.

»Mein Mandant hat sich bei seinen privaten Studien auch etwas mit Ladino befaßt und sagt, daß es heute kaum noch gesprochen wird und wir wohl niemanden in London finden werden, der als Dolmetscher fungieren könnte. Aber Frau Peretz' Sohn, der sein ganzes Leben lang mit seiner Mutter in dieser Sprache gesprochen hat, ist im Gerichtssaal, und er würde gern seine Dienste anbieten.«

»Würde der junge Mann so freundlich sein und zur Richterbank vortreten?«

Abraham Cadys Sohn und Adam Kelnos Pflegesohn sahen zu, wie ein typisch italienisch aussehender junger Mann von neunzehn oder zwanzig Jahren sich langsam zum Gang zwischen den Bankreihen hinarbeitete, sich durch die Gruppe der dort stehenden Zuhörer schob und an den unterhalb der Richterbank stehenden Tisch des Beisitzers herantrat. Von der Empore herab sah auch der Sohn von Pieter Van Damm zu, als der junge Mann sich ungeschickt vor dem Richter verbeugte.

»Wie heißen Sie, junger Mann?«

»Isaak Peretz.«

»Wie gut sprechen Sie Englisch?«

»Ich studiere in London Wirtschaftswissenschaft.«

Gilray wandte sich sofort an die Presse.

»Ich ersuche Sie, über diese Unterhaltung nichts zu berichten. Offensichtlich ist diese Dame leicht zu identifizieren. Ich unterbreche die Verhandlung, damit diese Angelegenheit besprochen werden kann. Sir Robert, würden Sie und Herr Bannister sowie Frau Peretz und ihr Sohn ins Richterzimmer kommen?«

Sie durchschritten den pompösen, auf Hochglanz gebohnerten Korridor, der den Gerichtssaal von den Richterzimmern trennt, und fanden Anthony Gilray ohne seine Amtsperücke vor. Er sah plötzlich nicht mehr wie ein Richter, sondern wie ein ganz gewöhnlicher Engländer aus. Sie nahmen vor seinem Schreibtisch Platz, und der Gerichtsdiener ging hinaus.

»Wenn Euer Ehren gestatten«, sagte Sir Robert, »erklären wir uns zu dem Zugeständnis bereit, daß Frau Peretz' Sohn eine zuverlässige Übersetzung geben wird.«

»Das ist nicht meine Hauptsorge. Da wäre als erstes das Risiko einer Identifizierung und zweitens die Belastung, die es für diese beiden Menschen bedeuten würde. Junger Mann, wissen Sie über die Schrecken, die Ihre Mutter durchmachen mußte, genau Bescheid?«

»Ich weiß, daß ich adoptiert bin, und daß man sie im Konzentrationslager für Versuche mißbrauchte. Als sie mir schrieb, daß sie als Zeugin nach London kommen wollte, war ich ganz und gar ihrer Meinung.«

»Wie alt sind Sie?«

»Neunzehn.«

»Sind Sie ganz sicher, daß Sie mit Ihrer Mutter über diese Dinge sprechen können?«

»Ich muß es.«

»Und sind sich auch im klaren, daß sehr bald jedermann an der wirtschaftswissenschaftlichen Fakultät und jedermann in Triest darüber Bescheid wissen wird?«

»Meine Mutter schämt sich ihrer Vergangenheit nicht und legt keinen so großen Wert darauf, anonym zu bleiben.«

»Ich verstehe. Aber beantworten Sie mir bitte noch eine persönliche Frage. War Ihr Vater ein wohlhabender Mann? Es ist ziemlich ungewöhnlich, einen Studenten aus Triest hier zu haben.«

»Mein Vater war ein einfacher Ladenbesitzer. Meine Eltern hofften, daß ich in England oder Amerika studieren würde, und arbeiteten sehr hart für meine Erziehung.«

Die Verhandlung wurde mit der Vereidigung von Isaak Peretz fortgesetzt, der sich dann hinter den Stuhl seiner Mutter stellte und ihr eine Hand auf die Schulter legte.

»Wir werden das Verwandtschaftsverhältnis des Dolmetschers und die Tatsache berücksichtigen, daß er kein ausgebildeter Übersetzer ist, und ich hoffe sehr, daß Sir Robert uns in angemessenem Rahmen eine gewisse Freiheit zubilligen wird.«

»Selbstverständlich, Euer Ehren.«

Thomas Bannister stand auf. »Würden Sie uns die Gefangenennummer Ihrer Mutter vorlesen?«

Der junge Mann sah nicht erst auf den Arm seiner Mutter, sondern sagte die Nummer auswendig.

»Euer Ehren, da die Aussage von Frau Peretz zum großen Teil mit der von Frau Shoret und Frau Halevy identisch ist, hätte ich gern gewußt, ob mein verehrter Kollege etwas dagegen hat, wenn ich der Zeugin Suggestivfragen stelle?«

»Kein Einspruch.«

Wieder wurde die Geschichte erzählt.

»Und Sie sind sicher, daß Dr. Tesslar anwesend war?«

»Ja. Ich erinnere mich, wie er mich streichelte, als ich das Rot in der Lampe über mir sah, wie mein eigenes Blut. Voss sagte auf deutsch, ›macht schneller, schneller, schneller!‹ Er sagte, er wolle in seinem Bericht an Berlin zeigen, wie viele Operationen an einem Tag gemacht werden könnten. Ich konnte von meinem Großvater her etwas Polnisch, daher verstand ich, wie Dr. Tesslar dagegen protestierte, daß die Instrumente nicht steril waren.«

»Und Sie waren bei vollem Bewußtsein?«

»Ja.«

Die Erinnerung daran, wie Frau Dr. Viskowa und Dr. Tesslar um das Leben der Patientinnen kämpften, schien sich unauslöschlich in ihr Gedächtnis eingeprägt haben. »Meiner Zwillingsschwester Emma und Tina Blanc-Imber ging es am schlechtesten. Ich werde nie vergessen, wie Tina nach Wasser schrie. Sie lag im Bett neben mir und blutete sehr stark.«

»Was wurde aus Tina Blanc-Imber?«

»Ich weiß nicht. Am Morgen war sie nicht mehr da.«

»Wenn Dr. Kelno in die Baracke gekommen wäre, um Sie nachzuuntersuchen, hätte er sie dann in fröhlicher Stimmung vorgefunden?«

»Fröhlich?«

»Er hat uns gesagt, daß er seine Patienten meistens bei guter Stimmung antraf.«

»Mein Gott, wir lagen im Sterben.«

»Und das versetzte Sie wohl kaum in fröhliche Stimmung?«

»Nein, bestimmt nicht.«

»Wann wurden Sie und Ihre Schwester wieder zur Arbeit in die Waffenfabrik geschickt?«

»Ein paar Monate nach der Operation.«

»Bitte erzählen Sie uns etwas darüber.«

»Die Kapos und die SS in dieser Fabrik waren besonders brutal. Weder Emma noch ich hatten unsere frühere Gesundheit wiedererlangt. Wir konnten gerade bis zum Abend durchhalten. Dann begann Emma, an ihrem Arbeitsplatz ohnmächtig zu werden. Ich war halb wahnsinnig vor Sorge um sie. Ich hatte nichts, womit ich die Kapos bestechen konnte, keine Möglichkeit, sie zu verstecken. Ich saß neben ihr und stützte sie und sprach stundenlang mit ihr, damit sie den Kopf hochhielt und ihre Hände bewegte. So ging das ein paar Wochen lang, aber eines Tages wurde sie ohnmächtig, und ich konnte sie nicht mehr ins Bewußtsein zurückholen. Da ... sie brachten sie weg ... nach Jadwiga-West und vergasten sie.«

Über Ida Peretz' volle Wangen flossen Tränen. Die Zuhörer hielten den Atem an, dann herrschte eine tödliche Stille.

»Ich glaube, wir sollten eine kurze Pause einlegen.«

»Meine Mutter möchte weiter aussagen«, erklärte der junge Mann.

»Wie Sie wünschen.«

»Nach dem Krieg gingen Sie nach Triest zurück und heirateten dort den Ladenbesitzer Yesha Peretz?«

»Ja.«

»Frau Peretz, es fällt mir sehr schwer, die folgende Frage an Sie richten zu müssen, aber es ist für uns sehr wichtig. Haben Sie eine ungewöhnliche physische Erscheinung an sich festgestellt?«

»Ich fand einen italienischen Arzt, der sich für mich besonders interessierte, und nach einjähriger Behandlung setzte die Menstruation wieder ein.«

»Und Sie wurden schwanger?«

»Ja.«

»Was geschah weiter?«

»Ich hatte drei Fehlgeburten, und der Arzt hielt es für das beste, auch den anderen Eierstock zu entfernen.«

»Wir wollen das ganz klarmachen. Sie wurden an beiden Eierstöcken röntgenbestrahlt, ist das richtig?«

»Ja.«

»Zur gleichen Zeit und gleich lange, fünf bis zehn Minuten, ist das richtig?«

»Ja.«

»Da Sie mit einem einzigen und überdies mit Röntgen bestrahlten Eierstock empfängnisfähig waren, muß man annehmen, daß beide Eierstöcke völlig gesund gewesen waren.«

»Meine Drüsen waren nicht abgestorben.«

»Demnach nahm man Ihnen einen gesunden Eierstock heraus?«

»Ja.«

Sir Robert Highsmith fühlte die Stimmung, die über dem Gerichtssaal lag. Er reichte Chester Dicks einen Zettel. ÜBERNEHMEN SIE DAS KREUZVERHÖR UND HÜTEN SIE SICH DAVOR, SIE EINZUSCHÜCHTERN!

Dicks stellte die üblichen Fragen und schloß mit der Behauptung, daß Adam Kelno nicht der Operateur gewesen sei.

»Sie und Ihre Mutter dürfen jetzt gehen«, sagte Gilray. Als die Frau aufstand, legte der Sohn seinen Arm fest um ihre Taille; alle Zuschauer erhoben sich von ihren Plätzen, als sie vorbeigingen.

18

Als Sir Francis Waddy vereidigt wurde, machte sich unter den Anwesenden eine entspannte Stimmung bemerkbar. Er war ein ruhiger, nüchterner Mann, der mit ihnen in ihrer eigenen Sprache sprechen konnte.

Brendan O'Conner stand auf. »Sir Francis, Sie sind Mitglied des Royal College of Physicians, des Royal College of Surgeons, Facharzt für Radiologie, Professor für therapeutische Radiologie an der Universität von London, Direktor der medizinischen Hochschule Wessex und Direktor des Williams-Instituts für Radiotherapie.«

»Das ist richtig.«

»Und«, fuhr O'Conner mit gewohnter Eile fort, »Sie sind für drei Jahrzehnte hervorragender Arbeit als Wissenschaftler geadelt worden.«

»Diese Ehre wurde mir zuteil.«

»Sie haben die Niederschrift des Verhörs gelesen, in dem wir die Behauptung aufstellten, daß im Fall einer übermäßigen Röntgenbestrahlung eines Hodens oder Eierstocks durch einen nicht voll ausgebildeten technischen Assistenten höchstwahrscheinlich auch der andere Hoden beziehungsweise Eierstock geschädigt wird.«

»Das steht außer Zweifel, besonders was die Hoden betrifft.«

»Und ein Chirurg, der den bestrahlten Hoden oder Eierstock entfernt, würde zum Besten des Patienten handeln, wenn er beide Drüsen herausnimmt.«

»Wenn das seine Begründung ist, würde ich sagen, diese Begründung ist unbegründet.«

»Wenn ein Hoden oder Eierstock einer beliebig hohen Röntgendosis ausgesetzt wurde, gleichgültig ob im Jahre 1943 oder heute, gibt es dann irgendeinen Grund für die Annahme, daß sich daraus ein Krebs entwickeln könnte?«

»Nicht den geringsten«, erwiderte Sir Francis mit Nachdruck.

Die Geschworenen horchten auf. Sir Adam Kelnos Gesicht verzog sich wütend.

»Nicht den geringsten«, wiederholte O'Conner. »Aber selbstverständlich muß es vom wissenschaftlichen Standpunkt aus zweierlei Meinungen darüber geben.«

»Weder im Jahre 1943 noch in irgendeinem Fachreferat, das ich gelesen habe.«

»Das heißt also, daß es weder im Jahre 1943 noch heute im Fall eines bestrahlten Hodens oder Eierstocks irgendeine medizinische Indikation für die Entfernung der betreffenden Drüse gab oder gibt, wenn ich richtig verstanden habe.«

»Absolut keine.«

»Keine weiteren Fragen.«

Sir Robert Highsmith schüttelte die Wucht dieses Angriffs schnell ab und beriet sich mit Chester Dicks. Dicks durchsuchte eilig einen Stapel Papiere, während Sir Robert mit einem gequälten Lächeln vor dem Lesepult leicht hin- und herschwankte.

»Sir Francis, versetzen wir uns einmal um zwanzig Jahre zurück und stellen wir uns vor, wir seien in Mitteleuropa, und dort hätte man einen guten Chirurgen mehrere Jahre in einem Konzentrationslager eingesperrt, ohne ihm Gelegenheit zu geben, sich über den medizinischen Fortschritt zu informieren. Plötzlich wird er mit einem ernsten Problem im Zusammenhang mit Strahlenschäden konfrontiert. Würde er sich darüber Sorgen machen?«

»Oh, das möchte ich bezweifeln.«

»Nun, ich behaupte, daß er sich sehr wohl Sorgen machen würde, weil er kein Radiologe ist.«

»Über Strahlenschäden gibt es viele irrtümliche Ansichten.«

»Ein Arzt wird 1940, 1941 oder 1942 eingesperrt und muß sich plötzlich mit Versuchen über Sterilisation befassen.«

»Ich glaube es trotzdem nicht, wenn er eine angemessene Ausbildung als Arzt und Chirurg hat. Auch in Polen hat man den Ärzten nämlich etwas über Röntgenstrahlen beigebracht.«

Highsmith fuhr sich mit der Zunge über die Lippen und seufzte vor Enttäuschung und Ungeduld hörbar auf.

»Bitte überdenken Sie die besonderen Umstände noch einmal, Sir Francis.«

»Ach, das ist alles reine Vermutung. Es gibt keinerlei Unterlagen, die den Verdacht aufkommen lassen, daß ein bestrahltes Organ jemals krebsig werden könnte.«

»Über das alles haben qualifizierte Ärzte diskutiert, mehr als einer, und sie waren durchaus der Ansicht, daß dieses Risiko gegeben ist.«

»Ich habe die Aussagen gelesen, Sir Robert. Dr. Kelno ist anscheinend der einzige, der eine Krebsgefahr befürchtet.«

»Wollen Sie damit behaupten, Sir, daß im Jahre 1943 kein anderer Arzt in Jadwiga ebenfalls derartige Befürchtungen gehabt haben könnte?«

»Ich glaube, ich habe mich klar genug ausgedrückt.«

»Nun gut, Sir Francis, welches Ausmaß können die Strahlenschäden erreichen, wenn die Bestrahlung von einem mangelhaft ausgebildeten technischen Assistenten durchgeführt wird?«

»Es würde Hautverbrennungen geben, und wenn die Dosis hoch genug gewesen wäre, um einen Eierstock anzugreifen, würde zuerst die empfindlichere Zellstruktur des Darms geschädigt worden sein.«

»Brandblasen?«

»Ja, Brandwunden, die sich entzünden könnten, die aber niemals die Ursache für Krebs sein können.«

Chester Dicks machte große Augen, als er das Gesuchte entdeckt hatte. Er tippte Highsmith auf die Schulter und gab ihm eine Broschüre. Highsmith zeigte seine Erleichterung. Er hielt die Broschüre hoch und las den Titel vor: »*Die Gefahren von radioaktiven und verwandten Strahlungen für den Menschen.* Ich möchte Ihnen den Abschnitt mit der Überschrift *Krebs* vorlesen. Diese Veröffentlichung wurde vom Royal College of Surgeons herausgegeben. Erkennen Sie die Gültigkeit des Inhalts an?«

»Selbstverständlich erkenne ich das an«, erwiderte Sir Francis. »Ich habe die Broschüre geschrieben.«

»Ja, ich weiß«, sagte Highsmith. »Genau darüber möchte ich Sie hefragen. Weil Sie nämlich darin andeuten, daß eine gewisse Krebsgefahr besteht.«

»Nun, eigentlich wird die Gefahr der Leukämie bei Patienten diskutiert, die wegen Ankylostomiasis, also Hakenwurmbefall, behandelt werden, eine Indikation, über die der durchschnittliche Chirurg nicht viel weiß.«

»Aber Sie erwähnen in dem Abschnitt mit der Überschrift *Krebs* Untersuchungen von Personen, die nach der Bombardierung von Hiroshima radioaktiven Strahlen ausgesetzt gewesen waren, und stellen einen Anstieg der Sterblichkeitsziffer sowie ein überdurchschnittlich hohes Auftreten bestimmter Krebsformen fest, insbesondere Hautkrebs und Krebs der Organe des Bauchinnenraums.«

»Wenn Sie weiterlesen, Sir Robert, werden Sie sehen, daß wir auf latenten Krebs Bezug nehmen, der sich erst neun oder zehn Jahre später zeigte.«

»Ich behaupte, daß ein Gefangenenarzt, der mit unsachgemäßer Bestrahlung konfrontiert wird, über die Wirkung einer solchen Bestrahlung im Zweifel sein könnte.«

»Für mich klingt das mehr nach einer Ausrede.«

Highsmith erkannte, daß es keinen Sinn hatte. »Keine weiteren Fragen.«

O'Conner erhob sich. »Sir Francis. Die Statistiken, die Sie in Ihrer Broschüre angeführt haben. Woher stammen die?«

»Vom amerikanischen Untersuchungsausschuß für Atombombenschädigungen.«

»Und die Schlußfolgerung?«

»Leukämie wurde bei weniger als einem Drittel Prozent der Menschen beobachtet, die radioaktiven Strahlen ausgesetzt waren.«

»Und dieses Ergebnis wurde erst viele Jahre nach dem Krieg zur Veröffentlichung freigegeben.«

»Ja.«

»Haben Sie die Aussagen in den Nürnberger Ärzte-Prozessen über die gleiche Frage gelesen?«

»Ja.«

»Und was haben Sie daraus gefolgert?«

»Es gab keinen Beweis dafür, daß Röntgenstrahlen möglicherweise Krebs verursachen.«

19

Als Daniel Dubrowski, der verschrumpfe Schatten eines einstmals stämmigen, robusten Mannes, zum Zeugenstand ging, bot er ein Bild des tiefsten Elends, eines undefinierbaren Wesens, eines Neutrums, das seit zwanzig Jahren nicht mehr gelacht hatte. Immer wieder mußten Bannister und der Richter ihn bitten, lauter zu sprechen, als er seinen Wohnsitz mit Cleveland, USA, und seinen Geburtsort mit Wolkowysk, damals Polen, heute Sowjetrußland, angab. Als der Zweite Weltkrieg ausbrach, war er verheiratet, hatte zwei Töchter und lehrte romanische Sprachen an einem jüdischen Gymnasium.

»Ist Ihnen im Jahre 1942 irgend etwas Besonderes widerfahren?«

»Ich wurde mit meiner Familie ins Warschauer Getto gebracht.«

»Und später haben Sie an dem Aufstand teilgenommen?«

»Ja, im Frühjahr 1943 kam es zu einem Aufstand. Diejenigen von uns, die bis dahin überlebt hatten, hausten in unterirdischen Bunkern. Der Kampf gegen die Deutschen dauerte über einen Monat. Am Ende, als das Getto in Flammen stand, floh ich durch die Abwasserkanäle in den Wald und schloß mich einer polnischen Widerstandsgruppe an.«

»Was geschah dann?«

»Die Polen wollten keine Juden bei sich haben. So verriet man uns. Die Gestapo verhaftete uns, und wir wurden nach Jadwiga geschickt.«

»Bitte fahren Sie fort und sprechen Sie lauter.«

Daniel Dubrowski senkte den Kopf und schluchzte. Über den Gerichtssaal senkte sich tiefes Schweigen, während ein Reporter notierte: DER ZEUGE GAB SICH SEINEM SCHMERZ HIN. Gilray bot eine Unterbrechung an, aber Dubrowski schüttelte müde den Kopf und nahm sich zusammen.

»Haben das Gericht und mein verehrter Kollege etwas dagegen einzuwenden, wenn wir es Herrn Dubrowski ersparen, im einzelnen über den Tod seiner Frau und seiner Töchter zu berichten?«

»Keine Einwände.«

»Darf ich dem Zeugen Suggestivfragen stellen?«

»Keine Einwände.«

»Ist das Folgende richtig: Sie wurden Ende Sommer 1943 aus einer Rüstungsfabrik in die Baracke III gebracht, anschließend in Baracke V bestrahlt, und dann entfernte man Ihnen innerhalb der gleichen Serie von Operationen, die an den vorhergehenden Zeugen durchgeführt wurde, einen Hoden.«

»Ja«, flüsterte er, »das ist richtig.«

»Und Dr. Tesslar war während Ihrer Operation anwesend und auch später, als Sie sich erholten.«

»Ja.«

»Drei Monate nach der Entfernung des ersten Hodens wurden Sie und Moshe Bar Tov, damals unter dem Namen Hermann Paar bekannt, zum zweiten Mal bestrahlt.«

»Ja.«

»Aus der Aussage von Herrn Bar Tov können wir wohl folgern, daß er beim ersten Mal nicht sterilisiert wurde, und daß Oberst Voss einen zweiten Versuch machen wollte, und vielleicht waren auch Sie nicht steril geworden. Dauerte die zweite Röntgenbestrahlung länger als die erste?«

»Ungefähr genauso lange, aber ich hörte, wie von einer höheren Dosis gesprochen wurde.«

»Bitte erzählen Sie dem Gericht und den Geschworenen, was sich weiter abspielte.«

»Nach der zweiten Röntgenbestrahlung zweifelten wir nicht daran, daß es nur eine Frage der Zeit war, bis man uns zum zweiten Mal operieren und aus uns Eunuchen machen würde. Menno Donker« — damit bezog er sich auf Pieter Van Damm — »war bereits kastriert worden, und so war uns klar, daß man uns nicht verschonen würde. Eines Morgens gab es bei uns, wie so oft, eine Leiche, und Dr. Tesslar kam zu mir und sprach mit mir darüber, daß man die Kapos mit einem auf einen falschen Namen ausgestellten Totenschein täuschen könnte. Es ging um Hermann Paar oder mich. Wir warteten beide auf die zweite Operation.

Ich entschied, daß Paar verschont bleiben mußte. Er war viel jünger und hatte noch eine Chance im Leben. Ich hatte mein Leben bereits hinter mir und schon eine Familie gehabt.«

»So nahm also Paar den Namen des Toten an und wurde nicht zum zweiten Mal operiert, aber Sie wurden es. Wußte Paar über diese Entscheidung Bescheid?«

Dubrowski zuckte die Schultern.

»Tut mir leid«, sagte Richter Gilray, »aber der Gerichtsstenograf kann eine Geste nicht niederschreiben.«

»Er war fast noch ein Kind. Ich habe nicht mit ihm darüber gesprochen. Es war die einzige humane Entscheidung, die ich treffen konnte.«

»Bitte berichten Sie über Ihre zweite Operation.«

»Diesmal holten mich vier SS-Aufseher ab. Ich wurde geschlagen, gefesselt und geknebelt und in die Baracke V geschleppt. Sie befreiten mich von dem Knebel, weil ich fast erstickte, zogen mir die Hosen aus und drückten mich für die Injektion vornüber. Obwohl ich gefesselt war, wehrte ich mich. Ich schrie und fiel auf den Boden.«

»Was geschah dann?«

»Die Nadel brach ab.«

Den Zuhörern drehte sich der Magen um. Immer öfter gingen die Blicke zu Adam Kelno, der es sich angewöhnt hatte, ein unbeteiligtes Gesicht zu machen.

»Bitte fahren Sie fort.«

»Ich wand mich auf dem Fußboden. Dann hörte ich über mir jemanden Polnisch sprechen. Dem Aussehen und der Stimme nach war es derselbe Arzt, der mich beim ersten Mal operiert hatte. Er trug einen Kittel und hatte eine Schutzmaske vor dem Gesicht und beschwerte sich, daß er auf den Patienten warten mußte. Ich flehte ihn an . . .«

»Und was tat er?«

»Er trat mich ins Gesicht und verfluchte mich auf polnisch.«

»Was sagte er?«

»*Przestan szezekak jak pies itak itak mrzesz.*«

»Was heißt das?«

»Hör auf zu bellen wie ein Hund. Du mußt sowieso sterben.«

»Und weiter?«

»Man gab mir eine zweite Spritze und legte mich auf eine Trage. Ich bettelte, man möge mich nicht noch einmal operieren. Ich sagte, *dlaczego mnie operujecie jeszcze raz prziciez juzescie mnie ras operowali.* Warum mich wieder operieren? Ich bin doch schon einmal operiert worden. Aber er war weiterhin grob und brutal zu mir.«

»In Jadwiga waren Sie es gewohnt, daß die Deutschen so mit Ihnen umgingen.«

»Immer.«

»Aber Sie waren doch ein Pole wie der Arzt.«

»Nicht ganz. Ich war ein Jude.«

»Wie lange hatte Ihre Familie in Polen gelebt?«

»Fast tausend Jahre.«

»Haben Sie erwartet, daß ein polnischer Arzt in dieser Form mit Ihnen spricht?«

»Ich war nicht überrascht. Ich erkenne einen polnischen Antisemiten, wenn ich ihn höre.«

»Ich fordere die Geschworenen auf«, warf Gilray ein, »den letzten Satz aus ihrem Gedächtnis zu streichen. Haben Sie dagegen etwas einzuwenden, Herr Bannister?«

»Nein, Euer Ehren. Bitte fahren Sie fort, Herr Dubrowski.«

»Dann kam Voss in SS-Uniform herein, und ich flehte ihn an. Da sagte der Arzt auf deutsch etwas zu mir. Er sagte ›ruhig‹.«

»Sprechen sie fließend Deutsch?«

»In einem Konzentrationslager lernt man viele deutsche Wörter.«

»Was meinte er mit ›ruhig‹?«

»Ruhe!«

»Ich erhebe Einspruch«, sagte Sir Robert. »Diese Zeugenaussage ist eine Fortsetzung der unbewiesenen Unterstellung, daß Dr. Kelno war, der diese Operation ausführte. Diesmal behauptet mein verehrter Kollege nicht, daß Tesslar anwesend war, aber der Zeuge unterstellt, daß es sich um den gleichen Mann handelte, der ihn vorher operiert hatte. Die stillschweigende Folgerung, die man daraus ziehen kann, wird durch einen auf polnisch geführten Wortwechsel noch verstärkt. Ich behaupte, daß die Übersetzung verschiedentlich außerordentlich frei gewesen ist. Zum Beispiel wird in Heines Gedicht *Lorelei* das Wort

›ruhig‹ im Sinne von ›sacht‹ verwendet. Und ruhig fließet der Rhein. Wenn er ›halten Sie den Mund‹ gemeint hätte, würde er eher ›halt's Maul‹ gesagt haben.«

»Ich verstehe, was Sie meinen, Sir Robert. Wie ich sehe, befindet sich Herr Dr. Leiberman unter den Zuhörern. Bitte treten Sie vor und denken Sie daran, daß Sie noch unter Eid stehen. Deutsch ist Ihre Muttersprache, Herr Dr. Leiberman, ist das richtig?«

»Ja.«

»Wie würden Sie die Bedeutung von ›ruhig‹ auslegen?«

»In dem gegebenen Zusammenhang ist es ein Befehl, still zu sein. Jeder ehemalige KZ-Insasse kann das bestätigen.«

»Welchen Beruf üben Sie heute aus, Herr Dubrowski?«

»Ich habe in einem Negerviertel von Cleveland einen Laden für Gebrauchtkleidung.«

»Aber Sie wären doch immer noch berechtigt, als Lehrer für romanische Sprachen zu arbeiten, nicht wahr?«

»Ich habe keine Wünsche mehr. Vielleicht ... ist das der Grund, weshalb ich an Stelle von Paar die zweite Operation auf mich nahm ... Ich bin praktisch in dem Moment gestorben, als man mir meine Frau und meine Töchter nahm.«

Man hatte Moshe Bar Tov gebeten, im Besprechungszimmer zu warten, und während Dubrowski ins Kreuzverhör genommen wurde, verließen Dr. Leiberman und Abraham Cady den Gerichtssaal, und jetzt erfuhr Bar Tov zum ersten Mal, welches Opfer der andere Mann für ihn gebracht hatte.

»O mein Gott!« schrie er gequält auf. Er sackte gegen die Wand, hämmerte mit der Faust dagegen und weinte. Kurze Zeit später öffnete sich die Tür, und Daniel Dubrowski kam ins Zimmer, Moshe Bar Tov drehte sich zu ihm um.

»Wir wollen sie lieber allein lassen«, sagte Abe.

20

ALLE SIND WIEDER ABGEREIST, AUSSER HELENE PRINZ, DER DAME AUS ANTWERPEN. FRAU DR. SUSANNE PARMENTIER IST BEI IHR, SO WIRD WOHL ALLES IN ORDNUNG SEIN.

SIE SIND WIEDER HEIMGEKEHRT NACH ISRAEL UND HOLLAND UND TRIEST. ICH WERDE DEN VERSTÄNDNISVOLLEN DR. LEIBERMAN SCHMERZLICH VERMISSEN.

MOSHE BAR TOV WAR BEI DER ABREISE IMMER NOCH ÜBER DAS, WAS DER PROZESS ENTHÜLLT HATTE, ZUTIEFST ERSCHÜTTERT. ER ÜBER-

REDETE DANIEL DUBROWSKI, FÜR EINE WEILE IN SEIN KIBBUTZ ZU KOMMEN, DAMIT ER IHM SEINE LIEBE BEWEISEN UND SICH AN DER BRUST DESJENIGEN, DER IHM SEINE MANNESKRAFT GESCHENKT HATTE, SEINE SCHULD VON DER SEELE WEINEN KONNTE.

ICH FÜHLTE MICH SO LEER, ALS SIE ABSCHIED NAHMEN. EIN LETZTES GEMEINSAMES ESSEN, TRINKSPRÜCHE, KLEINE GESCHENKE UND VIELE TRÄNEN. WAS SIE HIER GETAN HATTEN, ERFORDERTE EINE GANZ BESONDERE ART VON MUT, DIE ICH NOCH IMMER NICHT BEGREIFEN KANN, ABER ICH WEISS, DASS IHNEN ALS LOHN FÜR ALLE ZEITEN EIN FLÜCHTIGER AUGENBLICK IN DER GESCHICHTE DER MENSCHHEIT GEHÖRT.

SHEILA LAMB NAHM SICH IHRE ABREISE AM MEISTEN ZU HERZEN. SEIT DER MINUTE IHRER ANKUNFT HATTE SIE SICH IHRER MIT ALLER KRAFT ANGENOMMEN, DAMIT SIE NICHT UNSICHER WURDEN ODER SICH UNGELIEBT FÜHLTEN.

SIE WAR DABEI, ALS DIE FRAUEN ÄRZTLICH UNTERSUCHT WURDEN. ALS SIE IHRE NARBEN SAH, LIESS SIE SICH DURCH NICHTS ANMERKEN, WIE ENTSETZT SIE WAR.

BEIM ABSCHIEDSDINNER IN LADY SARAHS WOHNUNG VERLIESS SHEILA PLÖTZLICH IHREN PLATZ, RANNTE INS BADEZIMMER UND BRACH IN TRÄNEN AUS. DIE FRAUEN GINGEN IHR NACH, UND SIE LOG, DASS SIE SO NERVÖS SEI, WEIL IHRE PERIODE BALD EINSETZEN WÜRDE. DA KEINE VON IHNEN MEHR IHRE PERIODE HATTE, GAB ES ERST ETWAS AUFREGUNG UND DANN GELÄCHTER.

ICH DURFTE SIE NICHT NACH HEATHROW BEGLEITEN. ICH WEISS NICHT, WARUM. DIE ENGLÄNDER HABEN IHRE EIGENEN ANSICHTEN. BEN UND ICH WANDERTEN EINE SCHEINBAR ENDLOSE ZEIT AM THEMSE-EMBANKMENT ENTLANG UND VERSUCHTEN, DAS, WAS SICH HIER ABSPIELTE, AUF EINEN NENNER ZU BRINGEN.

WIR KAMEN BEI DEN RIESIGEN RASENFLÄCHEN DES TEMPLE-BEZIRKS AN UND BOGEN GLEICHSAM WIE UNTER EINEM ZWANG IN DIE ALLEE ZUM MIDDLE TEMPLE EIN.

ES WAR EIN UHR MORGENS, ABER IN DEN ARBEITSZIMMERN VON THOMAS BANNISTER UND BRENDAN O'CONNER BRANNTE NOCH LICHT. SOLL ICH ETWAS ÜBER DIESE LEUTE ERZÄHLEN? O'CONNER HAT SEIT ZWEI WOCHEN VOR DEM PROZESSBEGINN KEINEN ABEND MEHR MIT SEINER FAMILIE VERBRACHT. ER MIETETE SICH IN EINEM HOTEL IN DER NÄHE EIN KLEINES ZIMMER, SO DASS ER TAG UND NACHT UNGESTÖRT ARBEITEN KONNTE. MEHR ALS EINMAL SCHLIEF ER AUF DER COUCH IN SEINEM ARBEITSZIMMER.

AM ENDE EINES JEDEN VERHANDLUNGSTAGES ÜBERTRUG SHEILA LAMB IHR STENOGRAMM IN DIE MASCHINE UND LIEFERTE DIE DURCHSCHLÄGE IM TEMPLE AB. ALEXANDER UND BANNISTER STUDIERTEN SIE SORGFÄLTIG UND ARBEITETEN DAS MATERIAL FÜR DEN NÄCH-

STEN TAG DURCH, UND JEDEN ABEND UM ELF UHR KAMEN SIE ZU-
SAMMEN UND ARBEITETEN BIS ZWEI ODER DREI UHR MORGENS. DIE
WOCHENENDEN WAREN EIN SEGEN. DA KONNTEN SIE OHNE UNTER-
BRECHUNG ARBEITEN.

UND SHEILA? NUN, IHR TAG BEGANN JEDEN MORGEN UM SIEBEN IN
DEM HOTEL, WO DIE ZEUGEN WOHNTEN. SIE FRÜHSTÜCKTE MIT
IHNEN, SORGTE DAFÜR, DASS SIE DEN GERICHTSSAAL IN GEFASSTER
STIMMUNG BETRATEN, ABSOLVIERTE IHR TÄGLICHES PENSUM IM
GERICHT, ÜBERTRUG DAS STENOGRAMM IN DIE MASCHINE, ASS MIT
DEN ZEUGEN ZU ABEND, BEGLEITETE SIE INS THEATER ODER INS
MUSEUM ODER ZU UNSEREN GEMEINSAMEN ABENDEN, UND AM
WOCHENENDE FUHR SIE MIT IHNEN AUFS LAND. JEDE NACHT WAR
SIE BEI IHNEN, UM TROST ZU SPENDEN ODER MIT DEN MÄNNERN
EINEN ZU TRINKEN ODER UM SONST ETWAS ZU TUN, DAS VON IHR
VERLANGT WURDE. ICH KONNTE BEOBACHTEN, WIE SIE UNTER DER
INNERLICHEN QUAL, DIE SIE EMPFAND, JEDEN TAG EIN BISSCHEN
ÄLTER WURDE.

BEN UND ICH VERLIESSEN DEN BEZIRK DES TEMPLE UND BLIEBEN
VOR DEM JUSTIZPALAST STEHEN. ICH LIEBE DIE ENGLÄNDER. ICH
KONNTE NICHT GLAUBEN, DASS DIESE LEUTE SICH GEGEN MICH
STELLEN WÜRDEN.

MAN BRAUCHT SICH NUR DIE WARTENDEN MENSCHENSCHLANGEN
IN DER OXFORD STREET ANZUSEHEN. KEIN STOSSEN, KEIN VOR-
DRÄNGELN. VIERZIG MILLIONEN MENSCHEN, DIE AUF ENGSTEM RAUM
UND IN EINEM SO SCHEUSSLICHEN KLIMA LEBEN, DASS ES SOGAR DIE
SKANDINAVIER ZUM WAHNSINN TREIBT. UND AUS ALL DEM IST EIN
SYSTEM DER ORDNUNG ERWACHSEN, DAS AUF DER ACHTUNG VOR
DEM NÄCHSTEN UND AUF EINEM VERNÜNFTIGEN EHRGEIZ BERUHT,
DER EINEM ALS HÖCHSTEN LOHN EINEN ADELSTITEL EINBRINGT. HIER
IN ENGLAND HAT JA ALLES ANGEFANGEN. SCHNURRBÄRTIGE MÄNNER
IN GESTREIFTEN HOSEN UND MIT STEIFEN HÜTEN UND GEROLLTEN
REGENSCHIRMEN STEHEN IN DEN WARTENDEN SCHLANGEN HINTER
EINEM HÄSCHEN, DESSEN ROCK KNAPP DEN HINTERN BEDECKT, UND
VOR EINEM JUNGEN, DER WIE EIN MÄDCHEN AUSSIEHT.

EIN BOBBY GEHT AN UNS VORBEI UND LEGT GRÜSSEND EINEN FINGER
AN DEN HELMRAND. ER IST UNBEWAFFNET. KÖNNTE MAN SICH DAS
IN CHIKAGO VORSTELLEN?

SOGAR DIE DEMONSTRANTEN HALTEN SICH AN DIE REGELN. SIE
PROTESTIEREN OHNE AUSSCHREITUNGEN. SIE SCHLAGEN KEINE SCHEI-
BEN EIN, LEGEN KEINE BRÄNDE UND VERURSACHEN KEINE STRASSEN-
KÄMPFE. SIE PROTESTIEREN VOLLER ZORN, BLEIBEN ABER FAIR, UND
DIE POLIZEI GEHT NICHT MIT SCHLAGSTÖCKEN AUF SIE LOS.

ZUM TEUFEL, KEINE BRITISCHE JURY WIRD MICH UM MEIN RECHT
BETRÜGEN.

Als Ben und sein Vater in die Mews zurückkehrten, waren sie in der Stimmung, die ganze Nacht über zu reden.

»Wie denkst du über Vanessa und Yossi? Wird der Junge sie glücklich machen?«

»Er ist Offizier bei den Fallschirmjägern«, sagte Ben. »Er ist sein ganzes Leben lang in Israel eingesperrt gewesen, mit dem Rücken zum Meer. Du weißt ja selbst, wie zäh er ist. Ich glaube, diese Reise hat ihm gut getan. Es tut ihm gut, friedliche, höfliche und gebildete Menschen zu sehen. Er versucht es zwar zu vertuschen, aber London hat ihn tief beeindruckt. Jetzt, nachdem er es mit eigenen Augen gesehen hat, wird er mehr und mehr von Vanessa annehmen.«

»Das hoffe ich. Er ist ein gescheiter Junge.« Abe schenkte sich einen großzügigen Drink ein. Ben hielt die Hand über das Glas, als Zeichen dafür, daß er nichts mehr wollte. »Du gewöhnst dir in Israel schlechte Sitten an, wie zum Beispiel die, nichts mehr zu trinken.«

Ben lachte. Es war ein herzhaftes, unbeschwertes Lachen. Er steckte voller Teufeleien. Aber plötzlich wurde er ernst. »Vinny und mir gefällt es gar nicht, daß du allein durchs Leben gehst.«

Abe zuckte mit den Schultern. »Ich bin Schriftsteller. Ich bin sogar mitten in einem überfüllten Ballsaal allein. Das ist mein Schicksal.«

»Vielleicht wärst du nicht so allein, wenn du endlich anfangen würdest, Frauen wie Lady Sarah so anzusehen, wie sie dich ansehen.«

»Ich weiß nicht, mein Junge. Manchmal denke ich, daß dein Onkel Ben und du und ich alle vom gleichen Schlag sind. Keiner von uns kann die meisten Frauen länger als eine Viertelstunde ertragen, gesellschaftlich, meine ich. Sie sind nur gut zum Vögeln, und viele sind nicht mal das. Unser Problem ist es, daß wir lieber mit Männern zusammen sind. Flugplätze, Umkleideräume auf Sportplätzen, Bars, Sportvereine, wo wir kein Weibergewäsch hören müssen. Und dann trifft man eine Frau wie Sarah Wydman, die so vollkommen ist, wie eine Frau überhaupt sein kann, und selbst das ist nicht genug. Sie kann nicht gleichzeitig Mann und Frau sein. Aber auch wenn sie dieses innerliche Bedürfnis verstehen würde, so verdient es meiner Ansicht nach keine Frau, das miserable Dasein der Ehefrau eines Schriftstellers auf sich zu nehmen. Ich habe auch deine Mutter ruiniert. Wenn eine Frau irgend etwas zu bieten hat, dann bin ich wie ein Blutsauger. Ich bin glücklich darüber, daß ich ein Schriftsteller geworden bin, aber ich würde es auf keinen Fall wünschen, daß meine Tochter einen heiratet.«

Abe seufzte und wandte den Blick von seinem Sohn ab, weil er Angst hatte, das Thema anzuschneiden, das ihn schon den ganzen Tag gequält hatte. »Ich habe dich und Yossi heute mit dem Militärattaché der israelischen Botschaft gesehen.«

»Es sieht nicht gut aus, Papi«, sagte Ben.

»Diese gottverdammten russischen Hurensöhne«, sagte Abe. »Die hetzen sie auf. Wann in Gottes Namen werden wir endlich einen Tag Frieden haben?«

»In den himmlischen Gefilden«, sagte Ben leise.

»Ben ... jetzt hör mir mal zu. Junge ... um Gottes willen ... sei bloß kein Risikopilot.«

<h1 style="text-align:center">21</h1>

Müde und übernächtig betraten Abraham Cady und sein Sohn den Justizpalast. Zwischen den beiden Besprechungszimmern lag eine Toilette. Abe ging zu einem Urinal hin. Er merkte, daß jemand neben ihm stand und sah kurz hinüber. Es war Adam Kelno.

»Hier sind zwei Judeneier, die Sie nicht kriegen werden«, sagte er.

»Ruhe!«

Helene Prinz war klein und schick gekleidet und zeigte beim Betreten des Gerichtssaals mehr Selbstsicherheit als irgendeine der anderen Frauen. Obwohl sie nach außen hin die Anführerin der Zeuginnen war, fühlte Sheila, daß sie hochgradig sensibel und einer Belastung am wenigsten gewachsen war.

Durch einen französischen Dolmetscher gab sie ihren Wohnsitz mit Antwerpen und als ihr Geburtsjahr 1922 an und las ihre Gefangenennummer vor. So oft sich das auch schon wiederholt hatte, die Wirkung auf die Anwesenden blieb immer die gleiche.

»Sie lebten unter Ihrem Mädchennamen Blanc-Imber weiter, obwohl Sie und Ihre Schwester Tina nach dem Kriegsausbruch geheiratet hatten.«

»Wir waren nicht richtig verheiratet. Sie müssen verstehen, die Deutschen holten alle Ehepaare ab, deshalb legten meine Schwester und ich das Ehegelöbnis in einer heimlichen Zeremonie vor einem Rabbi ab, aber unsere Heirat wurde niemals offiziell registriert. Unsere Ehemänner kamen beide in Auschwitz um. Ich heiratete Pierre Prinz nach dem Krieg.«

»Darf ich der Zeugin Suggestivfragen stellen?« fragte Bannister.

»Kein Einwand.«

»Sie und Ihre Schwester Tina wurden im Frühjahr 1943 in die Baracke III gebracht und bekamen dort eine Bestrahlung. Ich möchte hier klarstellen, daß sich das alles einige Zeit vor der Ankunft der beiden anderen Zwillingspaare in der Baracke, der Schwestern Lovino und Cardozo aus Triest, ereignete.«

»Das ist richtig. Wir wurden eine ganze Zeit vor der Ankunft der anderen Zwillinge bestrahlt und operiert.«

»Zu dieser Zeit wurden die Frauen von einer polnischen Ärztin namens Radnicki versorgt. War sie es, die Selbstmord beging und durch Maria Viskowa ersetzt wurde?«

»Das ist richtig.«

»Ungefähr einen Monat, nachdem Sie bestrahlt worden waren, brachte man sie in die Baracke V, und was geschah dann?«

»Wir wurden von Dr. Boris Dimshits untersucht.«

»Woher wußten Sie, daß es Dr. Dimshits war?«

»Er stellte sich uns vor.«

»Erinnern Sie sich daran, wie er aussah?«

»Er schien sehr alt zu sein und wirkte kränklich und geistesabwesend, und ich weiß noch, daß seine Hände mit Ausschlag bedeckt waren.«

»Ja, bitte fahren Sie fort.«

»Er schickte Tina und mich in die Baracke III zurück. Er sagte, die Verbrennungen von der Bestrahlung seien für eine Operation noch nicht genügend verheilt.«

»War sonst noch jemand dabei?«

»Voss.«

»Hat Voss dagegen protestiert und ihm gesagt, daß er trotzdem operieren solle?«

»Ja, er protestierte, aber weiter tat er nichts. Nach zwei Wochen verblaßten die schwarzen Flecken, und wir wurden wieder in die Baracke V gebracht. Dr. Dimshits sagte, er würde uns operieren, und versprach uns, daß er einen gesunden Eierstock übrig lassen würde. Ich bekam eine Spritze in den Arm und wurde sehr schläfrig. Ich erinnere mich noch, daß ich in einen Operationssaal gefahren wurde und dort eine Vollnarkose erhielt.«

»Wissen Sie womit Sie narkotisiert wurden?«

»Chloroform.«

»Wie lange waren Sie nach der Operation bettlägerig?«

»Viele, viele Wochen. Ich hatte Komplikationen. Dr. Dimshits kam oft zu uns, aber er konnte in dem halbdunklen Raum kaum etwas sehen. Er wurde zusehends schwächer.«

»Und später erfuhren Sie, daß er in die Gaskammer geschickt worden war?«

«Ja.«

»Und Frau Dr. Radnicki beging Selbstmord.«

»Ja, in der Baracke.« ·

»Und in den letzten Monaten des gleichen Jahres, nachdem die Schwestern Lovino und Cardozo in der Baracke angekommen waren, wurden Sie wieder röntgenbestrahlt?«

»Diesmal waren Tina und ich halb wahnsinnig vor Angst.«

Sie beschrieb die wüste Szene im Wartezimmer von Baracke V. »Ich wehrte mich. Tina und ich kämpften mit aller Kraft darum, daß man uns nicht voneinander trennte, aber sie hielten mich fest und gaben mir eine Spritze in die Wirbelsäule. Trotz der Injektion wurde mein Körper nicht taub. Ich konnte immer noch alles fühlen.«

»Die Spritze wirkte nicht?«

»Nein.«

»Und als Sie in den Operationssaal gebracht wurden, gab man Ihnen nichts, das Sie betäubt hätte?«

»Ich hatte panische Angst. Ich konnte alles fühlen, und das sagte ich ihnen auch. Ich konnte mich aufsetzen und sprang vom Tisch herunter. Zwei von ihnen drehten mir die Arme auf den Rücken und zerrten mich auf den Tisch zurück. Der Arzt schlug mich mehrere Male ins Gesicht und auf die Brust und schrie dabei ›du verdammte Jüdin‹. Ich flehte ihn an, mich zu töten, weil ich die Schmerzen nicht mehr aushalten konnte. Nur Dr. Tesslar verdanke ich es, daß ich überlebte.«

»Waren Sie nach der Operation sehr krank?«

»Ich hatte hohes Fieber und wahr halb wahnsinnig. Ich erinnere mich, daß ich in meinem Dämmerzustand Tina schreien hörte ... und dann hörte ich nichts mehr. Ich weiß nicht, wieviel Zeit verstrichen war, bis ich wieder klar denken konnte. Es können Tage gewesen sein. Ich fragte nach Tina, und da sagte Frau Dr. Viskowa mir, daß Tina in der ersten Nacht an einer schweren Blutung gestorben war.«

Sie schwankte und hämmerte mit den Fäusten auf das Geländer des Zeugenstandes. Plötzlich sprang sie auf und zeigte auf Adam Kelno. »Mörder! Mörder!« Sie stieß einen grellen Schmerzensschrei aus.

Abe rannte den Gang entlang nach vorn und stieß die Leute aus dem Weg. »Das ist genug!« Er zwängte sich am Pressestand vorbei und legte beide Arme um die Frau. »Ich bringe sie von hier weg«, sagte er. Der Gerichtsdiener blickte zum Richter hin, der ihn mit einer Handbewegung anwies, sich nicht einzumischen, und während Abe sie aus dem Gerichtssaal mehr hinaustrug denn hinausführte, jammerte sie, daß sie ihn im Stich gelassen hätte.

Gilray wollte die Anwesenden ermahnen und eine Verwarnung aussprechen, aber er war dazu nicht fähig. »Möchten Sie die Zeugin ins Kreuzverhör nehmen, Sir Robert?«

»Nein. Die Zeugin ist offensichtlich zu mitgenommen, als daß sie weiter aussagen könnte.«

»Die Geschworenen haben alles gesehen und gehört«, gab der Richter zu bedenken. »Sie werden es kaum vergessen. Meine Damen und Herren Geschworenen«, sagte Gilray mit müder erschöpfter Stimme, »Sir Robert hat sich so benommen, wie man es von einem englischen Barrister erwartet. Wenn ich Ihnen später eine Zusammenfassung des Beweismaterials gebe, werde ich Sie im Sinne des Fair play auffordern zu berücksichtigen, daß diese Zeugin nicht ins Kreuzverhör genommen wurde. Ich unterbreche hiermit die Verhandlung.«

22

»Ich möchte als nächsten Zeugen Herrn Basil Marwick aufrufen«, sagte Brendan O'Conner. Marwick war in Kleidung und Auftreten ein typischer Brite der alten Schule. Er wurde auf das Neue Testament vereidigt. Marwick gab seinen vollen Namen und seine Anschrift in der Wimpole Street an. Es wurde festgestellt, daß er über eine 25jährige Erfahrung als Anästhesiologe und Dozent verfügte und viele Fachartikel veröffentlicht hatte.

»Würden Sie bitte dem Gericht und den Geschworenen die beiden hauptsächlichen Typen der Betäubung erklären.«

»Gern. Es gibt erstens die Vollnarkose, durch die der Patient bewußtlos gemacht wird, und zweitens die örtliche Betäubung oder Lokalanästhesie, durch welche die Körperregion, in der operiert werden soll, gefühllos gemacht wird.«

»Die Entscheidung darüber liegt natürlich bei dem Chirurgen, der die Wahl allein trifft, wenn er keinen beratenden Anästhesisten zur Verfügung hat.«

»Ja. Manchmal wird auch eine Kombination beider Methoden angewendet.«

»Welche Narkotika, also Präparate, die den Patienten bewußtlos machen, waren Anfang der vierziger Jahre in Mittel- und Osteuropa bekannt?«

»Äther, Chloräthyl, Chloroform, Evipan, Stickoxydul mit einem zwanzigprozentigen Sauerstoffzusatz und andere.«

»Ich erhebe Einspruch«, sagte Highsmith. »Wir haben die Aussagen von zwei Chirurgen, die in Jadwiga waren, gehört, wonach allgemeine Betäubungsmittel für gewöhnlich nicht verfügbar waren.«

»Und das bestreiten wir«, gab O'Conner scharf zurück.

»Ich verstehe«, sagte Gilray nachdenklich. »Sie behaupten also, daß es in Jadwiga ausreichende Mengen an allgemeinen Betäubungsmitteln gab.«

»Wir haben ja von Dr. Kelnos eigenen Zeugen gehört, daß sie betäubt wurden«, sagte O'Conner. »Sie haben ferner die Aussage von Frau Prinz, daß sie bei der ersten, von Dr. Dimshits ausgeführten Operation ebenfalls ein Vollnarkose bekam. Ich behaupte, daß Dr. Kelno nur dann keine allgemeinen Betäubungsmittel zur Verfügung hatte, wenn es um jüdische Patienten ging.«

»Herr O'Conner, ich gestatte Ihnen in dieser Richtung fortzufahren, aber ich mache Sie darauf aufmerksam, daß Sie sich auf dünnes Eis begeben. Ich weise die Geschworenen darauf hin, daß dieser Teil von Herrn Marwicks Aussage bis zu seiner Zulassung als Beweismittel nur als Grundlagenmaterial anzusehen ist.«

O'Conner hielt sich nicht damit auf, dem Gericht zu danken, sondern machte ohne Verzögerung weiter. »Einige dieser Anästhetika werden also bei kurzen und andere bei langen Operationen gegeben.«

»Ja, je nach der Entscheidung des Chirurgen.«

»Sie haben uns gesagt, welche allgemeinen Betäubungsmittel in den vierziger Jahren in dem betreffenden Teil von Europa bekannt waren. Würden Sie uns auch sagen, welche örtlichen Betäubungsmittel verwendet wurden?«

»Procain, auch als Novocain bekannt, das hauptsächlich von Zahnärzten verwendet wird. Dann gab es — lassen Sie mich nachdenken — Percain, Pantocain, Decicain und andere.«

»Die alle für eine Lumbalanästhesie geeignet waren?«

»Ja. Durch die Einspritzung eines dieser Präparate in den Liquor spinalis, also in die Rückenmarksflüssigkeit, werden die in der Nähe befindlichen Nervenwurzeln gefühllos bzw. betäubt.«

»Bitte erklären Sie uns das Verfahren genau.«

»Ich persönlich habe mich immer bemüht, die unangenehmen Begleiterscheinungen auf ein Mindestmaß zu reduzieren. Zuerst injiziere ich mit einer sehr feinen Nadel eine kleine Menge eines örtlichen Betäubungsmittels, damit die Umgebung der Einstichstelle der zur Infiltration der tiefer liegenden Gewebeschichten erforderlichen stärkeren Kanüle gefühllos wird.«

»Kommen wir noch einmal auf die vierziger Jahre zurück. War es damals auch in Polen üblich, dem Patienten vor der Hauptinjektion eine Vorinjektion mit einer feinen Nadel zu geben?«

»Das steht außer Zweifel. So steht es in jedem Text, den ich damals oder später gelesen habe.«

»Sie haben die Aussagen von vier Zeuginnen und sechs Zeugen gehört oder gelesen, die in Jadwiga für Versuche mißbraucht wurden. Wenn Sie damals mitbeteiligt gewesen wären, hätten Sie eine einleitende Morphiuminjektion verabreicht?«

»Ich hätte meine Mitarbeit vielleicht verweigert. Ich weiß nicht. Aber auf jeden Fall wäre die Gabe von Morphium angezeigt gewesen.«

»Ich danke Ihnen für diese Auskunft. Und hätten Sie bei den Operationen eine örtliche Betäubung oder eine Vollnarkose gemacht?«

»Euer Ehren«, schaltete sich Highsmith ein, »wir sind wieder am gleichen Punkt angelangt. Mein Mandant hat ausgesagt, daß er bei einer Lumbal- oder Spinalanästhesie als Einleitung Morphium spritzte.«

»Was eine Reihe von Zeugen bestritten hat«, sagte O'Conner.

»Bisher wurden dem Gericht immer noch keine Beweise vorgelegt, daß Dr. Kelno diese Operationen ausgeführt hat«, erklärte Highsmith.

»Genau das ist unser Argument«, erwiderte O'Conner. »Es gibt unter unseren zehn Zeugen keinen, der nicht über Dr. Tesslars Anwesenheit im Operationssaal einvernommen wurde. Sie kennen Dr. Tesslars Erklärung und wissen, was er aussagen wird.«

»Das Gericht trifft die gleiche Entscheidung wie vorhin«, sagte Gilray. »Die Geschworenen werden all dies als hypothetische Gutachteraussage und Grundinformation betrachten und nicht als Beweis. Wenn ich Ihnen später meine Instruktionen gebe, werde ich genau definieren, welche Beweise dafür vorgelegt wurden, ob Dr. Kelno die zur Debatte stehenden Operationen ausgeführt hat oder nicht.«

»Aber Sie würden sagen«, beharrte O'Conner, »daß Sie eine Vollnarkose geben würden?«

»Ja.«

»Keine Lumbalanästhesie?«

»Nein.«

»Warum würden Sie den Patienten eine Vollnarkose geben?«

»Aus humanen Gründen.«

»Ist eine Lumbalanästhesie ohne vorherige örtliche Betäubung schmerzhaft?«

»Sehr schmerzhaft.«

»Wie viele Lumbalanästhesien haben Sie nach Ihrer Schätzung verabreicht?«

»Zwischen fünfzehnhundert und zweitausend.«

»Ist die richtige Einstichstelle für die stärkere Nadel immer leicht zu finden?«

»Nein, da muß man sehr vorsichtig sein.«

»Würden Sie eine Lumbalanästhesie geben, wenn der Patient schreit und sich wehrt?«

»Auf keinen Fall.«

»Warum nicht?«

»Der Einstich der Nadel muß mit extremer Sorgfalt erfolgen. Sie wird zwischen zwei Knochen eingeführt und hat sehr wenig Spielraum. Sie muß vollkommen gerade und in einem Winkel gehalten werden, welcher der Biegung der Wirbelsäule des Patienten angeglichen ist. Ohne die Mithilfe des Patienten schafft man das einfach nicht. Ich würde sagen, es ist unmöglich. Verstehen Sie, bei jeder heftigen Bewegung des Patienten bestünde die Gefahr, daß die Nadel abbricht.«

»Sie haben die Aussage gehört, daß einmal eine Nadel abbrach. Was wäre die Folge davon?«

»Wenn sie unter der Haut abbricht, könnte das eine katastrophale Wirkung haben. Gelingt es nicht, die Spitze zu entfernen, können Dauerschäden entstehen. Die Schmerzen würden unerträglich sein. Wenn die Nadel außen abbricht, braucht man sie natürlich nur durch die Haut herauszuziehen.«

»Sie haben die Aussagen gehört oder gelesen, wonach einige der Betroffenen noch heute Schmerzen haben.«

»Wenn man bedenkt, wie sie behandelt wurden, glaube ich gern, daß sie immer noch Schmerzen verspüren.«

»Können Sie dem Gericht zeigen, welche Nadeln im Jahre 1940 verwendet wurden?«

Marwick öffnete ein Etui und zeigte erst die feine Nadel für die Vorinjektion und dann die stärkere. Sie wurden als Beweismittel markiert und an die Geschworenen weitergereicht. Den Gesichtern nach zu urteilen, verfehlte die Nadel ihre Wirkung nicht, als sie von Hand zu Hand ging.

»Bei einer Lumbalanästhesie ist es überaus wichtig, daß das Betäubungsmittel in der unteren Körperhälfte verbleibt, wenn ich richtig orientiert bin.«

»Ja. Wenn es aufsteigt und, sagen wir, die Linie der Brustwarzen erreicht, könnte es einen Blutdruckabfall bewirken, wodurch das Gehirn nicht mehr genug Blut erhält, so daß dem Patienten schwindlig wird und er das Bewußtsein verliert.«

»Sie haben die Aussage von Herrn Bar Tov gehört, daß er ohnmächtig wurde. Könnte das aus diesem Grund geschehen sein?«

»O ja.«

»Und Sie haben gehört, wie die anderen Zeugen sagten, daß sie bei vollem Bewußtsein waren. Überrascht Sie das?«

»Nicht nach dem, was sie ausgesagt haben.«

»Wird in der Chirurgie immer Morphium gegeben?«

»Immer«.

»Würden Sie Patienten, die mit Morphium vorbehandelt worden sind, für fähig halten, sich anzustellen und darauf zu warten, daß sie zur Operation aufgerufen werden?«

»Nein, natürlich nicht.«

»Und wenn diese Menschen durch Unterernährung und brutale Behandlung geschwächt waren, würde das die Wirkung des Morphiums steigern?«

»Sie würden auf jeden Fall ziemlich benommen sein.«

»Und es wäre für sie bestimmt nicht einfach, sich in diesem Zustand zur Wehr zu setzen.«

»Nun, das könnten sie wohl, aber nicht sehr wirksam.«

»Keine weiteren Fragen.«

Highsmith erhob sich, als die Nadel von allen Geschworenen betrachtet worden war und auf den Tisch des Beisitzers gelegt wurde. Der Gerichtsstenograf wurde abgelöst. Adam Kelno schien den Blick nicht von dem Etui lösen zu können. Seine Hände hoben sich, als ob er einen Augenblick lang den unwiderstehlichen Drang verspürte, nach der Nadel zu greifen. Smiddy klopfte ihm leicht gegen das Handgelenk, und daraufhin wandte er seine Aufmerksamkeit wieder Marwick zu.

»Herr Marwick, haben Sie gelesen oder gehört, was Dr. Boland für Dr. Kelno ausgesagt hat?«

»Ja.«

»Würden Sie als Fachmann sagen, daß Dr. Boland gleichfalls ein Anästhesiologe von Rang ist?«

»Ja.«

»Sie kennen seine Aussage, daß er selbst zweimal vor Operationen lumbalanästhesiert wurde, und zwar jedesmal ohne Morphium. Er sagte ferner aus, daß durch eine Vorbehandlung die unangenehmen Begleiterscheinungen kaum gemildert werden können.«

»Ja, das sagte er.«

»Und wie denken Sie darüber?«

»Nun, Ihr eigener Mandant, Dr. Kelno, ist anderer Ansicht als Dr. Boland, nicht wahr? Und auch ich bin es.«

»Aber Sie stimmen mir doch zu, daß es im Jahre 1967 in England über diesen Punkt zwei gegensätzliche Meinungen gibt, die beide von qualifizierten Anästhesisten vertreten werden.«

»Nun, er hat seine eigenen Ansichten.«

»Die von den Ihren abweichen.«

»Ja.«

»Dr. Boland sagte ferner aus, daß eine Lumbalanästhesie, wenn sie fachgerecht und mit einer feinen Nadel verabfolgt wird, nur sehr geringfügige Beschwerden hervorruft. Ist das richtig, oder haben Sie da eine andere Ansicht?«

»Das ist natürlich möglich, wenn alle Voraussetzungen hundertprozentig erfüllt sind.«

»Das heißt also, wenn die Injektion von einem routinierten Chirurgen verabfolgt wird, der schnell arbeitet.«

»Im Gegenteil, Sir Robert, die Injektion muß langsam gegeben werden. Die Nadel muß sehr vorsichtig eingeführt werden. Manchmal habe ich dazu zehn Minuten gebraucht, und Mißerfolge sind auch bei Fachanästhesisten gar nicht so selten.«

»Man hat Ihnen eine Reihe von hypothetischen Fragen über die Durchführung von Operationen in Jadwiga vorgelegt. Wenn Sie zum Beispiel unter den in Jadwiga gegebenen ungünstigen Bedingungen operieren müßten und keinen Narkosearzt oder eine ausgebildete Hilfskraft zur Verfügung hätten, die eine Vollnarkose geben könnte, dann würde eine Lumbalanästhesie doch zweckmäßiger sein, nicht wahr? Ich will damit sagen, daß ein Chirurg ja nicht zwei Dinge gleichzeitig tun kann, oder? Er kann nicht zur gleichen Zeit operieren und eine Vollnarkose geben.«

»Das ist richtig.«

»Und während er operiert, kann er die Überwachung einer Äther- oder Chloroformnarkose nicht einer unerfahrenen Hilfskraft überlassen.«

»Sie haben ganz recht damit, daß er für eine Vollnarkose eine gutausgebildete Fachkraft braucht.«

»Die Lumbalanästhesie bietet dem Chirurgen gute Operationsbedingungen, nicht wahr?«

»Ja.«

»Insbesondere, wenn der Chirurg unter Zeitdruck steht und angetrieben wird.«

»Ja.«

»Wo haben Sie in den Jahren 1940 und 1941 gearbeitet?«

»In der Royal Air Force.«

»In England?«

»Ja. Ich kann mich übrigens erinnern, daß ich einem der Beklagten eine Narkose gab, nachdem sein Flugzeug abgestürzt war.«

»Die äußeren Umstände waren anders als in Jadwiga, nicht wahr?«

»Ja.«

»Aber selbst in England hat Dr. Boland damals Lumbalanästhesien ohne vorherige Gabe von Morphium durchgeführt. Überrascht Sie das?«

»Nein, aber es macht mich schaudern.«

»Wir haben hier also die Gutachten von zwei Anästhesisten, die völlig entgegengesetzt sind. Zwei verschiedene Meinungen, die beide richtig sind.«

Während Highsmith sich wieder setzte, blätterte O'Conner in einem Buch, das auf seinem Tisch lag. Er bat den Gerichtsdiener, Sir Robert und Dr. Marwick je ein Exemplar zu geben.

»Bevor wir uns mit diesem von Dr. Boland verfaßten Buch beschäftigen«, sagte O'Conner, »möchte ich Sie daran erinnern, daß Dr. Kelno ausgesagt hat, er habe nicht über genügend ausgebildete Hilfskräfte verfügt, und sich aus diesem Grund entschlossen, Lumbalanästhesien zu geben, die er selbst verabfolgte.«

»Ja, das habe ich gehört.«

»Sie haben ebenfalls Dr. Lotakis Aussage gehört oder gelesen, daß er Dr. Kelno bei mehreren dieser Operationen assistiert hat.«

»Ja.«

»Würden Sie aufgrund der Ausbildung und Erfahrung von Dr. Lotaki sagen, daß er befähigt war, eine Vollnarkose so zu geben, daß der Patient während der Operation bewußtlos blieb?«

»Dr. Lotaki erfüllt dafür alle Voraussetzungen.«

»Dann ist die Erklärung, daß er keinen ausgebildeten Assistenten hatte, keine gültige Begründung.«

Zum ersten Mal in diesem Prozeß warf Sir Robert Highsmith Adam Kelno einen empörten Blick zu. Er fragte sich, ob Kelno einfach gelogen, oder ob er selbst es versäumt hatte, diesem Punkt nachzugehen. O'Conner schlug das Buch auf. »Diese von Dr. Boland verfaßte Arbeit wurde 1942 veröffentlicht und trägt den Titel *Neue Erkenntnisse auf dem Gebiet der Anästhesie.*«

»Ich finde es reichlich merkwürdig«, sagte Highsmith, »daß keine der Fragen, die Sie jetzt vorbringen, an Dr. Boland gerichtet wurde, als er hier aussagte.«

»Bei allem Respekt gegenüber meinem verehrten Kollegen«, sagte O'Conner, »wir hatten nicht die Absicht, alle Bücher zu lesen, die je von Anästhesiologen in England veröffentlicht worden sind, noch hatten wir eine Ahnung davon, daß der Kläger beabsichtigte, Dr. Boland als Gutachter laden zu lassen. Wenn Sie uns das vorher gesagt hätten, dann hätten wir diesen Punkt schon früher zur Sprache gebracht.«

»Ich halte es nicht für korrekt, daß Herr Marwick zu etwas Stellung nehmen soll, das Dr. Boland geschrieben hat, ohne daß dieser sich selbst dazu äußern kann.«

»Sie können Dr. Boland noch einmal in den Zeugenstand rufen, falls Sie das wünschen, Sir Robert«, sagte der Richter. »Das Gericht wird Ihnen diesen Wunsch nicht abschlagen.«

Highsmith ließ sich auf seinen Stuhl fallen.

»Ich möchte Ihre Aufmerksamkeit auf Seite zweihundertvierundfünfzig, Absatz drei, lenken und lese vor: ›Eine örtliche Betäubung von der Art einer Lumbalanästhesie darf niemals‹ — ich wiederhole — ›niemals kritiklos und ohne eine psychologische Vorbereitung des Patienten verabfolgt werden, andernfalls könnte sie ein psychisches Trauma auslösen, und es gibt sogar Berichte über das Auftreten von echten Geistesstörungen.‹ Weiter unten auf der gleichen Seite heißt es: ›Bei hochgradig nervösen Patienten sollte auch eine Vollnarkose zur Wahl gestellt werden. Wenn der Chirurg jedoch eine Lumbalanästhesie für zweckmäßiger hält, ist eine Vorbehandlung mit 75 mg Morphium angezeigt.‹ Was ich damit demonstrieren will, ist, daß Sie und Dr. Boland keineswegs entgegengesetzte Meinungen vertreten.«

»Wir stehen voll und ganz auf dem gleichen Standpunkt«, sagte Herr Marwick.

23

Angela schob die Gardine einen Spaltbreit beiseite und lugte hinaus. Sie waren beide da, drüben auf der anderen Straßenseite, ein Kriminalbeamter von Scotland Yard und ein Privatdetektiv, den die polnische Landsmannschaft engagiert hatte, damit er das Haus bewachte. Alle Telefonanrufe wurden jetzt zuerst polizeilich überprüft.

Nach den ersten Tagen des Prozesses hatte es telefonische Drohungen und Beschimpfungen gegeben, gefolgt von Schmähbriefen und persönlichen Besuchen von Leuten, die ihrem Haß auf Adam Kelno Luft machten.

Scotland Yard hatte ihnen versichert, daß sich das alles nach der Beendigung des Prozesses von selbst geben würde. Angela, die dafür sorgte, daß die Stimmung innerhalb der Familie erträglich blieb, bestand darauf, daß sie dann sofort auf eine einjährige Weltreise gehen und sich danach in einer kleinen Stadt niederlassen sollten, wo niemand sie kannte.

Die nervliche Belastung hatte Adam mürbe gemacht, und er erhob keinen Einwand gegen diesen Plan. In ein paar Jahren würde Stephan sein Diplom als Architekt haben. Sie konnten jetzt daran denken, sich zur Ruhe zu setzen. Er mußte allerdings den Gedanken aufgeben, daß Terrence Campbell eines Tages seine Praxis übernehmen würde. Aber im Innern seines Herzens wußte Sir Adam, daß Terrence wieder nach Sarawak zurück wollte, zu seinem eigenen Vater, um dort als Urwaldarzt zu arbeiten.

Obwohl Adam im Gerichtssaal vollkommen beherrscht erschien, behielt Angela des Nachts sozusagen ein Auge offen, jederzeit bereit, ihn aus den Schrecken der immer wiederkehrenden Alpträume zu erlösen und seinen unruhigen Schlaf zu bewachen.

Sie stocherten lustlos im Abendessen herum, niedergeschlagen, weil es Stephan nicht möglich war, nach England zu kommen.

»Was meinen die Anwälte, wie lange es noch dauern wird, Herr Doktor?« fragte Terry.

»Ungefähr acht bis zehn Tage.«

»Es wird alles schnell genug vorbei sein«, sagte Angela, »und wir werden es viel besser überstehen, wenn wir richtig essen.«

»Ich nehme an, daß in Guy's Hospital alles mögliche geredet wird.«

»Sie wissen ja, wie das ist«, antwortete Terry.

»Was sagt man denn so?«

»Ehrlich gesagt, ich habe gar nicht die Zeit, mir das anzuhören, wenn ich meine Arbeit schaffen will. Mary und ich haben uns getrennt, und ich glaube, daß es endgültig ist.«

»Oh, ich bin betrübt, das zu hören«, sagte Angela.

»Nein, das sind Sie nicht. Aber wie dem auch sei, ich möchte gern bei Ihnen bleiben, nachdem wir jetzt wissen, daß Stephan nicht kommen kann.«

»Nun, du weißt ja, wie glücklich uns das machen würde«, sagte Angela.

»Was hat es zwischen dir und Mary gegeben?« fragte Adam.

»Eigentlich nichts«, log er. »Wir haben einfach eingesehen, daß wir viel mehr Freiheit haben, wenn wir nicht zusammenleben.« Terry wollte die schwere Sorgenlast, zu deren Entstehung er beigetragen hatte, nicht noch vergrößern, indem er ihnen erzählte, daß Mary über Dr. Kelno Zweifel geäußert hatte und er daraufhin im Zorn von ihr gegangen war.

Die Türglocke schlug an. Sie hörten, wie Frau Corkory, die Haushälterin, in der Diele mit jemandem sprach. »Bitte entschuldigen Sie«, sagte

Frau Corkory, »aber Herr Lowry und Frau Meyrick sind in einer Angelegenheit hier, die sie für sehr wichtig halten.«

»Sind sie krank?«

»Nein, Sir.«

»Nun gut, dann führen Sie die beiden ins Wohnzimmer.«

Lowry, ein stämmiger Bäcker, und Frau Meyrick, die Frau eines Lagerarbeiters, erhoben sich verlegen, als die Kelnos ins Zimmer kamen.

»'nen Abend, Herr Doktor«, sagte Herr Lowry. »Bitte entschuldigen Sie die Störung. Herr Dr. Kelno, wir haben etwas unter uns besprochen.«

»Unter den Patienten, meint er«, warf Frau Meyrick ein.

»Na, ja, jedenfalls wollten wir Ihnen sagen, daß wir ganz und gar auf Ihrer Seite sind.

»Das freut mich sehr.«

»Wir sind sehr empört, ja, das sind wir, über die Lügen, die man Ihnen anhängen will«, fuhr Herr Lowry fort, »und wir haben das Gefühl, daß das alles nur ein Teil eines verdammten, o Verzeihung, eines kommunistischen Komplotts ist.«

»Jedenfalls, Herr Doktor«, sagte Frau Meyrick, »haben wir Ihnen diesen Brief hier geschrieben, in dem wir Sie unserer Loyalität und Unterstützung versichern, und wir sind überall hingegangen und haben dafür Unterschriften gesammelt, sogar von den Kindern. Hier, Herr Doktor.«

Adam nahm den Brief entgegen und dankte ihnen nochmals. Als sie gegangen waren, machte er ihn auf und las: WIR, DIE UNTERZEICHNETEN, GEBEN HIERMIT UNSERER HOCHACHTUNG FÜR SIR ADAM KELNO AUSDRUCK, DEN MAN BÖSWILLIG VERLEUMDET HAT. ER HAT UNS IMMER GEWISSENHAFT UND FREUNDLICH BEHANDELT UND NIEMALS EINEN KRANKEN VON SEINER TÜR GEWIESEN. DIESES DOKUMENT IST EIN UNZULÄNGLICHES ZEICHEN DER GEFÜHLE, DIE WIR FÜR IHN EMPFINDEN.

Danach folgten drei Seiten mit Unterschriften, einige kaum leserlich, andere in Druckbuchstaben, wiederum andere offenbar von Kindern.

»Das ist eine schöne Geste«, sagte Angela. »Freust du dich nicht?«

»Doch«, sagte Adam, aber er las die Namen noch einmal. Viele Patienten hatten nicht unterschrieben, und die Namen seiner jüdischen Patienten fehlten alle.

24

Ein erwartungsvolles Murmeln durchlief den Gerichtssaal, als Professor Oliver Lighthall in den Zeugenstand gerufen wurde. Aller Mienen waren gespannt, als der Mann, den viele für den führenden Gynäkologen Englands hielten, in den Zeugenstand hinaufstieg. Er war untadelig gekleidet, doch verrieten ein paar kleine Nachlässigkeiten den Wissenschaftler. Obwohl ein Teil seiner Kollegen ihn sehr unter Druck gesetzt hatten, war er unbeirrbar bei seiner Entscheidung geblieben, als Gutachter auszusagen.

»Dieser Zeuge wird natürlich auf englisch aussagen«, sagte Tom Bannister. »Bitte geben Sie uns Ihren Namen und Ihren Wohnsitz an.«

»Oliver Leigh Lighthall. Ich wohne in London, Cavendish Square 2, und habe dort auch meine Praxis.«

»Sie sind Doktor der Medizin, Mitglied des Royal College of Surgeons, Mitglied des Royal College of Obstetrics and Gynecology der Universitäten London, Cambridge und Wales und seit zwanzig Jahren Chefarzt der geburtshilflichen Klinik am College Hospital der Universität.«

»Das ist alles richtig.«

»Seit wann arbeiten Sie auf Ihrem Spezialgebiet?«

»Seit über vierzig Jahren.«

»Herr Professor Lighthall. Gibt es irgendwelche medizinischen Gründe, die für die operative Entfernung eines röntgenbestrahlten Eierstocks sprechen?«

»Keinen einzigen.«

»Kommt es nicht häufig vor, daß ein bestrahlter Eierstock oder Hoden abstirbt?«

»Nur im Hinblick auf seine physiologische Funktion. Der Eierstock kann dann keine Eier bzw. der Hoden keine Samenfäden mehr produzieren.«

»Kann nicht das gleiche bei einer Frau auftreten, wenn sie in die Wechseljahre kommt, und häufig auch bei Männern nach einer bestimmten Krankheit?«

»Ja, der Eierstock stellt nach der Menopause seine Funktion ein, und eine Krankheit kann die Produktion von Samenfäden unterbinden.«

»Aber Sie nehmen doch nicht einfach Eierstöcke heraus, nur weil die betreffenden Frauen im Klimakterium sind?«

»Nein, natürlich nicht.«

Arroganter Laffe, dachte Adam Kelno, arroganter englischer Laffe mit der snobistischen Praxis am Cavendish Square. O'Conner schickte Shawcross und Cady einen Zettel: GLEICH WIRD DER BLITZ EINSCHLAGEN.

»Gab es im Jahre 1943 unterschiedliche Meinungen im Hinblick auf die Entfernung von Eierstöcken, die ihre Funktion eingestellt hatten?«

»Nein, nur eine Meinung.«

»Wendet man Röntgenstrahlen nicht zur Behandlung von Krebs an?«

»Bestimmte Krebsformen reagieren auf Röntgenstrahlen.«

»In hohen Dosen.«

»Ja.«

»Und das gleiche gilt bei Hodenkrebs.«

»Ja, auch in diesen Fällen wendet man Röntgenstrahlen an.«

»Herr Professor Lighthall, in dieser Verhandlung wurde behauptet, daß man es im Jahre 1943 für möglich hielt, daß eine Röntgenbestrahlung von Hoden bzw. Eierstöcken Krebs hervorrufen könnte.«

»Das ist totaler Unsinn, dummes Gewäsch, das man fast mit dem Hokuspokus eines Medizinmannes im Urwald vergleichen könnte.«

Adam Kelno zuckte zusammen. Oliver Lighthalls Worte hatten in ihm die Erinnerung an seine eigenen Kämpfe mit den Medizinmännern in Sarawak geweckt. Hinter seinem britischen Phlegma war Lighthall offensichtlich entrüstet und so hielt er mit seiner Meinung ganz und gar nicht zurück.

»Wenn man einen Versuch durchführt, um festzustellen, ob ein Hoden noch produktiv ist, hätte dieser Hoden irgendeinen Wert, wenn er von einem unerfahrenen Operateur entfernt würde?«

»Wenn das Gewebe anschließend im Laboratorium untersucht werden soll, ist es unumgänglich notwendig, daß er von einem geübten Chirurgen entfernt wird.«

»Demnach würde also ein Arzt mit der Drohung, einen unausgebildeten SS-Pfleger operieren zu lassen, höchstwahrscheinlich nur bluffen, denn er würde sich ja dadurch ins eigene Fleisch schneiden.«

»Manche Dinge sind so logisch, daß man darüber nicht zu diskutieren braucht. Ich habe die Aussage gelesen; Voss hatte nicht die geringste Absicht, diese Operationen von einem SS-Pfleger durchführen zu lassen.«

Highsmith wollte aufstehen, überlegte es sich anders und nahm wieder Platz.

»Haben Sie die vier Frauen untersucht, die hier ausgesagt haben?«

»Ja.«

Das Blut wich aus Adam Kelnos Gesicht. Highsmith starrte abermals seinen Mandanten an und bemühte sich verzweifelt, keinerlei Gefühlsregung zu zeigen.

»Wenn diese Frauen fünf bis zehn Minuten lang Röntgenstrahlen ausgesetzt waren, hätte kein Chirurg die äußerlichen Anzeichen dieser Behandlung übersehen können, also Verbrennungen, vielleicht sogar Brandblasen, Entzündungen.«

»Einige der verbrannten Stellen sind noch heute zu erkennen«, erwiderte Lighthall.

»Nach vierundzwanzig Jahren?«

»Bei den Frauen, die ich untersucht habe, werden die Hautverfärbungen bis ans Ende ihres Lebens sichtbar bleiben.«

»Wenn ein Chirurg solche Verbrennungen kurz nach der Bestrahlung sieht, würde ihn das zu der Ansicht bewegen, daß der Eierstock entfernt werden muß?«

»Ich bin felsenfest überzeugt davon, daß das Gegenteil der Fall wäre. Er würde ein viel zu großes Risiko eingehen.«

»Herr Professor Lighthall, ist es in England üblich, bei einer Ovariektomie unter Lumbalanästhesie die Patientin auf dem Operationstisch anzuschnallen?«

»Sehr ungewöhnliches Verfahren. Man stellt höchstens die Arme ruhig.«

Adam war, als ob ihm die Brust zerspringen würde. Ein heftiger Schmerz durchfuhr ihn von der Brust bis zum Magen. Er suchte nach einer Tablette und schluckte sie so unauffällig wie möglich.

»Es ist also nicht üblich?«

»Nein. Die Patientin ist durch die Injektion bewegungsunfähig.«

»Bitte erzählen Sie uns, welche chirurgischen Maßnahmen nach der Entfernung eines Eierstocks getroffen werden.«

Lighthall ließ sich ein Plastikmodell im Normalmaßstab bringen und stellte es so auf das Geländer, daß die Geschworenen es von vorn sehen konnten. Er strich sich das Haar zurück, das ihm in die Stirn gefallen war, und deutete mit dem Finger auf die Stellen, über die er sprach.

»Das hier ist die Gebärmutter. Die beiden gelben walnußgroßen Gebilde, die Sie zu beiden Seiten und leicht nach hinten versetzt sehen, sind die Eierstöcke. Der Chirurg muß durch den Stiel hindurch bis zu der Verbindungsstelle zwischen der Versorgungsarterie des Eierstocks und der Bauchschlagader schneiden. Dann bindet er den Stumpf ab, damit es keine Blutung aus der Bauchschlagader gibt.«

Er trank einen Schluck Wasser. Der Richter bot ihm an, sich zu setzen, aber er erwiderte, daß er es vorziehe, seinen Vortrag im Stehen zu halten.

»Den nächsten Schritt nennt man peritonisieren. Das Innere der Bauchwand ist mit einer sehr dünnen Membran überzogen, dem Bauchfell. Diese Membran hebt man ab und überdeckt damit den Stumpf. Mit anderen Worten, man benützt die Membran, medizinisch Peritoneum genannt, zum Überdecken des Stumpfes, um Verwachsungen zu verhindern und zu gewährleisten, daß der Stumpf gut verschorft.«

Bannister warf einen Blick zu den Geschworenen hinüber, die mit gespannter Aufmerksamkeit zuhörten. Er ließ Lighthalls Worte nachwirken.

»Diese Stufe der Operation ist also äußerst wichtig. Demnach ist es unumgänglich notwendig, daß die Schnittfläche des Stumpfes von einer Bauchfellfalte überdeckt wird?«

»Ja, unbedingt.«

»Was würde geschehen, wenn das nicht gemacht wird?«

»Dann würde der frische Stumpf nicht versorgt sein. Der Pfropf, der sich in der Arterie bildet, würde sich entzünden, und es bestünde die Gefahr von Verwachsungen vom Darm her. Wenn der Stumpf nicht richtig abgedichtet wird, blutet er, und es besteht dann auch die Gefahr, daß sieben bis zehn Tage nach der Operation eine Nachblutung auftritt.«

Er forderte den Beisitzer mit einer Kopfbewegung auf, das Modell wegzunehmen.

»Sind Sie über die Aussage von Dr. Kelno orientiert?«

»Ich habe sie mit größter Aufmerksamkeit gelesen.«

»Als ich ihn fragte, ob es nicht üblich sei, den Stumpf mit einer Falte des Bauchfells zu überdecken, wie Sie es soeben beschrieben haben, sagte er, es gäbe kein Bauchfell.«

»Es ist mir rätselhaft, wo er gelernt hat zu operieren. Ich arbeite seit über vierzig Jahren als Gynäkologe, und bei keiner der mehr als tausend Ovariektomien, die ich durchgeführt habe, konnte ich das Bauchfell nicht finden.«

»Es ist also da?«

»Großer Gott, natürlich.«

»Dr. Kelno sagte ferner aus, er pflege den Amputationsstumpf durch einen einzigen Kreuzstich vom Ligamentum infundibulo pelvicum her zu versorgen. Was sagen Sie dazu?«

»Ich würde sagen, daß das in der Tat höchst absonderlich ist.«

Aller Augen waren auf Adam Kelno gerichtet, besonders die von Terrence, der mit offenem Mund und wie erstarrt dasaß.

»Wie lange dauert eine Ovariektomie normalerweise, vom ersten Einschnitt bis zur äußeren Wundnaht?«

»Annähernd eine halbe Stunde.«

»Hat es irgendeinen Vorteil, wenn man sie in fünfzehn Minuten durchführt?«

»Nein, es sei denn, daß eine massive Blutung in der Bauchhöhle vorliegt. Andernfalls ist es meiner Meinung nach schlechte Chirurgie, mit solcher Geschwindigkeit zu operieren.«

»Könnte irgendein Zusammenhang zwischen der Geschwindigkeit der Operation und einer Nachblutung bestehen?«

Lighthall blickte überlegend zu der hohen Decke empor. »Nun, wenn man auf Tempo arbeitet, kann man die Gefäßversorgung nicht so durchführen, wie ich sie beschrieben habe. Man kann einfach nicht den Amputationsstumpf überdecken und die Blutung stillen, wenn man mit einer derartigen Geschwindigkeit arbeitet.«

Bannister warf den Geschworenen einen vielsagenden Blick zu, während Oliver Lighthall weiter nachdachte. »Möchten Sie zu diesem Punkt noch etwas sagen, Herr Professor?«

»Als ich die vier Frauen untersuchte, überraschte es mich nicht im mindesten, als mir erzählt wurde, daß die Schwester der einen Frau in der Nacht nach der Operation starb und eine andere sich nicht mehr erholen konnte. Meiner Meinung nach«, sagte er und sah Adam Kelno.

der am Tisch des Solicitors saß, direkt an, »lag das an der u
mäßen Versorgung des Stumpfes.«

Es wurde immer klarer, daß Oliver Lighthalls Aussage seine E
über das, was er gesehen hatte, widerspiegelte.

»Wenn ein Chirurg mehrere Operationen hintereinander d
und es unterläßt, sich vor jeder neuen Operation die Hände zu
oder die Instrumente zu sterilisieren, was könnte die Folge dav
»Ich kann mir nicht vorstellen, daß es einen Chirurgen gibt
nicht an diese Grundregeln hält. Seit Lister würde man das
liche Fahrlässigkeit betrachten.«

»Sträfliche Fahrlässigkeit«, wiederholte Bannister mit sanfte r
»und was wären die Folgen einer solchen sträflichen Fahrlä
»Eine gefährliche Infektion.«

»Und welche Bedingungen sollten in einem Operationssaa
sein?«

»Jeder Anwesende sollte durch Antiseptika so keimfrei wi
gemacht werden und Gesichtsmaske und Kittel tragen. Hier
Gerichtssaal zum Beispiel ist unsere Kleidung jetzt voller
In einem Operationssaal würden diese Keime durch die Luft
und an den ungeschützten Körper des Patienten gelangen.

»Hängt die Blutungsneigung von der Art der Narkose ab?«

»Ja. Es ist sattsam bekannt, daß die Lumbalanästhesie die
Blutungen fördert, und zwar aufgrund des Blutdruckabfalls
Gefahr ist doppelt so groß, wenn der Gefäßstumpf nicht
versorgt worden ist.«

»Wie lange sollte es nach einer normalen Ovariektomie, die
schenfälle verläuft, dauern, bis die Operationswunde verhe
»Ungefähr eine Woche.«

»Nicht mehrere Wochen oder gar Monate?«

»Nein.«

»Wenn es aber Wochen dauern und die Wunde eitern u
würde, worauf könnte man dann schließen?«

»Auf eine bakterielle Infektion während der Operation, e
gemäß durchgeführte Operation, ungenügende Anwendun
infektionsmitteln und unsterile Instrumente.«

»Und wie steht es mit der Injektionsnadel?«

»Lassen Sie mich überlegen. Die Nadel hat das Gewebe über
säule durchstoßen. Sie ist in den Rückenmarkskanal einge
könnte unter Umständen die Membranen, welche die Wi
hen, verletzen. Daraus könnte sich ein Dauerschaden entw
»Und lebenslängliche Schmerzen?«

»Ja.«

»Bitte berichten Sie uns, was Sie bei der Untersuchung der
festgestellt haben.«

»Euer Ehren, darf ich für meine Aussage die Notizen benützen, die ich mir gemacht habe?«

»Selbstverständlich.«

Lighthall holte die Notizen aus der Jackentasche und setzte sich die Brille auf. »In der Reihenfolge ihrer Aussagen. Die erste Dame, eine der Zwillingsschwestern aus Israel. Ihre Narbe war extrem nachgiebig. Ich konnte eine Lücke tasten, ein hautdünn bedecktes Loch, wenn man es so nennen will, zwischen der äußeren und der inneren Gewebeschicht der Bauchwand.«

Er blickte zum Richter empor und hielt eine Hand hoch. »Als Maßeinheit möchte ich zur besseren Verdeutlichung die Breite einer Fingerspitze verwenden.«

»Haben die Geschworenen das verstanden?« fragte der Richter. Alle nickten kurz.

»Frau Shorets Narbe war drei Fingerspitzen breit und sie hat einen Narbenbruch, der auf eine schlechte Wundheilung schließen läßt.«

Er blätterte abermals seine Notizen durch. »Bei ihrer Schwester, Frau Halevy, war ein auffallend kurzer Schnitt gemacht worden, nur zwei Fingerspitzen bzw. drei Zentimeter lang. Wirklich eine extrem kurze Inzision. Auch ihre Narbe war in der Mitte nachgiebig, wo das Gewebe nicht verheilt war, und zeigte außerdem als Folge der Bestrahlung eine tiefbraune Verfärbung.«

»Die Verbrennung war also noch erkennbar.«

»Ja. Am schlimmsten sah es bei der dritten Dame aus, Frau Peretz aus Triest. Die Dame, für die ihr Sohn gedolmetscht hat. Ihre Operationswunde war buchstäblich nur papierdünn bedeckt. Auch bei ihr bestand die gleiche Nachgiebigkeit der Bauchwand, und ihre Narbe ist ebenfalls nur zwei Fingerspitzen lang.«

»Darf ich Sie unterbrechen«, sagte Bannister. »Sie sagten, ihre Operationswunde ist nur papierdünn bedeckt. Wie dick ist die Bauchwand normalerweise?«

»Sie besteht aus mehreren Lagen, nämlich Haut, Fett, Bindegewebe, Muskelgewebe und Bauchfell. Bei Frau Peretz gab es weder eine Fettschicht noch elastische Fasern, also Muskelgewebe, oder Bindegewebe. Wenn man ihre Narbe mit dem Finger eindrückt, kommt man tatsächlich fast bis an die Wirbelsäule.«

»Also praktisch ein Loch von der Bauchwand bis zum Rücken, das nur papierdünn bedeckt ist.«

»Ja.«

»Und die letzte Dame?«

»Frau Prinz aus Belgien.«

Highsmith erhob sich. »Wenn ich mich recht erinnere, wurde festgestellt, daß ich aufgrund ihres Gemütszustands keine Gelegenheit hatte, sie ins Kreuzverhör zu nehmen.«

»Meine Entscheidung, Sir Robert, lautete dahingehend, daß die Geschworenen später auf diesen Umstand besonders hingewiesen würden. Hier handelt es sich nicht um Frau Prinz' Aussage, sondern um die von Professor Lighthall. Bitte fahren Sie fort, Herr Professor.«

»Frau Prinz hatte Narben von zwei Operationen. Bei der einen handelt es sich um eine vertikal verlaufende Narbe, die viel länger ist als die zweite, welche den Narben der anderen Frauen ähnelt. Daraus möchte ich schließen, daß die vertikale Narbe von einem anderen Chirurgen stammt. Die kleinere, horizontale Narbe ist als Folge der Bestrahlung tiefbraun verfärbt, gleichfalls tief eingebuchtet und nur zwei Fingerspitzen lang. Offensichtlich ist die Wunde nicht normal verheilt.«

»War die lange vertikale Narbe links oder rechts?«

»Links.«

»Frau Prinz hat ausgesagt, daß ihr linker Eierstock von Dr. Dimshits herausgenommen wurde. Wie beurteilen Sie den Zustand dieser Narbe?«

»Ich fand keine weiche Stelle und keine Anzeichen für eine Wundinfektion oder Röntgenverbrennung. Die Operation scheint sachgemäß durchgeführt worden zu sein.«

»Aber die andere nicht?«

»Nein, die zweite Narbe sieht mehr oder weniger wie die Narben der anderen Frauen aus.«

»Herr Professor, was ist Ihrer Erfahrung nach die normale Länge für einen solchen Einschnitt?«

»Nun, acht bis fünfzehn Zentimeter, das hängt vom Chirurgen und von dem betreffenden Fall ab.«

»Aber niemals drei oder fünf Zentimeter?« fragte Bannister.

»Auf gar keinen Fall.«

»Was würden Sie sagen, wenn Sie diese Narben mit denen von Ovariektomien vergleichen, die Sie woanders gesehen haben?«

»Ich habe hier und auf dem europäischen Kontinent sowie in Afrika, im Mittleren Orient, in Australien und in Indien operiert. In all den Jahren habe ich niemals derartige Narben gesehen. Selbst die Wundnähte waren fürchterlich. Alle Wunden hatten sich wieder geöffnet.«

Als Lighthall seine Notizen wieder weggesteckt hatte, herrschte im Gerichtssaal eine Atmosphäre ungläubigen Entsetzens. Sir Robert wußte, welcher Schaden seiner Seite zugefügt worden war, und daß er die Wirkung dieser Aussage neutralisieren mußte.

»Ich entnehme Ihrer Aussage«, sagte Highsmith, »daß Sie zwischen den Bequemlichkeiten, welche die luxuriösen Kliniken der Wimpole und der Wigmore Street bieten, und den Bedingungen, wie sie im Konzentrationslager Jadwiga gegeben waren, genau zu unterscheiden wissen.«

»Sehr genau sogar.«

»Und Sie sind sich auch bewußt, daß die Regierung Ihrer Majestät diesen Mann wegen seiner Leistungen als Arzt und Chirurg geadelt hat.«

»Ich bin mir dessen bewußt.«

»Leistungen, die so auffällig sind, daß Sir Adam Kelno die von Ihnen beschriebenen Kunstfehler unmöglich begangen haben kann, selbst wenn er sich einer anderen als der allgemein üblichen Operationstechnik bedient hat.«

»Ich würde viel lieber denken, daß kein Fachchirurg solche Fehler machen könnte, aber offensichtlich hat einer es doch getan.«

»Aber nicht Sir Adam Kelno. Gehen wir zu einer anderen Frage über. Es ist Ihnen bekannt, daß in Jadwiga Hunderttausende von Menschen praktisch mit einer Handbewegung ermordet wurden.«

»Ja.«

»Und wir befinden uns jetzt in einer Hölle, nicht mehr am Cavendish Square, sondern in einer unvorstellbaren Hölle, wo das menschliche Leben nichts wert ist.«

»Ja.«

»Und Sie würden mir doch beipflichten, daß Sie, wenn Sie dort ein Gefangenenarzt wären, der Tag und Nacht arbeiten und um sein eigenes Leben fürchten muß, und ein SS-Offizier ohne Kittel und Gesichtsschutz in Ihrem Operationssaal erscheinen würde, so gut wie nichts dagegen tun könnten.«

»Ich muß Ihnen zustimmen.«

»Und Sie wissen auch, Herr Professor Lighthall, daß die britischen medizinischen Fachzeitschriften voll von Artikeln sind über die Gefahren von Röntgenstrahlen bei Leukämie und bei ungeborenen Kindern und über ihre genetische Wirkung, und daß man bei röntgenbestrahlten Frauen Mißgeburten oder Fehlgeburten mit Entwicklungsschäden beobachtet hat.«

»Ja.«

»Und Sie wissen ferner, daß Ärzte und Radiologen an Strahlenschäden gestorben sind und daß man 1940 auf diesem Gebiet nicht so viel Erfahrung hatte wie heute.«

»Ja, das weiß ich.«

»Können Sie sich nicht vorstellen, daß ein Arzt, der aus seiner Umwelt herausgerissen und in eine unbeschreibliche Hölle hineingestoßen wurde, ernste Zweifel gehabt haben könnte?«

»Das muß ich zugeben.«

»Wollen Sie nicht genauso zugeben, daß es damals viele unterschiedliche Meinungen über die Länge des Einschnitts und auch darüber gab, wieviel Zeit die Durchführung einer bestimmten Operation erforderte?«

»Jetzt aber langsam, Sir Robert, ich fühle mich ein bißchen überrannt. Schlüsselloch-Chirurgie und übergroße Schnelligkeit bergen Gefahren, und das wußten auch die polnischen Ärzte jener Jahre.«

»Würden Sie dem Gericht und den Geschworenen sagen, ob man annehmen kann, daß ein britischer Arzt viel konservativer ist als ein polnischer Arzt?«

»Nun, ich muß mit Stolz sagen, daß wir sehr viel Wert auf eine sorgfältige und gewissenhafte Operationstechnik legen. Aber meine Aussage bezog sich auf die Untersuchung von Frau Prinz, die von zwei polnischen Ärzten operiert wurde, einmal sachgemäß und einmal nicht.«

Sir Robert tat einen kleinen Sprung, und der Talar rutschte ihm von den Schultern. »Ich behaupte, es gibt zwischen britischen und europäischen Ärzten so viele unterschiedliche Auffassungen, daß sie ein Jahr lang debattieren könnten, ohne in bestimmten Punkten zu einer Einigung zu kommen.«

Oliver Lighthall wartete ab, bis die Heftigkeit von Sir Roberts Ausbruch verebbt war. »Sir Robert«, sagte er leise und beherrscht, »über die Untersuchungsbefunde bei diesen Frauen kann es keine zwei Meinungen geben. Es war rohe und schlechte Chirurgie. Unmedizinisch ausgedrückt, würde ich es als Schlächterei bezeichnen.«

Das nachfolgende Schweigen und die funkelnden Blicke, mit denen die beiden sich maßen, wirkten wie eine Sprengladung, die jede Sekunde explodieren konnte.

Mein Gott, dachte Gilray, hier sind zwei hochgebildete Engländer, die wie Wilde aufeinander losgehen. »Ich möchte Herrn Professor Lighthall ein paar Fragen über bestimmte Aspekte der medizinischen Ethik stellen«, sagte der Richter hastig, um die Situation zu retten. »Haben Sie etwas dagegen, Sir Robert?«

»Nein, Euer Ehren«, sagte er, froh, aus seiner peinlichen Lage erlöst zu sein.

»Herr Bannister?«

»Ich bin überzeugt, daß Professor Lighthall befähigt ist, zu solchen Fragen Stellung zu nehmen, und ich halte es daher für angebracht, wenn Euer Ehren sich damit an ihn wenden.«

»Ich danke Ihnen«, sagte der Richter Anthony Gilray, legte den Bleistift hin, stützte das Gesicht in die Hand und versuchte sorgfältig abzuwägen, was er sagen sollte. »Was wir hier haben, Herr Professor, sind die Aussagen von zwei Ärzten, die beide behaupten, daß man sie entweder umgebracht hätte, oder daß die Operationen von jemandem, der dafür nicht ausgebildet war, durchgeführt worden wären. Herr Bannister hat mit allem Nachdruck bestritten, daß man diese Operationen tatsächlich von einem unausgebildeten SS-Pfleger hätte ausführen lassen. Aber in Anbetracht der in Jadwiga herrschenden Zustände dürfen wir wohl annehmen, daß diese Drohung wirklich ausgesprochen wurde und in die Tat umgesetzt worden wäre, wenn auch nur als Exempel für die anderen Ärzte, denen man vielleicht später den gleichen Befehl gegeben hätte. Was ich von Ihnen erbitte, ist eine

Beurteilung vom Standpunkt der ärztlichen Ethik aus. Gibt es Ihrer Meinung nach für einen Chirurgen eine Rechtfertigung, der gegen den Willen des Patienten eine Operation ausführt, die einem Ziel dient, das wohl medizinisch als auch rechtlich fragwürdig ist?«

Lighthall zog sich abermals in die Zuflucht der Meditation zurück. »Euer Ehren, das steht in krassem Gegensatz zu jedem ärztlichen Brauch, von dem ich jemals gehört habe.«

»Wir sprechen hier über ärztliche Bräuche, wie es sie niemals zuvor gegeben hat. Sagen wir einmal, daß in einem arabischen Staat ein Mann wegen Diebstahls zum Verlust einer Hand verurteilt wird und Sie der einzige ausgebildete Arzt in der Nähe sind. Entweder amputieren Sie ihm die Hand fachgerecht, oder ein anderer hackt sie einfach ab.«

»In diesem Fall würde ich dem armen Kerl sagen, daß ich keine Wahl habe.«

Adam Kelno nickte und lächelte leicht.

»Aber nichts«, fuhr Lighthall fort, »könnte mich dazu bringen, wenn der Patient nicht einverstanden wäre, und nichts und niemand könnte mich dazu zwingen, unsachgemäß zu operieren. Ich glaube jedoch, Euer Ehren, daß ich gegebenenfalls die Kraft hätte, das Messer statt gegen den Patienten gegen mich selbst zu richten.«

»Zum Glück«, sagte Gilray, »wird dieser Fall nach dem Gesetz und nicht aufgrund philosophischer Anschauungen entschieden.«

»Euer Ehren«, sagte Oliver Lighthall, »ich bin in der Frage des ärztlichen Verhaltens unter Härtebedingungen anderer Meinung als Sie. Zugegeben, Jadwiga war die unterste Stufe der Hölle, aber Ärzte haben ihren Beruf in allen möglichen Höllen ausgeübt, während Epidemien und Hungersnöten, auf Schlachtfeldern und in Gefängnissen und in allen nur erdenklichen mißlichen Situationen. Wir sind und bleiben an den seit zweitausendvierhundert Jahren gültigen Eid des Hippokrates gebunden, der uns verpflichtet, dem Patienten zu helfen, aber niemals ein Unrecht oder eine Schädigung zu begehen. Sehen Sie, Euer Ehren, auch ein Gefangener hat das Recht auf Schutz vor einem Arzt, denn in dem Eid heißt es, ›und ich will mich fernhalten von willkürlichem Unrecht und jeder anderen Schädigung, insbesondere von Werken der Wollust an Leibern von Frauen und Männern, von Freien und Sklaven.‹«

25

Der Gerichtssaal hallte von dem Eindruck wider, den die Aussage von Oliver Lighthall gemacht hatte, der im Besprechungszimmer von Abe und Shawcross, von Ben und Vanessa, von Pam und Geoffrey Dodd spontan umarmt wurde. Lighthall war noch immer zornig und hatte das Gefühl, noch nicht genug gesagt zu haben. Die Journalisten rasten zu den Telefonen und in die Fleet Street.

BERÜHMTER ARZT REZITIERT IM ZEUGENSTAND DEN HIPPO-KRATISCHEN EID, würden die Schlagzeilen hinausschreien.

»Bevor wir die Verhandlung über das Wochenende vertagen«, sagte Anthony Gilray, »hätte ich gern gewußt, und ich bin sicher, auch die Geschworenen würden es begrüßen, ob Sie uns sagen können, wie viele Zeugen Sie noch aufrufen wollen, und wie lange die Einvernahmen dauern werden, Herr Bannister.«

»Drei, Euer Ehren, und es besteht eine geringe Möglichkeit, daß noch ein vierter kommt. Nur bei einem von ihnen, Dr. Mark Tesslar, wird die Einvernahme lange dauern.«

»Wenn wir also die Plädoyers und meine Instruktionen dazurechnen, besteht die Aussicht, daß der Fall bis zum nächsten Wochenende vor die Geschworenen gehen kann.«

»Das nehme ich an, Euer Ehren.«

»Danke. In diesem Fall bitte ich den Beisitzer, jedem Geschworenen ein Exemplar von *The Holocaust* zu geben. Ich bin mir bewußt, daß dieses Buch einen Umfang von über siebenhundert Seiten hat und daß Sie es kaum in zwei Tagen sorgfältig lesen können. Ich bitte Sie jedoch eindringlich, daß Sie sich mit dem Inhalt so gründlich wie möglich vertraut machen, damit Sie wenigstens in großen Zügen wissen, worüber der Autor geschrieben hat. Ich richte diese Bitte deshalb an Sie, weil wir, wenn ich Ihnen meine Instruktionen gebe, berücksichtigen müssen, daß der beanstandete Teil des Buches nur einen einzigen Absatz umfaßt, und dieser Umstand ist für die Beurteilung, wie schwer oder wie kränkend die Verleumdung ist, von Bedeutung. Das Gericht vertagt sich bis Montag.«

26

Die Warschauer Maschine der LOT, die Dr. Maria Viskowa an Bord hatte, stellte ihre aus der Sowjetunion stammenden Motoren ab. Maria Viskowa kam durch den Zoll, gekleidet in ein streng geschnittenes Kostüm und Schuhe mit flachen Absätzen; sie trug kein Make-up. Selbst in dieser unattraktiven Aufmachung ließ sich eine gewisse Schönheit nicht übersehen.

»Ich bin Abraham Cady. Meine Tochter Vanessa und mein Sohn Ben.«

»Ben? Ich habe in Spanien Ihren Onkel Ben kennengelernt. Er war ein feiner Junge. Sie ähneln ihm sehr.«

»Danke. Er war ein großartiger Mann. Wie war der Flug?«

»Sehr schön.«

»Wir haben eine Überraschung für Sie«, sagte Abe, nahm sie beim Arm und führte sie in die Halle, wo Jacob Alexander und Dr. Susanne Parmentier warteten. Die beiden Frauen gingen aufeinander zu; zwanzig Jahre lang hatten sie sich nicht gesehen. Sie nahmen sich fest bei den Händen, blickten einander an, dann umarmten sie sich liebevoll und gingen Arm in Arm aus dem Flughafengebäude hinaus.

Der Prozeß ging in die dritte Woche. Den Mitgliedern der Shawcross/Cady-Truppe merkte man die Anstrengung der pausenlosen Vorbereitungsarbeit an, die sie über das Wochenende für den letzten Vorstoß geleistet hatten. Selbst dem stets beherrschten Thomas Bannister war anzusehen, wie erschöpft er war.

Als Maria Viskowa den Gerichtssaal betrat, verhielt sie für einen Moment den Schritt und starrte Adam Kelno an. Kelno wandte sich ab und tat so, als müsse er etwas mit Richard Smiddy besprechen. Abe geleitete Susanne Parmentier zu einem Platz neben sich. Jacob Alexander reichte einen Zettel herüber.

ICH HABE HEUTE FRÜH MIT MARK TESSLAR GESPROCHEN. ER LÄSST AUSRICHTEN, WIE SEHR ER ES BEDAUERT, DASS ER NICHT ZU DR. VISKOWAS EMPFANG KOMMEN KONNTE, ABER ER FÜHLT SICH NICHT GANZ WOHL UND MÖCHTE SEINE KRÄFTE FÜR SEINE AUSSAGE AUFSPAREN. BITTE SAGEN SIE DR. PARMENTIER, SIE MÖCHTE DIESE NACHRICHT AN DR. VISKOWA WEITERGEBEN.

Maria Viskowas Stimme und auch der Ausdruck ihrer Augen wirkten abgeklärt, als sie durch den polnischen Dolmetscher ermahnt wurde, die Wahrheit zu sagen. Man war zu der Ansicht gekommen, daß ihr Englisch für eine direkte Aussage doch nicht gut genug war.

»Ich bin Maria Viskowa«, sagte sie in Beantwortung von Bannisters Frage. »Ich arbeite und wohne im Sanatorium für Grubenarbeiter in Zakopane, Polen. Ich wurde 1910 in Krakau geboren.«

»Was geschah, nachdem Sie die Oberschule abgeschlossen hatten?«

»Ich konnte mich an keiner medizinischen Fakultät in Polen einschreiben. Ich bin Jüdin, und unsere jährliche Quote war voll. Ich studierte in Frankreich, und nach dem Staatsexamen ging ich in die Tschechoslowakei, wo ich in einem Luftkurort in der Tatra in einem Lungensanatorium arbeitete. Das war im Jahre 1936.«

»Und dort lernten Sie einen Dr. Viskski kennen, den Sie dann heirateten?«

»Ja, er war ebenfalls Pole. In der Tschechoslowakei nannten wir uns Viskowa.«

»Frau Dr. Viskowa, sind Sie Mitglied der kommunistischen Partei?«
»Ja.«

»Bitte erzählen Sie uns, wie Sie dazu kamen.«

»Mein Mann und ich traten in die Internationale Brigade ein, um für das loyalistische Spanien gegen Franco zu kämpfen. Als der Bürgerkrieg zu Ende war, flohen wir nach Frankreich, wo wir in der Pyrenäenstadt Cambo an der französisch-spanischen Grenze in einem Sanatorium für Erkrankungen der Atmungswege arbeiteten.«

»Und was taten Sie im Zweiten Weltkrieg?«

»Mein Mann und ich richteten in Cambo eine Untergrundzentrale ein, über die wir französische Offiziere und Soldaten aus dem Land schmuggelten, damit sie sich den französischen Truppen in Afrika anschließen konnten. Außerdem beschafften wir aus Spanien Waffen für die FFI, die französische Widerstandsorganisation.«

»Nach zweieinhalbjähriger Tätigkeit im Untergrund wurden Sie entdeckt und an die Gestapo im besetzten Teil Frankreichs ausgeliefert, ist das richtig?«

»Ja.«

»Haben Sie nach dem Krieg von der französischen Regierung eine Anerkennung für Ihre Untergrund-Arbeit bekommen?«

»Ich wurde von General de Gaulle mit dem Croix de Guerre mit Stern ausgezeichnet. Mein Mann erhielt die gleiche Auszeichnung posthum. Er war von der Gestapo hingerichtet worden.«

»Und Ende Frühjahr 1943 wurden Sie dann ins Konzentrationslager Jadwiga geschickt. Bitte berichten Sie, was dort nach Ihrer Ankunft geschah.«

»In der Auslesebaracke entdeckte man, daß ich Ärztin war, und so teilte man mich der Baracke III im Lazarettbezirk zu. Dort wurde ich von dem SS-Oberst Voss und von Dr. Kelno erwartet und erfuhr, daß eine polnische Ärztin gerade Selbstmord verübt hatte und ich die Frauenabteilung im Erdgeschoß übernehmen sollte. Es dauerte nicht lange, bis ich herausgefunden hatte, welchem Zweck die Baracke III diente. Dort lagen ständig zwei- bis dreihundert Frauen, mit denen man entweder schon Versuche angestellt hatte, oder die auf ihre Operation warteten.«

»Hatten Sie Kontakt mit den anderen Ärzten?«

»Ja. Kurz nach meiner Ankunft übernahm Dr. Tesslar die Männerabteilung im ersten Stock. Ich war auf dem Transport nach Polen, der in einem offenen Viehwagen vonstattenging, krank geworden und bekam Lungenentzündung. Dr. Tesslar pflegte mich gesund.«

»Sie sahen ihn also täglich?«

»Ja, wir verstanden uns sehr gut.«

»Dr. Kelno hat ausgesagt, daß allgemein bekannt war, daß Dr. Tesslar nicht nur Voss' Mitarbeiter bei den Versuchen war, sondern auch bei den Lagerprostituierten Abtreibungen machte.«

»Das ist so absurd, daß man dazu nichts sagen kann. Nichts als eine Lüge.«

»Wir bitten Sie aber um Ihre Meinung zu diesem Punkt, Frau Viskowa.«
»Wir haben monatelang Tag und Nacht zusammen gearbeitet. Er war der größte Menschenfreund, den ich jemals kennengelernt habe — ein Mann, der moralisch unfähig war, ein Unrecht zu begehen. Dr. Kelno, von dem diese Anschuldigungen stammen, hat sie nur vorgebracht, um seine eigenen Schandtaten zu verschleiern.«

»Ich fürchte, daß diese Aussage dem Sinn nach eine redaktionelle Anmerkung ist«, sagte Richter Gilray.

»Ja, ich weiß. Es ist schwer, über einen Heiligen redaktionelle Anmerkungen zu machen.«

»Es wurde ferner ausgesagt, daß Dr. Tesslar in der Baracke ein eigenes Zimmer hatte.«

Maria Viskowa lächelte und schüttelte ungläubig den Kopf. »Den Ärzten und Kapos stand ein Raum von 1,60 mal 1,30 zur Verfügung. Gerade ausreichend für ein Bett, einen Stuhl und ein kleines Schränkchen.«

»Aber keine eigene Toilette oder Dusche oder ein Eßplatz. Nichts was man luxuriös nennen könnte?«

»Der Raum war kleiner als eine Gefängniszelle. Man hatte ihn uns zur Verfügung gestellt, damit wir dort unsere Krankenberichte schreiben konnten.«

»Gab es noch andere Ärzte, die mit diesem Teil des Lazarettbezirks zu tun hatten?«

»Frau Dr. Parmentier, eine Französin. Sie war die einzige Nichtjüdin, die in die Baracke III kam. Eigentlich wohnte sie im Stammlager, aber sie hatte Zutritt zu Baracke III, damit sie sich um die Opfer von Dr. Flensbergs Versuchen kümmern konnte. Frau Dr. Parmentier war Psychiaterin.«

»Wie ist Ihre Meinung über sie?«

»Sie war eine Heilige.«

»Gab es noch andere Ärzte?«

»Für eine kurze Zeit war Dr. Boris Dimshits dort. Ein russischer Jude, auch ein Gefangener.«

»Was können Sie über ihn sagen?«

»Er machte für Voss Ovariektomien. Das erzählte er mir selber. Er weinte über das, was er anderen Juden antun mußte, aber er hatte nicht die Kraft, sich dagegen zu wehren.«

»Wie würden Sie sein Aussehen und seinen Geisteszustand beurteilen?«

»Er sah sehr alt aus. Er wurde zusehends zerstreuter, und seine Hände waren mit Ausschlag bedeckt. Seine Patientinnen, für die ich sorgte, kamen in immer schlechterer Verfassung aus dem Operationssaal zurück. Es gab keinen Zweifel daran, daß er für seine Arbeit untauglich geworden war.«

»Was können Sie über die Operationen sagen, die er vorher gemacht hatte?«

»Die Operationen schienen fachgerecht durchgeführt worden zu sein. Die Narben waren zirka acht Zentimeter lang, und er ging sehr sorgfältig vor und gab den Frauen immer eine Vollnarkose. Natürlich traten aufgrund der fürchterlichen hygienischen Verhältnisse, des Mangels an notwendigen Medikamenten und der unzureichenden Verpflegung immer wieder Komplikationen auf.«

»Und als Dr. Dimshits nicht mehr fähig war, seine Arbeit zu leisten, schickte Voss ihn in die Gaskammer.«

»Das ist richtig.«

»Sind Sie ganz sicher, daß er nicht aus anderen Gründen in die Gaskammer geschickt wurde?«

»Nein, denn Dr. Kelno erzählte mir, was Voss gesagt hätte. Und später erfuhr ich von Voss selbst genau das gleiche.«

»Weil Dimshits nutzlos war, nicht mehr arbeiten konnte, ich verstehe. Ist Adam Kelno hier in diesem Gerichtssaal?«

Sie deutete ohne Zögern auf ihn.

»Wurden noch andere Ärzte in die Gaskammer geschickt?«

»Natürlich nicht.«

»Natürlich nicht? Wurden nicht Zehntausende in Jadwiga umgebracht?«

»Aber keine Ärzte. Die Deutschen suchten ständig verzweifelt nach Ärzten. Dimshits war der einzige, der je in die Gaskammer geschickt wurde.«

»Ich verstehe. Haben Sie jemals einen Dr. Lotaki kennengelernt?«

»Nur sehr flüchtig.«

»Dr. Kelno hat ausgesagt, daß er und Dr. Lotaki, nachdem Voss ihm befohlen hatte, diese Operationen auszuführen, mit den übrigen Ärzten darüber sprachen. Was hat er zu Ihnen gesagt?«

»Er hat niemals mit mir darüber gesprochen.«

»Wirklich nicht? Er hat mit Ihnen weder über die ethischen Aspekte diskutiert noch Sie um Ihren Segen oder um Ihren Rat gebeten oder von Ihnen die Meinung eingeholt, daß es zum Besten der Patienten wäre?«

»Nein, dazu war er viel zu arrogant. Er bat niemanden um Rat.«

»Vielleicht lag es daran, daß Sie die Baracke III nicht verlassen durften. Vielleicht hatte er Sie einfach vergessen?«

»Ich konnte mich innerhalb des Lazarettbezirks frei bewegen.«

»Und Sie konnten auch mit den anderen Ärzten sprechen.«

»Ja.«

»Hat Ihnen jemals einer der anderen Ärzte von Besprechungen mit Dr. Kelno erzählt, in denen er ihren Rat und ihr Einverständnis erbat?«

»Ich habe niemals von solchen Besprechungen gehört. Wir alle wußten, daß . . .«

»Was wußten Sie alle?«

»Wir alle wußten, daß die Versuche nur ein Vorwand waren, eine Ausrede für Voss, damit er nicht an die Ostfront geschickt wurde und gegen die Russen kämpfen mußte.«

»Woher wußten Sie das?«

»Voss machte Witze darüber. Er sagte, solange er fleißig Berichte nach Berlin schicke, brauche er nicht an die Front, und solange er sich Himmlers Wohlwollen erfreue, könne er damit rechnen, irgendwann zur Belohnung eine Privatklinik zu bekommen.«

»Voss selbst war sich also im klaren darüber, daß die Versuche keinen wissenschaftlichen Wert hatten.«

»Es bereitete ihm Vergnügen zu sehen, wie andere Menschen abgeschlachtet wurden.«

Und jetzt erhob Bannister ausnahmsweise die Stimme: »Wußte Dr. Kelno, daß Voss' Versuche sinnlos waren?«

»Es ist unmöglich, daß er es nicht wußte.«

Bannister schob die Papiere auf dem Pult herum: »Welche Beobachtungen machten Sie nach dem Tod von Dr. Dimshits?«

»Die Qualität der Operationen sank immer weiter ab. Wir wurden mit allen möglichen postoperativen Komplikationen konfrontiert. Die Patientinnen jammerten über die Schmerzen, die sie von der Lumbalanästhesie her hatten. Immer wieder baten Dr. Tesslar und ich Dr. Kelno um seinen Besuch. Wir wurden ignoriert.«

»Wir kommen nun«, sagte Bannister mit leiser, aber unheilverkündender Stimme, »zu einem bestimmten Abend Mitte Oktober 1943, als Sie in Dr. Voss' Büro in der Baracke V geholt wurden.«

»Ja, ich erinnere mich«, flüsterte sie, und ihre Augen wurden feucht.

»Was spielte sich dort ab?«

»Ich war allein mit Voss in seinem Büro. Er sagte mir, daß Berlin mehr Informationen über seine Versuche angefordert habe und daß er das Ganze beschleunigen wolle. Er brauchte mehr Ärzte und teilte mich für die Chirurgie ein.«

»Was erwiderten Sie darauf?«

»Ich sagte ihm, ich sei keine Chirurgin. Darauf meinte er, ich solle die Narkosen machen und assistieren. Dr. Kelno und Dr. Lotaki hätten Schwierigkeiten mit widerspenstigen Patienten.«

»Und was antworteten Sie darauf?«

»Ich sagte ihm, daß ich es nicht tun würde.«

»Das heißt, Sie weigerten sich.«

»Ja.«

»Sie weigerten sich einem SS-Oberst gegenüber, der die Macht hatte, Menschen in die Gaskammer zu schicken.«

»Ja.«

»Wie reagierte Voss?«

»Er brüllte die üblichen Beschimpfungen und befahl mir, mich am nächsten Tag wieder in Baracke V zum Operationsdienst zu melden.«

»Was geschah dann?«

»Ich ging in mein Zimmer in Baracke III zurück, dachte über alles nach und kam zu einem Entschluß.«

»Zu welchem Entschluß?«

»Selbstmord zu begehen.«

Die Totenstille wurde von entsetzten Seufzern unterbrochen. Adam Kelno wischte sich den Schweiß von der Stirn.

»Was hatten Sie vor?«

Sie machte langsam den obersten Blusenknopf auf, langte in den Ausschnitt und holte ein Medaillon hervor. Sie öffnete es, nahm eine Tablette heraus und zeigte sie vor.

»Ich hatté diese Zyanid-Tablette. Ich habe sie bis heute aufgehoben, als Erinnerung an diesen Tag.« Sie starrte auf die Tablette, wie sie es wohl schon tausend Mal getan hatte.

»Sind Sie in der Verfassung, weiter auszusagen, Frau Dr. Viskowa?« fragte der Richter.

»Ja, natürlich. Ich legte die Tablette auf eine Kiste, die als Nachttisch neben meiner Pritsche stand, nahm einen Notizblock und schrieb ein paar Abschiedsworte an Dr. Tesslar und Dr. Parmentier. Da ging die Tür auf. Frau Parmentier kam herein und sah die Tablette.«

»Hat sie das sehr aufgeregt?«

»Nein. Sie war ganz ruhig. Sie setzte sich neben mich und nahm mir Bleistift und Papier aus der Hand ... und sie strich mir über das Haar, und sie sagte etwas zu mir, an das ich mich in all den schwierigen Zeiten meines Lebens erinnert habe.«

»Würden Sie dem Gericht und den Geschworenen erzählen, was sie zu Ihnen sagte?«

Nicht nur Maria Viskowas Gesicht war tränenüberströmt, sondern auch die Gesichter vieler, die hörten was sie sagte. »Sie sagte ... ›Maria ... keiner von uns wird wohl überleben und aus dem Lager herauskommen. Die Deutschen werden ʒezwungen sein uns umzubringen, weil sie nicht zulassen dürfen, daß die Welt draußen erfährt, was sie hier tun.‹ Und sie sagte ... ›das einzige, das uns übrigbleibt, ist, daß wir uns für die kurze Zeit, die noch vor uns liegt, als Menschen ... und als Ärzte bewähren.‹ Sie sagte ... ›Wir können nicht fortgehen und diese Menschen allein ihren Qualen überlassen.‹«

Thomas Bannister richtete seinen Blick auf Adam Kelno, als er sagte: »Und Sie haben sich am nächsten Tag nicht zum Operationsdienst in Baracke V gemeldet?«

»Nein.«

»Was hat Voss gegen Sie unternommen?«

»Nichts.«

27

Lena Konska war vier Tage lang pausenlos von Aroni und Jiri Linka
mit Fragen bombadiert worden, aber es war so gut wie unmöglich,
in ihrer Geschichte einen schwachen Punkt zu entdecken. Sie gab zu,
daß sie ihren Vetter Egon Sobotnik nach dem Krieg kurz gesehen
hatte; damals hatte er ihr gesagt, er würde weit weggehen, er könne
die Gespenster der Vergangenheit nicht ertragen.

Aroni ließ sich nicht so schnell entmutigen. Schließlich wußte er ja,
daß Lena Konska es geschafft hatte, fünf Jahre lang in der Illegalität
zu leben. Jeden Tag brachte Aroni Zeitungen mit Berichten über den
Prozeß mit und wechselte geschickt von gütlichem Zureden zu Drohungen über.

Als sie die Treppe zu ihrer Wohnung hinaufstiegen, wollte Linka aufgeben. »Wir vergeuden unsere Zeit. Selbst wenn sie etwas weiß, ist die
alte Hexe viel zu schlau, sich zu verraten.«

»Solange man in Prag keine neue Spur von Sobotnik findet, müssen
wir uns an sie halten.«

»Wie Sie wollen.«

»Angenommen«, sagte Aroni zu Lena Konska, »wir stellen eindeutig
fest, daß Sie uns belogen haben.«

»Fängt das jetzt schon wieder an.«

»Wir wissen, wie gerissen Sie sind, so gerissen, daß Sie vor jedem,
außer vor Gott, ein Geheimnis verbergen können. Einmal werden Sie
sich vor Gott deswegen verantworten müssen.«

»Vor welchem Gott?« erwiderte sie. »Wo war Gott in den Konzentrationslagern? Wenn Sie mich fragen«, sagte sie, »so bin ich der Meinung, daß Gott wohl ein bißchen zu alt dafür geworden war.«

»Haben Sie alle Ihre Angehörigen verloren?«

»Ja, Gott hat sie in seiner Güte zu sich genommen.«

»Nun, sie würden jetzt alle stolz auf Sie sein, Frau Konska. Sie werden
noch sehr viel stolzer auf Sie sein, wenn Adam Kelno diesen Prozeß
gewinnt, weil Sie uns eine Information vorenthalten haben. Die Erinnerung an Ihre Angehörigen wird Sie immer quälen. Darauf können
Sie sich verlassen, Frau Konska. Je älter Sie werden, desto deutlicher
werden Sie ihre Gesichter vor sich sehen. Sie können nicht vergessen.
Das weiß ich, denn ich habe es selbst versucht.«

»Aroni, lassen Sie mich in Ruhe.«

»Sie sind in der Pinkas-Synagoge in Prag gewesen. Sie haben die Gedenktafel gesehen, nicht wahr?«

»Hören Sie auf.«

»Auch der Name Ihres Mannes steht in diesem Register der Märtyrer.
Ich habe ihn gesehen, Jan Konska. Ist das hier sein Bild? Er war ein
gutaussehender Mann.«

»Aroni, Sie benehmen sich selber wie ein Nazi.«

»Wir haben mit ein paar Nachbarn gesprochen«, sagte Aroni. »Sie erinnern sich an Egon Sobotniks Rückkehr. Sie erinnern sich, daß er hier in dieser Wohnung sechs Monate lang mit Ihnen lebte und dann plötzlich verschwand. Sie haben uns belogen.«

»Ich sagte Ihnen doch, daß er für eine kurze Zeit hier war. Ich habe nicht gezählt, wie viele Tage es waren. Er wollte weg.«

Das Telefon klingelte. Das Polizeipräsidium verlangte Jiri Linka. Er hörte zu, dann gab er den Hörer an Aroni weiter, für den die Nachricht wiederholt wurde.

Aroni legte langsam den Hörer auf, sein faltiges Gesicht war verzerrt, in seiner Miene spiegelte sich eine Art von Besessenheit wider.

»Wir haben Nachricht aus Prag.«

Lena Konska ließ sich nicht anmerken, was in ihr vorging, aber sie entdeckte einen völlig neuen schrecklichen Aroni — den Jäger.

»Die Polizei hat schriftliche Aussagen aus dem Jahre 1946 gefunden, drei Aussagen, aus denen hervorgeht, daß Egon Sobotnik in Kelnos Operationen verwickelt gewesen ist. Das ist wohl der Zeitpunkt, an dem er aus Preßburg flüchtete, stimmt's? So, Frau Konska, jetzt können Sie wählen. Wollen Sie uns sagen, wo er ist, oder soll ich ihn selbst aufspüren? Und ich werde ihn ganz bestimmt finden.«

»Ich weiß nicht, wo er ist«, wiederholte sie ruhig.

»Ganz wie Sie wollen.«

Aroni griff nach seinem Hut, nickte Linka auffordernd zu, und dann gingen sie durch den vorhangdrapierten Ausgang in die kleine Diele vor dem Wohnzimmer.

»Einen Augenblick, bitte. Was werden Sie mit ihm tun?«

»Man wird sich seiner schon annehmen, wenn Sie mich zwingen, ihn selbst aufzuspüren.«

Sie fuhr sich mit der Zunge über die Lippen. »Soviel ich weiß, ist seine Schuld nur geringfügig. Wenn Sie ihn durch mich finden sollten ... was bieten Sie dafür?«

»Wenn er sich bereit erklärt auszusagen, wird er den Gerichtssaal als freier Mann verlassen.«

Sie warf Linka einen verzweifelten Blick zu. »Sie haben mein Wort als Jude«, sagte er.

»Ich habe geschworen ... ich habe geschworen...« Ihre Lippen zitterten. »Er hat seinen Namen in Tukla geändert, Gustuv Tukla. Er ist Direktor bei den Lenin-Fabriken in Brünn.«

Aroni flüsterte Linka etwas zu, und dieser nickte. »Wir müssen Sie festnehmen, damit Sie nicht in Versuchung kommen ihn anzurufen, bevor wir bei ihm sind.«

28

»Frau Dr. Viskowa, erinnern Sie sich an irgendeinen besonderen Vorfall in Baracke III im Zusammenhang mit Zwillingen?«

»Als ich ankam, lagen dort Zwillingsschwestern aus Belgien, Tina und Helene Blanc-Imber; beide waren bestrahlt worden, und beiden war von Dr. Dimshits ein Eierstock herausgenommen worden. Später kamen noch zwei Zwillingspaare, die Schwestern Cardozo und Lovino aus Triest. Ich erinnere mich, wie traurig und entsetzt ich war, weil sie so jung waren, die Jüngsten in der ganzen Baracke. Einige Zeit später wurden sie nochmals bestrahlt.«

»Und sie haben hier ausgesagt, wie krank sie anschließend waren. Wir kommen jetzt zu einem bestimmten Abend Anfang November 1943. Bitte erzählen Sie, was damals geschah.«

»Ein paar SS-Aufseher und Voss kamen in die Baracke. Natürlich waren solche Besuche immer ein Alarmzeichen. Sie befahlen den Kapos, die drei Zwillingspaare zu holen. Von oben brachten sie ein paar junge Holländer herunter sowie einen älteren Polen und einen Lazarettschreiber. Er hieß Menno Donker. Als sie weggeführt wurden, waren sie hysterisch vor Angst. Dr. Tesslar saß bei mir. Wir wußten, was sie uns zurückschicken würden. Wir waren todtraurig.«

»Wie lange warteten Sie und Dr. Tesslar?«

»Eine halbe Stunde.«

»Und dann?«

»Egon Sobotnik, ein Lazarettschreiber und Pfleger, erschien mit zwei SS-Aufsehern und sagte Dr. Tesslar, er solle in die Baracke V kommen. Dort sei die Hölle los, und er müsse die Leute beruhigen. Er machte sich sofort auf den Weg.«

»Wie lange blieb Dr. Tesslar weg?«

»Es war kurz nach sieben, als er wegging, und etwas nach elf, als er mit den Opfern zurückkam. Sie wurden auf Tragen zurückgebracht.«

»Das sind also vierzehn Operationen in etwas über vier Stunden. Das würde ungefähr fünfzehn Minuten pro Operation bedeuten, wenn sie von einem einzigen Chirurgen ausgeführt wurden, nicht wahr?«

»Ja.«

»Sagte Dr. Tesslar, daß mehr als ein Chirurg dagewesen sei?«

»Nein, nur Adam Kelno.«

»Und wenn ein einziger Chirurg alle fünfzehn Minuten eine neue Operation durchführte, blieb keine Zeit übrig, die Instrumente oder sich selbst zwischen zwei Operationen steril zu machen. Wie ging es in Baracke III zu?«

»Es war ein Tollhaus voll schreiender Menschen und Blut.«

»Sie waren im Erdgeschoß, und Dr. Tesslar war im Obergeschoß.«

»Ja.«

»Trafen Sie sich in jener Nacht noch einmal?«

»Mehrmals. Bei jeder neuen Krise rannten wir treppauf und treppab. Das erste Mal ging ich hinauf, um ihm bei einem Mann zu helfen, der zusehends schwächer wurde.«

»Was ist aus diesem Mann geworden?«

»Er starb an Schock.«

»Und Sie kehrten wieder zu Ihren eigenen Patienten zurück.«

»Ja. Dann erschien Frau Parmentier, Gott sei Dank, daß sie da war und half. Es gab eine Blutung nach der anderen, und wir waren so gut wie hilflos. Wir hatten nicht einmal genug Wasser für die Patienten. Dr. Tesslar bemühte sich, Dr. Kelno herzuholen, aber vergeblich. Sie lagen blutend und schreiend auf Holzpritschen mit Strohmatratzen darauf. Hinter dem Gitter am Ende der Baracke wurden die geisteskranken Patientinnen von Flensberg hysterisch. Ich sah, daß ich bei Tina Blanc-Imber die Blutung nicht zum Stillstand bringen konnte, und so legten wir sie hinaus auf den Korridor, wo die anderen sie nicht sehen konnten. Um zwei Uhr morgens war sie tot. Während der ganzen Nacht bemühten wir uns, die Lage in den Griff zu bekommen. Wie durch ein Wunder schafften wir drei es, alle anderen Patienten am Leben zu erhalten. Bei Tagesanbruch kamen die Deutschen und brachten Tina und den Mann weg. Egon Sobotnik stellte Totenscheine aus, die wir unterschrieben. Dann hörte ich, wie ihm befohlen wurde, die Todesursache auf ›Typhus‹ abzuändern.«

Von der Empore her war ein Schluchzen zu hören, und eine Frau rannte aus dem Gerichtssaal hinaus.

Bannister sprach so leise, daß man ihn nicht verstand und er die Frage wiederholen mußte. »Hat Dr. Kelno jemals diese Patienten besucht?«

»Er erschien ein paarmal an der Tür der Baracke. Einmal hat er ganz kurz einen Blick auf sie geworfen.«

»Traf er sie bei dieser Gelegenheit in fröhlicher Stimmung an?«

»Soll das ein Witz sein?«

»Ganz bestimmt nicht.«

»Sie waren monatelang sehr krank. Ich war gezwungen, die Schwestern Cardozo wieder in die Fabrik zu schicken, obwohl ich wußte, daß Emma es nicht lange aushalten würde. Sima Halevy war die schwächste von allen, und ich behielt sie als Helferin bei mir, damit sie nicht in die Gaskammer kam.«

»Haben Sie irgendeinen Zweifel, wer diese Operationen durchgeführt hat?«

»Einspruch, Euer Ehren«, sagte Highsmith ohne innere Beteiligung.

»Stattgegeben. Die Zeugin wird die Frage nicht beantworten.«

Ihr Schweigen, der Blick, den sie auf Adam Kelno richtete, waren Antwort genug.

29

Linka und Aroni rasten nördlich der tschechisch-österreichischen Grenze entlang und kamen aus der Slowakei in die weiten Ebenen von Mähren, wo die Gerste und der Weizen wachsen, die dem tschechischen Bier zu unsterblichem Ruhm verholfen haben. Eine Umleitung zwang sie, dicht am Schlachtfeld von Austerlitz vorbeizufahren, wo einstmals Napoleon die kaiserlichen Armeen von Rußland und Österreich in einem kurzen, aber blutigen Gefecht besiegte, das fünfunddreißigtausend Menschenleben kostete. Die Drei-Kaiser-Schlacht, wie sie von der Nachwelt poetisch genannt wurde.

Aroni, der mit auf und nieder nickendem Kopf im Sitzen schlief, wurde plötzlich wach, als hätte in seinem Innern eine Alarmglocke geschrillt.

»Ich begreife nicht ganz, wie Sie Branik zu einer solchen Hilfeleistung bewegen konnten«, sagte Linka.

Aroni gähnte und zündete sich eine Zigarette an. »Wir sprechen die gleiche Sprache. Die Sprache der Konzentrationslager. Branik wäre wegen seiner Untergrundtätigkeit in Auschwitz um ein Haar gehängt worden.«

Linka zuckte mit den Schultern. Er verstand es immer noch nicht.

Sie fuhren in Brünn ein, dem Stolz der tschechischen Industrie mit einem der größten Maschinenbauzentren der Welt und einem riesigen Messegelände, das sich über eine Fläche von vielen Quadratkilometern erstreckt und alljährlich Millionen Käufer und Besucher aus aller Welt anzieht.

Sie stiegen im Hotel International ab, einem hypermodernen Gebäude aus Glas und Beton, das einen krassen Gegensatz zu den im kommunistischen Europa üblichen tristen Kästen bot.

Dort wartete bereits ein Telegramm auf sie. GUSTUV TUKLA VON GEMEINSAMEN FREUNDEN AUS PRAG ANGERUFEN UND ZUR ZUSAMMENARBEIT AUFGEFORDERT WORDEN. ER ERWARTET ARONI UM ZEHN UHR. BRANIK.

Aroni traf in Gustuv Tukla einen verbindlichen und gewandten Mann von Ende fünfzig an, dessen wettergegerbtes Gesicht und Hände jedoch den professionellen Ingenieur verrieten. Auch sein Büro, von dessen Fenster aus man über einen Hof auf die gigantischen Lenin-Fabriken sehen konnte, zeigte einen westlichen Einfluß. Auf einem Tisch vor dem Fenster stand ein Modell des Ausstellungsstandes der Blansko-Werke auf der in Kürze stattfindenden Internationalen Fachmesse für Maschinenbau. Eine miniberockte Sekretärin brachte stark duftenden Espresso herein. Aroni konnte ein Lächeln nicht unterdrücken, als sie sich vorbeugte und das Geschirr auf den Tisch stellte.

»Ich hätte gern gewußt«, sagte Aroni, »wer Sie eigentlich aus Prag angerufen hat.«

»Genosse Janacek, der Vorsitzende des Parteikomitees für die Schwerindustrie. Er ist mein direkter Vorgesetzter, ausgenommen natürlich die geschäftsführenden Direktoren hier.«

»Hat Genosse Janacek Ihnen etwas über den Zweck meines Aufenthalts in der Tschechoslowakei erzählt?«

»Nur, daß Sie ein wichtiger Besucher aus Israel sind, und daß ich, um ehrlich zu sein, mit Ihnen einen günstigen Abschluß tätigen soll.«

»Gut. Dann können wir zum Thema kommen.«

»Ganz im Vertrauen«, sagte Tukla, »ich bin froh, daß wir mit Israel ins Geschäft kommen. Man redet zwar nicht öffentlich darüber, aber wir bewundern Ihr Land sehr.«

»Und wir finden die Tschechen sympathisch. Besonders die von ihnen produzierten Waffen, wenn sie lieferbar sind.«

»Masaryk — Gott sei gedankt, daß man seinen Namen wieder aussprechen darf — war ein Freund der Juden. So, nun zum Geschäft. Sind Sie vielleicht an unseren Kaplan-Turbinen interessiert?«

»Eigentlich bin ich an einem Mann interessiert, der hier arbeitet.«

»Als Berater?«

»So könnte man sagen.«

»Um wen handelt es sich?«

»Ich bin an Egon Sobotnik interessiert.«

»Sobotnik? Wer ist das?«

»Wenn Sie den linken Ärmel hochrollen und mir die eintätowierte Nummer vorlesen, können wir aufhören, unsere Zeit zu vergeuden.«

Aroni erklärte dann, wer er war, und aus dem selbstsicheren Direktor Gustuv Tukla wurde ein zutiefst verwirrter Mann. Es war alles so plötzlich gekommen. Janacek hatte erst vor ein paar Stunden angerufen. Offensichtlich stand Aroni bei der Parteihierarchie in gutem Ansehen.

»Wer hat es Ihnen gesagt? Es kann nur Lena gewesen sein.«

»Ihr blieb nichts anderes übrig. Wir hatten sie bei einer Lüge ertappt. Sie hat es zu Ihrem Besten getan.«

Tukla stand abrupt von der Couch auf, er schwitzte, stöhnte und begann hin- und herzulaufen. »Und warum das alles?«

»Der Prozeß in London. Sie wissen darüber Bescheid. Die Zeitung auf Ihrem Schreibtisch ist auf der Seite aufgeschlagen, wo der Bericht steht. Sie müssen nach London kommen und aussagen.«

Tukla versuchte, seine Verwirrung abzuschütteln, versuchte klar zu denken. Es kam so plötzlich! So plötzlich!

»Hat Janacek das befohlen? Oder wer sonst?«

»Genosse Branik ist an dem Fall interessiert.«

Die Erwähnung des Chefs der Geheimpolizei verfehlte ihre Wirkung nicht. Aroni beobachtete Tukla kalt, als er sich wieder hinsetzte, sich das Gesicht abwischte und auf dem Handrücken herumbiß. Dann stellte Aroni seine Tasse hin und ging ans Fenster. »Wollen Sie mir zuhören?«

»Ich höre«, wimmerte Tukla.

»Sie sind ein wichtiges Parteimitglied, und Ihre Aussage könnte die tschechische Regierung in Verlegenheit bringen. Die Russen haben ein langes Gedächtnis, wenn es sich um etwas handelt, das der Sache des Zionismus hilft. Wie dem auch sei, Ihre Leute hier sind der Ansicht, daß Sie nach London fahren müssen. Zum Glück können sogar ein paar Kommunisten zwischen Recht und Unrecht unterscheiden.«

»Was schlagen Sie also vor?«

»Das wissen Sie«, erwiderte Aroni.

»Daß ich überlaufe?«

Aroni stellte sich vor ihn hin. »Bis Wien ist es nicht weit. Sie sind Mitglied des Brünner Fliegervereins. Auf dem Flugplatz wird eine Maschine stehen, in der Ihre ganze Familie Platz hat. Wenn Sie überlaufen, kann hinterher niemand Ihrer Regierung irgend etwas vorwerfen.«

Tukla zitterte am ganzen Körper. Irgendwie gelang es ihm, eine Beruhigungstablette zu schlucken. Er blinzelte benommen vor sich hin.

»Ich kenne ihre Tricks«, flüsterte er. »Sobald das Flugzeug abgehoben hat, wird der Motor versagen. Man kann ihnen nicht trauen.«

»Ich traue ihnen«, sagte Aroni, »und ich werde ebenfalls in dem Flugzeug sein.«

»Aber warum?« jammerte Tukla. »Jetzt habe ich alles. Und dann wird alles, was ich mir erarbeitet habe, verloren sein.«

»Nun hören Sie mir mal zu, Sobotnik ... Sie haben doch nichts dagegen, wenn ich Sie Sobotnik nenne? Ein tschechischer Ingenieur von den Blansko-Werken sollte keine Mühe haben, in England oder Amerika eine sehr gute Stellung zu finden. Ehrlich gesagt, Sie haben Glück, daß Sie aus diesem Land herauskommen. Innerhalb des nächsten Jahres werden euch die Russen im Genick sitzen, und dann gibt es Säuberungsaktionen wie zu Stalins Zeit.«

»Und wenn ich mich weigere zu fliehen?«

»Nun, Sie können sich ja denken, was dann passiert. Versetzung in ein abgelegenes Kraftwerk. Niedrigere Einstufung. Ihr Sohn muß vielleicht plötzlich die Universität verlassen. Vielleicht wird Genosse Branik sich durch das allgemeine Aufsehen, das der Fall Kelno erregt, bemüßigt fühlen, gewisse alte Akten wieder zu öffnen ... gewisse Aussagen, die nach Kriegsende gegen Sie gemacht wurden.«

Tukla vergrub das Gesicht in den Händen und weinte. Aroni zischte ihm ins Ohr: »Sie erinnern sich an Menno Donker. Er war ein Mitglied der Untergrundorganisation. Zur Strafe haben sie ihm die Eier rausgeschnitten. Nun ... und was geschah, als Kelno herausfand, daß Sie ebenfalls der Untergrundorganisation angehörten?«

Sobotnik schüttelte den Kopf.

»Kelno brachte Sie dazu, ihm zu helfen.«

»O mein Gott!« schrie Sobotnik, »ich habe es ja nur ein paarmal getan.

Ich habe dafür bezahlt! Ich habe wie eine furchtsame Ratte gelebt. Ich war ständig auf der Flucht. Ich habe bei jedem Fußschritt, bei jedem Klopfen an der Tür vor Angst gezittert.«

»Aber jetzt kennen wir alle Ihr Geheimnis, Sobotnik. Kommen Sie nach London. Sie werden den Gerichtssaal als freier Mann verlassen.«

»O mein Gott!«

»Was wäre, wenn Ihr Sohn das alles von jemand anderem erfährt als von seinem Vater. Und er wird es bestimmt erfahren.«

»Seien Sie barmherzig.«

»Nein. Sorgen Sie dafür, daß Ihre Familie bis heute abend reisefertig ist. Ich werde Sie um sechs Uhr in Ihrer Wohnung abholen.«

»Lieber töte ich mich.«

»O nein, das werden Sie nicht«, sagte Aroni brutal. »Wenn das wirklich Ihre Absicht wäre, dann hätten Sie es schon vor Jahren getan. Erwarten Sie ja kein Mitleid von mir. Wenn Sie diese Dinge für Kelno getan haben, ist es wohl das mindeste, jetzt etwas Anständiges für uns zu tun. Ich sehe Sie um sechs, und zwar reisefertig.«

Als Aroni gegangen war, wartete Tukla ab, bis die Beruhigungstablette wirkte. Er wies seine Sekretärin an, alle Termine und Telefonate abzusagen, und verschloß die Tür seines Büros. Er zog die unterste Schublade des Schreibtischs auf und starrte lange auf die Pistole, dann legte er sie auf die Schreibtischplatte. Die Schublade hatte einen falschen Boden, der so kunstvoll eingebaut war, daß auch das geübteste Auge ihn nicht entdecken konnte. Seine breiten Fingerkuppen drückten auf das eine Ende, und der falsche Boden hob sich. Tukla zog ihn heraus. In dem Geheimfach lag ein Buch. Ein zerfetztes, vergilbtes Buch. Er legte es neben die Pistole auf den Schreibtisch und betrachtete es mit starrem Blick. In verblaßten Buchstaben stand auf dem Einbanddeckel: MEDIZINISCHES REGISTER, KONZENTRATIONSLAGER JADWIGA — AUGUST 1943 BIS DEZEMBER 1943.

30

»Die nächste Zeugin wird auf französisch aussagen.«

Dr. Susanne Parmentier stieg mit Hilfe eines Krückstocks zum Zeugenstand hinauf, lehnte den angebotenen Stuhl jedoch energisch ab. Richter Gilray fühlte sich ein wenig erhaben, weil er fließend französisch sprach und sich ihm jetzt die Gelegenheit bot, seine Meisterschaft vor einem Publikum zu demonstrieren. Er begrüßte die Zeugin in ihrer Muttersprache.

Mit fester, klarer Stimme gab sie Namen und Wohnsitz an.

»Und wann sind Sie geboren?«

»Muß ich darauf antworten?«

Gilray unterdrückte ein Lächeln. »Ich habe nichts dagegen einzuwenden, wenn die Zeugin diese Frage übergeht«, sagte Highsmith.

»Ihr Vater war ein protestantischer Pfarrer?«

»Ja.«

»Waren Sie jemals Mitglied einer politischen Partei?«

»Nein.«

»Wo haben Sie Medizin studiert?«

»In Paris. 1930 erhielt ich meine Facharztanerkennung für Psychiatrie.«

»Frau Dr. Parmentier, in welcher besonderen Situation befanden Sie sich, als Frankreich besetzt wurde?«

»Der Norden Frankreichs war von den Deutschen besetzt. Meine Eltern wohnten in Paris. Ich arbeitete an einer Klinik in Südfrankreich. Ich erfuhr, daß mein Vater schwerkrank war, und beantragte eine Reisegenehmigung. Es war ziemlich umständlich, eine solche Genehmigung zu bekommen. Die Nachforschungen und die bürokratischen Prozeduren nahmen Tage in Anspruch, und ich war von Unruhe getrieben. Ich versuchte, die Demarkationslinie illegal zu überschreiten, aber die Deutschen erwischten mich, und so kam ich Ende Frühjahr 1942 in das Gefängnis von Bourges.«

»Was geschah dort?«

»Dort waren Hunderte von jüdischen Gefangenen eingesperrt, darunter auch Kinder, die alle sehr schlecht behandelt wurden. Als Ärztin erhielt ich die Erlaubnis, im Gefängnislazarett zu arbeiten. Schließlich verschlechterten sich die Zustände so sehr, daß ich bat, den Kommandanten sprechen zu dürfen.«

»Gehörte er zur regulären Armee oder zur SS?«

»Waffen-SS.«

»Was sagten Sie zu ihm?«

»Ich sagte ihm, es sei eine Schande, wie man die Juden behandelte. Sie seien Menschen und französische Staatsbürger, und ich verlangte für sie die gleiche Behandlung und Verpflegung, wie die übrigen Gefangenen sie bekamen.«

»Wie reagierte er darauf?«

»Zuerst war er sprachlos. Ich wurde in meine Zelle zurückgebracht. Zwei Tage später holte man mich wieder in sein Büro. An jeder Seite seines Schreibtisches saßen zwei Offiziere der Waffen-SS. Ich mußte mich vor den Schreibtisch stellen, und man eröffnete mir, daß man mir hier und jetzt den Prozeß machen würde.«

»Was war die Folge dieser sogenannten Gerichtsverhandlung?«

»Ich mußte mir ein Stoffabzeichen mit dem Aufdruck ›Judenfreund‹ an die Kleidung nähen, und Anfang 1943 wurde ich zur Strafe für mein Verbrechen in das Konzentrationslager Jadwiga geschickt.«

»Wurde Ihnen eine Nummer eintätowiert?«

»Ja, Nummer 44406.«

»Und nach einiger Zeit wurden Sie in den Lazarettbezirk geschickt?«

»Im Spätfrühling 1943.«

»Sie waren Dr. Kelno unterstellt?«

»Ja.«

»Kamen Sie dort mit Dr. Lotaki zusammen?«

»Ja, gelegentlich, wie das so ist, wenn man in einer großen medizinischen Anlage arbeitet.«

»Lernten Sie auch Voss kennen?«

»Ja.«

»Und Sie machten die Feststellung, daß Dr. Lotaki und Dr. Kelno in Baracke V im Auftrag von Voss Operationen durchführten?«

»Das war allgemein bekannt. Kelno bemühte sich nicht sonderlich, diese Tatsache zu verheimlichen.«

»Natürlich wurde es allgemein bekannt, als Dr. Kelno und Dr. Lotaki Sie alle zusammenriefen und mit Ihnen über die ethischen Aspekte dieser Operationen diskutierten.«

»Wenn eine solche Zusammenkunft jemals stattgefunden hat, war ich nicht dabei.«

»Und auch keiner der anderen Ärzte hat Ihnen erzählt, daß er in dieser Frage um Rat gebeten worden war?«

»Dr. Kelno hat sich nie mit anderen Ärzten beraten. Er sagte ihnen einfach, was sie zu tun hatten.«

»Ich verstehe. Glauben Sie, daß Sie es erfahren hätten, wenn eine solche Besprechung jemals stattgefunden hätte?«

»Ganz bestimmt.«

»Dr. Kelno hat ausgesagt, daß er sich nicht an Sie erinnert.«

»Merkwürdig. Wir haben uns ein Jahr lang täglich gesehen. Auf jeden Fall hat er mich heute vormittag wiedererkannt, als wir uns hier in diesem Gerichtsgebäude im Korridor begegneten. Er sagte zu mir: ›Na, da haben wir ja die Judenfreundin wieder. Was für Lügen werden Sie denn erzählen?‹«

Smiddy steckte Adam einen Zettel zu: IST DAS WAHR?

ICH WAR WÜTEND, schrieb er zurück.

SIE HABEN AUSGESAGT, DASS SIE SICH NICHT AN SIE ERINNERN.

ALS ICH SIE SAH, KAM MIR DIE ERINNERUNG WIEDER.

»Kennen Sie einen gewissen Dr. Mark Tesslar?«

»Sehr gut sogar.«

»Den Sie in Jadwiga kennengelernt haben.«

»Ja, nachdem ich gesehen hatte, was für Versuche Flensberg machte, ging ich fast täglich in die Baracke III, um zu versuchen, seinen Opfern zu helfen.«

»Waren in Baracke III auch Prostituierte untergebracht?«

»Nein, nur Frauen, die darauf warteten, für einen Versuch abgeholt zu werden, oder die nach dem Versuch zurückgebracht worden waren.«

»Gab es im Lazarettbezirk überhaupt Prostituierte?«

»Nein, die waren in einem anderen Teil des Lagers eingesperrt und hatten eine eigene Krankenstation in ihrer Baracke.«

»Woher wissen Sie das?«

»Weil es dort öfters Ausbrüche von geistigen Störungen gab und man mich dann holte.«

»Gab es in der Baracke der Prostituierten Ärzte, die Abtreibungen vornahmen?«

»Nein. Jede Prostituierte, die ein Kind erwartete, wurde automatisch in die Gaskammer geschickt.«

»Und was machte man mit den weiblichen Kapos?«

»Dasselbe. Die Gaskammer. Das war eine feststehende Regel, die für alle Frauen galt.«

»Aber doch nicht für die Ehefrauen von SS-Leuten oder für die deutschen Frauen, die zum Lagerpersonal gehörten?«

»Es waren nur sehr wenige Ehefrauen da. Nur von den höchsten SS-Offizieren, und diese Frauen wurden in einer deutschen Privatklinik behandelt.«

»Mit anderen Worten, Frau Dr. Parmentier, es wäre für Dr. Tesslar gar nicht möglich gewesen, reihenweise Abtreibungen zu machen, weil diese gar nicht routinemäßig durchgeführt wurden.«

»Das ist richtig.«

»Und wie war es, wenn ein Gefangenenarzt entdeckte, daß eine Frau schwanger war und er sie vor der Gaskammer retten wollte, wurde dann heimlich eine Abtreibung vorgenommen?«

»Das kam außerordentlich selten vor. Männer und Frauen waren streng voneinander getrennt. Natürlich fanden sie immer wieder Mittel und Wege, wie sie zusammenkommen konnten, aber wir sprechen hier von Ausnahmefällen. Jeder Arzt hätte es getan, um das Leben der Betreffenden zu retten, genauso wie man heute eine Schwangerschaft unterbricht, wenn das Leben der Frau in Gefahr ist.«

»Für wen standen die Lagerprostituierten zur Verfügung?«

»Für das deutsche Lagerpersonal und für Kapos mit besonderen Vorrechten.«

»Wäre es möglich gewesen, daß ein SS-Mann dafür sorgte, daß eine Prostituierte, die er besonders gern mochte, am Leben blieb?«

»Kaum. Die Prostituierten sahen sehr unattraktiv aus und waren in einem sehr schlechten Gemütszustand. Sie taten es nur, um am Leben zu bleiben. Auf jeden Fall galten sie als entbehrlich. Es war ja so leicht, in der Auslesebaracke neue Frauen auszusuchen und zur Prostitution zu zwingen.«

»Soweit Sie es mit gutem Gewissen sagen können, hätte Dr. Tesslar in

Jadwiga gar keine Abtreibungen machen können und hat auch tatsächlich keine vorgenommen?«

»Nein. Er hatte Tag und Nacht in der Männerabteilung von Baracke III
zu tun.«

»Aber Adam Kelno hat das Gegenteil ausgesagt.«

»Er scheint eine ganze Menge Dinge durcheinanderzubringen«, erwiderte Susanne Parmentier.

»Und jetzt berichten Sie uns bitte über Ihre ersten Erfahrungen mit dem
SS-Oberst Dr. Otto Flensberg.«

»Otto Flensberg hatte den gleichen Rang wie Voss, und er hatte einen
Assistenten namens Dr. Sigmund Rudolf. Beide arbeiteten in Baracke I
und II in dem für Versuche vorbehaltenen Sperrgebiet. Ich wurde im
Sommer 1943 zu Otto Flensberg gebracht. Er hatte erfahren, daß ich
Psychiaterin bin, und erklärte mir, daß er wichtige Versuchsreihen
durchführe und mich brauche. Ich hatte einiges über das gehört, was
er machte, und sagte ihm, daß ich nichts damit zu tun haben wollte.«

»Was sagte er darauf?«

»Er versuchte mich zu überreden. Er sagte, Voss sei nur ein Pseudo-
wissenschaftler, und seine Röntgenexperimente seien völlig wertlos.
Und daß die Versuche, die sein Assistent machte, ebenfalls keinen wissenschaftlichen Wert hätten.«

»Was für Experimente machte Dr. Sigmund Rudolf?«

»Er versuchte, künstlich Gebärmutterhalskrebs zu erzeugen, Frauen
durch Injizierung von Ätzflüssigkeiten in die Fallopioschen Tuben zu
sterilisieren, und befaßte sich mit ein paar ziemlich abwegigen Blut- und
Sputumuntersuchungen.«

»Und Flensbergs eigener Assistent sagte, daß seine Versuche sinnlos
seien.«

»Ja. Flensberg hatte seinem Assistenten die Baracke I zum Herum-
spielen gegeben, damit er so viele Berichte nach Berlin schicken konnte,
daß er nicht an die Ostfront abgestellt wurde.«

»Was sagte er über seine eigene Arbeit?«

»Flensberg betrachtete sich selbst als einen bedeutenden Wissenschaftler. Er erzählte mir, daß er Mitte der dreißiger Jahre in Dachau gearbeitet habe, als es noch ein Gefängnis für deutsche politische Häftlinge
gewesen war. Später befaßte er sich mit Gehorsamkeitstests für die SS.
Er dachte sich alle möglichen Prüfungen für die Offiziersanwärter der
SS aus, mit denen diese ihre Loyalität und ihren unbedingten Gehor-
samkeitswillen unter Beweis stellen sollten. Einige dieser Tests waren
grauenhaft, wie zum Beispiel einen jungen Hund töten, den sie selbst
aufgezogen hatten, Gefangene auf Befehl erstechen und ähnliches.«

»Und darauf war Otto Flensberg stolz?«

»Ja, er sagte, daß diese Tests für Himmler ein Beweis für den absoluten
Gehorsam des deutschen Volkes lieferten.«

»Was sagte er darüber, wie er nach Jadwiga gekommen war?«

»Himmler hatte ihm völlige Selbständigkeit zugesichert. Er durfte sogar seinen eigenen Assistenten mitnehmen. Flensberg war verdutzt, als er feststellen mußte, daß Voss sein Vorgesetzter war. Zwischen den beiden bestand eine scharfe Rivalität, und er war der Ansicht, Voss vergeude nur menschliches Versuchsmaterial, während seine eigene Arbeit einen wichtigen Beitrag dazu leistete, daß Deutschland fähig war, auf Jahrhunderte hinaus ganz Europa besetzt zu halten.«

»Inwiefern?«

»Seiner Meinung nach war der Gehorsamkeitswille des deutschen Volkes bereits eine vollendete Tatsache. Aber es gab nicht genug Deutsche, um einen ganzen Kontinent mit mehreren hundert Millionen Menschen beherrschen zu können. Er wollte Methoden entwickeln, wie man die besiegten Völker so erziehen konnte, daß man auf diesem Weg die Gesamtbevölkerung unter Kontrolle hatte. Mit anderen Worten, unbedingter Gehorsam gegenüber den deutschen Befehlen.«

»Man wollte also sozusagen Kapos aus ihnen machen?«

»Ich würde sagen, man wollte die Menschen geistig sterilisieren. Sie zu Robotern machen.«

Die Zuhörer waren von einer unheimlichen Faszination gepackt. Das unwirkliche Vorhaben eines wahnsinnigen Wissenschaftlers in einem utopischen Roman. Aber es handelte sich um keine Utopie. Es war wirklich geschehen. Und Otto Flensberg war nach Afrika geflohen und lebte noch immer.

»Würden Sie dem Gericht und den Geschworenen erklären, welche Art von Versuchen Otto Flensberg in der Baracke I durchführte?«

Highsmith stand auf. »Ich erhebe Einspruch gegen diese Fragestellung. Ich sehe nicht ein, inwiefern diese Frage für den zur Verhandlung stehenden Fall erheblich ist.«

»Sie ist insofern erheblich, als dadurch gezeigt wird, daß ein deutscher Arzt in einem Konzentrationslager Versuche mit Gefangenen machte und eine Gefangenenärztin aufforderte, bei diesen Versuchen zu assistieren.«

»Meiner Meinung nach handelt es sich um eine erhebliche Frage«, sagte der Richter. »Was für Versuche führte Flensberg durch, Frau Dr. Parmentier?«

»In ein paar kleinen Räumen hatte er eine Serie von Gehorsamkeitstests laufen. In jedem Raum standen zwei Stühle. Die Versuchspersonen waren durch eine Glasscheibe voneinander getrennt. Vor jedem Stuhl war ein Schaltbrett. Die Schalter lösten der Reihe nach immer stärkere elektrische Schläge aus und waren mit den entsprechenden Bezeichnungen markiert, also von ›leichter Schock‹ bis ›Lebensgefahr‹ bei fünfhundert Volt.«

»Wie entsetzlich«, entfuhr es Gilray.

»Dann gab es noch eine kleine Bedienungszelle, in der Flensberg saß, und die ebenfalls mit einem Schaltbrett ausgestattet war.«

»Und was haben Sie dort mit eigenen Augen gesehen, Frau Dr. Parmentier?«

»Aus der Baracke III wurden zwei Gefangene geholt. Beide waren Männer. Sie wurden auf den Stühlen festgeschnallt, konnten jedoch die Hände frei bewegen. Flensberg rief aus der Zelle dem Gefangenen A zu, er solle dem Gefangenen B auf der anderen Seite der Glasscheibe einen elektrischen Schlag von 50 Volt versetzen, andernfalls würde er, Flensberg, ihn wegen Ungehorsam bestrafen.«

»Befolgte der Gefangene A diesen Befehl?«

»Zuerst nicht.«

»Und Flensberg versetzte ihm einen Schlag.«

»Ja. A schrie auf. Dann befahl Flensberg dem Gefangenen A wieder, den Gefangenen B zu schocken. Der Gefangene A widersetzte sich, bis er mit fast zweihundert Volt geschockt wurde, und von da an begann er die Befehle zu befolgen und dem Gefangenen B elektrische Schläge zu versetzen, damit er selbst verschont blieb.«

»Das Ziel des Experiments war also, Menschen zu zwingen, andere Menschen zu bestrafen oder selbst bestraft zu werden.«

»Ja. Aus Angst zu gehorchen.«

»Der Gefangene A schockte also auf Flensbergs Befehl den Gefangenen B. Konnte er nicht sehen und hören, was er dem anderen antat?«

»Doch.«

»Wie stark waren die elektrischen Schläge, die der Gefangene A auf Flensbergs Befehl austeilte?«

»Der Gefangene B wurde schließlich getötet.«

»Ich verstehe.« Bannister holte tief Atem. Die Geschworenen schienen verwirrt zu sein, als ob sie ihren Ohren nicht ganz trauten. »Was tat Flensberg, nachdem er Ihnen dieses Experiment vorgeführt hatte?«

»Zuerst mußte man mich beruhigen. Ich verlangte die sofortige Einstellung der Versuche. Ein Wachtposten führte mich gewaltsam hinaus und in Flensbergs Büro. Flensberg sagte mir, er sei wirklich nicht interessiert daran, daß eine der Versuchspersonen getötet wurde, aber manchmal käme das eben vor. Er zeigte mir Diagramme und Tabellen und Berichte. Was er festzustellen versuchte, war der seelische Zerreißpunkt des einzelnen Menschen. Der Punkt, an dem sie wie Roboter die Befehle der Deutschen ausführen würden. Wurde dieser Punkt überschritten, verfielen sie möglicherweise in Wahnsinn. Er zeigte mir Unterlagen über Versuche, in denen er Blutsverwandte gezwungen hatte, sich gegenseitig zu schocken.«

»Ich hätte gern gewußt, Frau Dr. Parmentier«, sagte der Richter, »ob es Versuchspersonen gab, die sich hartnäckig weigerten, ihrem Leidensgenossen Schaden zuzufügen.«

»Ja, der Widerstand war zwischen Ehepartnern sowie Eltern und Kindern stärker. Manche hatten sich bis zu ihrem eigenen Tod widersetzt.«
Der Richter fragte weiter: »Ist es vorgekommen, daß zum Beispiel ein Vater oder eine Mutter das eigene Kind tötete?«
»Ja ... das ist, warum ... ich bitte um Verzeihung ... niemand hat mich danach gefragt ...«
»Bitte sprechen Sie weiter, Madame«, sagte Gilray.
»Das ist der Grund, warum Flensberg nach Zwillingen suchte. Er war überzeugt davon, daß sie ihm eine Art endgültigen Aufschluß liefern könnten. Die Schwestern aus Belgien und Triest waren für seine Versuche in die Baracke III gebracht worden, aber dann ließ Voss sie bestrahlen. Flensberg war darüber sehr aufgebracht. Er drohte, sich in Berlin zu beschweren, war jedoch besänftigt, als Voss ihm sagte, er würde sich bei Himmler verwenden, daß Flensberg eine Privatklinik bekäme und dazu Dr. Lotaki als Chirurgen.«
»Wie unbeschreiblich entsetzlich«, sagte Richter Gilray abermals.
»Ich möchte nochmals auf Ihre letzte Aussage über die Versuche zurückkommen«, sagte Bannister. »Was geschah, nachdem Sie dieses eine Experiment gesehen und die Berichte gelesen hatten?«
»Flensberg versicherte mir, ich würde von dieser Arbeit fasziniert sein, sobald meine anfängliche Überraschung verebbt sei. Für einen Psychiater sei es doch eine seltene Gelegenheit, menschliche Meerschweinchen zur Verfügung zu haben. Dann befahl er mir, für ihn zu arbeiten.«
»Und was erwiderten Sie darauf?«
»Ich lehnte ab.«
»Sie lehnten ab?«
»Selbstverständlich lehnte ich ab.«
»Ich hätte gern möglichst genau gewußt, welche Worte dabei fielen.«
»Flensberg sagte, in Baracke III seien schließlich bloß Juden. Ich sagte, ich wüßte, daß es Juden seien. Dann sagte er zu mir: ›Begreifen Sie denn nicht, daß manche Menschen anders sind?‹«
»Was antworteten Sie ihm?«
»Ich sagte: ›Ich habe bemerkt, daß es bei manchen Menschen Unterschiede gibt, angefangen mit Ihnen.‹«
»Dafür hat er Sie sicher hinausbringen und erschießen lassen.«
»Wie bitte?«
»Wurden Sie nicht hingerichtet? Wurden Sie nicht erschossen oder in die Gaskammer geschickt?«
»Aber natürlich nicht. Ich bin doch hier in London. Wie hätte ich da erschossen worden sein können?«

31

Sir Robert Highsmith befand sich zweifellos in einer schwierigen Situation. Für die Dauer des Prozesses hatte er sein Landhaus in Richmond, Surrey, gegen die Stadtwohnung am Codogan Square vertauscht, weil sie näher am West End und dem Justizpalast lag. Heute nacht arbeitete er hart und unermüdlich.

Thomas Bannister hatte unleugbar einen starken Indizienbeweis aufgebaut und außerdem Kelno bei ein paar fragwürdigen Aussagen ertappt. Kelnos Fehler waren jedoch zum größten Teil die eines Laien, der einen Mann von überragender Intelligenz, einen Meister im juristischen Florettkampf, zum Gegner hat. Sicher würden sich die Geschworenen, mochten sie auch Bannisters Genie anerkennen, viel eher mit Adam Kelno identifizieren.

In der Hauptsache hing alles weitere von Mark Tesslar ab, dem einzigen angeblichen Augenzeugen. In all den vergangenen Jahren und während der gesamten Verhandlung hatte Sir Robert Highsmith sich geweigert zu glauben, daß Adam Kelno schuldig war. Kelno hatte eine lange und distinguierte Karriere hinter sich. Wenn er wirklich ein Scheusal in Menschengestalt war, dann wäre das im Laufe der Jahre irgendwann und irgendwo zutage getreten. Highsmith war überzeugt, daß es sich hier um den schrecklichsten Ausdruck einer jahrhundertealten Blutrache handelte. Zwei Männer, die in ihrem blinden Haß unfähig waren, die Wahrheit zu erkennen.

Er arbeitete die Fragen für das Kreuzverhör aus, die alle darauf abzielten, Mark Tesslar unglaubwürdig erscheinen zu lassen.

Zugegeben, er hatte manchmal Zweifel verspürt, aber er war ein englischer Barrister, kein Richter oder Geschworener, und Adam Kelno hatte ein Recht darauf, daß er sein Bestes gab.

»Ich werde diesen Fall gewinnen«, schwor er sich.

»Wo, zum Teufel, ist Terry?« fragte Adam Kelno zornig. »Ich wette, er ist bei Mary. Hast du angerufen?«

»Dort ist kein Telefon.«

»Er war heute bei der Verhandlung«, sagte Adam. »Warum ist er jetzt nicht hier?«

»Vielleicht ist er noch in der College-Bibliothek und arbeitet. Er hat durch den Prozeß eine Menge Vorlesungen versäumt.«

»Ich gehe zu Mary«, sagte Adam.

»Nein«, sagte Angela. »Ich war nach der Verhandlung bei ihr. Mary hat ihn seit Tagen nicht mehr gesehen. Adam, ich weiß, was dich quält, diese Rechtsanwälte verstehen es eben, alles zu verdrehen. Das ist ihr Beruf. Aber die Geschworenen kennen die Wahrheit, genauso wie deine Patienten. Sie sind auf deiner Seite. Bitte trinke nichts mehr, Terry wird bald hier sein.«

»Großer Gott, Weib, laß mich einmal im Leben trinken, ohne gleich loszujammern. Schlage ich dich vielleicht? Oder tue ich sonst etwas Unrechtes?«

»Du wirst wieder Alpträume haben.«

»Vielleicht nicht, wenn ich genug getrunken habe.«

»Adam, hör mir zu. Du mußt morgen im Gerichtssaal stark sein. Du mußt stark sein, wenn Tesslar aussagt.«

»Hallo, Angela ... Hallo, Doktor.«

Terry kam auf unsicheren Beinen herein und ließ sich auf das Sofa fallen. »Wie Sie wissen«, sagte er, »trinke ich nicht wie der Sohn meines Vaters. Ich habe mir immer gedacht, daß Vater Campbell genug für uns beide trinken kann.«

»Wo, zum Donnerwetter, bist du gewesen?«

»Beim Saufen.«

»Angela, laß uns allein«, befahl Adam.

»Nein«, erwiderte sie.

»Wir brauchen keinen Schiedsrichter, Angela«, lallte Terry. »Dies ist eindeutig eine Angelegenheit zwischen Doktor und Doktor.«

Sie ging beunruhigt hinaus, ließ jedoch die Tür angelehnt.

»Was geht in deinem Kopf vor, Terry?«

»Alles mögliche.«

»Was zum Beispiel?«

Terry senkte den Kopf, und seine Stimme krächzte und schwankte so sehr, daß man fast nicht verstehen konnte, was er sagte. »Der Schatten des Zweifels ist über mich gefallen«, murmelte er. »Doktor ... es ... es ist mir egal, wie sich die Geschworenen entscheiden. Ich möchte aus Ihrem eigenen Mund hören — hier ganz unter uns — haben Sie es getan?«

Rasend vor Wut sprang Adam auf. Er beugte sich über den Jungen und hieb mit beiden Fäusten auf dessen Hals ein. Terry knickte nach vorn über, versuchte aber nicht, sich zu verteidigen.

»Du Bastard! Ich hätte dich schon vor Jahren verprügeln sollen!« Immer wieder sausten seine Fäuste herunter, und Terry rutschte auf dem Bauch von der Couch. Adam trat den Jungen in die Rippen. »Ich hätte dich prügeln sollen! So wie es mein Vater mit mir gemacht hat. So hat er mich geschlagen ... so ...!«

»Adam!« schrie Angela und warf sich schützend über Terry.

»O mein Gott«, schrie er gequält auf und sank auf die Knie. »Vergib mir, Terry ... vergib mir.«

Am Vormittag wurde die Atmosphäre immer spannungsgeladener, während Highsmith und Bannister über ein paar juristische Fragen diskutierten. Am Abend vorher war Mark Tesslar aus Oxford eingetroffen. Er hatte nur in der Gesellschaft von Susanne Parmentier und

Maria Viskowa zu Abend gegessen, und erst zum Kaffee erschienen Abe, Shawcross, Ben und Vanessa.

»Ich bin mir bewußt«, sagte Mark Tesslar, »was Highsmith vorhat. Nichts wird meine Aussage über die Nacht des zehnten November erschüttern können.«

»Ich weiß nicht, wie ich meine Gefühle Ihnen gegenüber in Worte fassen soll«, sagte Abe. »Ich glaube, Sie sind der edelste und mutigste Mann, den ich je getroffen habe.«

»Mut? Nein. Ich bin nur schon jenseits aller Schmerzen«, antwortete Mark Tesslar.

Chester Dicks nahm am Vormittag Susanne Parmentier in ein relativ mildes Kreuzverhör, und dann wurde die Verhandlung bis zum Nachmittag unterbrochen.

Shawcross, Cady, sein Sohn und seine Tochter sowie Lady Sarah Wydman stürzten sich in der *Three Tuns Tavern* auf ihre Drinks und stocherten in ihrer Nierenpastete herum, als Josephson aufbrach, um Mark Tesslar aus dem Hotel abzuholen.

Adam Kelno war als erster wieder im Gerichtssaal. Seine Augen waren von den Beruhigungsmitteln glasig. Er starrte mit flehendem Blick auf die erste Zuschauerreihe, wo Angela und Terry saßen, während der Saal sich füllte, bis er gedrängt voll war.

»Ruhe!«

Anthony Gilray nahm Platz und nickte nach dem Verbeugungszeremoniell Thomas Bannister auffordernd zu. In diesem Augenblick stürzte Josephson in den Saal, ging eilig zum Tisch des Solicitors und flüsterte Jacob Alexander aufgeregt etwas ins Ohr. Alexanders Gesicht lief blaurot an, dann kritzelte er eine Notiz und reichte sie Thomas Bannister, der völlig die Haltung verlor und auf seinem Stuhl zusammensackte. Brendan O'Conner beugte sich von seinem Tisch aus herunter, griff rasch nach dem Zettel und erhob sich mit zitternden Knien.

»Euer Ehren, als nächsten Zeugen wollten wir Dr. Mark Tesslar aufrufen. Wir erhielten soeben die Nachricht, daß Dr. Tesslar auf der Straße vor dem Hotel einem Herzschlag erlegen ist. Dürfen wir Euer Ehren bitten, die Verhandlung für heute zu unterbrechen?«

»Tesslar . . . tot . . .«

»Ja, Euer Ehren.«

32

Die Wohnung in der Colchester Mews war nur schwach beleuchtet, als Vanessa Lady Sarah die Tür aufmachte. Abe sah auf, sein Blick nahm sie kaum wahr. Alle hatten rotgeweinte Augen.

»Abe, du darfst dir nicht die Schuld daran geben«, sagte Lady Sarah. »Er war schon seit langem schwerkrank.«

»Es ist ja nicht nur Dr. Tesslar«, sagte Vanessa. »Die Botschaft hat Ben und Yossi heute nachmittag angerufen und sie angewiesen, sofort nach Israel zurückzukehren und sich bei ihren Truppenteilen zu melden. Die Mobilmachung ist da.«

»O mein Gott«, sagte Lady Sarah, ging zu Abe hin und strich ihm über das Haar. »Abe, ich weiß, was du jetzt durchmachst, aber wir müssen einige Entscheidungen treffen. Alle sind schon in meiner Wohnung versammelt.«

Er nickte zum Zeichen, daß er verstanden hatte, stand auf und zog sich das Jackett an.

Alle waren zu Lady Sarah gekommen, in gemeinsamer Trauer vereint. Thomas Bannister war da und Brendan O'Conner, Jacob Alexander, Lorraine und David Shawcross, Josephson, Sheila Lamb und Geoffrey, Pam und Cecil Dodd. Auch Oliver Lighthall war gekommen. Und noch vier andere Personen waren da. Pieter Van Damm und seine Familie. Der verschollene Menno Donker.

Abe umarmte Van Damm, sie hielten sich für einen Moment umschlungen, und einer klopfte dem anderen leicht auf den Rücken.

»Ich bin von Paris hergeflogen, sobald ich die Nachricht erfuhr«, sagte Pieter. »Ich muß morgen als Zeuge aussagen.«

Abe ging in die Mitte des Zimmers und wandte sich an die Anwesenden. »Seit ich in diesen Fall verwickelt bin«, sagte er mit heiserer Stimme, »komme ich mir vor wie der Chefansager auf einem Karneval des Schreckens. Ich habe alte Wunden aufgerissen, habe Alpträume zurückgebracht und das Leben von Menschen in meine Hände genommen, die ich besser in Frieden gelassen hätte. Ich sagte mir, daß ihre Anonymität erhalten bleiben würde. Aber hier haben wir einen Mann, der international bekannt ist, und es ist unmöglich, daß die Welt nichts davon erfährt. Sehen Sie, nachdem ich ein Auge verloren hatte, geschah etwas Merkwürdiges. Wildfremde Leute in Bars versuchten, mit mir Schlägereien anzufangen. Wenn die Menschen erst einmal wissen, daß man ein Krüppel ist, steigt ihr primitiver Blutdurst an die Oberfläche, und dann ist man wie ein verwundetes Tier in der Wüste, und es ist nur eine Frage der Zeit, bis einen die Schakale und Geier zerfetzen.«

»Darf ich Sie unterbrechen«, sagte Bannister. »Wir alle sind uns der Probleme bewußt, die sich in bezug auf Herrn Van Damms zukünftiges

Privatleben ergeben. Zum Glück berücksichtigt das britische Recht solche seltenen Fälle. Wir können die Öffentlichkeit ausschließen lassen. Dieses Verfahren wird für Aussagen angewendet, die unter außergewöhnlichen Umständen erfolgen und geheim bleiben sollen. Wir werden beantragen, daß der Gerichtssaal geräumt wird.«

»Wer wird dabei anwesend sein?«

»Der Richter, die Geschworenen, der Beisitzer und die Anwälte beider Parteien.«

»Und Sie glauben wirklich, daß es dann noch geheim bleiben kann? Ich nicht. Pieter, Sie wissen, was für grausame Witze man reißen wird. Glauben Sie wirklich, daß Sie jemals wieder öffentlich auftreten können, wenn dreitausend Paar Augen auf die Stelle zwischen Ihren Beinen starren? Nun, eine Sache, für die ich nicht verantwortlich sein will, ist, daß ꝺ ꞏꞏꞏꞏꞏlt der Musik Pieter Van Damms beraubt wird.«

ꞏꞏꞏꞏꞏas an Ihnen so störend wirkt, Cady«, sagte Alexander scharf, »ist, daß Sie von der Idee, ein Märtyrer zu sein, völlig berauscht sind. Ich glaube, Sie frohlocken bei dem Gedanken, ein neuer Christus zu werden, und wollen sich selbst unsterblich machen, indem Sie sich lynchen lassen.«

»Sie sind sehr müde«, antwortete Abe, »Sie haben zuviel gearbeitet.«

»Meine Herren«, sagte Bannister, »wir können uns einfach nicht den Luxus eines Streits zwischen uns leisten.«

»So beruhigen Sie sich doch«, sagte Shawcross.

»Herr Cady«, sagte Bannister, »Sie haben unser aller Respekt und Bewunderung errungen. Sie sind ein logisch denkender Mann und müssen sich darüber klar werden, welche Folgen es haben könnte, wenn Herr Van Damm nicht aussagen darf. Stellen Sie sich einmal vor, daß Adam Kelno einen hohen Betrag zugesprochen erhält. Sie wären dann schuld an dem Ruin von David Shawcross, Ihrem engsten Freund, und auch daran, daß seine blendende Karriere als Verleger ein unrühmliches Ende findet. Aber noch wichtiger als für Shawcross oder Sie wäre das, was Kelnos Sieg in den Augen der Weltöffentlichkeit bedeuten würde. Es wäre eine Beleidigung für jeden Juden, für die, welche noch leben, jene tapferen Männer und Frauen, die in dem Prozeß vor die Öffentlichkeit getreten sind, und es wäre mit Gewißheit ein wahrhaft abscheulicher Schimpf für all jene, die von Hitler ermordet wurden. Auch dafür würden Sie die Verantwortung tragen.«

»Es gibt noch einen anderen Punkt«, sagte Oliver Lighthall, »nämlich die Zukunft der medizinischen Ethik. Wie furchtbar wäre es, wenn in Zukunft Ärzte auf diesen Prozeß verweisen und ihn als Rechtfertigung für die Mißhandlung von Patienten benützen würden.«

»Sie sehen also«, sagte Bannister, »Ihrer Einstellung, so edel Ihre Motive auch sein mögen, stehen viele Verantwortlichkeiten gegenüber, die noch wichtiger sind.«

Abe betrachtete sie alle, seine erschöpfte kleine Schar von Idealisten. »Meine Damen und Herren Geschworenen«, sagte er mit einer Stimme, die fast ein Klagegesang war, »ich möchte eine Erklärung abgeben, indem ich die Worte von Thomas Bannister, Kronanwalt, zitiere, nämlich die, daß sich niemand in seinen wildesten Phantasien Hitlers Deutschland hätte vorstellen können, bevor es Wirklichkeit wurde. Und er sagte, wenn die zivilisierte Welt gewußt hätte, was Hitler plante, dann hätte man ihn davon abgehalten. Nun, jetzt haben wir 1967, und die Araber schwören jeden Tag auf neue, daß sie Hitlers Werk vollenden werden. Sicherlich wird die Welt keine Neuauflage dieses Infernos dulden. Es gibt ein Recht und ein Unrecht. Die Menschen haben ein Recht darauf, überleben zu wollen. Es ist unrecht, sie zu vernichten. Das ist ganz einfach. Aber leider gilt die Rechtschaffenheit nur im himmlischen Königreich etwas. Die irdischen Königreiche werden vom Öl regiert. Sicherlich sollte die Welt über das entsetzt sein, was in Biafra geschieht. Der Gestank des Völkermordes ist überall. Und nach den Erfahrungen mit Hitlers Deutschland sollte die Welt sich einmischen und dem Völkermord in Biafra ein Ende machen. Das erscheint jedoch untunlich, wenn man bedenkt, daß die englischen Investitionen in Nigeria mit den französischen Interessen in Biafra kollidieren. Und schließlich, meine Damen und Herren Geschworenen, handelt es sich hier nur um einen Fall von Farbigen, die andere Farbige töten.

Wir würden gern glauben«, sagte Abe, »daß Thomas Bannister recht hatte, als er sagte, daß mehr Menschen, einschließlich der Deutschen, das Risiko von Bestrafung und Tod hätten auf sich nehmen sollen, weil sie sich weigerten, bestimmten Befehlen zu gehorchen. Wir würden gern glauben, daß es Proteste gegeben hätte, und wir fragen, warum denn die Deutschen nicht protestierten? Nun, heute marschieren junge Menschen auf den Straßen und protestieren gegen Biafra und Vietnam und gegen das Prinzip, durch das Medium des Krieges seine Mitmenschen zu ermorden. Und wir sagen zu ihnen, warum protestiert ihr so viel? Warum geht ihr nicht dorthin und tötet, wie eure Väter töteten? Lassen Sie uns für einen Moment vergessen, daß wir im gemütlichen, komfortablen London sind. Wir sind im Konzentrationslager Jadwiga. Der SS-Oberst Dr. Thomas Bannister hat mich in sein Büro gerufen und sagt: ›Hören Sie mal, Sie müssen Ihre Zustimmung zu Pieter Van Damms Vernichtung geben. Natürlich wird das unter Ausschluß der Öffentlichkeit vonstatten gehen.‹ Auch die Baracke V war ein geheimer Ort, genauso wie es der Gerichtssaal sein würde. Schließlich tun wir so etwas ja nicht in der Öffentlichkeit. Und ich zitiere wieder Thomas Bannister, Q. C., als er sagte: ›Im Leben eines jeden Menschen kann der Augenblick kommen, wenn das eigene Leben keinen Sinn mehr hat, weil es nur noch auf die Verstümmelung und Ermordung der Mitmenschen ausgerichtet ist.‹ Und ich gebe Ihnen zu bedenken, meine Damen und Herren Geschworenen, daß ich diesem Mann kein größeres Unheil zufügen und mir für ihn keine wirksamere Art der Vernichtung vorstellen kann, als wenn ich ihm gestatte, in den Zeugenstand zu gehen. Zum Abschluß möchte ich sagen, daß ich es mit allem schuldigen Respekt ablehne, Pieter Van Damm zu ermorden.«

Abe wandte sich um und ging auf die Tür zu.

»Papi!« rief Vanessa und klammerte sich an ihn an.

»Laß mich allein gehen, Vinny«, sagte er.

Auf der Straße angekommen, blieb er stehen, um Atem zu schöpfen.

»Abe! Abe!« rief Lady Sarah, die ihm nachgegangen war. »Ich hole den Wagen«, sagte sie.

»Ich will keinen gottverdammten Bentley. Ich will ein gottverdammtes Taxi Marke Austin.«

»Abe, bitte laß mich mit dir gehen.«

»Madame, ich befinde mich auf dem Weg nach Soho, wo ich beabsichtige, mich vollaufen zu lassen und dann mit einer Hure zu schlafen.«

»Ich will deine Hure sein!« rief sie und griff nach ihm. »Ich werde kratzen und schreien und beißen und fluchen, und du wirst auf mich spucken und mich schlagen und weinen . . . und dann werde ich dich in meine Arme nehmen.«

»O Gott, o mein Gott«, stöhnte er und klammerte sich an sie, »ich habe Angst. Ich habe Angst.«

33

Adam Kelnos Gesicht drückte kalte Grausamkeit aus, als er vom Tisch des Klägers aus Abraham Cady fixierte. Ihre Blicke kreuzten sich. Adam Kelno lächelte leicht.

»Ruhe!«

Richter Gilray nahm Platz. »Wir sind alle zutiefst erschüttert und bekümmert über den unzeitgemäßen Tod von Dr. Tesslar, aber dagegen sind wir machtlos. Was ist Ihre Absicht, Herr Bannister, hinsichtlich der Zulassung seiner Erklärung als Beweismittel?«

»Das wird nicht erforderlich sein«, antwortete Bannister.

Gilray blinzelte ungläubig, Highsmith, der ein langes und kompliziertes Rededuell erwartet hatte, war verblüfft.

Shimshon Aroni schlüpfte auf den Platz neben Abe und reichte ihm einen Zettel. ICH BIN ARONI, stand darauf; WIR HABEN SOBOTNIK.

»Was haben Sie jetzt vor, Herr Bannister?« fragte der Richter.

»Ich möchte noch einen Zeugen aufrufen.«

Das Lächeln verschwand aus Adam Kelnos Gesicht, und sein Herz begann zu hämmern.

»In bezug auf diesen Zeugen gibt es ein paar recht ungewöhnliche Umstände, Euer Ehren, und ich möchte in dieser Angelegenheit Ihren Rat einholen. Dieser Zeuge hatte eine wichtige Position in einem kommunistischen Land und ist erst gestern Abend mit seiner Familie in den Westen geflüchtet. Er ist um zwei Uhr morgens in London eingetroffen und hat um politisches Asyl gebeten, was ihm gewährt wurde. Wir haben über ein Jahr nach diesem Herrn gesucht, aber vor seiner Ankunft in London wußten wir nicht, ob er noch lebte, oder ob er als Zeuge auftreten würde.«

»Ist es sein freier Wille, in diesem Prozeß auszusagen?«

»Ich habe keine Ahnung, was ihn zur Flucht bewogen hat, Euer Ehren.«

»Welches Problem haben wir also? Wenn der Zeuge freiwillig aussagen will, dann steht eine Vorladung unter Strafandrohung nicht zur Debatte. Ist er aber gegen seinen Willen hier, wird die Sache kompliziert, weil wir nicht wissen, ob er der britischen Gerichtsbarkeit untersteht, obwohl er um Asyl nachgesucht hat.«

»Nein, Euer Ehren. Das Problem ist, daß ein Überläufer, der um Asyl nachsucht, in den meisten Fällen für eine lange Zeit an einen versteckten Ort gebracht wird, bis er ohne Gefahr eingegliedert werden kann. Wir können die Möglichkeit von Übergriffen gegen den Zeugen nicht ausschließen, und deshalb haben ihn einige Beamte von Scotland Yard in den Justizpalast begleitet.«

»Ich verstehe. Sind sie bewaffnet?«

»Ja, Euer Ehren. Sowohl das Außenministerium als auch Scotland Yard sind der Meinung, daß sie immer in der Nähe sein sollten. Es ist unsere Pflicht, ihn zu beschützen.«

»Es ist in der Tat ein bestürzender Gedanke, daß sich in einem englischen Gerichtssaal Übergriffe ereignen könnten. Ich schätze geschlossene Verhandlungen nicht. Wir praktizieren unsere Rechtssprechung öffentlich. Beantragen Sie, daß dieser Zeuge unter Ausschluß der Öffentlichkeit einvernommen wird?«

»Nein, Euer Ehren. Die Tatsache, daß wir die Angelegenheit besprochen haben und jedermann jetzt weiß, daß Beamte von Scotland Yard hier sind, sollte jeden entmutigen, der irgendein falsches Spiel geplant hat.«

»Es gefällt mir zwar nicht, in meinem Gericht bewaffnete Männer zu wissen, aber ich werde den Saal nicht räumen lassen. Ich werde den ungewöhnlichen Umständen Rechnung tragen. Rufen Sie Ihren Zeugen auf, Herr Bannister.«

»Er wird auf tschechisch aussagen, Euer Ehren.«

Adam Kelno durchforschte sein Gedächtnis nach dem Namen Gustuv Tukla. Durch die hinten im Saal stehenden Zuschauer schoben sich zwei Kriminalbeamte. Zwischen ihnen ging ein verstörter, verschreckter Mann. Draußen auf den Korridoren sperrten Beamte von Scotland Yard jeden Ausgang ab. Als sich die Nebel der Vergangenheit hoben, keuchte Adam Kelno auf und kritzelte einen verzweifelten Hilfeschrei an Smiddy: VERHINDERN SIE DIESE AUSSAGE.

»Unmöglich«, flüsterte Smiddy. »Beherrschen Sie sich.« Smiddy reichte Sir Robert einen Zettel hinauf: KELNO IST VÖLLIG VERSTÖRT.

Gustuv Tuklas Schwurhand zitterte, und dann setzte er sich auf den angebotenen Stuhl. Seine Augen wanderten in animalischer Verzweiflung umher, während der Dolmetscher vereidigt wurde.

»Bevor wir fortfahren«, sagte Richter Gilray, »weise ich darauf hin, daß der Zeuge offensichtlich unter einer großen nervlichen Belastung steht. Ich werde es nicht dulden, wenn man diesen Mann einzuschüchtern versucht. Herr Dolmetscher, bitte sagen Sie Herrn Tukla, daß er sich in England befindet, vor einem Gericht Ihrer Majestät und daß niemand ihn schlecht behandeln wird. Sagen Sie ihm ferner, er möge erst dann antworten, wenn er sicher ist, daß er die betreffende Frage klar verstanden hat.«

Tukla lächelte schüchtern und nickte dem Richter zu. Er gab seinen letzten Wohnsitz mit Brünn und als seinen Geburtsort Preßburg an, wo er bis zum Ausbruch des Krieges gewohnt und als Ingenieur gearbeitet hatte.

»Welche Position hatten Sie zuletzt inne?«

»Ich bin einer der Direktoren und Produktionsleiter in den Lenin-Fabriken, einem Großbetrieb der Schwerindustrie mit vielen Tausend Arbeitern.«

Um dem Zeugen etwas von seiner Nervosität zu nehmen, diskutierte Richter Gilray mit ihm über ein paar Artikel, die er über die Brünner Messe und über den Ruf, den die Tschechen auf diesem Gebiet genossen, gelesen hatte.

»Waren Sie zum Zeitpunkt Ihrer Flucht ein Funktionär der kommunistischen Partei?« begann Bannister.

»Ich war Bezirksvorsitzender des Industrieausschusses und Mitglied des Nationalkomitees in der gleichen Sektion.«

»Das ist ein ziemlich bedeutender Posten, nicht wahr?«

»Ja.«

»Waren Sie Mitglied der kommunistischen Partei, als der Krieg ausbrach?«

»Nein. Ich trat 1948 offiziell in die Partei ein, als ich in Brünn eine Stellung als Ingenieur bekam.«

»Haben Sie jemals Ihren Namen geändert?«

»Ja.«

»Bitte erzählen Sie uns, wie es dazu kam.«

»Im Krieg hieß ich Egon Sobotnik. Ich bin väterlicherseits Halbjude. Nach der Befreiung änderte ich meinen Namen, weil ich Angst hatte, daß man über mich etwas herausbekommen würde.«

»Was zum Beispiel?«

»Dinge, zu denen ich im Konzentrationslager Jadwiga gezwungen wurde.«

»Bitte seien Sie so freundlich und erzählen Sie uns, wie es dazu kam, daß Sie nach Jadwiga geschickt wurden.«

»Ich floh nach Budapest, als die Deutschen in Preßburg einrückten, und lebte dort mit falschen Papieren. Ich wurde von der ungarischen Polizei erwischt und mußte nach Preßburg zurück, und von dort schickte mich die Gestapo nach Jadwiga, wo ich zur Arbeit im Lazarettbezirk eingeteilt wurde. Das war Ende 1942.«

»Bei wem mußten Sie sich dort melden?«

»Bei Dr. Adam Kelno.«

»Befindet er sich in diesem Gerichtssaal?«

Sobotnik deutete mit zitternder Hand auf ihn. Der Richter sagte, daß der Gerichtsstenograf keine Geste niederschreiben könne. »Das ist er.«

»Was für eine Arbeit wurde Ihnen übertragen?«

»Schreibarbeiten. Hauptsächlich Karteiführung. Später führte ich die klinischen und chirurgischen Journale.«

»Hat zu irgendeinem Zeitpunkt der Lageruntergrund mit Ihnen Verbindung aufgenommen? Wenn ich Lageruntergrund sage, meine ich damit die internationale Untergrundorganisation. Verstehen Sie meine Frage?«

»Ist es gestattet, Euer Ehren«, sagte der Dolmetscher, »daß ich das Herrn Tukla erkläre?«

»Ja, tun Sie das.«

Der Dolmetscher und Tukla sprachen kurz miteinander, dann nickte Tukla, und der Dolmetscher sagte: »Herr Tukla versteht, was gemeint ist. Er sagt, es gab eine kleine Untergrundgruppe, die sich aus polnischen Offizieren zusammensetzte, und eine größere, bei der jeder Mitglied werden konnte. Im Sommer 1943 nahm die letztere Gruppe mit ihm Verbindung auf und ließ ihm ausrichten, daß man wegen der medizinischen Versuche äußerst besorgt sei. Jede Nacht schrieben er und ein holländischer Jude namens Menno Donker aus dem chirurgischen Journal ab, was für Operationen in Baracke V durchgeführt worden waren, und gaben diese Informationen an einen Verbindungsmann weiter.«

»Und was machte Ihr Verbindungsmann damit?«

»Ich weiß nicht, aber es war geplant, sie aus dem Lager herauszuschmuggeln.«

»Ein riskantes Vorhaben.«

»Ja, Menno Donker wurde entdeckt.«

»Wissen Sie, was Donker passierte?«

»Er wurde kastriert.«

»Ich verstehe. Erschien es Ihnen nicht seltsam, daß die Deutschen über diese Dinge genau Buch führen ließen?«

»Die Deutschen haben eine Manie für Akten. Zuerst war ich sicher, daß sie glaubten, sie würden den Krieg gewinnen. Später dachten sie, daß sie durch die Führung von Registern, die dann gefälscht wurden, viele Todesfälle rechtfertigen könnten.«

»Wie lange haben Sie das chirurgische Journal geführt?«

»Von 1942 an bis zur Befreiung im Jahre 1945, im ganzen waren es sechs Bände.«

»Gehen wir noch einmal zurück. Sie sagten, daß Sie nach dem Krieg Ihren Namen und anscheinend auch Ihre Identität wegen bestimmter Dinge, zu denen man Sie in Jadwiga gezwungen hatte, geändert haben. Bitte erzählen Sie uns darüber Näheres.«

»Zuerst machte ich nur Schreibarbeiten. Dann fand Kelno heraus, daß ich ein Mitglied der Untergrundorganisation war. Zum Glück wußte er nicht, daß ich Aufzeichnungen über seine Operationen hinausschmuggelte. Ich hatte panische Angst, daß er mich der SS melden würde. Er zwang mich zu verschiedenen Hilfeleistungen für ihn.«

»Welcher Art?«

»Die Patienten festhalten, wenn sie die Lumbalanästhesie bekamen. Manchmal mußte ich auch selbst die Anästhesie geben.«

»Wurden Sie vorher darin unterwiesen?«

»Man zeigte es mir einmal für ein paar Minuten.«

»Wozu wurden Sie sonst noch gezwungen?«

»Auch bei Spermatesten die Patienten festzuhalten.«

»Sie meinen, wenn ihnen ein Holzstiel in den Mastdarm geschoben wurde, um einen Samenerguß auszulösen?«

»Ja.«

»Wer machte das?«

»Dr. Kelno und Dr. Lotaki.«

»Wie oft haben Sie gesehen, wie Dr. Kelno das tat?«

»Bei mindestens vierzig oder fünfzig verschiedenen Gelegenheiten. Die Zahl der Männer, die bei jedem Mal drangenommen werden konnten, war praktisch unbegrenzt.«

»Hatten sie dabei Schmerzen?«

Tukla senkte die Augen. »Ja, sehr.«

»Und das wurde als erste Versuchsstufe bei gesunden Männern gemacht, bevor sie bestrahlt und später operiert wurden?«

»Euer Ehren«, sagte Highsmith, »Herr Bannister stellt dem Zeugen Suggestivfragen und will von ihm Schlußfolgerungen hören.«

»Ich will es anders formulieren«, sagte Bannister. »Hat Dr. Adam Kelno bei medizinischen Experimenten mit den Deutschen zusammengearbeitet?«

»Ja.«

»Und woher wissen Sie das?«

»Ich habe ihn gesehen.«

»Haben Sie gesehen, wie er in Baracke V operierte?«

»Ja.«

»Oft?«

»Ich habe ihn in Baracke V rund zwei- bis dreihundert Operationen durchführen sehen.«

»An Juden?«

»Ab und zu lag ein Gerichtsbeschluß vor, aber neunundneunzig Prozent aller Fälle waren Juden.«

»Haben Sie Dr. Kelno auch beobachten können, wenn er in seinem Ambulatorium in Baracke XX Sprechstunde hielt?«

»Ja, oft. Viele Dutzende von Malen.«

»Sie sahen ihn also, wenn er ambulante Patienten behandelte. Wenn er kleinere Eingriffe machte, wie Furunkel spalten und Verletzungen versorgen.«

»Ja.«

»Haben Sie zwischen Dr. Kelnos Benehmen in Baracke V und seinem Benehmen während der Sprechstunde irgendeinen deutlichen Unterschied feststellen können?«

»Ja, er war den Juden gegenüber brutal. Er schlug und beschimpfte sie oft.«

»Auf dem Operationstisch?«

»Ja.«

»Und jetzt, Herr Tukla, möchte ich auf eine bestimmte Serie von Operationen zu sprechen kommen, die Anfang November 1943 durchgeführt wurde. Es handelt sich dabei um acht Männer, denen Hoden entfernt wurden, und um drei Paar Zwillingsschwestern, bei denen Ovariektomien gemacht wurden.«

»Ich erinnere mich sehr deutlich daran. Es war am 10. November. Die Nacht, in der Menno Donker kastriert wurde.«

»Bitte berichten Sie darüber.«

Tukla griff nach dem Glas und zitterte so sehr dabei, daß er etwas von dem Wasser verschüttete. »Man sagte mir, ich solle mich in Baracke V melden. Dort wimmelte es von Kapos und SS-Leuten. Gegen sieben Uhr wurden die Opfer in den Vorraum gebracht, und man befahl uns, sie zu rasieren und ihnen Lumbalanästhesien zu verabreichen.«

»Im Vorraum, nicht im Operationssaal.«

»Immer im Vorraum. Dr. Kelno wollte im Operationsraum keine Zeit vergeuden.«

»Hatten diese Leute eine Vorinjektion bekommen?«

»Nein. Frau Dr. Viskowa und Dr. Tesslar beschwerten sich oft, daß es doch nur human sei, ihnen Morphium zu geben.«

»Was erwiderte Dr. Kelno darauf?«

»Er sagte: ›Wir vergeuden kein Morphium für Schweine.‹ Bei anderen Gelegenheiten wurde vorgebracht, daß es doch besser wäre, den Leuten eine Vollnarkose zu geben, wie er es in Baracke XX tat. Dr. Kelno sagte, er habe keine Zeit zu vergeuden.«

»Die Injektionen wurden also immer im Vorraum ohne eine vorherige Gabe von Morphium und von unerfahrenen oder halbausgebildeten Leuten verabfolgt.«

»Das ist richtig.«

»Hatten die Patienten Schmerzen?«

»Sehr starke Schmerzen. Das ist meine Schuld ... das ist meine Schuld ...« Er schwankte vor und zurück und biß sich auf die Lippen, um die Tränen zurückzuhalten.

»Sind Sie wirklich in der Verfassung, weiter auszusagen, Herr Tukla?«

»Ich muß weiter aussagen. Zwanzig Jahre habe ich es mit mir herumgeschleppt. Ich muß zu Ende erzählen, damit ich endlich Frieden habe.« Er brach in Schluchzen aus. »Ich war ein Feigling. Ich hätte mich weigern sollen wie Donker.« Er seufzte ein paarmal tief auf, entschuldigte sich und zeigte durch ein Nicken an, daß er wieder bereit sei.

»Sie waren also in der Nacht des zehnten November im Vorraum von Baracke V und halfen bei der Vorbereitung dieser vierzehn Leute. Bitte fahren Sie fort.«

»Menno Donker war der erste. Kelno befahl mir, in den Operationssaal zu kommen und ihn ruhig zu halten.«

»Haben Sie sich steril gemacht?«

»Nein.«

»Wer war sonst noch anwesend?«

»Dr. Lotaki assistierte. Dann gab es noch einen oder zwei Pfleger und zwei SS-Aufseher. Donker schrie, daß er gesund sei, dann flehte er Kelno an, ihm einen Hoden zu lassen.«

»Was antwortete Kelno darauf?«

»Er spuckte ihn an. Gleich danach brach draußen ein solcher Lärm aus, daß Voss mir befahl, zur Baracke III zu gehen und Mark Tesslar zu holen. Als ich mit ihm zurückkam, fand ich eine so makabre Szene vor, daß ich es keinen einzigen Tag und keine einzige Nacht vergessen konnte. Die jungen Mädchen, denen man die Kleidung vom Leib gerissen hatte, die Schmerzensschreie bei den Injektionen, das Kämpfen und die Schläge sogar auf dem Operationstisch, das Blut. Nur Mark Tesslar war normal und menschlich.«

»Und Sie waren im Operationssaal anwesend?«

»Ja, ich brachte alle Opfer hinein und wieder hinaus.«

»Wer machte die Operationen?«

»Adam Kelno.«

»Alle?«

»Ja.«

»Wusch er sich zwischen den Operationen?«

»Nein.«

»Sterilisierte er die Instrumente?«

»Nein.«

»War er den Patienten gegenüber rücksichtsvoll?«

»Er benahm sich wie ein Metzger, den man mit einer Axt in einem Schlachthaus losgelassen hatte. Es war ein Massaker.«

»Wie lange dauerte es?«

»Er machte es sehr schnell, alle zehn oder fünfzehn Minuten. Gegen Mitternacht wurde mir befohlen, die Operierten in die Baracke III zurückzubringen. Tesslar bat mich inständig, Kelno zu holen ... Aber ich floh in panischem Entsetzen.«

Adam Kelno schrieb eine Notiz: ICH VERLASSE DEN GERICHTS-SAAL.

BLEIBEN SIE SITZEN! schrieb Smiddy zurück.

»Wann kamen Sie wieder mit den Geschehnissen jener Nacht in Berührung?«

»Ich wurde am nächsten Morgen in die Baracke III befohlen und angewiesen, Totenscheine für einen der Männer und eines der Mädchen auszufertigen. Zuerst schrieb ich als Todesursache für den Mann ›Schock‹ hin und für die Frau ›Blutung‹, aber die Deutschen befahlen mir, die Todesursache in ›Typhus‹ abzuändern.«

»Herr Tukla, das alles hat Ihr Gewissen seit langem belastet.«

»Ich lebte in der Furcht, zum Kriegsverbrecher erklärt zu werden.«

»Ist Ihnen bekannt, was aus den sechs Bänden des chirurgischen Journals wurde?«

»Als die Russen das Lager befreiten, herrschte ein allgemeines Chaos. Viele von uns flohen, sobald die SS auf dem Rückzug war. Ich weiß nicht, was aus fünf dieser Bände geworden ist. Den sechsten behielt ich.«

»Und hielten ihn all die Jahre versteckt.«

»Ja.«

»Aus Angst wegen Ihrer eigenen Mitbeteiligung?«

»Ja.«

»Über welchen Zeitraum erstreckt sich dieser Band?«

»Über die zweite Hälfte des Jahres 1943.«

»Euer Ehren«, sagte Bannister, »ich möchte hier und jetzt das medizinische Register des Konzentrationslagers Jadwiga als Beweisstück einreichen.«

34

Ein Wortgefecht brach los. Hier ging es um das Recht!

»Euer Ehren«, sagte Sir Robert Highsmith, »meinem verehrten Kollegen ist es geglückt, mit seinem Versuch, in letzter Minute ein neues

Beweismittel vorzulegen, eine gewisse dramatische Wirkung zu erzielen. Ich erhebe mit allem Nachdruck Einspruch dagegen, daß es angenommen wird, weil es unzulässig ist.«

»Mit welcher Begründung?« fragte der Richter.

»Nun, erstens einmal habe ich das betreffende Dokument niemals vorher gesehen, noch hatte ich eine Gelegenheit, es zu prüfen.«

»Euer Ehren«, sagte Bannister, »das Register gelangte heute früh um drei Uhr in unsere Hände. Wir haben noch in der Nacht vierzig freiwillige Helfer zusammengeholt, die jede Seite auf sachdienliche Angaben durchgesiebt haben. Ich habe auf diesen zwei Blatt Papier hier diejenigen Informationen aufgeführt, die ich für wichtig halte. Ich bin gern bereit, meinem verehrten Kollegen diese Liste sowie Fotokopien der Seiten des Registers zur Durchsicht zur Verfügung zu stellen, auf die sich unsere Fragen beziehen werden.«

»Mit anderen Worten, Sie beantragen eine Abänderung der Einzelheiten in Ihrer Klageerwiderung.«

»So ist es, Euer Ehren.«

»Und genau dagegen erhebe ich Einspruch«, sagte Highsmith.

Richard Smiddy steckte seiner Sekretärin einen Zettel zu, sie möge Herrn Bullock, seinen Bürovorsteher, holen und ihn beauftragen, für den Fall, daß Bannister sich durchsetzen konnte, einen Arbeitsstab zusammenzurufen. Eilig verließ sie den Gerichtssaal.

»Soweit mir bekannt ist«, sagte Richter Gilray, »ist die Verteidigung berechtigt, während der Verhandlung einen zusätzlichen Beweisantrag zu stellen, falls neues Beweismittel vorgebracht werden kann.«

»Ich habe bisher noch keinen Antrag auf Abänderung gesehen«, sagte Highsmith.

»Ich habe ihn hier, auf einer einzigen Seite aufgesetzt«, erwiderte Bannister.

Der Gerichtsdiener überbrachte die Kopien dem Richter, Chester Dicks und Richard Smiddy, die den Antrag studierten, während Sir Robert die Debatte weiterführte.

»Wie Euer Ehren und mein verehrter Kollege sehen können, ist unser Antrag nur eine Seite lang und bezieht sich einzig und allein auf das medizinische Register«, sagte Bannister.

»Nun, was haben Sie dazu zu sagen?« fragte Gilray Highsmith.

»In meiner ganzen Praxis als Anwalt, die sich über mehrere Jahrzehnte erstreckt, habe ich niemals einen Fall erlebt oder von einem gehört, insbesondere von keinem, der annähernd oder ebenso lange verhandelt wurde wie dieser hier, in dem das Gericht jemals eine Abänderung der Einzelheiten der Klageerwiderung genehmigte, die den ganzen Charakter eines Falles verändert haben würde.«

Chester Dicks reichte ihm ein juristisches Buch nach dem anderen hinunter, und Richard Smiddy reichte sie wieder hinauf. Highsmith zitierte ein halbes Dutzend Präzedenzfälle für die Ablehnung derartiger Anträge.

»Das Gericht möchte Ihre Meinung dazu hören, Herr Bannister«, sagte Gilray.

»Ich bin keineswegs der Ansicht, daß wir den Charakter des Falles verändern würden.«

»O doch, das würden wir«, schoß Highsmith zurück. »Wäre dieses Dokument zu Beginn der Verhandlung als Beweismittel vorgelegt worden, dann hätte der Kläger seinen Fall ganz anders aufgebaut. Aber jetzt dauert die Verhandlung schon über einen Monat und nähert sich ihrem Ende. Die meisten Zeugen der Verteidigung sind auf den europäischen Kontinent, nach Asien und Amerika zurückgekehrt. Wir haben keine Möglichkeit mehr, sie einzuvernehmen. Unser wichtigster Zeuge nach Dr. Kelno ist in Polen und für uns unerreichbar. Wir haben angefragt, ob wir Dr. Lotaki zurückrufen können, aber man will ihm kein neues Visum geben. Es ist dem Kläger gegenüber im höchsten Grade unfair.«

»Was sagen Sie dazu, Herr Bannister?« fragte der Richter.

»Ich beabsichtige, meine Fragen ausschließlich auf das Register zu beschränken, und von den Zeugen der Verteidigung kann niemand etwas Wesentliches dazu sagen, deshalb würden sie sowieso nicht gebraucht werden. Was Dr. Lotaki betrifft, wären wir bereit, die Kosten für eine nochmalige Reise nach London zu übernehmen, aber es ist nicht unsere Schuld, wenn seine Regierung ihn nicht ausreisen lassen will. Tatsächlich ist die Lage so, daß ich, wenn Sir Robert Dr. Kelno gestattet, in den Zeugenstand zurückzukehren, innerhalb einer Stunde alles erfahren haben würde, was ich wissen will, und ich will gerne meinen verehrten Kollegen im voraus über den Kern meiner Fragen unterrichten.«

Hier zeigte sich die Essenz der Ausbildung und Erfahrung eines Barristers. Aus dem Stegreif und blitzschnell denken und gleichzeitig im Stehen reden zu können, unterstützt von einem präzisen Gedächtnis und von fähigen Mitarbeitern.

»Sir Robert, falls das medizinische Register als Beweismittel zugelassen wird, würden Sie dann gestatten, daß Dr. Kelno noch einmal verhört wird?«

»Ich kann im Augenblick noch nicht sagen, welche Taktik ich verfolgen würde.«

»Ich verstehe. Haben Sie noch etwas hinzuzufügen, Herr Bannister?«

»Ja, Euer Ehren. Ich kann an der Zulassung des medizinischen Registers als Beweismittel nichts Ungewöhnliches oder Bemerkenswertes finden. Im Grunde genommen ist es seit dem Beginn der Verhandlung unsichtbar hier in diesem Gerrichtssaal dabeigewesen. Ich bin der Meinung, Euer Ehren, daß es in der ganzen englischen Geschichte niemals ein Beweismittel gegeben hat, das — wenn ich das sagen darf so laut um Gehör geschrien hat. Hier haben wir endlich den Kernpunkt dieses Falles. Hier sind die Antworten, nach denen wir in allen Ecken der Welt und auch in diesem Gerichtssaal gesucht haben. Unzulässig, in der Tat! Wenn wir in einem britischen Gerichtssaal den Ruf dieses medizinischen Registers unterdrücken, wird das einen Schatten auf unser Rechtssystem als solches werfen, denn es wird niemals endgültig zum Verstummen gebracht werden. Wenn wir es hier unterdrücken, dann sagen wir damit, daß wir in Wirklichkeit gar nicht wissen wollen, was in Jadwiga oder in der Nazi-Ära geschehen ist. Es waren alles nur die Phantasien einiger Leute. Und sollten wir nicht auch an jene tapferen Männer und Frauen denken, die ihr Leben opferten, um solche Dokumente zurücklassen zu können, auf daß zukünftige Generationen erfahren, was wirklich geschah?«

»Bei aller Anerkennung«, schaltete sich Highsmith ein, »mein verehrter Kollege spricht jetzt schon sein Schlußplädoyer für die Geschworenen. Er wird dafür später noch Gelegenheit dazu haben«.

»Ja, Herr Bannister, was für andere Begründungen können Sie dem Gericht noch vorlegen?«

»Die stärksten Begründungen, die nur möglich sind. Die Aussage des Klägers, Dr. Adam Kelno, bei der Vernehmung durch seinen eigenen Anwalt. Sir Robert fragte: ›Wurde über die von Ihnen durchgeführten Operationen und Behandlungen Journal geführt?‹ worauf Dr. Kelno erwiderte: ›Ich bestand auf genauen Eintragungen. Das hielt ich für wichtig, damit es später niemals Zweifel über mein Verhalten geben würde.‹ Kurz darauf sagte Dr. Kelno im Zeugenstand: ›Ich wünsche zu Gott, wir hätten die Journale jetzt hier, weil sie meine Unschuld beweisen könnten.‹ Wiederum etwas später sagte er bei der gleichen Vernehmung aus: ›Ich habe in jedem einzelnen Fall auf einer Eintragung ins Register bestanden.‹ Euer Ehren, nichts kann eindeutiger sein als das. Wenn Dr. Kelno in seiner Aussage diese Erklärung gemacht hat, muß uns das nicht glauben machen, daß er das Register, wenn er es hätte aufspüren können, als Beweismittel vorgelegt hätte?«

»Was haben Sie dazu zu sagen, Sir Robert?« fragte der Richter.

»Dr. Kelno ist schließlich und endlich Arzt und kein Rechtsanwalt. Wenn nur das Dokument vorgelegen hätte, würde ich es geprüft, und dann meinem Mandanten empfohlen haben, ob es als Beweismittel vorgelegt werden sollte oder nicht.«

»Ich behaupte«, erwiderte Bannister schnell, »daß, solange es schien, als ob es keinerlei Chance gäbe, daß das Register gefunden werden könnte, solange er glaubte, daß alle diese Bände für immer verloren seien, Dr. Kelno dieses Register als indirektes Beweismittel zu seinen Gunsten benützen konnte. Aber welch Unglück, einer dieser verschwundenen Bände hat die Zeiten überdauert und seinen Weg in diesen Gerichtssaal gefunden, und jetzt singt Dr. Kelno eine andere Melodie.«

»Ich danke Ihnen, meine Herren«, sagte Gilray.

Er studierte Bannisters Antrag. Formaljuristisch schien das Dokument in Ordnung zu sein und von der Art, die einem englischen Richter eine sofortige Entscheidung ermöglicht.

Und doch, aus irgendeinem Grund fuhr er fort, es zu betrachten, aber in seinen Gedanken war er nicht ganz bei der Sache. Plötzlich lief alles wie ein Film noch einmal vor seinen Augen ab.

Diese Verhandlung hatte einen Eindruck auf ihn gemacht, den er für den Rest seines Lebens niemals vergessen würde. Er hatte sie gesehen ... Menschen ... verstümmelt. Es war nicht die Frage von Kelnos Schuld oder Unschuld, um die es hier wirklich ging. Es ging um das, was Menschen durch andere Menschen angetan worden war. Für einen flüchtigen Augenblick war er fähig, die Grenze zu überschreiten und jene seltsame Loyalität von Jude zu Jude zu begreifen. Die Juden, die in Freiheit in England lebten, waren nur dank einem Zufall des Schicksals hier statt in Jadwiga gewesen, und jeder Jude wußte, daß auch seine eigene Familie hätte ausgerottet werden können, wenn eben nicht dieser Zufall des Schicksals gewesen wäre. Gilray fühlte sich von jenen zwei gutaussehenden jungen Menschen, Cadys Sohn und Tochter, stark angezogen. Aber schließlich waren sie zur Hälfte Engländer.

Und doch war Gilray in diesem Moment, in dem die Zeit stillzustehen schien, das Symbol des Ariers, der die Juden niemals ganz verstand. Er konnte mit ihnen Freundschaft schließen, mit ihnen arbeiten, sie aber niemals richtig verstehen. Er war das Symbol des weißen Mannes, der niemals die Farbigen richtig verstehen konnte, und gleichzeitig das Symbol aller Farbigen, die niemals die Weißen ganz begreifen konnten. Er war das Symbol aller normalen Menschen, die Homosexuelle tolerieren oder sogar verteidigen ... sie aber niemals ganz verstehen konnten.

Wir alle tragen diese Grenze in uns, die uns daran hindert, all diejenigen zu verstehen, die anders sind.

Er löste den Blick von dem Dokument und sah die gespannt wartenden Zuschauer an.

»Der Antrag der Verteidigung auf Abänderung der Einzelheiten der Klageerwiderung ist genehmigt. Das medizinische Register des Konzentrationslagers Jadwiga ist hiermit als Beweismittel anerkannt und als Beweisstück W der Verteidigung markiert. Um der Klagepartei Gerechtigkeit zuteil werden zu lassen, unterbreche ich die Verhandlung für zwei Stunden, damit sie eine angemessene Verteidigung vorbereiten kann.«

Der Schlag war gefallen! Highsmith blieb wie betäubt sitzen. Der Richter hatte gesagt, ›UM EINE ANGEMESSENE »VERTEIDIGUNG« VORZUBEREITEN‹. Dr. Adam Kelno, der Ankläger, war zum Angeklagten geworden, sogar in den Augen des Gerichts.

35

Sir Adam Kelno wurde in den Besprechungsraum geführt, wo Robert Highsmith, Chester Dicks und Richard Smiddy sowie ein halbes Dutzend Helfer über den Fotokopien des Registers und den Kopien der von Bannister beabsichtigten Fragen brüteten. Er wurde kühl begrüßt.

»Es ist so lange her«, sagte er fast flüsternd. »Irgend etwas ist damals mit meinem Verstand geschehen. Noch Jahre danach befand ich mich in einem Zustand halber Amnesie. Ich habe so vieles vergessen. Sobotnik führte das Register. Vielleicht hat er falsche Eintragungen gemacht, um mir zu schaden. Ich habe nicht immer gelesen, was ich unterschrieb.«

»Sir Adam«, sagte Highsmith kurz angebunden, »Sie werden wieder in den Zeugenstand müssen.«

»Ich kann nicht.«

»Sie müssen«, erwiderte Highsmith knapp. »Sie haben keine Wahl.«

Adam Kelno konnte die Wirkung der Beruhigungsmittel nicht ganz verbergen. Er machte einen völlig benommenen Eindruck, als er im Zeugenstand saß und Anthony Gilray ihn darauf hinwies, daß er noch unter Eid stehe. Fotokopien bestimmter ausgewählter Seiten wurden ihm, dem Richter und den Geschworenen überreicht. Er starrte auf die Papiere, immer noch ungläubig.

»Ist der Ihnen vorgelegte Band das medizinische Register des Konzentrationslagers Jadwiga für die letzten fünf Monate des Jahres 1943?«

»Ich glaube, ja.«

»Sie müssen lauter sprechen, Sir Adam«, sagte der Richter.

»Ja ... ja ... das ist es.«

»Stimmt mein verehrter Kollege zu, daß die ihm sowie dem Gericht und den Geschworenen übergebenen Fotokopien genaue Reproduktionen einzelner Seiten des Registers sind?«

»Ich stimme zu.«

»Um es den Geschworenen leichter zu machen, wollen wir eine beliebige Seite aufschlagen und uns die Einteilung des Registers ansehen. Ich bitte Sie, die Doppelseite fünfzig — einundfünfzig aufzuschlagen. Die erste Spalte enthält lediglich die fortlaufende Nummer der Operation, und wir können auf dieser Seite sehen, daß bis dahin etwas über achtzehntausend Operationen stattgefunden hatten. Die zweite Spalte gibt das Datum an. Und was steht in der dritten Spalte?«

»Die eintätowierte Nummer des Patienten.«

»Ja, gefolgt vom Namen des Patienten und der Diagnose. Ist das alles richtig?«

»Ja.«

»Wir sind jetzt mit der ersten Hälfte der Doppelseite fertig und gehen zu Seite einundfünfzig über. Was steht in der linken Spalte dieser Seite?«

»Stichworte über die Operation.«

»Und die nächste kurze Spalte?«

Kelno gab keine Antwort. Bannister wiederholte die Frage, erhielt darauf aber nur ein fast unhörbares Gemurmel. »Steht nicht in dieser Spalte der Name des Operateurs und in der nächsten der Name des Assistenten?«

»Ja.«

»Und nun die nächste Spalte. Erzählen Sie dem Gericht und den Geschworenen etwas darüber.«

»Das ist . . .«

»Nun?«

»Das ist der Name des Anästhesisten.«

»Des Anästhesisten«, wiederholte Bannister mit bei ihm ungewohnter erhobener Stimme. »Würden Sie wohl einen kurzen Blick auf die Fotokopien oder auf das Register selbst werfen und dabei besonders auf die Spalte für den Anästhesisten achten.«

Sir Adam blätterte die Seiten mechanisch um, dann sah er mit trübem Blick auf.

»War nicht immer ein Anästhesist dabei? Bei allen Operationen?«

»In vielen Fällen kein ausgebildeter.«

»Aber haben Sie nicht ausgesagt, daß Sie in den meisten Fällen keinen Anästhesisten hatten, daß Sie deshalb die Narkosen selbst geben mußten, und daß das einer der Gründe dafür war, daß Sie die Lumbalanästhesie wählten?«

»Doch . . . aber . . .«

»Geben Sie zu, daß aus dem Register klar hervorgeht, daß Sie bei hundert Prozent aller Fälle entweder einen qualifizierten Arzt als Assistenten oder einen Arzt dabeihatten, der als Anästhesist fungierte?«

»Es sieht so aus.«

»Dann entsprach es also nicht der Wahrheit, als Sie aussagten, daß Sie keinen qualifizierten Anästhesisten zur Verfügung hatten?«

»Vielleicht hat mich mein Gedächtnis in diesem Punkt im Stich gelassen.«

O Gott, dachte Abe, ich sollte mich über das alles nicht freuen. Was Thomas Bannister mit ihm macht ist eine stückweise juristische Operation, und ich sollte weder Wonne- noch Rachegefühle empfinden.

»Gehen wir zur nächsten Spalte über. Ich sehe hier das Wort ›Neurokrin‹. Ist das der Name des Präparats, das für die Lumbalanästhesie verwendet wurde?«

»Ja.«

»Und die letzte Spalte trägt die Überschrift ›Bemerkungen‹.

»Ja.«

»Zeigen die Seiten fünfzig und einundfünfzig, einschließlich der Überschriften über den einzelnen Spalten Ihre Handschrift und in der Spalte ›Chirurg‹ Ihre Unterschrift?«

»Ja.«

»Wenn wir das Register noch einmal betrachten, können Sie sehen, daß Dr. Tesslar an irgendeiner Stelle entweder als Chirurg oder als Assistent angegeben ist?«

»Er hat es wahrscheinlich verheimlicht.«

»Wie? Sie waren sein Vorgesetzter. Sie hatten guten Kontakt mit Voss und Flensberg, die Sie als Ihre Kollegen bezeichnet haben. Wie hätte er es verschweigen können?«

»Das weiß ich nicht. Er war sehr schlau.«

»Ich behaupte, daß er in Jadwiga keine einzige Operation ausgeführt oder dabei assistiert hat.«

»Es war ein Gerücht«, sagte Adam, während ihm der Schweiß ausbrach.

»Bitte blättern Sie auf Seite fünfundsechzig um. Das sieht ganz wie eine andere Handschrift aus, mit Ausnahme der Unterschrift des Chirurgen. Würden Sie das erklären?«

»Manchmal wurden alle Eintragungen außer der Unterschrift des Chirurgen von einem Schreiber gemacht. Es könnte Sobotnik gewesen sein, der im Auftrag der kommunistischen Untergrundgruppe falsche Angaben eingetragen hat.«

»Aber Sie wollen damit nicht etwa behaupten, daß Sie nicht unterschrieben haben, oder daß die Unterschrift gefälscht ist? Wenn Sie ihn später erwischt hätten, wie er Ihre Unterschrift fälschte, dann hätten Sie bestimmt etwas unternommen, wie Sie es zum Beispiel mit Menno Donker gemacht haben.«

»Ich erhebe Einspruch«, sagte Highsmith.

»Das Register beweist, was Menno Donker angetan wurde«, sagte Bannister mit aufflammendem Zorn, wie man es bei ihm noch nie erlebt hatte. »Nun, Dr. Kelno?«

»Ich war oft am Ende des Tages sehr müde, und manchmal habe ich nicht sorgfältig durchgelesen, was ich unterschrieb.«

»Ich verstehe. Wir haben zwanzig Doppelseiten des Registers fotokopiert, und auf jeder dieser Doppelseiten sind zwanzig Operationen eingetragen. Die mit Amputatio testis, sin bzw. dex beschriebenen Operationen beziehen sich auf die Entfernung des rechten oder linken Hodens, ist das richtig?«

»Ja.«

»Inwiefern unterscheidet sich das von einer als Kastration bezeichneten Operation?«

»Die eine bedeutet die Entfernung einer toten oder bestrahlten Drüse, wie ich bisher ausgesagt habe. Die andere . . . äh . . . das bedeutet . . .«

»Was!«

»Kastration.«

»Die Entfernung beider Hoden?«

»Ja.«

»Danke. Ich werde jetzt den Beisitzer bitten, Ihnen ein Dokument zu geben, und zwar die eidesstattliche Erklärung, die Sie im Jahre 1947 während des Auslieferungsverfahrens dem Innenministerium vorgelegt haben. Sie hatten sie im Gefängnis von Brixton geschrieben.«

Highsmith fuhr auf. »Das ist unzulässig, im höchsten Grade unzulässig. Eine der Voraussetzungen für die Genehmigung des Antrags auf Abänderung der Einzelheiten der Klageerwiderung war, daß sich die Fragen ausschließlich nur auf das medizinische Register beschränken würden.«

»Ersten«, sagte Bannister, »hat Dr. Kelno die Erklärung, die er damals dem Innenministerium vorlegte, in der Liste seiner eigenen Beweismittel aufgeführt. Es handelt sich also um ein Dokument, das von ihm selbst beigebracht worden ist. Jetzt gibt es allem Anschein nach enorme Widersprüche zwischen dem, was er im Jahre 1947 erklärt hat, dem, was er zu Anfang der Verhandlung ausgesagt hat, und dem, was aus dem medizinischen Register hervorgeht. Wenn das Register lügt, braucht er das nur zu sagen. Ich glaube, die Geschworenen haben das Recht zu erfahren, welche Aussage richtig ist.«

»Ihr Einspruch ist abgelehnt, Sir Robert. Bitte fahren Sie fort, Herr Bannister.«

»Ich danke Ihnen. Auf Seite drei Ihrer Erklärung an das Innenministerium sagen Sie folgendes: ›Vielleicht habe ich ein paar erkrankte Hoden oder Eierstöcke entfernt, aber ich operierte damals pausenlos, und wenn man Tausende von Fällen sieht, wird man immer wieder die Feststellung machen, daß in diesem Teil des Körpers genausogut Krankheiten vorkommen wie in jeder anderen Körperregion.‹ Das ist es doch, was Sie im Jahre 1947 beeidet haben, um der Auslieferung an Polen zu entgehen, nicht wahr?«

»Es ist schon sehr lange her.«

»Und vor einem Monat haben Sie in diesem Gerichtssaal ausgesagt, daß Sie vielleicht ein Dutzend solcher Operationen durchführten und Dr. Lotaki bei einem weiteren Dutzend assistierten. Haben Sie das ausgesagt oder nicht?«

»Ja, nach der Erklärung an das Innenministerium habe ich mich an ein paar weitere Operationen erinnern können.«

»Herr Doktor Kelno, ich behaupte, daß Sie, wenn Sie die Ovariektomien und Hodenamputationen, die Sie laut Eintrag in diesem Band des medizinischen Registers ausführten, auf eine Gesamtzahl von zweihundertfünfundsiebzig kommen, und daß Sie Dr. Lotaki bei weiteren hundert Operationen assistiert haben.«

»Ich bin sehr unsicher, was die genaue Zahl der Operationen betrifft.

Sie sehen ja selbst, daß fast zwanzigtausend Operationen durchgeführt wurden. Wie kann ich mich da an die genaue Zahl erinnern?«

»Herr Dr. Kelno«, drängte Bannister, jetzt schon wieder mit leiserer Stimme, »Sie haben Tuklas Aussage gehört, daß noch zwei weitere Bände des medizinischen Registers dazukamen, bevor Sie Jadwiga verließen. Ist das richtig?«

»Ja, vielleicht.«

»Was würden diese zwei Bände Ihrer Meinung nach bestätigen, wenn sie plötzlich zum Vorschein kämen? Würde aus der Gesamtzahl nicht hervorgehen, daß es an die tausend Operationen dieser Art waren, die Sie durchgeführt oder bei denen Sie assistiert haben?«

»Wenn ich es nicht mit meinen eigenen Augen sehe, würde ich das nicht sagen.«

»Aber Sie geben zu, daß Sie die insgesamt dreihundertfünfzig Operationen durchführten beziehungsweise dabei assistierten, die in diesem Band des Registers eingetragen sind?«

»Das könnte eventuell stimmen.«

»Und geben Sie jetzt auch zu, daß Sie einen Anästhesisten zur Verfügung hatten und tatsächlich niemals selbst das Betäubungsmittel im Operationssaal injizierten, wie Sie vorher ausgesagt haben?«

»Ich bin mir über diesen Punkt nicht im klaren.«

»Bitte schlagen Sie Seite drei Ihrer Erklärung an das Innenministerium auf, aus der ich Ihre folgenden Worte zitiere: ›Ich bestreite nachdrücklich, daß ich jemals an einem gesunden Mann oder einer gesunden Frau einen Eingriff durchgeführt habe.‹ Haben Sie das im Jahre 1947 gesagt?«

»Ich glaube, daß es der Erinnerung entspricht, wie ich sie damals daran hatte.«

»Und Sie haben hier in diesem Gerichtssaal das gleiche ausgesagt?«

»Ja.«

»Bitte schlagen Sie Seite zweiundsiebzig des medizinischen Registers auf und sehen Sie sich die vierte Operation von unten an, die an einem gewissen Oleg Solinka durchgeführt wurde, und erzählen Sie dem Gericht darüber etwas.«

»Es heißt hier ... Zigeuner ... Gerichtsbeschluß ...«

»Und die Art der Operation?«

»Kastration.«

»Ist die Unterschrift des Chirurgen die Ihre?«

»Ja.«

»Und jetzt schlagen Sie bitte Seite zweihundertsechzehn auf, ungefähr auf der Mitte der Seite. Dort steht ein griechischer Name, Popolus. Lesen Sie bitte dem Gericht und den Geschworenen vor, was dort über die Diagnose, die Operation und den Chirurgen steht.«

»Auch das ist eine Operation aufgrund eines Gerichtsbeschlusses.«

»Eine Kastration, von Ihnen ausgeführt, weil der Mann homosexuell war?«

»Ich ... ich ...«

»Und jetzt blättern Sie bitte zu Seite zweihundertachtzehn um. Gleich oben steht der Name einer Frau, anscheinend Deutsche, eine gewisse Helga Brockmann. Was steht dort über sie?«

Kelno starrte auf die Seite.

»Nun?« drängte Gilray.

Kelno trank mehrere Schluck Wasser.

»Ist hier zu lesen«, sagte Thomas Bannister, »daß dieser Frau, eine deutsche Strafgefangene, die zur Verbüßung ihres Urteils nach Jadwiga geschickt wurde, aufgrund eines Gerichtsbeschlusses die Eierstöcke herausgenommen wurden, weil sie, obwohl sie nicht registriert war, Prostitution betrieb?«

»Ich glaube ... es könnte sein.«

»Und nun wollen Sie freundlichst die Seite dreihundertzehn aufschlagen, und zwar — lassen Sie mich sehen — die zwölfte Eintragung von oben. Ein russischer Name, Borlatski, Igor Borlatski.«

Wieder zögerte Adam Kelno.

»Bitte beantworten Sie die Frage«, sagte Gilray.

»Es ist ein Gerichtsbeschluß für die Kastration eines geistig Behinderten.«

»Hatten diese Leute irgenwelche physischen Erkrankungen?«

»Die Prostituierte war vielleicht geschlechtskrank gewesen.«

»Reißt man deshalb einer Frau die Eierstöcke heraus?«

»In manchen Fällen.«

»Dann erklären Sie dem Gericht und den Geschworenen, was für eine Art von Krankheit Schwachsinn ist und wie sie durch Kastration geheilt werden kann.«

»Das war eine der verrückten Sachen, die die Deutschen machten.«

»Was für eine Art Krankheit ist Zigeuner?«

»Die Deutschen ließen bestimmte Leute durch Gerichtsbeschluß als ›minderwertig‹ erklären.«

»Schlagen Sie bitte Seite zwölf auf, dritte Eintragung von unten, eine Kastration, die an einem gewissen Albert Goldbauer durchgeführt wurde. Wie lautet die Diagnose?«

»Gerichtsbeschluß.«

»Weswegen?«

»Schmuggel.«

»Was für eine Art Krankheit war Schmuggel?«

Adam antwortete abermals nicht.

»Entspricht es nicht den Tatsachen, daß man schmuggelte, um am Leben zu bleiben, und daß auch Sie selbst Schmuggel trieben? Das war doch in Jadwiga allgemein üblich, nicht wahr?«

»Ja, das war es«, krächzte er.

»Ich behaupte, daß dieser Band Eintragungen über zwanzig Operationen aufgrund von Gerichtsbeschlüssen an fünfzehn Männern und fünf Frauen enthält, alles Fälle, in denen Sie an gesunden Menschen Kastrationen und beidseitige Ovariektomien ausführten. Ich behaupte, daß Sie nicht die Wahrheit gesagt haben, als Sie bei Ihrer ersten Vernehmung aussagten, Sie hätten niemals Operationen aufgrund eines Gerichtsbeschlusses durchgeführt. Sie taten es nicht, Herr Dr. Kelno, um das Leben der Patienten zu retten oder weil es sich um tote Organe handelte, wie Sie vorher als Begründung angaben, sondern Sie taten es, weil die Deutschen es Ihnen befahlen.«

»Ich habe mich beim vorigen Mal einfach nicht an diese Operationen aufgrund von Gerichtsbeschlüssen erinnern können. Ich habe so viele Operationen durchgeführt.«

»Ich behaupte, Sie hätten sich niemals daran erinnert, wenn dieses Register nicht aufgetaucht wäre. Eine andere Frage, Herr Dr. Kelno. Bei welchen anderen Operationen außer der Entfernung von Hoden und Eierstöcken würden Sie einer Lumbalanästhesie den Vorzug geben?«

Adam schloß einen Augenblick lang die Augen und holte keuchend Atem. Es kam ihm fast so vor, als ob er alles wie in einer Echokammer hörte. »Nun?« fragte Bannister.

»Bei Blinddarm- und Leistenbruchoperationen, Bauchhöhlenoperationen, eigentlich bei fast allen Operationen in der unteren Körperhälfte.«

»Sie haben doch ausgesagt, nicht wahr, daß zusätzlich zu der Tatsache, daß Sie persönlich der Lumbalanästhesie den Vorzug gaben, nur wenige oder keine Mittel für Vollnarkosen zur Verfügung standen.«

»Wir waren an vielen Medikamenten knapp.«

»Ich behaupte, daß Sie in den vier Wochen vor dem 10. November 1943 und in den vier Wochen danach fast hundert Operationen — genau gesagt sechsundneunzig — in der unteren Körperhälfte durchführten. Ich behaupte ferner, daß Sie sich in neunzig dieser Fälle für eine Vollnarkose entschieden und in Dutzenden von anderen Fällen bei kleinen Eingriffen, wie z. B. der Spaltung von Furunkeln, die Vollnarkose anwandten, und ich behaupte, daß reichlich Vorräte an Mitteln für die Vollnarkose zur Verfügung standen sowie ein Anästhesist, der diese Narkosen geben konnte.«

»Wenn das aus dem Register hervorgeht . . .«

»Ich behaupte, daß Sie laut Register in Ihrer eigenen Abteilung nur bei fünf Prozent aller Operationen in der unteren Körperhälfte Lumbalanästhesien verabfolgten, und daß Sie in der Spalte ›Bemerkungen‹ stets angegeben haben, daß Sie vorher Morphium injizierten, ausgenommen in Baracke V.«

Adam blätterte die Seiten des Registers durch, blickte auf und zuckte mit den Schultern.

»Ich behaupte«, fuhr Bannister mit seinem Angriff fort, »daß Sie den Geschworenen nicht die Wahrheit gesagt haben, als Sie aussagten, daß die Lumbalanästhesie für Sie die Narkose der Wahl war, sondern daß Sie dieser Vorliebe nur bei den Juden in Baracke V frönten, und daß Sie vorher kein Morphium spritzten, weil Ihnen meiner Meinung nach ihre Schmerzen Vergnügen bereiteten.«

Highsmith stand auf, setzte sich aber wieder, ohne etwas gesagt zu haben.

»Wir wollen noch einen Punkt klären, bevor wir uns mit dem Abend des 10. November befassen. Bitte schlagen Sie Seite drei des Registers auf und sehen Sie sich den Namen Eli Janos an, der wegen Schmuggel und Schwarzmarkt-Geschäften kastriert wurde. Erinnern Sie sich an eine Identifikationsparade im Magistratsgericht in der Bow Street, die vor etwas über achtzehn Jahren stattfand?«

»Ja.«

»Dort war ein Mann namens Eli Janos nicht in der Lage, Sie zu identifizieren, obwohl er sagte, daß er den Chirurgen ohne Schutzmaske gesehen hatte. Bitte lesen Sie den Namen des Chirurgen vor.«

»Dr. Lotaki.«

»Und wenn Sie es gewesen wären, der Sie ja das gleiche gemacht haben, hätte man Sie an Polen ausgeliefert und Sie wären dort als Kriegsverbrecher vor Gericht gestellt worden. Dessen sind Sie sich doch bewußt, nicht wahr?«

Adam sehnte sich nach einer Verhandlungspause, aber Anthony Gilray beraumte keine an.

»Bitte schlagen Sie Seite dreihundertzwei des Registers auf und lesen Sie dem Gericht und den Geschworenen das Datum vor.«

»Zehnter November 1943.«

»Würden Sie von der Gefangenennummer 109834 und dem Namen Menno Donker an die Nummern und Namen der nachfolgenden fünfzehn Leute vorlesen.«

»Nach einer langen Pause des Schweigens fing Adam an. Monoton las er vor: »115490 Herman Paar, 114360 Jan Perk, 115789 Hans Hesse, 115231 Hendrik Bloomgarten, 115009 Edgar Beets, 115488 Bernard Holst, 13215 Daniel Dubrowski, 70432 Yolan Shoret, 70433 Sima Halevy, 70544 Ida Peretz, 70543 Emma Peretz, 116804 Helene Blanc-Imber und 116805 . . .«

»Ich habe den letzten Namen nicht verstanden.«

»Tina.«

»Tina Blanc-Imber?«

»Ja.«

»Ich überreiche Ihnen hier eine Liste von zehn Personen, die in dieser Verhandlung als Zeugen ausgesagt haben. Wenn man berücksichtigt, daß in einigen Fällen die Namen in hebräische Namen umgeändert worden sind oder sich durch Heirat veränderten, handelt es sich nicht um die gleichen Personen?«

»Ja«, flüsterte er, noch ehe der Beisitzer ihm die Liste gegeben hatte.

»Ist irgendwo eine Vorinjektion mit Morphium angegeben worden?«

»Das wurde vielleicht übersehen.«

»Steht es da oder nicht?«

»Nein.«

»Wer ist als Chirurg angegeben? Wessen Name steht bei allen diesen vierzehn Operationen?«

»Doktor ...« schrie Terry von der Empore herab.

»Ich behaupte, die Unterschrift lautet Adam Kelno.«

Adam blickte für eine Sekunde nach oben, als der junge Mann aus dem Gerichtssaal verschwand.

»Und in der Spalte ›Bemerkungen‹, was steht da in Ihrer Handschrift bei den Namen Tina Blanc-Imber und Bernard Holst?«

Adam schüttelte den Kopf.

»Dort steht ›in der Nacht verstorben‹, nicht wahr?«

Adam sprang auf. »Begreifen Sie alle denn nicht, daß das eine neue Verschwörung gegen mich ist? Als Tesslar gestorben war, hetzten sie Sobotnik hinter mir her. Sie wollen mich kriegen! Sie werden mich bis an mein Lebensende jagen!«

»Sir Adam«, sagte Thomas Bannister sanft, »darf ich Sie daran erinnern, daß Sie es waren, der diesen Prozeß in Gang gesetzt hat.«

36

Sir Robert Highsmith rückte den Talar zurecht und wandte sich den Geschworenen zu, ein erschöpfter, zutiefst verletzter Mann und doch nicht fähig, gegen den innersten Kern seines Wesens anzugehen, ein britischer Barrister, der bis zum letzten Atemzug für seinen Mandanten kämpfen würde. Er schwankte wie üblich einmal leicht hin und her, dankte den Geschworenen für ihre Geduld, faßte den Fall noch einmal zusammen und hämmerte auf den enormen Widersprüchen zwischen dem, was in The Holocaust stand, und dem, was in Jadwiga tatsächlich geschehen war, herum.

»Dieser Widerspruch beinhaltet fünfzehntausend Operationen rein experimenteller Art und ohne Anwendung irgendwelcher Betäubungsmittel. Nun, das wäre die Tat eines Wahnsinnigen gewesen. Wir haben hier aber erkennen müssen, daß Sir Adam Kelno kein Wahnsinniger war, sondern ein ganz normaler Mensch in einer anomalen Situation. Er ist die Verkörperung einer menschlichen Tragödie, ein Mann, der unter den schrecklichsten Begleitumständen in der Falle saß. Immer drängt sich uns der Gedanke auf, ob wir hier in England wirklich die Vorstellungskraft haben, den Alptraum des Konzentrationslagers Jadwiga vor uns erstehen zu lassen. Wir haben einen Teil der grausigen Geschichte gehört, aber können wir wirklich eine Beziehung dazu knüpfen? Können wir wirklich begreifen, welche Wirkung all das auf den Geist eines durchschnittlichen Menschen ausübt ... auf Sie oder auf mich? Hätten wir uns in Jadwiga behaupten können?

Ich denke an Dr. Flensbergs Gehorsamkeitsversuche. Wieviel Volt kann ein Mensch aushalten, bevor er sich dem Willen eines bösen Meisters beugt? Keiner von Ihnen, der jemals einen starken elektrischen Schlag bekommen hat, wird das jemals vergessen.

Stellen wir uns einmal vor, meine Damen und Herren Geschworenen, daß Sie nicht auf der Geschworenenbank sitzen, sondern auf einem Stuhl festgeschnallt sind, Gesicht zu Gesicht mit der Person, neben der Sie jetzt einen Monat lang gesessen haben. Vor ihnen befindet sich ein Schaltbrett, und ich befehle Ihnen, Ihren Nachbarn zu schocken. Wieviel Volt würden Sie aushalten, bevor Sie den Schalter gegen ihn kippen? Glauben Sie, daß Sie sich in dieser Situation als sehr mutig und standhaft erweisen würden?

Denken Sie darüber nach, Sie alle. Sie im Zuschauerraum und auf der Pressetribüne und an den Tischen der Solicitors und auch diejenigen, die in späteren Jahren einmal über diesen Prozeß lesen werden. Sie sitzen auf dem Stuhl und die Stromstöße fahren wie Messer durch Ihren Körper. Und wieder ein neuer Schlag, diesmal stärker, und jetzt schreien Sie! Und noch einer, und Sie fühlen den Schmerz in Ihren Zähnen, in Ihren Augen, in Ihren Hoden, und abermals ein Schlag, und jetzt winden Sie sich in Krämpfen, und das Blut strömt Ihnen aus den Ohren und aus der Nase und aus dem Mund, und was immer an Todesschmerzen erdenklich ist, schreit aus Ihnen um Gnade.

So, das war genug für einen Tag. Sie sind bis an die Schwelle des Todes getrieben worden. Aber am nächsten Tag macht man mit Ihnen dasselbe, und am übernächsten wieder, und so geht es weiter, bis Ihr Geist und Ihr Körper nur noch einem stammelnden Idioten gehören.

Das ist es, was das Konzentrationslager Jadwiga wirklich war. Ein Ort des Schreckens und des Wahnsinns, in dem jede Ähnlichkeit mit der normalen menschlichen Gesellschaft zerstört worden war. Und jetzt müssen Sie, eine britische Jury, darüber entscheiden, wieviel ein gewöhnlicher Mensch unter diesen Bedingungen ertragen kann. Wann ist bei uns allen der Zerreißpunkt erreicht?

Wir sehen hier einen Mann vor uns, dessen Leben und Streben einzig und allein dem Ziel geweiht war, die Leiden seiner Mitmenschen zu lindern. Wenn er auch unter den ungeheuerlichen Belastungen jenes Schreckensortes nachgab, hat er sich nicht vor der Welt rehabilitiert? Wenn dieser Mann sich irgendwelcher Schandtaten schuldig gefühlt hätte, wäre er dann vor diesem Gericht erschienen und hätte verlangt, daß seine Ehre wiederhergestellt wird? Soll er trotz eines lebenslänglichen Dienstes an der Menschheit verdammt sein?

Adam Kelno hat es nicht verdient, daß man ihn noch einmal erniedrigt. Vielleicht hat er in jener grauenvollen Situation unter dem Einfluß einer Gesellschaftsanschauung, die ihm unauslöschlich eingeprägt worden war, einen Augenblick lang dem Gefühl nachgegeben, daß bestimmte Menschen minderwertiger sind als andere. Aber bevor wir ihn deswegen verdammen, wollen wir einmal über uns selbst nachdenken. Adam Kelno tat für unzählige Menschen sein Bestes, und wie viele jüdische Menschenleben hat er gerettet!

Wenn man ihn so zermürbt hatte, daß er zu Kompromissen bereit war, während ein wahnsinniger deutscher Arzt ihm ständig die Ohren vollschrie, so tat er das nur, um dadurch Tausenden anderer Menschen das Leben zu erhalten. Meiner Meinung nach ist das die schrecklichste Entscheidung, vor die ein Mensch gestellt werden kann.

Wo waren Sie, meine Damen und Herren, in der Nacht des 10. November 1943? Denken Sie auch darüber nach.

Wir alle wissen, daß Soldaten Befehlen zur Tötung anderer Menschen Folge leisten, die unter dem dünnen Mäntelchen des nationalen Rechts erteilt werden. Schließlich und endlich, meine Damen und Herren Geschworenen, hat auch Abraham gehorcht, als Gott ihm befahl, seinen eigenen Sohn hinzuopfern.

Adam Kelno sollte eine ansehnliche Entschädigung zugesprochen bekommen und in Ehren einer Welt zurückgegeben werden, die er durch sein Leben geehrt hat.«

37

Thomas Bannister trug das Schlußplädoyer der Verteidigung mit der gleichen melodischen und beherrschten Stimme vor, mit der er während der Verhandlung seine Fragen gestellt hatte.

»Dies ist, wie die Geschichte es einmal nennen wird, der Bericht über das, was in der Mitte des zwanzigsten Jahrhunderts in Europa die Christen den Juden antaten. Und in der gesamten Geschichte der Menschheit gibt es kein schwärzeres Kapitel. Natürlich fällt die Last der Schuld auf Hitler und Deutschland, aber es hätte nie geschehen können, wenn nicht Hunderttausende von Menschen in anderen Ländern dabei geholfen hätten.

Ich stimme mit meinem verehrten Kollegen überein, daß Soldaten zum Gehorsam gedrillt werden, doch sehen wir immer mehr Beispiele dafür, daß Menschen sich weigern, Befehlen zur Tötung anderer Menschen Folge zu leisten. Und was die Geschichte über Abraham und Gott betrifft, nun, wir alle wissen, wie sie ausging. Gott wollte ihm nur eine kleine Lehre erteilen und nahm ihm schließlich den Sohn nicht weg. Aber irgendwie ist es mir nicht möglich, mir den SS-Oberst Dr. Adolph Voss in der Rolle des Herrgottes vorzustellen und ebensowenig kann ich Adam Kelno mit Abraham gleichsetzen. Tatsache ist, daß Voss an Dr. Kelno kein Experiment à la Otto Flensberg durchzuführen brauchte. Dr. Kelno besah sich in aller Ruhe die Lage und leistete nicht den geringsten Widerstand. Was immer er getan hat, er tat es ohne Zögern und ohne daß man ihn durch Drohungen oder Terrormaßnahmen unter Druck gesetzt hätte.

Sie haben seine Aussage gehört, daß er sich weigerte, einem Gefangenen eine tödliche Phenolinjektion zu geben. Und was ist ihm daraufhin geschehen? Wie wurde er bestraft? Er wußte genau, daß Ärzte nicht erschossen oder in die Gaskammer geschickt wurden. Er wußte es!

Man möchte meinen, daß ein Mann, der das getan hat, was Adam Kelno getan hat, den Mund halten und sich glücklich preisen würde, versuchen würde, mit seinem Gewissen — falls er eins hat — zu leben und nicht nach fast fünfundzwanzig Jahren alles wieder ans Tageslicht zerren würde. Genau das machte er, weil er glaubte, daß er ungeschoren davonkommen könnte. Aber welch Unglück, das medizinische Register kam zum Vorschein, und so mußte er eine Lüge nach der anderen eingestehen.

Kann irgend jemand in diesem Gerichtssaal, der eine Tochter hat, jemals Tina Blanc-Imber vergessen? Tina Blanc-Imber hatte eine Mutter und einen Vater, die das Inferno überlebten, und die dann erfahren mußten, daß ihre Tochter als menschliches Meerschweinchen ermordet worden war. Es war kein Nazi-Arzt gewesen, der sie getötet hatte, sondern ein Pole, ein Angehöriger eines verbündeten Staates. Und wenn das gleiche irgendeinem von uns geschehen wäre und der Betreffende später erfahren hätte, daß ein englischer Arzt sein Kind bei einem sinnlosen, perversen medizinischen Experiment geschlachtet hätte ... nun, dann würde er wissen, was er mit diesem Arzt zu machen hätte.

Auch ich bin der Ansicht, daß das Konzentrationslager Jadwiga das Schlimmste war, was es je gab. Aber, meine Damen und Herren Geschworenen, die Grausamkeit des Menschen gegenüber seinen Mitmenschen ist so alt wie die Menschheit selbst. Nur weil jemand in Jadwiga oder an irgendeinem anderen Ort ist, wo die Grausamkeit regiert, hat er nicht das Recht, seine moralischen Anschauungen, seine Religion, seine Philosophie oder irgendwelche anderen Eigenschaften über Bord zu werfen, die ihn zu einem anständigen Mitglied der menschlichen Gesellschaft machen.

Sie haben die Aussagen von anderen Ärzten im Konzentrationslager Jadwiga gehört, von zwei der edelsten und mutigsten Frauen, die jemals ein englisches Gericht mit ihrer Anwesenheit beehrten. Die eine ist Jüdin und Kommunistin, die andere eine tiefreligiöse Christin. Was geschah, als Voss Frau Dr. Viskowa durch Drohungen gefügig machen wollte? Sie weigerte sich und bereitete sich vor, ihrem Leben ein Ende zu setzen. Und Frau Dr. Susanne Parmentier ... auch sie war in der Hölle von Jadwiga. Denken Sie an das, was sie zu Dr. Flensberg sagte. Und sie haben die Aussage des Tapfersten von allen gehört. Ein ganz gewöhnlicher Mann. Ein Lehrer für romanische Sprachen an einem kleinen Gymnasium in Polen. Daniel Dubrowski, der sein eigenes Dasein als Mann opferte, damit ein jüngerer Mann die Chance haben würde, später einmal ein normales Leben zu führen.

Meine Damen und Herren Geschworenen, im Leben eines jeden Menschen kann der Augenblick kommen, wenn das eigene Leben keinen Sinn mehr hat, weil es nur noch auf die Verstümmelung und Ermordung der Mitmenschen ausgerichtet ist. Es gibt eine moralische Grenze, nach deren Überschreitung kein Mensch mehr Anspruch erheben kann, ein Mitglied der menschlichen Rasse zu sein, und das gilt genausogut für London wie für Jadwiga.

Aber diese Grenze wurde überschritten, und dafür kann es keine Sühne geben. Der Antisemitismus ist die Geißel der Menschheit. Er ist das Kainszeichen, das wir alle tragen.

Nichts, was Dr. Kelno jemals vorher oder nachher getan hat, kann ihn von dem lossprechen, was er dort tat. Er hat das Recht auf unser Mitgefühl verwirkt. Und ich bin der Meinung, daß er von einer britischen Jury für seine Taten einen anderen Lohn erhalten sollte, als unsere Verachtung und die kleinste Münze, die in diesem Land gültig ist.«

38

»Meine Damen und Herren Geschworenen«, sagte Anthony Gilray, »wir sind nach einem Monat ununterbrochener Zeugenaussagen am Ende des längsten Verleumdungsprozesses der britischen Geschichte angekommen. Noch niemals hat man Aussagen, wie sie hier gemacht worden sind, vor einem britischen Zivilgericht gehört, und viele davon enthalten Widersprüche. Aber wir sind nicht hier, um in einem Kriegsverbrecherprozeß als Richter zu fungieren. Wir sind hier, um eine Zivilsache gemäß dem Common Law von England zu verhandeln.«

Die Erteilung der richterlichen Instruktionen war eine höchst komplizierte Aufgabe, die von Anthony Gilray jedoch mit gewohnter Meisterschaft bewältigt wurde, der alles in das Common Law einzuordnen verstand, darlegte, welche Punkte und Aussagen zu berücksichtigen seien, und worüber entschieden werden mußte.

Thomas Bannister erhob sich ein letztes Mal von seinem Platz. »Euer Ehren, zwei Fragen stehen zur Entscheidung an. Bitte erklären Sie sie bevor die Geschworenen sich zur Beratung zurückziehen.«

»Ja. Zuerst müssen Sie festlegen, ob Sie sich für den Kläger oder für die Beklagten entscheiden. Sollten Sie Ihre Entscheidung zugunsten von Dr. Kelno treffen, dann müssen Sie die Höhe der Summe festlegen, die Sie ihm als Schadenersatz zusprechen.«

»Ich danke Euer Ehren.«

»Meine Damen und Herren Geschworenen«, sagte Gilray, »mehr kann ich nicht tun. Das übrige ist Ihre Aufgabe. Lassen Sie sich Zeit. Meine Mitarbeiter werden sich bemühen, Sie mit allem zu versorgen, was Sie essen oder trinken möchten. Zum Abschluß möchte ich noch etwas sagen. Die polnische Regierung hat durch ihren Botschafter ihren Anspruch auf das medizinische Register als Dokument von größter historischer Bedeutung angemeldet und wünscht, daß es an Polen zurückgegeben wird, damit es dort in einem staatlichen Museum in angemessener Form ausgestellt werden kann. Die Regierung Ihrer Majestät hat sich damit einverstanden erklärt. Der polnische Botschafter hat gestattet, daß das Register für die Dauer der Beratung im Geschworenenzimmer verbleibt. Bitte gehen Sie überaus sorgfältig damit um. Lassen Sie keine Zigarettenasche darauf fallen und achten Sie darauf, daß es nicht durch Kaffee- oder Teeflecke beschädigt wird. Wir möchten vermeiden, daß zukünftige polnische Generationen denken, daß eine britische Jury dieses Dokument leichtgenommen hat. Sie dürfen sich jetzt zurückziehen.«

Es war Mittag. Die Gruppe der anonymen, unauffälligen Engländer verließ den Gerichtssaal und die Tür des Geschworenenzimmers schloß sich hinter ihnen.

Adam Kelno und Abraham Cady waren am Ende ihres Duells angelangt.

Um ein Uhr dreißig stürzte Sheila Lamb in das Besprechungszimmer und meldete, daß die Geschworenen zurückkämen. Der Korridor war gedrängt voll von Presseleuten, die sich der strengen Vorschrift unterwerfen mußten, innerhalb des Gerichtsgebäudes keine Interviews oder fotografische Aufnahmen zu machen. Einer von ihnen konnte der Versuchung nicht widerstehen. »Herr Cady«, sagte er, »glauben Sie, daß die kurze Zeit, welche die Geschworenen gebraucht haben, ein Zeichen dafür ist, daß Sie gewinnen werden?«

»Niemand wird diesen Fall gewinnen«, antwortete Abe, »wir sind alle Verlierer.«

Er und Shawcross bahnten sich ihren Weg in den Gerichtssaal und fanden sich plötzlich neben Adam Kelno stehen.

Gilray nickte dem Beisitzer auffordernd zu, der sich vor die Geschworenenbank stellte.

»Haben Sie sich über das Urteil geeinigt?«

«Ja«, antwortete der Vormann.

»Und dieses Urteil wurde einstimmig gefaßt?«

»Ja.«

»Haben Sie sich für den Kläger, Sir Adam Kelno, oder für die Beklagten, Abraham Cady und David Shawcross, entschieden?«

»Wir haben uns für den Kläger, Sir Adam Kelno, entschieden.«

»Und haben Sie sich alle über eine Summe als Schadenersatz geeinigt?«

»Ja, das haben wir.«

»Wie hoch ist diese Summe?«

»Wir sprechen Sir Adam Kelno einen Halfpenny zu.«

39

Angela stürzte in das Arbeitszimmer, wo Adam wie erstarrt dasaß. »Es geht um Terry«, sagte sie. »Er ist zurückgekommen und packt seine Sachen.«

Adam rannte hinaus, schlug rechts und links gegen die Wände des Korridors und raste die Treppe hinauf. Er riß die Tür auf. Terry machte gerade den Koffer zu.

»Ich nehme nicht viel mit«, sagte er, »nur das, was ich unbedingt brauche.«

»Gehst du zu Mary zurück?«

»Ich gehe mit Mary weg.«

»Wohin?«

»Das weiß ich noch nicht. Ich verlasse London. Angela wird wissen, wo ich bin.«

Adam blockierte die Tür. »Ich verlange, daß du mir sagst, wo du hingehst!«

»Hinaus zu den Aussätzigen«, schrie Terry. »Wenn ich schon Arzt werden will, dann will ich einer wie Dr. Tesslar werden.«

»Du bleibst hier, hörst du ...«

»Sie haben mich belogen, Doktor.«

»Belogen! Ich habe das alles nur deinetwegen und wegen Stephan getan.«

»Und ich danke Ihnen sehr. Jetzt gehen Sie mir aus dem Weg.«

»Nein.«

»Was wollen Sie tun? Mir die Eier abschneiden?«

»Du ... du ... du bist genau wie die anderen. Du bist auch hinter mir her. Sie haben dir Geld gegeben, damit du mich verläßt. Es ist alles dasselbe Komplott!«

»Sie sind ein widerlicher Paranoiker, der wie von Furien gepeitscht durch das Leben rast und Juden die Hoden abschneidet, um sich an seinem eigenen Vater zu rächen. Ist es nicht so, Sir Adam?«

Adam schlug ihm auf den Mund. »Jude!« schrie er. Immer wieder schlug er Terry ins Gesicht. »Jude! Jude! Jude! Jude!«

40

Abe öffnete die Tür der Wohnung in den Mews. Draußen stand Thomas Bannister. Er wurde wortlos eingelassen und folgte Cady ins Wohnzimmer.

»Sie hatten eine Verabredung mit mir«, sagte Bannister. »Ich habe auf Sie gewartet.«

»Ich weiß, tut mir leid. Whisky?«

»Bitte, aber pur.«

Bannister zog den Mantel aus, während Abe den Whisky einschenkte. »Wissen Sie, ich habe in den letzten zwei Tagen bis zum Überdruß auf Wiedersehen sagen müssen. Schlichte Abschiede, Abschiede mit viel Getue, Abschiede mit Tränen. Außerdem habe ich meine Tochter zum Flugzeug nach Israel gebracht.«

»Schade, daß ich Ihre Tochter nicht mehr sehen konnte. Sie scheint ein entzückendes Mädchen zu sein. Ich hätte sie gern etwas näher kennengelernt. Die Nachrichten aus dem Nahen Osten sind wirklich trostlos.«

Abe zuckte mit den Schultern. »Man lernt es, damit zu leben. Als ich *The Holocaust* schrieb, bekam Shawcross bei jeder neuen Krise Zustände und drängte mich, das Manuskript endlich abzuliefern. Ich sagte ihm, machen Sie sich keine Sorgen, denn egal wann ich mit dem Buch fertig werde, die Juden werden dann immer noch in Schwierigkeiten stecken.«

»Muß ziemlich anstrengend sein?«

»Das Schreiben oder ein Jude zu sein?«

»Ich meinte eigentlich mehr das Schreiben. Sozusagen in andere Menschen hineinzukriechen und ihre Gedanken wie einen Film aufzuzeichnen.«

»Ungefähr so ist es. Bannister, ich bin Ihnen aus dem Weg gegangen, weil Sie einem ganz schön Angst einjagen können.«

Bannister lächelte. »Nun, ich hatte nicht die Absicht, Sie in den Zeugenstand zu rufen.«

»Wissen Sie, an wen ich immerzu denken muß?« fragte Abe.

»Adam Kelno.«

»Woher wußten Sie das?«

»Weil ich auch an ihn gedacht habe.«

»Highsmith hat recht«, sagte Abe. »So könnte es uns allen ergehen, wenn Gott uns nicht in seiner Gnade beschützen würde. Ein einfacher

Mann, der zwischen die Mahlsteine geriet. Was, zum Teufel, hätte ich an seiner Stelle getan?«

»Ich glaube, ich weiß es.«

»Ich bin mir da nicht so sicher. Es gibt nicht genug Menschen vom Format eines Daniel Dubrowski, eines Mark Tesslar oder einer Susanne Parmentier oder einer Maria Viskowa oder eines Van Damm. Wir reden von Mut und enden wie elende Würmer.«

»Und doch gibt es mehr solche Menschen, als Sie im Moment glauben wollen.«

»Ich habe jemanden ausgelassen«, sagte Abe. »Thomas Bannister. In jener Nacht, als Sie meine Verantwortlichkeiten aufzählten, haben Sie sich nicht erwähnt. Wäre das nicht ein nettes Druckmittel gewesen, daß ich es dem englischen Volk verweigern würde, Sie zum Premierminister zu bekommen.«

»Ach, das. Nun ja, man muß tun, was man für richtig hält.«

»Warum? Warum hat Kelno diesen Prozeß angestrengt? Sicher, ich weiß, daß er sich immer wie der Hecht im Karpfenteich fühlen muß. Er hat einen Minderwertigkeitskomplex, und deshalb hat er sich stets in eine Position manövriert, in der er den anderen überlegen sein konnte. In Sarawak, in Jadwiga, in einer Arbeiterklinik in London.«

»Kelno? Eine tragische Figur«, sagte Bannister. »Natürlich ist er ein Paranoiker und als solcher unfähig zur Selbstkritik oder dazu, zwischen Recht und Unrecht zu unterscheiden.«

»Wodurch ist er so geworden?«

»Vielleicht ist es die Folge irgendeiner grausamen Behandlung, die er in seiner Kindheit erlitten hat. Polen pflanzte ihm den Antisemitismus ein. Aber er konnte seine krankhaften Anwandlungen in seinem Beruf abreagieren. Wissen Sie, Cady, Chirurgen sind eine seltsame Rasse, und sehr oft befriedigt das Operieren ihren Blutdurst. Solange Adam Kelno in einer zivilisierten Umwelt lebte, wurden seine Bedürfnisse durch seinen Beruf gestillt. Aber wenn man einem solchen Mann in einer Umwelt, in der jede soziale Ordnung zusammengebrochen ist, freie Hand läßt, dann wird er zum Ungeheuer. Und als er dann in die Zivilisation zurückgekehrt war, wurde er wieder zu einem gewissenhaften Chirurgen und verspürte keinerlei Schuldgefühle über das, was er getan hatte.«

»Nach allem, was ich im Gerichtssaal gehört habe«, sagte Abe, »und nachdem ich gelernt habe, zu welchen Handlungen man Menschen gegenüber anderen Menschen bringen kann, und nachdem es auch nach diesem Inferno immer so weitergeht, bin ich zu der Überzeugung gekommen, wir zerstören unsere Welt so sehr, daß wir nicht mehr fähig sein werden, uns selbst zu retten. Wir haben unseren Planeten mitsamt den Geschöpfen, die auf ihm leben, verseucht. Und ich schwöre bei Gott, daß wir uns bereits gegenseitig vernichtet haben. Ich glaube, wir haben keine Zeit und auch keinen Raum mehr, und ich glaube ferner, daß man sich nicht mehr fragen sollte, *ob* es geschehen wird, sondern *wann* es geschehen wird. Und aus der Art und Weise, wie wir uns benehmen, glaube ich schließen zu können, daß Gott allmählich sehr ungeduldig wird.«

»Ach, Gott hat viel Geduld«, sagte Thomas Bannister. »Sehen Sie, wir Sterbliche sind so aufgeblasen, daß wir uns in die Illusion hineingesteigert haben, wir seien für alle Zeiten und im gesamten Universum die einzigen Wesen, die sich zu Menschen entwickelt haben. Ich habe immer die Ansicht vertreten, daß das schon früher einmal geschehen ist, hier auf dieser unserer Erde.«

»Hier . . . aber wie . . .?«

»Nun, was bedeuten in Gottes Schema schon ein paar Milliarden Jahre. Vielleicht hat es in der vergangenen Jahrmilliarde ein Dutzend menschliche Zivilisationen gegeben, die entstanden und wieder vergingen, und über die wir nichts wissen. Und nachdem die Zivilisation, in der wir jetzt leben, sich selbst vernichtet haben wird, beginnt in ein paar hundert Millionen Jahren, wenn der Planet sich von den Schäden erholt hat, die wir ihm zugefügt haben, alles wieder von neuem. Und endlich wird eine dieser Zivilisationen, sagen wir in fünf Milliarden Jahren von der Jetztzeit, ewigen Bestand haben, weil die Menschen sich so behandeln, wie sie es sollten.«

Das Läuten des Telefons unterbrach ihr Gespräch. Abes Gesicht nahm einen gespannten Ausdruck an. Er schrieb eine Adresse auf und sagte, er würde innerhalb der nächsten Stunde dort sein. Etwas verwirrt legte er den Hörer auf.

»Das war Terrence Campbell. Er möchte mit mir sprechen.«

»Das sollte Sie nicht überraschen. Sehen Sie, wenn wir unsere Welt noch ein Weilchen länger behalten wollen, dann wird das die Aufgabe von ihm und von Kelnos Sohn und von Ihrem Sohn und Ihrer Tochter sein. So, und jetzt will ich Sie nicht länger aufhalten. Wie lange werden Sie noch hier sein?«

»In ein paar Tagen reise ich nach Israel ab. Wieder als das, als was ich angefangen habe, als Journalist.«

Sie schüttelten sich die Hände. »Ich kann nicht behaupten, daß Sie der beherrschteste Mandant waren, den ich je hatte, aber es war interessant«, sagte Bannister, der — eine Seltenheit bei ihm — nicht die richtigen Worte finden konnte. »Sie wissen, was ich meine.«

»Ja, ich weiß, was Sie meinen, Tom.«

»Viel Glück, Abe.«

AUF DEM WEG ZU TERRENCE BAT ICH DEN TAXIFAHRER, AM JUSTIZ-PALAST ZU HALTEN. NUN, DAS IST VERSTÄNDLICH. MICH VON DER EINZIGEN ANSTÄNDIGEN TAT VERABSCHIEDEN, DIE ICH JE IM LEBEN

VOLLBRACHT HABE, NÄMLICH MICH GEGEN DIESE KLAGE ZUR WEHR
ZU SETZEN.

ICH KANN BANNISTERS IDEE, DASS ES SCHON VOR UNS ZIVILISATIO-
NEN GEGEBEN HAT UND NACH UNS WIEDER GEBEN WIRD, NICHT VON
DER HAND WEISEN. NUN, WENN DIE JETZIGE UNTERGEHT, WIRD ES
MIR UM LONDON LEID TUN.

WENN MAN VOM JUSTIZPALAST AUS WEITERGEHT, KOMMT MAN ZU
DER ST. CLEMENT DANES CHURCH. DAS IST DIE KIRCHE DER ROYAL
AIR FORCE, UND ICH HABE SIE WÄHREND DES KRIEGES OFT BESUCHT.
ICH HABE SOGAR EIN PAAR ARTIKEL ÜBER SIE GESCHRIEBEN.

DIE KIRCHE ST. CLEMENT DANES IST DAS GENAUE BEISPIEL DESSEN,
WORÜBER THOMAS BANNISTER GESPROCHEN HAT. SIE WURDE IM
JAHRE 871 ODER UM DIESE ZEIT HERUM VON DEN DÄNEN ERBAUT,
NACHDEM SIE VON KÖNIG ALFRED AUS DEM BURGFRIEDEN VON
LONDON VERTRIEBEN WORDEN WAREN, UND SPÄTER WURDE SIE
ZERSTÖRT. SIE WURDE VON WILHELM DEM EROBERER WIEDER AUF-
GEBAUT UND ABERMALS ZERSTÖRT, UND IM MITTELALTER NOCH-
MALS AUFGEBAUT UND 1666 VOM GROSSEN FEUER ZERSTÖRT, DA-
NACH WIEDER AUFGEBAUT, 1680 ZERSTÖRT, VON CHRISTOPHER WREN
WIEDER AUFGEBAUT, UND DANN BLIEB SIE STEHEN, BIS SIE IM ZWEI-
TEN WELTKRIEG VON DEN DEUTSCHEN BOMBERN ZERSTÖRT WURDE.
UND DANN WURDE SIE ABERMALS AUFGEBAUT.

WIE GING DOCH DIESER KINDERREIM, DEN SAMANTHA IMMER DEN
KINDERN VORGESAGT HAT?

> Orangen und Artischocken
> Sagen St. Clements Glocken.
> Einen Groschen bekomm' ich von dir
> Sagt St. Martins Glocke zu mir.
> Wie oft soll ich noch fragen?
> Old Baileys Glocken klagen.
> Erst muß ich Reichtum finden
> Die Glocken von Shoreditch künden.
> Und wann, kannst du mir's sagen?
> Die Glocken von Stepney fragen.
> Das weiß ich wirklich nicht
> Die Glocke von Bow zu mir spricht.
> Hier kommt der Schupo, setzt dich auf den Topf,
> Hier kommt der Metzger, hackt ab deinen Kopf.

Tel Aviv, 6. Juni 1967 (AP). Das israelische Verteidigungsministerium
gibt bekannt, daß es bei dem Angriff, durch den die arabische Luftwaffe zerstört wurde, nur leichte Verluste gab. Der Bekannteste unter
den Gefallenen ist Seren (Hauptmann) Ben Cady, der Sohn des berühmten Schriftstellers Abraham Cady.

Große Romane internationaler Bestsellerautoren im Heyne-Taschenbuch

Vicki Baum

Hotel Berlin
5194 / DM 4,80

Clarinda
5235 / DM 5,80

C. C. Berglus

Heißer Sand
5174 / DM 4,80

Der Agent
5224 / DM 5,80

Pearl S. Buck

Die beiden Schwestern
5175 / DM 3,80

Söhne
5239 / DM 5,80

Das geteilte Haus
5269 / DM 5,80

Taylor Caldwell

Alle Tage meines Lebens
5205 / DM 7,80

Ewigkeit will meine Liebe
5234 / DM 4,80

Utta Danella

Quartett im September
5217 / DM 5,80

Der Maulbeerbaum
5241 / DM 6,80

Marie Louise Fischer

Eine Frau mit Referenzen
5206 / DM 3,80

Bleibt uns die Hoffnung
5225 / DM 5,80

Wilde Jugend
5246 / DM 3,80

Willi Heinrich

Alte Häuser sterben nicht
5173 / DM 5,80

Jahre wie Tau
5233 / DM 6,80

Hans Hellmut Kirst

Aufstand der Soldaten
5133 / DM 5,80

Fabrik der Offiziere
5163 / DM 7,80

John Knittel

Terra Magna
5207 / DM 7,80

Heinz G. Konsalik

Des Sieges bittere Tränen
5210 / DM 4,80

Alarm! Das Weiberschiff
5231 / DM 4,80

Bittersüßes 7. Jahr
5240 / DM 4,80

Alistair MacLean

Tödliche Fiesta
5192 / DM 4,80

Dem Sieger eine Handvoll Erde
5245 / DM 4,80

Daphne du Maurier

Die Erben von Clonmere
5149 / DM 5,80

Sandra Paretti

Der Winter, der ein Sommer war
5179 / DM 7,80

Preisänderungen vorbehalten

Wilhelm Heyne Verlag · Türkenstr. 5–7 · 8000 München 2